EDELWEISS

MADGE SWINDELLS

EDELWEISS

roman

Traduit de l'anglais par Hélène Collon

FRANCE LOISIRS
123, boulevard de Grenelle, Paris

Édition du Club France Loisirs, Paris,
réalisée avec l'autorisation des Éditions Robert Laffont.

Titre original : EDELWEISS
© Madge Swindells, 1993
Traduction française : Éditions Robert Laffont, S.A., Paris, 1994
ISBN 2-7242-8372-4
(édition originale :
ISBN 0-316-90412-0 Little, Brown and Company, Grande-Bretagne)

Première partie

Septembre 1937-septembre 1942

Avant-propos

Edelweiss fut le nom d'un groupe de résistants créé avant guerre, en Bavière, par des étudiants catholiques. Maintes fois dissous par les informateurs de la Gestapo, il ne cessa de se reformer et fit des émules dans toute l'Allemagne. Sous le nom de Rose Blanche, de Mouvement Werner Steinbrink, de Groupe Alfred Schmidt-Sas, de Die Meute, à Leipzig, de Pirates de Kittelbach, dans la Ruhr, ou de Groupe 07 et de Verband anti-nazi dans les contreforts des Alpes, ils s'opposèrent aux nazis par tous les moyens.

Trois mois avant la prise du pouvoir par Adolf Hitler au titre de Chancelier, le 30 janvier 1933, la population allemande avait voté à plus de soixante-cinq pour cent contre les nazis. Pour ces Allemands-là, les douze années qui suivirent furent un véritable calvaire. Après avoir purement et simplement aboli la liberté d'expression et les droits de l'homme, les nazis inaugurèrent un appareil de contrôle fondé sur un réseau d'informateurs qui écrasait le peuple sous une chape de terreur. Les hommes devinrent des rouages dans la puissante machine de guerre allemande, qui ne tarderait plus à déferler au pas de l'oie de l'Atlantique à la Volga.

« La patrie avant tout », tel était le mot d'ordre à l'époque. Cependant, un concept nouveau se faisait jour parmi la jeunesse allemande : c'était d'abord devant Dieu et devant la justice que l'individu était responsable ; nul n'était tenu d'obéir

9

à des lois immorales, et les gouvernements corrompus devaient être remis en question. Ces idées brillèrent tels des faisceaux de lumière blanche dans les ténèbres de l'ère nazie, mais elles valurent de sauvages représailles à ceux qui osèrent leur rester fidèles.

Cette opposition aux nazis était si répandue parmi les jeunes Allemands qu'on construisit hâtivement un camp de concentration du nom de Neuwied afin d'y enfermer les étudiants « subversifs », tandis qu'une section spéciale consacrée à la jeunesse voyait le jour à la RSHA (quartier général de la Gestapo, ou police secrète), rue Prince-d'Albrecht à Berlin.

Il y eut de nombreuses exécutions, des milliers d'incarcérations, mais l'esprit qui animait Edelweiss était indestructible ; cette fleur devint bientôt, dans toute l'Allemagne, le symbole de la résistance étudiante.

L'histoire qui suit se déroule au sein de ce mouvement et relate les actions qu'il mena à bien durant ces douze années terribles. Si les personnages sont fictifs, les idées, les actes et le courage qu'on y rencontre appartiennent à ceux qui ont péri et à ceux, bien rares, qui ont survécu aux camps de concentration.

Edelweiss est devenu, grâce à eux, le cri de ralliement des amoureux de la liberté.

Chapitre 1

C'était une splendide matinée d'automne ; l'air était frais, lumineux, le ciel d'un bleu limpide et, au loin, les cimes immaculées des Alpes bavaroises resplendissaient sous le soleil. Le train entra dans la forêt et, à travers les nappes de brume mouvantes, les rayons de soleil épars éclaboussèrent les feuillages roux et brun.

Immobile et silencieux devant la fenêtre ouverte, Bill Roth éprouva une soudaine bouffée de nostalgie pour le temps de l'enfance et ses longues randonnées en forêt par monts et par vaux. Ses yeux d'un bleu profond contemplèrent le paysage et, en cet instant, il se vit prisonnier de lui-même, de sa propre obsession et de la mission qu'elle lui imposait. Il aurait voulu descendre à la première gare et s'enfoncer à grands pas dans la forêt ; mais il s'était fixé un emploi du temps trop rigoureux. « Je reviendrai dès que je pourrai me libérer », songea-t-il ; mais il savait pertinemment qu'il n'en ferait rien. Il y avait toujours un article à rédiger, une enquête à mener, une crise de première importance à couvrir, et jamais assez de temps. Ressortant de la forêt, le train jaillit en pleine lumière entre les plaques de neige, et ses pensées prirent un autre cours.

Bill se rendait dans un village situé un peu à l'écart de Hallein, non loin de Salzbourg. À l'occasion d'une rencontre fortuite avec une infirmière, le week-end précédent, il était tombé sur un sujet formidable. L'infirmière avait entendu des rumeurs... rien de bien solide, bien sûr, mais l'hôpital était bourré d'officiers de la Gestapo, et il y avait eu une enquête interne. Elle-même avait été interrogée, bien qu'elle soit affectée au service de gériatrie. Bill avait passé une journée entière au téléphone avant de conclure que l'affaire valait le déplacement.

Le train ralentit. Bill consulta sa montre. Presque dix heures du matin. Il noua sa cravate, enfila sa veste et rassembla ses affaires. Appareil photo, pied télescopique, flash, objectifs spéciaux, carnet de notes... Son matériel laissait juste la place, dans son sac, pour ses sous-vêtements de rechange, son exemplaire du *Soleil se lève aussi*, de Hemingway — en prévision des soirées solitaires —, et ses bottes de marche. Qui sait ? Peut-être aurait-il un peu de temps à lui...

Lorsqu'il descendit sur le quai, le chef de gare l'observa avec curiosité. Dégingandé, Bill mesurait plus d'un mètre quatre-vingts et se déplaçait à longues enjambées légèrement désarticulées. Ses cheveux noirs étaient coupés court, ses vêtements simples et de coupe peu familière. Remarquant son regard alerte, son visage rude et hâlé, l'homme décréta qu'il s'agissait d'un Américain, sans doute un journaliste. Et il avait une petite idée de ce qui amenait cet étranger.

Cette inspection n'échappa pas à Bill, qui toutefois fit semblant de ne rien voir. Selon le porteur, l'auberge n'était qu'à une dizaine de minutes à pied ; il se mit donc en route, ravi de la promenade.

En arrivant devant ledit établissement, un joli chalet alpin aux colombages de bois sombre et aux fenêtres en surplomb, il entendit des voix d'enfants. Pressant le pas, il se dit que, finalement, il n'accordait guère de crédit à cette fameuse rumeur. Il contourna la maison et s'arrêta devant un portail bas. Dans le jardin, cinq bambins, dont un handicapé, se querellaient autour d'une balançoire. C'était peut-être d'*eux* qu'il s'agissait.

— Ne vous disputez pas, intervint soudain une voix grave et douce. Vous savez très bien que c'est le tour de Bertie. Poussez-la tout doucement, sans l'effrayer. Là, c'est bien.

La jeune femme qui venait de parler lui tournait le dos. Les bras entourant ses genoux, elle était assise sur une souche ; Bill discerna sa taille fine, ses hanches de garçon, et la courbe gracieuse de sa nuque. Elle portait un chapeau, un chemisier et une jupe de lin bleu, et quelques boucles folles d'un blond foncé s'échappaient de sa coiffure. Tout à coup, il sut instinctivement que, de face, elle serait aussi charmante que dans son imagination.

Alors elle se retourna, et Bill eut un choc.

Jamais il n'avait vu de femme aussi saisissante. Le visage, trop large pour les canons de la beauté classique, les sourcils trop épais qui se relevaient vers les tempes comme des ailes d'hirondelle, un nez légèrement aplati, une bouche trop étirée... Et pourtant, elle était ravissante. Elle avait des prunelles bleu sombre, le regard le plus provocant qu'il eût jamais vu ; à tel point que, l'espace d'un instant, complètement sous le charme et oubliant toute politesse, il la regarda fixement. Elle fronça les sourcils.

— Je vous prie d'excuser cette intrusion, lâcha-t-il sans se rendre compte qu'il s'exprimait en anglais. Je m'appelle Bill Roth, je suis journaliste indépendant et je viens de Berlin. Il se trouve que... Certaines rumeurs me sont parvenues, et... Excusez-moi, mais...

Il maudit sa gaucherie de collégien et reprit en allemand.

— Vous pouvez continuer en anglais. En ce qui me concerne, cela ne fait aucune différence, coupa-t-elle. Quelles rumeurs ? Où avez-vous entendu parler de nous ? Nous sommes pourtant prudents.

Elle s'exprimait dans un anglais parfait, teinté d'un léger accent britannique. Son teint était uni, lumineux, son nez constellé de fines taches de rousseur, ses lèvres pleines... L'espace d'une seconde, un coin de sa bouche s'était retroussé, comme pour esquisser un demi-sourire. Mais oui, pas de doute, elle lui souriait. Il trouva cela encourageant et s'efforça de se concentrer.

— C'est... quelqu'un qui travaille à l'hôpital... une personne amie... qui m'a renseigné.

— Et vous avez fait tout ce chemin sur la foi d'une rumeur ? Quel dévouement ! Mais à quelle cause vous consacrez-vous, au juste, monsieur Roth ?

— Celle qui se propose de révéler au monde le véritable visage des nazis, et non celui qu'eux-mêmes montrent à la presse.

— Alors nous avons déjà un point commun. J'ignore ce que vous avez appris, mais je ne suis pas seule ; je dois demander

13

l'autorisation de m'entretenir avec vous. Cela peut prendre un petit moment. Vous savez sans doute que je suis bloquée ici sans permis de sortie ; on nous a confisqué nos papiers le temps de décider ce qu'on va faire de nous. Nous nous retrouverons plus tard, si vous voulez bien.

— De toute façon, il faut que j'aille prendre une chambre.

Bill tourna les talons à regret. Lorsqu'il eut déposé son bagage dans une chambre propre mais simple, il alla faire un tour aux environs de l'auberge, puis dans le village lui-même, qui se composait en tout et pour tout de trois rues pavées. Il ne revit ni la jeune femme ni les enfants dont elle avait la charge.

Après le déjeuner, il la trouva assise sur un canapé tendu de chintz, devant la chambre des enfants. La lumière tamisée qui se reflétait sur le plafond bas faisait chatoyer sa peau et scintiller ses prunelles. Elle portait, au bout d'une fine chaîne en or, une perle qu'elle faisait rouler entre ses doigts nerveux. Elle avait beau être prise au piège dans ce village, elle demeurait calme et disciplinée, ce qui, se dit Bill, devait exiger beaucoup de force de caractère.

— Chut ! Ils dorment, souffla-t-elle.

— Vous permettez ?

Elle hocha la tête en signe d'assentiment et rougit légèrement tandis qu'il prenait place à côté d'elle.

— J'espère que vous me direz votre nom, commença-t-il.

— À vous, journaliste ? Ce serait stupide de ma part, vous ne trouvez pas ?

— Même si je jure de ne pas le mentionner dans mon article ?

— Donc, vous êtes bien là pour écrire ?

— Seulement si on vous a permis de me parler. Est-ce le cas ?

Elle hésita.

— On vous fait dire que vous pouvez évoquer l'histoire des enfants et leur fâcheuse situation, répondit-elle. Quand ils se réveilleront, je les emmènerai en promenade. Vous pourrez vous joindre à nous si vous voulez. Nous sortirons par la porte de derrière dans une demi-heure environ. Ils aiment passer par le verger, car l'aubergiste les laisse manger des fruits. Vous pourrez les photographier. En fait, mes supérieurs ont entendu parler de vous ; ils pensent même que vous tombez à pic. Vous pouvez nous valoir une notoriété qui nous aiderait considérablement dans nos tractations avec les autorités.

Bill partit chercher son appareil photo. Une demi-heure plus tard, tandis que les enfants croquaient des pommes dans le verger, la jeune fille se tourna vers lui :

— Ils sont adorables, non ? Ils ont l'air tellement normaux, tellement gais ! Il faudra les décrire tels que vous les voyez en ce moment, monsieur Roth, et bien préciser pourquoi ils ont dû quitter l'Allemagne.

— Appelez-moi donc Bill.

— Entendu. Je dois m'efforcer de ne pas céder à l'émotion, mais cela fait mal de voir ces petits bouts de chou inoffensifs si désemparés... (Elle se mordit la lèvre. Bill recommença à se poser des questions à son sujet. Au bout d'un moment, elle inspira profondément.) Excusez-moi. Je reprends. Ces orphelins risquaient d'être exécutés par les nazis parce qu'ils ne correspondent pas tout à fait aux critères de la race aryenne. Nous avons obtenu de leurs plus proches parents l'autorisation de leur faire passer la frontière. Il a fallu du temps... presque trop. L'un de ces petits est autrichien de naissance, trois ont encore de la famille, un autre a un tuteur... Toute cette histoire est très compliquée, et nous étions pressés ; aussi les avons-nous enlevés à l'hôpital. La Croix-Rouge nous attendait à Salzbourg pour les emmener à Zurich, seulement les autorités ont annulé nos permis de déplacement. Contrainte de descendre du train, je suis venue m'installer ici pour patienter.

— Parlez-moi d'eux.

Elle appela les enfants.

— Voici Heike, deux ans. Épileptique, ajouta-t-elle dans un souffle.

Bill contempla la jolie petite fille blonde au sourire communicatif et au visage semé de taches de rousseur ; il voulut sourire à son tour, mais il n'y parvint pas. Les enfants défilèrent devant lui ; il n'arrivait toujours pas à se détendre. Dieter, cinq ans, avait une jambe toute tordue terminée par un pied bot qui l'obligeait à marcher sur la pointe des orteils et déformait sa colonne vertébrale. Hermann, adorable bambin rêveur et joufflu, était pratiquement aveugle : son petit nez retroussé touchait presque la joue de « tantine », comme ils disaient, chaque fois qu'il voulait lui parler. Bertl, six ans, paraissait normale, mais elle aussi était épileptique. Inge était visiblement attardée ; à six ans, elle se comportait comme un bébé, et Bill fut touché par la douceur de tantine à son égard. Il avait parfaitement conscience que les nazis pouvaient débarquer à tout moment et ramener ces gosses à l'hôpital avant de les expédier à la chambre à gaz. Et quel serait alors le sort de tantine ?

— On les a fait venir de divers orphelinats pour les examiner et décrire leur cas avant l'euthanasie, disait cette dernière. Nous les avons kidnappés. C'est tout ce qu'il y a à dire.

— Comment les avez-vous fait sortir de l'hôpital ?

— Je ne peux pas répondre, sinon en vous disant que nous sommes nombreux. Voilà comment nous nous retrouvons ici à attendre, pendant que l'Église croise le fer avec l'État. Vous l'aurez sans doute deviné, c'est l'archevêque de Munich qui est derrière tout cela. Les lois nazies sur l'euthanasie lui font horreur, à lui aussi, mais il ne faut pas le nommer dans votre article.

Ils marchèrent un moment, tandis que les enfants s'émerveillaient des cabrioles des écureuils et que Bill les prenait en photo en train de jouer. Il leur cueillit des mûres, et la « jeune fille en bleu » — ainsi qu'il avait résolu de l'appeler, puisqu'elle ne voulait pas lui révéler son nom — leur distribua de la limonade, dont elle transportait une gourde dans son sac à dos. « Comme elle est jeune, songea-t-il en la regardant jouer à chat perché avec les enfants ; trop vulnérable. » Cette fille avait besoin qu'on s'occupe d'elle et, en toute irrationalité, il se sentait responsable d'elle.

— Écoutez, lui dit-il avec animation comme ils rebroussaient chemin vers l'auberge. Je peux peut-être vous aider. Alerter l'ambassade américaine. J'ai des relations. Et puis il ne faut pas rester ici. Ils savent où vous trouver... Vous êtes trop voyants. Je vous en prie, laissez-moi vous aider. J'en ai la possibilité.

— Contentez-vous de rédiger ce papier, Bill. Soyez si poignant que vos lecteurs laisseront éclater leur colère et que leurs gouvernements ne pourront plus fermer les yeux sur ce qui se passe. Le Troisième Reich n'osera pas afficher son fanatisme face à la désapprobation générale.

Elle déclina son invitation à dîner. Elle était trop fatiguée. Elle dormait dans la chambre des enfants, et voulait qu'ils aillent se coucher de bonne heure.

Bill la laissa partir, plein de craintes pour cette extraordinaire jeune femme. Le Troisième Reich était un adversaire implacable ; cette fois-ci, elle s'en sortirait peut-être — l'archevêque était un homme puissant. Mais elle serait repérée.

Malgré son armure protectrice de reporter endurci, Bill se sentait envoûté par cette jeune enchanteresse. Ce n'était pas seulement sa beauté qui le fascinait, mais l'humour qui brillait dans ses yeux, la bonté qu'elle irradiait. Il était impressionné par son courage.

Bill ne put dormir ; les révélations de l'après-midi l'avaient empli de tension et de crainte. Il voulut coucher sur le papier les grandes lignes de son article, mais il n'arrivait pas à aborder de front le concept d'infanticide. C'était tellement macabre, tellement invraisemblable, que cela dépassait l'entendement.

Il fallait peut-être commencer par décrire la jeune fille qui défiait ainsi le puissant Troisième Reich... Dire qu'elle était aussi belle que douce et courageuse. Qu'elle trouvait la force de plaisanter face aux dangers qu'elle encourait. Non, décidément, ce serait trop mélodramatique.

Alors, évoquer les cinq petits tremblant de peur en voyant de loin les SS postés devant la gare ?

Mieux valait peut-être commencer par louer l'archevêque de Munich d'avoir ouvertement dénoncé en chaire, semaine après semaine, le programme d'euthanasie des nazis. Préciser qu'il avait encouragé les catholiques à se compter et à agir pour mettre fin à cette abomination.

Il y avait quelque temps déjà que Bill connaissait l'existence de ces exactions. Les nazis avaient édicté une « loi de préservation de la santé héréditaire » dans le but de créer la « race maîtresse » en éliminant les éléments jugés inadéquats. Cette opération, connue sous le nom de T4, se limitait aux handicapés incurables ou aux individus mentalement déficients en vue de purifier la souche raciale. Depuis quelque temps circulaient nombre de rumeurs déclenchées par le décès inopiné de malades mentaux hospitalisés ; seulement, on ne réussissait jamais à prouver quoi que ce soit : les corps n'étaient pas mis à la disposition des familles, mais directement incinérés.

Personne ne voyait comment arrêter l'escalade. À moins que ces résistants n'aient justement trouvé un moyen. Bill avait peur pour le seul membre du groupe qu'il eût rencontré.

Il finit par sombrer dans un sommeil agité dont le tira un discret bruit de sabots claquant sur le pavé, sous sa fenêtre. Il alla jeter un coup d'œil, un épais brouillard montagnard formait un écran impénétrable derrière le carreau. Le lendemain matin, on lui apprit que la jeune fille et les enfants étaient partis. Il interrogea l'aubergiste, qui prétendit ne rien savoir.

— Ils sont partis, c'est tout ce que je peux vous dire. Leur note était payée d'avance, ils étaient libres de s'en aller quand ils le voudraient.

Bill s'efforça de ne pas se laisser abattre. Après tout, il tenait son papier.

Chapitre 2

Bill Roth rentra à Berlin, toujours aussi impressionné par la bravoure de la jeune fille en bleu. Par l'intermédiaire de la Croix-Rouge, il apprit que les enfants étaient arrivés sains et saufs en Suisse. Il remit son article et s'efforça de passer à autre chose. Il y avait tant de travail à abattre, tant de sujets à traiter !

Pour travailler, Bill avait l'habitude de voyager avec une simple valise et de loger dans des chambres d'hôtel minables à travers l'Europe, mais il restait de plus en plus souvent à Berlin. Car c'était là que l'information naissait. Bill était indépendant financièrement depuis plusieurs mois ; il était grand temps qu'il prenne un appartement en ville. Il eut la chance de trouver son bonheur rue Kant, non loin du Kurfürstendamm : cinq pièces donnant sur le parc et le lac. L'immeuble était ancien, mais la taille des pièces l'enchanta et il s'empressa de signer le bail.

Bien trop occupé pour s'installer lui-même, il demanda à ses amis l'adresse d'un bon décorateur d'intérieur. Il obtint ainsi le numéro de Taube Bloomberg, qui était justement chez elle le jour où il appela, et qui accepta de le rencontrer sur-le-champ.

Tandis qu'il l'attendait arriva un télégramme de l'agence Reuters à New York, lui demandant de couvrir la guerre civile en Espagne, son propre correspondant ayant été tué. On lui trouverait sous peu un remplaçant permanent, mais on ne pouvait encore avancer de date certaine. Pour Bill, c'était une chance inespérée.

Lorsque Taube Bloomberg s'annonça, il avait déjà fait sa valise et brûlait de s'en aller. Néanmoins, il s'entretint quelques instants avec elle en s'efforçant de dissimuler son impatience. Elle était longue et fine, empreinte d'une tranquille assurance, d'une beauté méditerranéenne, avec d'abondants cheveux noirs relevés en couronne.

Elle portait un tailleur gris bien coupé, un chemisier de dentelle blanche et des escarpins en daim gris, et s'était munie d'une grande mallette. Au vu de ses références, Bill comprit qu'elle était parmi les meilleures, bien qu'elle ne parût pas avoir dépassé la trentaine. Il la crut trop compétente et trop chère pour lui, et le lui dit, mais il apparut bientôt que Taube Bloomberg tenait à ce contrat.

— J'avais pensé diviser l'espace ainsi, commença-t-il en esquissant un vague plan au crayon. Deux bureaux (un pour moi, un pour ma secrétaire), plus une chambre à coucher, un salon et une chambre d'ami. Que l'ensemble soit peu meublé et raisonnablement coûteux. J'oubliais : essayez donc aussi de m'avoir le téléphone. Deux lignes. Et, si possible, qu'elles soient installées à mon retour.

Elle le regarda, bouche bée.

— Il faudrait que j'aie une idée de la somme.

Bill rédigea un chèque.

— Cela devrait suffire... (Il hésita.) Écoutez... Ça m'ennuie de vous demander ça, mais... voudriez-vous me rendre le service de faire passer une annonce dans le journal? Je cherche une secrétaire-sténodactylo bilingue anglais-allemand, avec des notions de français, heures supplémentaires possibles, sens des responsabilités, ce genre de chose?

Taube Bloomberg acquiesça en silence.

Bill ramassa ses affaires et s'en fut.

Le bruit de ses pas s'était à peine éteint que Taube versait des larmes de soulagement. Depuis des mois, elle usait ses semelles à la recherche d'un emploi. L'exercice de sa profession lui étant interdit parce qu'elle était juive, elle était contrainte d'accepter des tâches subalternes. Malheureusement, sans qualification, personne ne voulait l'embaucher, même comme femme de chambre. Depuis peu, des centres se créaient où l'on apprenait aux jeunes filles juives la blanchisserie, la couture et la cuisine. Taube était prête à endurer ce « recyclage » pour l'amour de ses parents, mais pas question de renoncer pour autant à chercher mieux.

Et voilà que Bill Roth lui offrait du travail ! Était-il juif lui-même ? « Non, songea-t-elle, probablement pas. » Mais il ne correspondait pas non plus au profil de l'Anglo-Saxon type. Il avait le teint trop mat, et ses cheveux brun foncé avaient beau être coupés court et rejetés en arrière, cela ne suffisait pas à en éliminer les ondulations. Il y avait chez lui quelque chose d'ardent, de ténébreux ; son visage allongé, osseux, aurait pu paraître dur sans des yeux bleus chaleureux, les lèvres pleines toujours prêtes à sourire. Il avait du charme, à sa manière, mais il était timide. Elle lui donnait dans les vingt-quatre ans.

Il lui avait tiré une sacrée épine du pied. Elle s'en fit le serment : cet appartement serait sa plus belle réussite.

Le comte Frédéric von Burgheim, ministre autrichien des Affaires étrangères, marchait de long en large dans son palais viennois. Soudain, il fit volte-face et dévisagea sa fille, pour reculer aussitôt d'un pas sous son regard implacable. Comme elle était obstinée ! Le menton relevé, l'œil franc sans rien révéler pour autant, elle le dévisageait en silence, ses lèvres dessinant un demi-sourire. Elle ne dirait rien, il le savait ; elle attendrait qu'il s'enferre. Alors elle fondrait sur lui, et ce serait fini. Il ne pouvait s'empêcher de se dire que, s'il l'avait moins passionnément aimée, il l'aurait sans doute élevée dans un plus grand respect de ses aînés et de ses maîtres.

Il tenta de nouveau sa chance.

— Notre famille a le malheur d'être au centre de l'attention générale. Tu es ma fille, et à ce titre tu dois adopter en toute circonstance une conduite exemplaire. Il y a un mois, tu as entraîné la famille dans un regrettable conflit avec un État voisin et ami. Ta conduite a été inacceptable, même s'il s'agit d'une... d'une bonne cause. (Toujours ce regard, ce mutisme accompagné d'une lueur de mépris dans les yeux.) Ne me regarde pas comme cela.

— Je regrette mais, vraiment, cette expression... « un État

voisin et ami »... Autrefois, tu ne parlais pas des nazis en ces termes.

Le comte dévisagea prudemment sa fille. Elle lui passa un bras autour de la taille et le serra contre elle ; il se dégela quelque peu.

— Laissons là la leçon de morale, père. À ma place, tu aurais fait la même chose. Avoue.

— Non... Jamais. Je suis trop vieux pour montrer pareil entêtement, ou pareille folie. Tu m'as supplié de te donner quatre années...

— Faux. Je ne t'ai pas *supplié*. Je ne supplie jamais.

— Quand tu as voulu abdiquer ton titre et vivre comme n'importe quelle étudiante, je t'ai prévenue que tu ne cesserais jamais d'être sous les projecteurs. Hitler a juré la perte des Habsbourg, et il n'hésitera pas à t'écraser... à *nous* écraser... si tu t'opposes ouvertement à l'Ordre nouveau en Allemagne. Il vaudrait mieux pour toi que tu partes en Angleterre...

— Mais mes amis...

— Ne m'interromps pas... Apprends à cohabiter. Fais comme moi ; ferme les yeux sur ce qui te déplaît. C'est ainsi que les Habsbourg ont survécu : en faisant des compromis...

— Tu veux dire, en compromettant leur intégrité morale ? s'enquit-elle innocemment. Pour nous autres Habsbourg, les convenances comptent plus que la moralité, c'est cela ?

Le comte sentit la moutarde lui monter au nez et s'efforça de se contenir en inspirant profondément.

— Je veux dire que tu ne dois pas rechercher les ennuis. Et surtout qu'il ne faut pas attirer l'attention de la presse.

Il jeta un journal sur son bureau. C'était le *Chicago Herald*.

De notre envoyé spécial Bill Roth à Salzbourg, lut la jeune fille. Puis elle tourna la page et lâcha un petit cri étranglé en tombant sur une grande photographie d'elle et des enfants. Prise dans le verger. Elle tournait le dos à l'appareil, et ses vêtements ne la trahissaient qu'aux yeux de son père... « Et de lui seul », songea-t-elle avec un soupir de soulagement. *Le courage fait femme*, disait le gros titre. Puis : *Les étudiants catholiques de Munich soutiennent le cardinal dans son opposition à l'euthanasie...*

Soudain lui revint un souvenir très net de ce reporter américain, avec son visage expressif, sensible, ses yeux bleus pleins de bonté. À quel moment avait-il pu prendre ce cliché ? Elle qui croyait qu'il n'avait photographié que les enfants...

— Au moins, on ne voit pas mon visage, fit-elle en relevant les yeux avec appréhension.

La tête ainsi penchée en avant, avec ses grands yeux bruns, son large front ridé, son visage asymétrique et son épaisse chevelure en broussaille, son père avait l'air d'un vieux taureau fatigué attendant le *coup de grâce*[1]. Elle fondit et s'accroupit à ses côtés en lui jetant les bras autour du cou.

— Je suis désolée de t'avoir causé du souci, père, mais que pouvais-je faire d'autre ? Il ne s'agit pas seulement de moi. Nous sommes plusieurs, et puis ils s'apprêtaient à gazer ces enfants. Est-ce que tu te rends compte ?

— Plus rien ne m'étonne, de nos jours. Je veux que tu quittes l'Allemagne.

Mais elle n'écoutait plus, il le voyait bien. Elle relisait le fameux article en serrant le journal entre ses doigts. Le comte observa sa fille avec inquiétude. En relevant sur lui un regard coupable, toute rougissante, elle ne fit que renforcer ses craintes.

— Il écrit bien, déclara-t-elle doucement. C'est un homme intelligent. Il me plaît.

— Marietta, intervint le comte avec toute la sévérité dont il était capable, n'oublie jamais que tes quatre années de liberté ne passeront que trop vite. Après cela, il faudra retrouver tes responsabilités et faire un bon mariage avec un Habsbourg, voire un membre de la famille impériale. Je me prends parfois à regretter qu'il n'y ait pas eu d'enfant mâle pour hériter de l'immense fortune de ta grand-mère. Alors peut-être... Mais passons. Le cardinal t'a sauvée. Le savais-tu ? dit-il en revenant à sa première source de tracas. Cet homme ne manque pas de courage. Il a déclaré que tu avais agi selon ses instructions. Est-ce vrai ?

— Je ne peux pas répondre.

On frappa à la porte. En se retournant, Marietta découvrit son frère debout sur le seuil.

---

1. En français dans le texte. *(N.d.T.)*

— Louis ! Qu'est-ce que tu fais là ?

— On m'a fait demander.

Filiforme, l'air concentré, Louis les considérait avec impatience. Marietta n'ignorait pas à quel point il haïssait les scènes de famille. Depuis quelque temps, il adoptait une attitude blasée et quelque peu cynique qui lui servait de paravent. Elle connaissait son frère et aimait de tout son cœur ce garçon introverti, hypersensible, qui se souciait sincèrement des autres et souffrait d'être ce qu'il était : le comte Louis von Burgheim, qu'attendait un brillant avenir dans les affaires d'État et les responsabilités familiales. Car, pour Louis, une seule chose comptait : la musique.

— Je te demande de veiller sur ta sœur pendant son séjour à Munich, annonça le comte. Consacre-lui plus de temps. C'est un ordre. Tu peux disposer. Nous en reparlerons au dîner.

— Mon propre frère, chargé de m'espionner ! lança-t-elle par-dessus son épaule tout en prenant congé en compagnie de Louis.

— Du calme, Marietta. Laisse, fit Louis. (Il lui prit la main et la contraignit à lui faire face.) Regarde-toi. Tu deviens grande. Père a raison, naturellement. Et tu le sais fort bien, n'est-ce pas ?

Elle se détourna, fâchée mais peu désireuse de se disputer avec un être qu'elle aimait et voyait si peu souvent.

— As-tu pris ton petit déjeuner ? s'enquit-il.

— Jan me prépare quelque chose dans la cuisine.

Louis la regarda, mal à l'aise. Il ne se sentait pas capable de la protéger. Que dire à cette sœur idéaliste ?

— Nous sommes autrichiens, déclara-t-il enfin. L'Ordre nouveau ne nous concerne pas.

De toute évidence, c'était la dernière chose à dire. Après cela, ils se livrèrent une guerre sans merci jusqu'à la fin de la journée. La brouille se poursuivit pendant le dîner et ne prit fin qu'au moment où Marietta alla se coucher.

Chapitre 3

Marietta enrageait trop pour dormir. Bien qu'elle ne leur ait pas cédé, elle était troublée par la condamnation de son père et de Louis. Ses responsabilités envers la famille prévalaient donc sur sa conscience ? La fortune dont elle avait hérité lui interdisait-elle d'assurer le salut de son âme ? Sa grand-mère lui avait dit sur son lit de mort : « Tu n'es qu'un maillon de la chaîne, alors sois un maillon solide. » Mais elle avait quand même le droit d'être plus que cela, non ?

Elle n'oublierait jamais la semaine éprouvante durant laquelle ses responsabilités s'étaient pour la première fois abattues sur ses épaules. Elle sentait toujours le frisson glacé de la mort, respirait le parfum pénétrant qui planait encore dans la chambre à coucher de sa grand-mère. Elle était bien peu préparée à ce qui l'attendait, ce jour-là, en rentrant d'Angleterre avec Ingrid, tout excitée à l'idée des merveilleuses vacances qu'elles allaient passer. Mais il n'y avait pas eu de vacances.

Les examens de fin d'année étaient enfin terminés. Dans la salle commune de leur pensionnat anglais, Marietta et sa cousine Ingrid confrontaient leurs réponses aux différentes épreuves. La nuit tombait et, sous la lampe illuminant sa chevelure et ses joues pâles, Ingrid paraissait pure et éthérée. Âgée de dix-neuf ans, avec sa silhouette fine et élancée et ses longs cheveux blond cendré, la jeune fille était devenue d'une rare beauté.

— Te souviens-tu du jour où père nous a amenées ici, il y a

six ans ? s'enquit Marietta en contemplant par la fenêtre le vieux manoir de brique rouge à la façade tapissée de lierre. Il me semblait que nous n'y survivrions jamais. Pourtant, nous voilà. Et, sous peu, nous nous retrouverons dans le vaste monde. Prêtes à vivre une aventure nouvelle et excitante !

Elle serra affectueusement le bras d'Ingrid.

— Pour toi peut-être, murmura cette dernière en se dégageant. Toi, ta voie est tracée. Oncle attend de toi que tu épouses un membre de la famille royale, ou quelque chose d'approchant. Mais moi, je n'ai pas ce genre de perspective. Pour une fois, essaie de comprendre que mon avenir n'est pas aussi radieux que le tien, qui sera enchanteur, je n'en doute pas.

Relevant brusquement la tête, Marietta surprit l'expression de sa cousine, dont les traits étaient déformés par l'envie. Elle en fut choquée et ressentit une grande tristesse.

— Je sais bien que les choses sont difficiles pour toi, Ingrid, mais je suis à tes côtés, et père aussi. Tu n'as pas de souci à te faire. Tout ce que j'aurai, je le partagerai avec toi. Pensons plutôt à nos vacances. Nous les avons bien méritées, et tu vas voir comme on va s'amuser !

— Je ne veux pas de ta charité, souffla Ingrid.

Marietta résolut d'essayer de la comprendre et de la rassurer comme elle pouvait. Malheureusement, une heure plus tard elle apprenait que sa grand-mère, la princesse Lobkowitz, était à l'agonie.

Le surlendemain, elle arrivait à Prague à l'issue d'un voyage épuisant à travers l'Europe. Jan, le chauffeur de sa grand-mère, l'attendait à la gare.

— La princesse tient bon, lui annonça-t-il d'emblée. Elle s'accroche, mais ce n'est qu'une question d'heures.

Marietta prit place dans la voiture. Étourdie par l'impatience et le chagrin, c'est à peine si elle vit le kaléidoscope que dessinaient les fermes, les champs fertiles, les petits ponts de pierre, les forêts, les lacs, les flèches d'église et les villages médiévaux qu'ils dépassaient en suivant le cours de la Vltava vers le sud. À cet endroit la rivière était large et son débit rapide ; on y apercevait de temps en temps un bateau à vapeur.

26

À une trentaine de kilomètres au sud de Prague, Jan ralentit à flanc de coteau et descendit vers la rivière ; tout en bas, presque entièrement dissimulés par la forêt épaisse, se dressaient les remparts et les tourelles du château de Sokol. Marietta serait bientôt chez elle. Ils franchirent le cours d'eau et s'approchèrent de l'ancienne porte monumentale surmontée de gargouilles effritées. La jeune fille soupira.

— Dépêchez-vous, Jan, murmura-t-elle.

Il *fallait* qu'elle voie sa grand-mère une dernière fois.

Quelques minutes plus tard, la voiture s'arrêtait dans la cour devant le vieil escalier de pierre aux marches polies par des siècles d'usure.

Dès qu'elle eut pénétré dans le vaste hall du château, Marietta sentit l'imminence de la mort l'envelopper comme un manteau. Elle frémit. Max, le majordome, lui adressa gravement quelques mots de condoléances à peine audibles. Il semblait en proie au plus grand désarroi. Puis ce fut le tour de son père.

— Nous parlerons plus tard, lui dit-il en la serrant dans ses bras. Le temps presse. Tu dois te rendre immédiatement auprès de la princesse.

Le visage de sa grand-mère lui causa un choc, avec sa peau gris cendre, ses traits tirés et ses yeux profondément enfoncés dans leurs orbites.

— Grand-mère !

Des larmes brûlantes l'aveuglèrent. La vieille dame fit un effort surhumain pour toucher la main de sa petite-fille.

— Ton tour est venu, mon enfant, fit-elle tout bas. Tu ne dois te soucier que de la famille. Gère précieusement ton bien. Fais-le croître. Accomplis ton devoir. (Sa voix n'était plus qu'un murmure rauque.) J'avais espéré un héritier mâle, seulement ta mère a tourné le dos à la famille. Mais je sais que toi, tu ne feras jamais une chose pareille. Sacrifie-toi. C'est ainsi que les Habsbourg ont acquis leur grandeur. Promets-moi que tu tiendras ton rang.

— Je le promets, grand-mère. Je ne te décevrai pas.

La princesse retomba sur ses oreillers, épuisée. Marietta se pencha tout près d'elle et écouta son souffle.

— Ne t'en va pas. Je t'en prie, grand-maman... J'avais tellement hâte de te revoir. Dis-moi quelque chose.

— N'oublie jamais, mon enfant...

— Oui... oui, je t'écoute...

— Tu es le lien entre passé et avenir. Dans cette chaîne, tu dois être un maillon solide. Sauvegarder nos richesses, notre puissance. Entre tes mains est le sort des générations à venir.

— Oui, grand-mère. Je jure.

Marietta se sentit tout à coup effrayée, écrasée par la gravité de ses responsabilités.

— Les temps changent. Une époque difficile s'annonce. Il faudra te montrer courageuse !

La voix de la vieille dame faiblit. Elle déclinait rapidement.

— Grand-mère, tu m'entends ? Je veux que tu saches que je t'aime. Tu as été plus qu'une mère pour moi, et je t'aime de tout mon cœur.

— L'amour... (Les lèvres de l'agonisante frémirent.) *Ne pense plus à l'amour ! Ne te soucie que de ton devoir...*

Sur ces mots, elle serra les lèvres comme s'il n'y avait plus rien à dire et s'éteignit doucement.

Les quelques jours suivants passèrent dans un tourbillon. Marietta dut recevoir régisseurs, hommes de loi, métayers, banquiers, financiers, gérants de brasseries et de caves vinicoles, comptables, représentants du gouvernement et gardes forestiers. Il y avait tant à faire ! Tout cela renforçait sans cesse son sentiment d'irréalité. Elle n'arrivait pas à croire que toutes ces choses puissent désormais être à elle. Lorsqu'elle perçut l'étendue de son héritage, Marietta ne se sentit pas à la hauteur ; elle s'efforçait de se dire qu'elle n'en était que la gardienne, la conservatrice, mais elle n'en tirait qu'un maigre réconfort. À mesure que les journées défilaient, elle prenait la mesure de ce qui l'attendait et se préparait à la confrontation avec son père. Elle aurait préféré choisir son moment, mais il passait tant de temps enfermé dans son bureau à mettre ses propres affaires en ordre qu'elle fut contrainte de l'aborder juste avant le petit déjeuner, moment dont elle savait par expérience qu'il n'était pas le mieux choisi pour ce genre de chose.

— Père, je veux que tu saches que j'ai promis à grand-mère d'accomplir mon devoir et de diriger nos affaires au mieux de mes capacités.

— Je n'en attendais pas moins de toi.

— Seulement, père... je n'ai pas été formée pour diriger *quoi que ce soit*. Il faudrait que j'étudie l'économie et la gestion, les techniques modernes agricoles et forestières, les méthodes de vente... Franchement, la liste est longue. J'ai tout à apprendre. Je voudrais quatre années pour me préparer. Considérez-les comme un investissement indispensable en prévision de l'avenir, ajouta-t-elle en désespoir de cause, voyant le pli soucieux qui barrait à présent le front de son père et le pianotage qui agitait ses doigts sur le bureau. Il me faut ma liberté. Je dois vivre ma vie.

— Tu en as le droit, répondit-il enfin, puisque personne ne peut la vivre à ta place. Mais ta vie est ici. La liberté n'y aura guère sa place. Tu as la richesse, la puissance, un brillant avenir ; mais de liberté, point. C'est le prix à payer, entre autres sacrifices. Je vais nommer des intendants compétents dans tous les secteurs que tu viens d'énumérer...

— Cela suffira pour l'instant, en effet, jeta-t-elle, mais plus tard, je ne me satisferai pas d'être un symbole. Tu n'aurais pas toléré qu'un héritier mâle mène nos affaires ainsi, et je me refuse à jouer les figurantes simplement parce que je suis une femme. Donne-moi quatre ans pour m'instruire. C'est tout ce que je te demande. Je vais m'inscrire à l'université de Munich, où l'on donne un cours d'administration de biens. Durant cette période, je souhaite oublier mon titre et vivre comme n'importe quelle étudiante.

Le comte sembla si furieusement hostile à sa requête qu'elle crut un instant se voir opposer une fin de non-recevoir. Mais il se contenta de soupirer et de répondre, sur un ton résigné :

— Peut-être convaincras-tu Ingrid de t'accompagner.

Marietta se rendit compte qu'elle avait gagné.

— Merci, père. (Elle se jeta à son cou.) Mais Ingrid désire fréquenter une institution française pour jeunes filles de bonne famille. Elle rêve de devenir une figure célèbre de la haute société.

— Dommage, répliqua son père avec regret. Elle devra faire

un mariage de raison. N'oublie pas, Marietta, que dans quatre ans tu devras passer aux choses sérieuses et remplir consciencieusement ton rôle de comtesse héritière.

— Mais naturellement, père ! promit-elle sur un ton léger. Et merci !

Dans son lit du palais Plechy, à Vienne, elle songeait que quelques mois seulement s'étaient écoulés depuis la disparition de sa grand-mère ; du jour au lendemain, l'écolière insouciante avait cédé la place à une jeune femme portant sur ses épaules le poids du monde. « Ah, la liberté ! Ce n'est pas juste », se dit-elle.

De guerre lasse, elle finit par se redresser et alluma sa lampe pour chercher du regard quelque chose à lire, n'importe quoi de distrayant. Elle entreprit de relire une lettre d'Ingrid. Sa cousine y décrivait les soirées, les modes, les jeunes gens qu'elle avait rencontrés. Elle avait flirté avec un comte italien qui lui avait paru sérieux. « Hier j'ai entendu le célèbre couturier Schiaparelli déclarer : " Une jolie jeune fille est un accident, une belle femme est une réussite. " À partir de maintenant, je vais prendre modèle sur Mrs. Wallis Simpson. [1] »

Marietta sourit malgré ses idées noires. Comment s'y prenait-on pour flirter ? Elle passa en revue les garçons qu'elle avait connus. Deux ou trois persistaient à lui faire la cour et, naturellement, elle avait dansé avec quelques jeunes gens, mais l'idée d'en embrasser un la dégoûtait. Pourtant, depuis quelque temps elle se sentait envahie de curiosité, d'étranges et indéfinissables langueurs. Tomberait-elle un jour amoureuse ? Elle avait dix-sept ans, presque dix-huit, et jamais encore on ne

---

1. Mrs. Wallis Warfield Simpson (1896-1986) est l'Américaine divorcée pour qui le roi Édouard VIII d'Angleterre abdiqua en décembre 1936 en faveur de son frère, le duc d'York, qui prit alors le titre de George VI. Édouard reçut pour sa part celui de duc de Windsor, et épousa Mrs. Simpson en juin 1937. Cette dernière n'étant pas pour autant considérée comme duchesse royale de plein droit, le couple dut résider à l'étranger, notamment dans l'Allemagne d'avant-guerre, puis en France et aux États-Unis. *(N.d.T.)*

l'avait embrassée. Elle avait mené une existence protégée, et ignorait si elle devait s'en inquiéter ou non. Elle se remémora le journaliste, Bill Roth. Pensait-il parfois à elle ? Elle soupira et éteignit la lumière.

À l'issue de cette nuit sans sommeil, elle rédigea à l'intention de son père un billet qu'elle laissa sur son bureau avant de regagner Munich.

Pardonne-moi, père, mais je dois obéir à ma conscience. Tu m'as élevée dans le respect du devoir et, aujourd'hui, je ne peux me dérober à mes responsabilités. Ta fille affectionnée, Marietta.

Chapitre 4

Bill arriva en Espagne à la mi-octobre ; Franco raffermissait encore sa domination sur le front de l'Est. Il fut écœuré par la sauvagerie avec laquelle les troupes du général balayaient devant elles les armées du gouvernement républicain. Il décrivit dans ses articles les bombardements de civils, la misère et la famine, les mères qui protégeaient leurs enfants en leur faisant un rempart de leur corps, le massacre de centaines de soldats désarmés dans les arènes de Badajoz, les êtres en haillons, les visages jaunes, émaciés, exprimant une souffrance indicible. Le matériau ne manquait pas, et Bill câblait inlassablement ses articles, jour après jour. Il n'avait guère le temps de dormir, mais durant les quelques heures de sommeil qu'il glanait çà et là, entre deux batailles, lui venaient en rêve des visions de la jeune fille de Salzbourg. Il ne fut pas fâché de voir arriver, à la mi-novembre, le nouveau correspondant permanent. Il craignait de s'habituer à l'horreur et à la cruauté.

En rentrant à Berlin, Bill découvrit, rue Kant, un appartement digne d'une publicité de *Vogue*. Ce n'était pas simplement beau, c'était à couper le souffle. Un jeu de miroirs savamment disposés agrandissait l'entrée. Le plancher nu avait disparu. Dallage de marbre blanc, miroirs et plantes vertes avaient transformé son campement en logis de milliardaire. Les meubles, modernes, étaient d'allure coûteuse, comme les rayonnages chargés de livres, les gravures encadrées représentant des vues du vieux Berlin, et, sur la table, un vase en céramique bleu et blanc plein de fleurs d'automne aux tons mordorés. La chambre à coucher était somptueuse, avec ses tons gris et blanc relevés par une courtepointe de soie rouge.

Quant au bureau, il semblait plus spacieux que dans son souvenir. En état de choc, calculant mentalement le coût de tout cela, Bill n'arrivait même plus à tout inspecter en détail.

Il constata, soulagé, qu'un téléphone était posé sur la table de travail, dans le bureau peint en blanc et en vert olive. Il appela Taube Bloomberg et lui demanda de venir immédiatement.

Le temps que la jeune femme arrive, le contenu de sa valise avait dérangé l'ordre parfait de la chambre à coucher et ses papiers jonchaient le bureau impeccablement ciré.

Mal à l'aise, il lui fit face.

— Merci de vous être occupée de ça, fit-il en désignant d'un geste vague le téléphone et les machines à écrire. Écoutez, poursuivit-il, en se préparant à une discussion qui lui semblait inévitable — et avec un femme, en plus. Je ne voudrais pas en faire une affaire d'État, mais j'avais tout de même fixé une limite à vos dépenses.

— En effet.

— Vous n'avez pas pu acheter des dalles pour ce prix-là, et encore moins les faire poser, lâcha-t-il.

— Elles sont d'occasion, ainsi que le mobilier. Vous n'imaginez pas les affaires qu'on peut faire de nos jours. Tenez, voici les factures. Vous trouverez le détail de tout ce que j'ai dépensé, acheva-t-elle en lui tendant une liasse de paperasses annotées à la main.

— Qui s'est chargé de la pose?

— Un petit entrepreneur. Juif, ajouta-t-elle prudemment. On trouve de la main-d'œuvre juive bon marché, si on ne voit pas d'inconvénient à s'entourer de juifs.

Bill la regarda, furieux et écœuré. Puis la vérité se fit enfin jour dans sa tête.

— Vous êtes juive?

— Ça vous pose un problème? dit-elle avec une agressivité qui créa entre eux une barrière presque tangible.

— Qu'est-ce que vous avez donc dans le sang, Miss Bloomberg? Comment pouvez-vous exploiter ainsi un des vôtres?

— Eh bien... (Un soupir audible.) Il s'agit en fait de

mon frère. Et je ne l'ai pas *exploité*. Il était ravi de m'aider, au contraire.

— Vous le remercierez de ma part.

— Heureusement, il a quitté l'Allemagne, fit-elle tout bas.

Aussitôt Bill regretta sa brusquerie.

— Vous avez fait un travail remarquable, Miss Bloomberg. Vous devez être une espèce de génie. En entrant chez moi, je n'en croyais pas mes yeux. J'ai eu peur que vous n'ayez dépassé votre budget. Excusez-moi si je vous ai offensée.

La jeune femme semblait toujours nerveuse.

— J'ai outrepassé mes pouvoirs en engageant une secrétaire à votre place. Elle semblait si bien correspondre au profil ! (Elle s'interrompit.) Vous avez une mine épouvantable ; je vois bien que vous n'en pouvez plus. Tenez, je vais faire du café.

— Le fait est que je n'ai pas dormi mon content depuis des jours.

— Eh bien, allez donc vous coucher. (Elle semblait très soucieuse de lui plaire, mais Bill était trop las pour se poser des questions.) À quelle heure voulez-vous que votre secrétaire vous réveille ?

Ce n'était pas ainsi qu'aurait dû se comporter une décoratrice d'intérieur, Bill le sentait bien, mais la fatigue l'empêcha de s'inquiéter.

— Dites-lui de ne pas faire de bruit, de prendre les messages et de me réveiller à six heures ce soir avec une tasse de café. J'ai un tas de « dernières minutes » à rédiger.

Il avait l'impression de dormir depuis cinq minutes quand on frappa à la porte de sa chambre. Bill consulta sa montre. Il ne pouvait pas être déjà six heures ! Et pourtant si. Il alla dans la salle de bains. Se faire couler un bain aurait demandé trop d'efforts. Il se contenta de se passer un peu d'eau froide sur le visage et de se coiffer. En rentrant dans la chambre, il trouva sur la table une assiette de petits sandwiches et un pot de café. Décidément, cette fille connaissait son affaire. La tasse à la main, un sandwich dans l'autre, il gagna le bureau de sa secrétaire... et y trouva Taube Bloomberg. Elle le regarda d'un air farouche derrière lequel il pressentit quelque chose comme du désespoir.

— Vous êtes toujours là ?

— Je suis votre nouvelle secrétaire, monsieur.

— Mais pourquoi ? Vous n'êtes pas employée de bureau, que je sache ! Vous êtes décoratrice, et parmi les meilleures, en plus ! Vous ne l'ignorez sûrement pas.

— Je reconnais que j'ai une certaine compétence, mais le problème, c'est qu'elle ne me sert à rien. Comme vous l'avez deviné, je suis juive. Je vous en prie, monsieur Roth. Je travaillerai dur. J'accepterai un demi-salaire.

— Ce ne sera pas nécessaire, répliqua-t-il, bourru. (Il se sentait plus coupable qu'il n'aurait dû.) Je vous embauche.

— Légalement, vous n'avez pas le droit de m'employer au titre de salariée qualifiée. Alors, comme je tiendrai également votre intérieur, vous pouvez me déclarer comme femme de ménage.

— Ce ne sera pas nécessaire, marmonna Bill.

— Au contraire, ce sera *indispensable*.

Bill entreprit bientôt de rechercher la « jeune fille en bleu ». Il n'arrivait pas à la chasser de ses pensées. « Qui peut-elle être ? se demandait-il. D'où tient-elle ce cran ? Et pourquoi les gens de son espèce sont-ils si rares ? » À cette dernière question, il pouvait répondre, malheureusement. Il y avait, dans l'Allemagne nazie, des dizaines de camps de concentration débordant de Tziganes, de petits délinquants, de protestants, de catholiques, de ministres de tous les cultes, sans omettre tous ceux qui avaient osé élever la plus petite protestation contre l'Ordre nouveau nazi.

Armé d'une photo, Bill alla rendre visite au secrétaire de l'archevêque de Munich. Celui-ci prétendit ne rien savoir de la jeune fille ni du sauvetage des orphelins, mais il lui accorda un rendez-vous avec l'archevêque. Bill tira de l'entrevue de quoi rédiger un excellent article, mais n'apprit rien de plus sur la jeune fille en bleu. Il était manifestement dans une impasse. Il s'efforça alors de mettre son obsession de côté et, avec l'aide de Taube, y réussit quelque temps.

Il avait beau savoir qu'on ne devait jamais mélanger travail et agrément, il était si seul qu'il emmena plusieurs fois la jeune femme au théâtre ; en outre, ils dînaient souvent ensemble. Il s'aperçut très vite qu'elle représentait un atout majeur pour sa carrière ; elle avait du flair et connaissait beaucoup de monde dans les milieux artistiques.

Pour Taube, ce travail auprès de Bill était une véritable manne. Elle lui devait beaucoup, et se rendit rapidement compte que le monde du journalisme lui plaisait ; de solides rapports professionnels s'établirent bientôt entre eux. Il ne tarda pas à lui parler de la jeune fille de Salzbourg, et lui montra ses négatifs. Taube comprit tout de suite que le jeune homme était tombé éperdument amoureux de la bienfaitrice anonyme, sans se rendre compte à quel point ses sentiments étaient évidents.

Une semaine plus tard, elle lui apporta un indice : des étudiants de l'université de Munich s'apprêtaient à manifester contre le renvoi et la déportation d'un de leurs professeurs. Elle lui donna tous les détails.

— La manifestation sera organisée par des étudiants catholiques regroupés sous le nom d'Edelweiss, mais ils comptent aussi sur le soutien d'éléments extérieurs. Au fait, ils sont épaulés par le cardinal de Munich.

Elle ne sut à quoi attribuer sa tristesse en voyant Bill partir en coup de vent pour aller couvrir l'événement.

Chapitre 5

En arrivant à Munich, Bill choisit un restaurant dans la Ludwigstrasse ; il s'installa près de la fenêtre et posa sous la table son appareil photo et son sac. Il regarda le vent chahuter les arbres dans les jardins qui lui faisaient face. Les branches étaient presque nues, leurs dernières feuilles s'envolaient dans toutes les directions. Une fois achevé son petit déjeuner, il demanda au serveur de surveiller un moment ses affaires.

Il trouva la belle demeure du professeur dans le quartier de Schwabing, face à la fontaine de Moïse. Un gros camion de déménagement était garé dans l'allée. On était en train de le décharger sous l'œil attentif d'un membre des sections d'assaut nazies, qui allait et venait d'un air important. Un membre des Chemises brunes s'installait à la place de l'ancien locataire. Blême de rage, Bill prit quelques photos en feignant de s'intéresser à la fontaine.

Il fut de retour au restaurant avant dix heures. Il buvait à petites gorgées une nouvelle tasse de café quand il entendit une voiture s'arrêter de l'autre côté de la place dans un grand crissement de pneus. Entre les arbres, il vit une jeune fille en descendre, ouvrir le coffre pour en sortir un pinceau et un pot de peinture. La fille très brune qui tenait le volant redémarra en massacrant la boîte de vitesses et, l'espace de quelques secondes, son antique décapotable fit de bruyantes embardées. Bill riva son regard à la jeune fille qui restait et entrevit brièvement son visage derrière ses cheveux balayés par le vent. Il tressaillit, se leva d'un bond et, empoignant son appareil photo, fit signe au serveur qu'il s'absentait quelques minutes.

Tandis qu'il traversait la place, la jeune fille s'approcha du mur et se mit à y inscrire un slogan à coups de pinceau hâtifs. Bill se précipita tout en réglant son appareil. Le temps qu'il parvienne devant le mur, elle avait achevé sa tâche. « Libérez le professeur Cohen — le racisme est une insulte à la justice », lut-il. Son flash éclaira l'inscription et la fille sursauta, répandant de la peinture sur ses chaussures.

— Encore vous !

Il avait retrouvé la jeune fille en bleu ! Il vit ses sourcils se froncer de façon menaçante.

— Qu'est-ce que vous faites ici ? Comment osez-vous me poursuivre ? jeta-t-elle.

Elle tremblait de la tête aux pieds. Était-ce de colère ou de peur ?

— Vous ne vous souvenez pas de moi ? dit Bill Roth. Nous avons fait connaissance à Salzbourg.

— Je ne m'en souviens que trop bien, au contraire. Vous m'avez prise en photo alors que je vous avais demandé de ne pas le faire. Nous ne voulons pas de la presse ici. Allez-vous-en ! conclut-elle en lui lançant un regard furieux.

— Vous n'avez rien à craindre de moi. Mais je crois que vous avez tort d'agir de cette façon. C'est trop dangereux. Il ne faut pas rester là. (Il saisit le pot de peinture, et elle lutta pour le récupérer.) Aïe, fit-il en voyant le contenu se renverser sur le trottoir. Quant on veut combattre les trolls, il faut aller sous terre. Vous êtes des cibles trop faciles, tous tant que vous êtes.

Il serra les lèvres. Il en avait assez dit. Peut-être même trop. Il lui agrippa le bras et l'entraîna vers le restaurant.

La jeune fille semblait plus amusée qu'irritée.

— Écoutez, preux chevalier. Allez donc trouver quelqu'un d'autre à sauver. Moi, j'ai à faire.

Sur quoi elle se dégagea brusquement et s'en fut.

Enfin... Au moins l'avait-il éloignée de l'inscription. Bill revint sur ses pas, paya sa note et récupéra ses affaires. Appareil en bandoulière, il prit le chemin de la bibliothèque, où se formait un attroupement de plus en plus dense.

Marietta retrouva Andréa sur les marches de la bibliothèque. Hors d'haleine, elle lui parla du journaliste américain et des photos qu'il avait prises.

— Si la presse nationale en fait ses gros titres, cela pourra s'avérer gênant pour nous, voire fatal, commenta Andréa à voix basse. Pour éviter le pire, mieux vaut ne pas trop attirer l'attention.

Marietta avait peur, mais réagit :

— Si on n'acceptait pas les risques, on ne serait pas en train de faire ce qu'on fait ! En un sens, il nous offre un haut-parleur tourné vers le reste du monde. On ne peut être à la fois efficace et à l'abri du danger. C'est l'un ou l'autre. Je veux dire, ça a toujours été comme ça, non ? ajouta-t-elle en commençant déjà à regretter ses paroles.

Andréa la regarda comme si elle venait de la gifler à la volée.

— Je te salue, ô Jeanne d'Arc ! persifla-t-elle.

Marietta ne broncha pas. Elle aimait beaucoup Andréa, sa meilleure amie. En fait, elle aimait tous les membres du mouvement Edelweiss ; elle ne voulait pas qu'il leur arrive quoi que ce soit. Mais voilà que ce Bill Roth venait leur offrir à la fois une audience planétaire et un passeport pour les geôles de la Gestapo.

D'un mouvement décidé, Marietta grimpa entre les statues de dieux grecs et se pencha par-dessus la balustrade. Sa voix s'éleva, claire et douée d'une vigueur étonnante.

— Citoyens de Munich ! clama-t-elle. Le professeur Cohen était un homme respectable, un authentique penseur. Pour nous, c'était un maître merveilleux. Et pourtant, on l'a renvoyé, déporté avec toute sa famille, et cela simplement en raison de sa religion...

Ses paroles rendaient un son dur, plein de détermination, mais elle semblait timide et d'une beauté désarmante. Les éléments perturbateurs de la foule ne pouvaient que lui lancer des remarques dont la vulgarité la firent rougir ; elle poursuivit pourtant sans ciller, cheveux au vent :

— Le professeur Cohen n'est qu'un des milliers d'individus qui disparaissent chaque année dans nos villes, une tragédie parmi des milliers. Est-ce cela que nous voulons ? Au fond de notre cœur, n'avons-nous pas honte ? N'avons-nous pas envie de crier « Assez ! » ?

De loin Bill vit approcher des soldats appelés en renfort et les observa attentivement. Les Chemises brunes cernaient la foule. Quelques hommes voulurent se précipiter pour prêter assistance aux manifestantes et se firent matraquer par les troupes spéciales. Une poignée d'étudiants s'enfuit vers le haut des marches, blêmes, sous le choc. Un adolescent, victime d'un coup de matraque particulièrement vicieux, s'effondra, le visage en sang.

— Regardez-les faire ! Il faut leur tenir tête, à ces brutes ! Nous regrouper, sinon nous sommes perdus ! hurla Marietta tandis que les policiers en armes se ruaient vers elle.

Accrochée à la statue, elle sentit deux mains la tirer par les chevilles. Elle se dégagea à coups de pied et battit en retraite plus haut sur les marches, en se tenant à la tête de Sophocle. Puis elle reconnut une voix dans la mêlée de cris.

— Partez ! vociférait Bill. Rentrez dans la bibliothèque en courant aussi vite que possible.

Quelque chose la frappa à l'arrière de la tête et elle s'affaissa sur le sol. Elle sentit vaguement que deux hommes la portaient sans ménagement vers les voitures, en laissant ses pieds traîner sur les pavés.

Bill tenta de se frayer un chemin jusqu'à la voiture en se bagarrant, mais un coup violent s'abattit sur son visage et un autre sur sa nuque. Les Chemises brunes piétinèrent son appareil photo sur les pavés. Bill se débattit comme un beau diable, mais il était écrasé sous le nombre. Un troisième coup fit tournoyer la scène autour de lui avant de l'expédier dans les ténèbres. Sa dernière émotion consciente fut le regret : il ne savait toujours pas *son* nom.

Lorsqu'il revint à lui, il eut l'impression qu'une seconde à peine s'était écoulée. Il se remit péniblement debout en s'accrochant à un réverbère. La foule se dispersait rapidement, personne ne se portait à son secours. Son appareil photo n'était plus qu'un tas de ferraille tordue que Bill expédia dans le caniveau d'un coup de pied dégoûté. Hébété, désorienté, il regagna lentement le restaurant. Le serveur alla lui chercher du café noir et de la glace pour la bosse sur son crâne, tout en le pressant de s'en aller au plus vite.

Bill tâta sa poche. Le première pellicule prise ne semblait pas endommagée. Il remercia le garçon pour son aide et lui laissa un généreux pourboire. Puis il se dirigea vers les bureaux du journal local et convainquit quelqu'un qu'il connaissait de le laisser utiliser un bureau et le laboratoire photo. Deux heures et trois bières plus tard, son rapport était fait, les photos tirées.

Pendant ce temps était venue le torturer une féroce migraine, et ce fut avec gratitude qu'il accepta l'hospitalité du correspondant local.

Il s'éveilla tôt le lendemain matin et, après plusieurs tasses de café fort qui achevèrent de le ranimer, gagna le commissariat principal de la ville. C'était la première fois qu'il avait affaire à la Gestapo d'aussi près, et l'impression n'était pas rassurante. L'intérieur du bâtiment lui-même évoquait une toile d'araignée. Une fois qu'on s'y aventurait, on était pris au piège. Il montra ses papiers au planton en faction à l'entrée et demanda à parler à l'officier responsable. Il dut emprunter sous bonne garde un ascenseur qui l'emmena dans les entrailles de la terre. Au quatrième sous-sol, on lui enjoignit de sortir et il se retrouva dans une vaste pièce. Là, un représentant de la Gestapo prit son nom et son adresse, et lui ordonna d'attendre. Pas besoin d'être un génie pour comprendre qu'il était venu se jeter dans la gueule du loup.

Au bout d'une heure d'extrême tension au cours de laquelle il perçut des gémissements venus des étages supérieurs, on l'introduisit dans un bureau où on lui dit de s'asseoir. Un capitaine SS vint bientôt le rejoindre ; l'homme lui déplut instantanément. Son regard fixe fit même naître en lui une bouffée de répulsion. Grand, irradiant une force brute, il avait de gros yeux d'une curieuse teinte ambrée, écartés et voilés par des paupières lourdes. Ses cheveux noirs étaient plaqués sur son crâne, ses sourcils épais se rencontraient à la racine de son nez épaté et son teint était huileux, olivâtre. Tout, chez lui, était démesuré. Ajoutée à l'uniforme de la Gestapo, l'aura de puissance qui se dégageait de lui en faisait un personnage inquiétant.

— Je me présente : capitaine von Hesse. Monsieur Roth, si je comprends bien, vous êtes ici à cause des étudiants subversifs que nous avons arrêtés hier. Lequel d'entre eux vous intéresse particulièrement ?

Bill hésita, mais une fraction de seconde seulement.

— Aucun. Je voulais simplement vérifier les faits. C'est que je tiens un bon article. Brutalités policières, jeunes filles innocentes assommées et emmenées dans je ne sais quel lieu de détention... J'ai des photos sans équivoque. Et de jolies filles, en plus... Ça fera la une de tous les journaux à l'étranger. Mon article est déjà dicté, ajouta-t-il tandis que le capitaine s'emparait du dossier.

— Ce ne sont pas des innocentes, répliqua ce dernier. Peut-on savoir l'objet exact de votre présence ici ?

— Je viens de vous le dire : il faut que je m'assure des faits. Si ces jeunes gens doivent être libérés aujourd'hui, je dois appeler mon rédacteur en chef pour lui dire de ne pas passer l'article ; or, il préfère que ses correspondants ne lui envoient que des papiers basés sur des données solides. (Un haussement d'épaules.) Après tout, je sais à quel point vous vous efforcez de présenter une bonne image de vous-mêmes à l'étranger.

— Comme c'est bien dit, rétorqua von Hesse, qui sourit et croisa les mains. Eh bien, vous pouvez l'appeler, votre rédacteur. Car ces étudiants seront effectivement libérés aujourd'hui.

— Je vais donc lui conseiller de mettre l'article en attente, au cas où.

— Comme vous voudrez. Et maintenant, parlons un peu de vous, monsieur Roth. (L'Allemand plissa les yeux.) Comment se fait-il que vous soyez devenu journaliste alors que vous pourriez compter parmi les principaux actionnaires d'une importante manufacture d'armes américaine ?

— Cela ne vous regarde pas.

— Détrompez-vous. Nous sommes quelques-uns à penser que le statut de journaliste constitue une excellente couverture quand il s'agit d'infiltrer nos usines et de nous espionner pour le compte de votre pays, précisa von Hesse, dont les lèvres souriaient, mais non les yeux. Au fait, seriez-vous juif ?

— Je ne vois pas en quoi cela peut vous intéresser. Vous voulez savoir ce que je suis ? Citoyen américain et journaliste professionnel.

— C'est vous qui le dites, répliqua von Hesse d'un ton doucereux. Pas de meilleure couverture pour enquêter sur l'industrie de l'armement en Allemagne.

Bill perçut très nettement la menace que renfermaient ces propos ; il ressentit des picotements sur sa peau et ses cheveux se hérissèrent sur sa nuque.

— N'essayez pas de m'intimider, capitaine. Sachez que je ne me laisse pas facilement impressionner, et qu'en outre j'ai derrière moi l'ambassade américaine et l'agence Reuters. Si ces étudiants ne sont pas relâchés, je ferai un tel tapage que vous devrez vous boucher les oreilles. Bon. (Il se leva.) Je crois que je vais m'en aller, à présent.

Le capitaine haussa les épaules.

— Je ferme les yeux pour cette fois, mais n'essayez plus de menacer le Troisième Reich. Cela pourrait se révéler, euh... désagréable pour vous. (Il se leva à son tour, puis ajouta avec une lueur égrillarde dans le regard :) Au fait, pour laquelle de ces filles avez-vous un faible, hein ?

Bill fit la sourde oreille. Le caporal qui l'avait accompagné à l'aller l'escorta le long d'une série de couloirs menant à l'ascenseur situé à l'extrémité opposée de l'édifice. Tandis qu'ils remontaient vers la surface, Bill ne put réprimer un frisson.

À l'étage en dessous de la pièce où Bill venait d'avoir cette entrevue, Marietta était assise sur un siège en bois rudimentaire, face à un bureau ; devant elle, une rangée de lampes. Derrière, des officiers conduisaient l'interrogatoire.

— Qui vous a donné l'autorisation d'utiliser l'imprimerie de l'université ?

Silence.

— Qui vous en a donné les clefs ?

— Vous perdez votre temps. Je ne répondrai pas.

Le coup partit, rapide, sauvage. Il l'atteignit à l'épaule — une épaule déjà meurtrie. La douleur lui donna la nausée. Elle ne broncha pas et attendit le coup suivant. Cette fois, la matraque s'abattit sur sa nuque. Elle réprima un cri et tomba en avant. « Mon Dieu, aidez-moi. Et s'ils me rompent le cou ? Ça ne leur ferait pas peur. »

— On a dû vous aider pour la composition du tract. Qui ?

La matraque s'abattit sur ses doigts, qui serraient convulsivement le bord du siège.

— Vous avez tout intérêt à parler. Tous les autres l'ont fait, insista l'homme d'une voix mielleuse et aiguë. Vous ne nous apprendrez rien que nous ne sachions déjà.

— Alors, pourquoi prendre la peine de me le demander ? répliqua-t-elle d'une petite voix empreinte de lassitude.

Elle se laissa aller en arrière, ferma les yeux et bascula brièvement dans l'inconscience. Aussitôt, un seau d'eau glacée la ranima. Elle leva les yeux et fusilla du regard l'homme qui se penchait sur elle.

— Vous êtes prête à parler, ou bien faut-il vous administrer une nouvelle douche froide ?

C'était un jeune homme aux yeux verts inflexibles et aux cheveux blonds gominés — l'archétype du nazi.

À cet instant, un SS entra et la dévisagea curieusement avant de murmurer quelques mots pressants à l'oreille du blond. Le tortionnaire lança un regard plein de regret à la jeune fille, puis quitta la pièce.

Marietta poussa un soupir de soulagement devant le répit qui lui était accordé. Elle se laissa de nouveau aller contre le dossier de son siège et ferma les paupières. Son corps tout entier n'était que douleur. Elle espéra qu'il ne s'agissait que de contusions, qu'elle n'avait rien de cassé. Malgré l'inconfort, elle avait l'impression de pouvoir tenir le coup indéfiniment. Et elle savait très bien pourquoi. Parce qu'elle éprouvait à *leur* égard un mépris infini.

Chapitre 6

La porte se rouvrit. Marietta n'aurait su dire depuis combien de temps elle était affalée sur son siège. Ses gardes bondirent sur leurs pieds en faisant le salut nazi : le capitaine Hugo von Hesse entrait dans la pièce. Quand il se pencha sur elle, elle se redressa à demi sous le coup de la surprise.

— Hugo ! Ce n'est pas possible... Je n'en crois pas mes yeux !

Il la considéra gravement et fit la moue. Puis il éteignit les grosses lampes de bureau. Marietta battit des paupières.

— Allez lui chercher un verre d'eau, ordonna-t-il.

À mesure qu'elle se persuadait qu'elle voyait réellement un uniforme de SS sur la personne de son demi-frère et qu'elle en saisissait les implications, Marietta fut prise de nausée.

— Hugo..., fit-elle tout bas. (Le spectacle qu'il offrait, avec ses galons, ses croix gammées, tout l'attirail qu'arboraient les officiers nazis pour se donner l'impression d'être puissants et de faire partie de l'élite, ce spectacle la dégoûtait.) Comment as-tu su que j'étais là ? interrogea-t-elle farouchement au bout d'un long silence. C'est toi, le responsable des massacres d'étudiants ? Voilà ton métier ?

— Mais non, soupira-t-il. Heureusement. Cependant, je suis effectivement chef de la sécurité. On m'a appelé dès qu'on a su qui tu étais. Tu es dans un bel état, Marietta. (Hugo fronça les sourcils, puis chassa les gardes du geste. Ils eurent bientôt la pièce pour eux. Dès qu'ils furent seuls, il vint se percher au bord du bureau.) As-tu idée de l'heure qu'il est ? s'enquit-il.

— Aux alentours de midi, sans doute.

Il sourit.

— Pas mal. Parfois les gens croient que plusieurs jours se sont écoulés. Il est en fait neuf heures du matin.

— N'essaie pas d'être gentil, ça ne servira à rien. Je n'ai pas l'intention de répondre à la moindre question.

— Vraiment ? Mais je n'avais pas l'intention de t'en poser. Elle le regarda d'un air sévère.

— Tu n'as pas honte de soutenir ce régime alors que père t'a élevé dans l'amour de la bonté et de l'honnêteté ?

— Autant de leçons que j'ai bien apprises, j'espère.

— Permets-moi d'en douter. Et ta carrière de juriste ? As-tu été reçu à l'examen ?

— Mais oui, même si aucun d'entre vous n'a cherché à le savoir. Quand père m'a chassé, les nazis m'ont recueilli ; si bien que maintenant, je leur sers de conseiller juridique... entre autres.

— Tu te rends compte que tu as voué ta vie à une cause si monstrueuse que... que...

Les mots lui manquèrent, mais ses prunelles lançaient des éclairs de rage.

— Que sais-tu de cette cause, toi ? répliqua-t-il sans s'irriter, à la grande surprise de Marietta, se contentant de montrer un peu d'impatience. Toi qui es étudiante, tu devrais t'ouvrir à toutes les doctrines

« Pourquoi suis-je si étonnée de le retrouver ici, dans un endroit pareil ? se demanda-t-elle tristement, sentant sa colère refluer peu à peu. En un sens, c'est parfaitement compréhensible. Hugo a toujours été pétri de colère et d'amertume. Tout le monde sait que les nazis attirent tous les sadiques, toutes les brutes du pays. Et dire qu'il est mon demi-frère. Quelle honte ! Père ne s'en remettra pas. Hugo est... ou plutôt *était* des nôtres. Nous avons été élevés sous le même toit. Et voilà qu'à présent il fait partie de ces monstres nazis. Que vont dire Louis et Ingrid quand je le leur apprendrai ? Si je sors jamais d'ici. »

— Ça n'a pas l'air d'aller, Marietta. Veux-tu un peu d'eau ? (Elle acquiesça en silence et il lui tendit un verre, qu'elle vida d'un trait.) Je veux que tu m'écoutes attentivement, Marietta. Je crois me souvenir qu'un jour tu es allée recevoir un prix remporté par les truies Landrace de Sokol. Tu t'étais rendue au comice agricole à la place de grand-mère, souffrante ce jour-là. Tu t'en souviens ?

Elle le regarda, stupéfaite.

— Mais naturellement. Qu'est-ce qui te prend de me poser une question pareille?

— Parle-moi des porcs que tu as vus ce jour-là.

— Eh bien, commença-t-elle avec hésitation, ne sachant pas où il voulait en venir. Ils sont engraissés de telle manière qu'on en retire davantage de lard. Et de meilleure qualité, de surcroît. (Décidée à satisfaire ses caprices, elle lui adressa un sourire sans chaleur.) Tu as d'autres questions aussi bêtes?

— Et cette souche a été obtenue par hybridation sélective, n'est-ce pas? insista Hugo sans tenir compte de sa remarque.

— Pourquoi pas?

Elle voyait à présent ce qu'il avait en tête. « Pas très subtil », songea-t-elle.

— Je n'ai jamais compris pourquoi l'homme utilisait l'élevage de manière extensive pour améliorer le rendement de son bétail, voire de ses cultures maraîchères, tout en laissant sa propre espèce dégénérer, reprit Hugo. On maintient en vie les malades et les infirmes, on va jusqu'à les laisser se reproduire. En fait, ce sont même les pauvres, les crétins et les demeurés qui ont le plus d'enfants. Tragique, tu ne crois pas?

— Non.

— Tu trouves malin de produire plus d'inférieurs que d'êtres intelligents?

— Les gens ne sont pas des porcs. On ne peut pas les traiter comme des animaux.

— Pourquoi pas? fit-il. (Puis, sans attendre la réponse :) Nous croyons que l'*homo sapiens* peut produire une race d'hommes-dieux au physique et à l'intellect supérieurs... Des aryens! C'est cela, le nazisme.

— Et les autres? s'enquit-elle doucement.

— On les mettra au travail dans les usines, les fonderies, les mines, les champs, répondit-il en fronçant les sourcils.

— Jusqu'à ce que mort s'ensuive?

Il haussa les épaules.

— Malheur aux faibles.

Marietta s'efforça de dominer la rage qui couvait en elle. Livide, raidie par la fureur, elle planta ses ongles dans les accoudoirs de son siège.

— Inutile d'essayer de me convertir à ta cause, cracha-t-elle. J'abhorre ce que tu soutiens. Je devrais avoir pitié de toi, Hugo. Tu auras gaspillé ton talent et ton énergie. Je te croyais catholique.

— Je le suis.

Sous le regard si ardent, si pressant, de sa demi-sœur, et en entendant sa voix claire et indignée, Hugo sentit la moutarde lui monter au nez. De quel droit prétendait-elle le juger ? Et comment pouvait-elle être toujours si sûre d'elle ? Où trouvait-elle le courage de s'opposer à lui ?

— L'Ordre nouveau règne à jamais. Il va balayer les faibles de la surface de la terre. Et parmi les faibles se trouvent les Habsbourg, ajouta-t-il, une note de triomphe dans la voix.

— Je m'opposerai à toi jusqu'au bout, jura-t-elle, la bouche contractée par la fureur.

— C'est que ce nous verrons.

Il alla s'asseoir au bureau et se mit à jouer avec un stylo en s'efforçant de conserver son calme. « Je ne devrais plus me soucier de ce qu'elle pense de moi », songea-t-il. Le côté paradoxal de sa vie, c'est qu'il avait beau haïr Marietta et le reste de la famille, son vœu le plus cher était tout de même qu'ils prennent en compte son existence.

Il comprit qu'il perdait son temps.

— Comme la plupart des gens, tu es incapable de saisir la grandeur de la vision du Führer. Il est en avance de cinq cents ans sur son temps.

— Comment oses-tu te montrer d'une telle arrogance ? s'exclama-t-elle, tout près de perdre son sang-froid. Aurais-tu oublié le but de la civilisation ? Elle ne vise pas à produire du lard de meilleure qualité ou des individus de plus grande taille, mais à développer constamment la morale et la connaissance. C'est un système destiné à sauvegarder les peuples, non à les exterminer.

Cramoisie, elle chercha son souffle. Hugo griffonnait sur son carnet.

— Je n'ai pas peur de toi, siffla-t-elle. Je ferai tout pour vous mettre des bâtons dans les roues, à toi et à tes semblables, chaque fois que l'occasion s'en présentera.

— Voilà des affirmations bien radicales, Marietta. On

pourrait presque parler de trahison. Je n'insisterai pas pour te faire signer tes déclarations, tu n'en aurais sûrement pas le courage.

— Oh, mais si ! Bien sûr que si ! (Elle se pencha brusquement en avant, saisit le stylo de Hugo et, sans lire, ajouta une signature ponctuée d'une arabesque au bas de la page.) Va au diable, Hugo. Et maintenant, me gardes-tu ici indéfiniment, ou bien me relâches-tu ?

— Bientôt, bientôt, marmonna-t-il. J'ai décidé d'être clément ; après tout, nous sommes de la même famille. Tu seras rentrée pour le dîner.

On reconduisit Marietta dans sa cellule. Hugo la suivit du regard, puis regagna son bureau. « Plus arrogante que jamais. Tout comme père », songea-t-il. Le comte ne tarderait plus à entrer en contact avec lui, à présent. Hugo avait hâte d'entendre ses supplications. Pendant sept ans, il avait attendu l'occasion de lui faire payer l'humiliation subie lors de leur ultime entrevue.

Enfant, il avait bien senti l'injustice dont il était victime de la part de l'homme qu'il appelait « père ». Jamais il n'avait bénéficié de la moindre estime de la part du comte ; plus il faisait d'efforts, plus on le rabaissait. À treize ans, il comprit enfin pourquoi. Un jour, la nurse écossaise l'avait giflé parce qu'il avait bousculé cette enfant gâtée de Marietta.

— Quand je serai comte, je vous ferai chasser ! lui avait-il promis en se frottant la joue.

La jeune fille avait éclaté de rire.

— C'est Louis qui sera comte, et non vous. (Un reniflement de dérision.) Vous n'avez pas une once de sang bleu dans les veines. Vous ne portez même pas le nom du comte. Alors j'aimerais bien savoir comment vous pourriez me renvoyer.

À la suite de quoi il avait coincé père dans la bibliothèque pour savoir. Il s'avéra que c'était bien Louis l'héritier du titre. Lui, Hugo, n'était qu'un roturier sans le sou, tout au plus un beau-fils, alors qu'il avait toujours considéré le comte comme son père. À l'époque, ce dernier avait paru inquiet, et lui avait affirmé qu'il assurerait son avenir ; mais, en définitive, cela n'avait pas abouti. Il avait été chassé, et tout cela à cause de cette indiscrète d'Ingrid qui ne savait pas tenir sa langue. D'ailleurs, elle faisait partie de la dette qu'il lui restait à régler.

Il secoua la tête. Un jour, le comte regretterait sa cruauté. Le temps jouait en sa faveur.

Son second entra et salua.

— *Heil Hitler !* Le ministre autrichien des Affaires étrangères est en ligne, capitaine von Hesse.

Hugo sourit de plaisir. Il savait comment il allait orienter leur petite conversation. On le prierait de revenir au sein de la famille, avec ses châteaux, ses laquais en livrée et ce style de vie qui lui manquait cruellement. « La vie, c'est comme l'escrime, se dit-il. Pour gagner, il ne faut jamais trop s'éloigner de l'adversaire. » Et voilà que Marietta venait de se jeter dans ses filets.

— Père, fit-il simplement en décrochant l'écouteur, quel plaisir d'entendre votre voix...

En replaçant le combiné cinq minutes plus tard, il sut qu'il avait remporté la première manche. La bataille serait longue, les enjeux considérables, mais Hugo avait bien l'intention de prendre plaisir à la destruction méthodique de la puissante famille von Burgheim, et de s'approprier ce qui lui appartenait.

Marietta s'était endormie sur la paillasse inconfortable de sa cellule. Elle se redressa, inquiète, dès qu'elle entendit la porte s'ouvrir violemment. Elle réprima un cri de douleur. Son corps tout entier semblait n'être que douleur.

— Debout ! On vous demande. Dépêchez-vous, allez ! aboya la gardienne.

Elle tenait à peine sur ses pieds ; chaque muscle protestait vigoureusement à mesure qu'elle bougeait. Trébuchant à chaque pas, elle longea le couloir en cherchant appui sur les murs, puis on la poussa dans l'ascenseur, qui entama son interminable montée.

Quelques instants plus tard on lui rendait sa montre, son sac à main, ses chaussures et sa ceinture, et on la poussait sans ménagement dans la rue par l'entrée principale. Elle resta un moment en haut des marches à regarder autour d'elle, hébétée mais pénétrée de gratitude. Jamais l'air du dehors n'avait senti aussi bon. L'air de la liberté! Elle s'en emplit les poumons. Alors elle entendit un appel et découvrit Bill Roth qui l'attendait en bas sur le trottoir.

— Tiens, bonjour! fit-elle en attrapant avec précaution la rampe avant de descendre les marches. (La tête lui tournait, elle avait la nausée.) Vous aussi, on vous a interrogé?

Bill la prit aux épaules et l'examina de la tête aux pieds.

— Vous n'avez pas l'air trop amochée, constata-t-il d'une voix rauque. J'ai eu si peur!

Tout à coup, elle se retrouva dans ses bras. Mais elle se reprit et recula d'un pas.

— Combien d'entre nous ont-ils arrêtés? Qui est encore là-dedans? Vous le savez?

— Il me semble que vous êtes la première à sortir. Mais une ordure du nom de von Hesse m'a dit que vous seriez tous libérés aujourd'hui.

— Oh... (Le rouge lui monta aux joues.) Merci, mon Dieu!

Elle ne pouvait tout de même pas lui dire que l'ordure en question était son demi-frère.

— Vous êtes sûre que ça va?

Il avait une façon de la regarder qui lui faisait chaud, lui donnait l'impression d'être désirée.

— Et vous? interrogea-t-elle en effleurant sa mâchoire enflée.

— Ne vous en faites pas pour moi. Ce n'est rien. La boxe était mon sport préféré, autrefois. (Il lui prit la main.) Je suis content que vous n'ayez rien de grave. Je vous reverrai toute ma vie lancer des imprécations aux nazis, accrochée à la statue de Sophocle. Allez-vous poursuivre votre action au sein du groupe Edelweiss?

— Mais naturellement! On ne peut pas s'arrêter maintenant. Adopter profil bas quelque temps, peut-être, ajouta-t-elle en essayant de paraître plus brave qu'elle ne l'était en réalité.

Il serra vigoureusement la main de la jeune fille dans les siennes.

— Pourrai-je vous revoir? Et si vous me disiez votre nom?

— Marietta von Burgheim. Oui, vous pouvez me revoir.

Elle partit d'un rire mal assuré.

— Je suppose que vous êtes aux Beaux-Arts ? demanda-t-il.

— Pas du tout : à l'École d'agriculture. (Elle s'interrompit en voyant Andréa descendre les marches en clopinant.) Oh, mon Dieu, Andréa !

Elle voulut s'élancer vers son amie, mais la force lui manqua et elle grimaça de douleur. Bill poussa un juron en apercevant l'œil poché de la nouvelle venue et l'aida à franchir les dernières marches. Andréa se jeta dans les bras de Marietta.

Les étudiants émergeaient l'un après l'autre du commissariat central, tous avec le même air ahuri. Tous avaient été passés à tabac, mais pas trop sévèrement. Bientôt ils s'étreignirent en se racontant ce qu'ils venaient de subir. Marietta constata que, comme elle, ils étaient en état de choc, et heureux de retrouver la liberté. Lorsqu'elle se souvint de Bill, ce fut pour s'apercevoir qu'il avait disparu.

Ce soir-là, les étudiants du groupe Edelweiss échangèrent des récits émus de leurs passages à tabac respectifs ; ils narrèrent inlassablement les mêmes anecdotes en arborant fièrement leurs ecchymoses. Tous avaient eu très peur. Marietta essayait de ressentir du bonheur, mais en vain. Elle avait les larmes aux yeux et ses mains tremblaient sous l'effet de la culpabilité et de la honte. Elle était libre, mais grâce à Hugo... Et c'était cela qui la faisait souffrir, bien plus que ses contusions.

Chapitre 7

Le lendemain après-midi, les membres du groupe se retrouvèrent chez Marietta pour discuter. Fallait-il poursuivre l'action malgré les brutalités de la Gestapo ?

Assise sur le tapis devant la cheminée, la jeune fille écoutait les arguments des uns et des autres en espérant que la majorité déciderait de maintenir la cohésion du groupe, car il s'était créé entre eux un lien merveilleux et solide. Ils étaient vingt-quatre, maintenant. Edelweiss atteignait une taille non négligeable. Et puis ils s'amusaient bien ; ils utilisaient des expressions telles que « cochons de fascistes », « ordures nazies », disaient « les trolls » ou « les blonds », et évoquaient en plaisantant le danger qu'ils couraient en faisant ainsi un pied de nez aux autorités.

L'appartement de Marietta était devenu un lieu de liberté d'expression, un havre où pouvaient se rencontrer étudiants et enseignants libéraux. Il était idéalement situé : on remarquait à peine les promeneurs qui s'y glissaient discrètement au sortir du parc. Ils y passaient parfois des heures à rédiger des tracts, à organiser des manifestations de rue ou tout simplement à mettre en pages leur bulletin. « L'appartement commence à prendre un peu de caractère », songea Marietta un soir où la discussion se poursuivait inlassablement. Il y avait là des livres signés Leon Feuchtwanger, Jakob Wassermann, H. G. Wells, Zola et Proust, tous mis à l'index. Elle avait accroché aux murs des tableaux et photographies de la faune et des paysages de sa Bohême bien-aimée. Andréa avait complété le tout par un buste de Mozart et une gravure représentant Mendelssohn. Grâce aux bons soins de la gouvernante, Frau Tross, le mobilier reluisait et la pièce embaumait l'encaustique.

Finalement, le débat s'acheva, on vota et résolut de continuer la lutte à l'unanimité. Malgré toute l'affection qu'elle avait pour ses amis, Marietta se réjouit de les voir rentrer chez eux les uns après les autres. Elle avait encore mal partout et ressentait le besoin de se retrouver seule.

Il était neuf heures du soir lorsque Louis sortit du parc en admirant les branches nues baignées par le clair de lune. En atteignant l'escalier en pierre montant chez Marietta, il entendit jouer du piano et, l'espace d'un instant, resta immobile devant la porte, une main sur le heurtoir. C'était la sérénade *Goyescas* de Granados, interprétée avec une émotion qui l'envoûta. Enfin il se résolut à entrer.

Le salon était plongé dans la pénombre, uniquement éclairé par le réverbère du jardin, près du portail. Une jeune fille brune était au piano ; son épaisse chevelure bouclée retombait sur ses épaules, masquant ses traits. Elle effleurait les touches de ses belles mains, comme pour se demander quoi jouer ensuite ; elle égrena quelques notes d'un morceau, puis une ou deux mesures d'un autre, sans se douter le moins du monde qu'on l'observait.

La lune apparut au-dessus des arbres du parc, géante et lumineuse, et nappa d'argent le visage de la jeune musicienne, qui entama la sonate *Clair de lune* de Beethoven sous le regard admiratif de Louis. Elle était très jeune et très belle.

Puis elle l'aperçut et poussa un petit cri.

— Pardon ! Ne vous arrêtez pas. Je suis le frère de Marietta. J'étais invité à dîner, mais je suis en retard. Je ne voulais pas vous déranger. Je vous en prie...

Elle eut un sourire hésitant et Louis tomba sous le charme de ses yeux, de grands yeux brillants, couleur noisette. Il jugea que la jeune fille était aussi simple que belle. Il eut le sentiment que lui seul avait découvert sa beauté, que d'autres n'auraient peut-être pas su voir.

Elle continua à jouer et Louis écouta sans bouger, en se décontractant progressivement, jusqu'à sentir son âme se fondre avec celle de la pianiste, avec le clair de lune et la musique.

Elle finit par s'arrêter et contempla silencieusement les

touches. Il savait qu'elle ressentait la même chose que lui, car ils restèrent longtemps à partager la nuit, ni l'un ni l'autre ne souhaitant rompre le charme.

Tout à coup, la porte s'ouvrit, puis se referma bruyamment ; la lumière se fit et Marietta accourut.

— Mon Dieu, mais vous êtes dans le noir ! Qu'est-ce qui vous prend, tous deux ? Andréa, je te présente mon frère Louis. Louis, voici Andréa, l'amie avec qui je partage cet appartement. Mais vous avez déjà fait connaissance. Tant mieux. Je suis désolée d'être en retard. Regardez toutes les pommes de pin que j'ai ramassées ! Un plein sac ! Elles dureront toute la soirée. (Radieuse, les joues roses et les prunelles brillantes, elle en jeta quelques-unes dans le feu. Il y eut une série de sifflements et des crépitements, puis des flammes ronflantes s'élevèrent dans la cheminée.) Je devine que c'est père qui t'envoie, reprit-elle. Mais peu importe. Tu es là, c'est tout ce qui compte. (Elle se jeta au cou de son frère et le serra contre elle.) J'ai passé un merveilleux moment dans le parc. J'ai même nourri les canards ! Qu'y a-t-il pour dîner ? Je meurs de faim.

Les jeunes filles s'affairèrent à mettre le couvert et, à force de cajoleries, persuadèrent Frau Tross de faire réchauffer le repas. Louis resta assis devant la cheminée sans rien dire, la tête encore toute pleine de musique. Une fois à table, il ne prit que quelques cuillerées de soupe, touchant à peine aux plats. Les jeunes filles racontèrent leur journée, les yeux d'Andréa exprimèrent tour à tour la moquerie, la gaieté et la mélancolie. Tout en les écoutant, Louis se sentait de plus en plus démoralisé. Non seulement elles poursuivaient leur activité au sein du groupe, mais, en plus, elles publiaient à présent un autre bulletin.

— J'ai promis à père de garder l'œil sur toi, Marietta, interrompit-il soudain en la regardant droit dans les yeux. Je t'en prie, oublie la politique. Concentre-toi sur tes études.

— Toi, tu parles de politique, mais moi j'appelle ça de l'humanisme. Je regrette, mais je n'ai nullement l'intention de laisser cette bande de brutes faire de moi une dégonflée.

Malgré ses craintes, Louis ne pouvait s'empêcher de les admirer. Elles s'étaient vouées à leurs idéaux. Lui n'avait jamais rien éprouvé d'aussi fort, dans quelque domaine que ce fût.

Changeant brusquement de sujet, Andréa voulut savoir ce qu'étudiait Louis.

— Le piano. C'est une très ancienne vocation. Mais père m'a d'abord obligé à fréquenter l'école militaire.

— Comment est-ce possible ? s'étonna Andréa. Je ne vous ai jamais vu au Conservatoire. Il se moque de moi, c'est ça, Marietta ? Si c'est ainsi, dites-moi donc quel est votre morceau préféré ?

— La sonate *Clair de lune,* répondit-il en prenant un air romantique.

Andréa éclata de rire.

— Quel menteur ! intervint Marietta en lui souriant. Tu préfères le jazz à la musique classique, tu me l'as répété plus d'une fois.

— C'est parfaitement inexact ! protesta Louis

— Mais si, c'est ce que tu m'as dit ! Ma parole, tu changes d'avis comme de chemise ! C'est bien toi, ça, commenta-t-elle en secouant la tête.

— La semaine dernière appartient désormais à une autre époque, pour moi. Tout ce qui est antérieur à ce soir n'a plus aucun sens à mes yeux, répliqua Louis.

Marietta regarda les deux jeunes gens et ressentit de l'amusement. Jamais elle n'avait vu Louis faire la cour à une fille. Elle se fit la remarque qu'il n'était pas très doué, et les laissa seuls sous prétexte d'aller réviser un cours.

— Jouez-moi quelque chose, suggéra Andréa. Ce que vous voudrez, histoire de me convaincre. Je suis toujours persuadée que vous vous moquez de moi.

Louis alla s'asseoir au piano. Il avait très envie d'impressionner la jeune fille, mais il était nerveux ! Il entama un air d'*Anything Goes,* la comédie musicale de Cole Porter, fit deux ou trois fausses notes et, relevant les yeux, découvrit l'expression mitigée d'Andréa. Au bout d'un moment, il se sentit plus en confiance et, passant au jazz proprement dit, attaqua *Honky Tonk Train.* Tout de suite la jeune fille s'approcha.

— Poussez-vous un peu, laissez-moi jouer aussi. C'est un

de mes morceaux préférés, dit-elle, les yeux brillants d'excitation. Je vais improviser sur cette partie-là.

— Et celui-là, vous le connaissez ? s'enquit-il en jouant les premières mesures de *One O'clock Jump*.

— Si je le connais !

Elle partit à nouveau de son rire grave. Ils enchaînèrent les succès du jazz Dixieland et Nouvelle-Orléans, et bientôt ils ne firent plus qu'un. Ils n'avaient même plus besoin d'échanger un mot.

Andréa avait le front moite. Louis lui trouvait l'air d'une femme qui vient de faire l'amour. Brusquement sérieux, il lui posa la main sur le bras et lui demanda fiévreusement :

— Vous n'êtes pas fiancée ni rien de ce genre, au moins ?

Andréa ne répondit pas. Son regard sombre et expressif se fixa sur lui, confiant, affectueux et un rien sensuel. Il exprimait le plaisir, mais aussi une hâte joyeuse. Louis sut que désormais il n'aurait aucun mal à se souvenir de ce visage : le front lisse, le nez un petit peu trop pointu, les lèvres pleines, le délicat dessin des pommettes, les sourcils épais, les yeux bruns... Il y avait là à la fois force et finesse, passion et vertu. Louis comprit qu'il venait de découvrir un trésor inestimable.

Conscient de la valeur de Taube et désormais habitué à se reposer sur sa remarquable efficacité, Bill eut un pressentiment en constatant, le lendemain matin, qu'elle était en retard. Elle finit par arriver à dix heures et demie, pâle et l'air craintif. Elle ôta son manteau (dont le revers s'ornait d'une étoile jaune) et prit place à son bureau. Là, elle fondit en larmes. Bill la pressa doucement de se confier à lui. Elle raconta qu'un groupe de « citoyens » l'avait bousculée et menacée en lui faisant comprendre qu'elle était indésirable. Des Chemises brunes qui passaient par là s'étaient arrêtés pour contempler la scène en riant. Elle avait eu une peur bleue, mais ils ne lui avaient pas vraiment fait de mal.

— Écoutez, Taubie, fit-il lorsqu'elle eut séché ses larmes. Un conseil : quittez l'Allemagne pendant qu'il est encore temps. Je vous aiderai. Vous pourriez travailler pour mon oncle, dans un premier temps.

— Oh, Bill..., répondit Taube en enfouissant son visage dans ses mains. J'ai essayé de convaincre mon père. Mais le problème, c'est qu'il n'est pas du tout orthodoxe. Il se considère plus comme un Berlinois que comme un juif. En outre, il appartient à la CV, cette association culturelle judéo-allemande au nom imprononçable qui est censée nous défendre et dont les autres membres ne cessent de lui recommander le calme et la patience, le temps que les choses s'arrangent un peu, acheva-t-elle avec une note d'hystérie dans la voix.

— Continuez, l'encouragea Bill. Je veux tout savoir.

— Où aller, Bill ? Quand on est jeune et qualifié, on peut trouver un pays d'accueil, mais pour les gens âgés il n'y a guère de refuge possible. Sauf si on a de l'argent à l'abri à l'étranger, ce qui n'est pas notre cas. Tout le capital de mon père est investi dans son affaire. Le meilleur magasin de musique de Berlin. Seulement, les nazis vous prennent tout ce que vous possédez en échange de leurs maudits visas de sortie... (Elle baissa la tête et, l'espace de quelques secondes, se mit à trembler en silence sur sa chaise.) Mon frère vient de verser vingt mille dollars pour s'en aller. Il va débarquer à New York sans un sou en poche, et encore fera-t-il partie des plus favorisés.

— Pourquoi ne partez-vous pas avec lui ? s'enquit doucement Bill.

— Je ne peux pas abandonner ma famille. Pour être honnête, j'ai déjà fait le tour de toutes les ambassades, mais jusqu'ici je n'ai pas avancé d'un pouce. Inutile de harceler mon père pour qu'il accepte de partir s'il n'a pas d'endroit où aller. Et ici, le pire est à venir. Au début de l'année, mon père s'est entendu dire que toutes les affaires appartenant à des juifs devaient être vendues à des aryens. Il a fallu qu'il dresse la liste complète de nos biens : les murs, le fonds de commerce, le stock, l'argent en banque, plus les bijoux et les tableaux, tout ! On va nous dépouiller de tout. Comment allons-nous survivre ?

Elle se remit à trembler. Bill la prit dans ses bras.

— Tenez bon, Taube. Je vais avertir l'ambassade américaine. Il faut en avoir le cœur net. Si vous pouvez leur prouver qu'un emploi vous attend là-bas, peut-être changeront-ils d'attitude.

— Venez donc dîner vendredi. Vous ferez connaissance avec ma famille. Mon père est tellement fier... Vous verrez par vous-même à quel point il se montre obstiné. On dirait qu'il se réfugie dans l'irréel. Vous, peut-être, il vous écoutera.

— C'est que justement, vendredi, je dois me rendre à Munich en voiture.

Il attendit qu'elle se calme, puis passa dans son bureau pour appeler un ancien camarade de classe qui travaillait maintenant à l'ambassade.

— Ce n'est pas aussi facile que tu le crois, Bill, lui répondit Andy Johnson. Ces pauvres gens sont des milliers à vouloir ficher le camp. Nous sommes débordés de demandes. On essaie de prendre ceux dont les compétences peuvent être utiles, surtout ceux qui sont assez jeunes pour travailler et s'adapter. Ou ceux qui ont déjà de la famille aux États-Unis. Il existe toutes sortes de règlements, tu sais. Tu devras probablement te porter garant pour cette famille... (Un soupir.) Enfin, je vais quand même me renseigner.

— Merci, fit Bill.

Ce soir-là, les étudiants de l'Edelweiss se rassemblèrent à minuit à l'imprimerie de l'université munis d'un tonnelet de vin blanc afin de fêter l'impression de leur premier manifeste. Ils se congratulèrent, impressionnés par la maquette et le professionnalisme qui s'en dégageait, ainsi que par la gravité de leurs propos une fois ceux-ci imprimés. Le bulletin avait été composé et fabriqué sur le campus en dehors des heures de cours grâce à la connivence du professeur d'anglais, lui-même auteur d'un éditorial exhortant les étudiants de toute l'Allemagne à exprimer au grand jour ce qui se tramait dans les coulisses du régime nazi.

Marietta avait rédigé un article, et elle en était très fière. L'ivresse du succès valait mieux que tous les champagnes. Quand elle rentra chez elle, toute à sa joie, c'est à peine si elle touchait terre. Si seulement ce journaliste américain était là pour lire sa prose ! Elle avait hâte de le revoir, mais quand ?

Deux jours plus tard, les nazis réagirent avec rapidité et

sauvagerie à la sortie du journal. Le personnel de l'imprimerie universitaire fut arrêté pour interrogatoire. Quelques heures plus tard, le professeur d'anglais faisait son apparition dans la grande salle de cours, arborant un œil poché, des lèvres fendues et un visage tuméfié.

Chapitre 8

En pénétrant dans la boutique des Bloomberg à sept heures du soir le jeudi suivant, Bill trouva le père de Taube encore occupé à réparer une clarinette. C'était un homme grand, mince et voûté. Bill eut tout de suite l'impression qu'il n'était pas en très bonne santé. Il avait le teint gris, les yeux rougis et cernés, les joues creuses. Mais, quand il souriait, son visage s'illuminait et il rajeunissait de plusieurs années. Bill lui donna à peine soixante ans, et le devina rongé par sa tension intérieure.

Le magasin semblait relativement prospère. On y voyait une foule d'instruments de musique en tout genre, ainsi qu'un mur de présentoirs consacrés aux partitions ; l'arrière-boutique servait d'atelier de réparation.

— C'est presque toujours moi qui m'en charge, expliqua Bloomberg en lui faisant faire le tour du propriétaire.

Ensuite, le journaliste suivit son hôte à l'étage, où se trouvait l'appartement familial. Le salon, confortable et spacieux, garni de meubles anciens de bonne qualité, était égayé par un bouquet de fleurs. Mais Bill fut surtout frappé par l'atmosphère paisible qui y régnait. On avait la sensation que l'Ordre nouveau ne pourrait jamais y faire intrusion.

Odette Bloomberg était une beauté d'une délicatesse et d'une féminité extrêmement séduisantes. Elle lui plut instantanément. Elle était blonde, avec des yeux bleus et des lèvres bien rouges qui souriaient presque constamment, avec ce chic indéfinissable qui n'appartenait qu'aux Berlinoises. Elle portait une robe chasuble bleu marine et blanc, à col et manchettes empesés, brodée de petites fleurs. Fraîche et pimpante, elle ne paraissait pas son âge. C'était manifestement de son père que Taube tenait son teint mat.

— Ravie de faire votre connaissance, monsieur Roth, déclara Odette. Taube est tellement heureuse depuis que vous lui avez donné du travail !

— Ma foi, j'en suis moi-même très satisfait.

Rayonnante de joie, Odette se mit à le questionner sur ses origines et Bill se rendit brusquement compte qu'elle le prenait pour un prétendant. Il ne sut pas comment la détromper.

Pendant que Taube et sa mère préparaient le dîner, Bloomberg mit quelques disques anciens qu'il venait d'acheter.

— Je n'ai jamais eu que mépris pour la musique d'Europe de l'Est, avoua-t-il d'un air contrit, mais maintenant qu'on m'oblige à retrouver mes racines, je découvre de véritables joyaux. Écoutez ça.

Sur quoi il lui fit entendre une mélodie envoûtante vaguement slave.

Les deux hommes se plurent. Avant la fin du repas, ils s'appelaient déjà par leur prénom. Anton, diplômé en musique, parlait six langues. C'était aussi un incurable optimiste qui aimait profondément ses semblables, et particulièrement les Allemands.

— Ce sont des gens de cœur, répéta-t-il à plusieurs reprises. Pour le moment, les nazis les mènent à la baguette, mais cela passera, vous verrez. Les choses vont s'arranger.

Bill respectait son point de vue, mais le trouvait tout de même d'une dangereuse inconscience. Plus tard, en regagnant son domicile, il passa en revue les différents moments de la soirée. Il s'était senti à l'aise en compagnie des Bloomberg, peut-être parce que Anton lui rappelait son oncle. Mais, en même temps, il était atterré par les illusions qu'entretenait cette famille. Pourquoi les parents de Taube refusaient-ils de voir la vérité en face ? Parce qu'ils n'osaient pas ? Parce qu'ils n'avaient pas d'endroit où aller ? Ou bien parce qu'ils tenaient à vivre une vie normale aussi longtemps qu'on le leur permettrait ? Il en eut des cauchemars, mais il avait promis de revenir les voir.

Le jour dit, il entendit un bruit de lutte en garant sa voiture à l'angle de leur rue. Une série de coups sourds, un cri rauque, des exclamations diverses... Bill se précipita, à temps pour voir Anton s'effondrer dans le caniveau sous les coups de ses agresseurs.

— Sale youpin ! crièrent deux voyous.

Sans réfléchir, Bill plongea dans la mêlée, déséquilibrant le premier d'un coup de tête avant de se retourner vers le second. Mais celui-ci s'enfuit et Bill aida Anton à se relever.

— Ils en voulaient à mon portefeuille, et ils l'ont eu, lui dit le vieux monsieur lorsqu'il eut recouvré son souffle. Tous les bandits d'Allemagne utilisent l'antisémitisme comme prétexte pour commettre leurs délits. Il ne faut rien croire de plus. Cela n'a rien à voir avec la haine des juifs.

— Je vais appeler la police, insista Bill.

— Vous perdriez votre temps. Le tabassage des juifs est légal aux yeux de ce prétendu gouvernement. La police ne lèvera pas le petit doigt.

— Écoutez, Anton, commença Bill, vous ne pouvez pas rester ici. Je viens de décider que les industries Roth allaient s'étendre au domaine des instruments de musique. Pour commencer, nous allons acquérir votre fonds ; plus tard, vous n'aurez qu'à le racheter avec votre part des bénéfices, au moment qui vous conviendra. Comme vous devrez nous conseiller sur nos nouvelles opérations engagées aux États-Unis, le problème des visas sera résolu, acheva Bill en s'efforçant de parler sur un ton d'homme d'affaires.

Le visage d'Odette se contracta. Elle fondit en larmes.

— Oh, Bill..., sanglota-t-elle. Vous nous sauvez la vie...

— Tu n'as pas honte, Odette ? s'exclama Anton. (Il se tourna vers Bill.) Je suis très touché, Bill, mais ma situation n'est pas assez désespérée pour que j'accepte votre charité. Cette folie ne va plus durer bien longtemps maintenant.

— Je t'en supplie, papa, éclata Taube. Écoute ce que te dit Bill. Écoute ce que je te dis, moi. Tu dois dire oui... Fais-le pour nous tous.

— Ce n'est pas de la philanthropie de ma part, plaça Bill. L'Amérique a *besoin* de gens comme vous.

— Vous ne savez pas ce que vous dites, jeune homme. Vous ne comprenez pas que nous arrivons à l'âge où le corps ne suit plus. Bientôt nous serons trop vieux pour travailler. Nous deviendrons un fardeau. Le cœur d'Odette n'est déjà plus bien solide, et moi j'ai de la tension. Il faudrait dix années pour amortir un nouveau magasin.

— Sois raisonnable..., implora Taube.

— Ce sont des choses dont on discute en privé, Taube. L'incident est clos.

Le lendemain matin, Taube se leva bien décidée à obliger son père à voir la réalité en face.

— Papa, tu dois accepter de voir les choses comme elles sont, maintenant. La situation est dramatique ici. Il faut partir.

Tous trois étaient assis autour de la table. Étant donné que le traiteur avait été arrêté, leur petit déjeuner ne se composerait pas comme d'habitude de filets de hareng et d'œufs durs, mais de pain grillé et de café.

— Si j'essaie de vendre le magasin maintenant, je me ferai spolier, et tu le sais parfaitement.

Il lui jeta un regard de reproche par-dessus le rebord de sa tasse.

— Mais tu n'as pas d'autre choix ! Je te rappelle que nous avons reçu un ordre, au cas où tu aurais oublié.

Anton pâlit tout à coup, se leva en renversant sa chaise et sortit de la pièce. Les deux femmes s'entre-regardèrent un instant.

— Depuis quelque temps, il chasse certaines choses de son esprit, fit tristement Odette. Comme il ne peut pas faire face à l'enfer que nous vivons, il fait comme si de rien n'était.

— Nous parlions de quitter l'Allemagne, reprit Taube avant de s'apercevoir que sa mère était en pleurs. (Elle s'accroupit à ses côtés.) Il faut accepter l'offre de Bill, et vite.

— Si Anton doit vivre de la charité d'autrui, il en mourra, lui qui n'a jamais emprunté un sou ni dépendu des banques — nous sommes propriétaires de *tout* ce que contient le magasin, et il en a toujours été ainsi. Ce jeune homme ne mérite pas que nous lui imposions cette charge. Et puis nous le connaissons à peine. Ce serait différent si toi et lui, vous... Enfin, tu me comprends. Mais, d'un autre côté, reprit-elle en se tamponnant les yeux, nous n'avons pas le choix.

64

— Le Chili, dit Taube. Là-bas, nous avons une chance de nous en sortir. J'ai rendez-vous avec le consul. Écoute-moi, maman ! Il faut que tu parles à papa. Il doit accepter la proposition de Bill. D'accord, c'est de la charité, mais Bill est très riche, et ça ne l'ennuie pas.

— Mais ils n'arrêtent pas les gens ordinaires, protesta Odette d'une petite voix d'enfant. Seulement les marginaux, ceux qui ont un casier judiciaire ou qui contestent la société. Particulièrement les communistes.

— Cesse de te raconter des histoires, maman ! s'écria Taube. Ne fais pas comme papa. Il faut voir les choses en face, à présent : tu dois forcer papa à les voir en face, lui aussi. Promets-moi que tu essaieras.

— D'accord, je ferai ce que je pourrai.

Chapitre 9

Munich n'était toujours pas entrée dans l'hiver. L'air était encore tiède lorsque Marietta sortit de cours à deux heures et demie pour trouver Bill qui l'attendait sous un arbre. Ce fut elle qui le vit la première. Ses yeux bleus pleins de mélancolie avaient une expression solennelle, presque triste, et le jeune homme semblait las, comme s'il n'avait pas dormi de la nuit. On lisait sur son visage la force et la stabilité, mais il y avait aussi dans son allure générale quelque chose de sensuel. C'est alors qu'il l'aperçut ; ses prunelles s'éclairèrent et ses lèvres dessinèrent un sourire plein de douceur, comme s'il y avait entre eux des secrets partagés. Il s'approcha à grands pas, lui passa un bras autour des épaules et se pencha pour lui planter un baiser sur la joue.

Elle sentit son cœur bondir dans sa poitrine et un tressaillement au creux de l'estomac. Les yeux du journaliste irradiaient la même chaleur que le faisceau d'un phare dans la nuit noire. Il tenait à la main un bouquet de fleurs un peu ridicule et déjà à moitié fané. Il le tenait bien droit, mais les têtes retombaient lamentablement.

— Elles avaient meilleure allure quand je les ai...

— Je crois qu'elles ont un peu soif...

Ils avaient parlé en même temps. Ils échangèrent un sourire.

« On peut communiquer tant de choses par le biais d'un sourire, songea-t-elle. C'est tellement plus simple que de parler... »

— Euh... bonjour, fit enfin Bill. J'espère que vous ne m'en voulez pas de vous tomber dessus comme ça, à l'improviste. Une des filles arrêtées en même temps que vous m'a dit que je vous trouverais ici, si j'insistais un peu. Belle journée pour une petite promenade. Vous êtes libre ?

Il lui entoura la taille, elle l'imita timidement et ils partirent vers la vieille ville en réglant leur pas l'un sur l'autre.

Ils firent un peu de lèche-vitrines, puis s'attardèrent plus que nécessaire devant une tasse de café et une assiette de gâteaux, dans un curieux restaurant ancien qu'ils découvrirent par hasard. Lorsqu'ils atteignirent le parc, la nuit tombait. Ils prirent place sur un banc, au bord du lac, et, en contemplant les écharpes de brume qui dérivaient au-dessus de l'eau, ils parlèrent des livres qu'ils avaient lus et de la musique qu'ils aimaient, histoire de se trouver des points communs. À un moment, la jeune fille frissonna, et Bill la serra contre lui. Elle était comme engourdie au contact de la chaleur qui émanait de Bill. Il était robuste, il sentait bon le tweed, la laine, le savon et quelque chose d'autre aussi, quelque chose de masculin et de très attrayant. Elle ne put s'empêcher de remarquer ses mains aux doigts longs et hâlés, couvertes d'une toison des phalanges aux poignets.

Lorsque le froid les chassa du parc, ils trouvèrent non loin de là un restaurant où on leur conseilla de commander la spécialité de la maison, le *Wotan Lustbissen*. Le serveur leur apprit que c'était du filet de bœuf émincé cuit avec des champignons, du jambon et des poivrons doux, servi avec une sauce à la crème parfumée et accompagné de riz. Bill commanda de la bière bavaroise pour eux deux et alluma les bougies. Quand le serveur eut tourné les talons, il prit la main de la jeune fille. Ils se regardèrent dans les yeux et Marietta eut la sensation que sa vitalité se transmettait ainsi au jeune journaliste.

— C'est drôle, n'est-ce pas... ? commença-t-elle gauchement.

— Cette impression d'être faits l'un pour l'autre ?

— Oui, c'est à peu près ce que je voulais dire. Nous nous sentons si proches, alors qu'en fait nous sommes encore des étrangers.

— Mais non, fit-il en riant. Je sais tout ce que j'ai besoin de savoir sur vous.

— Allons donc ! Vous ne savez même pas où j'habite !

— Vous êtes belle, pleine de ressources, avisée, travailleuse, courageuse, sensible... et je pourrais continuer comme cela toute la soirée. Le reste m'importe peu.

— À vous entendre, cela semble si facile...

— Quoi donc ?

— Apprendre à connaître quelqu'un. Vous jugez toujours les gens sur la mine ?

— Mais oui. Pas vous ?

— Je ne sais pas, répondit-elle après une hésitation. Je n'ai pas beaucoup d'expérience dans ce domaine. Voyez-vous, je n'ai jamais... Enfin, pour être plus précise, c'est la première fois que j'ai envie de connaître un homme.

— C'est vrai ?... (Bill éclata de rire.) Il faut fêter ça !

Il appela le serveur et, sans tenir compte des supplications de Marietta, commanda du champagne.

— Eh bien, moi, reprit-elle en portant la coupe à ses lèvres, je ne suis pas aussi bien renseignée. Tout ce que je sais, c'est que vous êtes doué pour retrouver la piste des filles qui vous plaisent. Vous êtes un dragueur. (Déjà la tête lui tournait légèrement.) Vous pensez sans doute que vos flatteries m'impressionnent.

Elle serra les lèvres et secoua la tête. Tout à coup, elle laissa échapper un hoquet et rougit. Tous deux éclatèrent de rire.

— Je sais aussi que vous ne tenez pas l'alcool, donc que vous n'êtes pas sortable, constata Bill.

— Chut ! Vous ne savez rien de ces choses. C'est faux. Vous essayez de m'enivrer pour que j'oublie de vous poser des questions sur vous. Je veux tout savoir. Rattraper mon retard. Vous connaître, enfin.

Brusquement, elle se rendit compte qu'elle était trop sérieuse. La rougeur de ses joues s'accentua et elle retira sa main.

— Non, non ! fit-il en la reprenant aussitôt. Elle est à sa place. Vous ne sentez pas qu'elle est à la mesure de la mienne ?

Il la serra fermement. La jeune fille poussa une espèce de soupir montrant bien qu'elle ressentait la même chose que lui.

— Vous êtes la jeune personne la plus sensuelle que j'aie jamais rencontrée.

— Là, vous commencez vraiment à dire des bêtises ! Je n'ai même pas encore reçu mon premier baiser !

— Que de grandes premières, ce soir ! Je vais rappeler le serveur.

— Oh non, pas lui !... (Elle gloussa.) Vous avez vu sa moustache ! Ça ne doit pas beaucoup plaire à sa femme.

— Vous avez donc remarqué ! Et vous avez imaginé embrasser ce serveur ! Vous me faites de la peine. Et moi, je vous fais drôlement rougir. Je vous y prends... Je crois que je commence à vous connaître.

À ce moment-là, le serveur revint se pencher au-dessus de leur table.

— Tout va bien, monsieur ?

Marietta leva les yeux sur la moustache en guidon de vélo et se mordit la lèvre pour réprimer son fou rire.

— Une chose seulement, répondit Bill en regardant la jeune fille avec insistance. Cette dame voudrait... un verre d'eau. (Un temps, puis :) Aïe ! Vous m'avez pincé ! Ça fait mal !

— Bien fait pour vous. Et maintenant, assez plaisanté. Vous m'avez trop taquinée. Voyons : comment se fait-il que vous parliez si bien l'allemand ? demanda-t-elle inopinément, histoire de ramener la conversation vers des sujets plus sérieux. D'où êtes-vous ? Parlez-moi de vos frères et sœurs.

— Bon, autant s'en débarrasser tout de suite..., soupira-t-il. (Pendant quelques instants, il promena sa nourriture autour de son assiette, l'air grave et soucieux.) Ma famille est dans l'industrie de l'armement. Autrefois, j'en souffrais beaucoup. En fait, je les harcelais sans arrêt à cause de cela. On me traitait de révolté, mais, à mon avis, je souffrais simplement d'un complexe de culpabilité. Mon oncle m'a inscrit dans une école allemande pour que je puisse travailler plus tard au service marketing de notre entreprise.

— Et vous voilà journaliste ! s'esclaffa-t-elle.

— Je suis en sursis, répliqua-t-il simplement.

Marietta fut frappée par la ressemblance entre leurs deux situations. « J'ai l'impression que nous nous connaissons depuis toujours, songea-t-elle en plongeant rêveusement son regard dans celui du jeune homme, mais que nous avons été accidentellement séparés à la naissance et que nous venons seulement de nous retrouver. » Elle serra la main de Bill dans les siennes. Savourant les petits frissons de plaisir que lui causait le contact de sa peau, elle se jugea hardie, et même un peu dévergondée.

— Continuez, je vous en prie.

— C'est une histoire bien longue et bien ennuyeuse.

— Certainement pas pour moi.

Marietta apprit ainsi qu'il avait grandi en France, où son père avait fui le carcan pesant de la grande industrie américaine pour devenir peintre et épouser une décoratrice parisienne. Ses parents avaient disparu dans un accident de voiture lorsqu'il avait sept ans; peu après, son oncle était venu le chercher pour vivre à Baltimore, aux États-Unis. Bill évoqua sa peur de se retrouver seul, ou de rester à l'orphelinat où la police l'avait placé, puis son soulagement en apprenant qu'il avait de la famille quelque part. Il n'avait encore jamais parlé de cela; il découvrait maintenant qu'il en avait été profondément affecté, et qu'il tenait par-dessus tout à surmonter les sentiments précis qu'il avait éprouvés à l'époque. Il resta un instant silencieux, plongé dans ses souvenirs...

L'oncle Henri ressemblait tant à son père qu'il n'avait pas eu grand mal à confondre les deux hommes, qui avaient fini par n'être qu'un dans son esprit. L'oncle traitait Bill comme son fils, et Bill l'adorait. Tante Lorna avait été une mère pour lui; il aurait fait n'importe quoi pour elle. Il y avait également Irwin, son cousin, dont il était proche comme deux frères peuvent l'être, sauf qu'ils étaient aussi différents que possible. Jamais Irwin ne se résoudrait à diriger la société Roth, qu'il haïssait.

Bill s'efforça de brosser un tableau ressemblant des usines, de la maison familiale, du ranch dans les montagnes (pour lequel Lorna ressentait une véritable passion) et de son cheval, qui lui manquait cruellement.

— Ça c'est bien terminé, finalement, déclara-t-il plus tard sur un ton un peu bourru. Ce sont des gens formidables.

Il s'interrompit. Le serveur apportait deux copieuses portions de gâteau de la Forêt-Noire, arrosées de kirsch et accompagnées de compote de griottes et de crème fouettée.

— Je ne vais bientôt plus pouvoir bouger, gémit Bill.

Puis il entreprit d'expliquer à Marietta ce qu'il comptait faire de sa vie à présent. Bill était un jeune homme sérieux, très conscient de ses responsabilités. S'il était venu en Europe, c'était pour prouver qu'il pouvait y arriver seul, sans l'appui de son opulente famille, et il commençait à se faire un nom en tant que correspondant à l'étranger. Mais son avenir était au sein de la firme. Il se savait peu doué pour l'écriture, il avait simplement du flair, il ne ménageait pas ses efforts, il savait se montrer concis et il était doué pour l'investigation. Il subvenait à ses besoins depuis quelque temps déjà, mais il avait récemment entrevu ce que les nazis s'apprêtaient à faire des peuples et des pays d'Europe, et cela l'effrayait. Il s'était donc donné pour mission d'alerter l'Occident. Il travaillait sans cesse, réalisant des interviews pendant la journée et écrivant presque toute la soirée, envoyant des dizaines d'articles et ne relâchant jamais son effort.

Vers onze heures du soir, il sourit et exerça une pression sur la main de la jeune fille.

— Et voilà... Toute l'histoire de ma vie. Un de ces jours, il va falloir rentrer prendre la direction des usines. D'ici là, il me reste un temps limité de liberté.

« Comme moi », se dit-elle en préférant garder le silence. Bill, qui avait bien noté sa réticence quant à son propre passé, choisit de ne pas insister.

Ils rentrèrent en taxi, Bill ayant laissé sa voiture à l'université. Il demanda au chauffeur d'attendre, le temps qu'ils échangent des adieux. Le vent soufflait de plus en plus fort. Il enveloppa Marietta dans sa veste et les deux jeunes gens se tinrent quelques instants l'un contre l'autre sous le porche, les mains jointes, émus par ce contact entre leurs deux corps. Elle sentit les paumes de Bill se plaquer dans son dos et l'attirer contre lui. Tout à coup, leurs lèvres se touchèrent et le désir l'enflamma ; Marietta céda à la passion. Ses doigts agrippèrent la nuque du jeune homme et elle pressa ses lèvres contre les siennes.

— Hé, pas si vite ! fit-il en s'écartant légèrement. C'est l'heure de la leçon. Entrouvre la bouche, comme cela, oui, abandonne-moi tes lèvres et détends-toi.

La jeune fille faillit s'évanouir sous la violence du baiser qui suivit.

— Oh! s'étrangla-t-elle. C'est donc cela, s'embrasser? C'est à côté de cela que je suis passée si longtemps! Oh, Bill...

— Pas mal, pour une débutante, dit-il en la retenant. Je t'avais bien dit que tu étais la fille la plus sensuelle que j'aie connue! La sensation est plus forte parce qu'elle a été longtemps contenue, justement. Ce feu couvait en toi dans l'attente de l'homme rêvé! Tu es vraiment spéciale, tu sais, Marietta. Oh, mais ton nom est trop long. Puis-je t'appeler Marie?

— Tu peux, répondit-elle. Si tu m'embrasses encore une fois.

— Non, c'est tout pour aujourd'hui. Je ne suis pas de bois, tu sais. (Bill passa ses doigts dans les cheveux de la jeune fille.) Tu es parfaite. Je veux qu'on se voie beaucoup plus souvent. Et si je prenais la voiture le vendredi pour passer le week-end à Munich, dans les semaines qui viennent? Serais-tu libre de temps en temps?

Incapable de prononcer un mot, elle hocha la tête.

Lorsqu'il eut pris congé, elle rentra chez elle comme sur un nuage; elle se sentait emplie de langueurs et de désirs inconnus.

Elle fut déçue de trouver Andréa endormie. Elle aurait tant voulu lui parler de sa soirée! Elle-même dormit d'un sommeil agité, rêva de Bill et se réveilla à plusieurs reprises dans la nuit, murmurant son nom, brûlante de désir. Le bonheur lui faisait tourner la tête. Elle ne lui était donc pas indifférente! Il viendrait tous les week-ends, il l'avait dit. Un avenir de bonheur s'ouvrait devant elle. Seul point noir : ils ne pourraient jamais faire de projets à long terme. Un jour, chacun devrait retourner à ses responsabilités. Mais, pour le moment, quatre années c'était l'éternité!

Chapitre 10

Le Kurfürstendamm, minuit. La lune lavée de frais par une averse tardive était suspendue, globe d'or au-dessus des toits. Au pied des maisons, les ombres dessinaient d'obscures mares aux profondeurs mystérieuses et traîtresses.

Au creux d'une de ces ombres, adossé au mur, se tenait Hugo. Uniforme, gants, bottes, chapeau... tout était noir. Seule sa peau luisait légèrement, ainsi que le blanc de ses yeux. La nuit le retenait dans son sein accueillant et lui prodiguait ses caresses.

Il inspira profondément, jeta un regard à droite, puis à gauche. Il mourait d'envie de fumer une cigarette. Les secondes s'égrenaient lentement. Un chat s'avança sur le mur et vint se frotter contre lui. Il le caressa distraitement, sans cesser de faire le guet.

Minuit et demi. Exactement à l'heure dite, un bruit de lourds verrous tirés retentit. De l'autre côté de la rue, les deux battants d'une porte s'ouvrirent. Hugo fit un pas en avant et alluma brièvement sa torche pour donner le signal convenu. Au coin de la Fasanenstrasse, plusieurs moteurs démarrèrent. Deux half-tracks et trois camions apparurent, avec à leur bord un escadron de troupes d'assaut. En face, dans la synagogue, un rabbin d'Afrique du Sud était censé donner une conférence sur Moïse Maimonide. Mais le véritable but de son séjour, Hugo le savait, était de délivrer des visas sud-africains à une centaine de travailleurs qualifiés, âgés de moins de trente-cinq ans et accompagnés de leur famille. La porte de la synagogue s'entrouvrit. Douze hommes se glissèrent dans la rue et s'engagèrent prestement sur le trottoir en prenant soin de demeurer dans l'ombre.

Parfait ! S'ils restaient groupés, on aurait moins de mal à les prendre. Les juifs ne furent bientôt plus en vue, mais Hugo ne tarda pas à discerner la lampe-torche de son lieutenant, puis à entendre le premier camion s'éloigner dans la nuit. Jusqu'ici, tout allait bien.

Hugo appela le commando suivant. Ses hommes se mirent en place, mais trop vite et trop tôt. Un des juifs donna l'alerte et, comme s'ils avaient prévu cette éventualité, les autres s'éparpillèrent dans toutes les directions. On entendit des cris, des coups de feu. Les hommes entraînés de force vers les camions hurlaient en se débattant. Les cris perçants des femmes résonnaient dans la nuit et se mêlaient au claquement des détonations. Hugo se dirigea à grands pas vers la synagogue. Il y avait du sang sur le trottoir. Ces maudits juifs ne s'étaient pas laissé faire en silence comme prévu. C'était la faute de ce rabbin. Il leur avait donné de l'espoir, une raison de combattre. Les insensés qui avaient voulu s'enfuir ! Le Troisième Reich avait besoin de leur labeur et de leur savoir-faire. Les biens qu'ils avaient accumulés, les affaires qu'ils dirigeaient, tout ce qu'ils possédaient contribuerait à remplir les coffres du parti.

En regagnant son quartier général, Hugo trouva une convocation de la part du chef de la sécurité de la SS, Reinhard Heydrich. Bien qu'il fût presque une heure, Hugo devrait sans doute attendre jusqu'à l'aube, car Heydrich travaillait souvent toute la nuit. Malgré lui, Hugo sentait de douloureux tressaillements d'anxiété lui fouailler le ventre à intervalles réguliers. C'était irrationnel, il le savait. Heydrich l'avait toujours aidé, dès leur première rencontre. Cela remontait à, voyons... Oui, au mois de juillet 1932. Hugo venait d'être reçu à son premier examen. Il avait obtenu des notes extraordinaires, mais son triomphe était amer car il n'arrivait pas à trouver du travail.

Après avoir arpenté un mois durant les rues de Munich, Hugo était allé frapper à la porte du parti. Il avait fini par se retrouver face à Heydrich, chef de la sécurité du Reich, confrontation capitale à ses yeux.

Quelques jours plus tard, il travaillait pour le cabinet

juridique du parti. À partir de ce moment-là, son ascension dans la hiérarchie avait été météorique.

Mais tout avait commencé bien plus tôt. Le 1er janvier 1932, pour être précis. Tandis que, allongé tout éveillé sur son lit aux petites heures du matin, affamé et frigorifié, mais excité tout de même, il se laissait aller à revoir Ingrid en pensée. À imaginer les von Burgheim en train de se vautrer dans le luxe et de se gorger de nourriture toute la nuit dans leur magnifique salle à manger du palais Plechy. Cela lui donnait des envies de meurtre. Quatorze mois s'étaient écoulés depuis que père l'avait chassé, mais son amertume était intacte. À Munich, la faible pension que lui versait le comte devenait dérisoire, il mourait de faim, ou s'épuisait au travail — quand il trouvait un emploi temporaire —, et tout cela sans cesser de fréquenter l'université.

Hugo se lava et se rasa à l'eau glacée, puis contempla avec dégoût la soupente qu'il louait dans une pension délabrée de la rue Pfister. Il reporta ensuite son regard sur l'image que renvoyait le miroir brisé : la faim accentuait la force de ses traits.

Il sortit dans la rue en se demandant où aller, comment s'occuper et surtout comment trouver à manger, ne serait-ce qu'un quignon de pain. Au carrefour, il se retrouva dans un groupe qui se rendait au stade, et là il entendit pour la première fois la voix d'Adolf Hitler. Il s'attarda pour l'écouter par pur désœuvrement, puis se sentit attiré par cet homme qui maîtrisait si bien l'art du discours qu'il en avait presque du génie. Mais, surtout, l'orateur prononçait les paroles que Hugo avait envie d'entendre.

— Nous voulons prendre un nouveau départ en nous fondant sur des vérités, hurlait-il. Et la première de ces vérités, c'est que notre avenir repose sur notre seule force, notre propre courage.

Hitler serrait et brandissait les poings, se contorsionnait, frémissait, et son ardeur gagnait l'auditoire. Physiquement, cet homme n'avait rien d'imposant, mais Hugo perçut nettement l'énergie qu'il irradiait. Il tenait littéralement la foule dans la paume de sa main.

— Nous sommes la race des maîtres. Toutes les autres races

doivent nous être asservies... Et nous avons juré de détruire ce qui est décadent dans notre société.

Pendant plus d'une heure, Hugo resta à écouter Hitler, comme envoûté. Il sut instinctivement qu'il avait sous les yeux l'homme qui conduirait l'Allemagne vers sa glorieuse destinée.

— ... Le concept de nationalité ne veut rien dire. La race transcende les frontières. Nous rassemblerons le peuple allemand disséminé dans toute l'Europe et abandonné à lui-même. Unis, nous conquerrons le monde !

Hugo rentra chez lui comme dans un rêve. Les phrases de Hitler tournoyaient dans sa tête. Maintenant, il comprenait pourquoi il avait toujours soupçonné son beau-père, le comte Frédéric, d'avoir commis une faute en épousant une Tchèque, princesse ou pas. Dans les veines de Marietta coulait un sang impur qui la rendait indigne d'hériter de ces richesses. Seul un véritable aryen pouvait régner sur d'aussi vastes ressources. Hugo se rendit compte que son avenir aussi ne dépendait que de lui. L'Ordre nouveau lui donnerait le pouvoir de s'approprier ce qu'il convoitait. Ce fut une révélation. Il se sentit empli de vitalité triomphante.

Enivré par cette illusion de pouvoir, il regagna sa chambre et entreprit de jeter sur le papier ses propres idées, ainsi qu'une série de projets de loi destinés à faire en sorte que les ressources de l'Allemagne demeurent entre les mains des vrais Allemands. Il écrivit jour et nuit, et lorsqu'il alla déposer ses propositions au quartier général du parti, il en profita pour adhérer.

Une semaine plus tard, on le convoqua devant les responsables locaux. On avait un problème juridique que Hugo s'empressa de résoudre. Dès lors, le parti se mit à le consulter souvent. Il était leur fer de lance, le petit génie qui trouvait une solution aux problèmes les plus épineux, un travailleur infatigable doublé d'un militant fanatique. Et tandis que Hitler intriguait pour s'emparer du pouvoir absolu, Hugo œuvrait sans relâche au côté de Himmler et de Heydrich pour préparer l'avènement des *Gleichschaltung*, ces lois qui verrouilleraient l'État au profit des nazis et laveraient le cerveau des Allemands dès qu'ils auraient pris les rênes. Hugo participa à l'instauration de ces lois de Nuremberg qui, étape par étape, ôteraient toute identité aux Slaves, aux juifs, aux Tziganes et à toute personne ayant plus d'un sixième de « sang mêlé » dans les veines, puis leur interdiraient l'accès aux professions libérales et, pour finir, les excluraient de la vie économique du pays. Puis, le 13 janvier 1933, le Führer fut proclamé chancelier à la tête d'un gouvernement de coalition. Le moment était venu de mettre tous ces plans à exécution.

Cette nuit-là, Hugo se laissa enivrer par le succès. De sa fenêtre, il entendit sonner les bottes sur le pavé, il vit les torches brandies bien haut, à l'allemande. En regardant, derrière le carreau, défiler les troupes d'assaut, il sut qu'un monde nouveau était en train de naître, dans lequel il aurait les cartes en main.

Il était toujours en train de revivre ces débuts lorsqu'un garde vint le conduire jusqu'au bureau de Heydrich. Une pièce austère, mais dont tous les meubles étaient beaux. Hugo savait d'ailleurs à quel banquier juif ils avaient été confisqués. On voyait également aux murs deux tableaux, un Bruegel et un Vermeer. S'il se souvenait bien, ils provenaient tous deux de la même banque. Heydrich était en grande tenue ; le noir de son uniforme faisait ressortir la pâleur de son teint et la blondeur de ses cheveux. Il s'avança vers Hugo et lui tapota l'épaule.

— J'ai de bonnes nouvelles, von Hesse, déclara-t-il en emplissant deux verres de cognac. C'est vous que Hermann Göring propose pour créer et faire prospérer la Reichswerke Hermann Göring Corporation.

Hugo s'efforça de cacher sa joie. La firme en question avait la haute main sur l'industrie minière et métallurgique d'Allemagne.

— Göring souhaite bâtir un empire qui place, à terme, toutes les industries majeures sous contrôle de l'État. Vous avez dû entendre parler de ses intentions. Quel est votre point de vue ?

— C'est dangereux. Le déséquilibre des pouvoirs est trop grand, et...

Hugo s'interrompit. Était-il allé trop loin ?

— C'est ce que je pense aussi. Je savais bien que vous étiez l'homme qu'il me fallait. Vous et moi nous sommes préoccupés par la sûreté de l'État. Je suis prêt à vous dessaisir de votre poste afin que vous puissiez occuper vos nouvelles fonctions, mais je dois être certain de votre loyauté envers moi.

— Cela va sans dire. Vous m'avez mis le pied à l'étrier. C'est à vous que je dois allégeance.

— C'est bien. Je vous soutiendrai donc. Laissez-moi faire. Ah ! au fait, ajouta Heydrich, vous bénéficiez d'une promotion. À partir de cette nuit, vous êtes major de la SS. Félicitations, acheva-t-il en remplissant le verre de Hugo. Encore une chose, von Hesse. J'ai entendu dire que vous aviez usé de vos pouvoirs pour faire relâcher les étudiants de l'Edelweiss, parmi lesquels votre demi-sœur. Or, le Führer voit en eux un danger potentiel. La comtesse Marietta est particulièrement redoutable.

Hugo releva les yeux et sourit à demi.

— Le Führer a l'intention d'annexer l'Autriche, répondit-il. Or, quatre de ces étudiants sont autrichiens. Incarcérer la fille du ministre des Affaires étrangères autrichien pour avoir pris la parole en public, voilà qui pourrait avoir des suites déplaisantes. N'oublions pas non plus l'influence de l'archevêque, ni notre image à l'étranger. Je compte bien interpeller ces gens, mais sous des chefs d'inculpation plus graves. Les écarter définitivement. Pas dans l'immédiat, mais cela ne saurait tarder.

Heydrich hocha la tête et l'atmosphère se détendit tandis que les deux hommes évoquaient divers bruits courant sur la hiérarchie du parti.

Lorsque Hugo prit congé, il faisait presque jour. En une seule nuit, son horizon personnel s'était élargi. Il tenait sa chance de devenir un des hommes les plus puissants du Troisième Reich. Du moment qu'il restait dans les faveurs de Heydrich.

Chapitre 11

C'était le premier vendredi de décembre ; dehors il faisait un froid mordant, mais dans l'appartement de la jeune fille régnait une douce chaleur. Marie regardait Bill se réchauffer devant le feu après de longues heures passées au volant pour rentrer de Berlin.

— Alors, ce permis de conduire pour débutants, tu es enfin allée le chercher ? s'enquit-il.

Bill avait passé les six derniers week-ends à lui donner des leçons sur les petites routes de la campagne environnante, mais la jeune fille n'avait pas pris la peine de se faire délivrer un permis, et elle savait que cela le contrariait.

— Oui, répondit-elle en souriant. Oui, oui et oui ! Là, tu es content maintenant ?

Il fit écho à son rire par un petit gloussement.

— Comme tout est calme ici, constata-t-il.

— Frau Tross est partie chez elle pour le week-end et Andréa est sortie avec Louis, fit précipitamment Marietta, qui devint aussitôt écarlate. Nous serons obligés de faire notre dîner.

— On pourrait sortir...

— Oh non ! Je vais faire réchauffer quelque chose.

Bill la contempla avec curiosité. Depuis deux mois, ils passaient leurs week-ends avec Andréa et Louis, et tous quatre s'amusaient bien. Ils s'entendaient même à merveille. Andréa et Louis étaient manifestement amoureux, et Bill se doutait qu'ils auraient bien voulu rester de temps en temps seuls, mais, ce soir, Marie prit un petit air coupable qui suggérait qu'elle était à l'origine de ce tête-à-tête. Il décida de ne pas faire de commentaire, et la jeune fille alla dans la cuisine.

Elle commença par se faire une peur bleue en allumant le gaz. La conduite s'enflamma avec un rugissement menaçant. Marietta fit un bond en arrière, coupa le gaz et recommença la manœuvre. En l'entendant aller et venir, Bill vint la rejoindre et se percha sur le bord de la table. Très mal à l'aise, elle crut qu'il se moquait d'elle, et lui lança un coup d'œil accusateur, elle se rendit compte alors qu'il affichait au contraire une expression parfaitement neutre. Elle rejeta ses cheveux en arrière et s'efforça de prendre un air détaché.

— Tu es sûre de savoir ce que tu fais, Marie ? lui demanda-t-il tandis qu'elle étalait de la viande hachée entre deux tranches de pain beurré, qu'elle disposait ensuite dans la poêle à frire où de la matière grasse crépitait. Je ne connaissais pas cette façon de faire, reprit le jeune homme en plaquant une main sur sa bouche pour dissimuler son sourire.

Furieuse, les joues cramoisies, Marietta se retourna et le fusilla du regard.

— Va déboucher le vin, s'il te plaît. Et c'est aussi toi qui t'occupes de la musique. (Un nuage de fumée s'échappa de la poêle.) Oh non ! gémit la jeune fille.

Sur quoi la matière grasse gicla et prit feu.

— Qu'est-ce que c'était censé être ? s'enquit Bill en plongeant la poêle dans l'évier pour éteindre les flammes.

— Des hamburgers. Frau Tross m'a dit que je n'avais qu'à les faire frire un peu.

— À mon avis, tu as été trop gâtée par ta mère.

— Hum !... (Elle tenait de Bill lui-même cette onomatopée évasive.) Il reste plein de choses dans le garde-manger, reprit-elle à mi-voix, histoire de changer de sujet, mais je ne sais pas très bien ce que...

— Va-t'en, Marie ! Je vais nous confectionner quelque chose. Je t'interdis de revenir, sinon tu finiras par mettre le feu à la maison !

Reléguée au salon, Marietta s'abandonna à la honte. Elle qui ne s'était jamais considérée comme une incapable, voilà qu'elle se sentait démasquée, elle avait à présent l'impression d'être une menteuse, une tricheuse. Absurde ! Quelle importance qu'elle soit riche et titrée et qu'elle n'ait jamais mis le pied dans une cuisine de sa vie ? Lorsque Bill revint avec un plateau chargé de petits sandwiches au jambon, de pickles, de salade et de vin, elle était au désespoir.

— Bill, il y a une chose que je ne t'ai pas dite, commença-t-elle en fixant sur lui un regard anxieux. Ma famille est très riche. Je porte même un titre de noblesse. Archaïque, hein ?

— Lady Marietta... Oui, ça sonne plutôt bien, répondit-il en souriant. Alors, tu es une lady ?

— En fait, je ne tiens pas tellement à en parler. Du moins pour l'instant. Mais je ne voudrais pas que tu croies que je t'ai menti. Parce que, tu sais, j'ai beaucoup d'affection pour toi, Bill.

— C'est tout ce qui t'inquiète ? dit-il, soudain très tendre, en se penchant sur elle. Il ne faut pas t'en faire pour ça. Je t'aime, Marie.

— Moi aussi, je t'aime, Bill, fit-elle d'un ton rêveur.

— Le plus étrange, dans cette histoire, c'est que nous ayons tant de choses en commun, poursuivit-il en la prenant dans ses bras et en l'attirant contre lui.

Tous deux restèrent silencieux, blottis devant le feu. Puis Marietta poussa un soupir.

— Si j'ai renvoyé tout le monde, c'est parce que je voulais être... Je m'étais dit que... Enfin, que nous pourrions passer une soirée un peu romantique, tous les deux. Nous n'avons pas encore eu l'occasion de nous trouver seuls.

— Je suis tout à fait pour les soirées romantiques.

Il lui prit le menton, l'obligea à relever la tête et lui caressa les cheveux. Puis il s'écarta.

— Non, soupira-t-elle encore. Ne t'arrête pas.

Elle noua ses bras autour du cou du jeune Américain. Sa bouche cherchait la sienne et sa main explorait son corps, caressante. Marietta se laissa aller en arrière sur le tapis, devant la cheminée, et Bill se pencha sur elle en la regardant dans les yeux ; il s'approcha davantage et elle ferma les yeux, cédant aux sensations délicieuses qui s'emparaient d'elle.

Son désir de caresser et d'être caressée devenait insupportable. Les doigts de Bill défaisaient les boutons de son chemisier et elle sentait le dos de sa main effleurer son sein.

— Déshabille-moi, murmura-t-elle.

La main de Bill s'immobilisa, avant de se retirer tout à fait.

— Tu vas sans doute me trouver vieux jeu, mais j'estime que les jeunes filles doivent se marier avant de faire l'amour.

Elle ouvrit de grands yeux.

— Mais... Je veux te sentir contre moi, sentir ta peau contre la mienne, tes...

Il posa un doigt sur ses lèvres et elle s'interrompit brusquement.

— J'oublie parfois que tu es si jeune. Tu as de la chance que je t'aime assez pour me conduire en homme responsable, souffla-t-il d'une voix rauque.

Il exerça une légère pression sur ses épaules contractées, puis lui ôta ses vêtements avec une délicatesse dont il ne se serait pas cru capable. En un clin d'œil, ses propres habits avaient rejoint ceux de Marietta en un tas désordonné sur le tapis ; il sentit la soie de ses cheveux couler entre ses doigts.

Marietta céda alors au vrai plaisir, à la fois physique et affectif, comme si elle dérivait dans le temps et l'espace, tandis que Bill l'embrassait et la caressait. Elle n'avait qu'une hâte : qu'il lui donne davantage de lui-même, toujours davantage. Elle ferma les yeux et essaya d'imaginer ce que ce devait être. Cet acte enveloppé de mystère qu'elle désirait tant...

Le premier trimestre de l'année universitaire touchait à sa fin. Bill avait l'impression que Marietta et lui étaient aussi proches qu'on peut l'être sans pour autant être mariés. Il avait envie qu'elle devienne sa femme, mais hésitait encore à le lui demander. Il fut déçu lorsqu'elle résolut de rentrer en Bohême passer les vacances de Noël en famille, d'autant plus qu'il n'était pas invité. Aurait-elle honte de lui ? Il lui proposa d'aller skier un mois en Suisse, ou une semaine seulement si elle voulait, ou encore de visiter l'Allemagne, la France, tous les pays qui lui chanteraient. Puis il lui suggéra un voyage aux États-Unis, pour rencontrer sa famille à lui, mais ce que désirait Marietta, c'était aller chez elle. Elle reconnut que les siens lui manquaient. D'autre part, traditionnellement, ils passaient tous Noël en Bohême.

— J'ai hâte de revoir Ingrid, déclara-t-elle. Tiens, j'ai

justement reçu une lettre d'elle aujourd'hui. Regarde ces photos d'elle prises durant un bal. Elle est ravissante, n'est-ce pas ? Et si raffinée. Je suis impatiente de la retrouver !

Bill s'efforça de ne pas bouder.

Pour leur dernière soirée ensemble, Louis et Bill furent invités à dîner chez les deux jeunes filles. Plus tard dans la soirée, Louis sortit deux cartons d'invitation arborant les armoiries de la famille von Burgheim.

— En janvier, ce sera l'anniversaire de Marietta, annonça-t-il.

Bill acquiesça. Il avait déjà acheté un bracelet. Maintenant qu'elle savait conduire, il lui avait même déniché une voiture, qu'il lui donnerait dès qu'elle aurait son permis définitif.

— Père et moi avons organisé une réception d'anniversaire suivie d'un bal. Nous comptons sur votre présence, acheva-t-il d'un ton solennel.

Bill contempla son carton. Il était invité trois jours consécutifs.

— *Trois jours ?* fit-il, abasourdi.

— C'est que ça se trouve loin, expliqua Louis. Il faut déjà une journée pour y aller.

— Je viendrai. Merci !

Andréa, elle, avait l'air d'hésiter.

— Nous avons une salle de musique avec un piano, la rassura Marietta. Tu pourras jouer tant que tu voudras. Je t'en prie, Andréa, dis oui. Tu pourras même apporter ton hautbois. « Donner sa vie pour ses amis... », comme il est dit dans la Bible.

Andréa, dont le front restait barré d'un pli soucieux, se tourna vers Louis.

— S'il te plaît, fit ce dernier.

— C'est bien. Je viendrai. Je te remercie, dit-elle enfin.

Marietta sourit d'un air ravi, mais Bill crut déceler chez elle un certain malaise quant à sa propre promesse d'assister à la fête.

— Tu ne veux pas que je fasse la connaissance de ta famille ? lui demanda-t-il plus tard, alors qu'ils se séparaient sur le seuil.

— Bien sûr que si. Seulement...

— Seulement quoi ? Dis-moi ce qui te chiffonne.

— Quand tu verras à quel point je suis riche, tu me traiteras de sale privilégiée et tu ne voudras plus me voir.

— Grosse bête ! fit-il en riant. Tu te fais du souci pour rien. Je suis flatté par cette invitation. Je redoutais de passer tout ce temps sans toi. Si je sais que je te reverrai en janvier, Noël passera plus vite.

Il voulut la rassurer par un baiser passionné, mais elle resta tendue, rigide, distante. Bill rentra chez lui empli d'un noir pressentiment.

Chapitre 12

Andréa attendait comme prévu à la gare routière. Bien qu'il fût dix heures du matin, Louis n'avait pas encore fait son apparition, aussi alla-t-elle prendre un café au kiosque et s'acheter le journal du jour.

Elle avait à peine eu le temps de parcourir les gros titres que déjà elle entendait sa voix.

— Andréa ! Pardonne-moi d'être en retard, dit-il en la serrant dans ses bras. Tu es superbe, ajouta-t-il en détaillant la jupe rouge et le pull noir qu'elle portait sous son duffle-coat. C'est nouveau ?

Elle acquiesça en rougissant.

— Je suis content que tu viennes ! Je déteste les réunions de famille, surtout quand il s'agit de la mienne ; mais, cette fois, ce sera différent. Tu m'as manqué. Et moi, je t'ai manqué ?

— Oh oui !

Louis prit sa valise et elle lui adressa un sourire radieux. Ils s'élancèrent et traversèrent la route d'un pas sautillant.

Andréa faillit s'évanouir en voyant la voiture qui les attendait : une Bugatti blanche flambant neuve. Un chauffeur en livrée vert bouteille et or s'avança en claudiquant pour leur ouvrir la portière.

— Jan, le chauffeur de la famille, annonça gauchement Louis. C'est lui qui ramènera ma voiture. Je dois te dire que père est plutôt vieux jeu. Voire un peu pompeux, peut-être parce qu'il est ministre des Affaires étrangères. (S'efforçant de ne pas voir l'air catastrophé d'Andréa, il poursuivit :) Devant lui, on se surveille, sinon on a droit à des sermons à n'en plus finir. Quand on s'adresse à lui... Je te dis ça au cas où, ajouta-t-il sur un ton un peu trop nonchalant, il faut lui donner du « comte Frédéric », et ne jamais l'appeler « comte von Burgheim ». Enfin voilà.

Louis émit un sifflement grave, puis fit démarrer le moteur. La Bugatti bondit.

— Alors, un jour, tu seras comte ? s'enquit Andréa.

— En fait, je le suis déjà. Elle te plaît ? lui demanda-t-il après un long silence en tapotant le tableau de bord.

— Je suis impressionnée. À qui appartient-elle ?

— À Marietta. C'est le cadeau d'anniversaire de père. Je suis allé en prendre livraison ce matin. C'est pour cela que j'étais en retard. On m'a fait attendre. Père s'en fait une telle joie !

Andréa garda le silence pendant plusieurs kilomètres. La révélation des origines de Louis était dure à avaler. Au bout d'un moment, Louis posa la main sur la sienne.

— Tu vas faire la connaissance de ma cousine, la princesse Ingrid. Je t'en prie, ne te laisse pas intimider, recommanda-t-il maladroitement en voulant soulager l'inquiétude manifeste d'Andréa. Elle ne manquera pas d'essayer, crois-moi. Elle est très belle et très spirituelle, et on s'amuse bien en sa compagnie, mais elle peut être capricieuse, et c'est une fille assez superficielle, à mon avis. Elle tentera de t'impressionner avec son titre, mais n'y prends pas garde.

— Je ne l'ai encore jamais vue et voilà que je me sens déjà intimidée.

— Je vais te révéler un secret, décida tout à coup Louis. Surtout ne montre à personne que tu es au courant ; c'est simplement pour que tu te fasses une plus juste idée de la famille. (Il sourit, puis reprit sur un ton volontairement neutre :) Il était une fois deux belles princesses hongroises, Marianna et Béatrice Szapary. Toutes deux avaient les cheveux blonds comme les blés, les yeux bleus comme la mer et le teint le plus laiteux qu'on puisse...

— Arrête, Louis ! C'est trop ! pouffa Andréa.

— Mais non, écoute-moi. Je te livre l'histoire telle qu'on me l'a ressassée lorsque j'étais enfant. Ces deux princesses grandirent et se marièrent. L'une épousa le prince Gustav Lobkowitz, dont les terres et le château se trouvaient en Bohême, sur l'actuel territoire de la Tchécoslovaquie. Au fait, c'est là que nous nous rendons aujourd'hui. Sa sœur choisit un prince russe. Et maintenant, le côté triste. La princesse russe eut une fille adorable qui mit au monde Ingrid, mais qui fut tuée par les bolcheviks, ainsi que son époux. Ce qui, d'ailleurs, est en train de devenir une habitude chez les Habsbourg. Ingrid fut sauvée par la gouvernante de la famille, qui la fit passer pour sa propre petite-fille et la plaça dans un orphelinat. Père mit des années à la retrouver avant de la faire enfin sortir de Russie.

— Une bien triste histoire, en effet.

— Plus que tu ne crois. Je n'oublierai jamais la première fois que j'ai vu Ingrid...

Il s'interrompit. En effet, il s'en souvenait comme si c'était la veille...

Les von Burgheim attendaient en rang dans la gare de Vienne, raides et compassés, comme venus d'un autre monde. Louis s'en rendit compte, et les autres voyageurs aussi, s'il fallait en croire l'espace qui s'était dégagé autour d'eux sur le quai par ailleurs bondé.

Enfin le train stoppa en ferraillant. La belle-mère de Louis se tourna vers le nouveau chauffeur tchèque :

— Allez donc chercher la princesse, Jan. (L'homme partit et la comtesse von Burgheim haussa les épaules avec impatience.) Décidément, les chiens errants se trouvent toujours un foyer, dit-elle d'un ton acerbe, assez fort pour être entendue du chauffeur.

— Ma chère, il conduit parfaitement bien, répliqua son mari. Son handicap ne dérange que lui.

Louis se tortilla sur place tant il était gêné pour Jan. Il n'aimait pas sa belle-mère et se sentait humilié pour le chauffeur.

Ce dernier remonta le quai en jetant un coup d'œil dans chaque wagon, puis revint sur ses pas. La famille tout entière finit par chercher. Ce fut Louis qui identifia Ingrid le premier, peut-être parce qu'il ignorait totalement à quoi devait ressembler une princesse de Habsbourg. Elle fut enfin découverte recroquevillée dans un coin, vêtue d'une robe trois fois trop grande pour elle et d'un manteau élimé trop petit. Couverte de plaies, la tête rasée, le regard fixe, elle ressemblait à un petit mendiant.

Il déchiffra l'étiquette accrochée autour de son cou :

Je m'appelle Ingrid Graetz. Je parle russe. Je voyage seule et je me rends au palais Plechy à Vienne.

Jamais Louis n'avait vu d'aussi grands yeux, si bleus qu'on aurait dit des cristaux de glace. Le teint de la petite était pâle sous sa couche de crasse, à l'exception d'une tache rouge vif sur chaque joue ; elle semblait sur ses gardes. Il voulut la prendre par la main mais elle se dégagea et lui expédia un violent coup de pied dans les tibias. Son petit visage devint subitement très laid et elle se renfonça dans son coin.

Louis la chargea sur ses épaules sans se préoccuper de ses ruades ; elle était légère comme une plume. Il ne tarda d'ailleurs pas à le regretter amèrement : elle avait mouillé sa culotte et l'odeur lui souleva le cœur.

— Elle a fait pipi sur moi, annonça Louis, dégoûté, en présentant la gamine à sa belle-mère.

Mais ses paroles se perdirent dans un concert de cris inintelligibles.

— Oh, mon Dieu ! souffla la comtesse, qui plaqua un mouchoir parfumé sur sa bouche et s'éloigna de quelques pas.

Père souleva Ingrid et la reposa à terre. Puis il l'enveloppa dans son propre manteau.

— Ma parole, elle est frigorifiée ! (Il entreprit de lui frotter les mains.) Cette pauvre enfant a trop souffert. C'est ma faute. J'ai mis longtemps à la retrouver. Mais maintenant, ses malheurs sont terminés, nous allons nous occuper d'elle.

Louis fut frappé par cet aperçu d'un univers si étranger au petit monde de sa famille et de sa demeure. Voilà donc ce qu'était, pour de vrai, une révolution bolchevique ! Ça ne ressemblait pas du tout à ce que décrivaient ses manuels scolaires...

— Mais tu trembles ! constata Andréa.

Louis s'obligea à revenir dans le présent et sourit tristement.

— Je me remémorais de vieux souvenirs...

— Parle-moi encore de ta famille. J'ai l'impression de te connaître à peine.

Une fois Louis embarqué dans l'histoire de sa famille, il n'y avait plus moyen de l'arrêter. Andréa regretta bientôt de l'avoir lancé sur ce sujet.

L'aiguille du compteur se déplaça vers la droite du cadran, mais la Mercedes noire tenait magnifiquement la route, au mépris des plaques de verglas. Le conducteur semblait en transe. La tête rejetée en arrière, il se laissait griser par la vitesse et le plaisir de conduire son puissant engin. Tous deux ne faisaient plus qu'un — un monstre nerveux, rapide et luisant, réglé à la perfection.

Comme sa voiture, le conducteur — le major Hugo von Hesse — était un bel homme vigoureux, pur produit de l'Allemagne. Il était même superbe dans son uniforme noir, avec sa casquette garnie du passepoil blanc de la SS, et ses barrettes en aluminium révélant son rang d'officier. Il arborait en outre sur sa tunique l'insigne en or si convoité indiquant qu'il excellait aussi bien au tir qu'à l'escrime.

Il saluait d'un sourire méprisant la campagne tchèque, avec ses maigres ramassis de poules et de chèvres redevenus à moitié sauvages, ses porcs fouillant le sol à la recherche de glands, sa terre en friche, à l'abandon. Tout cela allait bientôt changer. Hugo avait en tête les chiffres exacts de la production locale. On pouvait les multiplier par deux. Pour ce qui était de la main-d'œuvre, il y avait des dizaines de milliers de non-aryens occupés à ne rien faire dans les clubs pour jeunes ou sur les terrains de sport. Bientôt ils feraient tourner les usines du Troisième Reich. Ces terres fertiles exigeaient l'occupation à grands cris. Hugo négocia un virage, puis s'arrêta au bord de la route et alluma une cigarette. Le spectacle du château de Sokol lui remit brusquement son passé en mémoire et une bouffée d'émotion l'envahit. Voilà qu'il revenait s'empêtrer dans la légende familiale, avec ses châteaux, ses laquais et ce mode de vie qui lui manquait tant que sa gorge se serra sous l'effet de la jalousie. Oui, décidément, il en allait de la vie comme de l'escrime. Toujours prendre la mesure de l'adversaire, ne jamais le laisser s'éloigner. Il mettrait à profit son rang dans la SS, ses appuis au parti et son intelligence pour anéantir les puissants von Burgheim.

Ils rencontrèrent la pluie en chemin, mais le soleil ne tarda pas à percer à nouveau les nuages et la rivière à miroiter dans la lumière de l'hiver. Bientôt une bonne odeur d'herbe monta du sol détrempé. Marie ôta un de ses gants et Bill sentit sa main se glisser dans la sienne. Ils roulaient en silence, heureux d'être ensemble.

Bill ne pouvait s'empêcher de repenser aux trois jours écoulés. Le temps avait passé bien vite. Ils avaient préféré éviter les endroits fréquentés pour explorer plutôt les lacs et les monts de Bohême, skier, marcher et monter à cheval en passant la nuit dans les pavillons de chasse de la famille, disséminés un peu partout dans les montagnes. Cela les avait encore rapprochés, et il regrettait que les vacances soient presque terminées ; ils roulaient vers la vallée de la Vltava afin d'assister au bal d'anniversaire de Marietta, dans la demeure de ses aïeux.

À une vingtaine de kilomètres au sud de Prague, la jeune fille lui fit prendre un chemin de terre étroit et sinueux qui descendait vers le fond de la vallée. Au sortir d'un virage en épingle à cheveux, Bill découvrit un château d'une grâce et d'une beauté telles, malgré ses dimensions imposantes, qu'il arrêta la voiture pour le contempler en silence.

— Ça alors ! Quelle merveille !

Il promena son regard sur les remparts, les tourelles, la bannière qui flottait au vent.

— Mais c'est un conte de fées !

— Allons-y, il y a une voiture derrière nous, fit Marietta d'un ton sec.

Il la regarda d'un air curieux. Ce n'était quand même pas... Ils franchirent un pont ancien enjambant la rivière, puis passèrent sous une arche en granit ouvrant sur une cour pavée. Dès que Bill eut mis pied à terre, un valet en livrée se glissa au volant pour aller garer sa voiture.

Bill était stupéfait : le château avait la taille d'un village ; pourtant, d'après les explications de Marietta, il semblait que ce ne fût qu'une des nombreuses résidences de la famille. L'ingénieur en lui s'extasiait devant l'élégance et la symétrie qu'avaient réussi à atteindre les bâtisseurs d'antan. À première vue, cette construction toute en tourelles élancées et remparts massifs devait couvrir au moins dix mille mètres carrés. Il s'émerveilla en songeant au coût du transport de tout ce granit, toutes ces pierres taillées, tous ces vitraux. Il avait sous les yeux des millions de dollars d'art baroque, formant ce que Marietta appelait négligemment « notre résidence tchèque ».

La jeune fille était impatiente de lui faire faire le tour du propriétaire. Il la suivit dans des cours, des couloirs, des halls prolongés par d'autres couloirs, admirant au passage des trophées de chasse dont les yeux de verre posaient sur lui un regard accusateur, des vitraux incrustés de pierres fines, des bas-reliefs, des statues et des portraits en rangs serrés sur les murs.

Une sensation de claustrophobie s'empara de lui au bout d'un moment, et l'odeur d'humidité finit par le déprimer. Lui qui avait trouvé étouffantes sa famille, l'austère adhésion des siens aux conventions sociales et aux obligations du monde des affaires, avançait d'un pas de plus en plus traînant ; en méditant sur l'ironie de la situation, il découvrait que le sort de Marietta était cent fois pire.

Ils avaient tant en commun, à commencer par la lutte contre le rôle prédestiné que leur imposait leur famille ! Voyons, que racontait Marietta ? Ah oui, il fallait *absolument* qu'il visite l'intérieur du pavillon d'été.

— La princesse Grimalda, ma grand-tante. Elle était au quatrième rang des prétendants au trône d'Autriche, commenta la jeune fille sur un ton de guide de musée.

Bill contempla la toile, où l'on distinguait une paire d'yeux féroces enchâssés dans un flot de graisse surmontant un cou porcin couvert de pierreries.

— Grimalda, mais bien sûr ! La ressemblance est frappante, en effet ! (Marietta pouffa.) Écoute, Marie. Laisse un peu ces gens tranquilles. Ils ne sont plus que poussière, aujourd'hui. Moi, j'ai envie d'air frais, figure-toi. Je suffoque littéralement. Je t'en prie, il ne faut pas m'en vouloir...

— Bien, je vais te montrer ta chambre. L'histoire n'était sans doute pas ta matière préférée à l'école.

— Tu peux le dire, répliqua-t-il.

Sur quoi il songea que l'histoire, justement, Marietta l'avait reçue en partage.

Chapitre 13

Hugo laissa courir son regard sur les fauteuils en cuir, les bibliothèques de livres rares, le bureau jonché de papiers, en humant l'odeur du tabac coûteux qui imprégnait l'atmosphère de la pièce. « Rien n'a changé depuis la dernière fois que je suis venu, se dit-il. Sauf que, ce jour-là, je tremblais. Je me faisais flanquer à la porte par le vieux salaud sentencieux que j'avais toujours pris pour mon père. Mais les cartes ont été redistribuées, songea-t-il avec une profonde satisfaction. Je ne suis plus cet adolescent immature qui s'est laissé si facilement renvoyer lors de notre dernière entrevue. Cette fois, c'est le comte qui va payer. »

Son orgueil ne l'empêcha pas de se revoir avec une netteté parfaite. Quelle allure pathétique il avait dû avoir ce jour-là ! Rougissant encore de honte, il se penchait pour prendre un cigare juste au moment où le comte entra.

— Ah, Hugo ! Sers-toi, mon enfant, sers-toi !

Hugo serra les dents.

— Mais tu n'es plus un enfant, à ce que je vois. Tu es devenu un homme. Sois le bienvenu. Je me réjouis de constater que tu n'as pas oublié ta famille. Je te remercie d'avoir usé de ton influence pour faire libérer Marietta et ses amis. Naturellement, ce sont des enfants qui jouent à faire de la politique, mais leur attitude aurait pu être mal interprétée. (Le comte fit volte-face et lui tapota l'épaule — geste auquel Hugo accordait jadis une valeur inestimable.) Alors, que veux-tu boire, Hugo ?

— Cognac.

« Je préférais le souvenir que je gardais de lui : arrogant, sec, rigide. Ce numéro de chic type sonne faux. Il a peur ! » comprit soudain Hugo. Tandis que le comte emplissait deux verres de vieux cognac, il se rappela la misère munichoise à laquelle il avait été condamné et sentit soudain la haine l'envahir.

Humant son cigare, il s'efforça de se donner une contenance en inspectant l'allure générale du comte. Il avait vieilli, c'était indéniable. Ses yeux étaient soulignés de cernes profonds, et son teint livide. Ses traits, pourtant accusés, semblaient se fondre en un flou mal défini. L'ensemble composait une figure de géant posé, soigné. Mais ni aussi grand ni aussi intimidant que dans son souvenir. Les manières paternalistes mais amicales du comte laissaient entendre qu'il désirait se conformer au rituel du retour du fils prodigue.

— J'ai suivi les progrès de ta carrière, Hugo. Félicitations. Pour être honnête, je dois avouer que j'aurais préféré te voir emprunter d'autres voies pour accéder aux plus hautes sphères, mais...

— Mais sans capital ni appuis, coupa sèchement Hugo, il n'y en avait pas d'autre. Quand vous m'avez chassé, père, une autre famille m'a adopté, cela tombait bien, car j'allais mourir de faim.

— Ma foi..., répondit le comte, évasif.

Son beau-père ne lui avait en effet alloué que de maigres subsides. Le premier versement, il le lui avait pratiquement jeté à la figure.

« Cent marks par mois, c'est tout ce que tu obtiendras de moi, et cela seulement jusqu'à la fin de tes études. Si tu essaies encore d'approcher Ingrid, même de loin, je te ferai fouetter publiquement et ton allocation te sera retirée. C'est clair ? »

Hugo était en train de revivre cette scène. Le comte lui avait servi tous les clichés du patriarche victorien trahi, d'une voix qui tremblait d'émotion.

« Tu as sali ma nièce, s'était-il emporté. Tu es une fripouille, un monstre ! Je t'ordonne de quitter aujourd'hui même ma demeure, et de ne plus jamais y mettre les pieds.

— Mais il ne s'est rien passé, je le jure ! avait gémi Hugo. Ingrid m'a appelé au milieu de la nuit parce qu'elle faisait encore un cauchemar. »

Au moment même où il prononçait ces paroles, il s'était rendu compte que ses dénégations étaient peu convaincantes ; en y repensant, il en rougissait encore.

Sa version des faits n'avait fait qu'irriter davantage le comte, qui, penché par-dessus son bureau et remuant les lèvres sans qu'aucun son ne s'en échappe, l'avait agrippé par les revers de sa veste pour le secouer sans ménagement.

« Fripouille ! » avait-il rugi.

Au prix d'un grand effort, Hugo chassa ce souvenir pénible et revint au présent. Il but une gorgée de cognac, conscient de détenir désormais les rênes du pouvoir. Cette idée le fit d'ailleurs sourire.

— J'ai été surpris d'apprendre que tu voulais me voir, entama le comte. Très surpris, même. (Il adressa à Hugo son fameux sourire en coin qui, aux yeux de ce dernier, lui donnait des allures de chien de chasse.) Tu disais vouloir parler d'argent. Eh bien, abordons donc la question de ton héritage, poursuivit-il.

Hugo éclata de rire et prit le temps de rallumer son cigare.

— En réalité, je suis venu vous prévenir. Vous savez aussi bien que moi que le Führer a juré la perte des Habsbourg. J'ai donc décidé de fermer les yeux sur nos querelles passées et de faire mon possible pour protéger vos biens... Entre-temps, je dois vous avertir également que certaines de vos terres bavaroises seront expropriées. L'État en a besoin pour construire un nouvel aérodrome et une usine aéronautique. Naturellement, vous serez dédommagé.

— À hauteur d'une fraction infime de la valeur de ces terres, j'imagine, fit le comte en se levant puis en se mettant à arpenter son bureau.

— Par ailleurs, poursuivit Hugo, imperturbable, en se délectant de la fureur du comte, vos usines d'aluminium et vos fabriques de roulements à billes près de Munich sont elles aussi sur le point d'être rachetées par l'État. Nous sommes à l'aube d'une ère nouvelle, père. Une transition va bientôt s'opérer entre l'ancien système, fondé sur la libre entreprise, et l'empire économique contrôlé par le parti. Il se trouve qu'on m'a confié la tâche de nationaliser les industries de premier plan. Les hommes d'affaires comme vous ne sont plus jugés capables de gérer les ressources nationales. La machine de guerre ne saurait rester à la merci de l'entreprise privée.

Le comte parut se ratatiner et Hugo eut une moue amusée. Puis il étala des papiers sur le bureau en faisant signe à son beau-père d'y jeter un coup d'œil.

— Je ne suis pas censé vous le montrer, mais ceci devrait vous laisser une chance de réaliser vos biens. Un de mes administrés de la Reichswerke Corporation qui appartient au ministre Göring entrera sous peu en contact avec vous. Il voudra savoir quelle partie de vos affaires se trouve entre les mains d'actionnaires étrangers. Naturellement, il aura plus de mal à nationaliser ces entreprises-là. Vous disposez donc d'un délai de grâce d'environ trois semaines.

Le comte examina rapidement les documents, et en conclut vite que les conditions proposées lui étaient défavorables.

— Et si je refuse de vendre?

— Ce n'est pas en votre pouvoir, répliqua doucement Hugo. Les industriels qui, par leur attitude, se déclareront ennemis de l'État seront sévèrement punis. Au-delà des pénalités financières, ils risquent leur liberté.

— Je te suis donc redevable pour la deuxième fois en un mois, Hugo. Mais dis-moi, pourquoi fais-tu cela pour moi?

— La famille, père, la famille. En outre, disons que j'ai une promesse à tenir.

Sur ces mots, le jeune homme se leva, salua et se dirigea lentement vers la porte. Des années plus tôt, furieux et humilié sur ce même seuil, en empochant ses cent marks il avait en effet fait un vœu:

« Je paierai ma dette, père. Mais pas comme vous pourriez le croire. Quant à mon " héritage ", un jour ce château m'appartiendra. Comme tout le reste, d'ailleurs. Un jour, je reviendrai dans cette pièce organiser la déroute de votre famille.

— Délires de chien enragé, avait ce jour-là répondu le comte.

— Mortelle est la morsure des chiens enragés », avait soufflé Hugo.

Chapitre 14

Ingrid savait pertinemment que sa beauté troublait tous les hommes présents, et qu'avec son tailleur en voile bleu glace et son chapeau assorti elle était la plus élégante. Un seul trimestre dans cette école parisienne pour jeunes filles de bonne famille avait suffi à la transformer complètement. Maquillage, coiffure, soins esthétiques, maintien et vêtements, elle était parfaite jusqu'au bout des ongles. Elle avait toujours parlé un excellent français, mais maintenant on aurait pu la prendre pour une Parisienne accomplie. Elle savait se comporter dans n'importe quelle circonstance mondaine ; elle virevoltait de groupe en groupe, acceptant avec plaisir des compliments qu'elle savait mérités tout en scrutant la foule des invités. Elle les connaissait tous : des amis proches, des relations. Bref, personne sur qui elle puisse jeter son dévolu. Une vague de déception l'envahit. Ingrid n'ignorait pas, en effet, que son joli visage représentait toute sa fortune, et elle avait passé des heures à se pomponner dans l'espoir que fasse son apparition l'un des Habsbourg figurant sur la liste officielle des prétendants de Marietta.

Malgré sa déception, elle dut faire un effort pour conserver son sourire radieux. Pour le monde, elle était la princesse Ingrid Mignon von Graetz ; mais la famille ne voyait en elle que la cousine Ingrid, une pauvre chose, une princesse déshéritée élevée dans le luxe, mais dépourvue d'argent. Il ne se passait pas un jour sans qu'elle ne souffre au plus profond d'elle-même de cette déplorable situation.

Elle reporta son regard sur le journaliste américain de Marietta. Bel homme, dans le genre naturel. Mais un *journaliste*... Enfin, Marietta pouvait se permettre des galants charmants mais sans le sou. Ingrid se dit soudain avec un élancement de jalousie que, pour elle, ce genre de chose était exclu. Au bout du compte, grâce à sa fortune, sa cousine épouserait qui elle voudrait, quel que soit son âge. Mais elle, Ingrid, devrait sans doute se contenter de quelqu'un de bien plus âgé, et encore, sans trop attendre. Elle avait besoin d'opulence et non d'amour.

Elle sentit une main sur son bras et se retourna en affichant un sourire éblouissant, mais aussitôt ses manières raffinées s'envolèrent en fumée.

— Hugo, s'étrangla-t-elle. Mais... Comment se fait-il que... ? Qui t'a... ? Va-t'en, va-t'en !

Elle tourna les talons comme pour prendre la fuite, mais il la retint par le poignet et l'attira face à lui.

— Ne t'en fais pas. Je suis invité. Mais si, mais si. Père m'a réintégré au sein de la famille.

Il partit d'un rire malsain, mais Ingrid s'en rendit à peine compte. Elle tremblait de la tête aux pieds. Le souvenir de la fascination qu'il exerçait jadis sur elle par le biais de sa virilité et de son extraordinaire magnétisme la submergea à nouveau. Elle en fut presque hypnotisée, comme par le passé. Hugo était encore plus grand, plus vigoureux, aussi. Ses yeux profondément enfoncés dans ses orbites avaient la couleur de l'ambre. Sous l'impact de cette imposante virilité, de cette détermination visible, une foule de souvenirs lui revint ; elle en eut soudain les joues brûlantes et les yeux humides.

« Je ne suis plus l'adolescente impressionnable que cet individu a séduite », se dit-elle farouchement. Mais elle frémit. Jamais un homme ne l'exciterait comme Hugo jadis. Elle en était certaine. C'était sa cruauté subtile, sous-jacente, qui lui donnait la chair de poule. « Il ne doit pas savoir quel effet il me fait. » Elle s'écarta. Le passé était mort et enterré. Il ne fallait plus regarder en arrière.

Elle chercha quelque chose de cinglant à lui dire, mais il ne lui en laissa pas le temps.

— Félicitations. Tu es devenue la plus belle de toutes. Quelle grâce, quelle allure !...

« Il en fait trop. Il est maladroit. »

— Qu'est-ce que tu fais ici ? souffla-t-elle. Il ne faut pas que mon oncle nous voie ensemble. (Puis, prenant conscience de sa tenue :) Ainsi, tu es devenu un nazi. J'aurais dû m'en douter. Comment oses-tu arborer cet uniforme ici ? Tu sais ce que mon oncle pense de l'Ordre nouveau.

— Ma chère Ingrid, les nazis sont le ferment de l'avenir, et je suis en pleine ascension. Je t'avais bien dit que je réussirais, non ? Tu aurais dû me croire. Accorde-moi cette danse, fit-il sur un ton sans réplique. Je veux te tenir contre moi.

— Non, Hugo. Le passé est le passé.

Mais Hugo ne parut pas l'entendre. Sans savoir comment, Ingrid se retrouva en train de valser à travers la salle dans les bras de son cousin.

— Comme je te connais depuis longtemps, Ingrid, je vais te révéler un secret, lui murmura-t-il à l'oreille. L'homme le plus riche de la soirée, c'est Bill Roth. Marietta le croit simple journaliste, mais...

— Mais c'est faux ? demanda-t-elle dans un souffle en sentant ses joues s'empourprer.

— Non, mais il est aussi cohéritier d'un des plus grands consortiums d'armement des États-Unis. Apparemment, il a peur de sa propre fortune et préfère faire son trou tout seul, ajouta Hugo avec un sourire moqueur. (La musique s'arrêta.) Bonne chasse au mari, railla-t-il avant de s'incliner devant elle et de tourner les talons.

Il ne fallut que quelques secondes à Ingrid pour réfléchir à son plan d'attaque. Quel besoin Marietta avait-elle d'une seconde fortune ? La sienne était bien suffisante.

Calée dans son fauteuil en acajou, les cheveux balayés par la brise, toute au plaisir que lui causaient le léger tangage du bateau et l'excellent vin blanc pétillant venu des caves de Sokol, Andréa se prit à souhaiter que la journée ne s'achève jamais. Elle lançait des œillades à Louis, qui accueillait d'un mot aimable chacun des invités. Comme s'il avait perçu ses regards, souriant, il lui fit signe de se joindre à lui, mais elle secoua négativement la tête.

Andréa sentit qu'on venait s'asseoir à côté d'elle. En se retournant, elle se retrouva nez à nez avec le comte. Il avait le regard triste. Elle n'avait fait que l'entrevoir, lors de leur arrivée, et il lui avait instantanément plu. Elle lui sourit.

— J'espère que vous vous amusez ? commença-t-il gauchement.

— Je suis sur un nuage. Il me semble que je viens de faire irruption dans un conte de fées. (La jeune fille sourit à nouveau, espérant le dérider.) Tout ceci est... (Elle agita vaguement la main en direction du château.) Figurez-vous que ni Louis ni Marietta n'avaient fait la moindre allusion à ces merveilles. Ce sont des êtres pudiques et bons, des gens comme les autres, tous deux. Et je les aime beaucoup... (Tout à coup, percevant un trouble dans les yeux du comte, elle s'interrompit.) Je veux dire..., bredouilla-t-elle, embarrassée par sa propre franchise.

— Je sais fort bien ce que vous voulez dire, mon enfant. Je le lis sur votre visage. Malheureusement, ces privilèges exigent en contrepartie le don de soi. Prenez Marietta. Ce qui l'attend, c'est une vie d'abnégation, de dévouement à sa famille. Elle m'a demandé de la laisser libre quatre ans, mais, lorsqu'elle aura son diplôme, elle devra revenir endosser ses responsabilités.

Le comte fixait sur elle un regard intense et Andréa commença à éprouver un certain malaise. Qu'essayait-il donc de lui dire ?

— Sa grand-mère était très à cheval sur la tradition, reprit-il. Elle tenait une liste de prétendants dignes de Marietta... pour la plupart des membres de familles royales. Absurde, me disais-je. Pourtant, le fait est qu'il n'y a au monde qu'une vingtaine de fiancés possibles. Un jour, elle devra faire un bon mariage, puis entreprendre de faire prospérer son héritage. Et pour cela, il lui faudra un partenaire ayant les mêmes origines et la même éducation. Idem pour Louis. Mon fils aussi a devant lui une existence entière au service de son pays, que ce soit au gouvernement ou dans l'armée, avec le protocole strict qui accompagne ce genre de destin. Il a bien quelques velléités de rébellion, mais qui n'en a pas à son âge ? Un jour, il prendra au sérieux son rang et sa fortune, et choisira une épouse élevée dans le même milieu que lui. (Voyant la jeune fille pâlir, le comte se leva.) Mon Dieu, mais je vous monopolise, je vous empêche de danser ! Puis-je aller vous chercher quelque chose à boire, ma chère ?

À travers les larmes qui lui brouillaient la vue, force lui fut de constater que le comte était à la torture. Elle inclina la tête, s'excusa et se précipita vers les toilettes, où elle pleura. Elle avait la nausée. Le comte venait de lui faire clairement comprendre que jamais Louis ne pourrait l'épouser.

— Oh, mon Dieu! Comment supporter cela? Louis, je t'aime! fit-elle tout bas. (Louis ne pouvait se marier avec elle. Quand on était un Habsbourg, on épousait une autre Habsbourg, ou l'héritière d'une famille royale, pas une fille dans son genre. Elle frissonna.) Oh, Louis..., fit-elle, au désespoir.

Puis un sentiment d'humiliation naquit en elle. Comment feindre la gaieté devant Louis, maintenant? Elle décida de s'en aller. Dès que le vapeur aurait accosté, elle annoncerait qu'elle devait rentrer d'urgence.

Il fallut se dépêcher pour revenir au château, prendre un bain, se changer et redescendre avant sept heures, Bill y arriva de justesse. Il se retrouva alors assis au côté d'Ingrid, à écouter un fantastique flamenco joué par quatre guitaristes, tout au fond de la salle. On entendait des rires et des claquements de semelles : quelques invités s'essayaient à la danse sans craindre de se rendre ridicules. L'atmosphère était paisible, et Bill céda à l'euphorie. Il avait passé un après-midi délicieux en compagnie d'Ingrid, et décrété qu'elle serait une belle-sœur idéale.

Jan, qui avait pour l'occasion pris la tenue de barman, lui tendit un autre scotch. Louis se tenait à l'écart; il faisait grise mine parce que Andréa avait décidé de partir sous un prétexte bien peu convaincant.

Puis Marie avait fait son entrée, dans un fourreau bleu nuit très ajusté qui lui dénudait une épaule et moulait étroitement les courbes de son jeune corps. Admiratif, Bill se leva et s'inclina.

— Tu es sûre que tu ne risques rien, dans cette robe?

— Elle vient tout droit de Paris, répondit la jeune fille en riant. Elle te plaît?

Les lumières du bal firent scintiller les diamants à son cou et à ses oreilles, ce qui rappela au jeune Américain la fortune et le rang de son amie. Il se renfrogna.

— Mais certainement. (Faux : il la préférait en tenue d'étudiante, les cheveux chahutés par le vent. Il reprit sa main.) Viens danser.

Elle se glissa avec aisance dans ses bras.

— Tu n'aimes pas ma robe, c'est ça ? interrogea-t-elle, devinant son changement d'humeur.

— Au contraire, je n'ai absolument rien à lui reprocher. Ainsi vêtue, tu as l'air d'une comtesse... Parfaitement digne d'un roi. Je t'imagine, accoudée à une barrière, regardant caracoler ton cheval préféré, et je ne sais pas pourquoi, mais cette robe ne colle pas avec ma vision de rêve.

Il lui planta un baiser sur le bout du nez. L'espace d'un instant, il eut l'impression qu'ils étaient tous les deux seuls.

Enlaidie par la jalousie, Ingrid observait le moindre de leurs faits et gestes.

Quand les dernières notes de musique retentirent, tous se tournèrent vers la porte. Jetant un regard par-dessus son épaule, Bill vit un von Hesse en tenue d'apparat noire entrer à grands pas dans la salle. Il eut un haut-le-corps. « Nous sommes en Tchécoslovaquie. Les nazis n'ont aucun pouvoir ici », se dit-il.

— Qu'est-ce qu'il fait là, ce salaud ? souffla-t-il, furieux, à l'oreille de Marie. La dernière fois que je l'ai vu, il était capitaine. Et le voilà major !

La jeune fille ne répondit pas. Elle semblait à la fois irritée et gênée.

Von Hesse traversa la salle. Louis se levait, lui tendait la main !

— Heureux de te voir de retour parmi nous, Hugo. Pardonne-moi de ne pas t'avoir aperçu à bord du vapeur. On m'a dit que tu y as fait une brève apparition ?

De te voir de retour ? Bill n'en croyait pas ses oreilles.

Von Hesse fit le salut nazi.

— *Heil Hitler !* jeta-t-il avant de serrer la main de Louis et de s'incliner devant les jeunes filles avec un sourire en coin.

— Bill, tu connais mon demi-frère Hugo ? fit Louis.

Bill dut se faire violence pour tendre à son tour la main et afficher un sourire forcé. La soirée prenait un tour macabre et il se sentait floué. Il se retourna vers Marie, l'air choqué et déçu.

Malade de gêne, cette dernière éprouva une envie irrésistible de démolir la belle assurance de Hugo. Père lui avait expliqué pourquoi il accueillait ce dernier au sein de la famille, et tous deux s'étaient disputés. Elle avait fini par céder et promettre de ne pas mêler la politique à sa soirée d'anniversaire, mais son naturel revenait au galop...

— En introduisant dans ma maison ces symboles haïs, tu montres bien ton mépris pour nos sentiments. Cet uniforme me fait horreur.

— Ah bon ? rétorqua Hugo en riant. (Il lui posa une main sur l'épaule, geste de propriétaire qui agaça Bill.) Ce n'est pas de chance parce que, d'ici quelques mois, toutes les usines, toutes les institutions, tous les quartiers et toute l'Autriche seront sous la férule de ceux qui l'arboreront.

Marietta en conçut un tel choc qu'elle eut du mal à répondre de manière cohérente.

— Mon Dieu, ce n'est pas possible ! Non ! Jamais ! Pas si tôt ! Si ?

En observant sa réaction, Bill ressentit une grande confusion. Mais enfin, que se passait-il ? Il avait la sensation de s'être trompé de décor, de dialogue, de lieu.

D'un geste aisé et précis, Hugo saisit un cognac sur un plateau.

— Joyeux anniversaire. Marietta ! fit-il en levant son verre. (Il se tourna vers Bill.) Vous voyez, Roth, vous n'aviez pas lieu de vous faire du souci. Le bien-être de ma petite sœur revêt à mes yeux une importance vitale, bien que la tâche consistant à l'empêcher de s'attirer des ennuis représente une occupation à plein temps, semble-t-il. (Il leva à nouveau son verre.) À la famille ! fit-il avant de le vider d'un coup. Dieu que c'est bon de rentrer chez soi !

Sur quoi il alla se planter, jambes écartées, devant la cheminée, comme s'il était le maître de maison.

Bill serra les dents. Ces gens jouaient devant lui un jeu

sordide de duplicité au plus haut niveau, et Marietta était la pire, elle qui s'était fait passer pour une héroïne pendant que les autres étudiants de l'Edelweiss prenaient de vrais risques. Et lui qui s'était fait un sang d'encre pour elle, quand elle se savait parfaitement en sécurité avec un demi-frère bien placé au parti nazi !

Ces pensées le répugnaient, pourtant il ne pouvait les chasser. Il jeta un coup d'œil furibond et désespéré à Marietta, qui eut le bon goût de paraître gênée. L'orchestre se remit à jouer et, du geste, elle l'invita à danser.

Bill obtempéra de mauvaise grâce.

— Comment se fait-il que tu ne m'aies jamais parlé de ce frère, ni de la position qu'il occupe au parti nazi ? gronda-t-il.

— Mais, Bill... J'ai appris qu'il en était membre le jour où il est intervenu pendant mon interrogatoire. Quel choc, d'ailleurs ! Et puis en y réfléchissant, ça ne m'a pas tellement surprise. Après tout, il était brouillé avec la famille depuis longtemps.

— Je t'en prie, Marie... Comment puis-je croire que tu n'étais pas au courant ? Je veux bien admettre que tu aies honte de ses convictions, mais ça ne change rien à l'affaire : tu as quand même manifesté et secouru ces enfants infirmes en sachant que tu ne courais pas le moindre risque ! Sans parler de ce bulletin que vous publiez.

Marietta pâlit.

— C'est ce que tu penses de moi ? bredouilla-t-elle. Tu es sincère ? Tu me considères comme un faux jeton ?

Malade d'humiliation, elle eut tout à coup les jambes en coton, la bouche sèche, et une si grosse boule dans la gorge qu'elle crut étouffer. Bill l'avait traitée de menteuse. Le mot résonnait dans sa tête tandis qu'elle cherchait le moyen de le convaincre, tout en sachant très bien que l'orgueil l'empêcherait de parler.

— Naturellement, il vous fallait un nazi dans la famille, poursuivait Bill. Pour protéger les grosses fortunes, les châteaux. J'ai toujours eu de l'admiration pour ceux qui savent survivre en toute circonstance, qui passent à travers les orages. Ah, tu m'as bien dupé, Marie. Ça alors !

Il faillit la secouer à bout de bras.

— Et qui te dit que tes opinions ont la moindre valeur à mes yeux ? jeta-t-elle, les yeux flamboyants d'exaspération. Tu es vicieux, soupçonneux, déloyal... en un mot, méprisable !

Sur ce, la tête haute et refoulant ses larmes, elle s'enfonça dans la foule en l'abandonnant à sa solitude.

Chapitre 15

Bill suivit Marie du regard, puis regagna le bar, un goût amer dans la bouche.

— Querelle d'amoureux ? tonna Hugo derrière lui. Ingrid, joue donc ton rôle de parfaite hôtesse et invite notre ami à danser, veux-tu ?

Plus pour s'éloigner de Hugo que par désir de danser avec Ingrid, Bill prit la jeune fille par la main et l'entraîna vers la piste. Il se mouvait comme un automate. À la fin de la valse, tout le monde applaudit sa cavalière, qui répondit en faisant tournoyer sa jupe ample.

— Vous dansez à merveille, dit-il sans conviction.

— Vraiment ? rétorqua-t-elle avec malice. Venez, allons prendre un dernier verre.

Elle attira Bill dans un coin et s'assit si près de lui qu'il sentit la tiédeur de ses cuisses à travers le tissu soyeux de sa robe.

— Ne soyez pas triste, Bill. Vous autres, Américains, vous ne pourrez jamais comprendre les pressions que subissent des êtres tels que Marietta, les responsabilités qui leur incombent. Vous ignoriez sans doute qu'elle était une des femmes les plus riches d'Europe... la plus riche, peut-être. Qui sait ? Il n'existe que dix hommes au monde susceptibles de l'épouser. (Un gloussement.) Un jour, quand nous avions l'habitude de séjourner ici, il y a des années, Hugo en a dérobé la liste dans le secrétaire de la princesse pour que je puisse faire mon choix. Quel bêta ! Enfin... *moi* au moins je peux me marier par amour. Ce qui, d'ailleurs, devrait être la seule raison de se marier, vous ne croyez pas ?

Pour toute réponse, le jeune homme marmonna des paroles vagues.

— Mon oncle espère qu'elle épousera un homme de sang royal... Saviez-vous que dans les veines de ma cousine coule le sang de la majorité des familles princières d'Europe ? Dans les miennes aussi, d'ailleurs ; je suis même de plus haut rang qu'elle. Mon père était apparenté à la famille royale d'Angleterre... seulement voilà : il est mort. (Elle poussa un soupir à fendre l'âme ; ému, Bill lui prit la main.) Mais il ne faut pas avoir de peine pour moi, reprit-elle. C'était il y a longtemps. Bien sûr, je comprends que Marietta ait voulu voler de ses propres ailes, mais c'était égoïste de sa part. C'est elle qui a insisté pour abandonner son titre pendant ses années d'étude. Mon oncle était furieux, mais c'est une enfant gâtée, elle finit toujours par gagner. Que lui importe que les gens souffrent par sa faute, puisqu'*elle* ne courra jamais le moindre danger ?

Bill aurait voulu qu'elle se taise ! Il commençait à se demander comment la planter là sans se montrer impoli, mais elle était lancée.

— Juste sous nos pieds, dans les sous-sols du château, se trouve la plus précieuse collection de bijoux de toute l'Europe — la collection Lobkowitz. Et ils lui appartiennent, tous. Normal, puisqu'elle est l'unique héritière de la fortune Lobkowitz : les brasseries, les usines, des hectares de terres agricoles par milliers, tout... Il y en a en Tchécoslovaquie, en Autriche, en Allemagne. Elle recevra une part des richesses de son père, même si, là, c'est Louis qui aura la part du lion. Vous voyez donc qu'il est de son devoir de protéger cette fortune. D'un côté, elle voudrait être indépendante mais, en fait, elle se sait appelée à être responsable de l'avenir de la famille.

— Mais pourquoi Marietta hérite-t-elle ? s'enquit Bill, le cœur brisé. Pourquoi pas Louis ?

— Parce que tout lui vient de sa grand-mère, la princesse Lobkowitz. Marietta est le seul enfant issu du mariage d'oncle Frédéric et de la princesse Anna. Cette dernière a fui ses devoirs conjugaux et familiaux, puis elle a été tuée dans un accident de voiture, en Suisse. Marietta, elle, est d'une autre trempe. Elle ne fuira pas. Je remercie parfois le ciel que ma propre famille ait été ruinée. La liberté n'a pas de prix, vous ne croyez pas ?

— Si, soupira Bill.

— Bon, il faut que j'aille me coucher maintenant, histoire d'être fraîche demain. La journée s'annonce fatigante. Bonne nuit, Bill. J'ai hâte de renouveler notre performance sur la piste de danse.

Elle l'embrassa sur la joue et s'en fut. Bill resta sur place, tout secoué. Il regarda distraitement Hugo s'approcher des musiciens et leur dire quelques mots avant de s'asseoir au piano. Les guitaristes s'arrêtèrent de jouer en haussant les épaules et Hugo plaqua les premiers accords du *Horst Wessel Lied,* nazi, tout en chantant d'une voix enrouée :

> *Hissez les drapeaux ! Serrez les rangs !*
> *Voici venir la SA de son pas calme et ferme.*
> *Sous le feu du Front Rouge ou de la Réaction,*
> *Ces camarades toujours nous accompagnent,*
> *Et redonnent le moral à nos troupes !*

Bill mourut d'envie d'aller assommer cette ordure, mais de quel droit ? Hugo faisait partie de la famille. L'étranger, c'était *lui,* Bill. Cette soirée lui avait d'ailleurs appris à quel point il était *vraiment* un étranger.

Hugo arriva enfin au bout de son répertoire, se remit sur pied, leva son verre et clama :

— Au Führer ! *Heil Hitler !*

Quelques danseurs et les quatre musiciens donnèrent de la voix en retour, et une série de « *Heil Hitler !* » enthousiastes s'élevèrent dans la salle.

« Quelle épouvantable soirée ! » songea Bill, qui vida son verre d'un trait et s'enfuit.

Il se réveilla avec la gueule de bois et un sombre pressentiment qui ne cessa de croître à mesure que la journée avançait. Les filles s'étaient enfermées avec le coiffeur, ou s'affairaient comme elles le font toutes avant un grand bal. Bill se décida pour une longue promenade, dont il revint délassé mais d'aussi mauvaise humeur qu'avant. Le château fourmillait d'extras, d'invités de dernière heure, de chauffeurs, de serveurs chargés de boissons, de musiciens occupés

108

à s'accorder. La salle de bal prenait des allures de gare à l'heure d'affluence.

Bill était décidé à prendre congé, mais il voulait d'abord voir une dernière fois Marie. Il fallait qu'il lui dise adieu. Il alla se changer, conscient de sa propre faiblesse. Il n'était pas à sa place ici. Marie n'était pas pour lui, et il n'avait aucun droit de se sentir aussi trahi et meurtri.

On frappa à sa porte. Sûr que c'était Marie, il ouvrit à la volée, c'était la femme de chambre avec un broc d'eau chaude. La plus riche famille d'Europe n'avait guère investi dans la plomberie ! Il acheva de s'habiller et descendit.

La salle de bal de Sokol resplendissait. Bill n'avait jamais rien vu de tel. La décoration extravagante et ostentatoire qu'il avait jugée un peu désuète à la lumière du jour jetait à présent tous ses feux. Des saints et des chérubins dorés à l'or fin étincelaient au plafond vieux rose ; les lustres brillaient de mille bougies, et les bijoux des femmes renvoyaient leur éclat. Dans la galerie qui lui était réservée, l'orchestre jouait une valse de Strauss, et les jupes des invitées scintillaient en balayant le plancher au rythme de la danse tandis que, dans leurs cadres dorés, les ancêtres de la famille semblaient approuver la scène. « Voilà l'avantage de la richesse, semblaient dire leurs yeux. Voilà la vraie vie ! »

Mal à l'aise, Bill s'attarda en marge de la foule. Puis Marie fit son apparition et l'orchestre entonna « Joyeux anniversaire ». Un peu pâle, la jeune fille était ravissante dans une robe couleur crème dont le haut découvrait ses épaules et la jupe s'évasait librement. Bill essaya de s'approcher pour lui souhaiter bon anniversaire, mais elle l'évita ostensiblement. Une seule fois elle regarda dans sa direction, et son regard blessé ne lui échappa pas.

Il fallait partir. Il décida de lui laisser une lettre dans sa chambre avec son cadeau. Pourtant, il resta à boire discrètement dans un coin en déclinant avec constance les invitations pressantes d'Ingrid, qui tenait à danser avec lui. Il regardait les invités aller et venir, saisissant au passage des bribes de conversation. La musique déferlait autour de lui, l'emplissant d'un curieux sentiment d'irréalité. Avait-il des hallucinations ? L'impression de faire partie d'un tout et, simultanément, de ne pas être *vraiment* là lui donna la chair de poule. Existait-il lui-même ? Et ces gens ? Ou bien n'étaient-ils que des miettes d'histoire dérivant au fil du temps ? Il tourna les talons avec la ferme intention de s'en aller, puis fit halte sur le seuil. En jetant un ultime coup d'œil par-dessus son épaule, il eut la curieuse sensation de laisser derrière lui une somptueuse illusion.

Chapitre 16

Marietta relut cent fois le court billet d'adieu de Bill, et passa le reste des vacances assommée par le chagrin, avec de soudaines bouffées de mauvaise humeur. Grandement soulagée de rentrer à Munich, en arrivant, elle trouva Andréa occupée à faire ses bagages !

— Je ne t'attendais pas si tôt, fit cette dernière. Je n'avais pas l'intention d'être encore là à ton retour.

Bouleversée par la sécheresse de cet accueil, Marietta s'exclama :

— Comment ! Mais enfin, où vas-tu ? Andréa, je t'en prie, nous sommes amies, non ? Qu'est-ce qui se passe ?

— Les vrais amis ne se racontent pas de mensonges, siffla Andréa. Et maintenant, *madame la comtesse,* si vous voulez bien me laisser..., fit-elle sans se retourner ni cesser d'enfourner des vêtements dans sa valise.

Mortifiée, Marietta s'assit par terre près du radiateur et enserra ses genoux dans ses bras. Andréa la regarda en se demandant laquelle des deux était la plus malheureuse.

— Tu dois comprendre que pour toi, c'est un jeu, reprit-elle en regrettant déjà sa sortie. Même chose pour Louis. Dès que viennent les vacances, tu emballes ton dévouement à la cause et tes convictions libérales avec tes pantalons en velours côtelé et tes vieilles vestes, pour retourner à tes châteaux et tes serviteurs en livrée. Nous ne sommes pas du même monde, ajouta-t-elle un ton plus bas. Je me suis sentie flouée quand j'ai appris le titre que tu portais... et le reste. Combien de fois avons-nous partagé le même repas et éteint le chauffage pour économiser quelques sous ? Nous sommes même allées à l'université à pied

111

trois matinées de suite parce que nous n'avions plus de quoi payer le tramway. Tu t'es jouée de moi. Tu n'as jamais manqué de rien.

— Mon père m'avait bien dit que ça ne marcherait pas, répondit Marietta d'une voix légèrement lasse. Que fallait-il que je fasse, Andréa ? Un jour où tu n'avais plus d'argent, j'ai proposé de payer à ta place et tu n'as pas voulu. Moi, je voulais vivre dans le même monde que toi.

— Mais ce ne sera jamais possible, fit tout doucement Andréa. Louis n'est pas pour moi. Je me suis même demandé si je n'étais pas censée vous faire la révérence, à Ingrid et à toi !

Marietta se sentit légèrement réconfortée par cette tentative pour faire un peu d'humour.

— Tout ce que tu viens de dire est vrai, mais pourquoi t'en aller pour autant ? Ne peut-on pas rester amies ?

— Ce n'est pas à cause de toi que je m'en vais, fit tristement la jeune fille, mais à cause de Louis. Un comte ne saurait épouser qu'une noble ; les riches et les Habsbourg se marient entre eux. Mon Dieu, quel gâchis ! Je suis amoureuse de Louis ! Je ne peux supporter l'idée de le perdre !

Brusquement, elle enfouit son visage dans ses mains.

— Oh, Andréa, Andréa, ma chérie ! Ne pleure pas ! (Marietta s'agenouilla auprès d'elle et lui entoura les épaules.) Pour être honnête, je ne sais rien des opinions de Louis vis-à-vis de la tradition et de la conscience de classe, fit-elle, désemparée. Naturellement, père s'attend à ce qu'il épouse une Habsbourg, tu as raison sur ce point. Mais Louis n'est pas comme père, et...

— C'est justement ton père qui me l'a fait comprendre, coupa farouchement Andréa. (Entre deux sanglots, elle résuma les propos du comte et ajouta :) C'est sans doute quelqu'un de très bon. J'ai bien vu qu'il ne voulait pas me faire de la peine, mais ce qu'il m'a dit est vrai.

Les deux jeunes filles restèrent silencieuses. Puis :

— Je t'en prie, Andréa, reste, fit enfin Marietta. Nous avons besoin l'une de l'autre. Bill m'a quittée. Il n'a pas supporté d'apprendre que j'avais Hugo von Hesse pour demi-frère.

112

Andréa eut un hoquet de surprise.

— Eh oui, poursuivit Marietta. Il était fou de rage. Il m'a traitée de... (À son tour elle se cacha le visage dans les mains.) Tu imagines sans peine ce qu'il pense de moi maintenant.

Andréa la regarda d'un air incrédule.

— Tu veux dire que von Hesse est le frère de Louis ?

— Le demi-frère seulement.

— Pourquoi ne me l'as-tu pas dit ?

— Nous nous sommes perdus de vue à partir du jour où père l'a chassé. J'avais onze ans lorsqu'il... s'est fait surprendre dans le lit d'Ingrid, qui n'en avait que treize. Ne parle jamais, *jamais* de cela à personne, tu m'entends ? Je ne l'ai pas revu depuis. J'ignorais même qu'il était nazi, et encore moins membre de la SS. Seulement, Bill en est convaincu, lui, et il n'a même pas voulu entendre mes explications. (Les mots se bousculaient sur ses lèvres tant elle était soulagée de pouvoir enfin dire ce qu'elle avait sur le cœur.) Je savais bien qu'un jour nous serions obligés de nous séparer, lui et moi, poursuivit-elle avec tristesse, mais je me cachais la vérité. Je ne peux abdiquer les prérogatives et les devoirs liés à ma naissance. Nous n'avons jamais eu d'avenir ensemble, Bill et moi...

Andréa alla chercher une carafe de vin sur l'étagère, emplit deux verres et en tendit un à Marietta en levant le sien.

— À nos amours perdues, alors, dit-elle tandis que les larmes coulaient librement sur ses joues. C'est de la folie, je le sais, mais je l'aime vraiment, ton frère, vois-tu. C'est comme si nous nous connaissions depuis toujours. Et moi qui nous trouvais tout en commun ! (Elle poussa un long soupir puis releva la tête.) Je n'ai pas honte de pleurer, reprit-elle sur un ton volontaire en essuyant ses larmes du revers de la main. J'ai perdu une chose très précieuse. Je vais cesser de le voir. Nous ne pourrons jamais être unis, lui et moi, et je refuse de souffrir inutilement.

— Quant à moi, j'ai agi comme une idiote, renchérit Marietta. Je n'adresserai plus la parole à ce prétentieux. Bill est tellement naïf, tellement américain ! Pour qui se prend-il ?

Qui est-il pour me juger ? conclut-elle en frappant du poing dans sa paume avant de fondre à nouveau en larmes.

Andréa vint la serrer dans ses bras. L'espace de quelques minutes, les deux amies restèrent enlacées.

— Je ne vous comprends pas, gémit Andréa. Vous êtes extraordinaires, tous tant que vous êtes ! Enfin, prends Ingrid, par exemple. Pourquoi est-elle princesse ? Et pourquoi se montre-t-elle si arrogante, si fière de son rang ? Pourquoi ce château est-il à *toi* ? Pourquoi travailles-tu si dur ici tandis qu'Ingrid apprend à être une femme du monde accomplie ? Et comment se fait-il que Louis ne m'ait jamais parlé de Hugo ?

— Mon père s'est remarié, expliqua Marietta en goûtant à son vin. Sa première épouse était une veuve sans le sou appartenant à la noblesse, Agnès von Hesse, qui avait déjà un petit garçon de deux ans, Hugo. Son père, officier, avait été tué au cours d'une rixe. Avant d'épouser père, Agnès vivait dans une maison sur ses terres qu'il lui avait attribuée à titre gratuit. Elle est morte en donnant naissance à Louis. Deux ans plus tard, mon père s'est remarié avec ma mère, la princesse Anna Lobkowitz. Il l'adorait ; peut-être l'aimait-il trop, je ne sais pas, nous n'étions pas très proches à l'époque. Toujours est-il qu'elle est partie... (Marietta s'interrompit et regarda fixement le fond de son verre en faisant tournoyer son vin.) Aussi longtemps que je vivrai, jamais je n'oublierai cette soirée, reprit-elle dans un souffle. J'espérais toujours qu'elle viendrait m'embrasser pour me souhaiter bonne nuit, mais cela n'arrivait jamais. Un soir, je me suis réveillée et je l'ai vue qui se penchait sur moi, comme dans mes rêves. « Ma petite Marietta, m'a-t-elle dit, je suis venue te dire adieu. Je dois partir... pour raisons de santé. Je n'ai pas été une très bonne mère pour toi. » Elle a souri et j'ai vu des larmes briller dans ses yeux. Je me souviens lui avoir répondu : « Au contraire, tu es la meilleure mère au monde, la plus belle ! » J'ai voulu me blottir contre elle, mais elle m'a repoussée. « Attention à mes cheveux, ma chérie, m'a-t-elle dit. Je ne suis pas heureuse, ici. Je vais aller vivre en Suisse. Sois une bonne petite, fais ton devoir. Après tout, tu es la fille de ton père. Ne deviens pas comme moi. Sois forte. Un jour viendra où tu pourras prendre ma place. Pardonne-moi. » Elle est partie, laissant derrière elle un sillage parfumé et une écharpe de soie, tombée par terre au pied de mon lit, que j'ai toujours. Pendant des années j'ai attendu qu'elle me rende visite, mais elle n'est jamais venue. Quand j'ai eu treize ans, elle a été tuée dans un accident de voiture.

Marietta était hantée par ces souvenirs. Il y avait eu un temps où le monde était sans danger, plein de beauté... Puis, sa mère partie, Ingrid avait fait son entrée dans la maisonnée en apportant un aperçu d'un autre monde, plus cruel. La misérable orpheline existait-elle encore derrière la façade brillante que présentait Ingrid ? Et Hugo, avait-il été toujours aussi mauvais ? Pouvait-elle vraiment prétendre connaître les membres de sa famille, ou bien étaient-ils tous des étrangers, à leur manière ?

Assis à son bureau, Bill tentait vainement de rédiger un article. Il se sentait agité, malheureux, très seul.

Il avait regagné Berlin, décidé à oublier la traîtresse, mais jusqu'ici il n'y était pas arrivé. Elle continuait d'occuper ses pensées et de réduire à néant sa faculté de concentration. Il s'était donc trompé sur son compte ? Il se rappelait certaines choses qu'elle avait dites ou faites, et qui semblaient établir son innocence. Non, il ne s'était pas « trompé » ; ce n'était pas le mot. Il s'était montré mal élevé, il avait fait preuve d'une impardonnable susceptibilité. Mais, aussi, pourquoi ne lui avait-elle pas parlé de von Hesse, après son interrogatoire ? Ces pensées tumultueuses tournaient dans sa tête.

L'avant-veille, il avait appelé Marie à Munich, mais elle lui avait fait dire par Andréa qu'elle ne voulait pas lui parler et sa fierté l'avait empêché d'insister. « Oublie-la », se dit-il en s'efforçant de reprendre son travail.

Il avait l'impression que le monde entier refusait l'évidence. Adolf Hitler, chancelier d'Allemagne, était un homme rusé, ambitieux au-delà de tout scrupule, et grand connaisseur de l'âme humaine. Il avait réussi à faire croire au reste du monde qu'il désirait seulement rassembler le *Volksdeutsche,* la totalité des peuples germanophones opprimés, exilés à l'extérieur des frontières de la mère patrie. En Autriche déjà, des agitateurs nazis provoquaient des émeutes. Bill avait passé là plusieurs jours pour faire le compte rendu de ces affrontements et de la terreur qui s'emparait des habitants à mesure que le pays s'enfonçait de plus en plus dans le chaos politique et économique.

Il promena ses doigts sur le clavier de sa machine à écrire, cherchant les mots, les expressions qui décriraient le mieux la comédie que jouait Hitler pour le monde.

« Le terme " Anschluss ", qui désigne l'union de l'Allemagne et de l'Autriche, fait naître tantôt la terreur, tantôt l'espoir dans le cœur des Autrichiens. Pour les nazis d'Autriche, il représente la première étape d'un rêve : regrouper le peuple allemand, en faire la première puissance européenne. Pour les millions de non-Autrichiens qui ont élu domicile dans ce pays, l'Anschluss signifie la fin de la liberté. Sous le joug de la machine nazie, ils vont devenir des citoyens de deuxième classe dans leur propre pays. Quant aux juifs... »

Bill se rendit compte qu'il n'était plus objectif et s'interrompit. Que pouvait signifier l'Anschluss pour des gens comme Marie ? Il massa sa nuque raidie par la tension.

— Oh, Marie, fit-il tout bas. Comme tu me manques !

La sonnerie du téléphone le surprit en plein désarroi. C'était le rédacteur en chef du service Europe qui appelait de Paris pour lui dire de retourner dare-dare à Vienne couvrir l'Anschluss en direct.

— Et soyez gentil, Roth : gardez vos grands discours pour vous. Les lecteurs veulent de l'information, pas du mélodrame, conclut-il de sa voix sèche à l'accent britannique.

En reposant le récepteur, Bill sentit la moutarde lui monter au nez. Décidément, personne ne voulait voir la vérité en face.

Chapitre 17

À l'aube du 14 mars 1938, les troupes allemandes jointes à la légion autrichienne déferlèrent sur la frontière, avec derrière elles les hommes en uniforme qui s'apprêtaient à prendre les rênes du pays : la Gestapo, la SS, les SD et les Chemises brunes.

Derrière sa fenêtre, tout en haut du château de Cobenzl, le major Hugo von Hesse regardait les SS défiler au pas de l'oie. La route était bordée de sympathisants nazis qui laissaient libre cours à leur liesse en saluant l'arrivée des troupes.

Sans cesser d'observer les colonnes d'infanterie et de chars, Hugo s'efforçait de penser à ce qu'on avait pu oublier. Il avait les yeux cernés, l'air hagard. À force de travailler jour et nuit depuis deux mois, Hugo avait brillamment réussi à préparer en secret cette prise de pouvoir à coups d'émeutes qui avaient fini par mettre le gouvernement à genoux. Comme en Allemagne proprement dite, on avait mis en place un réseau permettant à la Gestapo de surveiller tous les domaines de la vie civile. Les juifs et sympathisants de leur cause, les communistes, les individus susceptibles de contester le national-socialisme avaient tous été scrupuleusement fichés. D'ici quelques heures on en enverrait six mille vers les camps de concentration construits à cet effet.

Quelques instants plus tard, la radio retransmit une allocution du chancelier autrichien von Schuschnigg : « Si nous nous inclinons devant la force, déclarait-il d'une voix brisée, c'est que nous ne sommes pas prêts à verser le sang en cette heure funeste. Je prends congé du peuple autrichien sur un mot d'adieu que je puise au plus profond de mon cœur : Dieu sauve l'Autriche ! »

Le moment était venu d'arrêter von Schuschnigg. Lui aussi serait déporté. Quant à père... Jouant avec son stylo, Hugo envisagea quelques secondes le sort qui lui serait réservé. Une fois interné, le comte lui échapperait. Il se pouvait même qu'il survive. Hugo reprit son stylo et raya le nom de son beau-père sur sa liste.

À son réveil, Marietta fut saisie d'une inquiétude qu'elle ne sut pas tout de suite à quoi attribuer. Elle resta un instant désorientée, puis elle se souvint : elle était à Vienne depuis une semaine, pour tenir compagnie à son père. Sept jours durant lesquels les fondations mêmes de son existence avaient été ébranlées.

« Rien n'a changé, et pourtant, rien n'est plus comme avant », songea-t-elle, cédant à une bouffée de détresse. Les boulevards fourmillaient d'acheteurs, pour la plupart allemands. Pour la première fois, ils pouvaient pénétrer en Autriche sans autorisation et acquérir des marchandises qu'ils n'avaient plus vues depuis des années. Les théâtres étaient toujours bondés, mais les acteurs juifs avaient été remplacés au pied levé. Ils avaient fui, ou on les avait arrêtés. D'interminables files de citoyens attendaient un visa de sortie tandis que les soldats nazis, çà et là, montaient la garde.

Kurt von Schuschnigg, ex-chancelier d'Autriche, avait été arrêté et emprisonné, comme bon nombre de membres du gouvernement. Père s'était attendu à subir le même sort. Mais on l'avait simplement relevé de ses fonctions, en le laissant en liberté. Il s'était opéré en lui un changement effrayant. Il semblait ratatiné. Il déambulait comme dans un rêve, et, absorbé dans ses sombres pensées, c'est à peine s'il voyait sa fille.

Des bruits couraient ; on disait par exemple que des milliers d'indésirables étaient convoyés vers des camps à bord de trains spéciaux partant chaque jour avant l'aube. Marietta cherchait désespérément à savoir la vérité.

Ce matin-là, elle se leva et s'habilla chaudement : vieux pantalon, pull. Pleine de détermination bien qu'effrayée, elle descendit, les mains tremblantes, et emprunta la voiture de

Louis. À cinq heures elle était devant la gare ferroviaire. On avait posté des soldats sur les quais ; elle ne put entrer ; elle resta dans les parages, à frissonner en s'efforçant de ne pas se montrer.

Au bout de dix minutes, elle entendit un convoi de camions, qui vint s'arrêter devant la gare ; la scène qui suivit la glaça. Des dizaines de soldats se précipitèrent en vociférant des ordres. Alors on rabattit l'arrière des camions et le cauchemar commença.

Des êtres hébétés, aux mouvements ralentis. Parfois très âgés. Ils trébuchaient sous les coups de matraque, certains s'effondraient. Les soldats les pressaient de se hâter. On entendait des cris de terreur, des ululements de détresse, des chiens-loups aboyaient, des enfants pleuraient. On escorta les civils vers les quais, tel un troupeau de moutons. Marietta entrevit des wagons sans fenêtres et entendit des portes roulantes grincer dans leurs glissières, des loquets qu'on repoussait, des coups de sifflet.

Une deuxième vague sortit timidement des camions. Des hommes bien habillés, presque élégants, serrant contre eux femmes et enfants et portant parfois des marques de coups. Eux aussi se mirent à courir devant les gardes, telles des bêtes qu'on mène à l'abattoir. Les paroles de Hugo résonnèrent dans la tête de Marietta : « Malheur aux faibles. »

Elle plaqua ses mains sur ses oreilles pour ne plus entendre les cris des victimes, les injures des soldats. Un train démarra, prit de la vitesse ; un autre le suivit ; le silence qui tomba alors fut un réel soulagement pour la jeune fille qui, au bord de la nausée, tremblait de tous ses membres.

— Mon Dieu, mon Dieu ! murmurait-elle. Comment est-ce possible ?

Un nouveau train apparut au loin. Marietta l'entendit siffler en entrant dans le tunnel. Puis elle se rendit compte qu'un second convoi de camions approchait.

Quelle ponctualité ! Les nazis étaient d'une efficacité redoutable. Un nouveau groupe sortit pêle-mêle d'un camion, poussé dans le dos ou tiré vers l'avant. Soudain, une femme s'écarta, se précipita sur Marietta et se pendit à ses vêtements en sanglotant hystériquement. La jeune fille sentit qu'elle glissait quelque chose dans sa poche. Puis l'inconnue s'affala sous un coup de matraque, se redressa tant bien que mal et repartit en courant. Marietta vit se retourner vers elle le visage torturé de la fugitive, dont les lèvres esquissaient une supplication muette.

Un SS l'attrapa par l'épaule et l'obligea à faire volte-face.

— Êtes-vous juive ?

— Non.

— Alors que faites-vous là, Fräulein ?

— Ça ne vous regarde pas, répondit-elle avec irritation en se dégageant d'un geste.

— Vos papiers ! fit-il en tendant une main gantée de blanc immaculé.

Elle lui tendit à contrecœur sa carte d'identité. L'autre la parcourut du regard et perdit un peu de son arrogance. Il la salua presque de mauvaise grâce.

— Il serait plus sage de vous tenir à l'écart de la gare, madame la comtesse, dit-il en lui rendant ses papiers.

Frémissante de rage, Marietta regagna la voiture ; elle attendit d'avoir mis une certaine distance entre elle et la gare pour chercher dans sa poche le billet qu'avait glissé la malheureuse. Quelques mots griffonnés sur une page arrachée à un agenda. « Pour l'amour de Dieu, sauvez mon enfant. Elle s'appelle Hilde, elle a six ans et elle est seule au monde. » Suivait une adresse. C'était tout. Marie bifurqua brusquement et partit en direction du sud. Elle savait où trouver de l'aide.

Devant le Parlement autrichien, Bill photographiait les dirigeants nazis s'apprêtant à prendre le pouvoir et la foule en liesse agitant frénétiquement la main. Une fois qu'il eut pris quatre pellicules, il se fraya un chemin jusqu'à sa voiture. Il fut arrêté plusieurs fois par des gardes de la SS, mais son statut de correspondant de presse américain lui permit finalement de passer. Les nazis avaient reçu des instructions précises... Les journalistes étrangers, dont beaucoup n'allaient jamais voir plus loin que la façade, étaient, sans le vouloir, les plus précieux alliés de Hitler.

Bill avait faim. Il jeta un coup d'œil à sa montre, et vit qu'il était presque onze heures. Avec un peu chance, il trouverait un café dans le coin. Tout à coup, comme il longeait des devantures de magasins, il s'entendit appeler par son nom.

— Bill ! Bill !

Il se retourna et sourit de plaisir en découvrant Ingrid.

— Bonté divine, lui dit-il en déposant un rapide baiser sur sa joue, vous êtes superbe !

La chevelure de la jeune fille était rassemblée sur sa nuque en un ravissant chignon compliqué, et un maquillage habile mettait en valeur ses traits sans défaut. Elle portait un ensemble bleu marine et rouge avec chapeau assorti, ainsi qu'une voilette bleue mouchetée de rouge qui dissimulait ses yeux et que Bill s'empressa de relever.

— Voilà qui est mieux, constata-t-il. Maintenant, au moins, je peux vous contempler à mon aise.

— Vous venez de gâcher un chapeau de chez Schiaparelli, fit-elle avec un rire joyeux. Certes, ces mouchetures rouges me donnaient le vertige, mais tout de même... (Elle remit le tulle en place.) J'allais faire un peu de lèche-vitrines, puis prendre une tasse de café avec des gâteaux. Voulez-vous m'accompagner ? demanda-t-elle avec coquetterie.

— Je vous signale qu'on se bat dans la rue à deux pas d'ici.

Elle eut une petit moue dédaigneuse, comme pour évacuer le problème.

— Il y a en ce moment au Sacher le plus divin des orchestres. Quant à leur café, il est tout simplement délicieux. (De sa main gracieuse couverte de bagues, elle fit un geste décidé.) Allons, venez ou nous risquons de ne plus trouver de table.

Elle partit en coup de vent et Bill résolut de la suivre.

Ingrid bavarda tandis qu'il engouffrait un solide petit déjeuner. Elle lui parla de son école, des soirées auxquelles elle s'était rendue. Elle aurait sans doute pu continuer ainsi tard dans la nuit.

— J'aurai vingt ans le 13 avril, confia-t-elle, mais comme à ce moment-là je serai rentrée à Paris, je vais donner ma soirée d'anniversaire avant. Je vous en prie, soyez des nôtres. Cela me ferait tellement plaisir !

« Pourquoi pas ? » se dit-il. Peut-être se rendrait-il compte, en revoyant Marie, que tout était bien fini et qu'il n'avait plus aucune raison de songer à elle.

— Entendu, je vous remercie, déclara-t-il. À quelle heure doit-on venir? ajouta-t-il en s'efforçant de ne pas voir à quel point la jeune fille semblait enchantée.

Chapitre 18

Les deux cousines prenaient le petit déjeuner dans la pièce réservée à cet effet, une petite pièce bleu et jaune dont la baie vitrée donnait sur un jardin intérieur. Les rayons du soleil jouaient dans la chevelure d'Ingrid, ses prunelles illuminaient son visage diaphane tandis qu'elle souriait discrètement, pour une raison connue d'elle seule.

Marietta, en revanche, avait l'air épuisée et offrait un spectacle quelque peu débraillé avec son vieux pantalon et son chemisier fripé. Ses cheveux pendaient tristement et ses yeux étaient profondément cernés.

— Quelle allure, vraiment ! commenta Ingrid. Quand vas-tu apprendre à prendre soin de toi ? Et d'abord, peut-on savoir quel intérêt tu trouves à ces dégoûtants breakfasts anglais ? s'enquit-elle en fronçant le nez devant les œufs au bacon de sa cousine. Tu prends de mauvaises habitudes alimentaires. Tu le regretteras amèrement quand tu auras trop grossi. Mais de toute façon, avec les oripeaux que tu portes, personne ne s'en rendra compte.

— Je m'en occuperai le moment venu, répliqua Marietta d'un ton vague sans prêter attention au babillage d'Ingrid.

Elle prit une autre tranche de bacon et l'étendit sur un toast beurré. Au moment où elle enfournait le tout, Ingrid lâcha sa petite bombe.

— Tu ne devineras jamais qui j'ai rencontré hier !

Peu intéressée, Marietta haussa les épaules.

— Bill Roth !

Le toast tomba sur les genoux de la jeune fille, qui le récupéra et le reposa dans son assiette. Brusquement, elle n'avait plus faim.

— Je l'ai invité à ma soirée, mais je me suis dit qu'il valait peut-être mieux t'en parler d'abord.

— Quelle soirée ?

— Oh, écoute ! Je te l'ai déjà dit cent fois : je donne une soirée d'anniversaire vendredi prochain.

— Ah oui. Excuse-moi. J'avais oublié.

— Alors, que fait-on pour Bill ? insista Ingrid, qui semblait fâchée.

— Eh bien, non, tu n'aurais pas dû l'inviter. Où l'as-tu rencontré, au fait ?

— La semaine dernière, devant ce chapelier que j'aime tant, tu sais, près du Parlement. Je l'ai aperçu à travers la vitrine.

Marietta fronça les sourcils et s'efforça de dissimuler sa nervosité. L'idée d'Ingrid mettant le grappin sur Bill la chagrinait.

— Je ne tiens pas à le revoir, fit-elle enfin.

— Je suppose que lui non plus, vu la hâte qu'il a mise à te quitter. Ne joue pas les trouble-fête, Marietta. Bill me plaît, à moi. Sincèrement, ajouta-t-elle sur un ton de défi. Et puisque tu ne veux pas le voir, qu'est-ce que ça peut te faire si moi j'en ai envie ?

— Mais oui, mais oui, vas-y.

« Pourquoi faut-il que j'en souffre ? » se maudit Marietta.

— Ça tombe bien, parce qu'il a promis de venir.

L'espace d'un instant, la colère eut raison de son sang-froid, et elle faillit gifler sa cousine. Puis cette dernière inclina sur le côté sa jolie tête et la regarda par en dessous.

— Je t'en prie, sois franche. Tu me le laisses, oui ou non ?

— Je le déteste !

— Eh bien, alors, c'est parfait, conclut Ingrid comme si tous les problèmes se trouvaient résolus.

Marietta quitta la pièce triste et troublée. « Bill Roth ne m'est rien, et je me moque de savoir qui il fréquente », se répéta-t-elle à plusieurs reprises en faisant de son mieux pour maîtriser la rage qu'elle sentait poindre au creux de son estomac.

Le jour dit arriva vite. Il était presque six heures, les invités commençaient à affluer, mais Marietta en était encore à faire les cent pas dans sa chambre. Elle s'arrêta pour se regarder anxieusement dans la glace, qui lui renvoya l'image d'un visage pâle et anguleux. Décidément, son nez était trop long, sa bouche trop grande, ses yeux trop sombres. Avec un soupir, elle fouilla dans son tiroir en quête de la trousse de maquillage que lui avait offerte Ingrid et dont elle ne s'était jamais servie. Elle appliqua du fond de teint pour se donner meilleure mine, souligna ses lèvres de rouge et ombra ses paupières. Lorsqu'elle eut fini, elle s'examina sans complaisance.

— Mon Dieu, mais c'est vrai que le maquillage me change !

« Oh, et puis pourquoi prendre cette peine ? Qu'il épouse donc Ingrid. Si cet Américain déloyal lui plaît, qu'elle ne se gêne pas pour moi. » Avec une énergie frénétique, elle passa en revue pour la troisième fois le contenu de ses placards. Ingrid était devenue tellement raffinée, elle portait de si jolis vêtements ! Marietta serra les dents ; elle n'avait qu'une seule robe de Paris, d'ailleurs encore jamais portée. Une robe droite, en soie vert foncé, dont les volants s'ornaient de franges chatoyantes qui se balançaient à chaque mouvement. « Exactement ce qu'il me faut », songea-t-elle.

Bill éprouvait une sensation de claustrophobie. Il s'était rendu compte récemment que toutes les demeures majestueuses lui faisaient cet effet. Il ne se rappelait que trop bien sa dernière soirée au château de Sokol. Trois mois seulement s'étaient écoulés, mais il lui semblait que l'incident appartenait à un passé lointain tant les événements s'étaient bousculés depuis. Trois mois de terreur et d'horreur. Il se sentait beaucoup plus mûr que le jeune homme naïf qui avait fui le bal ce soir-là.

Ce palais croulait sous les œuvres d'art et les tableaux anciens. Comment pouvait-on vivre dans un cadre pareil ? « On devrait expédier tout ça au plus proche musée », se dit-il en cherchant Marie derrière chaque statue, chaque palmier en pot.

Distrait par Ingrid, qui le présentait à tous ses amis en vantant ses mérites comme s'il était sa dernière conquête, Bill finit par croire que Marie ne viendrait pas. À ce moment-là, il l'aperçut. Admiratif, il retint son souffle. La jeune fille était devenue femme. Elle était perdue dans une mer de smokings. Il s'approcha, l'air de rien, notant la grâce du moindre de ses gestes, l'éclat chaleureux et sincère de ses yeux. La violence de son désir fit trembler ses mains. Ingrid l'agrippa par le bras et lui souffla à l'oreille :

— Marietta a un petit secret. Debout à sa droite en ce moment même. Il est constamment là et, la nuit, ils disparaissent ensemble. Père serait furieux de l'apprendre. Peut-être va-t-il l'enlever ?

Bill fut ébranlé jusqu'au tréfonds du cœur. Il examina de plus près le compagnon de Marietta. Nettement plus âgé qu'elle — près de quarante ans —, il semblait d'origine scandinave, avec une peau livide et des cheveux quasiment blancs. Tous deux paraissaient avoir beaucoup de choses à se dire. Quand avait-elle fait sa connaissance ? Comptait-il parmi ses dix prétendants ? Secrètement désespéré, il se détourna et partit dans le sillage d'Ingrid en écoutant d'une oreille distraite son bavardage frivole.

— On dit que Picasso a peint *Guernica* en quelques semaines à peine, après le bombardement allemand. À Paris, le tableau fait sensation. Nous sommes allées au vernissage, Marietta et moi. Tout à fait remarquable.

Exaspéré par ces jacasseries, Bill abandonna Ingrid aux mains d'un groupe d'acteurs et revint vers la source de ses maux. Marie s'entretenait toujours avec le même homme. « Ils se connaissent intimement », songea-t-il en se sentant tout à coup très seul.

— Marie !

Elle se figea sur place. Ses épaules se contractèrent visiblement et elle fit lentement demi-tour.

— Bill !

— Marie ! Comment vas-tu ?

Sa voix était rauque. Il s'éclaircit la gorge. L'espace d'une seconde, leurs regards se croisèrent. Puis Marie se força à sourire.

— Ingrid m'a dit qu'elle t'avait invité. Je vous souhaite une excellente soirée à tous les deux.

126

Sur ces mots, elle se détourna.

— C'est pour toi que je suis venu, répliqua-t-il sereinement. Je te prie d'excuser ma réaction excessive le soir de ton anniversaire. Je suis un étranger ici : je ne saisis pas très bien votre façon de voir dans... certains domaines.

Marie écoutait sans rien dire, l'air hautain et dédaigneux. Elle était toujours aussi belle. Il débita tant bien que mal le petit discours qu'il avait préparé.

— Je me rends compte maintenant : je n'avais aucun droit de te juger. Je le regrette. Sincèrement.

Ça y est ! Il l'avait dit ! Bill aurait pu compter sur les doigts d'une seule main les occasions qu'il avait eues de s'excuser dans sa vie.

— Mais de quoi parles-tu ? Je suis ravie de te revoir, au contraire. Amusez-vous bien, Ingrid et toi. Et maintenant, Bill, je te prie de m'excuser.

Elle se retourna vers son compagnon, qui avait l'air fort embarrassé.

Bill resta planté là, stupéfait et complètement désemparé.

— Tu ne te débarrasseras pas de moi comme ça, Marie, marmotta-t-il en l'attrapant par le bras, parfaitement conscient de se montrer impoli.

Elle s'excusa rapidement auprès de son ami et attira Bill à l'écart.

— Va-t'en, lui intima-t-elle.

— Je continue de croire que tu as eu tort de ne rien me dire pour von Hesse, mais ça ne m'empêche pas de t'aimer encore, dit-il très vite.

— Et moi, tes regrets ne m'empêchent pas de penser que tu es un imbécile prétentieux aux idées arrêtées. En plus, tu te sers d'Ingrid pour arriver jusqu'à moi. Ta cruauté n'a pas de limites ! Nous n'avons pas d'avenir ensemble, Bill, et nous n'en avons jamais eu.

— Je me servirais de Hitler, du pape et du roi d'Angleterre pour arriver jusqu'à toi, s'il le fallait. Et ce taré, là, qui est-ce ?

— Un homme que j'admire, et on ne peut pas en dire autant de toi.

Elle rejoignit son compagnon ; Bill ne trouva rien à répliquer pour la retenir. Sur un coup de tête, il partit à la recherche

127

d'Ingrid. Au diable Marie ! Il flirta avec sa cousine toute la soirée et dansa des heures dans l'espoir que Marie les regardait, conscient de monopoliser la reine du bal et tirant un plaisir pervers des regards admiratifs qu'il s'attirait.

Bill prit congé vers minuit en ayant perdu tout espoir de revoir Marie et révolté d'avoir entendu les invités parler de tout sauf de l'actualité. Quelle allait être leur nouvelle vie sous la férule des dirigeants nazis ? Il décida de rentrer à Berlin le soir même et d'enterrer à jamais le souvenir de Marie.

Chapitre 19

Après ses succès en Autriche, Hugo reçut la tâche discrète d'alimenter la haine entre Tchèques et Volksdeutsche dans les territoires sudètes de Tchécoslovaquie. Il alla s'installer au manoir de Hirschen, une ravissante demeure ancienne de style gothique, non loin d'un petit village autrichien, près de la frontière tchèque. Ce lieu avait appartenu à des banquiers juifs déportés en camp de travail.

Une des pièces avait dû servir de salle de séjour car elle se trouvait dans l'aile la plus ensoleillée de la maison. Il en fit son quartier général. C'était là qu'il marchait de long en large jusque tard dans la nuit en concevant ses noirs desseins.

Jusque-là, il avait brillamment réussi grâce à son équipe d'agents en civil triés sur le volet, qui parlaient couramment tchèque. Ils attendaient la nuit pour passer en territoire sudète sous divers déguisements. Le jour même, le journal avait publié l'édifiante histoire d'un souffleur de verre Volksdeutsche prétendument congédié à cause de ses origines. On l'avait retrouvé le lendemain pendu dans son jardin. Ses employeurs tchèques affirmaient l'avoir renvoyé pour vol, et son épouse affirmait qu'on l'avait assassiné, mais en vain. Personne ne voulait connaître la vérité. Hugo avait soigneusement collé l'article dans son album. Les incidents de ce genre se multipliaient. La haine se répandait à la vitesse d'un feu de brousse tandis que des émeutes éclataient entre Allemands et Slaves, et qu'on se battait dans les boîtes de nuit ou les bars.

Lundi matin. En bonne ménagère allemande, Heide Smeidt était en train de suspendre sa lessive dans son jardin, près de Volary, dans les Sudètes de l'ancienne Bohême. C'était une de ces belles journées d'été qui semblent dissiper les soucis et, en s'activant, Heide fredonnait une vieille chanson populaire allemande. Devant elle s'étendait un champ d'orge piqueté de coquelicots. Plus loin coulait la rivière et, de l'autre côté, à la lisière de la forêt, se dressait un moulin.

Il était abandonné depuis des années ; aussi Heide s'étonna-t-elle de voir la porte s'ouvrir, et un homme en sortir. Il avait l'air d'un ouvrier, et elle se demanda ce qu'il venait faire par là. En le regardant gagner les pierres pour traverser le ruisseau à gué, sans bien savoir pourquoi elle eut un mauvais pressentiment. Elle reprit son panier à linge et rentra chez elle. Réflexion faite, elle tira même le verrou.

— Que tu es bête, marmonna-t-elle tout bas. Ce n'est qu'un ouvrier qui traverse la rivière.

Elle jeta tout de même un coup d'œil par la fenêtre de la cuisine. Pourquoi se dirigeait-il droit vers chez elle ? Le mari de Heide, Jan, travaillait à la fonderie, à quelque huit kilomètres de là, deux de ses enfants étaient à l'école ; le troisième, un bambin de deux ans, jouait par terre dans la salle de séjour.

On frappa à la porte.

— Ne bouge, pas, Jan, j'y vais ! lança-t-elle pour faire croire que son mari était là. (Nouveau coup d'œil au-dehors. Ils étaient deux, maintenant ! D'où était donc sorti l'autre ?) Bonjour. C'est mon mari que vous voulez voir ? Il est en haut.

— Oui, fit le premier. On est du Syndicat. Réunion extraordinaire ce soir. Voilà l'adresse.

— Ah bon ! (Une vague de soulagement la submergea.) Et c'est tout ?

Elle tendit la main par l'ouverture, mais un bras musclé saisit le sien et l'abattit violemment contre le montant de la fenêtre. Elle poussa un cri de douleur et d'effroi.

— Lâchez-moi !

Mais ce fut comme si elle était prise dans les mâchoires d'un piège à ours. Le second homme défonça la porte à coups de pied. Le bois éclata. Le bébé se mit à pleurer.

— Qu'est-ce que vous voulez ? hurla-t-elle.

130

Pour toute réponse, le premier homme lui expédia un coup de poing en plein visage. Son nez émit un craquement écœurant. Trop terrorisée pour avoir vraiment mal, elle s'étrangla à demi de son sang qui ruisselait. Elle bascula, se cogna la tête contre la table et perdit connaissance. Quand elle revint à elle, elle était toujours par terre, bras et jambes écartés, la jupe remontée jusqu'à la taille; les deux hommes la traînaient par les pieds en direction du salon. L'un la vit ouvrir les yeux et lui décocha une ruade sauvage dans les côtes, puis une autre en plein visage.

— Mon Dieu, mon Dieu, aidez-moi! sanglotait-elle. Pourquoi faites-vous ça? Qui êtes-vous?

— Des Tchèques, répondirent-ils. Des patriotes tchèques. Rentre chez toi, espèce de sale Allemande. On ne veut pas de toi ni des gens de ta race en Tchécoslovaquie. On est chez nous ici.

Ils arrachèrent ses vêtements tandis qu'elle criait et se débattait, puis ils la violèrent en la maintenant chacun à leur tour. Rouvrant les yeux, elle vit qu'ils étaient plus nombreux. Cinq, six? Elle ne voyait pas très bien à cause du sang qui lui coulait dans les yeux, et de la douleur, une douleur omniprésente qui l'empêchait de penser clairement. Chaque instant déversait sur elle son lot de souffrance. Ils lui arrachèrent les mamelons à coups de dents, et elle hurla. Ils la sodomisèrent sur la table de la cuisine. Puis ils lui cassèrent un bras, avant de lui défoncer les côtes.

Pour finir, ils la jetèrent nue dans la rivière et s'en furent. Elle réussit à ramper sur le bord et resta là, brisée, ensanglantée, jusqu'à ce que les enfants la trouvent en rentrant de l'école.

Cette nuit-là, à l'hôpital, elle reprit brièvement conscience. Elle répéta au médecin et à son mari éperdu ce que ses bourreaux lui avaient dit. Elle ajouta qu'elle n'en avait reconnu aucun. L'un était très grand, avec des cheveux blancs frisés, un albinos. Une autre très brun, avec une taie sur l'œil. Quant aux autres... Elle essaya de se souvenir, mais mourut avant d'y parvenir.

La soirée était belle. Des taches de soleil tombaient sur la table de travail, mais Hugo ne remarqua pas le coucher du soleil ni le crépuscule laisser la place aux ténèbres. Bientôt la lune se leva, ses rayons éclairèrent la fontaine près de la roseraie.

C'était l'heure des informations. Hugo mit ses dossiers sous clef et alluma la radio pour entendre le Führer jurer qu'il sauverait les Allemands des Sudètes « innocents et opprimés », par la force s'il le fallait.

« J'obtiendrai justice pour les Allemands de Tchécoslovaquie ! » hurlait-il au monde.

Hugo s'étira, puis se pencha à nouveau sur son bureau, où il entreprit de redisposer une série de dominos noirs dont chacun représentait un train de vingt wagons à bestiaux. Il avait appris en Autriche qu'on pouvait tasser soixante hommes dans un seul wagon.

Hitler exigeait un afflux massif de prisonniers des deux sexes dans les camps de travail, dès les premiers jours de l'occupation. Par ailleurs, le bétail, les usines démantelées et même les nouveaux wagons-lits tchèques devaient être expédiés en Allemagne. Hugo enfonça ses mains dans ses poches et se remit à arpenter la pièce. Les divers problèmes de transport semblaient insurmontables. La sonnerie aiguë de son téléphone le tira de ses réflexions.

— Ici Heydrich. Comment allez-vous, von Hesse ?

Dès qu'il entendit la voix claire, calme, amicale de Heydrich, Hugo sut qu'il allait s'entendre annoncer une bonne nouvelle.

— J'étais en train d'organiser les transports.

— Certains objectifs ont été ajournés. La date retenue est désormais le 1er octobre. Vos plans devront être prêts d'ici là. Ah, au fait : vous venez d'être promu au grade de colonel. Félicitations, von Hesse.

Hugo s'étrangla et entendit Heydrich glousser. Il eut tôt fait de raccrocher, envahi par une sensation d'ivresse ; puis il retourna à son bureau. Avant longtemps, un bruit de pas discrets se fit entendre au-dehors. Il gagna la porte sur la pointe des pieds et ouvrit le battant à la volée.

De surprise, Freda, sa nouvelle gouvernante bavaroise, faillit perdre l'équilibre. Elle portait un plateau chargé de café et de biscuits.

— Bonté divine, vous m'avez fait peur, major, fit-elle d'une voix tremblante. En me réveillant, je me suis rendu compte que vous étiez encore en train de travailler. Vous m'aviez bien dit que vous ne vouliez pas être dérangé, mais d'un autre côté vous n'aviez pas dîné. Alors je me suis dit que vous voudriez peut-être quelque chose à manger, et je suis redescendue. Excusez-moi de me présenter devant vous dans cette tenue. Je n'ai pas voulu perdre de temps à m'habiller, termina-t-elle avec un sourire coquet.

Elle mentait. Sa chemise de nuit n'avait pas un pli. Elle s'était coiffée, elle avait mis du rouge à lèvres. Lorsqu'elle se pencha pour poser le plateau sur la table, son négligé s'ouvrit, révélant la naissance de ses seins. Plutôt maladroite, comme tentative de séduction. Mais, à tout prendre, il préférait ne pas avoir à domicile un génie susceptible de mettre son nez partout. Il avança la main et pinça un gros mamelon rosé.

— Je pars pour Berlin à sept heures. Mon chauffeur et trois autres hommes seront là pour le petit déjeuner. Vous aurez ce qu'il faut?

— J'ai ce qu'il faut, Herr Major, répondit-elle en fixant sur lui un regard enjoué.

— Vous êtes sûre?

Il l'étreignit avec une telle soudaineté que les pieds de la gouvernante décollèrent du sol. Tout en la maintenant d'un bras, il glissa l'autre main sous sa chemise de nuit ample et serra doucement un sein lourd, maternel. C'était bon.

Les pieds de la gouvernante reposaient à nouveau sur le sol. Il glissa son autre main sous ses fesses et fut surpris de les trouver fermes. Elle serait bonne au lit. Pour le savoir, il lui suffisait de voir sa bouche humide, ses paupières lourdes, son corps mince et musclé qui n'était mou qu'au niveau des seins. Elle était blonde, avec des yeux bleus, et elle avait vingt ans. Il éclata de rire et lui donna une claque sur le derrière.

— Il faut m'appeler colonel, maintenant. Bon, on va fêter ça. Si tu sais te débrouiller, tu ne le regretteras pas.

— Ce sera un plaisir de vous servir, *mein colonel*. (Manifestement, il y avait plusieurs jours qu'elle préparait son coup.) Montez, j'apporte le café.

— Apporte plutôt du champagne. Et dépêche-toi, je déteste attendre seul au lit.

Deux hommes patientaient dans une chambre d'hôtel du centre de Berlin; le premier était un économiste bien connu, maire d'une florissante ville allemande; un homme d'âge moyen, aux cheveux gris fer et à la moustache martiale, qui ne présentait aucun signe particulier; il était connu pour ses idées libérales, sa volonté indomptable et sa ferme opposition aux nazis.

L'autre était le comte von Burgheim, pour l'heure occupé à faire les cent pas.

— Nous sommes si nombreux à haïr les nazis, mon ami... Ce ne sont pas les sympathies qui manquent. Je me suis entretenu avec des hommes politiques de gauche, des dirigeants de syndicats, des journalistes, des chefs d'Église... Tous sont pressés de se joindre à nous. Seulement, pour ma part, je suis convaincu qu'un soulèvement populaire serait voué à l'échec. Les civils ne résisteraient pas longtemps face aux chars et aux lance-flammes des forces armées. Hitler a du génie quand il s'agit d'assurer sa protection. Avec un entraînement adéquat, il peut former ses SS à réprimer n'importe quel soulèvement. À moins que...

— Que nous ne mettions l'armée dans notre poche, coupa le maire. Oui, c'est cela. À nous deux, nous avons le pouvoir et les relations nécessaires pour rencontrer les généraux et sonder leurs intentions. Ils doivent être plus d'un à penser comme nous.

— Mais plus d'un aussi prêt à nous trahir, répliqua le maire. Il nous faut être prudents. Nous devons essayer d'identifier les généraux susceptibles de se ranger à nos côtés, mais sans révéler nos plans.

— Je vais commencer par les amis proches, fit le comte.

À la suite de quoi, deux heures durant ils passèrent en revue une liste de noms, parlant à voix basse et se taisant au moindre pas dans le couloir. Enfin, convaincus d'avoir fait tout ce qu'ils pouvaient, les deux hommes échangèrent une dernière poignée de main et partirent chacun de son côté.

À force de veiller, le comte commença à sentir ses forces décliner. Pour la première fois de sa vie, il eut peur. Affreusement peur. Non seulement pour lui, mais pour ses enfants. Les nazis ne se contentaient jamais d'exécuter ceux qu'ils considéraient comme des traîtres. Ils anéantissaient toute leur famille. Pourtant, seul dans son coin, il réfléchissait au moyen d'organiser un putsch pour renverser les nazis.

Chapitre 20

L'été 38 fut une période troublée pour les von Burgheim. Trop d'aristocrates autrichiens se voyaient dépouillés de leurs biens. Le comte Frédéric s'attendait à ce qu'on vienne l'arrêter; cependant, pour une raison qu'il ne s'expliquait pas, il demeurait en liberté.

Louis était tout particulièrement inquiet. Les étudiants de l'Edelweiss couraient au-devant de la catastrophe, c'était évident. Il avait eu beau promettre à père qu'il veillerait sur Marietta, la jeune fille était déterminée. Il n'y avait rien qu'il puisse dire ou faire pour que les deux femmes qu'il aimait le plus au monde prennent conscience des dangers qu'elles couraient.

Par ailleurs, sa brouille avec Andréa était une source constante de chagrin. Il rongea son frein plusieurs semaines, puis décida de demander de l'aide à Marietta; il alla un jour l'attendre sur le campus, et la ramena chez lui où il la fit entrer dans la salle à manger.

Louis était frappé par le changement intervenu en elle. Elle avançait à grands pas vers l'âge adulte. Ce jour-là, elle portait une jupe en coton bleu marine, un chemisier blanc, des chaussures de tennis avec des chaussettes. Ni maquillage ni bijoux. Ses cheveux étaient nattés en couronne autour de sa tête. Une montre simple à bracelet de cuir complétait cette tenue d'étudiante sage. Elle était affamée, et Louis ne put s'empêcher d'éprouver de l'agacement à la voir s'empiffrer de gâteaux avec une obstination confinant à l'obsession.

— Vas-tu enfin consentir à me parler, ou bien dois-je te regarder bâfrer indéfiniment?

— Je te demande pardon mais je n'ai rien mangé de la journée. Et puis, après tout, c'est toi qui m'as invitée, non ? Bon, voilà. Père a coincé Andréa sur le bateau, la veille de mon anniversaire, et lui a servi le discours habituel sur le devoir, ce que cela signifie d'être un Habsbourg, et ainsi de suite. Il lui a dit que tu devais épouser quelqu'un du même monde que toi, enfin, quelque chose dans ce genre... Elle ne m'a pas tout répété mot pour mot. Je n'avais pas l'intention de te raconter ça, mais voyant à quel point vous êtes malheureux tous les deux...

— Maudit soit-il ! explosa Louis. Je comprends maintenant l'attitude d'Andréa ! Mais je refuse de la perdre à cause de ce fichu « devoir ».

— Inutile de rejeter la faute sur père. Ce n'est pas lui qui a inventé le système des classes sociales.

— Peut-être, mais il en fait une véritable religion.

— Tu n'as jamais vraiment compris père, constata-t-elle avec tristesse.

— Eh bien, aujourd'hui je ne le comprends que trop, figure-toi. Je te remercie ! Au fait, on n'entend plus beaucoup parler de Bill, ces temps-ci. A-t-il eu droit au même laïus ?

— Je n'ai aucune envie de revoir ce cochon d'Américain arrogant, buté, soupçonneux et déloyal !

— En d'autres termes, tu soupires toujours après lui, commenta malicieusement Louis. (Observant attentivement sa sœur, il la sentit dévorée par un chagrin qu'elle-même n'identifiait peut-être même pas.) Quel gâchis, tout ça ! soupira-t-il.

Bien que furieux contre son père, Louis devait admettre que ce dernier n'avait pas tout à fait tort. Sa future épouse devrait en effet s'attendre à mener une vie — selon un protocole très strict — faite de devoirs. Andréa en serait-elle capable ? Plus important encore, y serait-elle disposée ? Était-il juste de lui demander cela ?

Le problème, c'était qu'il n'arrivait pas à l'oublier... Son rire grave, son amour de la musique, ses remarques primesautières lui manquaient cruellement. Tiraillé entre deux univers, Louis avait décidé de consulter le curé de sa paroisse, à Munich ; mais en voulant se rendre à l'église catholique la plus proche de l'université, il constata avec révulsion que la croix avait été remplacée par une croix gammée ! Sur l'autel se trouvaient un exemplaire de *Mein Kampf* et un sabre. La nappe, elle, avait été remplacée par un grand drapeau nazi, et un portrait géant de Hitler trônait derrière l'autel. Tout retourné, Louis ressortit sur-le-champ.

Le presbytère était occupé par un nazi. Le prêtre avait été arrêté lors d'une purge dirigée contre le clergé, et son église transformée en une des premières *Ahnenhalle* d'Allemagne, églises nationales consacrées au nazisme.

Pendant la semaine qui suivit, plein d'amertume, Louis se livra à l'introspection. Il n'avait jamais éprouvé d'intérêt pour la politique, jamais contesté quoi que ce soit dans ce domaine ; mais, à présent, l'éthique était en cause. Il finit par se décider. Marie avait raison ; c'était père qui avait tort. Il fallait sauvegarder la morale, si besoin au péril de sa vie. Oui, il était temps de prendre position. Louis se sentait enfin la force et la conviction nécessaires pour rejoindre l'Edelweiss.

Bill se retrouva bientôt irrésistiblement attiré vers Marie. Les mois de mai et juin lui avaient paru interminables ; en juillet, il demanda à couvrir sur place les conséquences de l'Anschluss et eut la satisfaction, sinon la surprise, d'y être autorisé. Une fois à Vienne, il mit un point d'honneur à fréquenter les endroits où Marie était susceptible de se rendre durant les vacances universitaires, mais apparemment il ne pouvait trop compter sur une rencontre « fortuite. » Finalement, sur une inspiration subite, il appela Louis pour l'inviter à déjeuner et « évoquer la situation du pays ».

— La bonne société viennoise semble déterminée à se voiler la face, lui apprit Louis avec un sourire distant tandis qu'ils prenaient un apéritif. Malgré l'Ordre nouveau, malgré l'austérité ambiante, les cercles du pouvoir se raccrochent à leur existence privilégiée. Regarde-les donc, ajouta-t-il en balayant d'un geste méprisant la salle bondée du restaurant. On donne les mêmes soirées, l'Opéra et les théâtres connaissent la même affluence. On feint de ne pas voir le changement en espérant que tout redeviendra bien vite comme avant. Naturellement, cela ne durera pas.

Au moment du café, Bill orienta la conversation sur la famille de Louis et, bien sûr, sur Marietta.

— Mon ami, ce ne sont pas mes affaires, mais j'aimerais te corriger sur un point en ce qui concerne ma sœur. Il n'y a aucune duplicité en elle. Ni elle ni moi ne savions que Hugo avait rallié la cause nazie avant l'arrestation et l'interrogatoire de Marietta. Depuis ce jour, il use de son pouvoir pour contraindre père à le reprendre au sein de la famille.

— Si seulement je pouvais revenir en arrière et effacer tout ce que j'ai dit, soupira Bill en faisant signe au serveur de leur apporter deux cognacs.

Bill fut transporté de joie lorsque Louis l'invita à l'Opéra avec toute la famille, la soirée devant finir sur un souper. On convint de se retrouver à six heures au palais Plechy pour prendre un verre. Bill arriva le premier et, surexcité, attendit en surveillant la porte. Il avait hâte de revoir Marie. Il était sûr de se réconcilier avec elle, maintenant.

Ce fut Ingrid qui débarqua en coup de vent, vêtue d'un tailleur-pantalon de velours noir à col mandarin brodé de sequins, qui la vieillissait et lui donnait un air sophistiqué. Elle était ravissante. Sans attendre, elle lui fit comprendre qu'il était là pour elle et que Marie ne viendrait pas. Il ne réussit pas à cacher sa déception.

— Qu'est-il arrivé à Marie ? demanda-t-il à Louis dès qu'il put le prendre à part.

— Désolé, Bill, répondit ce dernier avec un haussement d'épaules. Je te jure que j'ai fait ce que j'ai pu.

À la fin de la soirée, comme il rentrait chez lui, Bill vit Marie descendre précipitamment d'une voiture et pénétrer dans le palais par l'entrée de service. Était-ce pour l'éviter ? Cherchant à identifier l'homme qui conduisait, il reconnut le Scandinave aperçu à l'anniversaire d'Ingrid.

Dès lors, les invitations se multiplièrent. Bill ne manquait pas de rendre la politesse à chaque fois. Toujours il espérait que Marie se raviserait et se joindrait à eux, mais en vain. Elle n'était donc pas jalouse ? Il lui était donc égal de le savoir en compagnie d'Ingrid ? Mais peut-être savait-elle très bien que sa cousine n'était qu'une solution de rechange...

Chaque fois, il se demandait ce qui le poussait à agir ainsi. Ce n'était pas juste envers Ingrid, et il était tout de même capable d'assumer les rebuffades d'une tête de mule. Marie n'avait apparemment d'yeux que pour son Scandinave. S'agissait-il d'une liaison ? La question l'empêchait de dormir et le plongeait chaque nuit dans d'amers tourments.

Berlin n'était pas le lieu idéal pour Taube cet été-là, et l'absence de Bill ne fit qu'aggraver les choses. Elle se sentait plus en sécurité quand il était à ses côtés.

Il l'avait appelée de Vienne pour lui donner sa journée, mais elle se sentait quand même coupable d'avoir quitté le bureau. Elle avançait à toute allure sur le trottoir, les yeux rivés droit devant elle. Tel un cheval pourvu d'œillères, elle ne regardait ni à droite ni à gauche. Elle ignorait les innombrables panneaux « Interdit aux juifs » placardés dans les bureaux, les restaurants, les théâtres, jusque sur les bancs et dans les toilettes publiques. Le ventre douloureusement noué, comme toujours depuis quelque temps, elle vivait en permanence dans la terreur et sur le qui-vive. Elle avançait les jambes raides, la nuque percluse de douleurs, mais le pire restait tout de même cette contracture douloureuse au ventre.

Elle était à présent obligée de porter au bras une étoile de David jaune. Toute infraction à cette règle entraînait la déportation immédiate en camp de concentration. Elle n'était pas disposée à prendre ce risque, car on pouvait à tout moment lui demander ses papiers. Seulement, le brassard jaune incitait certains à la couvrir d'insultes.

Elle finit par atteindre son but, l'ambassade du Chili, et franchit le portail en poussant un soupir de soulagement ; mais ses angoisses revinrent aussitôt. Qu'allait-on lui dire ? Sa candidature avait-elle été acceptée ? Quelques secondes plus tard, elle se retrouvait au bout d'une interminable file d'attente de juifs anxieux, pour la plupart âgés, qui affichaient un visage fataliste, résigné, comme s'ils savaient déjà qu'il n'existait pas d'issue pour eux. Il était plus de dix heures lorsqu'elle arriva devant le guichet. Une Chilienne aux grands yeux noisette et à l'air aimable lui dit :

— Vos nom et numéro d'ordre, s'il vous plaît ?

— Taube Bloomberg.

Elle glissa son jeton numéroté par la fente et s'assit, priant en silence et embarrassée par sa jeunesse.

La Chilienne resta longtemps absente. Taube s'efforçait de se détendre.

— Tout ira bien, murmurait-elle à voix basse. Ils nous accepteront. Il le faut... Ils sont prêts à accueillir de nouveaux résidents dans leur pays.

C'était leur dernière chance. Depuis dix-huit mois, Taube avait en vain hanté toutes les ambassades étrangères. Personne ne voulait de deux juifs âgés, sans le sou, considérés comme d'aucune « utilité ». Ce qui était le cas de ses parents.

La Chilienne revint avec son dossier ; elle avait l'air préoccupée et évita le regard de Taube, attitude que cette dernière avait appris à interpréter comme étant de mauvais augure.

— Votre candidature a été retenue, mademoiselle Bloomberg, annonça gaiement l'employée.

— Et mes parents... ?

La voix de Taube se brisa.

— Malheureusement, nous ne pouvons en prendre la responsabilité. Ils sont trop âgés. Nous avons besoin d'individus jeunes et vigoureux qui puissent travailler aux champs, créer chez nous des exploitations agricoles prospères. Or, vos parents ne correspondent pas vraiment à ce profil. Ils seraient une charge pour l'État. Voyez-vous, nous ne sommes pas un pays...

Hésitante, la femme se tut.

— J'avais pourtant bien précisé que je ne pouvais pas les abandonner, fit Taube.

La Chilienne baissa les yeux sur ses mains croisées. C'était sans doute une femme de cœur. Elle écouta Taube sans l'interrompre.

— Je suis désolée, mais il ne faut plus rien attendre de nous, répondit-elle enfin. (Manifestement, les mois passés à accorder ce genre d'entrevue n'avaient pas totalement épuisé son capital de compassion.) À moins de trouver une famille chilienne qui accepte de vous prendre en charge.

Taube secoua la tête, l'air abattu.

— Je les entretiendrais, souffla-t-elle. Je vous l'ai dit.

— Si vous en aviez la possibilité, certes, je n'en doute pas ; seulement, rien n'est moins sûr. Peut-être pourriez-vous partir la première, trouver un emploi et un logement, puis les faire venir une fois votre solvabilité assurée.

— S'ils tiennent jusque-là, murmura Taube.

Fébrile, elle ne savait pas très bien comment prendre ce nouveau coup du sort — peut-être le dernier. La semaine précédente, on les avait avertis que les autorités obligeraient tous les juifs à restituer leur passeport en octobre. Ce qui laissait trois mois pour s'enfuir. Mais pas sans ses parents. Jamais.

— Quatre-vingts pour cent des jeunes juifs allemands ont déjà quitté le pays, disait la Chilienne. Vos parents comprendront. Ils sont vieux. Vous, vous avez toute la vie devant vous.

— Je ne peux pas les abandonner. Vous ne comprenez donc pas ? Ma mère ne s'en sortira jamais sans moi. Je vous en prie, aidez-moi, supplia Taube. Je vous en prie...

Non, il ne fallait pas s'humilier. C'était inexcusable, et elle le savait. C'était déposer un véritable fardeau sur les épaules d'une simple fonctionnaire sans aucun pouvoir, mais qui essayait de la conseiller utilement.

— Pardonnez-moi, se reprit-elle vivement. Ce n'est pas de votre faute. Je n'avais aucun droit de...

Son interlocutrice paraissait sous le choc, profondément troublée par la situation. On voyait qu'à la place de Taube elle n'aurait peut-être pas fait preuve d'une telle abnégation.

— Et s'ils vendaient leur magasin ? Avec un capital suffisant, on les considérerait comme des immigrants acceptables.

Taube soupira tristement. Autant demander la lune. Une nouvelle loi — une de plus — contraignait les juifs à vendre leurs biens ou leurs commerces à des non-juifs au prix qu'on leur offrait. De plus, le coût du visa de sortie se montait justement à la totalité de leurs avoirs.

Elle remercia gravement l'employée et retourna au travail. Il n'y avait plus d'autre solution, maintenant, que d'accepter la charité de Bill. Son père serait obligé de dire oui. Car Bill avait beau exposer le problème avec le plus de tact possible, c'était bien de charité qu'il s'agissait. L'Américain allait devoir se porter garant de la famille, payer son passage, couvrir les dépenses de l'installation là-bas, le loyer, les frais médicaux de sa mère... La liste n'en finissait plus. Taube était au désespoir.

Aveuglée par le souci, elle fonça tout droit sur une bande de Chemises brunes qui regroupaient des juifs pour les forcer à nettoyer le trottoir. Avant de comprendre ce qui lui arrivait, elle se retrouva à genoux, munie d'un seau et d'une brosse, avec ordre de frotter le caniveau. D'amères larmes d'humiliation lui brûlaient les joues.

— Ne pleurez pas ! Travaillez, lui souffla une vieille femme qui nettoyait le sol à côté d'elle. Ne discutez pas, ne relevez même pas les yeux. Si vous vous rebiffez, si vous n'allez pas assez vite, ils vous tapent dessus. C'est ça, pour eux : une occasion de taper sur quelqu'un. Frottez et taisez-vous. Au bout d'une heure ou deux ils se lassent et nous permettent de partir.

Ce fut la pire matinée de la vie de Taube. Les gens s'arrêtaient pour lancer des quolibets. Trempée, couverte de boue, elle avait une peur atroce d'être emmenée là où personne n'entendrait plus parler d'elle, comme c'était déjà arrivé à tant d'autres.

Elle regagna le bureau épuisée, crasseuse, au bord de l'hystérie. Elle appela tout de suite Bill à Vienne. Elle n'avait pas l'intention de tout lui raconter en détail, et pourtant ce fut un compte rendu exhaustif de la matinée qui s'échappa de ses lèvres.

— Bill, vous m'avez dit un jour que vous nous aideriez à émigrer aux États-Unis. À l'époque, père s'était montré trop fier pour accepter votre aide, aujourd'hui j'accepte votre offre en notre nom à tous les trois. Je trouverai un moyen d'obliger père à partir.

— J'appelle tout de suite l'ambassade, promit Bill.

Chapitre 21

Obsédé par sa quête de l'insaisissable Marietta, Bill se laissa aspirer par le tourbillon perpétuel de l'univers d'Ingrid. On aurait dit que pas un dîner, pas une soirée viennoise ne pouvait se passer de la belle princesse. Pour Ingrid, il fallait absolument assister à la première de tous les opéras, concerts et pièces de théâtre en vogue. Bill supporta des heures de répertoire classique au Burgtheater, des heures de théâtre contemporain à la Hofburg. Chaque fois Ingrid s'immergeait totalement, et ressortait de ces séances pareille à une somnambule. Plus tard seulement elle reprenait ses esprits, pour lâcher alors quelque critique cinglante, ou au contraire quelques louanges condescendantes. Elle consacrait la totalité de son énergie à jouir de la vie. Tous les jours elle avait une occasion de sortir, et parfois jusqu'à trois invitations dans la même soirée. Bill aurait bien voulu témoigner le même dynamisme.

Juillet s'acheva sur une réception splendide au palais Plechy. Cette fois, Bill était sûr de voir Marietta. Pourtant, une fois de plus, elle se fit excuser.

— Où est encore Marie ? se plaignit-il devant Ingrid, dont les traits se contractèrent aussitôt.

Les yeux plissés, la jeune fille répondit :

— Puisque je te dis qu'elle est amoureuse ! Elle disparaît régulièrement une partie de la nuit. Je ne comprends pas comment le comte tolère cela, d'ailleurs.

Sur ce, elle tourna les talons.

Bill passa une nuit blanche à ressasser l'échec qu'était devenue sa vie. À quoi jouait Marie ? Quant à Ingrid, s'était-il comporté de façon irréfléchie, irresponsable, ou bien était-ce lui le dindon de la farce ? Malgré toute la beauté d'Ingrid, Bill savait qu'il ne pourrait jamais l'aimer. À l'image de sa ville, elle était raffinée, douée, ravissante, mais construite pour durer : sous sa surface frivole, elle était d'une solidité de granit. Lui allait bientôt devoir retourner à Berlin et admettre son fiasco : il n'avait pas su reconquérir Marie. Il avait perdu un bien précieux, et il le savait. En plus, tout était de sa faute.

À deux heures du matin, il reçut un coup de fil d'Andy Johnson, son ami de l'ambassade américaine à Berlin.

— La semaine dernière, nous avons délivré soixante-cinq visas d'entrée aux États-Unis à des enfants juifs autrichiens, lui révéla ce dernier. Quelques orphelins, mais la plupart sont simplement restés en arrière lorsque leurs parents ont été arrêtés et déportés juste après l'Anschluss.

« Certains représentants des autorités nazies ont perçu d'importantes sommes — dont la provenance reste discrète — pour ne pas s'opposer à ce départ en train demain matin à cinq heures. Désolé de te laisser si peu de temps pour réagir, mais tout est tenu si secret qu'il est difficile de savoir exactement ce qui se passe et quand. Ils seront accompagnés par des représentants de la Croix-Rouge, et par les résistants autrichiens qui les ont retrouvés et sauvés. La plupart se terraient quelque part. Dieu sait combien il en reste tout seuls là-bas.

« L'ambassade voudrait un reportage. Es-tu disposé à nous rendre ce service ? Pour des raisons évidentes, l'article ne doit paraître qu'après l'arrivée des enfants en territoire neutre. Pas un mot sur les nazis soudoyés, naturellement. Le but est de trouver pour ces gosses des foyers d'accueil aux États-Unis ; il nous faut quelque chose de très émouvant, qui fasse vibrer la corde sensible, si tu vois ce que je veux dire. Ça t'intéresse ?

— Bien sûr. Pour une fois que je peux couvrir un événement positif !

— Peux-tu nous garantir que ton reportage sera diffusé sur tout le territoire américain ?

— Il se trouve qu'on a justement quelques politesses à me rendre, là-bas.

— Merci, Bill. Voici l'adresse où tu devras te trouver à quatre heures.

Les enfants terrorisés, complètement désemparés, ahuris, étaient peu désireux de quitter le pays sans leurs parents qui, dans la plupart des cas, avaient purement et simplement disparu sans crier gare.

En contemplant les grands yeux tristes et les visages pâles des tout-petits qui avançaient en somnambules, trébuchant à chaque pas, Bill se rappela brusquement sa propre enfance, quand il avait perdu ses parents. Il partageait le chagrin, la détresse de ces petits et devait bien reconnaître que le sort l'avait tout de même mieux traité par la suite.

Il repéra bientôt le responsable de la Croix-Rouge, un homme âgé s'efforçant de garder bonne contenance.

— Je vais vous dire ce que je sais, déclara-t-il, c'est-à-dire pas grand-chose. Nous avons été contactés il y a trois jours ; on nous a dit que, par miracle, soixante-cinq enfants avaient reçu un visa de sortie, plus un permis de séjour temporaire en Suisse. Que la Croix-Rouge de Genève les prendrait en charge jusqu'à leur départ pour l'Amérique. Il fallait un moyen de transport et une tutelle internationale, aussi nous a-t-on priés de prêter main-forte.

— Soixante-cinq seulement ?

— Je sais, je sais, opina le responsable. Il paraît que ces enfants perdus ne sont pas faciles à localiser. On se contente de prier pour que la Résistance les déniche avant les nazis.

— Je ferai mon possible par l'intermédiaire de ce reportage, marmonna Bill. Qui dirige cette opération ?

— Désolé, mais je ne peux pas vous le dire. Parlez de la Croix-Rouge, mais, en toute confidence, sachez que tout a été organisé par des étudiants prétendument membres de la Résistance autrichienne. Certains sont très haut placés, et de grosses quantités d'argent ont changé de mains. Ces gens doivent rester dans l'anonymat. Photographiez les enfants tant que vous voudrez, mais je vous en prie, surtout pas les responsables. Si vous en prenez un en photo par accident, détruisez le cliché. La vie d'un individu pourrait être en danger.

Subitement, et sans l'ombre d'un doute, Bill sut où Marie disparaissait tous les jours et toutes les nuits, depuis quelque temps. Il se maudit intérieurement.

Il finit par la trouver. Il était sûr qu'elle participait à l'opération. Il la trouva dans un des wagons, en compagnie d'un groupe de bambins. Huit paires d'yeux effrayés se fixèrent sur lui. Quelques petits pleuraient, Marie leur lisait une histoire en essayant de couvrir leurs sanglots. Ils se blottissaient contre elle comme si le contact de son corps pouvait leur garantir la sécurité.

Marie semblait à bout de forces. Elle avait les yeux cernés, le visage pâle; négligemment vêtue, elle était nerveuse, et plus maigre que jamais. Ses cheveux pendaient tristement, ses ongles étaient rongés. Pourtant, elle restait aux yeux de Bill la femme la plus désirable au monde.

Comment avait-il pu traîner ses guêtres dans les soirées futiles de la haute société viennoise alors que celle qu'il aimait risquait sa vie chaque nuit en donnant le meilleur d'elle-même?

— Bon sang, marmonna-t-il en la regardant. Quel crétin!... (Une pause.) Je peux prendre une photo? Tourne le dos à l'appareil, il ne faut pas qu'on voie ton visage.

Les yeux brillants, elle releva la tête.

— Oh, Bill, c'est toi! Merci, mon Dieu! Je sentais bien que quelqu'un nous observait. Je redoutais la Gestapo... C'était toi!

Bill eut la gorge serrée. Muet, il prit la main de Marietta. Ils se regardèrent longuement dans les yeux.

— Il y a tant de choses que je voudrais te dire, Marie... Mais ce n'est pas le moment. Pardonne-moi, Marie. Je t'aime.

Il effleura ses lèvres du bout des doigts.

La petite fille nichée dans les bras de Marietta releva sur lui un regard curieux.

— Qui tu es? lui demanda-t-elle.

— Je m'appelle Bill, et toi?

— Hilde. Hilde Stein.

— Bonjour, Hilde!

— Il te plaît, mon nouveau manteau?

— Oui, il est très joli, répondit-il d'une voix chargée d'émotion.

— C'est tante Marie qui me l'a acheté, dit-elle en lançant

vers Marietta un regard d'absolue dévotion avant de se presser à nouveau contre elle. On va en Amérique, reprit Hilde.

— Oui, je sais. C'est de là que je viens moi aussi. Tu y seras heureuse.

Il dut répondre à une dizaine de questions enfantines, puis Hilde se lassa et Bill reporta son attention sur Marie.

— Comment as-tu été mêlée à tout cela ? Je veux dire... C'est pour couvrir l'opération que je suis là. L'ambassade m'a appelé pour faire un reportage. Peux-tu me dire comment tout a commencé pour toi ?

— C'est à cause de Hilde. Elle a été la première. (Elle serrait l'enfant contre elle.) Je me trouvais à la gare, un matin juste avant l'aube. La mère de Hilde a glissé un billet dans ma poche... Mais c'est une longue histoire. Pour le moment, contente-toi d'écrire que les enfants ont hâte d'être en sécurité, et qu'ils espèrent que leurs parents viendront les chercher un jour. Dis-leur que nous courons désespérément après des visas d'entrée, des permis d'immigration. Ce sont des choses difficiles à obtenir, de nos jours. C'est pourquoi nous avons tant besoin de publicité. L'Église suédoise nous aide beaucoup, mais je ne sais pas si tu dois en parler.

— Marie, fit-il tout bas, je tiens énormément à toi. Je veux que tu saches que si un jour tu as besoin de moi... pour quoi que ce soit... je serai là. Je t'attendrai. Ma vie entière s'il le faut.

— Pas maintenant, Bill, je t'en prie. Et ne sois pas si grave, tu fais peur aux enfants.

Le train s'ébranla, des coups de sifflet retentirent. Bill se leva.

— Quand seras-tu de retour ?

— Dès que possible, répondit-elle en haussant les épaules. Je passe en Suisse. Je me méfie des gardes-frontières. Nous avons les papiers nécessaires, mais, en cas de problème, il y a une valise pleine de dollars, là-haut, au-dessus de ma tête.

Le train se mit en marche. Bill s'arrêta sur le seuil du compartiment.

— Fais attention à toi, dit-il.

Au moment de sauter sur le quai, il vit les traits de la jeune fille se figer en un masque de terreur absolue.

Chapitre 22

Hébété, Bill resta immobile sur le quai. Il avait retrouvé Marie ! Il savait maintenant qu'il l'aimait de tout son cœur. Jamais il ne pourrait en aimer une autre. Il admirait son héroïsme.

Il suivit le train des yeux, regrettant de ne pas être avec elle. La tête pleine d'images de Marietta et des enfants, il heurta quelqu'un de plein front.

— J'ai comme l'impression qu'une tasse de café ne vous ferait pas de mal, Bill, tonna une voix à son oreille. Venez donc avec moi. Mais je me présente : Éric Perwe.

Bon sang, c'était le grand Suédois que fréquentait si assidûment Marie ! Que faisait-il là ? Bill faillit s'emporter mais, au-delà de son orgueil de mâle, ce fut le journaliste qui réagit : flairant le bon sujet, il décida de suivre son instinct.

Le Suédois habitait une maisonnette non loin d'une église... l'Église de Suède. Tandis qu'ils remontaient l'allée bordée de fleurs, une femme en tablier blanc sortit en courant du cottage.

— Mon père, entrez vite ! Les Chemises brunes sont venus rôder. Ils sont partis, maintenant, mais ils reviendront. Des voyous, des voyous..., marmonna-t-elle.

Elle s'essuya les mains sur son tablier et referma la porte derrière eux.

Mon père ?

Éric rajusta son col de clergyman, jusque-là invisible sous son écharpe, en se regardant dans la glace. Puis il passa ses mains dans ses cheveux, se retourna et adressa à Bill un sourire contrit.

— De nos jours, il ne sert à rien de se promener en uniforme, surtout celui-ci. Je suis déjà assez facilement repérable.

L'espace d'un instant, Bill en resta muet. Puis le plaisir succéda à la stupéfaction. Un pasteur ! Donc, ce n'était pas un rival, finalement ! Seulement un type bien qui risquait sa vie pour aider les enfants... et Marietta par la même occasion. Bill eut honte de sa jalousie.

— Ce n'est pas pour moi que je me fais du souci, disait le pasteur. Moi, j'ai l'appui de l'Église et de l'ambassade de Suède. Non, je m'inquiète pour ceux qui sont vus en ma compagnie. Surtout la comtesse Marietta, qui est quelqu'un de très spécial.

La maison était pleine d'odeurs évoquant le confort : parfum de cire, de café frais, de pain encore chaud, à quoi s'ajoutaient les effluves des roses disposées dans l'entrée. Bill se laissa tenter par le petit déjeuner qui lui était offert et, quelques instants plus tard, les deux hommes prenaient place autour d'une table tandis que la gouvernante leur amenait poisson, hareng fumé, café et pain tiède.

— Comment avez-vous su pour les enfants ? Dès que je vous ai vu, je me suis fait du souci. Le secret est donc si mal gardé ? Est-ce Marietta qui vous a parlé ?

— J'ai été contacté par l'ambassade américaine, qui cherchait quelqu'un pour faire un reportage sur l'affaire. J'ignorais que Marie était impliquée. Je me contenterai de parler des enfants... sans faire mention des sommes versées pour acheter certains nazis, ni dire qui a organisé quoi. Ce sera simplement un article poignant à propos d'orphelins cherchant un foyer d'accueil aux États-Unis.

— Parfait ! Excellent ! Examinez scrupuleusement vos photos avant de les envoyer pour publication, car les nazis, eux, ne s'en priveront pas, croyez-moi.

— Je sais, on m'a déjà averti.

Soudain, un bruit de chute retentit à l'étage inférieur, suivi d'un fracas de verre brisé et de pas pesants. Éric poussa sa gouvernante dans la cuisine.

— Ne bougez pas de là, fit-il en faisant entrer Bill dans un placard.

— Ne sortez pas ! cria ce dernier, mais déjà le pasteur s'élançait dans l'entrée, les bras tendus.

150

— Mes amis! commença-t-il, ce que l'Américain trouva insensé.

Bill atteignit le seuil à temps pour voir Éric s'effondrer sous un coup de matraque tandis qu'on le rouait de coups de pied. Le temps paraissait s'écouler au ralenti. Bill fonça sur la bande de brutes en uniforme de SA qui continuaient de frapper Éric. Il expédia un coup de genou dans les testicules du plus proche et se jeta en avant non sans abattre son poing sur la nuque de l'homme. Un visage ricanant s'approcha du sien; mû par la haine, Bill lui enfonça les pouces dans les orbites et, de toutes ses forces, le plaqua contre le mur, ravi de l'entendre crier de douleur. Puis il voulut se rapprocher du pasteur, affalé, bras et jambes écartés, en travers du seuil.

Toute la colère rentrée que Bill accumulait depuis des mois se libéra d'un coup. Écumant, oubliant la douleur, il fonça tête baissée en s'entendant hurler. Son champ de vision s'emplit de brouillard rouge. Il ne savait pas pourquoi. Il ne ressentait rien. Rien que la joie de cogner sur ce qui lui tombait sous la main. Tout s'acheva abruptement dans un grand éclair blanc suivi d'une sensation de flottement.

Chapitre 23

Bill reprit conscience vers minuit. Après quelques minutes, il se rendit compte qu'il était à l'hôpital. Puis il se remémora l'agression et s'étonna d'être encore en vie. Le service était calme, la veilleuse allumée. Il se demanda si ses reins avaient été touchés. En tout cas, il en avait l'impression. Il avait une soif dévorante, mais quand il essaya d'appeler, un faible coassement sortit de sa bouche. Puis il entendit un bruit, et une femme se pencha sur lui, un verre d'eau à la main. C'était Ingrid. Il lui sourit.

— Une gorgée seulement, dit-elle en inclinant le verre. (Elle avait les yeux égarés, le teint pâle.) Oh, Bill... Il y a des heures que je suis là. Je me faisais tellement de souci ! Qu'est-ce qui s'est passé ?

— Comment avez-vous su que j'étais là ? souffla-t-il.

— Le père Perwe a appelé mon oncle.

— Mais je croyais que... La dernière fois que je l'ai vu, il était inconscient, couvert de sang.

— Il prétend n'avoir que des égratignures, quelques contusions. Les Chemises brunes l'ont laissé inconscient dans son jardin, mais la gouvernante a appelé un médecin. On vous a amenés ici tous les deux, il est rentré chez lui maintenant. Le comte est venu, ainsi que l'ambassadeur américain. On peut dire que vous êtes quelqu'un d'important ! conclut-elle en lui souriant tendrement.

— Je suis surtout quelqu'un qui a mal partout. (Il essaya de se redresser, mais la douleur fut trop forte.) Ça s'est passé très vite. Peut-être deux minutes en tout.

— Comment avez-vous pu vous faire amocher à ce point ? s'enquit-elle.

Ses yeux s'emplirent de larmes, mais elle les tamponna promptement avec un mouchoir et, quelques secondes plus tard, elle souriait bravement. « La bonne petite qui tient le coup dans l'adversité », songea cyniquement Bill pour s'en repentir aussitôt.

— Je l'ignore, répondit-il. J'étais trop occupé à essayer de les amocher moi-même. J'ai l'impression d'avoir été écrasé par une locomotive, mais il me semble qu'il n'y a rien de cassé.

Il avait une envie folle de se lever, mais s'en sentait incapable.

— Le médecin dit que vous devez passer la nuit ici.

— Au diable le médecin. Et vous, que faites-vous là ?

— Où est ma place, sinon auprès de vous ? Bill, faut-il vraiment que vous restiez ici, en Allemagne ? Je veux dire... Je serais tellement heureuse que...

Elle s'interrompit et rougit.

Bill fit la grimace. Le moment était venu d'affronter Ingrid, d'assumer la lâcheté dont il s'était rendu coupable envers elle. Oui, autant le pire maintenant, lui parler de Marie. Il se laissa retomber sur ses oreillers.

— Ingrid, il faut qu'on parle, vous et moi.

Elle prit à deux mains celle qu'il lui tendait, les yeux débordants d'amour et d'impatience.

— Je me suis montré égoïste...

— Chut ! (Elle lui posa un doigt sur les lèvres.) Dormez. Nous parlerons de l'avenir demain matin.

Il y avait tout un monde d'attachement affectueux dans son regard tandis qu'elle reposait doucement sa main sur les couvertures.

— Je me sens très proche de vous, Ingrid. Un peu comme un frère. Oui, j'ai l'impression d'être de la famille, poursuivit-il maladroitement. Vous êtes une très jolie femme, mais pour moi vous restez la sœur de Marie, et c'est comme cela que je vous aime.

Il vit son expression changer. Une lueur s'éteignit dans ses yeux, ses ravissants yeux bleu-vert légèrement obliques. Mais derrière cette façade de beauté se trouvait une femme blessée.

— Je vous en prie, laissez-moi une chance ! Laissez-*nous* une chance !. S'il vous plaît, Bill, bégaya-t-elle. Je suis exactement la femme qu'il vous faut. De plus, je suis libre. Marietta, elle, ne le sera *jamais*. Pas pour vous en tout cas.

— Peut-être, mais je l'aime. Pardonnez-moi, Ingrid.

Il voulut reprendre sa main, elle se déroba.

— Très bien, conclut-elle en glissant son sac à main sous son bras, puis en enfilant ses gants. Je vous laisse avec vos rêves insensés. Vous croyez que Marietta renoncera à ses terres et à ses châteaux pour aller vivre en Amérique ? Ou bien comptez-vous vous établir en Tchécoslovaquie en tant que prince consort ?

— La question ne se pose pas. Du moins pour l'instant. Nous n'avons pas encore parlé de l'avenir.

Il ferma les yeux et, l'espace de quelques secondes, n'eut conscience que du martèlement douloureux qui résonnait dans sa tête.

Ingrid le regardait en silence. La colère s'enflait en elle. Comme les hommes étaient lâches ! Celui-ci s'était bien moqué d'elle. Et dire que depuis des semaines la moitié de Vienne lui prodiguait ses félicitations. Égoïste, sale menteur, tricheur ! Elle qui s'était fait une joie d'aller en Amérique ! Elle débordait d'amertume et de ressentiment. Elle allait être la risée de tous. Elle se retrouvait une fois de plus dans le rôle de la pauvre petite Ingrid. Marietta passait la première, comme toujours. Mais ce n'était pas le pire, loin de là. Le pire, c'était qu'elle l'aimait, cette ordure de Bill.

Elle se leva, tremblant de rage, de chagrin, de peur sincère pour l'avenir.

— Vous êtes un imbécile, Bill. C'est de moi que vous auriez dû tomber amoureux. Car moi, je n'ai pas de devoirs à remplir.

— Si vous saviez, Ingrid, comme je regrette que les choses ne se soient pas passées ainsi, gémit-il.

— Crétin, menteur et prétentieux avec ça !

Marie arriva tard dans la journée du lendemain. Dès qu'elle le vit, elle rougit et sourit timidement. Elle lui prit la main et ils restèrent à se regarder dans les yeux sans rien dire.

— Tu as une mine épouvantable, déclara-t-elle enfin.

— Ah bon !

Bill l'attira contre lui et lui caressa les cheveux.

— Mais je m'attendais à pire, fit-elle. Lâche-moi. On pourrait nous voir ! Quand père m'a appris la nouvelle, j'ai eu tellement peur pour toi ! Je me suis trompée sur ton compte, Bill. Quelle idiote ! Nous ne sommes pas obligés de gâcher le présent sous prétexte que nous n'avons pas d'avenir.

Elle l'embrassa doucement sur la bouche.

— Je suis prêt à me refaire tabasser n'importe quand pour t'entendre dire ça, conclut joyeusement Bill.

Chapitre 24

Louis était assis dans le grand hall glacé et traversé de courants d'air de la Bourse aux céréales de Prague, où avaient lieu des concerts-ateliers destinés à faire connaître de jeunes musiciens. Seuls les six premiers rangs étaient occupés.

Andréa devait jouer le concerto pour hautbois de Telemann, dont le dernier mouvement met à rude épreuve la virtuosité du soliste ; Louis admira le courage de ce choix. Tandis que l'orchestre s'accordait, il sentit ses paumes devenir moites d'appréhension. Alors *elle* sortit des coulisses, nerveuse, les traits tirés, vêtue d'une robe noire qui ne lui allait pas du tout.

— Mon Dieu, Andréa ! Dans quel état t'es-tu mise ? fit-il tout bas, horrifié par sa coiffure à la dernière mode et son maquillage raté.

Il se redressa sur sa chaise et s'efforça de se détendre. Peu importait qu'elle commette des erreurs ou qu'elle ne sache pas soigner son apparence. C'était à ses débuts de concertiste qu'il était venu assister. Du moins essayait-il de s'en convaincre.

Quand le concert s'acheva, Louis rayonnait de fierté. Le jeu d'Andréa s'était révélé inspiré ; non dénué de fautes, loin de là, mais brillant et sensible. Louis sortit précipitamment acheter une corbeille de fleurs et revint sur ses pas, tendu. Personne ne l'arrêta à la porte des coulisses, et il se dirigea vers les loges. Entourée d'amis et de parents, Andréa riait de contentement. Lorsqu'elle aperçut Louis dans la glace, son expression changea. Sur son visage, la colère succéda à la surprise. Louis posa les fleurs sur la table et se pencha vers elle.

— Je n'avais encore jamais pris autant de plaisir à ce concerto. Je tiens à t'en remercier, ajouta-t-il gauchement.

— Tu n'as rien à faire ici, répondit-elle à mi-voix. Tu ne peux donc pas me laisser tranquille?

— Tu ne peux pas me faire confiance? répliqua-t-il, la bouche contractée de fureur.

— Je ne vois pas ce que la confiance a à voir là-dedans.

— Andréa, oublie ce que t'a dit père. Il ne vit pas avec son temps. Écoute-moi.

La voyant se détourner, il fit un brusque mouvement en avant pour la rattraper par l'épaule et la forcer à lui faire face.

— Va au diable, Louis!

Violente, d'un revers de la main, elle balaya les fleurs, puis se dégagea de son étreinte.

La mère d'Andréa s'avança, ne cachant ni sa curiosité ni son embarras.

— Tu ne nous présentes pas à ton ami, Andréa? (Elle se tourna vers Louis.) Je suis Mme Soltys, et voici mon mari Charles.

Louis allait répondre, mais Andréa fut plus prompte.

— Ce n'est pas un ami, fit-elle un peu trop fort. En fait, ce jeune homme se commet avec nous, ce soir. Père, je te présente le comte Louis von Burgheim. Tu as dirigé plusieurs concerts au château de Sokol pour la princesse Lobkowitz, la regrettée grand-mère du comte ici présent, je crois? Il étudie la musique à l'université de Munich parce qu'il n'a rien de mieux à faire.

— Andréa! s'étrangla sa mère. Comment peux-tu te montrer aussi impolie?

Elle se retourna vers Louis en esquissant une révérence. Le jeune homme fit la grimace.

Le père, un pas en avant, s'inclina d'un air contrit.

— Je vous prie de croire qu'Andréa ne se comporte pas ainsi d'habitude. C'est au contraire la plus charmante des jeunes filles. Il faut l'excuser: c'était, ce soir, son premier concert de soliste; elle est encore sous le choc. Nous serions honorés si vous acceptiez de vous joindre à nous. Nous donnons chez nous une petite fête. Je suis impressionné par le talent qu'a déployé ma fille. Et vous?

Herr Soltys continua à bavarder, comme si Louis avait d'ores et déjà accepté son invitation, tout en rassemblant adroitement ses invités.

Tandis qu'ils sortaient les uns derrière les autres, profitant de la pénombre du couloir Andréa lui souffla à l'oreille :

— Je t'interdis de venir ! Je ne peux pas supporter de les voir te lécher les bottes ! Si tu savais comme je te déteste ! Je ne te pardonnerai jamais d'être venu ce soir.

Sur ces entrefaites, elle attrapa un jeune homme qui passait par là et s'éloigna à son bras. Blessé, mais déterminé à ne pas céder, Louis fit monter six invités dans sa voiture et suivit la procession jusqu'au domicile des Soltys.

C'était une maison élégante, moderne, et adaptée aux carrières musicales des divers membres de la famille. Un miracle qu'elle puisse loger ces derniers, d'ailleurs, entre le piano à queue, la salle de leçons, les statues de Mozart, de Beethoven et de Bach, et les différents instruments de musique disposés çà et là !

Le père était un petit homme mince, dont les gestes étaient d'une grande intensité. Derrière ses allures nerveuses, c'était un être affable et sympathique. Il avait des yeux clairs, ses cheveux blonds retombaient obstinément sur son front et ses mains fines et blanches les rejetaient sans cesse en arrière.

La mère était subjuguée par la présence de Louis. Grande et mince, elle semblait encore très jeune. Contemplant sa silhouette harmonieuse tandis qu'elle allait et venait avec vivacité entre ses invités pour veiller sur eux, Louis la trouva élégante et très à la mode.

Plus Andréa s'appliquait à l'éviter, plus sa mère s'affairait autour de lui. Elle lui parla de la grand-mère tzigane d'Andréa — « la mère de son mari », s'empressa-t-elle de préciser — qui, chanteuse et danseuse, avait jadis été célèbre à Prague. Le grand-père d'Andréa, pianiste originaire de Budapest, était tombé éperdument amoureux d'elle et l'avait épousée contre le vœu de sa famille. Il était clair que Frau Soltys n'appréciait pas le souvenir de cette belle-mère disparue. Louis apprit aussi de sa bouche que son époux attendait encore d'accéder à la gloire et à la fortune grâce aux œuvres qu'il avait composées, en majorité des concertos inspirés de chants traditionnels tchèques.

Louis se déclara intéressé, et Frau Soltys lui fit écouter plusieurs disques dans la salle de musique, en poussant le volume à fond. Louis s'affala dans un fauteuil et entreprit d'observer les oncles, tantes, cousins et amis de la famille réunis dans cette demeure plaisante des faubourgs de Prague. Il se sentait à la fois à l'écart et chez lui au milieu de ces gens liés par leur commun amour de la musique.

La musique cessa. Il était temps de se retirer. Pourtant, Louis chercha à prolonger sa visite en discutant avec Herr Soltys de ses œuvres. N'importe quoi, du moment qu'il gagnait quelques instants. Puis il perçut des bavardages excités, et un groupe de jeunes gens passa près de lui en souhaitant bonne nuit. Les parents d'Andréa se précipitèrent et, quelques secondes plus tard, il entendit des adieux se croiser sur le perron. Debout sur le seuil, les mains sur les hanches, Andréa lui jeta un regard incendiaire.

— Va-t'en ! jeta-t-elle en venant sur lui à grands pas puis en lui saisissant le poignet. Rentre chez toi, Louis, et ne reviens jamais.

Bouillant de rage, il inclina la tête sur le côté.

— Et qui est ce garçon auquel tu es restée pendue toute la soirée ?

— Je ne vois pas en quoi ça te regarde.

— Oh, mais si ! Tu m'appartiens depuis le premier instant de notre rencontre, et tu le sais.

Les yeux de la jeune fille s'emplirent de larmes.

— Comment oses-tu ! Je n'appartiens à personne, et du reste il ne manque pas d'hommes au monde meilleurs que toi. Pour commencer, Xavier pourrait t'en remontrer sur le chapitre des bonnes manières ! cracha-t-elle, furibonde, avant de le pousser en direction de la porte d'entrée avec une vigueur surprenante.

— Lequel était Xavier ? fit-il en contemplant derrière elle les trois hommes qui restaient dans le salon.

L'un d'eux fixait Andréa, frémissant de rage, mais la mère de la jeune fille le monopolisait dans un angle de la pièce.

Il la saisit par le bras et la secoua sans ménagement.

— Écoute-moi, fit-il d'une voix rauque. Jure-moi sur ce que tu as de plus cher que tu n'éprouves rien pour moi et je ne viendrai plus t'importuner. Mais ne mens pas ; c'est trop important.

— Et pourquoi mentirais-je, hein ? Pour te déculpabiliser,

après la stupidité et l'égoïsme dont tu as fait preuve ? Toi et ta sœur... Il ne vous est pas venu une minute à l'idée que les autres pouvaient souffrir à cause de vous ! Tout ça pour vous prouver que vous pouviez survivre un mois ou deux sans votre fichu chauffeur et vos cinquante laquais en livrée ! Dehors !

Elle exerça une ultime poussée et, pris par surprise, il recula de quelques pas.

D'un bond, Xavier fut sur lui, les poings brandis dans la position du boxeur — « une position ridicule », songea Louis —, le déséquilibra d'une ruade et l'expédia au tapis d'un coup de poing à la mâchoire.

Toute la scène parut se dérouler dans un silence mortel. Plaquée contre le mur, Andréa semblait terrorisée. Son père afficha tout d'abord une expression incrédule, puis franchement menaçante, Mme Soltys prit même un air offensé.

Vaillamment, Louis joua son va-tout et prononça trois mots magiques :

— Andréa, épouse-moi !

Chapitre 25

Curieusement, Père céda sans trop de difficulté. Louis était rentré tout droit au palais Plechy affronter le comte. Il le trouva en train d'arpenter nerveusement son bureau, un verre de cognac à la main ; un carnet de notes ouvert et un crayon à papier posés sur sa table de travail, il avait entrepris de noter ses idées.

— J'épouserai Andréa que cela vous plaise ou non, commença Louis sans préambule. (Père eut l'air surpris, mais resta calme.) Je suis prêt à renoncer à tout cela, dit-il en désignant la pièce d'un geste vague. Je peux gagner ma vie...

— Comme pianiste de concert, tu n'iras pas loin, mon fils, fit le comte avec douceur.

— En effet, et vous en êtes responsable. Je n'ai jamais pu travailler : j'étais bien trop occupé à parfaire mon « éducation ».

Le comte se ratatina. Ses traits parurent s'affaisser, son regard se fixer au fond de la pièce comme pour éviter la confrontation. Puis il tendit la main à Louis.

— Pardonne-moi, mon enfant. Tu aurais dû naître dans une autre famille.

— Écoutez, père, reprit Louis en reculant d'un pas pour échapper à ces bras tendus qui voulaient l'attirer. Je suis disposé à faire face à mes devoirs, qu'ils soient de nature familiale ou civique, mais seulement avec Andréa pour femme. Elle est forte, belle, bonne et courageuse... Nulle part au monde je ne saurais trouver meilleure épouse, mais là n'est pas la question. Le fait est que je l'ai *choisie*.

— Ah ! (Le comte semblait avoir l'esprit ailleurs.) Très bien.

Il se retourna brusquement vers le portrait accroché au mur derrière son bureau et se mit à composer maladroitement la combinaison de son coffre, il y fourragea un instant avant d'en sortir un petit écrin qu'il tendit à son fils.

— Tiens, Louis. J'accepte ta décision, et pas seulement parce que je n'ai pas le choix. À la vérité, il se trouve qu'Andréa me plaît. Je regrette infiniment d'avoir...

— Vous n'en aviez aucun droit.

— Peut-être, peut-être. Je vais être tout à fait honnête avec toi. Jadis, en orgueilleux, je pensais qu'il n'existait au monde que dix jeunes gens dignes d'épouser Marietta, et que toi-même tu devrais choisir parmi les héritières des Habsbourg. Et je vous ai élevés tous deux dans cette croyance. Le passé est le passé, mais heureusement Marietta et toi vous vous montrez plus sages que moi. Vous prenez en compte l'avenir. La vie ne manque jamais de nous enseigner les plus amères leçons. J'ai réfléchi à cette obsession des nazis : être les élus, la crème de l'élite, la race maîtresse, comme ils disent, l'aristocratie du monde, les plus riches, les meilleurs. De tout temps l'humanité s'est prise à ces pièges, et Dieu sait pourtant que cette voie mène droit dans les abîmes du mal. Le choix qui se pose à nous est simple : d'un côté, un monde où les hommes sont frères ; de l'autre, une société où l'on propulse une poignée de puissants au-dessus de tous les autres. On n'a pas l'impression qu'il s'agit de choisir entre le bien et le mal, n'est-ce pas ? Pourtant, c'est bien de cela qu'il retourne. Quand on fait un pas dans cette direction-là, par la suite on ne peut plus faire marche arrière. Je tremble pour l'humanité.

Mais Louis n'écoutait qu'à moitié. Il tenait au creux de sa main la bague de fiançailles des von Burgheim, une énorme émeraude entourée de diamants. Elle était dans la famille depuis des siècles. Sa belle-mère l'avait portée toute sa vie, et sans doute avant elle sa propre mère. Il songea d'ailleurs qu'elle n'avait guère porté bonheur à ces deux femmes, et il fut tenté de la rendre à son père, mais il sentit instinctivement qu'elle symbolisait en quelque sorte l'acceptation d'Andréa au sein de la famille.

— Mais je divague, poursuivit le comte. Il faut m'excuser. C'est un de mes pires défauts. Écoute-moi, Louis. Il faut que tu t'en ailles, maintenant. J'attends quelqu'un. Il se passe des choses... des choses dont je ne peux m'entretenir avec toi. Nombreux sont ceux qui haïssent les nazis, en Allemagne, et je suis de ceux-là. Je n'en ai jamais fait mystère.

Il s'interrompit et lui donna une tape amicale sur l'épaule.

Louis sortit. Il n'en revenait pas. Qu'avait voulu dire père ? Jouait-il un rôle dans une conspiration contre le Troisième Reich ? Mais non, c'était impossible. Son action la plus subversive, c'était d'envoyer une lettre à un journal. Et encore, le texte en était généralement si alambiqué qu'elle en devenait incompréhensible. « Vieil original », songea Louis. En dépit de ce qui les séparait, il aimait tendrement le comte. Cette idée lui vint inopinément, et ne laissa pas de le surprendre...

Après les aveux de Bill sur son lit de douleurs, Ingrid ne quitta presque plus le palais. Elle se laissa aller au désespoir et au sentiment de rejet qui la taraudaient. Qu'allait-elle devenir ? Qui voudrait d'elle maintenant ? En un seul et bref échange, Bill lui avait volé son amour, son futur foyer, sa sécurité, l'estime qu'elle se portait... tout !

Bill était amoureux de Marietta. Depuis le début. Il n'avait fait que se servir d'elle, Ingrid, pour avoir ses entrées dans la famille. Comment avait-il pu se jouer d'elle, la faire marcher, lui laisser croire qu'il venait pour elle au palais ? Comment pouvait-on se montrer manipulateur à ce point ? Et elle, comme une idiote, n'avait jamais fait mystère de ses sentiments !...

Avec l'automne, Ingrid devint de plus en plus amère, et pleine de rancœur. Elle avait maigri, ses cheveux étaient ternes, et elle avait l'air hagard. Elle était dévorée d'inquiétude. Elle avait gâché sa première saison avec Bill. Maintenant, elle avait vingt ans ; et elle était toujours sans le sou. Vieille fille, en un mot. Finalement, ce fut Hugo qui vint à son secours en la persuadant de déjeuner un jour avec lui.

— J'ai l'impression que tu m'évites depuis quelque temps. Je t'ai peut-être offensée sans le vouloir ?

Il lui fit de grandes démonstrations d'affection et la complimenta sur son allure dès qu'elle arriva à l'heure dite.

Hugo avait choisi un restaurant italien discret où ils ne

couraient guère le risque de rencontrer des connaissances. Avec son costume gris, sa chemise bleue et sa cravate en cachemire, il avait l'air distingué, et très en forme. Ses yeux brillaient sous ses paupières lourdes tandis qu'il détaillait avec un amusement discret l'aspect général de sa cousine.

Elle s'était préparée avec soin. Avec un tailleur très classique et un canotier blanc, elle se croyait belle, élégante. Mais, si l'on y regardait de plus près, on ne manquait pas de remarquer ses ongles rongés, ses cernes, et le teint pâle en dépit de son maquillage.

— Ainsi c'était Marietta que Bill aimait, finalement ! fit Hugo sans chercher à feindre la subtilité. Il s'est servi de toi pour l'approcher. Elle est aussi coupable, d'ailleurs. Elle s'est jouée de toi. Toute ta vie il en a été ainsi, ma pauvre petite Ingrid.

La jeune fille rougit et baissa la tête.

— C'est de l'histoire ancienne, Hugo, dit-elle bravement. N'en parlons plus.

Il éclata de rire.

— L'Amérique ne t'aurait pas plu, de toute façon. Il vaut bien mieux que tu restes avec nous. (Il se pencha et poursuivit un ton plus bas :) Écoute-moi bien. L'Europe de l'Est est destinée à faire partie du grand Empire germanique. Or, l'une de mes missions consiste justement à examiner les revendications des Allemands qui se sont vus dépouiller de leurs biens par les bolcheviks. Il n'est pas exclu que des terres soient rendues à leurs propriétaires légitimes par une nation reconnaissante...

— Reconnaissante ?

— Oui, de certains services rendus au Führer.

Ingrid s'efforçait de ne pas sembler concernée par ces propos, mais ses doigts serraient son verre de vin. « Il ment, se disait-elle. Je n'ai jamais eu de chance dans la vie. Alors pourquoi ce cadeau-là me tomberait-il du ciel maintenant ? »

— Rejoins nos rangs, Ingrid, la pressa Hugo. Aide nos armées héroïques à te rendre ce qui te revient de droit.

— Je ne te crois pas, Hugo, répondit-elle froidement.

— Ah, et pourquoi ?

Ingrid comprit soudain que son cousin pouvait être extrêmement malfaisant en le voyant hausser les sourcils avec des yeux plissés.

— Hitler tient à spolier l'aristocratie, non à la remettre en selle. Pourquoi vos soldats aryens iraient-ils verser leur sang pour rendre son bien à une princesse russe ?

— Je te reconnais bien là, Ingrid, s'enthousiasma Hugo. Observatrice, courageuse, rusée. Et douée pour survivre ! C'est pour cela que je t'ai à l'œil depuis quelque temps.

— Que veux-tu dire ?

— Fais ton choix, nous parlerons ensuite.

— Je vais être plus précis, reprit-il lorsque le serveur les eut laissés. J'ai besoin d'une femme intelligente et bien introduite qui infiltre les milieux antinazis au plus haut niveau. Tu serais la personne idéale. Je récompenserais généreusement certaines informations.

Ingrid commençait à le croire. Toute sa vie elle avait dû se battre et manipuler les autres pour arriver à ses fins ; et son cousin lui offrait sur un plateau la chance de reproduire exactement le même schéma...

— Et comment justifierai-je ma fortune soudaine aux yeux de mon entourage ? s'enquit-elle en s'efforçant de masquer son excitation.

— Je m'arrangerai pour qu'une de nos banques te contacte en faisant croire à un héritage. Ton père aurait pu, par exemple, déposer avant sa mort des fonds à ton intention dans un établissement financier suisse, qui te verserait maintenant des intérêts.

— Un peu tard pour me découvrir un héritage, tu ne crois pas ?

— Mais non ! Il est fréquent que les parents lèguent à leurs enfants des fortunes dont ils ne peuvent hériter qu'à leur majorité. Tu y parviens et, à la faveur des nouvelles lois, nombreux sont les comptes de ce genre qui se manifestent.

« Tout cela paraît plausible », songea Ingrid en buvant son vin à petites gorgées. De plus, il ne demandait pas grand-chose en échange. Elle resta un instant silencieuse. Marietta ne pensait qu'à ses œuvres philanthropiques, le comte était trop ailleurs pour remarquer les membres de sa famille, et Louis était rarement à la maison.

— Une espionne, hein ? fit-elle pour mettre un terme à l'épreuve.

— Non, non, pas une espionne. Jamais ! Tu m'aiderais dans mes recherches, c'est tout.

Ingrid n'était pas bête au point de le croire sur parole, mais, s'il voulait désigner de ce nom cette mission, cela ne la dérangeait pas. Elle sourit, accepta et écouta attentivement Hugo expliquer comment elle devait s'y prendre. Il lui dit ce qu'il attendait d'elle.

Elle réfléchit à ses instructions en dégustant son sorbet. Naturellement, il avait omis la plus grande victoire de toutes : la possibilité de se venger de Marietta et de Bill.

Chapitre 26

Marietta ouvrit la porte. Elle fut aussitôt soulagée. Cet appartement était son tout premier chez-elle, et elle s'y plaisait. Elle se réjouissait d'être de retour à Munich pour le trimestre d'automne. Dès qu'elle eut mis un pied dans l'entrée, un parfum entêtant de roses lui parvint.

— Dieu du ciel ! s'étrangla-t-elle.

On aurait dit qu'un fleuriste avait déposé là tout son stock ! Il y avait peut-être un nouveau petit ami dans l'air ? Cette idée lui déplut vaguement, mais il fallait reconnaître qu'Andréa avait passé une mauvaise année, et qu'elle méritait bien d'être plus heureuse.

Andréa dormait. Marietta alla jeter un coup d'œil dans sa chambre et aperçut ses longs cheveux bruns tout emmêlés sur l'oreiller. Sa main reposait sur le duvet et, à la faveur d'un léger mouvement, Marietta entrevit la bague de fiançailles que portait son amie. Elle poussa une exclamation étouffée et s'approcha sur la pointe des pieds. Combien de fois avait-elle vu scintiller cette énorme émeraude au doigt de sa propre mère ! L'espace d'un instant, elle resta perplexe. Louis et Andréa... Toutes les idées préconçues sur la notion de naissance, de classe, d'ordre établi qu'on lui avait inculquées dès sa tendre enfance lui revinrent d'un coup. On n'avait pas le droit de faire une chose pareille ! Louis devait épouser une Habsbourg, non ? Et pourtant, c'était bien la bague de sa mère qu'elle avait sous les yeux. Père avait donc donné son accord concrétisé par ce bijou.

Marietta tomba à genoux et prit la main d'Andréa. La jeune fille remua légèrement, puis ouvrit les yeux.

— Quelle heure est-il ? fit-elle avec un sourire très doux.

Alanguie, respirant l'amour, ses yeux étaient embués.

— Ainsi nous allons être sœurs, fit Marietta en lui souriant à son tour. Jamais je n'aurais espéré que les choses tournent si bien. (Elle eut la surprise de voir Andréa fondre en larmes.) Quoi ? Qu'est-ce que j'ai dit ? s'inquiéta-t-elle.

— Louis m'a avertie que je pouvais perdre ton amitié. Il dit que, pour toi, le devoir passe avant tout, que l'amour vient bon dernier. Et aussi, poursuivit-elle en souriant, qu'il ignorait si tu étais plus fidèle à la religion catholique ou à la tradition familiale, mais que dans les deux cas tu cachais soigneusement ton jeu derrière une façade libérale.

— Il a dit ça ? Il donne de moi une image bien rétrograde et collet monté. Mais il a peut-être raison. Andréa, je suis très heureuse pour vous deux. C'est seulement que...

Andréa s'assit dans son lit et fixa sur son amie un regard inquisiteur.

— Marietta, tu ne me dis pas tout.

— Je me disais simplement que, si Louis et toi pouvez vous marier, alors peut-être... (Elle s'interrompit, puis ajouta :) Donnons une petite fête ce soir avec tous nos amis, tu veux ?

— Bien sûr ! se moqua Andréa. Mais, dis-moi, comment l'as-tu appris ? Louis t'a appelée ?

— Mais non, c'est à cause de la bague. Ma mère l'a portée, et ma grand-mère avant elle. Toutes les épouses d'un héritier de la dynastie y ont droit depuis six siècles. Un jour, je te raconterai son histoire, encore que ce soit plutôt à Louis de le faire.

Elle rougit sous le regard scrutateur d'Andréa.

— Ça va être un peu plus compliqué que ne me l'a laissé entendre Louis, non ? demanda cette dernière.

— Si. Je m'en voudrais de te mentir. Ça sera très compliqué, mais pas plus que de jouer le concerto de Telemann en public, fit-elle carrément. Tu t'en sortiras. On t'aidera. Et puis Louis sera à tes côtés.

Elle se retira dans sa chambre, ferma la porte, enleva son manteau et le suspendit dans l'armoire. Puis elle s'assit sur son lit et frissonna. Si Louis pouvait ainsi envoyer au diable ses devoirs, pourquoi pas elle ? Elle n'aimerait jamais que Bill. Oui mais voilà : pour elle, il n'y avait pas le choix. L'amour était un don du ciel, un luxe. Pas une base solide sur laquelle fonder son existence. Son existence à elle se fondait sur le devoir. Elle avait été élevée dans le but d'endosser des responsabilités, et il n'était pas question de s'y dérober égoïstement. Ce faisant, sa mère avait laissé derrière elle un sillage de cœurs brisés. Louis avait tort, certes, mais Marietta l'aimait ainsi qu'Andréa, et si c'était là ce qu'ils désiraient, elle les soutiendrait jusqu'au bout. Et puis, bien sûr, Louis était un homme. Il pouvait concilier amour et devoir, alors qu'elle n'en avait pas la possibilité.

— Eh bien, me voilà, von Burgheim. De quoi vouliez-vous donc que nous nous entretenions en particulier ?

Le visiteur était le général Hans Dietz, délégué général du Bureau central du renseignement allemand, autrement dit l'Abwehr. Il avait voyagé toute la nuit pour retrouver le comte à Vienne, sur un message urgent transmis par un ami commun.

Le comte ne l'avait encore jamais rencontré, mais savait que Dietz passait pour un stratège brillant, un homme impavide et d'une grande intelligence. Maintien d'officier à la parade, cheveux gris coupés ras, il était militaire jusqu'au bout des ongles. Assis de l'autre côté de la table, le menton sur son poing fermé, le coude sur la table, il regardait le comte d'un air perplexe.

Jamais ce dernier n'avait eu aussi peur de sa vie. S'il avait décidé de faire appel à Dietz, c'est qu'il le savait libre penseur, rebelle, et lié à des hommes dont lui-même avait grand besoin. Mais pouvait-il se fier à lui ? Et compter sur sa discrétion ?

Le comte s'éclaircit la voix et baissa les yeux sur la table. C'était le moment de vérité ; l'occasion ne se représenterait plus. Il devait jouer le rôle qu'il s'était assigné, il était trop tard pour reculer.

— J'étais avec von Schuschnigg au Berghof. J'ai eu droit à quinze heures de rhétorique ininterrompue de la part de notre Führer, qui n'a cessé de se pavaner de long en large. À mon sens, cet homme devrait être enfermé dans un asile pour malades mentaux. Il n'est pas en mesure d'occuper les fonctions de chef d'État. Il va nous conduire au désastre.

Il se leva lentement et posa sur son vis-à-vis un regard inquisiteur. Les joues de Dietz s'étaient enflammées, mais il ne put rien lire dans son regard.

— Et alors?

— Je crois que nous partageons la même opinion.

— La moitié des intellectuels allemands la partagent.

— Certes mais, malheureusement, la plupart d'entre eux ne peuvent pas grand-chose. Tandis que nous, si.

— Mais encore? insista ce dernier.

— Nous pouvons rassembler tous ceux qui haïssent les nazis autant que nous, et qui ont encore assez de pouvoir pour les renverser.

Une éternité s'écoula avant que Dietz ne se décide à répondre.

— Je suis avec vous.

Bien plus tard, après le départ de Dietz, le comte se servit un cognac et récapitula les récentes négociations menées avec divers personnages haut placés. Il avait déjà recruté treize êtres courageux et puissants, pour la plupart des généraux d'active. Ensemble, ils auraient les moyens de combattre les divisions SS. Ils seraient bientôt à même de fixer le jour et l'heure, de montrer ce qu'ils valaient au peuple allemand. Le comte avait enfin l'impression d'aboutir.

Chapitre 27

C'était un dimanche après-midi pluvieux et anormalement froid de la fin septembre, le vent secouait dans le parc les branches des arbres centenaires sous un ciel envahi de gros nuages noirs. Mais il faisait chaud dans l'appartement de Marietta où, vautrées sur le tapis devant la cheminée, Andréa et elle s'absorbaient dans leurs livres. Tout à coup, on sonna.

C'était le pasteur Éric Perwe, et il avait piètre allure. L'air exténué, plus maigre que jamais, il avait les joues creuses, les yeux fous et le front barré de rides.

— Ça se gâte, annonça-t-il une fois que les deux amies l'eurent aidé à ôter manteau et écharpe avant de lui mettre d'autorité un verre de cognac dans la main. J'ai perdu deux de mes caches. Je suis désespéré. Il m'en coûte de vous le demander, mais j'ai besoin de votre aide. Je vous en prie... C'est une jeune femme... Ça ne sera pas long. Vous pourriez la faire passer pour une amie étudiante. En ce moment, j'ai douze jeunes gens sur les bras et je ne sais plus où les mettre. Ma propre demeure est pleine, et déjà plus très sûre à l'heure qu'il est.

La cause était entendue : le père les avait aidées bien des fois en leur procurant des visas de sortie ou des contacts pour les orphelins ; maintenant, leur tour était venu de lui donner un coup de main. Marietta ne l'avait jamais vu aussi épuisé. Tout en l'écoutant, elle examinait les diverses possibilités qui s'offraient. Louis avait de la place pour un homme. Andréa et elle possédaient une chambre d'ami où pouvaient loger deux personnes.

— Je suis vraiment désolé, mais il s'agit d'une urgence. Elle attend dehors, sur un banc, dans le parc.

— Elle doit mourir de froid !

— Sans doute. Alors, puis-je compter sur vous ?

— Mais bien sûr, répondirent les deux jeunes filles d'une seule et même voix, sans l'ombre d'une hésitation.

— Dans ce cas, je vous demanderai de sortir et de faire semblant de la connaître. Invitez-la à dîner et persuadez-la de passer la nuit ici sous prétexte qu'il est tard. Cela devrait suffire à rassurer votre logeuse. Je vous promets que, demain matin, j'aurai trouvé une autre solution. (Le pasteur vida son verre d'un trait. Il semblait honteux.) Je regrette de vous impliquer dans une pareille histoire, mais je commence à manquer d'amis.

Il leur suffit d'un regard pour comprendre que la frêle jeune femme qui tremblait de froid sur son banc était juive, en fuite, terrorisée et malade. Comment la faire passer pour une étudiante ?

Elle s'appelait Stella et avait commencé sa médecine — jusqu'à ce qu'on lui ôte le droit de fréquenter un établissement d'enseignement supérieur. Par la filière du pasteur, elle était en partance pour le Brésil, où elle irait travailler dans une exploitation agricole.

Les deux amies firent de leur mieux pour la mettre à l'aise et lui faire sentir qu'elle était en sécurité. Passé dix heures ce soir-là, la sonnette retentit à nouveau.

— J'y vais, annonça Andréa en pâlissant. Stella, allez dans votre chambre.

Elle se dirigea vers la porte du salon tandis que Marietta restait pétrifiée devant la cheminée. C'est alors qu'elle reconnut la voix d'Ingrid dans l'entrée. Une vague de soulagement l'envahit.

Comme toujours, Ingrid avait l'air de sortir d'un défilé de mode, avec son pantalon turquoise et son pull en cachemire, complété par une jaquette de vison. Elle entra en coup de vent, laissa choir sa fourrure sur le dossier d'une chaise et jeta un regard critique autour d'elle.

— Quelle ambiance ! Brr ! C'est lugubre, ici ; et ça sent le renfermé, déclara-t-elle en faisant la moue. Je vois bien que je ne suis pas la bienvenue.

— Mais qu'est-ce que tu racontes ? jeta Marietta. Bien sûr que tu es la bienvenue. Simplement, on ne t'attendait pas, c'est tout. Pourquoi ne t'es-tu pas annoncée ?

— Mais oui, j'aurais mis du champagne au frais, persifla Andréa.

— Je ne vous ai pas encore félicitée pour vos fiançailles, Andréa, roucoula Ingrid. Cette bague n'est-elle pas un peu grande pour vous ? (Elle contempla ses ongles avec un sourire en coin.) Je plaisantais, bien sûr. C'est formidable, au contraire... Nous allons former une famille très unie.

« Sauf que, comme d'habitude, je serai la pauvresse tandis que vous, vous roulerez sur l'or », ajouta-t-elle en son for intérieur, tout en luttant pour refouler son dépit. Hugo était en train de lui enseigner l'art de la dissimulation : elle devait se montrer chaleureuse, affectionnée. Or, ça commençait plutôt mal.

— Je suis venue demander un service, reprit-elle en prenant place dans un fauteuil devant le feu.

— Dis toujours, fit Marietta.

— J'ai décidé de m'inscrire à l'université. Je sais ce que j'ai envie de faire, maintenant. Écrire, précisa Ingrid en leur adressant à toutes deux un sourire nerveux.

— Pourquoi ne pas composer une ou deux symphonies à vos moments perdus, aussi ? railla Andréa.

— Pardon d'empiéter sur vos plates-bandes, fit Ingrid d'un air faussement contrit. Bref, j'ai presque certainement trouvé le moyen de m'inscrire en littérature, bien que le trimestre soit entamé.

Marietta fronça les sourcils

— Je vous en prie, toutes les deux. Arrêtez. (Elle était soulagée qu'Ingrid songe à se choisir un métier.) Je trouve l'idée très bonne. Je n'aimais pas te voir perdre ton temps dans les salons viennois.

— Seulement, où vais-je habiter ? Je suis obligée de vous demander de me loger jusqu'à ce que je me trouve un toit.

Marietta s'obligea à rester calme et détendue.

— Malheureusement, une amie étudiante occupe notre

chambre d'ami cette nuit. Elle s'en ira demain matin. En fait, nous avions pensé nous passer de gouvernante, ce qui nous ferait deux chambres libres. Seulement, ce n'est pas seulement chez moi, ici, c'est aussi chez Andréa. Je te prie de nous excuser un moment, nous devons en discuter toutes les deux.

Elle entraîna Andréa dans sa chambre à coucher.

— On ne peut pas dire non. Elle fait partie de la famille. Nous devons l'aider. Toute ma vie je me suis sentie coupable envers elle. Maintenant, il nous faut l'encourager. Je sais, ce ne sera pas drôle, mais comment faire autrement ?

— Ça m'inquiète, dit lentement Andréa. Je sais qu'elle est de la famille, mais je n'ai pas confiance en elle. Enfin, à toi de prendre la décision. Je m'y conformerai quelle qu'elle soit. Pour l'heure, je vais me coucher. Je travaillerai mieux au lit.

— Ne t'en fais pas. Elle change d'idée comme de chemise. Elle ne tardera pas à en avoir assez des études.

— Tu peux venir demain, annonça Marietta à Ingrid. Ce soir, tu n'auras qu'à prendre mon lit, si tu veux. Je dormirai sur le divan.

· À sa grande surprise, Ingrid insista pour prendre le divan.

Au bout de quelques semaines, Marietta se rendit compte qu'elle avait sous-estimé sa cousine. Ingrid travaillait dur et ne manquait jamais un cours. Pour la première fois de sa vie, elle s'intéressait aux problèmes des autres. Comme elle leur parlait pendant des heures du terrible sort des juifs, Marietta ne fut pas surprise qu'elle décide de rejoindre l'Edelweiss. Dès lors, elle se mit à travailler jour et nuit. Quelque subalterne que fût la tâche, Ingrid était toujours prête à donner un coup de main. Elle collectait les chèques des sympathisants, timbrait et libellait les enveloppes, transportait de lourds paquets à la poste... Elle apprit même à se servir de la presse à bras, assista à toutes les réunions et lut tous les livres qu'il fallait.

Quand vint le jour fixé par les étudiants pour le comité de rédaction du prochain bulletin, Ingrid était encore là.

— Donnez-moi quelque chose à faire, insista-t-elle. Après tout, j'ai l'intention de devenir écrivain.

— Transmets-nous ce que tu écris et on verra si on peut l'utiliser, répondit le rédacteur en chef.

— Ma foi, essaie déjà ça. Ah, ça te surprend, hein ! (Elle sortit une enveloppe de son sac et la laissa tomber sur la table.) Si vous n'en voulez pas, vous n'aurez qu'à le mettre à la poubelle, ajouta-t-elle d'une voix sourde.

— Il n'a pas besoin de ta permission pour ça, remarqua Andréa, amusée.

Ingrid avait un certain nombre d'idées, mais elle ne savait pas qui aller interviewer pour rassembler les faits dont elle avait besoin.

— Ce qu'il me faut, ce sont des contacts. Par exemple, qui vous a donné cette information-là ? fit-elle sans relever les yeux tout en continuant à feuilleter les précédents numéros du bulletin.

— Ne sois pas stupide. Tu crois vraiment qu'on va te le dire ? Écris ce que tu as envie d'écrire, Ingrid, et les contacts, tu les établiras progressivement.

À compter de ce jour, Ingrid apporta régulièrement des articles, que le rédacteur retint presque tous. On s'émerveilla de son dévouement et de son talent ; seule Andréa restait bouche close en sa présence.

— J'aimerais bien que tu en viennes à apprécier ma cousine, grommela un jour Louis.

« C'est la faute à mon sang tzigane, songea Andréa. Elle me fait dresser les cheveux sur la tête. Je sens presque la malveillance transpirer par tous les pores de sa peau. Mais comment le dire à Louis et Marietta ? »

— J'essaierai, répondit-elle tout haut.

— Andréa me soupçonne, annonça Ingrid à Hugo, qu'elle appelait d'un téléphone public proche du parc. Elle ne cesse de me surveiller. Je n'ai pas confiance en elle. Je préférerais aller habiter ailleurs.

— Impossible. Si elle te fait des ennuis, je m'occuperai de son cas. Pour le moment, je tiens à ce que tu jettes tes filets aussi loin que possible. Tu disais qu'ils avaient amené la dernière juive chez ce grossiste en papeterie. Tu es sûre de ce que tu avances ?

— Évidemment, fit sèchement Ingrid, que la culpabilité rendait ombrageuse.

— J'ai besoin d'identifier un plus grand nombre de ces éléments subversifs. Tu pourrais peut-être te porter volontaire pour aider au transfert des fugitifs.

— C'est déjà fait. Ils n'ont pas voulu.

— Insiste. J'ai une nouvelle fournée de comptes rendus pour leur bulletin, et d'autres statistiques pour Roth. Quand peux-tu venir les chercher ?

— Ce soir. Elles vont à un concert.

— Alors, rendez-vous à l'endroit habituel.

Un déclic. La conversation était terminée.

Ingrid traversa le parc sans hâte. Travailler pour Hugo, c'était comme poser le pied dans les sables mouvants. On était pris au piège, aspiré vers le bas ; on ne voyait plus comment s'en tirer. Elle se sentait encore loin de son but et de la récompense qui viendrait couronner ses efforts.

Chapitre 28

Ingrid arriva à Berlin par le rapide de nuit et prit un taxi auquel elle donna l'adresse de Bill. Elle était superbe, et elle le savait, mais même son tailleur bleu flambant neuf avec gants et chapeau assortis n'arrivait pas à lui donner confiance en elle. Elle se laissa aller contre le dossier, perdue dans ses pensées. La matinée était radieuse. Le soleil venait de percer après une courte averse matinale. Les brumes d'automne s'accrochaient aux arbres et aux haies, et les immeubles étincelaient, lavés par la pluie. Pourtant, tout ce que voyait Ingrid, c'était le visage de Bill et l'expression qu'il avait eue, ce soir-là, à l'hôpital. Elle se força une fois de plus à revivre son tourment. Elle rêvait de le rendre malheureux à son tour, et Hugo lui en avait donné les moyens. Dans son sac à main, elle transportait assez de documents pour le faire accuser d'espionnage; il suffisait qu'elle s'arrange pour qu'on trouve les papiers sur lui et il serait expulsé, Hugo le lui avait promis. Rien de plus. La perspective de blesser Marietta emplissait Ingrid de joie. Bill pouvait-il imaginer sa haine, et donc en concevoir des soupçons? Elle se contraignit à sourire.

Bill s'était levé tôt et écoutait les nouvelles tout en se faisant du café. Hitler avait demandé une rencontre au sommet des quatre grandes puissances à Munich, afin d'évoquer la situation tchèque. Personne ne voulait la guerre, Bill en était sûr; mais la Grande-Bretagne et la France s'élèveraient certainement contre les exigences du Führer si elles comprenaient le sort que ce dernier réservait à la Tchécoslovaquie par le biais de l'Ordre nouveau. Bill se courba sur sa machine à écrire et relut l'article qu'il avait rédigé à minuit.

« ... Le vieux rêve de l'Allemagne, posséder en Europe même de vastes colonies, est sur le point de se réaliser. Ce rêve, les Allemands l'appellent Lebensraum, ou " espace vital ". La Tchécoslovaquie a été retenue par Hitler comme premier objectif. Son annexion amènera treize millions de Tchèques et de Slovaques dans le Reich. Autant d'individus destinés à devenir des esclaves sous la férule nazie. La terre tchèque sera distribuée, parcelle par parcelle, à des colons allemands. Son bétail prospère, ses produits fermiers seront chargés dans des trains pour nourrir le peuple allemand.

« Il n'y a que deux choses qui puissent encore sauver la Tchécoslovaquie. Tout d'abord, les places fortes de Bohême, parmi les plus résistantes et les plus modernes d'Europe ; alliées aux troupes combattantes tchèques (dont on dit qu'elles sont les mieux équipées d'Europe), elles en font un adversaire redoutable. Mais, par-dessus tout, on doit espérer que la Grande-Bretagne et la France confirmeront leurs engagements, et protégeront la Tchécoslovaquie contre l'invasion. »

La sonnette de la porte d'entrée retentit. Bill jeta un coup d'œil à sa montre. Sept heures ! Ce ne pouvait déjà être Taube. Il ouvrit la porte et fit la grimace en découvrant Ingrid sur le seuil. Pourtant, toute vêtue de bleu, ses cheveux blond cendré ondulant sur ses épaules, elle irradiait la douceur et la féminité ; il la trouva attirante, malgré ses yeux, qui avaient l'éclat de la glace.

La jeune fille fit un pas en avant et lui déposa un baiser sur la joue. Bill se trouva englouti dans un nuage de parfum coûteux et des cheveux vinrent lui chatouiller le visage.

— Eh bien, dites donc, fit-elle. Quel air sinistre !

Par là, elle devait entendre « coupable ». Bill bredouilla quelques paroles de bienvenue et s'effaça pour la laisser entrer.

— Il fait un de ces froids chez vous ! s'exclama-t-elle. Comment pouvez-vous le supporter ?

Bill remarqua la maigreur d'Ingrid en allumant son unique appareil de chauffage et en eut un coup au cœur ; cela faisait ressortir ses pommettes et ses yeux. Comme une jeune pouliche, elle enchaînait les gestes vifs, presque brusques, tournait et virait en arpentant la pièce, martelant de son poing la paume de sa main par brèves bouffées d'énergie contrôlée.

— J'ai entendu parler de vos activités nouvelles, dit-il en rougissant. Marie me tient au courant des faits et gestes de la famille. Elle dit que vous avez beaucoup de talent, Ingrid... Je m'en réjouis. Je peux peut-être vous aider à faire publier vos écrits.

Là, il jouait peut-être un peu trop le rôle du grand frère. Par trop protecteur. Il aurait voulu se montrer chaleureux, spontané, mais, dès qu'il l'avait vue, tout s'était comme figé en lui.

Il lui offrit du café, puis du pain grillé, puis encore du café pendant qu'elle décrivait, volubile, ses nouveaux amis, ses espoirs et ses rêves.

— Je regrette mon attitude, Bill, déclara-t-elle enfin. Redevenons amis. J'accorde beaucoup de prix à votre estime, et je voudrais la retrouver.

— Mais je *suis* votre ami, marmonna Bill.

— Alors emmenez-moi déjeuner quelque part. J'ai envie de passer une merveilleuse journée avec vous. Pour prendre un nouveau départ. Je suis désolée de débarquer aussi tôt. C'est que j'ai voyagé de nuit. Allons faire un tour, proposa-t-elle d'un air enjôleur, une petite promenade dans le parc? Je vous en prie, Bill.

Était-ce le soulagement de souffler un peu lui-même? Toujours est-il que Bill s'abandonna entièrement au plaisir de cette journée. Ils marchèrent des heures, déjeunèrent dans le parc, dansèrent à l'heure du thé et revinrent à pied dans la brume de plus en plus dense du crépuscule. Comme Ingrid ne faisait pas mine de vouloir partir, il l'emmena dîner.

Au milieu du repas, elle posa une grande enveloppe claire sur la table entre eux. La jeune fille, aussi blanche que la nappe, dit :

— Voici des informations très importantes.

Bill frémit.

— De quoi s'agit-il, Ingrid? demanda-t-il, mal à l'aise.

Elle voulut sourire, mais n'y réussit pas très bien.

— Je hais les nazis, souffla-t-elle, cette haine me mine. (Elle sortit des papiers de l'enveloppe.) Le programme de réarmement de l'Allemagne... C'est pour vous.

Bill sourit avec indulgence. Il était peu probable qu'elle ait mis la main sur des informations que lui-même, avec ses précieuses relations, n'avait pas encore réussi à obtenir, mais elle insista tellement qu'il jeta un coup d'œil.

Quelques instants plus tard il replaçait les feuillets dans l'enveloppe, puis scrutait attentivement la salle du restaurant. Personne ne les regardait. Il ressortit une page et entreprit de la lire méthodiquement.

Elle contenait une description précise des cuirassés qu'on était en train de construire dans le plus grand secret dans les chantiers navals allemands. Suivaient des schémas détaillant un prototype de sous-marin actuellement fabriqué pour le compte des nazis en Finlande, en Hollande et en Espagne. Puis les plans d'un avion de chasse qu'on assemblait en Russie et dont Bill avait entendu parler, plus les effectifs exacts des troupes nazies à l'entraînement derrière les frontières russes sous le commandement d'officiers supérieurs de l'armée allemande. Là encore, il avait entendu des rumeurs, et ces chiffres les transformaient à présent en certitude.

Ingrid se laissa aller contre le dossier de sa chaise et but son vin à petites gorgées. Hugo lui avait bien dit qu'elle n'aurait aucun mal à ferrer Bill avec ces documents. Elle réprima un sourire de triomphe.

— Mon Dieu, Ingrid ! Ces documents sont top secret ! Ils pourraient vous conduire en prison.

— Ils me sont tombés entre les mains. Pouvez-vous les utiliser ? demanda-t-elle d'un ton innocent.

— Si je peux les utiliser ? s'exclama-t-il.

— J'ai dû payer pour les obtenir, reprit-elle, cédant brusquement à la nervosité.

— Ça ne m'étonne pas ! Je vous rembourserai.

— Entendu, fit-elle, et elle parut soulagée. Il me semblait bien aussi que cela vous intéresserait. Je ne savais pas très bien comment m'y prendre pour vous dire à quel point je suis fauchée. Combien d'argent cela représente-t-il pour vous ? fit-elle en indiquant les papiers.

— Normalement, sur le conseil de ma rédaction, je paye toujours mes informations au même prix, répondit-il, gêné de la voir à ce point démunie. Mais naturellement, je ne saurais permettre que vous en soyez de votre poche. Avant tout, il faut me dire où vous avez trouvé tout ceci, poursuivit-il en tapotant l'enveloppe du bout du doigt.

— Un ami intime de mon oncle..., récita-t-elle selon .les instructions de Hugo tout en poussant un soupir de soulagement intérieur en voyant Bill sortir son chéquier. Ce n'est pas pour moi que je vous demande de l'argent, Bill. (Elle rougit et prit l'air honteux.) La vérité est que je ne cesse d'en emprunter à Marietta et que je n'arrive jamais à la rembourser.

— Je parie qu'elle ne s'en soucie guère.

— Peut-être, mais moi si! C'est justement pour ça. *Moi*, je m'en soucie; alors si vous pouviez libeller directement le chèque à son nom...

— Quelle drôle de fille vous êtes. (Bill libella un chèque au nom de Marietta et un autre à celui d'Ingrid.) Voilà votre commission, conclut-il.

Ils burent leur cognac sans hâte en écoutant une chanteuse de blues. Ingrid semblait plus détendue. « Quelle fille étrange », songea Bill. Finalement, il ne la connaissait pas vraiment et la comprenait encore moins. Il n'y arriverait peut-être jamais.

Il la raccompagna à la gare au moment où partait le dernier train pour Munich. Puis il rentra chez lui avec l'intention de travailler toute la nuit.

— Tu n'obtiens pas de résultats suffisants, Ingrid.

Hugo marchait de long en large dans son bureau, où on venait de faire entrer la jeune femme. Au bout d'un moment, il se tourna d'un bloc et se pencha sur elle.

— Tu dois faire plus d'efforts.

Plongeant son regard dans les yeux implacables de son cousin, Ingrid frémit.

— Je t'ai rapporté le chèque de Bill, avança-t-elle. Et je t'ai informé sur les juifs que Marietta et Andréa cachent chez elles.

— Mais tu peux faire plus... beaucoup plus. Écoute. Je veux que tu comprennes le rêve nazi et qu'il t'inspire autant que moi.

Hugo se planta devant la fenêtre, les épaules carrées, la tête haute. Ingrid ne put s'empêcher de le trouver bel homme, encore que depuis quelque temps, elle fût moins attirée par lui. Elle en avait trop peur.

— Si le monde s'imagine que le Führer va se contenter de réunir le peuple allemand, il se trompe lourdement, commença-t-il d'une voix contenue mais vibrante. Son génie a déjà valu une éclatante victoire à l'intérieur du Vaterland sans qu'un coup de feu ait été tiré. La Grande-Bretagne et la France vont nous servir les Sudètes de Tchécoslovaquie sur un plateau. Le reste du pays restera vulnérable. Dans quelques mois, nous y entrerons sans rencontrer la moindre résistance. Puis ce sera le tour de la Pologne, de l'Ukraine, de la Yougoslavie, de la Russie... C'est à ce moment-là que tu récupéreras les terres de ta famille, Ingrid. C'est bien un rêve qui vaut qu'on se batte pour lui, non ?

« Il est fou, songea Ingrid, mais j'ai besoin de croire à ce qu'il dit. »

Les treize hommes autour de la table dans l'appartement berlinois du comte étaient bien conscients, eux aussi, des projets impérialistes de Hitler en ce qui concernait l'Europe. Délires de forcené, estimaient-ils, un forcené qu'ils envisageaient d'éliminer afin de protéger le Vaterland. À eux tous, ils avaient la haute main sur la plus grande partie de l'armée allemande — la Wehrmacht. Ils disposaient d'un pouvoir suffisant pour faire arrêter les représentants les plus haut placés du parti nazi, occuper Berlin et résister aux assauts des SS pendant plusieurs jours si nécessaire.

Ils avaient décidé de frapper au moment où Hitler donnerait l'ordre d'envahir la Tchécoslovaquie. Les généraux arrêteraient le dictateur et l'accuseraient devant les tribunaux militaires d'avoir inconsidérément poussé l'Allemagne au conflit armé.

Il leur restait peu de temps, et ils le savaient. Le monde vacillait au bord de l'abîme, la guerre était imminente. La Grande-Bretagne mobilisait sa flotte, la France avait appelé ses réservistes aux frontières. Restait à espérer que ces deux nations tiendraient parole et s'opposeraient à la menace nazie.

Le but de la conférence internationale de Munich prévue pour le 30 septembre était de définir un accord à brandir sous le nez de Hitler et de sa clique.

Le comte se leva et dit :

— Messieurs, je prie pour que les Britanniques et les Français tiennent tête à Hitler, et que nous réussissions à traîner devant la justice cet individu malfaisant.

Peu après, leur correspondant à l'ambassade d'Allemagne à Londres les appela au téléphone. Le comte l'écouta, l'air catastrophé. Lorsqu'il revint vers les autres membres de la conspiration, il semblait sur le point de s'effondrer.

— Messieurs, les nouvelles sont mauvaises... L'Europe de l'Ouest a l'intention de satisfaire les exigences d'Hitler sans se battre... voire de lui donner plus que ce qu'il demande. Comment pouvons-nous à présent le traduire en justice en arguant qu'il met en danger le pays ? Le peuple se retournera contre nous. Nos plans n'ont plus de sens.

En proie au plus profond désespoir, le comte regarda les conjurés se séparer. Personne ne s'élèverait donc contre le mal absolu ? Laisserait-on les nazis imposer cet Ordre nouveau à l'Europe ?

Durant les journées noires qui suivirent les accords de Munich, il apparut au comte que le seul homme politique sain d'esprit en Grande-Bretagne était Winston Churchill, qui avait déclaré en substance, dans son discours à la Chambre des communes :

« Nous avons subi à Munich une défaite totale et sans nuances. Nous sommes au bord d'un désastre de première grandeur. La route du Danube et celle de la mer Noire sont ouvertes. Tous les pays d'Europe centrale et de la vallée du Danube seront aspirés l'un après l'autre dans le vaste appareil politique nazi qui irradie depuis Berlin. Et ne croyez pas que ce soit la fin. Ce n'est, au contraire, que le commencement. »

Chapitre 29

Les nuits étaient de plus en plus longues, de plus en plus froides, et la famille Bloomberg sombrait dans le désespoir. La peur rendait plus pesant un mois d'octobre déjà bien triste. L'argent manquait : personne ne venait au magasin, et tous trois vivaient sur les économies de Taube.

Puis arriva la bonne nouvelle : Bill les informa que leur candidature à l'émigration était acceptée par l'ambassade des États-Unis. Des visas seraient délivrés à la fin du mois. Bill n'avait pas précisé quelles ficelles il avait dû tirer pour parvenir à ce résultat ni ce que cela lui avait coûté.

Le 25 octobre, un bulletin d'informations spécial avertit tous les juifs qu'ils avaient vingt-quatre heures pour aller remettre leur passeport au bureau de police le plus proche. Les Bloomberg s'abstinrent dans l'espoir irraisonné que leurs visas ne tarderaient plus. Le lendemain matin à sept heures, ils entendirent frapper à la porte du rez-de-chaussée.

— J'y vais, dit le père, l'air accablé.

À son retour, il était hagard.

— Ils viennent chercher nos passeports.

Odette se mit à pleurer sans bruit.

— Nous sommes pris au piège, souffla-t-elle en déverrouillant le coffre-fort. (Elle serra son époux dans ses bras et le garda tout contre elle.) Nous aurions dû dire à Taube de partir sans nous, murmura-t-elle entre deux sanglots.

Plus tard, la sonnette retentit encore ; cette fois-ci, c'était le signal de Bill. Ils se pressèrent autour de lui, sûrs qu'il saurait parer ce nouveau coup du sort.

Bill, lui, ne s'était jamais senti aussi peu à la hauteur. Ses relations, sa fortune, son pouvoir de journaliste... rien de tout cela ne suffisait à aider ses amis. Cette lutte incessante contre la bureaucratie inhumaine, anonyme, avait un côté dérisoire qui le paralysait ; pourtant, il ne pouvait pas baisser les bras maintenant, il le savait. Ces gens n'avaient plus que lui. Il feignit l'assurance.

— Nous ne devons pas abandonner. Vos visas seront là d'un jour à l'autre. Je connais quelqu'un de bien introduit dans la Résistance en Autriche. Eux savent comment obtenir des visas de sortie. Je vais les contacter.

Taube se douta bien que ce quelqu'un était la comtesse Marietta ; elle croyait pourtant que Bill et elle ne se parlaient plus. Quoi qu'il en fût, elle pensa qu'il valait mieux se taire.

Une période d'attente éprouvante commença pour les Bloomberg. Les journées passaient au ralenti. Les nuits étaient peuplées d'angoisse : le moindre craquement d'une latte de parquet, le moindre pas dans la rue, tout pouvait annoncer l'arrivée de la Gestapo.

Le 9 novembre, la radio annonça qu'un jeune réfugié juif allemand de dix-sept ans avait abattu d'une balle de revolver Ernst von Rath, troisième secrétaire de l'ambassade d'Allemagne à Paris. Le père du jeune homme avait fait partie, peu de temps auparavant, d'un convoi de dix mille juifs polonais, exilés en France et déportés en Pologne, dans des wagons de marchandises. Taube en eut la nausée. L'événement allait provoquer de nouvelles émeutes antisémites.

Le 10 novembre, vers huit heures du soir, assise à sa table, Odette était en train de repriser une chaussette sous la lampe en cherchant à profiter au mieux de la faible lumière. Tout à coup, elle releva la tête, battit des paupières et se frotta les yeux.

— Ton père travaille bien tard, aujourd'hui. Mets la bouilloire sur le feu, veux-tu, Taube ? Il devrait s'arrêter. Je ne vois pas très bien à quoi ça sert de dresser l'état du stock maintenant.

— Tu as entendu le tonnerre ?

Taube se leva, agitée, et alla devant la fenêtre. Au bout de quelques instants, elle l'ouvrit en grand.

— Oh non, ma chérie ! Tu laisses échapper toute la chaleur ! Qu'est-ce qui te prend ?

— Chut ! Écoute ! Là-bas, des flammes... et cette odeur de fumée ! Sens !

Elles tendirent l'oreille. Il y eut des coups sourds, des cris étouffés, puis un hurlement. Mais ces sons étaient trop distants pour être identifiables. Presque aussitôt, on entendit un bruit de bottes, quelque chose comme du verre qu'on brise, puis un cri aigu. Odette se leva brusquement et son ouvrage tomba par terre.

— Va chercher ton père, dit-elle. (Elle restait plantée là, les deux mains serrées contre son ventre.) Dépêche-toi, veux-tu ? Dis-lui de fermer la boutique et de mettre la barre de sûreté.

Taube s'engagea dans l'escalier en colimaçon.

— Mon Dieu, mon Dieu, aidez-nous ! (Elle avait l'impression que sa poitrine était prise dans un étau.) Il faut que je garde mon calme, fit-elle à voix basse. Que je tienne le coup, pour eux. (Elle manqua la dernière marche et se tordit la cheville tout en se meurtrissant le coude sur la rampe.) Voilà ce que c'est que de paniquer ! fit-elle tout haut en passant ses mains tremblantes dans ses cheveux le temps de reprendre ses esprits. Papa, où es-tu ?

La boutique était déserte. Elle finit par apercevoir son père sur le trottoir en compagnie de David Herschel, le libraire d'à côté. Il avait légèrement relevé les barres de sûreté pour pouvoir se glisser au-dehors.

— Papa, vite, ferme la boutique ! Je vais t'aider. Monsieur Herschel, il faut rentrer chez vous et fermer les volets de vos vitrines.

Le libraire restait d'habitude ouvert jusqu'à onze heures, car c'était surtout le soir qu'il faisait des affaires.

— ... ils défilent par milliers..., disait-il, juste à ce moment-là.

— De là-haut, on entend mieux le bruit, et ils ont l'air beaucoup plus près, dit Taube.

À cet instant précis, une camionnette tourna vivement à l'angle de la rue et déversa ses passagers en uniforme appartenant aux Jeunesses hitlériennes. Taube poussa un cri. Son père la saisit par le bras et, avec l'aide de Herschel, la repoussa à l'intérieur de la boutique avant de remettre la barre en place derrière lui. Les nouveaux venus leur jetèrent à peine un coup d'œil. Ils avaient une mission à remplir, et ils étaient pressés. Ils glissèrent de longues perches sous les barres. Le verre des vitrines vola en éclats, qui s'écrasèrent dans la boutique et sur le trottoir. L'un tenait un pot de peinture et un gros pinceau, dont il se servit sur la façade.

Le père et la fille restèrent pétrifiés au milieu des débris tandis que la camionnette s'éloignait dans la rue déserte. Mais le bruit de tonnerre qui montait de la foule se rapprochait.

M. Herschel poussa un long gémissement monocorde. Anton le secoua doucement, puis déverrouilla la porte du magasin et le reconduisit jusqu'à sa librairie. Taube emboîta le pas en s'efforçant de soutenir le vieil homme. C'est alors qu'elle aperçut le grand « J » rouge sur le mur de façade. Herschel retrouva brusquement ses esprits.

— Rentrez vite chez vous. Je ferme ma boutique de l'intérieur. Dépêchez-vous !

— Ils nous ont marqués pour nous signaler à la foule, constata le père de Taube, atterré.

— Eh oui, ils ne veulent pas qu'elle abîme leurs magasins aryens, si jolis et si purs, n'est-ce pas ? C'est un pogrom, et bien organisé encore. Il faut que j'essaie d'enlever ce J. J'ai de l'essence de térébenthine... Je t'en prie, papa, insista-t-elle en s'efforçant de contenir l'hystérie qui perçait dans sa voix. Monte. Pense à maman. Je t'en supplie.

Alors qu'elle essayait de le convaincre en se tordant les mains, son père brusquement la poussa dans l'escalier qui menait à l'étage. Assise par terre, elle frotta ses tibias endoloris et entendit le loquet retomber de l'autre côté de la porte. Elle entreprit de monter les marches. Elle avait l'impression que ses jambes étaient en plomb.

Au moment où elle pénétrait dans la salle de séjour, un épouvantable fracas la frappa de plein fouet. Tout ensemble exclamations, cris, bris de vitrines, bruits de bottes et rugissements de moteurs évoquaient une espèce de bête sauvage saccageant tout sur son passage.

187

Taube se précipita à la fenêtre et vit la foule se déverser dans la rue. Des Chemises brunes, des Jeunesses hitlériennes, des groupes de civils, parmi lesquels quelques femmes... Mais ces gens formaient une cohorte unie avançant d'un même mouvement, comme un vol de corbeaux, arrachant volets et barres de sûreté, brisant les vitrines, traînant dans la rue leurs occupants pour les battre et les jeter dans le caniveau. Trois camions arrivèrent à toute allure en se frayant un chemin dans l'attroupement à grands coups d'avertisseur ; on y lançait les corps brisés.

La mère de Taube céda à l'hystérie.

— Va chercher ton père, va !

— Il nous a enfermées à l'intérieur.

— Mais pourquoi ne monte-t-il pas nous rejoindre ? Il est fou !

En bas, dans la rue, des hommes accouraient vers la porte de la boutique. On entendit un coup sourd, puis un bruit de bois et de métal qui cèdent sous la poussée. Bientôt des pas résonnèrent dans la boutique.

— Papa ! cria Taube.

Du rez-de-chaussée s'élevait un vacarme épouvantable. Des chocs sourds, comme si on frappait quelqu'un. Un gémissement. Des exclamations rageuses.

Un coup de pied défonça la porte de l'escalier. Un Chemise brune entra en coup de vent, les yeux fous, les cheveux plaqués sur le crâne par la sueur, un rictus bestial aux lèvres. Choquée, Taube reconnut le facteur du quartier.

— Ha, ha ! Fräulein Bloomberg, la belle juive ! vociféra-t-il d'une voix enrouée par l'excitation. Voyons un peu combien de temps elle va la garder, sa précieuse virginité !

— Ne me touchez pas !

Taube s'étrangla et recula vers l'escalier de secours, qu'elle aurait atteint si elle n'avait pas trébuché sur la corbeille à couture de sa mère. L'homme l'attrapa par le bras et l'attira à lui. Son haleine sentait l'ail et le rhum. D'une main, il déchira son chemisier et, d'une secousse, remonta son soutien-gorge. Elle hurla en sentant sa grosse patte tripoter ses seins et lui pincer les mamelons. Elle se débattit comme une chatte sauvage, ruant, mordant, essayant désespérément de fuir, mais

188

d'autres hommes arrivaient. Nombreux. Ils la couchèrent de force sur la table.

— Non... non... non..., sanglotait-elle.

Elle reconnut le marchand de journaux, un gamin boutonneux un peu simplet, son gros pénis palpitant à la main.

— J'ai quelque chose pour vous! cria-t-il avec un rire de dément.

Dans un sursaut d'énergie, Taube se détacha de la table, s'empara du tisonnier et l'abattit sur la tête du postier, qui s'écroula en hurlant des obscénités. Les autres l'empoignèrent rageusement, la jetèrent sans ménagement sur la table, puis rabattirent sa jupe sur sa tête et la maintinrent en place, immobilisant ainsi ses bras sous le tissu. Aveuglée, impuissante, à demi-asphyxiée, elle sentit qu'on lui arrachait ses bas et son slip.

On la courba vers l'arrière, on lui écarta les cuisses de force et elle ressentit une violente douleur à l'entrejambe. La nausée et le dégoût la submergèrent. Elle suffoquait. Elle aurait voulu mourir, mais la douleur revenait sans cesse. Combien furent-ils? Six, sept? Elle entendit des bruits étranges, inhumains, et se rendit compte que c'était son propre cri.

Au bout d'une éternité, ils s'en allèrent. Il n'y avait plus un bruit, plus un mouvement dans la pièce, rien que le grondement sourd de la rue. Meurtrie, ensanglantée, elle se releva au prix d'un immense effort pour s'effondrer aussitôt, hébétée, cherchant à dénouer sa ceinture à travers l'épais tissu laineux de sa jupe. Elle finit par retrouver tant bien que mal l'air libre. Où était sa mère? Elle prit une profonde inspiration et se remit debout en s'aidant des pieds de la table. Une violente douleur lui poignardait le ventre. Elle regarda autour d'elle, la porte du bureau était close. On n'entendait pas un bruit.

— Maman! cria-t-elle.

C'est alors qu'elle aperçut le Chemise brune dans le fauteuil devant la cheminée. Il avait à la main un verre plein du cognac de son père. Il l'éleva.

— C'était pas mal du tout. Tu t'en es même très bien sortie. Et maintenant tu vas descendre et embarquer dans le camion avec ta mère. À moins que tu en veuilles encore?

Taube battit en retraite en direction de la sortie de secours.

Paniquée, elle le vit se ruer sur elle. Elle sauta, tomba... Puis finit par se rattraper à la rambarde et par se hisser sur les marches métalliques. Alors elle dévala l'escalier, éperdue, obsédée par ce regard sauvage et ces grosses mains qui se tendaient vers elle.

Chapitre 30

Quelque chose le réveilla. Il s'assit dans son lit et alluma la lumière, content d'échapper à son cauchemar. Puis il frissonna. Le réveil ne lui apportait aucun soulagement. Le cauchemar s'insinuait dans la réalité. C'était pour de vrai. La famille Bloomberg était anéantie. Anton était mort, Odette « relogée » dans un camp de l'Est, il n'avait pu savoir lequel, et Taube avait disparu. Il y avait plusieurs jours qu'il la cherchait.

Bill frémit à nouveau. Son pyjama était trempé de sueur, ses couvertures gisaient au sol. Il gagna la cuisine d'un pas mal assuré dans l'intention de se faire du café et s'affola de voir à quel point ses mains tremblaient. Il se regarda dans la glace et reconnut à peine son visage hagard, aux yeux gonflés. La culpabilité le rendait fou, et il le savait. Il aurait dû les faire sortir plus tôt d'Allemagne. Dégoûté, il repoussa l'idée qui tentait insidieusement de s'infiltrer dans ses pensées : de toute façon, il n'aurait rien pu faire ; les nazis étaient désormais tout-puissants.

À ce moment-là, il entendit à nouveau le bruit qui avait dû le tirer de son sommeil agité. Une espèce de miaulement de chaton. Il reposa sa tasse et sortit dans le couloir, où il le perçut à nouveau. Il ouvrit d'un coup la porte d'entrée et découvrit un corps, affalé contre le mur. Comme il se penchait pour l'identifier, il fut assailli par une épouvantable puanteur de vomi, mêlée à l'odeur du sang et de la sueur rance.

— Oh, mon Dieu, mon Dieu..., répéta-t-il mécaniquement en traînant Taube dans le couloir de son appartement.

Vivait-elle encore ? Comment était-elle arrivée jusqu'à lui ? Sa peau était froide... froide comme la mort. Sa première réaction fut d'appeler une ambulance, mais, avec cette folie d'Ordre nouveau, on se contenterait sans doute d'expédier la jeune fille dans un camp. Il la transporta dans son propre lit, l'enveloppa dans ses couvertures et alluma le chauffage. Que faire d'autre, mon Dieu, que faire d'autre? Il se rappela soudain qu'il y avait un médecin sur le palier. Laissant la porte entrebâillée, il alla réveiller ce voisin, qui prit seulement le temps d'enfiler un pardessus sur son pyjama avant d'accourir. Pendant qu'il s'enfermait dans la chambre, Bill refit du café. Lorsque le médecin émergea, il avait le regard dur, les lèvres serrées. La colère semblait l'empêcher de s'exprimer de manière cohérente.

— Vous méritez le fouet..., commença-t-il. Les types comme vous, il faudrait les castrer. Je vais tout raconter à la police. C'est de cette façon-là que vous prenez votre plaisir, hein? Vous n'en avez jamais assez, hein?

— Cette fille est juive, répondit Bill d'une voix contenue. Les Chemises brunes s'en sont pris à sa famille. Son père a été tué, sa mère déportée. Je la croyais morte aussi. Je ne sais pas comment elle est arrivée jusqu'ici.

— Ah! bien sûr, j'aurais dû m'en douter, fit le médecin en rougissant légèrement. Je vous présente mes excuses.

— Quelle importance? gronda Bill.

— Aucune, aucune. Vous ne me devez rien. Je n'ai jamais vu cette fille, ni vous d'ailleurs. Je lui ai fait une piqûre. Elle est en état de choc; elle a eu froid, elle a été violée, elle n'a rien mangé depuis des jours et elle souffre de contusions multiples. Que vous dire de plus? Nourrissez-la, gardez-la au chaud et à l'abri du monde extérieur, mon vieux. Un drôle de monde, si vous voulez mon avis.

Au bout d'une semaine passée à soigner Taube, à la cacher, à tendre l'oreille au moindre bruit, à éviter les voisins et à craindre à chaque seconde pour la vie de la jeune femme, Bill entreprit des démarches pour lui faire quitter le pays. Il lui proposa de l'épouser, mais elle ne voulut rien savoir.

— Jusqu'à présent, je ne me suis jamais sentie particulièrement juive, lui dit-elle. Mais maintenant, si. Je ne pourrais pas

192

vous épouser, fût-ce pour sauver ma peau. De plus, ce serait vraiment injuste pour vous.

Bill discuta avec elle des jours entiers, mais elle ne céda pas.

Conscient que l'ambassade ne modifierait pas le règlement pour lui seul, il se résolut à contacter Marietta. Contrarié de ne pas tomber sur elle au téléphone, il laissa un message codé à Andréa.

Il dormait lorsque le téléphone sonna. La voix de Marie l'emplit aussitôt de joie. Un coup d'œil à sa montre lui apprit qu'il était plus de minuit.

— Qu'est-ce qui ne va pas ? s'enquit-elle.

— Il faut faire quelque chose pour Taube.

— Raconte.

Bill lui relata les circonstances de l'agression des Bloomberg et la réapparition de Taube chez lui, il y eut un long silence. Puis Marietta déclara :

— Il ne faut pas la garder chez toi. C'est le premier endroit où... (Elle s'interrompit. Lorsqu'elle reprit la parole, Bill crut qu'elle avait perdu la tête.) Je vais donner une fête familiale à Boubin pour mon anniversaire. Si tu venais ?

— Bon sang, Marietta, qu'est-ce qui te prend ? Tu crois que j'ai envie de faire la fête ? Ce n'est vraiment pas pour ça que je t'appelle !

— Bill, tout est lié. J'ai *besoin* de toi. Grand besoin, je te jure !

— Bon, j'y serai. Mais, que fais-tu de... Euh, je dois me rendre en Suède quelques jours. C'est très important. Il faut que je parte après-demain, et... je n'ose pas partir, tu comprends ?

— On prendra livraison bien avant ça.

— Mais comment ? Je veux dire...

— Laisse-nous faire. Appelle-moi à ton retour.

Il raccrocha, soulagé. Il savait qu'on emmènerait Taube en lieu sûr le temps de lui procurer de faux papiers et un passeport. Puis elle suivrait la filière du pasteur et quitterait l'Allemagne. Pour la première fois depuis des jours, il dormit d'une traite d'un sommeil sans rêves.

À six heures du matin, un coup de frein en bas de chez lui l'éveilla. Il sauta du lit et écarta discrètement les rideaux, redoutant de découvrir une camionnette de la Gestapo. Au lieu de cela se présenta un homme âgé, barbu, en costume noir et col clergyman, qui se déclara pasteur à l'église suédoise du quartier et affilié à la Croix-Rouge. Il sursautait au moindre bruit et avait manifestement hâte de s'en aller. Dans cette atmosphère tendue, Bill et Taube n'échangèrent que quelques mots. L'inconnu et la jeune fille partis, un silence mortel s'abattit sur l'appartement.

Bill était tombé par hasard sur une nouvelle qui lui avait fait froid dans le dos. Certaines de ses relations haut placées à la tête du Reich l'avaient informé qu'un physicien allemand nommé Otto Hahn venait de mettre au point un procédé permettant l'exploitation de l'énergie de l'atome; ce procédé découlait d'une découverte récente, la fission nucléaire, susceptible de libérer une quantité d'énergie inimaginable. L'ex-assistante de Hahn, Lise Meitner, s'était enfuie en Suède avec les travaux du professeur.

C'était pour cette raison que Bill voulait se rendre en Suède; le lendemain matin, il prit l'avion pour Stockholm et se débrouilla pour contacter Frau Meitner par le biais du Conseil représentatif juif. Ils passèrent plusieurs heures ensemble et elle lui confia un double de ses notes afin qu'il l'expédie aux États-Unis.

Ensuite il rédigea une série d'articles qu'il déposa, avec les notes de Lise Meitner, à l'ambassade des États-Unis, d'où on les ferait parvenir aux autorités compétentes via la valise diplomatique.

Il reprit l'avion pour Berlin, la tête pleine de craintes et d'idées noires. La menace de la guerre planait au-dessus de leurs têtes. Si cette nouvelle forme d'énergie venait à être utilisée en tant qu'arme, l'Occident entier serait à la merci des nazis. Une fois de plus il lutta contre sa crainte que le Troisième Reich ne fût réellement invincible.

Chapitre 31

C'était l'aube de l'an 1939 ; pourtant, dans les monts de Bohême, on aurait pu se croire un siècle plus tôt, sinon un millénaire, songeait Marietta. Ici, rien ne changeait. La petite route de campagne serpentait vers le sud en traversant des terres pierreuses et pentues, ponctuées çà et là de taches de neige au pied des haies d'épineux. Bientôt la route atteindrait la vallée de la Vltava, une région de brumes, de marais et de paysages empreints d'une beauté sauvage et envoûtante. Sur la droite s'étendaient des lacs calmes et gris, frangés de glace, dont la surface morne était, elle aussi, constellée de plaques de glace. À gauche, les monts Plechy, couronnés par un pic pointu. Aux flancs de la montagne, la neige faisait scintiller des forêts encore intactes. On n'entendait que la plainte du vent dans les arbres.

Jan conduisait Andréa et Marietta au manoir de Boubin. Tout à coup, il se gara sur le bas-côté sans avertissement. Les deux jeunes filles frissonnèrent et échangèrent un regard interrogateur. Alors, au loin, ils entendirent un chant.

— Comme c'est beau ! fit Andréa.

— Écoutez bien, intervint Jan. Il est très important que vous compreniez ce qui se passe ici.

Marietta considéra son chauffeur d'un air curieux. L'homme s'était subtilement métamorphosé, passant de l'état d'humble serviteur à... à quoi, au juste ? Elle ne savait pas bien. Quelque chose comme un résistant, lui aussi. Elle espéra qu'il n'était pas au courant de leurs plans. Les avait-il espionnées ?

Le chant venait des bois ; à travers une trouée, elles aperçurent un feu de camp, un lac gelé, de la fumée, de la viande qui cuisait en grésillant... et puis des adolescents : une centaine de jeunes garçons qui, tous, chantaient d'une voix d'ange. Leurs yeux brillaient du même éclat que les flammes du feu. Le tableau aurait été idyllique s'ils n'avaient pas arboré l'uniforme des Jeunesses hitlériennes et brandi un petit drapeau frappé de la croix gammée.

Jan fit signe aux deux filles de se détourner du feu de camp ; tandis que tous trois longeaient le sentier, le bruit de leurs pas assourdi par un épais tapis d'aiguilles de pin, un bel homme barbu grimpa sur une souche et se mit à haranguer les garçons. On l'aurait dit surgi de la terre pour incarner le courage, avec ses traits nobles et sa barbe blonde. Un Viking ! Il parla à la gloire du parti nazi et fit l'éloge du Führer, qui avait été envoyé pour réunir tous les Allemands d'Europe. Joints à leurs frères par le sang, ils formeraient la plus grande race au monde, la plus puissante. Bientôt ils conquerraient l'Europe et imposeraient le glorieux Ordre nouveau partout sur leur passage.

Ils regagnèrent la voiture. Il y avait de la rage dans les yeux de Jan.

— Voilà comment ça commence, dit-il. Ces jeunes se sentent appelés à servir une noble cause. Ils ne voient pas qu'on les coule dans un moule pour les asservir au Troisième Reich. C'est contre cela que nous luttons, comtesse. Il ne faut jamais se fier aux Tchèques germanophones. Ils ont des enfants... et, comme vous pouvez le constater, ces enfants sont déjà contaminés. Il ne faut faire confiance à personne.

Ils redémarrèrent. Marietta et Andréa échangèrent un regard troublé. Malgré toutes leurs différences, les deux amies parvenaient invariablement aux mêmes conclusions, l'une par le raisonnement et l'autre par l'intuition. Ce n'était plus le même Jan. Alors, qui était cet étranger qu'elles croyaient si bien connaître ?

En entrant dans le village suivant, Marietta eut peine à reconnaître les boutiques tant il y avait de croix gammées aux fenêtres. « La Bohême a changé ; elle ne sera plus jamais comme avant, songea-t-elle, le cœur gros. Moi qui croyais que cela n'arriverait pas. »

— Ils sont humains, donc cupides, déclara inopinément le nouveau Jan. Quand les Sudètes ont été annexés, on a donné quarante-huit heures à tous les Tchèques d'origine slave pour abandonner leurs fermes et leurs commerces. Ils ont dû laisser sur place leur bétail, leur matériel... tous leurs biens. En contrepartie, les nazis Volksdeutsche ont reçu en récompense des terres ou des négoces. Et pas n'importe lesquels ! Regardez autour de vous, comtesse. Vous verrez que vous avez beaucoup de nouveaux voisins, et que tous parlent l'allemand.

Marietta se rendit compte que Jan ne lui avait encore jamais adressé la parole. Jusque-là, il s'était toujours contenté de répondre quand on lui parlait. Elle se sentit brusquement coupable de n'avoir jamais discuté, ne serait-ce qu'une seule fois, avec lui, d'avoir toujours trouvé normale, sans y réfléchir, cette attitude humble et soumise. Puis la honte céda la place à la colère. Quel était le vrai Jan ?

Au bout d'un moment, tandis qu'apparaissaient ses forêts bien-aimées et les fermes voisines du domaine de Boubin, elle sentit sa tension se dissiper. Elle se pencha par la vitre et inspira l'air odorant de la campagne.

Il faisait froid, mais la journée était belle. Ils remontèrent en serpentant le flanc de la colline jusqu'au plateau herbeux encore enneigé qui, lui-même serti dans la forêt, formait un écrin au manoir de Boubin.

Marietta abandonna Andréa aux mains compétentes de la gouvernante et ressortit rapidement pour se mettre à la recherche de Miki ; à la fois gardien et jardinier, celui-ci habitait un petit chalet perdu au milieu des arbres. Il avait manifestement négligé sa tâche, et elle le trouva sale, mal rasé, les mains tremblantes, l'air d'un homme qui a touché le fond.

— Asseyez-vous, trinquez avec moi, dit-il d'une voix pâteuse, inhabituellement démonstratif. Venez donc ! Vous êtes une femme, maintenant ; vous pouvez bien boire avec moi en souvenir du bon vieux temps. Vous vous rappelez, quand je vous emmenais dans la forêt cueillir des canneberges et ramasser des champignons, et quand je vous apprenais à reconnaître les oiseaux, les animaux sauvages ?

Il versait dans la sensiblerie. Marietta en était gênée. Elle but un peu du vin qu'il lui offrit et fit semblant de s'intéresser à la conversation, mais les craintes de Miki la gagnèrent. Lui qui avait jadis affronté des sangliers et des ours, sauvé des renards pris aux pièges des braconniers, jamais, jamais, elle ne l'avait vu effrayé à ce point.

— Qu'est-ce qu'il y a ? De quoi avez-vous peur ? demanda-t-elle avec douceur.

— Il est tzigane. Ça ne vous suffit pas ? (Marietta sursauta. Elle n'avait pas entendu Jan entrer en traînant la patte comme à son habitude.) Il y avait un camp de Tziganes dans la forêt, vous le savez aussi bien que moi. La semaine dernière, les soldats sont venus et les ont tous emmenés après avoir détruit les roulottes, abattu les chiens et mis le feu au campement. Ils les ont tous déportés... Les femmes, les nourrissons, tout le monde ! À l'heure qu'il est, Dieu sait s'il en reste quelques-uns de vivants.

— Sur mes terres ? s'exclama Marietta, blême de rage.

— Vos terres ! rétorqua-t-il, le regard moqueur. Vous vous preniez donc pour un bouclier protecteur ? Un porte-bonheur ? Tout ce qui leur tombe sous la main est à eux. Boubin est sur le point de leur revenir, ce qui signifie que von Hesse veut la propriété pour lui et ses petits camarades. Vous ne le saviez pas ?

— Mais non ! Mais enfin, qui êtes-vous donc, Jan ?

— Le pasteur Perwe m'a demandé de garder l'œil sur vous et sur Andréa, poursuivit-il sans tenir compte de sa question. Je suis de ses amis. N'oubliez pas, comtesse : tant que durera l'Occupation, nous serons du même bord, vous et moi. Ou plutôt vous, le pasteur et moi. Faites-moi confiance pour combattre les nazis jusqu'à mon dernier souffle. Mais, quand ce sera fini, nous nous retrouverons dans des camps adverses.

— Que voulez-vous dire ?

— Que je suis communiste.

Les conséquences de cette révélation soulevèrent l'estomac de Marietta. On avait dû le placer chez eux parce que son père était ministre des Affaires étrangères du gouvernement autrichien ; les avait-il espionnés pendant toutes ces années ? Il émanait de lui une telle froideur, maintenant qu'il avait mis de côté son attitude servile !

— Il va falloir apprendre à tenir le coup sans ça, Miki, reprit

Jan en raflant le pot de grès contenant le vin avant d'en vider le contenu dans l'évier. Ce n'est pas dans la bouteille que tu puiseras du courage. Comtesse, reprit-il en se tournant vers la jeune fille, je reste en Tchécoslovaquie, mais je ne suis plus à votre service. On m'a réaffecté, mais je peux vous donner un coup de main pour la filière.

— Qui « on » ? De quoi parlez-vous, Jan ?

— Je ne suis pas libre de mes mouvements, comtesse. J'obéis aux ordres. Si vous avez besoin de moi, vous pourrez me joindre par l'intermédiaire de Herr Zweig. Il travaille pour vous, même si vous n'avez jamais pris la peine de le rencontrer. Voici une liste de contacts pour la filière. Dites au pasteur qu'il peut compter sur ces gens, mais que ce ne sont quand même que des êtres humains. Dieu sait ce qu'ils révéleraient sous la torture... Je vous suggère de consacrer une partie de vos vacances à faire connaissance avec eux, mais soyez prudente. Il est important qu'on vous voie aussi vous amuser.

Elle fronça les sourcils : il venait de lui donner un ordre, et elle ne savait pas comment réagir.

« Je me comporte vraiment comme une enfant, songea-t-elle en ravalant ses larmes. Je me demande bien pourquoi. » Il était absurde de se sentir à ce point trahie parce qu'un être qu'elle connaissait depuis toujours n'avait tout à coup plus du tout la même identité.

Juste au moment où elle atteignait la demeure, une voiture vint se garer devant le perron. Quand elle vit qui était au volant, son angoisse s'envola.

— Bill ! s'écria-t-elle. Dieu merci, tu es là !

Le comte arriva à temps pour dîner et prit place en tête de table. En écoutant les enfants, il se sentit soudain très las. Louis était enfin devenu un homme. Il avait fait preuve, dans son entêtement à vouloir épouser Andréa, d'une détermination que le comte ne lui connaissait pas. Ce soir encore, ces deux-là étaient entièrement absorbés l'un par l'autre et se tenaient la main sous la table. Quant à Bill et Marietta, ils étaient de toute évidence amoureux.

Comme les enfants le regardaient, l'air d'attendre qu'il dise quelque chose, il se leva et déclara :

— Nous voici rassemblés et j'en rends grâce au Seigneur. Je voudrais qu'en ces temps de troubles, nous portions un toast. Que notre famille soit un refuge au milieu de cette folie nazie qui s'impose peu à peu au monde. Dans nos foyers et dans nos cœurs, Dieu fasse que nous gardions toujours nos valeurs, la morale et la raison. À la famille !

Au même moment, une domestique apporta le potage et ils attendirent en silence qu'elle se retire.

— En outre, je voudrais proposer un autre toast aux vaillants étudiants de l'Edelweiss. Je salue votre courage et votre mérite. Je sais que grâce à vous, les jeunes, un jour l'Autriche sera sauvée... (Il sourit, leva son verre et but.) Je suis fier que notre brave petite tigresse vous ait rejoints dans votre lutte. Je te félicite, Ingrid. Ton courage m'a rempli de joie... (Ingrid rougit.) Vous avez tous fait la preuve que vous étiez réfléchis et attentifs aux autres, poursuivit le comte. Néanmoins, je voudrais vous faire comprendre qu'il n'y a aucun mérite à se montrer téméraire. Soyez prudents, ou vous vous exposerez à de sauvages représailles.

— Je sais que tu ne veux que notre bien, fit Ingrid avec un sourire suave, mais, personnellement, je ne baisserai pas les bras.

— Je ne vous demande pas de baisser les bras devant les nazis. Nous avons atteint un terrible tournant dans l'histoire de notre pays. Le mal est partout, et contamine ce qu'il touche. Jamais je ne demanderai à ma famille de pactiser avec le diable. En bons chrétiens, nous devons croire au triomphe à venir du bien, de la justice et de l'amour. En même temps, je vous exhorte à la prudence. Passez dans la clandestinité ! Vous pouvez être certains que la SS a un espion dans vos rangs. Ils en ont un dans tous les foyers. Et c'est sûrement quelqu'un en qui vous avez confiance. Démasquez-le avant qu'il ne soit trop tard.

Il s'interrompit. Une idée déplaisante venait de faire brusquement irruption dans ses pensées. Involontairement, il tourna les yeux vers Ingrid. Il se remémora avec un haut-le-cœur l'attachement qu'elle avait ressenti, plus jeune, à l'égard de Hugo, et sa faiblesse envers son cousin.

Mais non, il se trompait sûrement. Ce n'était pas raisonnable. Il leur fit face. Était-il donc contaminé à son tour, à soupçonner ainsi tout le monde, y compris sa propre nièce ? Il décida de ne pas faire partager ses craintes à Marietta.

— Faites très attention, conclut-il. Voilà mon message.

Il les dévisagea l'un après l'autre et poussa un soupir.

Chapitre 32

Le dîner achevé, Louis insista pour qu'on danse, mais Marietta prétexta la fatigue du voyage et se retira. Après un instant d'hésitation, Bill prit congé à son tour et entendit bientôt des sanglots étouffés derrière sa porte close. Sans réfléchir, il entra.

— Marie, ma chérie... Qu'est-ce qui ne va pas ? Ne pleure pas. Dis-moi ce qui se passe, fit-il en lui caressant la nuque et les cheveux.

— Oh, Bill, Bill... Serre-moi dans tes bras, sanglota-t-elle. Je suis lasse d'être forte ! Je n'en peux plus. Ici au moins je croyais trouver la sécurité, la stabilité ; mais personne, personne n'est à l'abri ! Miki est terrorisé... Tout le monde se retrouve classé dans une catégorie ou une autre. Ils sont tous bloqués ici, personne n'est ce qu'il était... avant. Voilà que Jan n'est plus mon allié, notre domestique, mais un communiste qui nous espionne depuis des années ; que les Tchèques d'origine allemande sont enragés et ne vont pas tarder à débarquer, et que mon cher frère Hugo va s'approprier sous peu Boubin ! Mon Dieu ! Comment cela finira-t-il ?

— Chut, ne pleure pas. N'abandonne pas maintenant.

Elle enfouit son visage dans son oreiller. Au bout d'un moment, ses épaules cessèrent de se soulever, Bill continua à lui caresser la nuque et le dos. Elle finit par reprendre la parole.

— La vérité est que j'ai peur. Aujourd'hui, j'ai compris que nous ne pouvions *pas* gagner. Moi qui n'avais jamais cru que mon peuple puisse accepter pareille chose, je vois maintenant que les nazis détiennent tout le pouvoir. Nous ne pouvons qu'échouer.

— Mais non. Ce n'est pas vrai. Bientôt l'Allemagne entrera en guerre contre le reste du monde. Cela prendra peut-être des années, mais les nazis finiront pas être vaincus. Quand la guerre éclatera, je m'engagerai. Tu viendras avec moi, nous nous battrons ensemble.

— Je ne déserterai pas, dit-elle avec douceur, même si son instinct lui disait qu'au contraire son salut était dans la fuite.

Voyant sa fragilité, son besoin d'être rassurée, Bill l'installa contre les oreillers et entreprit de défaire d'une main tremblante les boutons de son chemisier.

Le désir qu'elle réprimait au fond d'elle-même depuis si longtemps remonta d'un seul coup à la surface. Elle se pressa contre lui et ils restèrent allongés, les lèvres jointes, serrés l'un contre l'autre, tandis qu'elle sentait son cœur battre contre celui de Bill.

— J'ai envie de toi, chuchota-t-elle. De faire partie de toi. Oh, Bill, aime-moi !

Il se pencha, embrassa ses cheveux collés sur son front moite avant de les repousser vers l'arrière. Ses lèvres s'attardèrent sur les longs cils et les paupières closes de la jeune fille, dont la bouche, ordinairement ferme et résolue, s'arrondissait, humide et tremblante, sous la caresse. Avec délicatesse, il lui ôta ses vêtements et se mit à caresser sa peau douce en lui murmurant des mots d'amour et de désir.

Ils se retrouvèrent nus sur le vaste lit. Il se pencha prestement sur elle, titillant à petits coups de langue ses mamelons dressés, caressant son corps du bout des doigts, tandis qu'elle gémissait, suppliait et s'abandonnait aux assauts d'une passion trop longtemps contenue. Il lui écarta les jambes et la prit doucement, sentant sous lui ses seins et son ventre ferme parcouru de frissons. Elle était tout ouverte...

Il se poussa doucement en elle, et une vague de tendresse le submergea. Il entendit Marie gémir et son corps vibrant s'enroula autour du sien.

« Qu'est-ce que je suis venue faire ici ? » s'interrogeait Ingrid, seule et tourmentée dans son lit. La réponse était simple : elle avait flairé quelque chose de louche dans cette envie soudaine, chez Marietta, de prendre quelques jours de vacances en Bohême. Elle avait donc accepté l'invitation, histoire de mieux espionner les deux filles. Et maintenant elle souffrait ; elle entendait venir de la chambre voisine, celle de sa cousine, les bruits caractéristiques de l'amour : grincements de sommier, soupirs étouffés.

Elle avait envie de s'enfuir. Mais, au lieu de cela, elle se coula contre le mur pour tendre l'oreille. Heureusement, ils avaient fini. Toute tremblante, elle se laissa tomber sur le plancher, en larmes, imaginant Marietta joyeuse et comblée, reposant sur l'épaule de Bill, à l'endroit précis où elle-même s'était naguère vue. Puis elle entendit Bill aller et venir dans la pièce, il y eut un bruit de verres entrechoqués.

— Bon, et maintenant, Marie, dis-moi un peu ce qui te...

Le reste de la question se perdit. Ingrid appliqua son oreille contre la cloison et entendit clairement Marietta dire :

— Un chemin pour passer clandestinement en Autriche... par les collines, jusqu'à la frontière... Une filière d'adresses et de personnes dignes de confiance...

Ingrid distingua des bribes de conversation, qu'elle nota scrupuleusement. Peu après, elle entendit le lit grincer à nouveau. Elle chercha le sommeil pendant des heures et, juste avant l'aube, elle entendit à nouveau les bruits de l'amour... Puis Bill regagna sa chambre au bout du couloir.

À huit heures du matin, Bill fut réveillé par Marietta qui se faufilait dans sa chambre.

— Je n'ai pas assez dormi ! protesta-t-il.

— Allez, habille-toi, rétorqua-t-elle en rabattant les couvertures au pied de son lit. Andréa et Louis sont partis pour Vimperk avant l'aube. Ils sont allés voir le curé du bourg. C'est un ami du pasteur.

L'entier dévouement de Marie à la cause était impressionnant, surtout à une heure aussi matinale. Bill quitta son lit bien chaud avec un soupir.

— Je vais y aller, fit-il sèchement. Toi, tu restes là. J'ai mon passeport et mon statut de journaliste pour me protéger. Toi, tu n'as rien.

— Il n'en est pas question, Bill.

Les cheveux en bataille, les lèvres serrées formant un sourire en coin, elle le regardait en fronçant les sourcils.

— Écoute, Marie, implora-t-il. Donne-moi les adresses. Tu n'iras pas, un point c'est tout.

— Je peux très bien y aller sans toi, déclara-t-elle doucement. Je suis venue pour cela, et tu ne peux t'en charger à ma place. Ces gens ne te feront pas confiance. Pour eux, tu es un étranger. De plus, leurs adresses sont dans ma tête, et tu ne réussiras pas à me les arracher. (Elle lui sourit tendrement.) Je suis touchée que tu tiennes tant à me protéger, Bill, mais je ne t'appartiens pas.

Il s'habilla en toute hâte. Il avait peur.

Ils prirent le train pour Volary, où ils gravirent le flanc d'une colline boisée une demi-heure durant. Enfin ils atteignirent la scierie de Lobkowitz, dirigée par Herr Zweig. Malgré son âge, Zweig avait conservé des yeux de jeune homme, d'un bleu pur, au regard farouche et pénétrant qui contrastait avec ses cheveux gris fer et la barbe de deux jours, plus foncée, qui hérissait ses joues et son menton. Il avait les paupières lourdes, le nez busqué, les mains ridées. Mais de lui irradiait la vitalité.

— Tiens, tiens, fit-il. La comtesse Marietta von Burgheim en personne ! Je travaille pour vous, et pour votre grand-mère avant vous, depuis quarante-cinq ans, et c'est la première fois que je vous ai sous les yeux. Il doit se passer quelque chose d'important.

— Quoi de plus important qu'unir nos forces pour combattre les nazis ? répliqua Marietta sans broncher sous le sarcasme ni tenir compte de l'expression horrifiée de Bill.

Elle regarda autour d'elle. L'endroit était isolé, peu connu et souvent coupé du monde par les intempéries des semaines d'affilée. C'était pour cela, d'ailleurs, que Herr Zweig possédait charrette et cheval.

— Mon contact m'a assuré que vous seriez d'accord. J'ai besoin de mettre des fugitifs en lieu sûr. L'endroit serait idéal, poursuivit-elle. Il est à l'écart, et on ne peut guère vous prendre par surprise. L'unique route qui mène à vous grimpe en lacet le long du versant, et est visible depuis la scierie.

Bill se tortillait sur place. Zweig pouvait très bien être un informateur, voire un nazi, comment savoir ? Et Marie parlait sans crainte ! D'accord, elle avait du cran mais, quand il fallait prendre des précautions, elle n'était vraiment qu'un amateur.

— Comment pourront-ils arriver jusqu'ici ? demandait-elle maintenant.

— Il y a un autocar et un train deux fois par jour, en semaine. Après ça, il faut marcher, comme vous l'avez fait vous-même, sauf si je suis prévenu.

— Vous êtes vraiment disposé à abriter ceux qui sont censés être les ennemis du Reich ?

— Cela va sans dire, comtesse.

— Il vous faudra des chevaux, des mulets, des provisions... On vous paiera. Je ne sais pas comment, mais on vous paiera.

— Pourquoi êtes-vous venue ? Pourquoi trempez-vous dans cette histoire ? Qui vous envoie ? demanda-t-il en rivant sur elle ses yeux bleus scrutateurs.

— Cela, je ne peux vous le dire, mais sachez que mes mains ne sont déjà plus très blanches...

Le vieil homme se laissa convaincre par la sincérité évidente de Marie et de toute son attitude. L'air grave, il lui serra la main.

Ils burent du café et discutèrent une demi-heure. Une longue marche les attendait pour regagner la voiture, et Bill râla pendant tout le trajet. Bill, que la colère rendait glacial, lui dit qu'elle était trop naïve, trop crédule, et surtout trop loquace.

— La personne qui m'a donné ces noms est digne de confiance, finit-elle par répliquer. Je connais ce pays, Bill ; c'est *toi* l'innocent dans l'histoire.

Ils arrivèrent à Strakonice à une heure. Le propriétaire de l'auberge, qui servait également à table, leur suggéra de prendre place sur la terrasse. Malgré le froid, il insista tant qu'ils finirent par accepter.

— Il faut partir tout de suite, leur dit-il dès qu'ils furent assis. Il y a plusieurs nazis dans ce bourg, et ils ont l'œil. Un groupe de juifs est arrivé avant-hier. On les a envoyés chez le prêtre, à l'église, là-haut, sur la colline. Un bien bel endroit, comme vous pouvez le voir, dit-il en indiquant le sommet. Le

206

père Diederichs les a abrités dans l'église. Il croyait avoir les villageois dans sa poche. Mais il avait oublié la jeune génération, leur culte célébré avec les Jeunesses hitlériennes et leurs idées sur l'avenir de la Tchécoslovaquie. Nos deux mécaniciens, les fils du garagiste du coin, sont à la tête de la section locale des Jeunesses hitlériennes. On pense que ce sont eux qui ont vendu le curé et ses réfugiés.

— Que s'est-il passé ensuite ? souffla Marietta.

— Hier la Gestapo est venue, mais on a été averti longtemps à l'avance : ici, on voit à des kilomètres. Les fugitifs se sont enfuis dans la forêt, mais les SS avaient des chiens. Ils les ont tous abattus, sauf un garçon emmené pour interrogatoire. Il ne devait guère avoir plus de quinze ans. Ce matin, ils ont capturé le prêtre et l'ont fusillé devant son église. Il ne faut pas qu'ils vous repèrent. Ne vous en faites pas, je suis toujours là, et je vous aiderai. Vous pouvez me contacter par l'intermédiaire de notre ami commun mais, aujourd'hui, ne vous attardez pas. Finissez votre café et allez-vous-en.

En faisant le tour de la place, à Pilsen, Bill fut frappé par le matériel utilisé par l'armée allemande. Hitler avait eu de la chance d'annexer les Sudètes sans tirer un coup de feu car ses troupes étaient vraiment sous-équipées. Elles avaient à leur disposition un attirail de guerre hétéroclite. La plupart allaient à bicyclette. Quelques-uns transportaient des pigeons dans des cages sanglées sur leur dos. On voyait çà et là, à l'attache, des chevaux et des charrettes entre des tanks et des pièces d'artillerie modernes.

Lorsque les jeunes gens entrèrent dans Pilsen, il faisait nuit et ils étaient épuisés. Ils gagnèrent l'auberge qui figurait sur leur liste et commandèrent chacun une tourte et un verre de vin rouge. Une pancarte dans la vitrine annonçait *Changement de propriétaire*. Le nouveau, qui arborait un visage de fouine, ne portait pas le bon nom. Bill et Marie prirent place non loin du comptoir et, démoralisés, échangèrent de menus propos.

— Quelqu'un est passé avant nous, finit par dire Bill, mal à l'aise. Combien reste-t-il de noms sur la liste ?

— Nous sommes arrivés au bout. Andréa s'occupe des

autres. J'espère que tout va bien pour elle. Rentrons maintenant.

— Ce n'est pas de refus.

Ils regagnèrent Boubin à minuit. Andréa et Louis les attendaient. Ingrid avait passé la journée avec eux mais était déjà montée se coucher. Ils s'affalèrent devant la cheminée du salon et se racontèrent leurs démarches. La journée qu'ils venaient de vivre les avait plus effrayés qu'ils ne voulaient l'admettre.

— Horrible, c'est horrible ! ne cessait de marmonner Marietta. Et dire que ces choses-là peuvent arriver à de parfaits innocents... Ils cherchaient simplement à fuir. Ils n'avaient commis aucun crime.

À une heure du matin, ils parlaient toujours. Jan vint remettre du bois dans le feu.

— Il va y avoir une forte chute de neige cette nuit, leur dit-il, le visage fermé. Restez ici demain, faites un peu de ski. Amusez-vous et faites-le voir. Souvenez-vous : vous êtes censés être en vacances. Vous avez peut-être attiré l'attention sur vous, à Pilsen. Je suis désolé, pour ce contact. Le propriétaire de l'endroit a été arrêté récemment, mais je l'ignorais. Vous vous en êtes tous bien sortis, aujourd'hui.

Marietta le considéra avec gravité. Elle ne savait toujours pas très bien comment réagir face au nouveau Jan. Lorsqu'il eut pris congé, elle se leva, livide et tendue.

— Nous serions bien inspirés de suivre son conseil. Quatre jours à s'amuser, c'est le minimum que nous puissions faire. Autant s'y mettre.

« Dans sa bouche, on dirait qu'il s'agit d'une punition », constata Bill en la regardant avec sérieux. Elle lui lança un coup d'œil de pur désespoir et se retira dans sa chambre. Bill laissa passer un moment, puis la rejoignit.

Chapitre 33

En s'éveillant le lendemain matin, Andréa se sentit tout de suite mal à l'aise. Elle n'était pas à sa place dans cette famille ; c'était de la folie : jamais elle ne s'y sentirait à l'aise. Elle se demandait sans cesse comment se comporter.

À huit heures précises, on frappa. La femme de chambre lui apportait le petit déjeuner avec ses pâtisseries sortant du four et encore chaudes.

— Tout le monde vous attend, madame, annonça-t-elle. Le départ pour les pistes de ski est dans une demi-heure.

— Pas de ski pour moi aujourd'hui, répondit Andréa.

« Ni un autre jour, d'ailleurs », pensa-t-elle avec tristesse. La désapprobation muette de la femme de chambre passa au-dessus d'elle sans l'atteindre.

Elle entendit les exclamations joyeuses des skieurs qui se regroupaient juste sous ses fenêtres. Ils finirent par s'en aller et Andréa alla s'asseoir devant la croisée. Le chalet était perché à mi-pente de la montagne. Au-dessous d'elle, le versant enneigé plongeait jusqu'au fond de la vallée, où se nichait un lac aux eaux paisibles. Elle décida de s'habiller et de profiter de sa solitude dans la maison désertée ; mais, en descendant dans la salle du petit déjeuner, elle découvrit qu'elle n'était pas seule : le comte lisait le journal devant un feu de bois. Il replia son quotidien et vint à sa rencontre.

— Venez donc vous joindre à moi, fit-il. Comment se fait-il que vous ne soyez pas partie skier avec les autres ?

— Je ne sais pas skier, soupira-t-elle.

Le comte prit l'air surpris, puis parut brusquement rajeunir de plusieurs années.

— C'est moi qui ai appris à skier à ma première épouse. Allez dans la remise à skis, Jan vous équipera comme il faut. Je me fais fort de vous enseigner les rudiments de ce sport.

Boitillant dans l'allée avec des chaussures de ski d'emprunt, Andréa ne s'était jamais sentie aussi mal dans sa peau. Elle avait l'impression d'apprendre à marcher avec des jambes artificielles. Le comte l'aida à grimper dans le cabriolet, dont les deux poneys blancs entamèrent à vive allure l'ascension de la colline et s'enfoncèrent dans un paysage tout de blancheur brumeuse, accompagnés par la chanson des grelots. Andréa découvrit un monde majestueux, d'immenses panoramas sur la vallée et des pistes de ski interminables, dont le comte lui assura qu'elles étaient idéales pour les débutants.

Deux heures plus tard, elle savait s'arrêter, démarrer, descendre en chasse-neige et remonter péniblement ; elle se sentait un peu moins vulnérable. Le comte la convainquit qu'elle en avait assez appris pour s'aventurer sur la piste menant au restaurant du coin. Il lui fit d'ailleurs remarquer qu'il n'y avait pas d'autre moyen d'y accéder. Or, il avait faim. Pas elle ? Tous, ils avaient décidé de se retrouver là-bas à l'heure du déjeuner.

Mais Andréa était trop inquiète pour avoir faim.

— Cette piste-là est un peu raide, l'avertit-il. Comme vous ne savez pas encore tourner, nous allons faire un grand détour. C'est par là que passent les débutants. Vous me suivez en faisant bien attention ?

— Entendu.

Ils s'élancèrent ; le comte partit en tête et multipliait les encouragements. Ils devaient approcher maintenant, non ? Andréa releva la tête pour voir à quelle distance ils étaient du restaurant et, ce faisant, elle changea de cap. En un clin d'œil, elle se retrouva glissant à toute allure sur une pente abrupte qui débouchait sur l'arrière du bâtiment.

Sa vitesse s'accélérait. Tout à coup, elle vit se profiler devant elle un couple âgé et un chien. Comment étaient-ils arrivés jusque-là ?

— Attention ! cria-t-elle. Je ne peux pas m'arrêter !

Ils s'aplatirent contre le mur et elle les dépassa à fond de train. Le chien lui sauta dessus, enfonça ses crocs dans son fuseau et ne le lâcha plus. Elle crut qu'elle allait foncer droit dans le mur, mais par miracle ses skis suivirent un sillon déjà tracé dans la neige. Elle n'eut que le temps de pousser un grand cri avant de décoller sur une bosse, agrippée à ses bâtons et le chien toujours accroché à ses basques. Elle entrevit l'expression abasourdie des autres skieurs, dont certains plongèrent de côté. Ses genoux cédèrent. Elle traversa toute la terrasse à plat ventre, bras et jambes écartés, dans une gerbe de poudreuse. Le chien raffermit sa prise sur le fuseau et Andréa sentit le tissu se déchirer.

Louis accourut, suivi des filles. Il la prit dans ses bras, noua son propre pull-over autour de la taille. Puis il ôta ses lunettes de ski et l'embrassa sur le bout du nez.

— Idiote !

Andréa se tâta. Tous ses membres semblaient encore reliés au reste de sa personne, ce qui ne laissa pas de l'étonner.

Le comte arriva à son tour.

— Vous auriez dû continuer à me suivre, dit-il d'une voix contenue. Vous auriez pu vous faire mal.

— Rien de cassé ? s'enquit Bill en s'efforçant de ne pas rire.

— Je n'ai jamais rien vu d'aussi drôle ! s'esclaffa Marietta.

— Plutôt coriace, ce chien, commenta Louis. Il n'a pas voulu lâcher le morceau et, pourtant, à aucun moment ses pattes n'ont touché terre.

— Les pattes d'Andréa non plus ! pouffa Marie.

— Quelle entrée !

Même Ingrid souriait. Le comte guida Andréa jusqu'à la table des jeunes gens et lui fit donner un cognac.

— Naturellement, déclara Marietta en lui faisant de la place sur le banc, tu dois remonter sur les skis tout de suite après le déjeuner. C'est très important. Ensuite, tu n'en aurais plus le courage. Je me souviens de mon premier concours hippique. J'étais tellement paniquée que j'ai sauté par-dessus le cheval et atterri sur la tête de l'autre côté. Tout le public s'est moqué de moi. Grand-mère était furieuse. J'ai dû me remettre en selle sur-le-champ.

Tous gardaient un souvenir douloureux de leur première

leçon de ski, dont ils firent tour à tour le récit en hurlant de rire, à tel point qu'Andréa finit par se dérider.

Six heures du soir. Louis et Andréa étaient dans le sauna. Il l'y avait attirée en lui promettant que cela contribuerait à guérir ses multiples ecchymoses. Elle était enveloppée dans une grande serviette-éponge blanche ; malgré ses cheveux humides de sueur, sa peau luisante et son visage rouge, jamais elle ne lui avait paru aussi désirable.

Louis referma sa main autour de la cheville d'Andréa, puis baissa la tête et prit dans sa bouche le gros orteil de la jeune fille avant de la chatouiller du bout de la langue entre les orteils. Puis il fit courir ses doigts à l'intérieur de sa jambe, en remontant jusqu'à ses cuisses.

« Il y a quelque chose qui ne va pas chez moi, songea Andréa, mal à l'aise. Je suis fiancée, et je suis encore vierge... à l'âge de dix-huit ans ! Je dois être une sorte de monstre. Ça doit venir de mon éducation. Je n'ai pourtant rien contre l'amour ; c'est juste que je ne peux pas supporter cette propagande selon laquelle il faudrait le faire pour Hitler... pour fabriquer de nouveaux petits nazis. Le Führer m'a rendue frigide. Pauvre Louis. »

Elle s'écarta et repoussa sa main.

Il eut un sourire détaché.

— Ce n'est pas pour te séduire que je t'ai amenée ici, tu sais.

Elle fronça les sourcils, baissa la tête et le considéra entre ses long cils.

— Pour quoi, alors ?

— Pour que, *toi*, tu me séduises.

Elle rit.

— Eh bien, c'est raté. Je suis raide et endolorie, je te signale.

— Bon, alors puisque c'est comme ça, je dors.

Il s'étendit sur les lattes de bois. Andréa versa un peu d'eau sur les braises. La vapeur s'éleva instantanément avec un chuintement, une puissante odeur d'eucalyptus envahit la petite cabine. Andréa sentait bon elle aussi. Louis s'empara à nouveau de sa cheville et passa le bout de sa langue sur la plante de son pied.

— Je me sens trop las pour séduire autre chose que ton pied.
Elle rit et remua les orteils.

— Eh bien, vas-y ! Justement, il est tout transi de passion.

— Cher monsieur le Pied, commença-t-il tout bas. Comme
vos orteils sont délicats, comme vos oignons sont sensuels... !

— Je n'ai pas d'oignons, fit-elle en retirant d'un coup sec son
pied. Et tu me chatouilles.

Louis regarda la lumière tamisée de la cabine jouer sur la
peau de la jeune fille au gré de ses mouvements. Ses cheveux
retombaient sur ses épaules, ses yeux étaient de braise. La
serviette avait glissé, révélant la naissance d'un sein.

— Si vous croyez que je cherche à coucher avec vous, vous
vous trompez, mademoiselle Soltys. Je cherche à obtenir de
vous tout ce que vous avez à me donner... et le plus vite
possible. Nous devons nous marier bientôt. Dieu sait combien
de temps nous pourrons passer ensemble !

Elle resta pétrifiée. Voulait-il dire que... ?

— Si la guerre éclate, tu seras mobilisé ?

— Naturellement.

Andréa réfléchit à cette menace nouvelle. Comment n'y
avait-elle pas pensé ? Peut-être avait-elle inconsciemment fermé
les yeux sur cette éventualité. Elle se redressa, puis poussa un
gémissement.

— Aïe ! Je peux à peine bouger, gémit-elle.

— Je vais faire appeler le masseur.

— Un homme !

— Oh, Andréa... pas de pudeur mal placée, je t'en prie.
C'est vraiment vieux jeu. Un masseur est un masseur, voilà
tout.

— Regarde mes pieds ! Ils virent au noir maintenant ! Ce
sont ces affreuses chaussures.

— Je t'en achèterai d'autres.

— Pas question.

— Tu n'as pas le droit de parler à la place de monsieur le
Pied. Lui et moi, nous avons passé un marché.

Louis prit Andréa par la taille, la jeta sur son épaule et sortit
de la cabine en vacillant sous le poids.

— Pour l'amour de Dieu, repose-moi ! souffla-t-elle. On
pourrait nous voir.

Louis la déposa sur la couchette et claqua la porte de la cabine.

— Retourne-toi sur le ventre, ordonna-t-il. Heureusement pour toi, je suis doué pour ce genre de chose.

Elle obtempéra avec appréhension et frémit en le sentant dénouer la serviette de bain et la replier sur ses fesses. Ses doigts vigoureux entreprirent de lui détendre les muscles des épaules et, lentement, elle s'abandonna aux mains compétentes de Louis. Le jeune homme procédait rapidement, délassant les muscles contractés ; au bout d'un moment, elle se retourna sur le dos sans se préoccuper de la serviette. Louis soudain découvrait ses seins, sa gorge délicate, l'angle que dessinaient ses épaules fermes, sa taille fine, ses hanches pleines, sa peau sans défaut.

— Tu es belle, haleta-t-il.

Il ne pouvait détacher ses yeux des mamelons bien formés, dressés dans leur disque de peau dorée.

— Louis, fit-elle avec douceur en plongeant son regard dans les yeux du jeune homme, qui débordaient de tendresse.

— Comment un imbécile dans mon genre a-t-il pu se trouver une fille comme toi ? Andréa, chère, *chère* Andréa...

Il suivit du bout du doigt le contour de sa bouche, puis enfouit son visage dans le cou de la jeune fille et l'embrassa tout en lissant et soulevant ses cheveux jusqu'à ce qu'elle se sente envahie de picotements sur tout son crâne.

— Oh, soupira-t-elle, ne t'arrête pas... (Elle posa une main hésitante sur la poitrine de Louis, ferme et musclée.) Tu es tendu comme un ressort, fit-elle d'un ton rêveur. Toi qui sembles toujours si sensible, si doux...

— Ce ne sont que des muscles datant de l'École militaire.

Elle frémit de la tête aux pieds, se tourna vers lui et pressa ses lèvres sur les siennes. Ses bras s'enroulèrent autour de son cou et ses jambes se nouèrent autour de ses cuisses.

— Je t'aime, dit-elle. Chaque jour un peu plus.

— Je n'en ai jamais douté, mon amour, répondit-il en effleurant sa bouche du bout des lèvres.

Relevant la tête, elle lui découvrit un regard solennel et un peu triste. Il y avait quelque chose de nouveau dans ces yeux-là. De nouveau et d'étrange. Ce n'était ni de la tendresse ni de l'amour ; plutôt une lueur farouche de prédateur. Elle frissonna et tourna la tête, mais la main ferme et forte du jeune homme la força à lui faire face.

— Regarde-moi, pressa-t-il. Ne détourne pas les yeux. Regarde-moi.

Elle avait envie de fermer les paupières, de chasser le spectacle qu'il lui offrait à présent. Elle aurait voulu le repousser, mais elle sentait croître en elle un curieux sentiment d'abandon, un besoin d'être dominée. Elle était en train de lui céder.

Il lui écarta les jambes et se mit à la caresser. La sensation qu'elle éprouvait était insupportablement choquante et, pourtant, elle ressentit de nouveau cette étrange envie de se laisser aller.

Comme hanté par une torture intérieure, Louis s'agenouilla entre les cuisses de la jeune fille et ôta son propre peignoir. Son pénis surgit entre eux deux, volumineux et luisant ; on l'aurait dit animé d'une vie propre. Tout à coup, Louis rit.

— Tu as l'air tellement choquée !

— C'est que je n'avais jamais vu de...

Elle s'interrompit, peu désireuse de se montrer à ce point ignorante.

— C'est la première fois ? reprit-il d'une voix rêveuse.

Puis il se pencha brusquement et mit sa bouche contre le sexe d'Andréa, qu'il caressa doucement du bout de la langue. Des sensations nouvelles, étranges et exquises, s'emparèrent de la jeune fille comme si une succession de vagues remontait vers son ventre et ses seins avant de la consumer tout entière. Ce fut tout juste si elle entendit ses propres petits cris tandis qu'elle perdait conscience sous les assauts de ces vagues.

Elle sentit à peine la présence de Louis en elle, là où elle avait ignoré pendant des années des sensations qui se déversaient maintenant, comme des lames franchissant une digue brisée.

Elle se serra contre lui et planta ses ongles dans ses épaules, les yeux mi-clos sous l'effet de la passion, le corps inondé de sueur. Puis ils retombèrent, hors d'haleine, émerveillés par ce bonheur qu'ils venaient de partager.

Andréa sentit son corps se détendre ; puis Louis se dégagea doucement et s'allongea sur le dos, les yeux rivés au plafond. Le corps d'Andréa le réclamait encore. Elle aurait voulu qu'il revienne en elle et y reste à jamais, mais il lui échappait, et elle soupirait déjà après lui.

Redoutant de le laisser vraiment s'échapper, elle se rapprocha de lui. Elle avait envie qu'ils soient unis pour l'éternité par une espèce de lien mystique qui lui donnerait une partie de sa substance vitale. Elle lui souleva un bras pour enfouir sa tête au creux de son épaule, puis passa une jambe en travers de ses cuisses. Elle en sentit la chaleur et la fermeté. Elle accentua la pression de sa jambe.

Il se retourna pour la regarder, mi-tendre mi-moqueur

— Petite gourmande, dit-il. Tu n'en auras pas davantage. Il n'y a plus rien, j'ai tout donné.

— Mmm, soupira-t-elle. Et j'ai tout pris.

Pendant les quelques jours qui suivirent, la famille s'évertua à prendre du bon temps. On fit du cheval ou du ski de l'aube au crépuscule. Les montagnes renvoyaient l'écho d'exclamations un peu bêtes et de rires hystériques. Le soir, ils dansaient, chantaient et buvaient.

Aux yeux d'Ingrid, les quatre autres étaient comme des phalènes tourbillonnant autour d'une lampe au risque de s'y brûler les ailes. Ils devaient bien savoir que leur monde venait de mourir, que, bientôt, il leur faudrait affronter leur destin. C'était sans doute pour cela qu'ils profitaient de chaque seconde. Elle sentait une espèce de folie excessive dans leur joie, dans cet ultime séjour en Bohême ; elle seule était assez raisonnable pour discerner l'avenir et prévoir les souffrances qui les attendaient.

Chapitre 34

Marie était à lui et, pourtant, elle ne lui appartenait pas. Elle l'aimait, mais elle ne voulait pas l'épouser. Au lit, elle était une esclave passionnée. Le reste du temps, elle redevenait une femme déterminée, voire obstinée, en tout cas, une femme de tête. Bill l'aimait. Elle le rendait fou à force de lui échapper et de toujours se dérober à son influence. Au fil des semaines, leur amour mûrit et se mua en un attachement solide, un amour que nulle dépendance affective ou sensuelle ne venait gâcher. S'ils étaient ensemble, c'était parce qu'ils s'aimaient. Il leur fallait profiter du présent, car ils n'avaient guère d'avenir.

Bill arrivait généralement chez Marie le vendredi soir et repartait pour Berlin le dimanche après-midi, en roulant toute la nuit. Chaque fois que c'était possible, il trouvait un reportage à faire en Bavière pour rester plus longtemps.

Un matin, au début de février, Bill se présenta à l'improviste chez les deux jeunes filles après avoir fait la route de nuit, pour tomber sur une jeune femme inconnue buvant son café à la table de la salle à manger. L'espace d'un moment, ses yeux bruns terrifiés se rivèrent sur lui par-dessus sa tasse de café. La pâleur de son teint ne lui échappa pas, il l'attribua à un séjour en prison ; d'autre part, ses cheveux acajou étaient coupés court, ses mains tremblaient et elle avait les yeux bordés de rouge, comme si elle n'avait pas dormi depuis longtemps.

— Salut ! Enfin, je veux dire : bonjour, fit-il avec douceur. Désolé de vous avoir fait peur. Où sont les filles ? Je me présente : Bill, l'ami de Marietta. Et vous, qui êtes-vous ?

La pâleur de la jeune femme s'accentua. En s'aidant des deux mains, elle réussit tant bien que mal à reposer sa tasse sur sa soucoupe. Puis elle se leva en sursaut et s'enfuit dans le couloir avant de claquer derrière elle la porte menant aux chambres des domestiques.

— Une camarade étudiante momentanément sans toit, l'informa Marietta sans même rougir.

— Elle étudie la musique, ajouta Andréa.

Bill expliqua qu'il était venu à Munich parce que le ministre de la Propagande, Joseph Goebbels, devait s'adresser aux étudiants ce jour-là, et qu'il avait l'intention de couvrir l'événement. Mais, en vérité, il craignait que l'apparition de Goebbels sur le campus ne soit aussi tentante pour les étudiants de l'Edelweiss qu'un pot de miel pour un ours, et qu'ils n'en profitent pour s'attirer des ennuis ; s'il s'était déplacé, c'était plutôt pour les empêcher de faire des bêtises. Mais Marietta semblait peu concernée par la visite de Goebbels. Elle lui dit qu'elle avait décidé de prendre un jour de congé, qu'il pouvait y aller sans elle.

Dès midi, les rues étaient pleines de Chemises brunes et de représentants de la Gestapo, les immeubles drapés de croix gammées et le campus bourré de SS en armes. Bill dut présenter sa carte de l'agence Reuters pour pénétrer dans la grande salle de cours, où on le dirigea vers le carré de la presse, au fond de la salle.

Un murmure d'approbation incessant s'élevait de toutes parts ; il n'y avait plus un siège de libre depuis une demi-heure, mais les étudiants — une foule exubérante — continuaient d'affluer en frappant dans leurs mains, poussant des hourras et tapant des pieds. L'enthousiasme fut porté à son comble lorsque Goebbels monta à la tribune. En proie à un véritable délire, l'auditoire hurla à l'unisson des « *Heil Hitler !* » à faire trembler les murs. Le volume sonore des acclamations créait à lui seul une atmosphère terrifiante. Bill se sentit oppressé. Puis Goebbels prit la parole. Il était plutôt frêle, guère impressionnant en vérité, mais Bill constata avec un frisson qu'il avait du génie quand il s'agissait de manipuler les masses.

— La vie en Allemagne national-socialiste est devenue plus belle, annonça-t-il posément dans le micro. L'Allemagne d'Adolf Hitler est plus grande, plus puissante que jamais. Son peuple immortel devient de jour en jour meilleur! (Goebbels attendit que les applaudissements s'éteignent, puis reprit, de la même voix douce et insidieuse :) Bientôt tous les aryens d'Europe s'uniront pour créer un monde nouveau. Ils comprendront que nous sommes tous frères de sang. Nous leur montrerons la voie vers ce monde, plus moral, plus élevé...

Bill en eut la nausée ; de plus, il redoutait que Marie ne projette quelque chose d'insensé. Tout à coup, il comprit. Si Marie ne se préoccupait pas de la visite de Goebbels, c'est qu'elle avait mieux à faire. Il partit au beau milieu de la conférence en se frayant un passage dans la foule.

De retour à l'appartement, il trouva Marietta harassée, les yeux rougis et les cheveux en bataille ; elle était sur le point de sortir. Il la regarda emplir de sacs en papier le coffre de la voiture ; jamais il ne l'avait vue aussi vulnérable. Cinq jeunes femmes se serraient autour d'elle, terrorisées, pâles, un foulard noué sur la tête dissimulant leur crâne tondu. Elles s'entassèrent dans la voiture de Louis, et Marietta se glissa au volant.

— Laisse-moi conduire, lui intima Bill, furieux.

Le regard morne, un pli amer abaissant les commissures de ses lèvres, elle siffla entre ses dents :

— Ne m'espionne pas, s'il te plaît.

Sur quoi la voiture démarra en trombe et ne tarda pas à disparaître.

Bill se rongea les sangs toute la journée ; enfin, vers sept heures du soir, Marie réapparut.

— Marie, ce que tu fais est dangereux, terriblement dangereux, commença-t-il. Éric n'a aucun droit de te demander cela.

Il la prit dans ses bras et la serra très fort contre lui, sans prêter attention à ses efforts pour se dégager.

— Lâche-moi! (Elle releva brusquement les coudes et s'efforça de le repousser. Puis elle recula, comme pour éviter tout contact physique avec lui.) Tu n'es pas concerné. Tu n'es ni allemand ni autrichien... Tu n'as pas à te sentir responsable. Tu ne comprends donc pas ce que ça signifie que d'être entraîné dans cet infâme maelström?

— Je t'aime, Marie. Et, à cause de cela, moi *aussi* je suis concerné. Si tu te mettais la Gestapo à dos, je ne sais pas ce que je ferais. C'est par *toi* que je suis concerné.

— Alors cessons de nous voir. On ne devrait jamais se servir de l'amour comme moyen de pression.

— Et, d'après toi, c'est ce que je suis en train de faire ?

— Tu le sais très bien.

— Tu as peut-être raison... Mais, Marie, ma chérie... J'ai tellement peur pour toi ! Qu'allons-nous faire ?

Brusquement, elle céda. C'était sa nature. Elle pouvait se comporter en véritable furie pour, tout à coup, retrouver son calme.

— Bill, tu dois comprendre qu'Andréa et moi nous jouons certes un rôle dans la filière d'évasion du pasteur, mais un rôle minime. Nous n'assurons qu'un abri pour la nuit et l'acheminement vers la prochaine étape. Nous sommes très nombreux, mais, elle et moi, nous ne connaissons que le maillon suivant de la chaîne. C'est plus sûr. Tant qu'ils sont dans notre zone, les fugitifs sont placés sous notre responsabilité. Andréa et moi les convoyons tour à tour. Ingrid nous aide de temps en temps. Ce sont des juifs, des enfants, parfois des mutilés ou des handicapés, et donc destinés à l'euthanasie. Nous leur fournissons un refuge, puis nous les remettons entre les mains d'autres amis. Chez nous, ils ne font que passer. C'est pour cela que nous avons dû nous séparer de Frau Tross. Il n'aurait pas été juste de l'impliquer dans cette histoire ; en outre, nous avions besoin de sa chambre. Nous ne sommes qu'un maillon de la chaîne, rien de plus ! Un maillon auquel Taube et toi n'avez été que trop heureux de faire appel.

— Oh, Marie, ne me mets pas à rude épreuve. Qu'est-il arrivé à Taube ?

— Tu le sauras en temps utile.

— Tu ne comprends donc pas que je m'inquiète pour toi ? J'en suis malade d'inquiétude, si tu veux savoir. Et d'abord, comment t'en sors-tu matériellement ? Comment arrives-tu à nourrir tous ces gens ?

— Nous partageons nos rations avec eux, ou bien nous achetons au marché noir. Ils n'ont pas de cartes de rationnement, puisque ce sont des non-citoyens. Aux yeux des nazis, étant donné qu'ils n'existent pas, ils n'ont pas droit à la moindre nourriture. Ne plus m'occuper d'eux ? Autant leur tirer tout de suite une balle dans la tête ou les dénoncer à la police. Le résultat ne se ferait pas attendre, et...

— Je sais... Je sais bien... (Bill avait comme une boule dans la gorge.) Je ne suis pas totalement dénué de sentiments, tu sais. Mais toi... et Andréa aussi... Oh, Marietta !

Bill se présenta à l'improviste pour la seconde fois le jour de la Saint-Valentin, un mardi ; là encore, il avait trouvé un reportage à faire dans la région. Il apportait en cadeau un foulard peint à la main, plus une carte de vœux et des places pour *Blanche-Neige*, de Walt Disney, qu'un cinéma du quartier projetait. Il s'efforça de ne pas voir le vieillard obséquieux qui se faufilait toutes les heures dans le couloir de l'appartement en direction des toilettes.

Au cinéma, ils se tinrent par la main. Bill ne pouvait détacher son regard de Marie. À dix-neuf ans, elle était devenue une jeune femme épanouie. Elle portait ce jour-là un chemisier bleu très simple et une jupe de tweed assortie. Elle avait ôté son manteau et roulé ses manches, mais, malgré la simplicité de ses vêtements, elle avait beaucoup d'allure. Elle était absorbée comme une enfant par le film. Ses lèvres entrouvertes laissaient voir des dents étincelantes de blancheur.

Tout à coup, elle se retourna vers lui.

— Cesse de me regarder tout le temps, fit-elle en exerçant une pression sur sa main.

Il reporta son regard sur l'écran, mais sans réussir à fixer son attention. Il avait pris suffisamment de photos d'elle, ces deux dernières années, pour connaître par cœur son visage. L'étrange différence entre les deux moitiés de ce visage ne lui avait pas échappé. Il avait même un jour découpé en deux un cliché et recréé deux nouvelles Marietta en juxtaposant les morceaux. Sur l'une, elle avait l'air un peu perdue, attendrissante ; sa bouche et ses yeux exprimaient la tristesse. Une enfant égarée. Sur l'autre, elle semblait au contraire sereine, enjouée, pleine d'assurance, avec un air de défi qui faisait sourire Bill.

Quand les lumières se rallumèrent, le journaliste fut surpris de voir que les joues de Marie étaient ruisselantes de larmes.

— J'adore quand ça finit bien, lui dit-elle, entre deux sanglots, en sortant de la salle sans lâcher sa main.

— Et nous deux, ça finira bien ? lui demanda-t-il ce soir-là alors qu'elle se blottissait dans ses bras après qu'ils eurent fait l'amour. Parce que moi aussi je rêve, tu sais. Dans mon rêve préféré, je te vois en train de dresser un cheval dans mon paddock, chez moi, sous le regard de deux ou trois gosses grimpés sur la barrière du corral. Des gosses qui te ressemblent comme deux gouttes d'eau. Et toi, tu as la même expression que ce soir au cinéma : captivée, heureuse, concernée par ce qui t'entoure. Je t'en prie, Marie, si tu as un tant soit peu de cœur, épouse-moi et quitte l'Allemagne. Pour l'amour du ciel, Marie, fais-le pour nos futurs enfants !

— Tiens, tiens ! Là, tu triches, Bill. Ça ne te ressemble pas, pourtant. Je te l'ai déjà dit : on ne peut pas mettre l'amour et le devoir en balance et voir lequel pèse le plus lourd. L'amour est un don. Le devoir est une règle de vie. Un point, c'est tout.

Bill maudit Marietta et son éducation aristocratique. Si seulement il avait affaire à un être normalement égoïste, qui fasse passer son bonheur en premier et non ce sacré sens du devoir, cette fidélité aveugle à une tradition qui leur gâchait la vie à tous les deux !

Pendant les quelques semaines qui suivirent, Bill ne vit pas Marietta. On l'envoya en reportage en Tchécoslovaquie, où il couvrit l'entrée triomphante de Hitler à Prague. Il décrivit les gens qui saluaient en pleurant, les sifflets et les quolibets qui s'élevaient quand il n'y avait pas de SS à proximité. Il évoqua les déportations, les expropriations dont les Tchèques étaient victimes, et l'installation de sujets allemands du Volksdeutsche dans leurs fermes prospères. Il rapporta aussi le démantèlement des usines, expédiées en Allemagne, les arrestations d'intellectuels, le rationnement alimentaire draconien imposé aux habitants, le pillage systématique de tout ce qui s'avérait transportable. Il finit par rentrer chez lui plus découragé que jamais.

Ce fut une période d'activité intense pour le jeune journaliste. L'Allemagne mettait de l'ordre dans sa maison en vue de la guerre. Le 22 mai, elle signait avec l'Italie le pacte d'Acier, et les deux nations s'engageaient à s'épauler mutuellement de toute leur puissance militaire respective. La menace de guerre se précisait, la Grande-Bretagne mobilisait et organisait déjà l'évacuation de deux millions et demi d'enfants résidant dans le sud-est de l'Angleterre.

Bill s'arrangeait pour passer un peu de temps avec Marie, mais ils finissaient en général par se disputer tant il avait peur pour elle.

La mission qu'on lui confia ensuite fut de couvrir le lancement du nouveau Heinkel He-178, le premier avion de chasse équipé d'un moteur à réaction. Bill trouva terrifiante l'avance technologique de l'Allemagne. Il se débrouilla pour prendre de bons clichés à expédier aux États-Unis.

À la mi-juillet, il devint clair que c'étaient Danzig et son port sur la Baltique qui allumeraient l'étincelle susceptible de mettre le feu aux poudres et de déclencher dans toute l'Europe la guerre si longtemps redoutée. Bill y fut dépêché par son agence.

Il rapporta ce qu'il y avait vu de ses yeux, à savoir qu'on faisait entrer clandestinement dans cette ville pourtant libre des armes et des instructeurs militaires. Les nazis de Danzig agissaient comme si la ville était d'ores et déjà territoire allemand. Bill assista à plusieurs agressions de nazis sur des sujets polonais. Depuis quelque temps déjà, il était suivi partout où il allait, et arrêté par la Gestapo pour interrogatoire. Puis il obtint un tuyau qui déboucha sur un scoop : il réussit à photographier des Polonais des chantiers navals qu'on arrêtait avant de les déporter en territoire allemand. Le 20 juillet, deux mille soldats nazis débarquèrent d'Allemagne ; là encore, Bill était à la gare pour les photographier comme ils descendaient du train.

Les Allemands étaient prêts à se battre pour Danzig, dont la population était en majorité d'origine allemande. Les Polonais furent mobilisés pour assurer la protection de ce « corridor » qui menait à la Baltique et représentait leur unique accès à la mer. Danzig devait rester une ville libre sous le contrôle de la Société des Nations, déclara officiellement le gouvernement britannique, qui lui aussi mobilisait car, si la Pologne était contrainte de prendre les armes pour le *statu quo* de Danzig, la Grande-Bretagne comme la France étaient tenues, en vertu d'un traité, de lui prêter main-forte. Lorsque Bill regagna Berlin, l'Europe était à la veille de la guerre.

Chapitre 35

Dès le moment où Marietta vit Taube, la peur et la honte l'assaillirent. Une sensation bizarre : une boule au creux de l'estomac, la bouche aussi sèche que le désert. Pourquoi ? Pourquoi la seule vue de Taube appuyée contre le chambranle de la porte la remuait-elle à ce point ? Pourtant, plus de cinquante fugitifs étaient déjà passés chez elle. Oui, mais Taube n'était pas une fugitive ; c'était une amie.

— Toi ! murmurèrent-elles d'une seule voix.

— Entre, fit Marietta. Tu es seule ?

— Oui, répondit simplement l'autre.

— Je vais te faire réchauffer de la soupe.

Et Marietta referma la porte avec une forte impression d'irréalité.

Taube prit place sur un tabouret dans la cuisine et se mit à contempler la table. Marietta lui trouva quelques cheveux blancs. Des rides nouvelles étaient apparues autour de sa bouche et elle avait les yeux injectés de sang. Elle semblait vieillie, lasse, en état de choc. Et si pâle qu'elle avait dû passer le plus clair de son temps à se terrer dans des greniers ou des placards.

— J'aimerais te dire quelque chose d'encourageant, par exemple qu'il ne te reste que quatre étapes avant la liberté, mais je ne sais rien de la filière en dehors du petit rôle que j'y joue.

Taube la regarda et toute sa peur, toute sa hâte transparurent dans ses yeux.

— Est-ce que Bill est toujours en Allemagne ?

— Oui. Il ne cesse de me demander si tu es enfin passée,

mais bien sûr nous connaissons l'existence d'autres filières.

— Un emploi m'attend en Amérique, chez l'oncle de Bill, reprit Taube. Un bon salaire, un appartement, une nouvelle vie... J'ai une lettre d'embauche dans mes papiers.

Tout à coup, elle prit un air rêveur. On aurait dit une enfant parlant du pays des fées. Intuitivement, Marietta sentit que Taube n'avait plus d'espoir d'atteindre l'Amérique.

— Ça ne sera plus très long, maintenant; j'en suis sûre, promit-elle avec toute l'assurance dont elle fut capable.

Sur ces entrefaites, Ingrid fit son entrée et s'arrêta tout net.

— Taube! s'exclama-t-elle.

Elle entreprit de l'entourer de mille attentions et alla même lui chercher une écharpe et une paire de gants pour qu'elle ait plus chaud. Voyant que Taube prenait un air gêné, Marietta lança un regard d'avertissement à Ingrid. Celle-ci réagit par un sourire radieux.

— Bon, je sors acheter des cigarettes, déclara-t-elle.

— Si seulement tu pouvais cesser de fumer! C'est tellement vulgaire, grogna Marietta en posant une assiette de soupe devant Taube.

— Oh, cesse de me faire tout le temps la leçon! jeta Ingrid, qui partit en coup de vent en claquant bruyamment la porte derrière elle.

Une fois dehors, Ingrid s'immobilisa, puis fit brusquement demi-tour, revint sur ses pas, repartit à nouveau vers la rue et, là, prit ses jambes à son cou. Elle entra dans un café, demanda à utiliser le téléphone et composa le numéro personnel de Hugo.

— Ça y est, fit-elle dès qu'elle entendit sa voix. C'est fait. Elle est là.

En ressortant du café, elle s'éloigna rapidement dans la direction opposée à l'appartement. Elle ne rentrerait que quand les filles dormiraient.

Marietta se réveilla et fut instantanément sur le qui-vive. Le réveil avait-il sonné? Elle alluma sa lampe de poche et consulta le cadran : seulement quatre heures moins le quart du matin Or, le réveil était réglé sur quatre heures. Autant se lever tout de suite ; pourtant, elle resta quelques minutes blottie dans son lit tout chaud. Elle sentait comme une main glacée lui enserrer le cœur. Elle s'efforça de traiter sa peur par le mépris et de rassembler tout son courage.

— Marietta, tu es ridicule ! murmura-t-elle.

Durant les six mois écoulés, elle avait abrité tant de gens en fuite avant de les convoyer sans accroc jusqu'à la prochaine fois ! Ils s'étaient tous montrés affables, courtois, prêts à mettre la main à la pâte, malgré la terreur qui les animait. Et maintenant elle cachait sous son toit quelqu'un qu'elle aimait, qu'elle connaissait bien... « Il ne faut pas chercher plus loin, songea-t-elle. C'est parce que je me sens obligée de la surprotéger, et que je suis responsable envers Bill, en plus. »

Le téléphone sonna, elle décrocha avec fatalisme, comme si elle s'était attendue à cet appel ; le sinistre pressentiment qu'elle combattait depuis longtemps s'empara de nouveau d'elle.

— Allô ?

— Ils arrivent... il faut fuir... pas le temps...

Puis plus rien. On avait raccroché. Affolée, Marietta se redressa en position assise, serrant l'écouteur dans sa main.

— Allô ? Allô ? insista-t-elle.

Puis elle se rendit compte de sa bêtise et replaça l'écouteur sur son socle. À qui appartenait cette voix ? Ce n'était guère qu'un murmure rauque qui ne révélait rien de l'identité du correspondant. Elle frissonna et sortit de son lit. On frappa doucement à la porte de sa chambre.

— Entrez !

C'était Andréa.

— J'ai entendu le téléphone.

— Quelque chose cloche. Une voix m'a dit : « Ils arrivent... il faut fuir. » Je ne vois pas de qui il pouvait s'agir. Un autre étudiant, peut-être. Ou le maillon suivant de la filière. Habille-toi vite. On s'en va dans cinq minutes. Quelqu'un... quelqu'un a voulu nous avertir.

Elle enfila un chemisier et une jupe, attrapa un pull et courut réveiller Taube.

— Taube, dépêche-toi ! J'ai reçu un appel... peut-être un des étudiants, je ne sais pas. Je t'emmène à l'étape suivante, si ça ne risque rien. Je t'en prie, dépêche-toi ! Andréa ! appela-t-elle. Occupe-toi d'Ingrid !

Andréa était déjà habillée de pied en cap. Elle semblait sereine, rassurante.

— Laisse-moi y aller à ta place ou, mieux, allons-y ensemble.

— Non, c'est mon tour. Il faut respecter la procédure. On a déjà dit qu'il était idiot d'y aller toutes les deux.

— Alors dépêche-toi ! Je vais appeler Louis... au cas où.

Marietta fonça vers la voiture, Taube sur ses talons. Que faire si le grossiste avait été arrêté ? Elle avait bien une solution de rechange en cas d'urgence... Si seulement elle pouvait quêter de l'aide auprès de quelqu'un ! Mais le pasteur Perwe avait été rappelé en Suède pour quinze jours. Quelques instants plus tard, elles filaient à toute allure vers la ville.

Le grossiste en question vivait dans un quartier semi-industriel du centre de Munich, dans un appartement au-dessus de son entrepôt. Il n'y avait pas d'éclairage public et, dans le noir, Marietta faillit emboutir une des trois voitures noires garées à la file le long du trottoir.

— Oh, mon Dieu ! gémit-elle en reconnaissant l'uniforme de la Gestapo.

Elle fit un écart et passa à toute allure. Dans son rétroviseur, elle aperçut le grossiste que deux agents en civil traînaient dans une des voitures, ses pieds raclant les pavés. Sa femme se tenait dans l'encadrement de la porte, l'air assommée par le choc, ses enfants pressés contre elle. Marietta tourna la tête en arrière pour mieux voir.

— Attention ! cria Taube.

Marietta tourna brusquement le volant : elle venait de frôler un réverbère. Elle lutta pour reprendre ses esprits.

— Où aller ?... Où aller ? répétait-elle entre ses dents.

Andréa sombrait peu à peu dans une espèce de sérénité fataliste. Personne ne répondait au téléphone chez Louis, bien qu'elle ait laissé sonner cinq minutes. Elle eut l'intime conviction que Louis avait été arrêté. Malgré sa détresse, elle réussissait à penser avec clarté. Il fallait mettre Ingrid en sécurité. La faire sortir dans le parc, où elle se cacherait, puis trouver le moyen d'avertir Marietta pour qu'elle ne revienne pas à l'appartement.

Ingrid mettait un temps fou à se préparer.

— Pour l'amour du ciel, venez maintenant! ordonna Andréa en entrant dans la chambre de la jeune fille, pour découvrir avec stupeur que cette dernière était en train d'appliquer du mascara sur ses cils!

— Bonté divine! s'exclama-t-elle. Mais ce n'est pas vrai...!

Elle attrapa Ingrid par le bras et l'entraîna dans le couloir pour se figer tout à coup en entendant un crissement de pneus. Plusieurs voitures s'arrêtaient devant la maison. Elles n'avaient plus le temps. Toutefois, il restait la fenêtre...

Les événements se précipitèrent. Andréa entendit des pas au moment même où elle ouvrait brutalement la fenêtre de sa chambre, puis des coups de matraque contre la porte, accompagnés de hurlements :

— Ouvrez!

Andréa agrippa Ingrid et la fit passer par la fenêtre.

— Sors par là, vite! Ne traîne pas. Va te cacher sous les arbres!

Le teint gris cendre, Ingrid tremblait de tous ses membres.

— Oh, Andréa! Chère Andréa! Je suis désolée, vraiment désolée!

— Ne perds pas de temps avec ça! Cours!

Tout en franchissant tant bien que mal l'appui de la fenêtre, Andréa estima que la jeune fille devait être sous le choc. Elle entendait la Gestapo essayer d'enfoncer la porte. Mais cette dernière était solide, elle résistait. Andréa marmonna tout bas quelques mots de remerciement au Ciel et les jeunes filles atterrirent bientôt sur le parterre de fleurs, sous la croisée, au moment où la porte finissait par voler en éclats.

— Cours, cours!

Ingrid s'assit sur une pierre et regarda Andréa traverser la pelouse à toutes jambes en direction du couvert. Elle ne la suivrait pas. À quoi bon, puisque le parc était cerné? Qu'allaient-ils faire d'Andréa, de Marietta et de ce cher Louis? Elle revint par l'extérieur vers la porte d'entrée et pénétra dans l'appartement. Elle se demanda pourquoi elle pleurait lorsqu'un agent de la Gestapo la saisit par la bras.

— Montez dans la voiture, princesse Ingrid, lui dit-il.

Le trajet fut long et éprouvant. Par deux fois Marietta crut voir une même voiture à leurs trousses, puis elle décida que ses nerfs lui jouaient des tours. La cache sur laquelle elle pouvait compter en cas d'urgence était le presbytère de l'église Sainte-Anne, dans un village à mi-chemin d'Ebersberg. Elle dépassa un alignement de maisons à jardins ombragés ceints de palissades. Lorsqu'elle eut enfin atteint l'église, elle alla jusqu'au bout de la rue, puis revint dans l'autre sens. Ni voitures suspectes, ni lumières allumées, ni aboiements. Tout semblait normal.

— Quelqu'un a pu parler, Taube, déclara-t-elle. Il se peut qu'on nous attende à l'intérieur. Il est inutile que nous tombions toutes les deux dans le piège. Tu as de l'argent. Si je ne suis pas de retour dans vingt minutes, essaie de joindre le cardinal, à Munich, et demande-lui de te cacher jusqu'à ce que le pasteur rentre de Suède. Raconte-lui ce qui s'est passé. (Elles longeaient à présent un petit jardin public avec balançoires et manège.) Cache-toi quelque part par là, dit-elle en s'efforçant de conserver son calme. Je reviendrai m'asseoir sur une balançoire pour t'attendre... D'accord?

Comme elle descendait de voiture, Taube la retint, les yeux brillant d'un éclat fébrile.

— N'y va pas, supplia-t-elle. Laisse-moi y aller, je t'en prie.

— J'ai des ordres, Taube. Je dois suivre la procédure convenue.

Marietta se dégagea. Taube ferma la portière, se retourna et s'efforça de sourire en agitant la main, mais elle avait l'air complètement perdue.

— Bonne chance, lui lança-t-elle à mi-voix.

Marietta redémarra et alla se garer devant l'église. Le calme et le silence régnaient. Mais cela n'avait rien d'étonnant, après tout; il n'était que six heures du matin. Le jour n'était pas encore levé. Les pas de Marietta résonnèrent sur le dallage irrégulier de l'allée. Elle saisit le heurtoir mais, au moment où elle allait le laisser retomber, la porte s'ouvrit. Son regard plongea alors dans des yeux très bleus qu'elle compara à deux lacs dans un visage d'albinos. Un poing s'écrasa sur sa mâchoire. Ses genoux plièrent et elle sentit qu'on la traînait à l'intérieur, mais elle était trop hébétée pour ressentir la moindre frayeur.

— Où est-elle, hein ? Où l'as-tu laissée ? Parle, salope !

Une vive douleur l'envahit. Des chocs électriques ? Elle regarda l'objet en question. Oui, un fil électrique en partait. On était en train de lui arracher ses vêtements. « Sauve-toi, Taube, sauve-toi ! Je ne sais pas combien de temps je pourrai résister. » Elle entendit un coup de feu dehors, dans la rue. Par bonheur, elle perdit connaissance quelques secondes après.

Il était neuf heures le lendemain matin lorsque le comte pénétra dans le quartier général de la Gestapo à Berlin. Il demanda à voir le colonel von Hesse, mais on lui répondit que ce dernier était en déplacement. Le comte dut remplir un formulaire de rendez-vous en trois exemplaires pour exposer le motif de sa requête, et indiqua : « Personnel. Affaire de famille ».

— Laissez votre adresse, dit-on. On vous contactera s'il accepte de vous recevoir.

Vaincu par la bureaucratie, le comte retourna arpenter son bureau, fou de désespoir et saisi d'un funeste pressentiment.

Les jours suivants, Bill et lui essayèrent toutes les sources d'information possibles et imaginables pour avoir des nouvelles des jeunes filles et de Louis, qui avait également disparu. Mais personne ne put leur fournir le moindre renseignement. Des gens qui disparaissaient sans laisser de traces, cela arrivait toutes les nuits. À la fin de la semaine, le comte regagna Vienne et Bill poursuivit sa quête solitaire pour contacter tribunaux, bureaux de police, responsables de prisons ou de camps de concentration afin de recueillir d'éventuels indices sur la disparition de Marietta.

À Vienne, les journées passaient dans un douloureux brouillard. Tendu et exténué le jour, le comte était pourtant incapable de trouver le sommeil la nuit. Il prenait un somnifère et sombrait pendant une heure ou deux dans des cauchemars de salles de torture où résonnaient les cris de Marietta... d'Andréa... d'Ingrid... de Louis. Alors il hantait les couloirs déserts du palais en se demandant où étaient ses enfants. Leur faisait-on du mal ? Quelles souffrances devaient-ils endurer ? Étaient-ils en vie, au moins ?

Au matin du 13 juillet, le comte reçut une note fort sèche du QG de la Gestapo à Vienne, le convoquant à dix heures le lendemain matin.

À peine entré dans l'imposant bâtiment, il se retrouva nez à nez avec Hugo.

— Tiens, tiens, mon cher père ! Comme on se retrouve ! Aurais-tu par hasard quelque faveur à me demander ? s'enquit-il ironiquement en faisant entrer son beau-père dans son bureau, dont il claqua la porte.

— Je suis venu chercher de l'aide. Relâche-les, Hugo, répondit le comte avec douceur. Louis est ton frère, Andréa sa fiancée. Quant à Ingrid... tu as toujours eu un faible pour elle. Et Marietta est quelqu'un de bien. Tu ne l'as jamais vraiment connue, elle était si jeune quand...

— Quand vous m'avez chassé.

— Hugo, je suis à bout de forces. Je ne sais plus quoi faire. Pour l'amour de Dieu, aie un geste pour eux !

Le comte se pencha en avant et posa les coudes sur le bureau de Hugo, trop épuisé pour supplier encore. En relevant les yeux, il vit un sourire jouer fugitivement sur les lèvres de son beau-fils et il se rendit compte que Hugo prenait plaisir à cette scène. Il *voulait* s'entendre supplier par le comte. Très bien, puisque c'était ainsi, il le supplierait. Le comte s'obligea à se redresser.

— C'est dans ton pouvoir, Hugo. Toi seul peux les faire libérer.

Hugo leva une main pour le faire taire.

— Je fais mon possible pour la famille. Mais nous avons reçu l'ordre d'arrêter tous les étudiants de l'Edelweiss. Un tribunal populaire d'exception a été convoqué, ils ont tous été condamnés à dix ans de détention.

— Non !

Le comte avait la nausée.

— Je crois toutefois avoir réussi à faire libérer Louis. Il doit être transféré en bataillon disciplinaire au sein de l'armée allemande. Il sera simple soldat mais, par la suite, s'il s'inscrit au parti, il pourra peut-être être promu officier.

— Et Andréa ? souffla le comte.

— Expulsée. Dites à Louis qu'il me doit une fière chandelle... si vous le voyez. Parce que je l'ai déclarée comme Volksdeutsche. Les autres peuples n'ont guère la faveur du Führer, ces temps-ci.

Le comte avait la bouche sèche tant était grande son appréhension.

— Et Ingrid ?

— Là, les nouvelles sont moins bonnes. On a perdu sa trace. Problème de paperasse. Peut-être n'a-t-elle pas donné son vrai nom. Lorsque j'aurai réussi à la retrouver, je m'arrangerai pour qu'elle soit expulsée aussi. C'est tout ce que je peux vous promettre.

— Tu veux dire qu'Ingrid est perdue quelque part dans un de vos épouvantables camps ? Qu'elle est peut-être même morte ?

— Elle savait les risques qu'elle prenait. Ils les connaissaient tous.

Le spectacle de son père à genoux, brisé par le coup du sort qui frappait la famille, faisait un bien fou à l'amour-propre de Hugo.

— Et Marietta ? interrogea le comte.

— Ah, je vois qu'on a gardé sa petite préférée pour la fin. (Hugo se passa la langue sur les lèvres, impatient et ravi.) En prison, à Munich, en attendant de comparaître devant les tribunaux. Hormis ses activités subversives au sein du groupe Edelweiss, elle a été prise la main dans le sac en train d'aider des juifs à sortir clandestinement du pays. Elle était en compagnie de Taube Bloomberg, ex-secrétaire de M. Roth, abattue alors qu'elle tentait de fuir. Il n'y a rien que je puisse faire pour l'aider. Son sort échappe à ma juridiction. Je suivrai attentivement son cas et vous informerai de la sentence, ajouta-t-il un peu tardivement, comme après réflexion.

Le comte devint livide. Il se leva péniblement, fit semblant de ne pas voir la main que tendait Hugo, et sortit.

Hugo regarda s'éloigner une silhouette accablée au pas traînant. « Je vous avais pourtant averti, songea-t-il. Je vous avais dit de quel côté serait le pouvoir. Seulement, vous aviez trop de morgue pour me croire. »

Chapitre 36

Ingrid s'observait anxieusement dans le miroir. Son visage était pâle et amaigri. Elle se recoiffa d'une main tremblante. Ces temps-ci, elle avait constamment l'estomac noué par l'angoisse. Que lui arrivait-il? Tout à coup, elle s'effondra sur le lit et fondit en larmes. Elle pouvait sonner, mais dans ce cas sa prétendue « dame de compagnie » se précipiterait, pleine de fausse compassion et de paroles apaisantes.

« Ne nous causez pas d'ennuis, petite, dirait-elle, comme toujours. Nous devons obéir aux ordres, et vous aussi. Le colonel von Hesse sera bientôt là. Il vous expliquera tout. Patience. Cela fait partie de son plan. »

« Son plan machiavélique », se dit Ingrid. Il y avait trois mois qu'on la cachait ici, et Hugo semblait vouloir la faire mourir de faim. Ingrid avait bien conscience d'être en prison. Ses gardes lui répétaient avec insistance qu'ils n'étaient pas ses gardiens mais ses amis, et lui expliquaient sans cesse que c'était pour assurer sa sécurité qu'on l'enfermait. Quant à la diète qu'on lui faisait observer, on avait de bonnes raisons pour cela.

— Pourquoi? Qu'est-ce qui se passe? demandait-elle sans relâche.

On était au beau milieu de l'été et elle aurait bien voulu sortir au soleil, mais non, ce n'était pas permis. Elle soupira et alla lire dans la bibliothèque. Par la fenêtre, elle regarda les nuages courir dans le ciel et les oiseaux voler, heureux, en toute liberté. Quelle chance ils avaient!

La nuit tombait. Encore une journée enfuie. Ingrid se sentit en proie à un profond abattement. Elle entendit des pas dans le couloir. Elle n'eut pas besoin de se retourner pour savoir à qui appartenait cette démarche volontaire. Hugo venait d'arriver.

Il n'était pas en uniforme. Avec sa chemise blanche et son pantalon de flanelle grise, il respirait la santé et la virilité. Il avait les yeux brillants et grands ouverts, le teint lumineux d'un être bien nourri.

— Toi, tu as fait une partie d'escrime, fit Ingrid en se remémorant la comparaison employée par son demi-frère lui-même. Et tu as gagné.

— Tu es observatrice, répliqua-t-il. C'est bien.

— Pourquoi me retiens-tu ici ? Je veux rentrer chez moi.

— Chez toi ? s'étonna-t-il. Qu'est-ce qui te fait croire que tu as un chez-toi ?

Elle haussa les épaules, mal à l'aise.

— Tu n'es pas sortie au soleil, au moins ? Non, je vois que tu es un peu pâle. Et tu as maigri. Parfait.

Elle fit volte-face et retrouva sa flamme d'antan.

— Je suis prisonnière ici. Tu n'as pas le droit de me faire ça !

— C'est pour te sauver la vie, figure-toi.

Elle déglutit péniblement et rougit.

— Qu'est-ce que tu racontes, Hugo ? Je ne vois pas quel danger je pourrais courir.

Il haussa un sourcil.

— Va-t'en, si tu y tiens. Tu seras morte avant le coucher du soleil. Des gens te soupçonnent de les avoir dénoncés. Un grand nombre de personnes ont souffert, et quelques-unes sont même mortes. Marietta a comparu devant la justice, mais son procès a été ajourné. Et c'est *toi* qui l'as fait tomber dans le piège. Bill est sur le point d'être expulsé. Louis a rejoint un bataillon disciplinaire. Beaucoup de leurs camarades étudiants ont été déportés à vie. Tu croyais peut-être t'en tirer impunément après ce que tu as fait ? Nous avons été obligés de t'arrêter pour te sauver, petite égoïste.

Ingrid se sentit emplie d'un dégoût d'elle-même qui envahit tout son corps au point de la faire frissonner.

— Tu ne te rends peut-être pas très bien compte de l'étendue de ton succès, reprit Hugo d'une voix contenue. À toi seule, tu nous as permis d'identifier tous les étudiants de l'Edelweiss ; à l'heure actuelle ils sont morts, ou en camp de concentration. Tu as dénoncé plusieurs personnalités politiques antinazies de premier plan. Tu nous as indiqué quels professeurs étaient contre nous. Tu nous as également aidés à préparer le piège destiné à faire passer Bill pour un agent ennemi. Félicitations, ma chère. Ta contribution s'est vraiment révélée très précieuse.

Ingrid était frappée de mutisme. Sa bouche s'ouvrait et se refermait, mais pas un son n'en sortait. Au bout d'un moment, elle réussit à articuler, malgré ses lèvres à demi paralysées :

— Je n'ai fait que te transmettre des informations utiles à tes recherches.

— Des informations dont nous avions besoin pour les interroger, et certains d'entre eux sont morts pendant cet interrogatoire, Ingrid.

— Je ne suis pas une espionne, éclata-t-elle. Je n'ai trahi personne. Nul ne le croira. Je veux rentrer chez moi.

— Ce n'est pas aussi facile. Tu as été arrêtée alors que tu aidais des juifs à prendre la fuite. Es-tu des leurs, ou bien une traîtresse ? Qu'ils optent pour cette dernière solution, ce qui ne manquera pas d'arriver si tu y retournes, et je ne pourrai plus te protéger.

« Comment ai-je pu me fourrer dans un tel pétrin ? se demandait Ingrid. S'il est capable de me faire ça alors que je suis de son côté, de quoi serait-il capable si je passais dans le camp adverse ? »

— Je suis en train de faire de toi une martyre, expliqua patiemment Hugo. C'est la seule solution. Tu seras officiellement expulsée. Il n'y a pas d'autre moyen de te mettre en sécurité. (Il lui jeta un curieux regard et frissonna.) Tu comprends bien, j'espère, que tu es soit avec moi, soit contre moi ? Tu ne peux pas être les deux à la fois. Certains martyrs périssent dans des souffrances atroces, et d'autres deviennent riches et puissants.

Ingrid enfouit son visage dans ses mains. « Je veux rester en vie, je veux qu'on me rende ce qui appartenait à ma famille. Cela me revient de droit. » Ces pensées tournaient dans sa tête. Elle inspira profondément.

— Je suis une nazie convaincue, déclara-t-elle avec fermeté. C'est juste que je suis fatiguée, et que personne ne me dit ce qui se passe.

— Le mois qui vient ne sera pas facile pour toi, mais c'est le seul moyen, je te le répète. Si tu commets la moindre erreur, tu peux en mourir. C'est un risque que nous devons prendre. (Il laissait entendre qu'ils étaient dans le même bateau, et cela n'échappa pas à Ingrid.) Voici ce que tu vas faire.

Elle l'écouta, le cœur battant et les paumes moites.

— Jure que tu me rendras les biens de mes parents ! Jure-le ! s'écria-t-elle lorsqu'il eut fini.

— Je te le jure. Tu récupéreras tout, jusqu'au dernier pouce de terrain, répondit-il en se détournant.

Minuit. Assis à son bureau, le comte s'efforçait de se concentrer sur ses dossiers, mais les craintes qu'il nourrissait pour les membres de la famille l'empêchaient de réfléchir efficacement. Quatre mois s'étaient écoulés depuis leur arrestation.

Brusque et aiguë, la sonnerie du téléphone le fit sursauter. Quelles catastrophes allaient encore lui tomber sur la tête ? À contrecœur, il souleva l'écouteur.

— Allô ? fit-il tout bas.

— Père, écoutez-moi bien. (La voix sonore et grave de Hugo, vibrante, pressante.) J'ai enfin retrouvé Ingrid. Elle était à Sachsenhausen, un camp de concentration près de Berlin. Non seulement je l'ai retrouvée, mais j'ai obtenu l'autorisation de la faire relâcher à condition qu'elle quitte immédiatement l'Allemagne. Pouvez-vous être à Berlin après-demain ? J'ai dû faire jouer quelques relations. Vous devrez vous dépêcher.

Le comte se redressa brusquement. Il ne savait que dire. Il avait abandonné tout espoir quant à une éventuelle intervention de Hugo.

— Est-ce qu'elle va bien ? Ils lui ont fait du mal ?

— Elle est un peu maigre, mais apparemment en bonne santé, répondit Hugo d'un ton rassurant.

— Et Louis ? Tu as des nouvelles de Louis ?

— Son transfert est imminent. Vous pourrez le voir brièvement à la gare.

— Et Andréa ?

— En route pour Prague.

— Hugo, je te suis grandement redevable, tu as prouvé que tu étais un bon fils. Mais Marietta ? As-tu pu la voir... l'aider peut-être ?

— Je ne peux que vous donner un conseil, père. Il y a peu d'espoir pour elle, à moins que vous ne deveniez membre du parti. Auquel cas, et pour peu que vous vous chargiez d'une mission pour le compte de l'Ordre nouveau, sa sentence — la peine de mort — serait probablement commuée en détention à perpétuité. Mais je ne peux même pas le garantir.

— Dans ce cas, je n'ai pas le choix, même sans l'assurance de lui sauver la vie, répondit le comte d'une voix brisée. Je te remercie, Hugo.

— Il s'agit de ma famille autant que de la vôtre. Et maintenant, écoutez bien. Il faut que vous apportiez pour Ingrid de l'argent, des vêtements, un nécessaire de voyage ; n'oubliez pas un chapeau ou un foulard... plus ce que vous jugerez nécessaire. Puis mettez-la dans un train pour Paris. À partir de là, elle se débrouillera.

Le comte arriva bien avant l'heure dite. Sa gouvernante avait emballé la plupart des affaires d'Ingrid. Il y avait six valises dans le coffre de la voiture que conduisait Jan.

À midi, une poterne s'ouvrit dans le vaste portail de Sachsenhausen et une silhouette pâle et fluette en sortit d'un pas mal assuré. Elle semblait désorientée, comme si elle ne savait où aller. Elle fit quelques pas, l'air inquiet.

Le comte pâlit en la voyant. Il revivait la scène de la gare, à Vienne, bien des années plus tôt. Il se retrouvait devant la même enfant perdue, affamée, malade, tondue, sauf que cette fois-ci elle était une adulte.

— Oh, mon Dieu ! murmura-t-il en se précipitant. Ingrid... Chère petite Ingrid... Merci, mon Dieu... Merci, mon Dieu... (Il vit qu'elle flottait dans ses vêtements et prit pleinement conscience de sa maigreur en la serrant dans ses bras.) C'est fini, tu es sauvée maintenant. Ma pauvre, pauvre petite Ingrid.

— Vite ! souffla Jan.

— Tiens, mets ce manteau, ma chérie, dit le comte.

Il avait apporté la plus belle zibeline de son ex-épouse,

qu'Ingrid avait toujours convoitée. Mais pourquoi la jeune fille ne disait-elle rien ? Était-elle malade ?

Il enveloppa dans la fourrure sa nièce qui regardait obstinément par la fenêtre en observant un silence hostile. Il se sentait impuissant à l'aider et s'efforçait de ne pas regarder le numéro tatoué sur son poignet.

À la gare, le comte Frédéric montra à Ingrid le double fond de sa mallette, contenant tous les précieux papiers dont elle aurait besoin : une lettre de crédit pour leur banque en France, où leur homme de loi avait ouvert un compte bien approvisionné, des actions, tous les dollars que le comte avait pu réunir en un si court délai, des lettres d'introduction pour quelques amis influents, l'adresse de leur avocat en Suisse, auprès de qui elle pourrait se procurer des fonds supplémentaires si nécessaire, et pour finir son passeport.

Lorsque le train s'ébranla, Ingrid leva sur lui un regard morne et lui dit :

— Oubliez-moi, mon oncle. Oubliez que j'ai jamais existé.

— Non, ma chérie. Jamais. Je n'ai jamais cessé de te chercher, mais c'est Hugo qui t'a retrouvée.

L'expression de la jeune fille, son regard voilé, hostile, le laissèrent perplexe et lui fendirent le cœur en même temps.

— Qu'y a-t-il ? Qu'ai-je fait de mal ?

Mais Ingrid se détourna et monta dans son compartiment. Quand le train partit, elle détourna la tête, le comte resta sur le quai longtemps après que le convoi eut disparu. Des larmes ruisselaient sur ses joues.

Chapitre 37

Accroupi devant la tente qu'il partageait avec quatre autres simples soldats du bataillon disciplinaire, Louis avalait sa soupe avidement, cuillerée après cuillerée, à même la boîte de conserve. Ils étaient deux divisions qui bivouaquaient le long de la frontière polonaise, attendant les ordres, et les rangées de tentes s'étendaient à perte de vue. Tout le monde savait qu'on allait pénétrer en territoire polonais, mais nul ne savait quand.

On aurait eu bien du mal à reconnaître Louis dans ce soldat sec et nerveux au visage hâlé, en tenue de camouflage. Après trois mois d'entraînement au sein du tristement célèbre bataillon Brandebourg, le BB505, réservé aux condamnés et aux éléments politiquement indésirables, Louis n'avait plus aucune illusion quant aux abîmes d'avilissement que les nazis avaient conçus pour leurs opposants.

Tout à coup, il s'entendit appeler par son nom. C'était Wegener, le chauffeur du lieutenant, un homme âgé selon les critères de l'armée, petit et trapu, avec des épaules impressionnantes. Six mois plus tôt il tenait encore un garage dont il était propriétaire, mais sa femme et lui avaient eu le malheur d'abriter dans leur atelier une famille juive, les voisins les avaient dénoncés.

— Le capitaine Smiedt est rentré du QG, dit-il. Il veut vous voir dans un quart d'heure.

« Qu'est-ce qu'on me veut encore ? » se demanda Louis. Il se leva à contrecœur. Le capitaine et lui avaient fait leurs classes ensemble à l'Académie militaire de Vienne. Ils avaient toujours été bons amis, même si Louis avait constamment devancé son camarade, aussi bien en théorie qu'en pratique. Smiedt courait les filles, et Louis l'avait empêché à maintes reprises d'être porté absent sans permission.

— Je rectifierais un peu la tenue, si j'étais vous, lui conseilla Wegener.

Quatorze minutes plus tard, en entrant dans le poste de commandement, Louis trouva Smiedt devant un tableau noir. Il avait tracé une grande ligne sinueuse sur la partie gauche du tableau. Dans le coin inférieur droit, un carré portant la mention « Varsovie. »

— Referme la porte derrière toi, von Burgheim. Repos, ajouta-t-il. Une réunion va se tenir ici même dans cinq minutes, mais je voulais te voir avant... officieusement. (Son front se barra d'un pli soucieux.) Étant donné que tu m'as si souvent sauvé la mise, je voudrais faire quelque chose pour toi. Je ne sais pas ce que tu as pu faire pour te retrouver troufion dans cette division, mais...

Il observa un silence et Louis se sentit tenu de s'expliquer.

— J'étais membre de l'Edelweiss, une organisation étudiante protestataire à l'université de Munich. Nous sortions un bulletin clandestin... Nous aidions les réfugiés, ce genre de chose. Moi, j'étudiais la musique...

Cela lui faisait encore trop mal d'en parler. Il savait Andréa en sécurité en Tchécoslovaquie, mais Marietta attendait toujours son procès en prison, et il se rongeait les sangs à l'idée qu'elle puisse être exécutée.

Smiedt ne réagit pas à ces explications laconiques.

— Tu connais la raison d'être de ce bataillon ?

— C'est de notoriété publique. Nous sommes de la chair à canon envoyée en première ligne pour épargner les aryens bien-pensants d'Allemagne.

— Tout juste. Et pour me punir de mes péchés, il se trouve qu'on m'a nommé à sa tête.

Louis se demanda de quels péchés il pouvait s'agir.

— Bref, le sergent-major Schneider t'a très bien noté, reprit Smiedt en baissant brièvement les yeux sur son dossier, à cause de ton endurance, de ta bravoure et de ton intelligence. Quant à l'obéissance, il n'a pas très bien su à quoi s'en tenir, semble-t-il. Je vois ici un point d'interrogation. En raison de ta formation, je me suis dit que tu aurais l'assurance nécessaire pour commander, aussi j'ai proposé ton transfert dans une école d'officiers. Ma demande a suivi la voie hiérarchique normale et abouti sur le bureau d'un certain von Hesse, de la SS. Il a refusé ta candidature et ajouté cette note à ton dossier, déclara Smiedt en faisant glisser une feuille de papier sur le dessus de son bureau et en lui montrant l'étoile rouge collée en haut. Tu sais ce que ça veut dire ?

Louis acquiesça en silence.

— Communiste, c'est-à-dire qu'on ne donne pas cher de ta peau. Et j'ai pour mission de t'envoyer à la mort. Compris ? Bon, maintenant, Schneider n'a pas vu ce document, et on va s'assurer qu'il ne tombera pas sous ses yeux. (Il prit son briquet et l'approcha de la feuille de papier, qui s'enflamma instantanément.) Je me suis dit que pour un type aussi riche et aussi bien né que toi, ce serait cinglé de devenir communiste. Par ailleurs, je me suis rappelé nos conversations d'autrefois, et ça m'est revenu... Von Hesse est ton demi-frère, n'est-ce pas ?

Trop bouleversé pour parler, Louis se contenta de hocher la tête.

— Je suppose qu'il s'agit d'une affaire de famille. J'ai simplement pensé que tu voudrais être au courant. Curieux comme l'argent — je veux parler des fortunes comme la vôtre — peut faire ressortir le mauvais côté des gens. Quoi qu'il en soit, je te nomme caporal et cette promotion prend effet immédiatement. Je veux te donner la possibilité de te racheter. Tu n'ignores pas que si tu remportes la croix de fer de première classe, et si tu bénéficies d'un bon rapport de ton officier, tu peux te voir transférer dans un autre bataillon. Je te donne ta chance. Choisis un escadron de vingt hommes et tiens-toi prêt à entreprendre certaines missions spéciales. Elles pourront s'avérer dangereuses, voire suicidaires, mais il y a des types qui ont le chic pour survivre en toutes circonstances. Prends vingt hommes de ton escadron en qui tu puisses avoir confiance.

— Pour les conduire au suicide ? répliqua Louis en haussant un sourcil et en enveloppant le capitaine d'un regard hostile.

— Dans ce genre de mission, pour rester en vie tu peux mettre à profit ta cervelle et ton sens de l'initiative ; tandis qu'au front, en première ligne, tout n'est qu'une loterie. À mon avis, tes chances de t'en tirer sont meilleures avec ce que je te propose. Bon, maintenant, je vais faire appeler Schneider et mes chefs de section, mets-toi au garde-à-vous. Désormais, tu assisteras à nos réunions, car tu devras savoir pourquoi les missions qui te seront confiées seront si importantes. (Il sourit et assena une claque dans le dos de Louis.) Je n'oublie pas le bon vieux temps.

Schneider entra, suivi du docteur Johann de Horn, qui partageait l'amour de Louis pour la musique. Les autres chefs de section suivirent.

— Repos! Allons-y, commençons. (Smiedt ramassa son bâton de craie.) À l'aube, nos troupes passeront à l'attaque tout le long de la frontière polonaise. (Il indiqua la ligne sinueuse.) Des régions du Nord viendra le détachement Nord, y compris les IIIe, XIe et VIIIe armées. (Il traça trois flèches à la craie partant de la frontière allemande pour traverser la Pologne en direction de Varsovie.) La IVe armée progressera du nord-ouest au sud-est, vers Varsovie, le long de la Vistule. (La craie raya une fois de plus le tableau.) De l'ouest viendra le détachement du Centre, qui comprend les IVe et X^e armées, ainsi que nous autres, qui nous dirigerons par là. (Nouveau trait sur le tableau.) Des unités mobiles s'engouffreront dans les brèches ouvertes par les chars. Nous avons dix fois plus de chars que les Polonais. La Luftwaffe est cinq fois plus importante que l'armée de l'air polonaise, et parfaitement entraînée. L'ensemble de nos chars et de nos unités mobiles est le plus imposant de toute l'histoire en termes de taille, de concentration, de mobilité et de force de frappe. Mes amis, ce sera du gâteau. (Smiedt saisit la brosse et effaça Varsovie.) Pas plus difficile que ça, ajouta-t-il avant de s'essuyer les mains avec un chiffon. Il y aura bien quelques embûches sur le chemin, mais rien d'insurmontable.

À la grande surprise de Louis, Smiedt sortit une bouteille de cognac du tiroir de son bureau, et quelques instants plus tard on célébrait la victoire à venir.

Vingt hommes ! Qui choisir ? Il commença par son plus proche ami, le deuxième classe Hans Konrad. Ils avaient subi ensemble l'exténuant entraînement disciplinaire et s'étaient soutenus l'un l'autre, moralement et physiquement. Konrad avait eu, lui aussi, le malheur de déplaire aux nazis. Comme Louis, il était de haute naissance et correspondait presque parfaitement à l'idée que Hitler se faisait de l'aryen idéal : un mètre quatre-vingt-cinq, des cheveux blonds, des yeux bleu clair et des traits empreints de noblesse.

Wegener aussi était un homme de confiance, comme Joseph Meyer, un jeune échalas de dix-huit ans qui venait de sortir de l'école et qui, malgré sa gaucherie, ses grands pieds, ses grosses pattes et ses oreilles décollées — le tout fort disgracieux —, était un génie de la mécanique, excellent tireur de surcroît. Louis le retint non en raison de ces qualités, mais parce qu'il était seul au monde. Peu à peu, il composa sa liste, qu'il alla remettre à Smiedt.

À l'aube du 1ᵉʳ septembre, les troupes allemandes franchirent en masse la frontière polonaise. À huit heures du matin, le bataillon de Louis avait progressé de près de huit kilomètres sur la route de Poznan. Louis tremblait d'angoisse, mais sa colère le soutenait. Il était une cellule dans le corps d'un puissant carnassier qui s'avançait lentement, inexorablement, en territoire ennemi et massacrait tout sur son passage. Pour la première fois, il eut l'impression de comprendre quelle bête immonde était l'Ordre nouveau nazi.

Derrière lui, une colonne de soldats en rangs par trois s'étendait à perte de vue, jusqu'à la frontière allemande. Au-dessus les bombardiers stukas déferlaient par vagues en direction du front afin d'affaiblir les positions défensives polonaises. La bête continuait d'avancer, renversant des arbres centenaires, anéantissant villes et villages, ruinant les récoltes et tuant tout ce qui bougeait. Le spectacle avait quelque chose de surnaturel et d'atroce.

Louis regardait au passage les petits villages et les modestes fermes qu'ils croisaient. Le Blitzkrieg semait une terreur destinée à devenir le châtiment de toute l'Europe. Soldats et civils polonais étaient abattus dans des proportions encore jamais atteintes, tandis que les chars et les avions fonçaient sur leurs cibles, annihilant troupes, dépôts de munitions, ponts, voies de chemin de fer, villes, bourgs et villages. Quelques heures après le début de l'assaut, non seulement le front ennemi était rompu, mais encore les renforts de l'armée polonaise étaient en déroute. Alors débarqua le gros de l'armée teutonne.

Louis vit des fuyards terrorisés détaler en quête d'un abri, des cadavres d'animaux abattus, des maisons foudroyées, des chars calcinés, des foules de civils polonais désemparés, vaincus, d'interminables files de prisonniers en route pour les camps de travail. Il vit avec horreur une paysanne se jeter dans un fossé avec ses quatre enfants et s'efforcer de les protéger de son corps, tandis que les chars défilaient en les mitraillant au passage. Les cris de cette femme continuèrent de résonner dans ses oreilles longtemps après qu'il l'eut dépassée.

Chapitre 38

Leur premier jour en territoire polonais s'achevait, un jour qui leur avait paru durer un siècle. Ils avançaient sur une paisible route de campagne à travers des forêts trouées de clairières et des champs de tournesols à l'éclat mordoré. Tout à coup, cible d'une attaque qu'on aurait dit venue de nulle part, le sol se mit à exploser tout autour d'eux ; puis ce fut le vacarme assourdissant des mortiers et le crépitement des mitraillettes. Exclamations et cris s'élevèrent de toutes parts tandis que les hommes descendaient précipitamment de leurs half-tracks pour se jeter dans les fossés de part et d'autre de la route.

D'un seul coup, les champs grouillèrent de fantassins polonais. C'était difficile à croire, mais ces hommes chantaient. Ils surgissaient des bois bordant les champs fauchés pour se précipiter par vagues sur l'envahisseur. Aux yeux de Louis, tout cela formait un tableau macabre, irréel... Les vociférations, les hurlements, les jurons, le crépitement aigu des mitrailleuses groupées, le bruit répété, plus grave, des armes automatiques de l'ennemi, le spectacle de ces hommes fonçant sur eux avec la ferme intention de tuer ou d'être tués.

Une fraction de seconde plus tard, le bataillon tirait sur les soldats qui déboulaient vers eux. Louis essaya de s'arracha à l'hébétement qui s'était emparé de lui à la vue de ce carnage, de tous ces Polonais agonisants qui se tordaient de douleur çà et là. Il agrippa son fusil-mitrailleur et s'efforça de presser la détente.

— Sur votre flanc ! hurla Schneider.

Il avait raison. Les Polonais avaient mis le feu à des meules de foin et venaient sur lui en zigzags, à demi dissimulés par les volutes de fumée et de hautes tiges de tournesols. Comme au ralenti, Louis cala son fusil sur sa hanche droite et pressa la détente. L'arme se mit à crépiter contre lui. Des balles de 9 mm partirent en sifflant dans la brume qui les enveloppait. Le Polonais de tête s'écroula, puis ce fut le tour des autres. Louis entendait le bruit mat de ses balles pénétrant leur chair. Une nouvelle vague de Polonais se rua gauchement dans sa direction à travers le rideau de fumée.

Louis resta accroupi sur place, les jambes écartées, tous ses muscles contractés, arrosant de gauche à droite tout ce qui bougeait devant lui, en proie à la terreur, alors que les Polonais continuaient de déferler sur lui. Wegener virevolta sur place, l'air hébété, stupéfait, et s'effondra contre l'épaule de Louis, qui le repoussa. Il tomba, mort. Le sang s'écoulait d'un trou rouge bien net au milieu de son front. Au moment où Louis se penchait sur lui, une balle perdue frappa son casque et il secoua la tête pour dissiper son vertige.

Il se releva, prenant appui sur un genou, mit en place un nouveau chargeur et se remit à faire feu. Sur sa gauche, un soldat gémit doucement et bascula en arrière. Louis continua à tirer. « Ce sera bientôt mon tour », songea-t-il.

Subitement, son fusil cessa de crépiter. Louis chercha à tâtons un nouveau chargeur. Les Polonais lâchèrent une exclamation de triomphe. Ils n'étaient plus qu'à cinquante mètres et progressaient rapidement.

— Feu, nom de Dieu, feu ! cria Schneider.

Les Polonais étaient maintenant à trente mètres. Ils accouraient de plus en plus vite. Louis enfonça le chargeur d'un coup et son fusil se remit à cracher la mort. Tout à coup, les Polonais n'étaient plus là. D'une minute à l'autre, ils semblaient avoir disparu. Louis se redressa et contempla, horrifié, les hommes qui se roulaient au sol, le visage déformé par la souffrance.

Une douleur fulgurante explosa dans son bras droit et un cri aigu lui transperça les oreilles. Un déluge de boue et de sang s'abattit autour de lui et l'aveugla. Il cligna des yeux, s'essuya le visage du dos de la main. Il voyait à présent le tireur sur sa droite. Le sang ruisselait de sa manche roussie et déchiquetée là où un éclat d'obus lui avait arraché l'avant-bras. Il regardait fixement son moignon sanglant, l'air incrédule. Alors il se mit à hurler.

Louis inspecta son propre bras, engourdi par un éclat d'obus qui n'avait pas pénétré dans sa chair. Rien de grave.

— Feu ! vociféra Schneider.

Un obus tomba près d'eux, le souffle expédia Louis la tête la première contre un arbre. Des dizaines de points jaunes et noirs dansaient devant ses yeux, brouillant sa vue. Il battit des paupières, rien n'y fit. Il crut voir une forme noire se profiler près de lui et partit en rampant s'abriter derrière elle. Puis il cala son fusil sur la forme en question et recommença à tirer. Plus tard seulement il s'aperçut qu'il avait trouvé refuge derrière le cadavre d'un camarade au crâne défoncé par son casque et qui, la bouche ouverte, regardait fixement devant lui.

Un énorme obus passa au-dessus de Louis en sifflant et explosa avec une puissance infernale à une centaine de mètres. Les flammes jaillirent très haut, la terre vomit de la boue et des branchages, du ciel s'abattit une pluie de cailloux. Les arbres les plus proches prirent feu et la fumée vint rouler ses volutes jusqu'à Louis, manquant l'asphyxier. Le jeune homme ne voyait plus l'ennemi mais continuait à tirer comme un fou.

Au bout d'un temps, il perçut des coups de sifflet non loin de lui.

— Cessez le feu ! (L'appel se propageait d'arbre en arbre.) En avant !

Telle une meute de bêtes sauvages, le bataillon déferla derrière Schneider en poussant des cris de triomphe. Ils percutèrent les Polonais de plein fouet et se jetèrent sur eux. Des baïonnettes apparurent, des outils divers s'abattirent sur les crânes, le sang jaillit. L'un après l'autre, les Polonais fauchés tombèrent parmi les tournesols. Le champ devint un amas de corps mutilés, il ne restait personne à tuer.

Dans le silence qui suivit, les soldats échangèrent des regards las, notant leurs yeux rougis, leurs tuniques souillées de sang, leurs visages noircis par la fumée, leurs lèvres fendillées. Louis sentait une douleur intolérable vriller sa tête et entendait battre le sang dans ses oreilles. Il avait l'impression que sa poitrine allait éclater, dans sa bouche un goût de sang et de fumée persistait.

Ivres de fatigue, les hommes s'enfoncèrent sous les arbres pour se coucher et dormir, mais Louis reçut l'ordre de monter la garde. Il resta debout au milieu de la forêt, à regarder la lune s'élever au-dessus des cimes.

Subitement, il se rappela le soir où il avait vu Andréa pour la première fois. La clarté de la lune entrait par la fenêtre ouverte. Encore maintenant, il se représentait clairement la scène. L'image de la jeune fille était si réelle qu'il avait la sensation, en tendant la main, de pouvoir la toucher, humer son parfum, l'odeur de sa peau et de ses cheveux.

— Comme je t'aime, Andréa, fit-il tout bas. Comme je t'aime !

Ses larmes se mirent à couler librement sur ses joues, invisibles dans l'obscurité.

3 septembre 1939. Le comte faisait les cent pas dans son bureau, incapable de tenir en place. Il était dévoré d'inquiétude pour Marietta, fou de peur pour son fils. Mais il craignait aussi pour le Vaterland, car le matin même, la Grande-Bretagne, la France, la Nouvelle-Zélande et l'Australie avaient déclaré la guerre à l'Allemagne.

Ses plans avaient échoué sur toute la ligne. Après l'invasion de la Tchécoslovaquie, le maire et lui s'étaient battus pour maintenir la cohésion de la conspiration, mais les généraux s'étaient dégagés les uns après les autres. Hitler s'était révélé non pas un simple dément, mais un fin stratège. La Rhénanie d'abord, puis l'Autriche, les Sudètes et le reste de la Tchécoslovaquie étaient tombés entre les mains allemandes sans la moindre effusion de sang. Munich n'avait été qu'un piège pour Daladier et Chamberlain.

Quelques instants plus tard, le comte entendit la porte s'ouvrir et le maire fut introduit dans le bureau. Il était hagard. Manifestement, la déclaration de guerre l'avait durement affecté.

— Ce n'est pas pour rien que je suis en retard, dit-il. Nous comptons désormais parmi nous un nouveau conjuré : le chef d'état-major des armées en personne.

Le comte s'étrangla de surprise. Puis il félicita son ami en lui donnant une claque dans le dos.

— Bravo, mon cher !

— C'est un militaire pur et dur, qui pense que Hitler conduit son armée à la défaite. Il entraînera à sa suite son commandant en chef.

Le comte eut du mal à croire ces excellentes nouvelles. Avec des hommes pareils dans leur camp, à présent, comment pouvaient-ils échouer ? Ceux qui avaient fait défection reviendraient les aider à mettre au point l'élimination de Hitler.

Les généraux arrivèrent enfin. Les salutations faites, les quatre hommes entreprirent de définir une stratégie. Au bout de cinq heures, ils se mirent d'accord sur un moyen d'arrêter Hitler avant qu'il n'ordonne à ses troupes d'attaquer l'Europe à l'ouest. À la suite de quoi ils l'obligeraient à signer un cessez-le-feu avec la Grande-Bretagne et la France.

Trois mois après l'invasion, le haut commandement allemand déclara que la campagne de Pologne était terminée. On avait fait un demi-million de prisonniers, envoyés travailler en Allemagne. L'armée polonaise avait été anéantie au terme d'une bataille sans merci. Les bombes avaient laissé Varsovie en ruine.

Le soulagement qu'éprouva Louis à l'annonce de la fin de la bataille et à la promesse d'une permission retomba au spectacle des horreurs infligées aux Polonais. Dévoré de culpabilité, il regardait les terres calcinées, les maisons rasées, les femmes affamées fouillant dans les ordures, les orphelins pleurant au bord des routes et mendiant un croûton de pain, et les Polonais aux yeux luisants de haine qu'on embarquait par centaines dans des convois à destination de l'Allemagne, où ils seraient les esclaves du Troisième Reich.

Ce voyage en train fut épouvantable. Il y avait des pendus dans chaque gare, la campagne polonaise était dévastée, des bourgs entiers détruits. Louis fut soulagé de pénétrer en Tchécoslovaquie, mais son soulagement fut de courte durée car il vit bientôt les prisonniers travaillant aux champs encadrés par des soldats en armes, les châteaux séculaires réquisitionnés pour servir d'hôpitaux à l'armée allemande, les pitoyables civières qu'on débarquait du train pour les embarquer dans des ambulances.

Malgré la présence massive de soldats allemands et l'hostilité des Tchèques, Prague n'avait pas changé. On accorda à Louis une permission du vendredi soir au lundi matin très tôt. En deux jours et demi, avec un peu de chance il retrouverait Andréa.

Le vendredi matin à l'aube, Louis et Konrad furent convoqués dans les bureau de Schneider. Ce dernier voulait les enrôler pour rassembler les Tchèques destinés aux camps de travail.

— Vous deux, vous connaissez le coin. Vous nous indiquerez les endroits où nous pourrons trouver de jeunes désœuvrés. Je viens d'apprendre du QG que si les quotas imposés n'étaient pas atteints, toutes les permissions seraient annulées. *Heil Hitler !*

Louis fit machinalement le salut, le cœur empli de révolte.

— Ne fais pas cette tête-là, mon vieux, conseilla Konrad lorsqu'ils furent dehors. On est des soldats. On obéit aux ordres. Un point, c'est tout.

Chapitre 39

Trois heures du matin. Louis était assis à l'arrière d'un half-track en compagnie de Schneider et de Konrad. Ils ramenaient une moisson relativement satisfaisante de jeunes gens cueillis dans les bars à bière, les rues, les gares, et sous les abris d'autobus.

Jusque-là, cent cinquante Tchèques avaient déjà été convoyés au QG pour déportation en camp de travail, mais cela ne suffisait pas. Konrad proposa de passer aux quartiers plus anciens et plus pauvres, et il entreprirent un quadrillage systématique, en commençant par la rue Slovenska et en progressant lentement vers l'est.

Une salve de coups de feu retentit soudain au bout de la rue Moravska. Quelques secondes plus tard, la maison était cernée et les soldats en faisaient brutalement sortir les occupants sur le trottoir. Un jeune homme barricadé dans le grenier tirait comme un fou. Schneider lança par la fenêtre une grenade fumigène qui eut vite raison de sa résistance. Il sortit en vacillant, les mains sur la tête, les yeux larmoyants. Sa mère, une vieille femme grisonnante, se tenait toute tremblante sur le seuil de la porte. Dans son regard se lisait toute la détresse engendrée par la guerre. Louis, qui montait la garde auprès d'elle, faiblit intérieurement. Le mari pleurait sans se cacher et ses larmes décrivaient un trajet sinueux sur ses joues burinées, tandis que l'épagneul de la famille gémissait et tremblait entre les jambes du vieil homme.

Alors qu'on escortait les frères vers le camion, l'un d'eux tenta de s'échapper en courant. Aussitôt, Schneider braqua sur lui son arme de poing.

— Rattrapez-le ou je l'abats, fit-il.

Louis se rua en avant, empoigna le jeune homme et le projeta violemment contre le mur où il s'écroula, assommé. Konrad le jeta sur ses épaules et le déchargea dans le camion. Alors, sans que personne l'ait vu venir, le chien se jeta sur les chevilles de Louis et le mordit. Louis essaya de le repousser, mais en vain. Il voulut en appeler au vieil homme, mais celui-ci était pétrifié par le choc. Il ne pouvait faire le moindre geste ni prononcer le moindre mot ; il ne pouvait que rester figé sur place à pleurer toutes les larmes de son corps.

Cette scène était pitoyable. Louis sut qu'elle resterait à jamais dans sa mémoire. La faible plainte qui s'échappait des lèvres de la mère, les cris aigus des deux sœurs enfermées dans une pièce donnant sur le devant, les grognements menaçants de l'épagneul, le sang sur la jambe de son pantalon...

Il dégaina son arme et tira une balle dans la tête de l'animal.

« Pardon », voulut-il dire.

Il essaya de déglutir, il avait la bouche trop sèche et ne réussit qu'à proférer une espèce de coassement inaudible. Ce qui était en fin de compte préférable. Il battit en retraite en grimaçant à chaque pas et heurta la rampe de l'escalier menant à la cave. Puis, tournant le dos à la famille affligée, il remonta dans le half-track.

— On rentre, gronda Schneider. On est assez punis pour aujourd'hui.

La température avait beau être très basse, ils étaient tous en nage.

Louis filait vers le nord en appuyant à fond sur l'accélérateur, bien décidé à mettre le plus de distance possible entre Prague et lui. Il allait retrouver Andréa.

Après avoir roulé cinq heures, il quitta la grand-route et ne tarda pas apercevoir Lidhaky, niché au milieu des vergers et des champs de houblon. Quelques maisons blotties les unes contre les autres, une petite rivière, une église. Andréa lui avait écrit qu'elle partait se mettre en sécurité à la campagne et occuperait une maison héritée d'une tante. Il priait pour qu'elle y soit toujours.

Il faisait nuit lorsqu'il entra dans la cour pavée de la demeure et se gara sous un chêne. Il vit la silhouette d'Andréa se découper vaguement, à contre-jour, dans une pièce du premier étage, et poussa un soupir de soulagement avant de descendre péniblement de voiture.

Andréa remonta la fenêtre à crémaillère et se pencha au-dehors. Louis perçut une faible exclamation de joie et, quelques instants plus tard, elle passait la porte en courant se jeter dans ses bras.

— Oh, Louis... Mon amour! Dieu merci, tu es vivant!... (Des larmes de bonheur et de soulagement inondèrent ses joues.) Toutes mes prières ont été exaucées, sanglota-t-elle.

Elle se serra contre lui et l'embrassa, pleurant et riant à la fois. Puis elle l'entraîna dans la chaleur de la maison.

— J'ai eu si peur... J'écoutais les nouvelles à la radio, je me faisais un sang d'encre... (Elle l'étreignit une nouvelle fois, puis s'écarta afin de l'examiner.) Tu as changé. Tu parais plus âgé, endurci, mais tes yeux sont toujours les mêmes. Eux ne changeront pas. Oh, mon amour... Je commençais à croire que ce jour ne viendrait jamais.

Ils s'étreignirent longuement. Louis goûta sur sa langue les larmes salées de la jeune fille tandis qu'il l'embrassait sur les paupières, sur les lèvres. Puis, submergés par le désir, ils s'étendirent à même le sol, bouche contre bouche, tendrement enlacés.

— Pas question de faire l'amour avec toi dans cet uniforme! Ça, jamais!

Elle lui arracha sa tunique et il s'étonna de sa vigueur. Ce fut ensuite son calot qui vola à travers la pièce, puis Andréa s'en prit à ses bottes. Elle avait l'air d'une folle, avec ses cheveux dans la figure et son front plissé par l'effort. Lorsqu'elle eut lancé aux quatre coins de la pièce tout ce qui composait l'uniforme de Louis, elle se jeta sur lui, passa une jambe en travers de ses hanches et fondit à nouveau en larmes.

— Ma chérie, ma chérie, ne pleure pas! Nous sommes ensemble, à présent. Je t'aime, tu sais. Je t'en prie, ne pleure plus.

Ils s'enlacèrent et firent l'amour avec fièvre, en s'efforçant d'effacer le passé et d'ignorer le futur. Au bout d'un moment,

Louis prit Andréa dans ses bras et l'emporta dans la chambre, où ils refirent l'amour. Louis ressentait le besoin intense de se perdre en elle, et d'oublier.

Aux petites heures du matin, tandis que la tête d'Andréa reposait sur son épaule, ils parlèrent de Marietta et des craintes qu'ils nourrissaient. Puis il lui raconta la vie au bataillon disciplinaire. Les mots se pressaient sur ses lèvres : le choc permanent, le désespoir, l'humiliation, la lutte continuelle pour la survie et l'insoutenable certitude qu'il lui faudrait tuer pour cela. Il lui semblait que seule Andréa pouvait le purifier en lui accordant son pardon. Lorsqu'elle se remit à pleurer, il essaya d'endiguer le flot de ses larmes en lui faisant à nouveau l'amour.

À midi, Louis prit une douche et revêtit son uniforme, puisqu'il n'avait pas d'autre vêtement. Assis à table, il regarda Andréa aller et venir dans la cuisine ; ses mouvements étaient sensuels et sereins. Elle poussa une tasse vers lui et entreprit de beurrer des tartines.

En l'observant, il se sentait contaminé par le mal. Andréa aimait la beauté, l'honnêteté, la musique, l'amour et — miracle ! — elle l'aimait, *lui*. Elle avait beau haïr la cruauté, la guerre et ses souffrances, elle continuait de l'aimer, alors qu'il avait tué, blessé et connu l'écœurante exaltation du combat. Il saisit sa main au passage.

— Allons à Kladno demander une autorisation spéciale à l'état civil, et marions-nous demain matin. Cela coûtera plus cher, mais j'ai de l'argent sur moi. À l'avenir, il faudra garder en permanence ton certificat de mariage sur toi. Quoi qu'il arrive en mon absence, tu seras la comtesse Andréa von Burgheim, et tu pourras te placer sous protection allemande. S'il le fallait, tu te rendrais au QG avec le certificat et demanderais l'autorisation de rentrer en Autriche. Là, tu irais trouver père et veillerais sur lui jusqu'à mon retour.

Andréa reposa lentement le couteau qu'elle maniait.

— Louis, nous ne pouvons pas nous marier. Quand Hugo m'a fait libérer, il a révisé mon statut pour faire de moi une Tchèque germanophone. On a repris mon passeport allemand, je ne peux pas retourner en Autriche. Mes papiers mentionnent que je suis de race mêlée, avec du sang slave puisque ma mère

256

était tchèque, et un quart de sang tzigane à cause de ma grand-mère.

Louis resta bouche bée. Puis il éclata de rire.

— Peut-être, en effet, ne pouvons-nous pas nous épouser selon la loi nazie, mais moi je connais un prêtre qui nous mariera au sein de l'Église catholique. C'est un vieil ami ; il est à la retraite, mais c'était autrefois le prêtre de la paroisse, au château de Sokol. Nous irons le trouver cet après-midi. (Il se leva et l'étreignit.) Ce n'est pas exactement le genre de mariage dont nous avons rêvé, mais l'occasion ne se représentera peut-être plus. Malheureusement, il ne te protégera guère, puisque nous contrevenons à la loi.

Andréa se mit à rire au milieu de ses larmes.

— Il nous reste deux jours, Andréa. Deux journées ensemble. Nous irons trouver ce prêtre, j'achèterai d'autres vêtements, pour que tu n'épouses pas un soldat allemand. Je t'emmènerai dans un endroit romantique, souper aux chandelles et en musique. Tu verras, ça te plaira. On dansera, si tu le veux. Je dois être rentré lundi matin à la première heure, mais il nous reste toute la journée de dimanche. Nous ferons tant l'amour que nous en aurons des réserves pour un an. Allons, souris, ma chérie. Garde tes larmes pour mon départ.

Elle lui posa un doigt sur les lèvres.

— Tu dois t'en sortir, Louis. Pour nous deux, supplia-t-elle. Non seulement physiquement, mais moralement. Ne les laisse pas te faire du mal. Trouve la force de rester tel que tu es. Reviens-moi, Louis.

Il promit.

Chapitre 40

La prison de Stadelheim était un lieu sinistre où les ennemis du Troisième Reich attendaient leur procès et leur répartition entre les divers camps, quand ce n'était pas la potence, le peloton d'exécution ou la chambre à gaz. S'il existait de nombreuses façons de mourir, ainsi que l'avait appris Marietta, pour les vivants, les conditions d'existence étaient identiques : sans compagnie ni nourriture correcte, sans air libre ni espoir, les détenus sombraient lentement mais sûrement dans le désespoir et la maladie.

Si elle ne s'était pas trompée dans ses comptes, il y avait deux cent quarante-huit jours et deux cent quarante-huit nuits qu'elle était seule dans sa cellule. On était le 6 mars. D'après la lumière déclinante du jour qui venait du minuscule carreau, elle estima qu'il était près de six heures du soir. Comme pour le confirmer, quelques minutes plus tard elle entendit approcher le chariot dans le couloir, et une clef ferrailla dans sa serrure. La porte s'ouvrit, le Crapaud entra. Cette surveillante tenait son surnom de son teint tavelé de taches brunes et de ses bajoues.

— Ta gamelle ! coassa-t-elle.

Marietta tendit son bol en émail craquelé, que l'autre emplit d'un liquide verdâtre avant de jeter une tranche de pain noir en direction de la jeune fille et de ressortir aussitôt. Lentement, le chariot poursuivit sa route, grinçant de toutes ses roulettes.

Vingt prisonnières logeaient dans le quartier ; en écoutant, la nuit, leurs chuchotements, Marietta avait appris leurs noms et leurs parcours. Pourrait-elle un jour découvrir leurs visages ? Elle avait avalé sa soupe et dévoré son pain jusqu'à la dernière miette. Maintenant s'annonçait ce que Marietta redoutait le plus : la solitude des longues heures de nuit.

Une nouvelle détenue occupait la cellule voisine depuis le matin. Marietta se mit à taper discrètement sur la paroi avec le talon de sa chaussure.

— Vous m'entendez ?... souffla-t-elle. (L'inconnue toussait et sanglotait, mais gardait le silence.) Je vous en prie, répondez-moi.

Il fallut un long moment pour qu'elle réponde en employant la même méthode. Marietta poussa sa chaise contre le mur et y cala sa couverture repliée plusieurs fois ; elle atteignait presque la bouche d'aération.

— Je m'appelle Marie, dit-elle tout bas. Et vous ?

— Greta Brecht, sanglota sa voisine.

— Bienvenue à Stadelheim. Ici, on fait circuler l'information. On a peur, mais ça aide de se parler. Essayez d'être courageuse, ajouta-t-elle tout bas.

La femme ne pouvait s'arrêter de pleurer. Marietta écouta avec commisération — comme elle l'avait déjà fait si souvent au cours des derniers mois — sa triste histoire. Greta avait été propriétaire d'un modeste night-club à Munich. Un jour, elle était tombée en disgrâce auprès de son petit ami nazi pour lui avoir reproché de piquer dans la caisse. À l'issue d'une dispute, il l'avait dénoncée comme prostituée et comme marginale. C'était lui, maintenant, qui avait le night-club.

— Je compatis, mais il ne faut pas vous laisser abattre. La prostitution n'est pas un délit grave.

— Que va-t-il m'arriver ? demanda Greta entre deux accès de toux.

— Pas grand-chose, si vous respectez le règlement. On n'a pas assez à manger, c'est tout. On attend notre procès. Après, on est transféré ailleurs. Les surveillantes sont stupides, mais elles ne font qu'obéir aux ordres. Essayez de rester calme. Là encore, ça aide.

« Je ferais bien de suivre mes propres conseils », songea-t-elle amèrement. Depuis quelque temps, elle n'arrivait plus à dormir. Elle avait l'estomac noué, et des sueurs froides chaque fois qu'elle entendait des pas à l'extérieur. Son tour était-il venu ? Était-ce la fin ? La peur de mourir restait sa principale obsession. Serait-elle fusillée, garrottée, ou pendue ? Sans compter que Bill lui manquait, qu'elle s'inquiétait pour son père et qu'elle avait de plus en plus de mal à supporter la solitude.

Tout à coup, un hurlement retentit à l'étage inférieur ; Marietta eut la chair de poule.

— Tais-toi donc, chienne ! vociféra la surveillante.

Les cris se muèrent en gémissements de douleur. Marietta se boucha les oreilles. Elle pouvait supporter son malheur, mais pas celui des autres. On l'avait peut-être enfermée en un lieu où prospérait le mal, mais elle ne se laisserait pas gagner par lui. « Jamais », se promit-elle.

— Ne vous abaissez pas, souffla-t-elle à Greta. Nous ne sommes pas comme elles. Nous, nous savons aimer.

Sur quoi elle ferma les yeux et pensa à Bill, à leur amour. Encore une fois, cette nuit-là, elle ne put trouver le sommeil.

Couchée dans ses draps de soie, la princesse Ingrid Mignon von Graetz contemplait distraitement le tableau qu'elle venait d'acquérir. Ces *Danseurs espagnols* représentaient une troupe qu'on emmenait chaînes aux pieds ; de leurs plaies coulait un sang du même rouge que les robes de leurs partenaires. L'œuvre était signée Ricardo Cortés, jeune peintre espagnol réfugié à Paris, où il vivait d'expédients. Le principal intérêt de ce tableau — et de tant d'autres avant lui — était de l'avoir introduite dans les milieux chics. Elle passait désormais pour une mécène généreuse militant activement contre les nazis, ce qui lui permettait de fréquenter les milieux les plus intéressants.

Sa vie était devenue un véritable enchantement. Le week-end, elle prenait sa voiture et, en compagnie de son petit ami, fonçait à Monaco jouer au casino le soir et se prélasser le jour dans une magnifique demeure appartenant à l'un ou l'autre de ses amis fortunés. On la considérait comme l'une des plus élégantes et des plus jolies femmes de Paris, et elle en était fière. La guerre était déclarée, mais, dans son milieu, on ne semblait guère s'en soucier. La nuit seulement, ses peurs refaisaient surface. Hugo reviendrait-il l'obliger à jouer les espionnes ? Où était-il ? Pourquoi n'avait-il pas donné signe de vie ? Que lui ferait-il encore faire ?

Il ne lui avait rien demandé lorsqu'il avait organisé son départ d'Allemagne. Elle se contentait de dépenser sans compter les sommes élevées déposées sur son compte en banque, et de prendre du bon temps. Il lui arrivait de croire que Hugo l'avait oubliée, mais, le plus souvent, elle attendait de ses nouvelles en tremblant et, dans l'intervalle, se jetait à corps perdu dans le tourbillon de la vie mondaine, brillante phalène tournoyant autour d'une lampe.

Elle s'étira, s'assit dans son lit et contempla sa chambre à coucher. Il n'y avait qu'un mot pour la décrire : divine ! Elle avait fait appel à la crème des décorateurs parisiens, un homosexuel pittoresque connu sous le nom de Quince — en français « Coing ». Tout était rose à l'exception du plafond, orné de fresques où de joufflus petits amours s'égaillaient parmi les nuages.

À côté de la chambre, le salon, où elle pouvait recevoir sans problème plus de cinquante invités, ce qu'elle ne manquait pas de faire les jeudis soir. Au début, elle avait eu du mal à doser le mélange entre politiciens de gauche, artistes sans le sou, ministres puissants, riches industriels, aristocrates exilés et ruinés... Mais, en fin de compte, elle avait brillamment réussi. Les femmes devaient être jolies et spirituelles, les hommes pour le moins intéressants et, si possible, géniaux ou puissants. L'existence d'Ingrid était devenue un feu d'artifice, une succession d'événements mondains.

Elle alla se faire couler un bain brûlant, et s'allongea avec délice dans l'eau parfumée. Ses pensées se tournèrent vers Fernando, le danseur espagnol qui avait rejoint depuis peu son cercle d'amis. Il l'excitait terriblement avec sa beauté classique, sa chevelure lisse, noire comme le jais, son teint mat et ses yeux sombres légèrement en amande qui lançaient des éclairs passionnés ou furieux, selon son humeur. Il était viril et débordait d'énergie. Elle avait vaguement songé à le prendre pour amant.

Elle caressa ses seins et ses cuisses et se sentit prête pour l'amour. Elle avait conscience de sa beauté. Même ses cheveux encore trop courts étaient bien coiffés. Elle avait dû adopter un style nouveau en arrivant à Paris. Depuis quelque temps, tout le monde voulait paraître maigre et avoir le cheveu ras.

Ingrid sortit du bain, s'habilla et partit pour son pèlerinage quotidien d'un lieu de plaisir à l'autre. Elle revint à une heure pour déjeuner : caviar, saumon fumé et salade, arrosés de champagne — son régime préféré.

Elle avait presque fini son repas lorsque le téléphone sonna. « Sans doute Lisa Fonssagrives », se dit-elle en se hâtant d'aller décrocher. Photographe de mode, Lisa avait exprimé le désir de photographier Ingrid dans sa nouvelle robe bleu-vert pour un supplément spécial de l'édition parisienne de *Vogue* intitulé « Ce que portent les riches ». Ingrid avait décidé d'accepter. Elle dit d'une voix contenue :

— Princesse Ingrid von Graetz, j'écoute.

— Félicitations, ma chère. Tu as réussi à t'introduire dans la haute société, ainsi que je l'avais prédit. Je savais bien que je pouvais compter sur toi.

La voix onctueuse de Hugo tomba sur Ingrid comme une chape glacée. Elle dut se retenir au rebord du bureau pour ne pas s'affaler sur le tapis afghan. Ses genoux ne voulaient plus la porter. Elle aurait voulu jeter l'écouteur, nier jusqu'à l'existence de Hugo, lui ordonner de sortir de sa vie, mais elle n'en avait pas le moyen. Et puis elle nourrissait toujours l'espoir secret que seul Hugo pourrait un jour lui rendre les biens auxquels elle pouvait prétendre.

— Ingrid, tu es toujours là ? Parle ! intima Hugo.

— Je suis là. Je ne m'attendais pas à recevoir de tes nouvelles.

— Tant mieux ! (Un gloussement.) Bon, alors, maintenant que tu as si bien fait ton trou, il est temps de penser à te remettre au travail.

Elle déglutit en silence, tentant de garder son sang-froid.

— Tu as rendez-vous avec ton supérieur, Ingrid. Quand tu auras raccroché, sors et dirige-toi vers les Champs-Élysées. Au coin de la rue, fais semblant d'hésiter. On entrera alors en contact avec toi.

Un déclic. La conversation était terminée. Ingrid resta immobile. L'écouteur glissa entre ses doigts et rebondit sur le sol. Elle se sentit hébétée. Pour se redonner des forces, elle repensa aux terres et aux propriétés volées à sa famille — une fortune. Et tout cela serait un jour à elle. Elle n'avait qu'à obéir à Hugo encore quelque temps. La guerre serait bientôt finie. Elle retoucha machinalement son maquillage, remit du rouge à lèvres, attrapa au vol son sac à main, un châle, et quitta l'appartement.

Sur le trottoir, elle se rendit compte qu'il faisait vraiment froid. Une étole de fourrure aurait mieux convenu. Elle se mit néanmoins en marche vers l'angle de la rue, puis s'arrêta et regarda autour d'elle d'un air désorienté. Subitement, Fernando apparut à ses côtés et la prit par le bras.

— Laissez-moi vous aider à traverser, dit-il.

— Oh, mon Dieu, non ! Pas maintenant ! souffla-t-elle. Je n'ai pas le temps de vous parler.

Il se montra insistant, raffermissant son étreinte sur son bras et l'entraînant vers le bord de la chaussée. Ils traversèrent la rue tandis qu'elle faisait de faibles efforts pour se dégager.

— Puisque je vous dis que ce n'est pas le moment ! Je suis censée attendre au coin, protesta-t-elle.

— Oui, m'attendre *moi*, répondit-il. Vous ne comprenez donc pas ? C'est avec moi que vous avez rendez-vous.

Interloquée, Ingrid s'immobilisa. Dieu du ciel ! Quel monde insensé ! Fernando, un agent nazi ? Elle partit d'un rire mal assuré tout en le suivant vers le café le plus proche où il la guida vers une table.

— N'ayez pas l'air si surprise, dit-il d'un ton moqueur. (Il lui commanda un Pernod sans même la consulter.) Allons, reprit-il en se penchant vers elle. Embrassez-moi !

Elle lui tendit ses lèvres d'un air résigné. Il posa une main sur son épaule et la pétrit avec insistance. Elle sursauta et voulut s'écarter.

— Vous savez que vous êtes une petite chose affriolante, dit-il en s'approchant encore. (Il sentait l'ail et, pour la première fois, Ingrid remarqua sa peau criblée de petites cicatrices.) C'est fort dommage, dorénavant, vous ne pourrez plus accorder vos faveurs à votre guise, mais vous vous mettrez exclusivement au service du Troisième Reich... (Il éclata d'un rire cruel en voyant son expression.) Eh oui, le moment est venu de s'atteler à la tâche. Notre ami commun désire connaître les tendances politiques précises des dirigeants qui fréquentent vos soirées. Ce sera l'enfance de l'art, pour vous. Par ailleurs, ma chère, ce même ami vous demande de ne plus dépenser tant d'argent ; cela dit, tant qu'il recevra des informations sur...

Une heure plus tard, Ingrid réintégrait son appartement comme dans un mauvais rêve, la tête pleine d'interrogations incohérentes. Quels étaient les hommes politiques susceptibles de se laisser convaincre de travailler pour les nazis lorsque l'Allemagne envahirait la France ? Qui causerait le plus d'ennuis ? Qui couchait avec qui ? Qui avait de l'influence et qui n'en avait pas ? Hugo en voulait pour son argent, et Ingrid sentait que le moment était venu de payer.

En proie à la nausée, elle se dirigea vers la salle de bains et, jetant son sac par terre, vomit. Puis elle chercha à tâtons un tube d'aspirine sur l'étagère et avala deux comprimés. Ses pensées tournoyaient dans sa tête, cherchant en vain une issue à la situation. Comme obtenir des renseignements sans coucher avec tous ces bonshommes moches et laids ? Elle jeta un coup d'œil dans le miroir et défaillit à la vue de son air hagard. Car il fallait au contraire qu'elle soit belle. Elle entreprit fébrilement de se farder. Ce soir, elle porterait sa robe neuve en voile bleu qui lui donnait un air juvénile et la rendait séduisante. Il lui restait à peine quatre heures pour se refaire une beauté.

Chapitre 41

Plongé dans ses pensées, le comte fixait sans la voir la place qui s'étendait sous les fenêtres de son bureau berlinois, occupé qu'il était à chercher quel détail il avait pu négliger. On était en juin 1940, l'Europe de l'Ouest tenait le coup tant bien que mal en attendant la fin de la « drôle de guerre ». Tout le monde savait que Hitler et ses troupes ne tarderaient plus à s'ébranler au pas de l'oie et à imposer leur Ordre nouveau en Occident, mais on ignorait où et quand l'assaut aurait lieu. Les généraux ayant exprimé l'opinion qu'à long terme l'Allemagne serait vaincue, la conspiration était brusquement repassée à l'action.

Le comte avait vieilli de vingt ans depuis l'arrestation de Marietta. Ses cheveux avaient blanchi, sa peau s'était affaissée et plissée, tandis que ses yeux posaient sur toute chose un regard morne et que ses lèvres ne se départaient plus d'un pli amer. L'élégant uniforme de cérémonie nazi qu'il portait ce jour-là ne faisait qu'accentuer ses traits ravagés. Depuis son adhésion au parti, le comte avait transféré son quartier général à Berlin, où les conspirateurs pouvaient se réunir plus facilement. Cela lui permettait aussi de s'introduire dans les bonnes grâces des proches collaborateurs de Hitler.

Entendant venir son majordome, le comte s'attendit à ce qu'on introduise auprès de lui un des membres de la conspiration, mais ce fut Bill Roth qu'il eut la surprise de découvrir en se retournant.

— J'ai tout essayé, annonça Bill. Rien. L'ambassade aussi a fait ce qu'elle a pu. Je suis allé jusqu'en haut lieu, et...

Tout à coup, il s'interrompit ; il venait de voir l'uniforme du comte et en tirait des conclusions hâtives : vareuse noire empesée, croix gammée en acier au col, épaulettes avec galons de lieutenant général... Sa détresse se mua en stupéfaction, puis en mépris.

— Espèce de salaud, souffla-t-il. C'est *vous* qui l'avez mise dans ce pétrin. Vous qui l'avez formée, qui lui avez communiqué ce dévouement aveugle, cet effrayant sens du devoir qui a gâché notre vie à tous les deux... C'est *vous* qui lui avez appris à n'avoir peur de rien, à toujours rester fidèle à elle-même ! Et maintenant, vous ralliez les nazis pour sauver votre peau !... (Bill se laissa tomber dans un fauteuil et enfouit son visage dans ses mains.) Qu'ont-ils pu mettre dans la balance pour faire de vous un traître, hein ? fit-il.

— La vie de Marietta, répondit simplement le comte.

Bill le regarda, incrédule.

— Ils vont donc la libérer ?

— J'ai dit sa vie, et non sa liberté. Elle ne sera ni fusillée ni pendue. C'est le marché que j'ai conclu avec eux.

En voyant la honte succéder à la colère sur les traits de Bill, le comte céda à la compassion devant ce jeune Américain prêt, comme lui, à donner sa vie pour Marietta. Avec ses cheveux décoiffés, ses épaules voûtées, son visage creusé de rides, il était l'image même d'un être traversant les pires épreuves. Il lui versa un cognac.

— Tenez. Sa condamnation à vie ne tiendra qu'aussi longtemps que les nazis seront en place.

Bill avala son cognac d'un coup.

— La prison à vie..., marmonna-t-il. J'avais l'espoir qu'elle serait libérée.

— C'était naïf de votre part. Ma fille a été l'objet d'une accusation d'espionnage fabriquée de toutes pièces. On l'accuse d'avoir transmis des informations secrètes sur le réarmement de l'Allemagne... peut-être même à vous, Bill. Qui sait ? Ingrid a subi les mêmes accusations, mais, heureusement pour elle, elle a été expulsée.

Bill eut l'air atterré.

— Vous voulez dire que... Mais oui ! Ingrid m'a confié des chiffres, un jour. À l'époque, je m'étais dit qu'elle n'aurait pas dû les avoir entre les mains. D'après elle, la source en était... (Il s'interrompit et fixa un instant le plancher.) Bizarre..., reprit-il.

Le comte haussa les épaules.

— Ils ne s'en sont pas pris qu'à vous. Sans doute ces renseignements n'étaient-ils pas très précieux. D'après moi, ils voulaient surtout coincer les étudiants de l'Edelweiss... ils ont réussi. Maintenant, Bill, il faut partir. Pour ne plus revenir.

— J'ai contribué à la faire tomber dans le piège, gémit doucement Bill.

Cette certitude continua de le torturer longtemps après qu'il eut pris congé.

Ce fut le lendemain matin, à l'aube, que la Gestapo vint chercher Bill. Après une nuit blanche, cédant à l'épuisement, il avait fini par sombrer dans un sommeil profond et ne l'entendit pas approcher. Ce fut seulement lorsque les policiers enfoncèrent sa porte pour s'engouffrer dans le couloir menant à sa chambre qu'il se réveilla, hébété, à demi dans le brouillard.

Il alluma sa lampe et gémit tout haut. La Gestapo cassait tout chez lui. Un des hommes lui braqua un pistolet sur la tempe.

— Habillez-vous, lui intima-t-il.

Il resta près de Bill, qui trouva le procédé inhabituel. D'ordinaire, ils emmenaient leurs victimes de force sans leur laisser le temps d'enfiler leurs vêtements.

Tout en s'exécutant, il regarda la Gestapo fouiller et détruire méthodiquement le contenu de son appartement. Il se contenta de hausser les épaules et de détourner les yeux. Pour l'instant, il n'y avait rien à faire. Il ne resterait pas grand-chose à sauver quand ils en auraient terminé, le reste lui serait confisqué.

On l'escorta jusqu'à la rue, on le poussa dans la classique voiture noire. Tout s'était passé très vite. Bill n'en menait pas large. Andy Johnson appellerait de l'ambassade, comme tous les matins. Bill se sentit un peu rassuré. Andy apprendrait vite son arrestation, il y aurait des protestations officielles. On ne pouvait sans doute pas grand-chose contre lui. La guerre était déclarée depuis un mois, mais l'Amérique était neutre, et Bill savait pertinemment que, sur ce plan, les nazis préféraient en rester là. Ils avaient déjà suffisamment de problèmes sur les bras.

Pourtant, le bon sens commença à reculer devant la peur. Comment résisterait-il à un interrogatoire ? Il allait savoir s'il était un homme. Jusqu'où iraient-ils dans le tabassage ?

À sa grande surprise, il constata qu'on se dirigeait en fait vers la gare ferroviaire. Là, on le sortit sans ménagement de la voiture avant de le conduire sur un quai où un panneau annonçait « Destination : Düsseldorf ». Or, Düsseldorf était proche de la frontière hollandaise. Allait-on simplement l'expulser ? Il trembla. En effet, comment imaginer quitter l'Allemagne alors que Marie y était emprisonnée ? Il n'avait jamais abandonné l'espoir de la tirer de là.

— Vous ne pouvez pas faire ça, lança-t-il.

Mais ses gardes ne lui prêtèrent aucune attention.

Lorsque le train entra en gare de Düsseldorf, les quais étaient déserts. Enchaîné par des menottes à l'un de ses gardiens, Bill monta dans une voiture qui partit à vive allure en direction du nord. À une heure du matin, on le fit descendre. Un poste frontière se profilait juste devant eux. On lui ôta ses menottes, un coup de pied le propulsa de l'autre côté de la barrière. Il tomba. Scrutant avec précaution les alentours, il vit qu'il se trouvait sur un étroit tronçon de route entre les postes frontières de deux pays en guerre. De part et d'autre son regard ne rencontrait que les canons d'une dizaine de fusils. Il prit dans sa poche un mouchoir et se mit à l'agiter en direction des Hollandais.

— Je suis citoyen américain ! hurla-t-il. Neutre ! Expulsé ! Appelez l'ambassade des États-Unis ! Je suis journaliste ! Ils m'ont pris mon passeport !

Pas de réponse. Il se remit tant bien que mal sur ses pieds ; les canons des armes se déplacèrent imperceptiblement. Il jura d'une voix forte et se dirigea vers la Hollande...

À l'aube du 30 avril 1940, Marietta s'éveilla au bruit habituel des pas pesants et du grincement du chariot qu'on poussait dans le couloir. Sa porte s'ouvrit à la volée. Elle tendit sa gamelle. La gardienne aux petits yeux porcins la regarda d'un air triomphant.

— Votre procès, c'est pour aujourd'hui, lui lança-t-elle. Tenez-vous prête après le petit déjeuner.

Quelques instants plus tard, elle revint lui apporter les vêtements qu'elle portait le jour de son arrestation. Elle en caressa le tissu. Ce fut en enfilant sa jupe et son chemisier qu'elle vit à quel point elle avait maigri.

De nouveau des pas dans le couloir. Encore une fois, la porte s'ouvrit en grand. Marietta constata avec stupéfaction que le Crapaud tenait des menottes. Elle ne tarda d'ailleurs pas à les lui refermer d'un coup sec autour des poignets. Une autre matonne attendait devant la porte en tripotant sa matraque.

La sinistre procession se mit en marche. « Bonne chance ! Bonne chance ! » entendit-elle en passant devant les cellules. Marietta releva le menton, mais, malgré tous ses efforts, elle tremblait de tous ses membres en atteignant le tribunal. Elle repéra tout de suite les trois juges, ainsi que Hugo qui, assis avec la Cour, arborait une expression triomphale.

Elle fit face à la salle.

— Vous êtes bien la comtesse Marietta von Burgheim ?

— Je désirerais m'asseoir, répondit-elle. Si vous voulez bien demander qu'on m'apporte une chaise, je suis prête à répondre à vos questions.

L'un des juges, qui arborait des galons de colonel, la regarda d'un air surpris, puis fit signe qu'on lui donne un siège. Marietta s'assit les jambes croisées et s'efforça désespérément de prendre un air détaché.

— Je suis la comtesse Marietta von Burgheim.

— Madame, la charge qui pèse contre vous est des plus graves : espionnage au détriment du Troisième Reich. Vous êtes également accusée de trahison, et ces deux inculpations sont passibles de la peine de mort.

— Pourtant, vous ne pouvez m'exécuter qu'une fois, répliqua-t-elle avec un sourire suave.

— Silence, comtesse. La Cour vous a condamnée à la détention à perpétuité. Vous serez transférée dans un camp de travail où on trouvera à employer votre énergie. *Heil Hitler !*

La prison à vie ! Elle n'allait donc pas mourir ! Elle n'aurait droit ni au garrot ni à la pendaison ! Elle se mit à trembler de façon incontrôlable. Elle avait envie de pleurer et de rire à la fois.

On la fit sortir, frémissante, dans la cour de la prison. Pour la première fois depuis des mois, elle retrouva le soleil, et accueillit ses rayons comme une véritable bénédiction. Levant les yeux vers les frondaisons d'un sycomore tout proche, elle remercia le Ciel d'entendre à nouveau chanter les oiseaux, de sentir sur sa peau la chaleur du soleil. Car, en cet instant même, elle aurait tout aussi bien pu se trouver face au peloton d'exécution.

On la poussa vers une file de détenues dont un grand nombre venaient d'être arrêtées, lui sembla-t-il, car elles n'étaient pas encore maigres; de plus, à côté d'elle, ces femmes avaient un teint éclatant, bien que leur visage exprimât l'effroi ou l'incrédulité.

L'une d'entre elles était très belle. Les traits fins, le nez retroussé, des yeux bleus, des cheveux de miel cascadant sur ses épaules, elle portait un tailleur de velours noir et des souliers à talons hauts. Comme elle semblait terrorisée! Elle se mit à tousser, et Marietta reconnut Greta Brecht.

— C'est moi, Marie, lui souffla-t-elle.

Une main se posa sur son épaule; elle sursauta et se retourna. Hugo était debout derrière elle. Physiquement, elle le trouva plus impressionnant que jamais. Hugo était son ennemi, elle le savait maintenant. Elle fronça les sourcils et s'écarta d'un pas, mais il ne lui lâcha pas le bras.

— Père t'a épargné la potence, mais le résultat sera le même, ne commets surtout pas l'erreur de croire le contraire. Tu es déportée au camp de concentration de Lichtenberg, et tu vas y mourir, Marietta, je te le garantis.

La jeune fille fut trop bouleversée pour répondre.

— Mais, d'abord, tu apprendras l'humiliation et la souffrance, tu sauras ce que c'est que de n'être personne. Et, avant de mourir, tu tomberas très bas. Tels sont mes ordres. Adieu, ma *sœur*. Nous ne nous reverrons plus.

Chapitre 42

À la tombée de la nuit, elles arrivèrent au camp pour femmes de Lichtenberg. Endolories, elles descendirent des wagons d'un pas mal assuré ; on les escorta jusque dans la cour où elles durent patienter des heures en avançant à une allure d'escargot. Marietta inspirait profondément l'air du soir chargé de senteurs. Pour elle, l'air libre était un luxe.

La file de prisonnières progressait lentement en direction d'une cabane basse. Marietta finit par arriver devant une table où on lui tatoua un numéro sur le poignet : 798484. L'aiguille sur sa peau lui causa une sensation de picotement et de brûlure, elle se frotta le poignet : ils venaient de la blesser dans sa chair, après avoir imprimé leur marque indélébile sur son esprit. À présent, c'était comme si elle et les autres n'étaient que du bétail, de simples numéros dans une interminable colonne de travailleuses anonymes, propriété du Troisième Reich. Elle venait de franchir la première étape du processus de déshumanisation, et elle le sut. En regardant autour d'elle, elle constata à quel point ses compagnes avaient honte et souffraient.

Une fois qu'on l'eut tatouée, on l'escorta vers une deuxième cabane, où un sergent attendait derrière un bureau. Voyant son nez pointu, ses yeux exorbités et ses grosses pattes rouges, Marie devina que, peu auparavant, l'homme était encore garçon de ferme.

— Vous êtes... ? s'enquit-il en tournant la page d'un épais registre.

— Comtesse von...

La gardienne qui se tenait auprès de Marietta la frappa durement sur l'oreille avec sa courte matraque en caoutchouc, qu'on appelait le « schlague ».

— Ici, vous êtes un numéro. Vous n'avez plus de nom, cria-t-elle.

Lasse, Marietta lut son numéro à voix haute.

— Vous savez coudre ?

— Je peux travailler aux champs. J'ai étudié l'agriculture.

Le sergent fixa les seins de la jeune fille et une lueur s'alluma dans ses yeux. Marietta se sentit déshabillée du regard. Puis l'homme se tourna vers la surveillante et lui adressa quelques mots dans le dialecte local.

— Elle sera parfaite pour tenir ma maison. Qu'on ne l'envoie pas à la tonte. Récupérez-la après l'épouillage.

Dans la cabane suivante, des prisonniers en pyjama rayé tondaient les femmes. Beaucoup pleuraient.

— Pas vous, fit la gardienne en la poussant de côté. Vous, vous passez directement dans la pièce suivante. (Elle posa un papier collant vert sur le manteau de Marietta.) Entrez là-dedans, déshabillez-vous et attendez.

S'il fallait garder ses cheveux pour servir ce sergent en s'allongeant sur le dos, autant être tondue tout de suite. Marietta retourna prendre place dans la file de femmes. Peu après, ses longs cheveux tombèrent par poignées sur le sol. Avec l'impression d'avoir le cuir chevelu à vif, elle passa ses mains sur son crâne.

En revenant, la surveillante sursauta et ne tarda pas à lui expédier un coup de schlague en plein visage. Le goût du sang dans la bouche, Marietta avança avec les autres vers les douches. L'eau était froide, mais elle se débrouilla pour ouvrir la bouche sous le jet et boire à satiété. Le désinfectant lui brûla la peau et lui piqua les yeux ; elle ressortit toute rouge pour découvrir qu'elle devait traverser la cour dans le plus simple appareil. Un groupe de soldats égrillards se moquait des prisonnières. Certains allaient jusqu'à prendre des photos. Marietta se demanda combien de gens allaient contempler sa nudité avant la fin de la journée. Elle se refusait à avoir honte de son corps et à se laisser intimider ainsi.

Cela n'en finissait plus. Elle essayait de ne pas penser à ce qu'elle était en train de vivre, et s'imagina au temps de sa grand-mère, en Bohême, lorsqu'elle arpentait les champs et

272

inspectait les récoltes. Elle fit de son mieux pour rester indifférente aux doigts qui exploraient les parties les plus intimes de son anatomie pendant la visite médicale. Toujours nue, elle ne cessa d'avancer jusqu'à ce qu'on lui jette un paquet dans les bras : une tenue de prisonnière en coton rayé et une paire de sabots. Elle enfila la longue chemise et le pantalon, puis noua un carré de tissu blanc sur sa tête rasée. On poussa vers elle une gamelle en fer-blanc, une tasse et une cuiller, et elle se retrouva défilant avec les autres devant une cantine mobile. Le dîner consistait en une tranche de pain noir et un demi-bol de soupe claire. « Décidément, il y a des choses qui ne changent jamais », songea-t-elle.

La surveillante revint, suivie du sergent.

— Je lui avais bien dit de quitter la cabane de tonte, mais elle m'a désobéi, fit la femme, qui n'avait pas l'air rassuré.

Le sergent contempla Marietta, indécis. Elle lui retourna un regard plein de mépris.

— Dix coups de fouet, déclara-t-il. Il faut qu'elle apprenne à obéir.

Elles passèrent ensuite devant un nouvel inspecteur, qui vérifia leurs poignets.

— Vous êtes bien le 798484 ?

— Oui, répondit Marietta d'une voix faible.

— Vous allez en cellule.

Le quartier disciplinaire se trouvait à plus de huit cents mètres de là, on l'y escorta à vive allure en lui fouettant les mollets chaque fois qu'elle faiblissait. Vacillante, elle faillit s'effondrer. On arriva devant un bunker bas et allongé, les quelques gardes postés à l'entrée s'empressèrent de faire disparaître leur jeu de cartes.

— Dix coups de fouet pour celle-ci.

Un garde se leva, poussa Marietta dans une cellule et l'obligea à se courber sur une table. Les dix coups furent appliqués rapidement, sans malveillance, presque avec indifférence. Marietta n'avait jamais rien vécu d'aussi humiliant. Elle serra les dents et, une fois de plus, se raccrocha à son orgueil. Elle ne s'était pas plutôt redressée et rajustée que le garde reprenait sa partie de cartes.

On la raccompagna à sa place, dans la cour, où elle attendit debout encore une bonne heure. Enfin toutes les arrivantes furent réparties entre leurs différents baraquements.

Marietta entendit la porte claquer dans son dos. Il faisait sombre, cela sentait le renfermé, la sueur, l'urine et la misère. Lorsque ses yeux se furent accoutumés à la pénombre, elle vit qu'elle et ses compagnes — toutes des nouvelles, comme elle — étaient censées occuper les six couchettes restées libres, qu'elles durent chercher à tâtons. Avec une horreur croissante, elle se rendit compte que ces couchettes, superposées quatre par quatre, s'alignaient contre chacune des parois à cinquante centimètres d'intervalle ; telles des mortes, deux cents femmes y gisaient.

Elle s'avança dans l'allée, trouva une couchette supérieure libre et y grimpa en essayant de ne pas poser le pied sur les occupantes. Elle sut que le lendemain matin, elle serait couverte de vermine.

Elle s'étendit sur le dos en s'efforçant d'oublier la douleur due aux coups de fouet, sa lèvre et sa joue endolories, et l'irritation que causait le matelas en toile de jute bourré de paille. La lune se leva et elle entrevit l'intérieur du baraquement.

Le toit, avec son faîte au milieu du bâtiment, était en pente de chaque côté de sorte que les pieds de Marietta touchaient presque le pan inférieur. La partie centrale du plafond était occupée par une verrière renforcée de barres en acier, unique source de lumière. La ventilation se faisait par deux bouches d'aération percées à chaque extrémité, ce qui était insuffisant pour deux cents femmes.

Elle se pencha vers sa voisine du dessous.

— On n'ouvre donc jamais les fenêtres ici ?

Elle reçut une réponse inintelligible. Du polonais ! Marietta comprit qu'elle se trouvait avec quelques-unes des Polonaises arrachées à leurs familles et leurs foyers pour approvisionner en main-d'œuvre les camps de travail hitlériens.

Elle se releva sur sa couchette et tendit les bras vers la verrière qui justement, à cet endroit, n'était pas renforcée.

— Y a-t-il un balai quelque part ? souffla-t-elle.

— Je vais voir, répondit une voix sur le même ton.

Peu après, une forme humaine apparut au pied de la couchette, Marietta reconnut le crâne rasé de Greta et ses grands yeux levés vers elle. Elle lui trouva une allure bizarre, puis se dit qu'elle-même devait avoir un aspect étrange...

— Voilà un balai, fit Greta. Ils peuvent te tuer pour ça, ajouta-t-elle tout bas.

— Qu'y a-t-il de pire que de suffoquer? répliqua Marietta en cassant le verre d'un coup de manche à balai au-dessus du pied de son lit. Le craquement sonore fut suivi d'un bruit de verre brisé. Toutes prêtèrent l'oreille, mais personne ne vint.

— Passez-moi le balai, reprit Greta. Nous mourrons peut-être ensemble, mais au moins, cette nuit, nous pourrons respirer.

Sur quoi elle frappa à son tour dans la verrière, non loin de sa propre couchette.

La chaleur étouffante ne tarda pas à céder la place à la fraîcheur de l'air nocturne. « Une fraîcheur qui vaut bien qu'on meure pour elle », se dit Marietta.

Tout en s'emplissant les poumons d'air frais, les deux femmes se mirent à parler; Greta et son dégoût d'elle-même furent rapidement au centre de la conversation.

— Ce qui me rend malade, disait-elle à voix basse, c'est que je croyais l'aimer. Comment a-t-il pu me faire une chose pareille? Pour de l'argent! (Une quinte de toux l'interrompit.) Je n'aurais jamais dû m'opposer à lui, le sachant si bien placé au parti.

La duplicité et la trahison de son amant semblaient pires à ses yeux que la privation de liberté.

— Vous avez une belle voix. Avez-vous fait de la scène? interrogea Marietta dans l'espoir de la réconforter.

— Oui, répondit Greta, qui parut renaître à ce compliment. J'ai étudié la comédie et le chant. J'ai tenu quelques petits rôles, puis je me suis rendu compte que je n'avais pas la force de persévérer. (Nouvelle quinte de toux.) Je suis tuberculeuse.

— Je suis désolée, fit Marietta en ressentant toute l'insuffisance de ces mots.

— Quand mon père est mort, j'ai investi tout mon héritage dans un petit restaurant. J'ai ajouté un bar, très discret, très raffiné. Je donnais de temps en temps un coup de main en cuisine, ou bien je servais à table; ensuite, je chantais. Je n'employais que trois personnes. Voilà pourquoi l'entreprise était prospère. Puis l'endroit est devenu à la mode. Et maintenant, c'est lui qui possède le tout; et moi, j'ai été condamnée à trois ans de travaux forcés.

Le temps passait. Couchée sur le dos, Marietta contemplait une étoile dans un cercle de ciel nocturne à elle seule réservé. L'étoile scintillait, rassurante, puis sortit de son champ de vision limité. La lune disparut à son tour, le ciel s'assombrit, et Marietta écouta le souffle sonore de ces femmes entassées les unes sur les autres. Certaines ronflaient ou criaient dans leur sommeil, d'autres sanglotaient tout bas, la plupart restaient silencieuses, incapables de fermer l'œil, isolées dans une bulle de malheur.

« Mon Dieu, aidez-moi, pria Marietta. Vais-je me retrouver complètement abandonnée, oubliée de tous dans cet affreux endroit? (Elle avait la curieuse sensation d'être une feuille morte arrachée à son arbre et chassée par le vent, une feuille qui, esseulée, inutile et oubliée, n'avait désormais plus d'autre fonction que de rejoindre l'humus général.) Mon Dieu, pria-t-elle à nouveau, envoyez-moi un signe, montrez-moi que vous ne m'avez pas oubliée. Donnez-moi quelque chose à quoi me raccrocher durant les jours à venir. »

Un souffle de brise entra par la verrière, il y eut un faible raclement et une feuille morte glissa doucement, passa par le trou et tomba en voletant sur le corps de la jeune fille.

Marietta la lissa soigneusement. « Même une feuille morte peut avoir une valeur aux yeux du Seigneur, songea-t-elle, rêveuse. C'est le signe que j'attendais. Moi aussi je peux être la messagère de Dieu. » Elle serra la feuille contre son sein. Le cadeau le plus précieux qu'elle eût jamais reçu.

Chapitre 43

Assise dans son lit, enveloppée dans une couverture, Ingrid relisait pour la dixième fois, ce matin-là, la lettre de son oncle Frédéric. Tandis qu'elle prenait à nouveau toute la mesure de ses phrases empesées et de l'amère vérité qu'elles recelaient, elle fut prise d'un violent frisson. Marietta avait été condamnée à perpétuité et se trouvait en camp de concentration. Plus que le châtiment infligé à sa cousine, ce qui la frappait, c'était que les von Burgheim soient tombés si bas, qu'ils soient incapables de casser ou faire commuer cette sentence. Son oncle lui écrivait pour lui conseiller de quitter la France avant que celle-ci ne tombe entièrement aux mains des Allemands, puisqu'elle aussi avait été impliquée dans une affaire d'espionnage. Certes, Paris pouvait tomber à tout moment, Ingrid ne l'ignorait pas. Une partie de son territoire était déjà occupée. Mais elle, elle se contentait d'attendre les ordres de l'insaisissable Hugo ou de ses subordonnés.

Hugo n'avait pas menti, en fin de compte. Il détenait un pouvoir certain. Malgré le sentiment de culpabilité que lui inspirait quand même le sort terrible de Marietta, elle ne pouvait s'empêcher de se féliciter : elle avait choisi le bon camp.

La sonnerie stridente du téléphone retentit, rendant un son angoissant dans l'atmosphère nouvelle, inconnue, de ce Paris désormais silencieux. Ingrid décrocha d'un geste brusque. C'était Fernando. Elle frémit.

— Nos ordres sont arrivés, annonça-t-il. Nous sommes censés nous réfugier en Grande-Bretagne, et le plus tôt possible. Vous demanderez l'asile politique et chercherez du travail près de Londres dans un secteur industriel stratégique. Lorsque vous aurez trouvé, rendez-vous à l'adresse suivante...

La voix continuait de débiter au téléphone, sur un ton monocorde, une interminable liste d'instructions. L'esprit en déroute, Ingrid s'efforçait de se concentrer sur ce qu'il lui disait, mais elle avait envie de hurler : « Non, non ! Je refuse ! J'aime mon appartement ! Comment pourrais-je le quitter ? Et puis les espions, en temps de guerre, on les fusille ! » Lorsque Fernando raccrocha, elle resta pétrifiée.

— Non !...

Elle se mit à marteler le mur de sa chambre en réprimant un hurlement hystérique. Comment pouvaient-ils la croire capable d'une chose pareille ? Pourquoi accepter, d'ailleurs ? Qu'est-ce qui l'empêchait de refuser ?

La réponse était fort simple : elle voulait récupérer les terres de sa famille. Et puis elle avait peur de Hugo.

En proie à la panique, elle jeta quelques vêtements et affaires de toilette dans une valise et dévala l'escalier pour trouver la porte donnant sur la rue barricadée et le concierge absent. Elle se débrouilla toutefois pour entrouvrir le battant et se faufiler dehors. Ralentie par sa valise, sans taxi ni transport en commun, elle gagna la gare à pied, et apprit que le dernier train pour la côte était parti des heures plus tôt. Puis elle entendit passer de lourds camions dans la rue et, en ressortant de la gare, elle vit que seuls circulaient les véhicules militaires. Constatant qu'ils portaient des insignes britanniques, elle dénuda une de ses épaules en faisant glisser de manière provocante la manche de sa veste et leva la main comme pour héler un taxi.

Au crépuscule, Armentières ressemblait à un vaste casernement. Camions et pièces d'artillerie encombraient la grand-place. Les civils ajoutaient à la confusion générale : les rues fourmillaient de voitures, de gens poussant des brouettes, de bicyclettes, de chevaux et de carrioles... Bref, tout ce qui pouvait transporter les maigres possessions des Français fuyant les côtes pour se réfugier à l'intérieur des terres tandis que les Anglais avançaient vers Dunkerque.

Ingrid n'avait jamais vu pareille déroute. Ses mains moites

glissaient sur la rambarde du camion qui l'avait recueillie. Comme ils se dégageaient progressivement du chaos régnant dans la ville, les premiers bombardiers allemands vinrent pilonner le convoi, les véhicules s'immobilisèrent brutalement. Les hommes descendirent se jeter à plat ventre dans les fossés.

Paralysée, Ingrid regardait les bombes pleuvoir autour d'elle. Le vacarme l'avait mise en état de choc. Elle vit un avion piquer vers le sol en mitraillant des civils, mais resta incapable de faire un mouvement. L'appareil décrivit un cercle dans le ciel et revint par l'autre côté en arrosant de balles tout ce qui se trouvait en dessous de lui; un soldat traversa la route en courant, poussa la jeune fille dans le fossé et se jeta sur elle.

Un camion explosa, mettant le feu à la file arrêtée derrière lui; le souffle frappa Ingrid avec la même violence qu'un obstacle matériel. Elle entendit des balles traçantes traverser le fossé en sifflant et plaqua les mains sur ses oreilles. Lorsque les avions se furent éloignés et que les soldats eurent annoncé la fin de l'alerte, elle escalada le talus pour découvrir que son camion n'était qu'un tas de ruines fumantes qu'on était en train de repousser vers le bas-côté. Des larmes de désespoir roulaient sur ses joues. Il n'y avait plus d'espoir. Elle avait perdu tout ce qu'elle possédait. Debout au milieu de la route, elle regarda des civils en pleurs se regrouper autour de leurs morts et de leurs blessés.

Elle releva les yeux vers les soldats qui remontaient dans les camions.

— Vous voulez bien m'emmener? supplia-t-elle.

L'un d'eux cligna de l'œil et lui tendit la main.

— Bon, d'accord. Grimpez. On ne peut pas vous promettre qu'on atteindra la côte, mais ça vaudra toujours mieux que de vous laisser vous balader seule.

Elle monta à l'arrière du camion et se blottit entre deux *tommies* [1], trop contente de trouver refuge parmi des présences chaleureuses.

_____

1. Nom familier donné aux soldats britanniques. (*N.d.T.*)

Alors que l'aube allait poindre, Ingrid entendit un grondement dans le lointain. Elle put bientôt distinguer les différents bruits qui le composaient : le hurlement des obus, le vrombissement des stukas et des Messerschmitt décrivant des cercles dans le ciel et l'assourdissante déflagration qui suivait les explosions, le sifflement répété des projectiles filant à toute allure au-dessus de sa tête, le souffle de l'impact une fois leur cible atteinte. Son camion avançait toujours au pas vers ce qui, à l'oreille, annonçait de plus en plus une mort certaine.

Exténuée, elle finit par sombrer dans le sommeil, pour ne se réveiller qu'au moment où on la faisait descendre du véhicule afin de l'entraîner dans le vaste champ de bataille envahi de fumée qu'était devenue Dunkerque. En regardant les soldats s'éloigner au pas, Ingrid se sentit plus seule et plus terrifiée que jamais.

Affamée, assoiffée, elle escalada une colline et vit que la ville avait été quasiment rasée. À perte de vue, des hommes attendaient. Des milliers de soldats se massaient sur les plages et dans les ruines. À plus d'un mille au large, derrière la barrière des brisants, des dizaines de destroyers, de yachts, de barques britanniques...

Elle regarda, fascinée, une formation d'avions surgir des nuages bas à la vitesse de l'éclair et pilonner le littoral. Les soldats se jetaient à terre et leur mouvement d'ensemble évoquait les blés couchés par le vent. Puis la vague kaki ondula à nouveau. Le gros de l'attaque se perdit dans les sables.

Rassemblant son courage, elle descendit vers la ville et se fraya un chemin parmi les files de soldats, dans ce qu'elle jugea être la direction du port.

— On ne peut pas rejoindre le port, miss. Ce n'est plus qu'un tas de ruines, l'informa un soldat. Les Boches s'en sont occupés. Nos navires ne peuvent plus venir près de la côte nous chercher. On est bloqués ici.

Ingrid se détourna, ne sachant que faire. Elle n'avait plus d'endroit où aller. Aucune porte de sortie. Elle avait envie de creuser un trou dans le sable et de s'y terrer comme une souris pour attendre la délivrance ou la mort. Qu'était-elle censée faire maintenant ? Hugo voulait-il qu'elle traverse la Manche à la nage ?

280

Instinctivement, elle suivit les soldats sur la plage ; ses genoux manquaient céder à chaque pas, car le littoral essuyait alors le plus gros de l'assaut de la Luftwaffe. Les Messerschmitt déferlaient à basse altitude, vague après vague, mitraillant sans relâche. Ingrid avançait en zigzag, d'une tranchée à une autre, obstinément, vers la mer.

Elle était à bout de force. Tout à coup, elle perçut une espèce de rugissement. Elle pensa tout d'abord qu'il n'existait que dans son imagination et secoua la tête pour s'éclaircir les idées, mais, en la relevant, elle comprit : les soldats hurlaient leur joie à pleins poumons.

Dirigeant son regard vers le large, Ingrid vit alors que les eaux grises de la Manche étaient constellées de minuscules taches noires pareilles à des moustiques, qui se dirigeaient vers le rivage. Elle se frotta les yeux et scruta à nouveau la mer. Ces points noirs étaient autant de petites embarcations ballottées par les vagues, mais avançant régulièrement. Au fur et à mesure, elle les identifia : vedettes, remorqueurs, barques, bateaux à moteur, bateaux de pêche, navires de plaisance... le tout en une immense marée d'embarcations civiles que les bombes et les balles ne pouvaient arrêter.

Pourtant, les stukas les avaient vues ; ils piquèrent sur cette armée de moucherons, qui demeura insubmersible. « C'est comme quand on essaie de chasser les mouches, songea Ingrid. Tout aussi inefficace. Elles sont trop nombreuses. » Au moment où la première rangée d'embarcations atteignait les brisants, les soldats se précipitèrent à l'eau.

Sans prêter attention aux obus, aux bombardiers et à leurs bombes qui pleuvaient de toute part, ils entraient dans la mer jusqu'à hauteur de poitrine en se laissant chahuter par les vagues. Les occupants des embarcations les hissaient les uns après les autres jusqu'à bord, puis ils faisaient demi-tour pour s'enfoncer dans ce chaudron d'écume laiteuse battue par les projectiles et les explosions, vers les navires qui les attendaient à l'ancre. Et la vague suivante de bateaux venait à son tour vers la plage, oscillant sur la crête des vagues.

Ingrid vit avec stupeur des files d'attente se former et se hâta d'y prendre place dans l'espoir qu'on l'emmènerait avec les soldats. Chaque fois qu'une petite embarcation faisait demi-tour, les hommes avançaient de quelques mètres. Elle estima qu'il lui faudrait une journée et une nuit pour arriver jusqu'au bord de l'eau.

À sa grande surprise, le tommy qui la précédait se retourna et dit :

— À mon avis, on va y arriver, miss. Les Fritz vont être déçus ! Eux qui nous croyaient piégés comme des rats, prêts à prendre le chemin de leurs camps ! Vous savez sans doute ce qui s'y passe ?

— J'en sors, fit Ingrid au désespoir. Regardez, ajouta-t-elle en dévoilant le numéro tatoué sur son poignet.

Les yeux du soldat s'emplirent de compassion.

— Vous avez l'air à bout, fit-il. Hé là, vous autres ! lança-t-il. Vous n'allez tout de même pas laisser cette petite dame échappée des camps de concentration rester debout comme ça jusqu'à tomber d'épuisement ! Allez, les gars, on la fait passer devant !

Une barque de pêche approchait. Ingrid la regarda d'un air suppliant. Elle pourrait peut-être prendre trente hommes à son bord, et il devait en rester encore cinquante devant elle. C'est alors que des bras puissants la propulsèrent en direction du bateau ; elle avait de l'eau jusqu'à la poitrine. À demi asphyxiée par l'écume bouillonnante, elle manquait se noyer à chaque seconde, soulevée dans les airs et, l'espace d'un court instant, hors de l'eau, bras et jambes écartés. Puis le soldat qui se tenait juste derrière elle exerça une poussée vigoureuse sur ses jambes tandis qu'un des passagers de la barque la prenait sous les aisselles, bientôt elle se trouva allongée au fond du bateau.

Ce bateau de pêche était propulsé par deux moteurs hors-bord. Un homme âgé au visage buriné était à la barre et attendait, impassible, que les hommes aient fini d'embarquer. Deux adolescents l'aidaient. Ingrid pensa que le capitaine devait être leur grand-père. Les jeunes comptaient les hommes :

— Vingt-huit, vingt-neuf, trente. On arrête, dit l'un. (Le soldat suivant s'accrocha au plat-bord en sanglotant, mais il fut promptement repoussé.) On revient bientôt, mon gars, t'en fais pas, lança l'autre garçon.

Le vieil homme mit les gaz et le bateau repartit à toute allure vers la flotte en attente.

Dix minutes plus tard, Ingrid grimpait le long d'une échelle de corde. Une fois sur le pont, elle sentit avec gratitude qu'on lui posait une couverture sur les épaules.

— Vous êtes en sécurité maintenant, miss ! lui lança un soldat.

Elle fondit en larmes. En sécurité ? Mon Dieu, non, au contraire : elle ne serait plus *jamais* en sécurité.

Chapitre 44

Le lendemain matin, arrivée au port de Douvres, Ingrid emprunta la passerelle de débarquement avec les soldats britanniques épuisés. Des civières mises côte à côte encombraient les rues, les trottoirs, toute la surface des docks. On aurait dit que les habitants du coin s'étaient donné le mot pour circuler entre les survivants trempés et dépenaillés et leur offrir couvertures et boissons chaudes. Quelqu'un tendit une tasse de thé à Ingrid, dont le sexe et l'absence d'uniforme ne tardèrent pas à attirer l'attention d'un représentant des autorités.

— Êtes-vous Française ? s'enquit-il.

— Je ne sais pas très bien où aller..., commença-t-elle.

Il l'enveloppa d'un regard rapide et sans merci.

— Venez par ici, miss.

Quelques instants plus tard, elle pénétrait dans une école où on la fit attendre pour une entrevue avec « les autorités compétentes » en compagnie d'un assortiment de Français qui paraissaient encore en plus mauvais état qu'elle.

Lors de son premier interrogatoire, elle eut tellement peur qu'elle n'eut pas besoin de mentir : elle fut parfaitement crédible dans son rôle de pauvre réfugiée traumatisée par les bombardements. Elle régressa jusqu'à redevenir l'enfant perdue qu'on avait parachutée jadis dans la famille von Burgheim. Il fallut des semaines et plusieurs autres entrevues pour qu'on l'envoie à Londres et qu'on la confie à une assistante sociale, qui lui délivra un carnet de tickets de rationnement, une carte d'identité et un permis de séjour temporaire, ce qui lui donnait le droit de vivre et de travailler dans le secteur jusqu'à ce qu'elle obtienne un statut définitif. On lui remit également des vêtements et on lui trouva une chambre à Camden Town.

L'assistante sociale en question, âgée d'une cinquantaine d'années, était grosse et sentait le gin.

— Il va falloir gagner votre vie, euh... princesse Ingrid, déclara-t-elle, manifestement impressionnée par son titre.

Ingrid inclina la tête sans répondre.

— Euh... Avez-vous déjà travaillé ?

Ingrid fit signe que non.

— J'avais... une rente, bégaya-t-elle.

— Et tout cela est resté en Autriche, bien sûr ?

— Je ne sais pas, marmonna la jeune fille. Il me semble que le capital était déposé en Suisse. L'argent me parvenait tous les mois par l'intermédiaire de ma banque française. Je peux vous donner le numéro, si vous voulez.

Ces déclarations parurent préoccuper son interlocutrice.

— On va s'en occuper. Entre-temps, il faut tout de même vous trouver un emploi.

Ingrid tendit son poignet.

— J'ai failli mourir... Toute ma famille a péri... (Les larmes roulaient sur ses joues.) Je vous en supplie... Vous devez me comprendre... Je rêve d'être utile. Je veux contribuer à combattre les nazis.

Le soulagement se peignit sur les traits de l'assistante sociale ; enfin une attitude qu'elle pouvait comprendre !

— Eh bien, c'est ce que vous allez faire. Qu'y a-t-il de plus utile que de fabriquer des Spitfire, hein ?

Trois jours plus tard, Ingrid se retrouvait devant une série d'immenses hangars aux toits d'amiante recouverts de filets de camouflage, près d'un champ où paissaient des vaches. Elle fut initiée aux secrets de l'horloge pointeuse par un contremaître myope, courtaud et chauve, aux manières obséquieuses, qu'elle chassa aussitôt de ses pensées en le classant dans la catégorie des crétins.

On la dirigea vers un atelier tout en longueur, aux murs blanchis à la chaux, qui abritait des rangées d'établis. Cantine, toilettes et infirmerie étaient installées dans un bâtiment adjacent, tandis qu'une construction en brique d'un étage renfermait les bureaux de la direction, avec une baie vitrée donnant sur le complexe. On présenta Ingrid aux « filles », puis on lui attribua un bleu de travail et un foulard.

Une demi-heure plus tard, devant un établi, elle se familiarisait avec sa tâche, limitée mais cruciale, qui lui était dévolue, et dont elle comprit bientôt qu'elle requérait une bonne dose d'habileté.

Devant elle un étau, dans lequel elle devait fixer une partie du nez conique du Spitfire, sur sa droite, un tour ; son travail consistait à ouvrir la mâchoire métallique dans laquelle elle insérait l'outil coupant qu'on lui avait confié. Ingrid était censée tracer un sillon sur le rebord interne du cône. Ses doigts peu habitués aux travaux manuels furent bientôt entaillés par la limaille, et ses mains imprégnées de lubrifiant.

Quand elle avait achevé le sillon, le cône passait entre les mains d'une jolie brune aux joues rouges et aux yeux noisette qui, à l'établi voisin, polissait le tout.

Élevant la voix pour se faire entendre par-dessus le bourdonnement continuel des machines, sa voisine se présenta : elle s'appelait Gwen et, malgré ses origines aristocratiques et sa fortune personnelle, elle s'était portée volontaire — comme deux millions de ses concitoyennes — pour travailler dans l'industrie de l'armement.

Le samedi matin suivant, Ingrid se rendit à la banque et se découvrit riche de cinq cents livres sterling en provenance de Suisse. Cela lui remonta instantanément le moral, et elle décida de chercher un logement plus confortable ; elle trouva dans le quartier de Knightsbridge une charmante maisonnette installée dans d'anciennes écuries, les propriétaires étaient partis au Canada dès la déclaration de guerre. Leur agent n'exigeait qu'un dépôt de garantie peu important, et Ingrid emménagea sans délai.

Le moment était venu de rétablir le contact avec Fernando ; l'après-midi même elle prenait le métro, repérait le marchand de journaux qu'il lui avait indiqué et entrait dans la boutique en souriant nerveusement.

286

L'individu qui se tenait derrière le comptoir avait le dos tourné.

— Je suis à la recherche de journaux tchèques..., commença-t-elle, peu rassurée.

— Vous devez être Ingrid.

Il se retourna et la jeune fille s'efforça de dissimuler sa surprise. Avec ses favoris, sa moustache tombante et sa chevelure brune et bouclée, le marchand de journaux semblait droit sorti d'un roman de Dickens. Très pâle, il avait des yeux bruns au regard doux, profondément cernés, un nez bulbeux, de grandes oreilles décollées. Pressentant une menace voilée derrière ces manières doucereuses, Ingrid frissonna. Il se présenta comme étant Patrick O'Connor, propriétaire du magasin.

— Appelez-moi Paddy. Bienvenue à Londres, Ingrid. Le monstre est là-bas derrière, ajouta-t-il avec un geste du pouce par-dessus son épaule.

Le monstre... ? Se demandant ce qu'il pouvait bien vouloir dire par là, elle se dirigea vers l'arrière-boutique. Elle y trouva Fernando qui, à genoux, déballait des paquets de journaux. Tout d'abord, elle faillit ne pas le reconnaître : le visage amaigri, le teint terreux, les cheveux sales et graisseux, il avait l'air tendu.

— Il vous en a fallu du temps pour arriver jusqu'ici ! gronda-t-il en la voyant.

— Je viens seulement d'obtenir mes papiers. J'ai même eu de la chance de pouvoir venir aussi vite.

— Ne vous laissez pas bousculer par ce maquereau, lança Paddy, qui avait suivi Ingrid. En cas de problème, n'oubliez jamais qu'ici, c'est *moi* le patron. Allez charger ces foutus journaux dans la camionnette, jeta-t-il à Fernando.

Ce dernier se remit d'un bond sur ses pieds et, deux ballots sur les épaules, sortit par la porte.

— Sale paresseux, commenta Paddy. Et maintenant, *princesse,* au travail. Il faudra venir prendre des leçons avec moi tous les soirs pendant un mois ; tout dépendra de la facilité avec laquelle vous apprendrez.

Il la fit monter au grenier et s'arrêta devant une porte dissimulée par un tas de cartons. Derrière elle une pièce bien rangée, parfaitement fonctionnelle, contenait un labo photo, une chambre noire et un atelier bien équipé.

— Maintenant, écoutez bien, reprit Paddy. Je n'aime pas me répéter. Vous avez déjà pris des photos ? (Elle acquiesça.) Désormais, cette petite merveille sera votre meilleure complice. Je vais vous montrer comment ça marche, poursuivit-il en lui tendant un appareil photo pourvu d'un flash.

Ingrid commença à voir les choses sous un angle plus réjouissant.

Elle devait découvrir au fil des semaines qu'il lui restait un grand nombre de talents à acquérir, mais elle était bonne élève, et Paddy prenait plaisir à l'instruire. À aucun moment il ne lui fit de propositions, et elle lui en fut reconnaissante.

— Une jolie fille comme vous doit pouvoir mettre la main sur toutes sortes de renseignements utiles, déclara-t-il à la fin de sa formation. Il faut vous servir de votre titre et de vos relations pour vous infiltrer dans la bonne société britannique. Ainsi vous arriverez jusqu'à la classe dirigeante, et aux hommes qui sont au courant de tout. Prenez garde : il ne doit pas être question de sentiment. Ce serait du suicide, et, de plus, vous ne pourriez plus vous occuper des autres, ajouta-t-il sans paraître remarquer l'expression furieuse qui se peignit sur les traits d'Ingrid.

Ce soir-là, alors qu'elle rentrait à pied chez elle sans se hâter, il y eut encore une alerte aérienne. Toutes les nuits, les bombardiers allemands pilonnaient Londres. Dieu merci, le débarquement ne tarderait guère, maintenant, songea Ingrid, malade de dégoût à l'idée de la vie qu'elle était forcée de mener. Mais au bout du chemin attendait la richesse... Une richesse inimaginable. Elle se rassurait en se disant que ce ne serait plus très long.

Paddy commença bientôt à la harceler, à réclamer des résultats concrets ; sa première exigence fut de l'envoyer photographier des documents sur la conception technique des Spitfire dans les bureaux de la direction. Un exploit irréalisable, jusqu'à ce qu'Ingrid fasse connaissance avec la traditionnelle et sacro-sainte pause thé du matin ; à cette occasion, le directeur descendait rejoindre les « filles » à la cantine. Lui qui prenait d'ordinaire bien soin d'enfermer tous les documents dans le coffre avant de quitter son bureau se montra tellement préoccupé, un lundi matin, après être resté cloîtré une heure avec des représentants du ministère de l'Air, que, dans sa hâte de prendre son thé, il oublia de fermer la porte à clef.

Ingrid sortait de la cantine juste au moment où le directeur y entrait en coup de vent ; elle décida d'aller jeter un coup d'œil à son bureau. Toute tremblante, elle chercha l'appareil photo dans son casier et, de retour au bureau, trouva sur la table de travail un assortiment de documents et de schémas ; malgré le tremblement de ses mains, elle réussit tant bien que mal à les photographier.

Elle ne regagna son poste de travail que quelques secondes après les autres avec une sensation d'euphorie. Ces Britanniques... quels amateurs ! Pas étonnant qu'ils soient en train de perdre la guerre ! Maintenant que l'Europe de l'Ouest était occupée par les nazis, la Grande-Bretagne était la seule à se battre ; chacun attendait d'un jour à l'autre de la voir envahie. Civils et militaires amassaient frénétiquement des blocs de béton et des rouleaux de fil de fer barbelé le long des côtes. La nuit, les bombes pleuvaient sur Londres, tous les matins le bulletin d'informations de la BBC annonçait de nouvelles pertes en mer. Le rationnement était draconien : la nourriture n'arrivait plus dans les ports. Le pays allait périr sous les bombes, mais aussi mourir de faim. Même le roi prenait des leçons de tir. Il avait déclaré publiquement qu'il sacrifierait sa vie si nécessaire ; la reine avait refusé de le quitter, et ses filles étaient demeurées auprès de leurs parents. Quelles que soient leurs origines, les sujets de Sa Majesté, solidaires, luttaient pour survivre.

Ingrid avait entrepris de conquérir sa collègue de travail si bien introduite dans les milieux influents ; au début d'août, Gwen l'invita chez elle.

— Mes parents ont une maison à la campagne, vous devez vous sentir bien seule, loin de votre famille. Venez donc passer le week-end avec nous, il y aura plein de gens intéressants. Nous donnons souvent une soirée le samedi... Pour nos soldats, naturellement. Ils méritent bien de s'amuser un peu.

Les yeux d'Ingrid se mirent à briller de plaisir et son visage s'éclaira. La belle vie d'antan lui manquait tant...

Chapitre 45

Dans les bras d'un jeune officier de marine, Ingrid dansait pieds nus sur la pelouse au son lointain d'une chanson où il était question de clair de lune. Ce week-end, elle avait presque réussi à se détendre. Il faisait chaud, le ciel était sans nuages et les soirées se passaient à danser, à boire sur la terrasse et à se divertir avec les uns et les autres. Ingrid était ivre, mais tous l'étaient. Elle avait découvert qu'on s'était fait un devoir patriotique, dans ce pays, de « distraire les petits gars ». Elle avait dépensé une somme coquette pour paraître chic, et récolté assez d'invitations pour le reste de la saison.

Son partenaire interrompit soudain sa rêverie.

— Dites donc, regardez Stephen. Il devrait faire quelque chose pour ses cheveux. On ne devinerait jamais quel esprit brillant se cache derrière ce physique de vieil ours.

— Ah bon ? fit Ingrid.

— Il est dans le renseignement. Un type étonnant... Un peu bizarre quand même. Il travaille jusqu'à des heures indues dans un bureau minable de Baker Street en faisant semblant d'être dans l'import-export, mais tout le monde sait bien qu'il est un des hommes les plus riches d'Angleterre.

Décidée à saisir au vol cette opportunité, la jeune fille se débarrassa du marin et, les yeux brillants, se rapprocha de sa proie.

L'homme, plutôt âgé, serait une victime facile. Ingrid se présenta puis, aguichante, lança quelques flèches.

Cependant, à minuit elle n'avait rien obtenu. En désespoir de cause, elle se laissa séduire. Stephen était un excellent amant, et Ingrid passa un bon moment en sa compagnie, sans en tirer quoi que ce soit d'utile pour Paddy.

Elle fut réveillée par les premières lueurs de l'aube filtrant entre les rideaux. À côté d'elle, Stephen Schofield ronflait doucement. Une nuit pour rien. Elle s'assit dans le lit et l'observa. Il avait au moins cinquante-cinq ans. Malgré ses cheveux gris, sa calvitie naissante et son front creusé de rides, son visage était attirant.

Il ouvrit les yeux. De grands yeux gris qui la scrutèrent aussitôt. Elle fut déconcertée.

— Bonjour, fit-il. Je m'appelle Stephen Schofield, et vous ?

— Si vous ne vous en souvenez pas, vous ne méritez pas de le savoir, jeta-t-elle, humiliée.

— Sommes-nous dans votre chambre ou dans la mienne ?

— La mienne !

Elle eut un petit rire, mais, à la vérité, elle bouillait de rage.

Lorsqu'il sortit nu de son lit, elle fut surprise de le découvrir en si bonne condition physique. Avec sa haute taille et son corps mince, il était du genre sec et nerveux. Il entreprit de se rhabiller avec assurance et détachement, ce qui irrita Ingrid. Il avait manifestement l'habitude de ce genre de situation. Il marqua une pause devant la porte.

— J'ai été bien ? s'enquit-il.

— Minable, mentit-elle.

— Je vous assure que je peux faire mieux.

— Je n'accorde jamais de seconde chance.

— Si c'est comme ça..., fit-il en haussant les épaules avant de sortir et de refermer doucement la porte derrière lui.

Le dimanche à midi, Ingrid prit place à côté d'un capitaine de vaisseau qui entreprit aussitôt de la baratiner. Il prenait le soir même l'avion pour l'Écosse. Sa langue, bien déliée par l'apéritif, se délia encore sous l'effet du vin ; ravie, Ingrid eut droit à la description quelque peu erratique d'une flotte de sous-marins cachée dans l'estuaire de Cromarty et qu'on était en train d'équiper d'un type nouveau de radar.

— Naturellement, ajouta-t-il, mais un peu tard, je ne devrais pas vous dire cela, mais je n'ignore pas que, vous-même, vous travaillez dur pour contribuer à l'effort de guerre. Gwen m'a parlé de vous. Vous êtes la fille la plus courageuse que j'aie rencontrée, et la plus séduisante par-dessus le marché. Donnez-moi votre adresse à Londres, je reviendrai dès que possible.

Les invités prirent congé après le déjeuner et Ingrid regagna Londres très contente d'elle.

Paddy cessa de la harceler ; elle-même commençait à prendre plaisir à brûler la chandelle par les deux bouts. Elle étendit rapidement son cercle de fréquentations. Chaque fin de semaine apportait son lot de militaires en permission qui avaient un même besoin d'amour et de compagnie féminine. En dépit de leurs fanfaronnades, ils étaient souvent choqués par ce qu'ils avaient vécu. Généralement, à l'aube, ils touchaient le fond. Alors ils se mettaient invariablement à parler, parfois même sans qu'Ingrid ait besoin de les y inciter. Tout ce qu'ils disaient était bientôt rapporté à Fernando ou à Paddy.

Pour la jeune fille, ces amourettes sans lendemain étaient la solution idéale. Il lui fallait un corps d'homme chaud et rassurant pour apaiser les terreurs de ses nuits solitaires, mais elle préférait ne pas trop réfléchir.

Puis, un jour, Gwen l'invita à dîner au domicile londonien de son père pour le samedi suivant.

— Lord Schofield est très désireux de vous rencontrer officiellement, même s'il me semble que c'est déjà fait...

Ingrid réprima un sourire. On allait donc la présenter à un homme avec qui elle avait passé une nuit ! Typiquement britannique !

Une fois introduite dans le monde, Ingrid fut submergée de fleurs et d'invitations. Stephen, ainsi qu'il désirait qu'elle l'appelât, lui prenait tout son temps. Sa position sociale interdisait aux autres hommes de l'approcher. À Londres, il l'invitait à dîner tous les soirs. Le dimanche, ils allaient faire des promenades à cheval ou partaient pour de grandes randonnées à pied dans la campagne environnante.

Ingrid était gênée dans sa mission par les attentions constantes de Stephen, dont elle n'apprenait jamais rien qui fût exploitable. Un soir, Fernando la coinça dans l'arrière-boutique de Paddy et lui tordit méchamment le bras.

— Laissez tomber Schofield ! Vous n'avez pas réussi à en tirer quoi que ce soit ! Tenez-vous-en aux officiers en permission, sinon...

— Sinon quoi ? ricana-t-elle en se dégageant avant de quitter rapidement la pièce.

Accoudé au comptoir, Paddy la vit surgir en toute hâte.

— Hé là, attendez une minute, princesse ! (Il examina son bras.) Vous allez avoir un bleu, fit-il avec douceur. Ce type est une brute. (Il la gratifia d'un sourire mielleux qui l'emplit de dégoût.) Venez, il faut que je vous parle.

Paddy habitait au-dessus de sa boutique. Outre le dépôt, il y disposait d'une kitchenette pourvue d'un évier sale et d'une plaque de fourneau supportant une bouilloire. Il fit du thé et lui montra son jardin, où il élevait des lapins.

— Allons nous asseoir sur le banc, fit-il. La soirée est belle. J'aime bien venir m'installer là et regarder les lapins. Vous vous y connaissez, en lapins ?

Elle secoua négativement la tête. Paddy l'énervait. Il était vulgaire et avait les ongles sales. La tasse qu'il lui avait tendue était sale aussi, et elle attendait la première occasion pour la vider dans les fleurs. Elle rêvait d'un bon café viennois.

— Ceux-ci sont des géants des Flandres, déclara-t-il en indiquant de gros lapins gris aux oreilles tombantes. Et cette petite merveille, là, c'est une hollandaise blanche. Ma préférée. (Il ouvrit le clapier et la souleva doucement. La bête paraissait effrayée ; il la plaça sur ses genoux et se mit à lui caresser la tête.) Dans cette guerre, nous avons tous choisi notre camp pour des raisons qui nous sont propres. Personne ne fait ce genre de boulot pour rien. Moi, je le fais pour l'Irlande. L'Allemagne a promis son indépendance à l'Eire. Non que j'aie tellement confiance dans ses promesses, mais ça donne pour ainsi dire un but.

« Vous, c'est pour votre compte que vous agissez. On vous a promis de vous rendre votre fortune, à ce qu'on m'a dit. Ma foi, les femmes ont des façons diverses de faire fortune. Le lit, par exemple, ajouta-t-il en clignant de l'œil d'un air sournois. Je m'attends un peu à ce que lord Schofield se déclare. Le moment venu, faites-lui une réponse qui ne le découragera pas tout en l'empêchant de vous monopoliser. Il peut nous être utile, c'est

294

vrai, mais pas au point que vous laissiez tomber vos autres contacts... (Il y eut un long silence. Paddy aspira bruyamment une gorgée de thé.) Jolie comme vous l'êtes, vous voyez peut-être dans un mariage avec lui le moyen de sortir du pétrin ; de même que cette lapine pense sans doute pouvoir s'échapper — je l'ai justement baptisée Ingrid, parce qu'elle est belle comme vous.

La lapine en question, une créature au poil blanc soyeux et aux yeux doux, ne broncha pas lorsque Paddy ôta sa main. Pendant une seconde, elle frémit sur ses genoux. Puis elle bondit. Alors la main de Paddy se détendit brusquement et lui assena un coup qui lui brisa les vertèbres lombaires. La lapine retomba au sol avec un cri de détresse aigu. Ingrid était muette d'horreur. L'animal tentait de fuir avec ses seules pattes de devant, traînant son arrière-train paralysé.

— Naturellement, on ne s'échappe jamais, déclara Paddy, qui sourit à la jeune fille avant de reporter son attention sur les efforts pathétiques de la lapine. Je crois que je vais mettre fin aux souffrances d'Ingrid... (Il se pencha, ramassa la bête et lui tordit le cou d'un geste. La tête de la lapine pendit lamentablement. Paddy soupira.) De toute façon, elle n'a jamais eu d'autre destin que d'être mangée.

Ingrid avait la nausée. Elle posa sa tasse et se leva.

— Vous me dégoûtez.

Il répondit par un sourire entendu, non dépourvu de tendresse. « Presque un sourire d'amant », songea-t-elle.

Ingrid évita Stephen pendant quelques jours, le temps de se lier avec un jeune aviateur polonais qui lui racontait son entraînement aux bombardements nocturnes. Ce fut à Fernando, plutôt qu'à Paddy, qu'elle en rapporta les détails.

La semaine suivante, une vague de chaleur s'abattit sur l'Europe. Le vendredi soir, Stephen emmena Ingrid se promener le long de l'Embankment. Ils se penchèrent côte à côte par-dessus la rambarde pour regarder passer les bateaux. Stephen avait l'air nerveux.

— Ma chérie, voulez-vous m'épouser ? dit-il de but en blanc. (Puis, sans attendre la réponse :) Je veux que vous preniez le temps de consulter mon homme de loi. Il s'occupera de tout. Vous avez bien un avocat ou un notaire à Londres, n'est-ce pas ? Sinon, je peux vous donner quelques noms. Vous verrez, je suis un très beau parti... (Il rit d'un air gêné.) Suffisamment beau pour que soient satisfaits les critères d'avant-guerre auxquels vous étiez accoutumée.

Un beau parti... L'expression fit vibrer une corde sensible ; elle se rappela Hugo et la liste des partis possibles dérobée dans le bureau de la princesse Lobkowitz. Lord Schofield y figurait ! Elle faillit éclater de rire. Elle entendait encore les menaces de Paddy résonner dans sa tête. Elle était obligée de dire non. Elle se consola en songeant qu'après la conquête de la Grande-Bretagne, lord Schofield ne serait certainement plus un si beau parti.

— C'est que je ne suis pas libre, répondit-elle enfin. Quelqu'un m'attend en Autriche. Dans un camp, précisa-t-elle. Tant qu'il ne sera pas mort ou relâché, je ne suis pas libre. Un jour, peut-être... qui sait ?

Stephen prit un air choqué, puis profondément bouleversé.

— J'attendrai, dit-il. Mais d'ici là, je vous en prie, ne m'excluez pas de votre vie.

Chapitre 46

À l'atelier du camp où Marietta cousait des uniformes depuis six mois, la vague de chaleur rendait la vie insupportable. Il était midi, l'heure du déjeuner n'avait pas encore sonné. La soupe était en retard et Marietta se sentait au bord de l'évanouissement tant elle avait faim. De temps en temps, sa machine à coudre devenait floue. Devant elle, Greta piquait du nez, et Marietta inspecta les environs pour s'assurer que la surveillante, surnommée Œil-de-truie, ne regardait pas de leur côté.

— Réveille-toi, Greta ! chuchota-t-elle.

Mais la jeune femme tomba en avant et l'aiguille de sa machine dérapa en travers de la jambe de pantalon qu'elle était en train de bâtir. La surveillante vint l'attraper par le col et la traîner dans l'allée ; au moment où elle allait la frapper à coups de schlague, Marietta bondit et lui effleura le bras.

— Je vous en prie, laissez-la, supplia-t-elle. Elle n'en peut plus. La nourriture est en retard aujourd'hui, et elle ne se porte pas très bien.

Œil-de-truie pivota sur place pour se tourner vers sa nouvelle victime, et oublia Greta pour entraîner Marietta dans la cour.

La jeune fille s'effondra sous sa matraque, mais l'autre la força à se relever à coups de pied. Elle retourna péniblement à son poste, s'efforçant d'achever chaque couture en trente secondes et au fur et à mesure que les vêtements atterrissaient sur son établi. Des points noirs dansaient devant ses yeux, l'empêchant d'y voir clair, chaque geste était un supplice. La surveillante lui avait octroyé une punition supplémentaire : elle serait privée de soupe et de pain.

Marietta se courba sur sa machine ; inutile de montrer à cette sadique, par la parole ou l'expression de son visage, à quel point elle était anéantie par ce châtiment débile. Elle essayait bien de trouver un sens à tout ce qui lui arrivait, mais, après une journée à Lichtenberg, on n'avait plus assez d'énergie pour méditer sur son sort.

Son dos et ses épaules meurtris se rappelaient constamment à son souvenir, elle se traîna jusqu'à la fin de la journée. À dix heures du soir, elle se jeta sur sa paillasse avec un soupir de soulagement, mais eut du mal à trouver une position qui ne la fasse pas trop souffrir. Elle se tortillait nerveusement sur sa couchette quand elle entendit Greta gémir. Tout à coup, son amie s'assit, regarda autour d'elle comme en transe, puis s'effondra.

Marietta descendit précipitamment et se pencha sur Greta. Elle s'était blessée à la joue. Marietta tenta de la soulever, mais n'en eut pas la force. Plusieurs Polonaises s'assemblèrent autour d'elles et elles réussirent à remettre la jeune femme sur sa couchette. Marietta resta une heure auprès d'elle à lui passer de l'eau fraîche sur le visage, mais Greta ne reprit pas conscience et, en proie au délire, continua à frissonner. Sans soins médicaux, elle ne passerait pas la nuit. Mais on n'avait accès à l'infirmerie que pendant la journée, et accompagnée par une surveillante.

« Il ne faut pas que Greta meure », pensa Marietta. Elle était la seule qui eût des chances d'être relâchée. Il fallait qu'elle vive et recouvre la liberté.

— Je dois l'emmener voir le médecin, dit-elle tout haut avant de se diriger vers la porte.

Le garde en faction devant le baraquement était jeune et impressionnable. Il eut pitié.

— Restez à l'intérieur. Faites attention. Si vous sortez, vous serez battue.

— Je m'en moque ! Abattez-moi, faites ce que vous voulez. Mais mon amie est en train de mourir.

Elle était décidée, coûte que coûte, à faire entrer Greta à l'infirmerie. De sa vie elle n'avait ressenti pareille détermination.

— Personne ne doit mettre un pied dehors après l'extinction des feux. Retournez dormir et cessez de troubler l'ordre.

Marietta regarda par-dessus son épaule ; elle repéra une brouette, abandonnée près d'un tas de briques.

— Vous êtes autrichien, n'est-ce pas ? lui demanda-t-elle.

— Oui.

— J'ai reconnu votre accent. Moi aussi. J'étais quelqu'un d'assez connu, avant d'échouer ici. Maintenant, je ne suis plus que le numéro 798484. Mon crime est d'avoir voulu aider des malheureux à fuir le pays. Je vais sortir chercher cette brouette, là-bas. Je suis désolée, mais je n'ai pas le choix.

— Restez dedans, supplia le jeune homme. Je ne suis pas le seul garde ici.

Sans prêter attention à ses avertissements, elle franchit le seuil.

— Je vais être obligé de tirer, murmura le garde sur un ton désespéré.

— Eh bien, allez-y. Je suis déjà à moitié morte, de toute façon ; quant à mon amie, elle ne sera plus des nôtres demain matin si je ne lui trouve pas un médecin.

Désarçonné par une telle volonté inébranlable, le garde la laissa passer. Le trajet à travers la cour obscure jusqu'à la brouette et son retour lui parut interminable.

Ses compagnes l'aidèrent à déposer Greta dans l'engin, elle eut un curieux gémissement mais ne se réveilla pas. Tremblant sous l'effort qu'elle devait fournir pour maintenir en équilibre le poids mort de son amie, Marietta retraversa la cour ; les yeux du garde et le canon de son fusil semblaient lui percer le dos comme des tisonniers incandescents.

Elle tenta de rassembler son courage. Que lui avait dit père, déjà ? Oui : « Un homme est grand quand il fait le bon choix et s'y tient avec une détermination invincible. » Qui était donc l'auteur de cette phrase ? Un philosophe grec, certainement...

L'infirmerie était à trois cents mètres ; il lui fallut plus de cinq minutes pour y parvenir. Greta était toujours inconsciente, et Marietta commençait à craindre qu'il ne fût trop tard. Le médecin, un catholique allemand, fut atterré de les voir débarquer.

— À quoi bon cet acte d'héroïsme ? Vous vous rendez

compte de ce qui va vous arriver ? Et tout cela pour quoi ? Cette femme est tuberculeuse. Elle mourra de toute façon.

— Sauvez-la, fit Marietta. Ce n'est pas une prisonnière politique. Dans trois ans elle sera libre. Il faut qu'elle vive, pour nous toutes.

Très tôt le lendemain matin, Œil-de-truie prononça la sentence de Marietta.

— À l'isolement, annonça-t-elle d'un ton triomphant.

— Combien de temps ?

— Peut-être pour toujours, répondit-elle en souriant toute seule, réjouie manifestement de la terreur de Marietta. La plupart des détenues n'en reviennent pas, ajouta-t-elle avec perversité.

Marietta la suivit jusqu'aux cellules d'isolement. Une porte barricadée et une volée de marches en pierre menaient à un passage souterrain. Elle frémit. Une gardienne boutonneuse aux yeux méchants lui saisit la main pour déchiffrer son tatouage.

— À l'isolement jusqu'à nouvel ordre, lança Œil-de-truie.

La gardienne reporta laborieusement le numéro de Marietta dans un épais registre, puis lui fit descendre une autre volée de marches. Derrière elle dans ce passage souterrain faiblement éclairé par des ampoules électriques, Marietta ne put contenir son tremblement. Cela sentait l'humidité et le renfermé. La gardienne déverrouilla une lourde porte et lui fit signe d'entrer. Marietta fit un pas en avant et se retrouva dans une masse de ténèbres impénétrables, redoutant de tomber dans une fosse sans fond. Une poussée vigoureuse entre ses omoplates la fit tomber à quatre pattes.

Elle heurta le sol en ciment rugueux et poussa dans le noir un hurlement de terreur ; à peine se rendit-elle compte que la porte s'était refermée derrière elle avec un bruit métallique. Elle avait l'impression que les ténèbres allaient l'étouffer. Elle se recroquevilla en position fœtale, en sanglotant. Bientôt, trop exténuée pour pleurer, elle sombra dans le désespoir.

Elle comprit par la suite qu'elle avait dû manquer plusieurs repas : elle n'avait aucun moyen de mesurer le passage du temps, mais elle se sentait affaiblie et la tête lui tournait. Allait-on la priver de nourriture en même temps que de lumière ? Elle voulut se lever, mais perdit l'équilibre et retomba. Alors elle résolut de ramper. Il planait dans sa cellule, toute de brique et de ciment poussiéreux, une légère odeur de vomi et de transpiration humaine. Marietta se mit à avancer à tâtons, comme une créature aveugle.

Après s'être traînée sur les genoux pendant ce qui parut· durer une éternité, elle finit par conclure que sa prison était petite — environ trois mètres sur quatre —, pourvue d'une tinette, d'un robinet, d'un seau, d'un lit et d'une couverture. Elle finit par retrouver la paillasse et s'y allongea, souffrant de ses contusions et ne se cachant pas qu'elle en était seule responsable. Elle tenta de saisir des sons à l'extérieur, mais en vain ; elle soupçonna sa cellule d'être totalement insonorisée. Alors elle tenta de décompter le passage du temps, mais le silence suscitait en elle un tel engourdissement que son cerveau refusait de fonctionner.

— Il faut que je survive ! dit-elle à haute voix afin de rompre cette atmosphère étouffante, ce qui n'eut pour effet que de la faire fondre en larmes à nouveau. Mon Dieu, aidez-moi à survivre ! psalmodia-t-elle. Donnez-m'en le courage. Je peux sûrement m'adapter. D'autres l'ont fait avant moi. Un jour, ces êtres maléfiques comparaîtront devant la justice, et, ce jour-là, je voudrais être présente.

Elle fit de son mieux pour ajouter foi à ses propres paroles, mais, au fond d'elle-même, elle se sentait vaincue.

Chapitre 47

Ce fut la gardienne qui lui sauva la vie.

Marietta gisait, plongée dans l'hébétement, depuis des jours ou des semaines, elle n'aurait su le dire, lorsqu'un flamboiement soudain vint faire voler en éclats les profondeurs noires comme le Styx où elle était engloutie. La jeune fille enfouit son visage dans son matelas et posa ses mains sur sa tête.

— Elle n'en a plus pour longtemps. Elles meurent très vite à partir du moment où elles lâchent prise, fit une voix de femme. Ce n'est pas la première fois que j'assiste à ça, loin de là. Elle ne s'alimente plus depuis des jours... Ce n'est plus la peine de lui apporter à manger. Il y en a qui se battent, mais pas celle-là. Moi, je préfère celles qui abandonnent tout de suite. Elles me causent moins d'ennuis.

Les visiteuses s'en allèrent, et Marietta frissonna d'horreur. Elle allait donc leur rendre le service de crever ici ? Un éclair de haine l'incendia et la réchauffa tout à la fois. Elle s'assit prudemment sur sa couchette. Des crises de vertiges successives lui donnèrent envie de se rallonger et d'attendre la mort, mais c'était justement ce que les autres voulaient. Elle fit une nouvelle tentative. « Il faut que je sois forte. Sinon, je ne pourrai pas gagner, leur montrer... Forte... Forte... » Elle se traîna au hasard dans la cellule et finit par trouver la maigre ration de nourriture qu'on lui avait laissée. Elle faillit s'étouffer avec le pain rassis, mais se força à l'avaler jusqu'à la dernière miette. Puis elle entra en prière et en méditation. Elle s'imaginait libre, franchissant le portail du camp et élaborant un plan pour éliminer Hugo et tous ses semblables.

— Oui, murmura-t-elle. Je survivrai.

C'était la colère qui lui donnait des forces. Elle entreprit de marquer le passage des jours en pratiquant des entailles dans le mur au moyen de sa cuiller. Elle fit aussi le vœu de ne plus jamais se laisser aller.

— Je suis prête à accepter cet épisode de ma vie comme une épreuve envoyée par vous, mon Dieu. Je vais reprendre le contrôle de moi-même. Et cette tâche, je vais l'aborder en me concentrant sur le présent. Ainsi, je n'aurai à affronter qu'une seule petite étape à la fois. Mon Dieu, je vous en prie, donnez-moi la force nécessaire.

Son repère pour compter les jours était l'arrivée des repas. À partir de rien, elle élabora une espèce de structure temporelle jalonnée de sonneries mentales marquant la fin d'une période et le début de la suivante, prenant bien soin de marcher un kilomètre et demi quotidiennement en arpentant sa minuscule cellule et se plongeant trois fois par jour dans la méditation. Elle s'imposait des exercices mentaux, se récitait des poèmes, des listes alphabétiques de fleuves, de données géographiques, de peintres... Tout ce qui pouvait l'empêcher de repenser aux jours heureux. Elle s'obligeait tout particulièrement de ne pas imaginer ce qui avait pu arriver à sa famille et à ses amis, surtout à Bill.

Il fallait qu'elle s'occupe constamment l'esprit et repousse sans relâche la bête surgie des ténèbres qui voulait faire d'elle sa proie. Lorsqu'elle venait flairer son flanc, Marietta parait ses assauts en respirant profondément, en faisant des exercices, en se concentrant sur la rédaction d'un poème... n'importe quoi ! Car la bête avait nom désespoir, et Marietta la savait capable de causer sa mort.

— Va-t'en ! lui disait-elle tout haut. Je survivrai, pour père, pour Bill, pour moi-même, mais surtout contre ce maudit Hugo !

Nuits et jours également peuplés de ténèbres s'enchaînaient. Marietta avait la sensation d'être une taupe confinée dans les entrailles de la terre. Les taupes survivaient bien. Alors pourquoi pas elle ?

Au bout de trois mois d'isolement dans le noir, Marietta fut libérée sans avertissement, un beau jour à trois heures de l'après-midi. Désorientée, aveuglée par la lumière du soleil, elle fut aussitôt escortée jusqu'à son baraquement.

L'accueil chaleureux des autres femmes la toucha profondément. Elles la serrèrent dans leurs bras et chantèrent toutes ensemble en son honneur. Plus d'une voulut lui fourrer dans la main un modeste cadeau : qui une tranche de pain, qui un chiffon dérobé à la blanchisserie.

Marietta trouva Greta endormie sur sa couchette et s'assit silencieusement à son chevet en attendant qu'elle se réveille. Alors elle lui sourit en la voyant ouvrir les yeux.

— C'est toi, ma Marie, souffla la jeune femme d'une voix rauque, encore plus grave qu'avant. Dieu merci, tu es vivante. J'ai prié pour toi. Maintenant, je peux mourir heureuse.

La pâleur extrême de sa peau faisait paraître encore plus grands ses yeux noisette si expressifs. Ses pommettes étaient marquées de deux taches cramoisies, brûlantes, ses lèvres étaient rouges et son visage dramatiquement amaigri.

— Il ne faut pas parler de mourir, fit Marietta d'un ton tranchant. Il faut au contraire penser à vivre. Tu seras bientôt libre. Tiens bon, Greta.

— Belles paroles que tout cela, ma jolie. (Greta toussa et son corps fluet fut tout entier secoué par le spasme.) Pas de remède pour moi. Tu devras survivre pour moi, pour nous deux.

— Ta place est à l'hôpital.

Greta agrippa la main de Marietta.

— Non. Il n'y a rien à faire. En plus, ils prennent les incurables pour leurs expériences médicales. Et ça, je n'en veux pas. Alors promets-moi, Marie.

Incapable de proférer un son, Marietta serra la main squelettique de son amie. Tout en se penchant sur elle pour l'étreindre, elle se jura intérieurement de réserver une partie de ses rations alimentaires pour la malade.

À sept heures, lorsque retentit l'appel pour le dîner, elle dut la porter à demi. Au retour, elle rapporta avec elle le pain de Greta au baraquement pour le faire tremper dans la décoction de glands à laquelle on donnait ici le nom de café, afin que son amie puisse l'avaler. Cette dernière réssit faiblement à en ingérer deux bouchées, mais ce fut en revanche avec une force surprenante qu'elle saisit le poignet de Marietta.

— Si nous pouvions échanger nos numéros quand je mourrai, tu pourrais prendre ma place, fit-elle dans un souffle. Le mien ne devrait pas être trop difficile à modifier. Regarde. (Elle tourna sa paume vers le haut et lui montra les chiffres.) Ce 3 peut devenir un 8, et ce 1 un 4.

— Mais tu ne mourras pas.

— Ici, personne ne sait vraiment qui nous sommes, poursuivit-elle sans prêter attention à la remarque de Marietta. Tout le monde s'en fiche. Nous ne sommes que des numéros. C'est un cadeau du Ciel, Marie. Tiens, modifie mon numéro avec ceci, ajouta-t-elle en fouillant sous son matelas, d'où elle tira un crayon indélébile provenant de la blanchisserie.

Marie fronça les sourcils.

— Où as-tu pris ça ?

— J'ai soudoyé une des filles de la blanchisserie, qui l'a volé pour moi.

— Soudoyé avec quoi ?

— Une semaine de rations de pain.

— Oh, Greta ! Pas étonnant que tu sois dans un tel état ! Greta, Greta comment as-tu pu...

Marietta ne trouvait plus ses mots tant diverses émotions la submergeaient : la gratitude, la culpabilité, puis l'espoir renaissant, bien vite étouffé par un regain de culpabilité.

— Il ne faut pas que ma vie soit perdue pour rien, reprit Greta. Promets-moi que tu le feras.

— Ça ne peut pas marcher, Greta, répondit Marietta en souriant tristement. Et maintenant, mange ; tu dois faire tout ce que tu peux pour aller mieux, ajouta-t-elle sans cesser de sourire.

— Pendant que tu étais à l'isolement disciplinaire, une femme s'est gravement brûlé le bras. Son numéro a été oblitéré, alors ils l'ont à nouveau tatouée, un peu plus haut sur l'avant-bras. C'est ça qui m'a donné cette idée.

« Ça peut marcher. » Un brusque éclair d'espoir déstabilisa momentanément Marietta.

— Je t'en supplie, ne meurs pas ! s'écria-t-elle.

Mais Greta refusait d'abandonner.

— Et maintenant, écoute-moi. Je vais te parler de ma vie, au cas où ils te poseraient des questions.

Le lendemain matin, Marietta fut affectée à la blanchisserie. Rester des heures courbée au-dessus des cuves d'eau savonneuse bouillante, à frotter et décrasser les uniformes, il y avait de quoi se rompre l'échine.

Sa journée de travail commençait à cinq heures du matin, à un moment où la tiédeur de l'affreux hangar était encore la bienvenue, mais à mesure que le temps passait, la chaleur et la vapeur rendaient l'atmosphère insupportable, quasi irrespirable.

À midi, on leur donnait à manger une soupe de pommes de terre fort claire accompagnée d'une tranche de pain noir. À sept heures du soir, les femmes étaient renvoyées dans l'air nocturne et glacé où elles frissonnaient en toussant tout le temps de l'appel avant de recevoir leur ration du soir.

Tard ce soir-là, Marietta s'enveloppa dans sa couverture et alla s'asseoir, toute tremblante, au chevet de Greta. Cette dernière avait la fièvre et délirait à moitié.

— Change le numéro, murmura-t-elle.

— Tu as la fièvre, mais demain matin ça ira mieux. Reste calme.

— Tu avais promis, fit sa compagne, épuisée en se laissant retomber sur sa couchette.

Marietta prit la main de son amie et resta auprès d'elle en prononçant à voix basse toutes les prières qu'elle se rappelait. Tout le corps parcouru de tremblements — car elle aussi était fébrile, et il régnait un froid glacial dans la baraque — elle finit par s'assoupir à mesure que le silence se faisait parmi les femmes. Lorsqu'elle s'éveilla aux petites heures du matin, Greta était morte.

Un rayon de lune baignait son visage, qui semblait paisible, comme détaché de tout. Marietta fouilla sous son matelas à la recherche du crayon.

— Merci, mon amie. Je ferai bon usage du cadeau que tu m'as laissé.

Alors elle saisit le poignet glacé de Greta et transforma soigneusement le 1 en 4, puis le 3 en 8. Elle tremblait tellement qu'elle craignit un instant de tout gâcher. C'était de la folie. Jamais ça ne marcherait. Ils allaient la fusiller pour ce qu'elle faisait. Oh, et puis après tout, quelle importance... Elle se coula à nouveau dans sa couchette mais, transpercée par les mille flèches de la terreur, ne put fermer l'œil jusqu'au matin.

Au moment de l'appel, Marietta faillit ne pas réagir en entendant crier le numéro de Greta. Puis elle céda à la panique. Elle n'avait pas pensé à ses codétenues. Elle allait devoir reprendre le travail de Greta à la lingerie, et non le sien. Et son poignet portait toujours son propre numéro.

Les autres femmes allaient-elles la dénoncer ? Les mouchardes recevaient une part supplémentaire de pain et se voyaient confier des tâches moins dures, et elle en avait déjà vu tant céder à la corruption...

Elle regarda autour d'elle avec inquiétude. Elle avait l'impression que les Polonaises la surveillaient constamment. La journée s'étira en longueur. Pourquoi la regardaient-elles donc avec une telle attention ? S'apprêtaient-elles à la trahir ?

Juste avant la pause déjeuner, comme Œil-de-truie se trouvait à l'autre bout du hangar, masquée par la vapeur dense en suspension dans l'air, Marietta se sentit poussée vers les presses à vapeur. Une des femmes lui agrippa le bras et l'introduisit de force dans la machine tandis qu'une autre refermait le rabat. Marietta hurla de douleur et de surprise.

— Comme ça, demain, tu auras un nouveau tatouage, fit la première des deux femmes.

Marietta s'évanouit.

Chapitre 48

Sept hommes étaient rassemblés dans le bureau du comte Frédéric au palais Plechy. Le comte, assis en bout de table, paraissait abattu et vieilli ; il avait encore maigri. Pour lui, la journée commençait à quatre heures du matin, lorsque son esprit tourmenté sortait du brouillard engendré par les somnifères pour se retrouver une fois de plus confronté à la dure réalité : le sort de sa fille. La conspiration était devenue toute sa vie, et il n'ignorait pas que d'elle dépendait la vie de Marietta, puisque son emprisonnement ne cesserait qu'avec le renversement des nazis.

Tour à tour le Danemark, la Norvège, les Pays-Bas, la France et la Belgique avaient été envahis par les troupes allemandes. L'armée italienne entrait à présent en Égypte et en Grèce, et seule la Grande-Bretagne tenait bon. En conséquence, Hitler passait moins pour un malade mental que pour un grand stratège, et la conspiration avait de plus en plus de mal à recruter des alliés. Ceux qui restaient fidèles à leur idéal n'étaient pas à la tête des régiments dont on aurait eu besoin pour renverser le régime. « Le cœur y est », songea le comte en dévisageant les uns après les autres les six derniers membres de l'organisation.

Seulement, ils ne détenaient aucun pouvoir, et leur sentiment d'échec en devenait presque palpable.

— Messieurs, déclara le major, sauf à espérer que les généraux en place adoptent notre façon de voir, il n'y a plus grand-chose à faire. Nous n'avons pas les moyens de fomenter un putsch ; il ne nous reste qu'à attendre notre heure au cas où le cours de la guerre viendrait à changer.

Le comte avait le cœur lourd. La déception faisait peser sur lui une profonde lassitude. La victoire des troupes hitlériennes assurerait le pouvoir du Führer pour des années, et pendant ce temps sa fille tomberait malade, voire mourrait dans cet épouvantable camp. Il avait envie de se battre avec l'énergie du désespoir pour pousser les autres à continuer la lutte, mais, au tréfonds de son âme, il savait que la conspiration n'était qu'une cabale montée par une poignée d'hommes vieillissants, inefficaces et sans pouvoir.

Il fut arraché à son abîme d'autoapitoiement par l'irruption soudaine de son majordome.

— Je vous prie de m'excuser, Monsieur. Je sais que vous avez demandé à ne pas être dérangé, mais une lettre vient d'arriver et elle porte la mention « Extrêmement urgent », fit le domestique, très pâle. Elle vient du quartier général de la Gestapo.

Le cachet de la poste portait le nom de Lichtenberg. Le comte s'excusa, gagna en hâte son bureau dans un angle de la pièce et décacheta la lettre d'une main tremblante.

... que votre fille, la comtesse Marietta von Burgheim, est décédée de la tuberculose le 5 janvier 1941. Ses cendres vous seront expédiées pour ensevelissement.

Il eut l'impression que ces formules expéditives le frappaient en plein visage.

Une lance chauffée à blanc lui transperça la poitrine. Il ne pouvait plus respirer. Il s'abattit lourdement sur le sol.

Le comte Frédéric reprit conscience vers minuit. Après une brève phase de désorientation, il comprit qu'il était à l'hôpital ; il se rappela la lettre qui avait provoqué l'attaque, et le chagrin et la colère noyèrent toutes les autres sensations.

La salle était silencieuse, la veilleuse allumée. Il se demanda si son corps avait souffert. Il avait besoin de toute sa vigueur, de toutes ses facultés. Il avait soif, mais, quand il voulut attraper la carafe, l'effort lui parut démesuré. Il finit par repérer la sonnette et une infirmière apparut aussitôt.

— Ah, vous êtes réveillé ! Bien, bien ! Comment vous sentez-vous ?

— Que m'est-il arrivé ? s'enquit-il d'une voix faible.

— Vous avez eu un petit accident cardiaque, hier. Le médecin est parti maintenant, mais il vous verra demain matin. En attendant, essayez de rester calme.

Rester calme, avec ce qu'il avait à faire, toutes ces lettres à la famille, aux amis de Marietta, à ce jeune journaliste américain ! Il tourna la tête vers le mur et se mit à pleurer.

Deuxième partie

Octobre 1942-juin 1945

Chapitre 49

Le vendredi 1ᵉʳ octobre 1942, Marietta fut convoquée dans le bureau du commandant. Les jambes en plomb, désespérée, elle attendit de savoir quels nouveaux tourments on lui réservait encore.

— Greta Brecht, je vous annonce que vous bénéficiez d'une remise de peine de six mois pour bonne conduite. Vous serez donc libérée aujourd'hui même.

Elle contempla, incrédule, les traits typiquement teutons de l'officier et, en état de transe, se vit remettre les papiers de Greta tout en écoutant d'une oreille distraite les instructions qu'on lui donnait.

— On va vous emmener à la gare et vous donner un billet de train pour votre ville d'origine.

Assommée par sa bonne fortune, elle se laissa escorter aux douches, où la gardienne lui remit un paquet de vêtements avant de la pousser à l'intérieur en lui aboyant de se dépêcher.

Ahurie, elle se rendit compte que, dans leur suprême efficacité, les nazis avaient soigneusement conservé les vêtements que portait Greta au moment de son arrestation ; seulement, celle-ci datait du mois de juin, et cette tenue s'avérait à présent pitoyablement inadéquate. Ce qui ne l'empêcha pas de la revêtir avec amour.

Marietta lissa le tissu de la jupe et du chemisier en ravalant ses larmes. Ses jambes étaient maintenant gainées de soie noire et des escarpins à talons hauts meurtrissaient affreusement ses pieds déformés par des années d'allées et venues en sabots. Marietta ouvrit le sac à main de Greta. Il ne contenait pas d'argent, mais un mouchoir brodé, un canif, un petit miroir et un tube de rouge à lèvres. Marietta leva le miroir d'une main tremblante et découvrit son visage émacié, enlaidi, son teint terne, son regard hanté. Elle poussa un son étranglé. Ses cheveux ne mesuraient guère plus de deux centimètres, elle se reconnaissait à peine. Horrifiée, elle remit le miroir en place.

Après ces années d'emprisonnement, elle eut l'impression que ses gardiennes n'avaient rien de plus pressé que de se débarrasser d'elle. Sa libération fut exempte des pesantes formalités bureaucratiques ; et ce fut comme en un rêve qu'elle se retrouva tout à coup du côté de la liberté.

Tandis que les murs du camp s'évanouissaient peu à peu au loin, elle se sentit subitement coupable vis-à-vis de toutes les camarades qu'elle laissait derrière elle. Durant l'année écoulée, les conditions de vie s'étaient dégradées : le camp était saturé de femmes en provenance de tous les pays occupés. Pendaisons, flagellations, décapitations, exécutions par les armes ou le gaz devenaient monnaie courante. Ces morts n'étaient rien à côté des milliers de décès dus à la maladie et à la malnutrition. Et les victimes impuissantes ne cessaient d'affluer aux portes du camp pour prendre la relève des disparues.

Honteuse, Marietta tourna le dos à Lichtenberg.

À la gare, les voyageurs détournaient les yeux, comme si elle avait la lèpre, voire pire. Elle se tint donc seule sur le quai, dans le froid, préférant éviter la salle d'attente bondée. Quand le train arriva, elle alla se nicher dans un coin du plus proche wagon.

Dieu merci, celui-ci était chauffé ; pourtant, lorsque le train partit, elle fut prise d'un tremblement incontrôlable... D'étranges souvenirs d'enfance se succédaient en un éclair devant ses yeux. Elle arpentait les champs, avec sa grand-mère, ou avec Ingrid. Un véritable kaléidoscope de réminiscences sorties de leur contexte défilait à toute allure devant ses yeux, comme si elles étaient à nouveau réelles. Puis un tressaillement de joie pure l'ébranla de la tête aux pieds. *Libre !* Le mot magique redonnait vie à son corps affamé, à sa personnalité malmenée. Un sursaut d'énergie lui rendit chaleur et force. Elle avait réussi à s'en sortir !

Le train avançait en ferraillant et, les yeux clos, Marietta se laissa aller au rythme de son balancement, tandis qu'elle dressait fébrilement des plans dans sa tête. Il y avait tant à faire ! Il lui fallait retrouver sa vigueur d'antan, redevenir elle-même. Elle ne pourrait reprendre le combat tant qu'elle n'aurait pas vaincu les séquelles physiques de sa longue incarcération.

« Je te remercie de m'avoir sauvé la vie, Greta, mon amie, et je n'oublierai jamais le serment que je t'ai fait, pria-t-elle en silence. Je survivrai, pour toi et pour moi, et ces salauds paieront pour ce que nous avons enduré. Et surtout toi, Hugo. »

Huit heures du matin. Bill marchait d'un bon pas en direction de Regent's Park lorsqu'une affiche reproduisant la une d'un quotidien attira son attention : STALINGRAD SE DÉFEND PIED À PIED. Il s'arrêta et chercha de la petite monnaie dans sa poche.

— Vous m'avez l'air drôlement en forme, mon gars, lui dit le marchand de journaux. Vous avez suivi l'entraînement, hein ? Vous êtes prêt à faire de la chair à pâté, hein, de ces maudits Boches ? Et à mains nues, encore !

— Vous non plus, vous n'avez pas l'air trop mal en point, répliqua Bill en choisissant un journal.

Il poursuivit son chemin, curieusement perturbé par cet échange de propos pourtant innocent. En effet, il s'était engagé, après quoi il avait bénéficié d'un entraînement au sein d'une unité-commando stationnée à Aldershot et composée d'éléments triés sur le volet. Il y avait bel et bien appris le combat à mains nues — une demi-douzaine de prises mor-telles —, et cela lui avait plu. Il avait hâte d'être versé au service actif.

C'est alors qu'il avait commis l'erreur de révéler sa maîtrise de la langue allemande en présence d'officiers supérieurs en visite. Peu après, les services du renseignement britanniques l'avaient transféré à Londres, où il avait subi un certain nombre d'entrevues musclées avant de se voir diriger vers le

SOE[1], organisme qui, au sein des services secrets, chapeautait la quasi-totalité des opérations clandestines en territoire ennemi.

On lui avait donné un brevet d'officier, avec pour mission d'animer une campagne de propagande destinée à provoquer l'entrée en guerre des États-Unis. Les événements de Pearl Harbor s'en étaient chargés à sa place ; on l'avait alors promu capitaine et il s'était vu assigner une nouvelle tâche : seconder celui qui coordonnait et contrôlait tous les services secrets d'Europe de l'Est, composés de citoyens ayant fui les pays en question.

Le patron de Bill, Stephen Schofield, un introverti un peu bizarre pourvu d'un esprit brillant, se prétendait importateur de thé et de café. Petit à petit, les deux hommes s'étaient liés d'amitié, mais Bill continuait à regretter de ne pas être au front.

En arrivant au bureau ce jour-là, il trouva comme toujours Schofield englouti dans une mer de tasses à café vides et de cendriers débordants. Son bureau était surchauffé et il y régnait une odeur désagréable. Bill n'arrivait pas à s'habituer à l'aversion pour l'air frais que semblaient éprouver les Britanniques.

Un coup d'œil lui suffit : son patron dépassait la mesure. Les cernes sous ses yeux étaient plus marqués que jamais, et il avait le visage bouffi, le teint grisâtre. Manifestement, il avait travaillé toute la nuit, ce qui lui arrivait souvent depuis quelques semaines.

— Asseyez-vous, Roth, fit-il bientôt. Vous le savez, nous avons reçu une masse d'informations peu sûres selon lesquelles les nazis seraient en train de mettre au point un missile à longue portée. Outre ces broutilles, nous avons la certitude qu'ils travaillent sur une bombe atomique... (Schofield se mit à arpenter la pièce.) On a de bonnes raisons de croire qu'il existe un complexe scientifique quelque part aux environs de Prague... (Il se retourna vers Bill et fixa sur lui un regard morne.) Nous ne pouvons pas laisser les Allemands progresser dans ce domaine. S'ils atteignent un stade qui leur permette de faire

---

1. Special Operations Executive. (N.d.T.)

exploser une de ces épouvantables armes, ils tiendront le monde dans le creux de leur main.

— Où est-ce que j'interviens, dans cette affaire? s'enquit tranquillement Bill.

— Vous connaissez la Tchécoslovaquie. Votre rôle sera de contacter la résistance organisée et de la charger de localiser ces installations. On ne peut rien faire si on ne sait exactement où frapper.

Une heure durant, ils étudièrent une série de documents et de cartes tandis qu'une secrétaire les abreuvait de café. Enfin Schofield mit fin à la séance.

— Allez-y, Roth. Partez. Prenez chaque jour contact avec moi, même si vous pensez n'avoir rien de particulier à me dire.

Bill rassembla ses papiers et récupéra son manteau. Sur le point de partir, il lança :

— Monsieur... Puis-je attirer votre attention sur le formulaire de candidature que j'ai posé vendredi dernier sur votre bureau en vue de mon éventuel transfert au service actif?

— Vous avez de la suite dans les idées, vous! Eh bien, la réponse est non, comme toujours. À plus forte raison maintenant. Alors, pour l'amour du ciel, cessez de me bombarder de formulaires.

Bill regagna son bureau, où il s'absorba dans ses pensées. Il revoyait la Prague et la Bohême d'avant-guerre. Il ne savait pas par où commencer ses recherches. Voyons, quels contacts avait-il gardés là-bas? Rien ne lui vint à l'esprit. Puis il se rappela le père Perwe. Peut-être le retrouverait-il par l'Église de Suède. Ce souvenir raviva celui de Marietta, que, pourtant, il s'efforçait d'exorciser depuis des mois. « Elle est morte », se répéta-t-il, en se remémorant le jour où la lettre de son père l'avait rattrapé, après avoir transité par la Suisse. Depuis, sa douleur n'avait rien perdu de son intensité.

Il avait fallu à Marietta beaucoup de temps et d'ingéniosité pour échanger son billet au nom de Greta Brecht contre un autre à destination de l'Autriche ; après d'innombrables changements de train et des retards divers, elle atteignit Vienne, affamée et épuisée. Sans argent pour prendre un taxi, elle décida de partir à pied. Les pavés ondulaient sous ses pas mal assurés, des taches noires dansaient devant ses yeux, elle se sentait tour à tour glacée jusqu'aux os et brûlante de fièvre. Elle n'avait pas non plus les idées très claires mais, instinctivement, elle prit tout de même la bonne direction.

— Chez moi, murmurait-elle. Je rentre chez moi.

En apercevant enfin le palais Plechy, elle eut envie de crier de joie pour annoncer son arrivée, mais mieux valait se montrer prudente. Elle gagna en trébuchant l'entrée de service, dans la cour, et frappa à la porte. Leur ancienne gouvernante vint ouvrir, mais elle ne fit pas mine de reconnaître Marietta.

— Le comte Frédéric est-il chez lui ? s'enquit cette dernière en vacillant et en se retenant au montant de la porte.

— Qu'est-ce que vous voulez, au comte ?

— Je travaillais pour lui, autrefois. J'ai un message à lui transmettre. Je vous en prie !

— Vous avez rendez-vous ? Le comte est très occupé.

— Je vous en prie, répéta Marietta. Apportez-lui un billet de ma part.

La vieille servante lui donna de quoi écrire et Marietta rédigea ces quelques mots d'une main tremblante en travers de la feuille : « Greta Brecht, Edelweiss. » Puis elle ajouta en grec : « Au secours. »

Le comte Frédéric conférait avec trois généraux dans son bureau lorsque la gouvernante entra.

— Je dois vous parler de toute urgence, monsieur le comte, dit-elle.

Ce dernier s'excusa. Jamais cette femme ne l'avait dérangé pendant une réunion.

— Il y a en bas une jeune fille... On dirait un squelette. (Elle se signa.) Je ne vous aurais pas dérangé, mais elle insiste pour que je vous donne ceci.

Quand le comte lu « Edelweiss » griffonné en travers de la page, il devint d'une pâleur extrême. Sans doute une ancienne amie de Marietta, en fuite, peut-être... Voire quelqu'un du camp.

Il suivit en toute hâte les couloirs du palais pour finir au pas de course, le cœur battant à tout rompre. En arrivant dans la cuisine, il ne put retenir un cri. La visiteuse n'était qu'un sac d'os. Affalée sur un siège, elle ne l'avait pas entendu entrer.

— Laissez-nous, dit-il d'une voix rauque à la gouvernante avant de s'approcher de la forme squelettique.

Il ne reconnut pas ses traits, mais ses yeux couleur de bleuet, les yeux des Szapary, il ne pouvait pas ne pas les reconnaître.

— Mon Dieu... Marietta! (Il tomba à genoux et lui prit les mains.) Que t'ont-ils fait? Ma chère, ma très chère petite!

Elle s'abandonna dans les bras de son père.

— Père, il faut m'appeler Greta maintenant. Désormais, je suis Greta Brecht.

Chapitre 50

Le professeur Ludwig Alesh était le contraire de ce que Hugo aurait pu attendre de la part d'un homme aussi haut placé. Avec ses gros yeux, sa peau blême et moite et son front proéminent, il évoquait plutôt une créature primitive issue des profondeurs de la terre.

Malgré le battement fébrile de ses paupières derrière les verres épais qui faisaient paraître ses yeux encore plus globuleux, et ses tressaillements dus à la tension nerveuse, Alesh continuait de le défier.

— Vous devez obéir au Reichsführer Himmler, proféra Hugo en réfrénant sa colère. Les ordres sont les ordres : les prisonniers doivent être exécutés après six mois de travail à la mine.

— Ma vie serait plus simple si nos ordres étaient moins contradictoires, répondit doucement Alesh sans le moindre effort pour dissimuler son mépris. Assassiner nos ouvriers au moment même où ils commencent à être formés, c'est de la folie. Vous ne comprenez donc pas qu'il nous faut des mois pour amener ces épaves à un minimum d'efficacité ?

— La sécurité prime tout, rétorqua Hugo.

— Et la morale ? On a donc complètement oublié la morale ? marmonna l'autre. Comment voulez-vous que je respecte le calendrier que vous m'imposez si je passe mon temps à former des mineurs ?

— Les esclaves relèvent de la main-d'œuvre non spécialisée ; ils ne méritent pas qu'on les forme.

— On ne fabrique pas ce genre d'arme à la force des bras. Ce que vous me demandez là, c'est de fusiller des dessinateurs industriels et des ingénieurs métallurgistes dont l'expérience est irremplaçable.

Les deux hommes échangèrent un regard lourd d'animosité.

— Faites-moi visiter les lieux, *Herr Professor*, ordonna Hugo.

Outre ses fonctions de sous-directeur à l'usine de missiles, Alesh était le meilleur spécialiste mondial en matière d'aérodynamique. Il ne redoutait guère la fureur de Hugo, et ce dernier ne l'ignorait pas.

Flanqué d'un Alesh maugréant, Hugo chercha autour de lui quelque chose à critiquer, mais en vain ; l'usine était d'une propreté irréprochable, et bien gérée. Dans l'atelier principal, des dizaines de techniciens étaient courbés sur leur établi. « On se croirait dans une fabrique ordinaire », songea Hugo en inspectant les murs nus et le plafond composé de panneaux, à la recherche d'un défaut. Rien ne laissait soupçonner que ce gigantesque espace sur six étages était installé dans le cratère d'un volcan éteint. La voûte était unique en son genre : une simple pression sur un bouton, et les panneaux mus par des vérins hydrauliques coulissaient en se chevauchant pour exposer l'usine tout entière à l'air libre. Sur les flancs, couraient six étages de couloirs circulaires reliés par des escaliers métalliques et quatre ascenseurs. Côté paroi extérieure, ils donnaient accès à des bureaux et des quartiers d'habitation destinés au personnel allemand. Les simples ouvriers dormaient à l'étage inférieur, là où la climatisation laissait à désirer.

Le prototype de V3 qui se dressait sur une plate-forme au centre de la salle rassura Hugo : on faisait réellement des progrès. L'arme secrète de Hitler, un missile guidé, était conçue pour contenir une bombe atomique. Un seul suffirait pour détruire une ville. Dix viendraient à bout de toute la résistance ennemie. Que les Alliés continuent à se rengorger après leurs maigres succès au Proche-Orient et dans le Pacifique ! Là, devant lui, se trouvait le champion du Troisième Reich, sous les espèces de ce glorieux hommage à l'inventivité et l'efficacité allemandes ! Hugo inspecta le prototype avec fierté.

Précédé d'Alesh, il franchit ensuite une série de barrières de sécurité, jusqu'au chemin de fer souterrain. L'expression de soulagement qui se peignit sur les traits du savant au moment où le train arriva ne lui échappa pas. Dix minutes plus tard, Hugo descendait au camp de concentration de Theresienstadt.

En attendant sa voiture, il vit à quel point ce lieu était surpeuplé : juifs, catholiques, Tchèques, Slaves, Polonais et Russes des deux sexes faisaient la queue sous bonne garde en attendant d'être « répertoriés » et répartis entre les divers baraquements. La méticulosité germanique aurait tôt fait d'expédier tout ce monde vers les postes de travail qui lui avaient été attribués au sein du Troisième Reich.

Hugo renvoya son chauffeur et prit le volant pour s'engager à vive allure sur la grand-route de Prague. Les marronniers portaient de magnifiques parures rouge et or de chaque côté de la route. Plus loin défilaient des fermes prospères et leurs terres fertiles. Il traversa sur les chapeaux de roue le petit village de Nove Dvory, sur les rives de l'Ohre ; à un moment, il dut freiner en catastrophe pour laisser traverser une file d'écoliers. Le spectacle de leur chevelure blonde l'emplit de satisfaction. Toutes les exploitations de la région avaient été redistribuées à des hommes et des femmes de pure souche allemande.

Mû par une impulsion, il se gara sur le bas-côté et se retourna pour contempler la forme bien particulière du mont connu sous le nom de « mine Richard », où était enfoui le projet V3. La légende voulait que Rip et Tchek, deux bergers nomades, aient jadis élu domicile dans ces collines volcaniques, devenant ainsi les premiers habitants de Tchécoslovaquie. Au fil des siècles, les gens du coin avaient exploité le filon d'étain enfoui dans le sol ; c'est pourquoi sous la montagne courait un véritable dédale de tunnels et de grottes.

Hugo avait eu le premier l'idée de récupérer l'ancienne mine à des fins militaires. À l'abri des bombardements, facile d'accès, l'endroit était idéal. On y parvenait par le petit aérodrome situé au sommet, ou par le train à partir de Theresienstadt. C'était d'ailleurs là le plus grand avantage du site : d'éventuels agents ennemis qui surveilleraient les transports d'hommes et de matériel ne verraient que l'approvisionnement normal du camp de concentration.

Ivre d'orgueil à la pensée de tous les succès qu'il avait remportés, Hugo se remit en route. Depuis qu'il avait pris en charge le développement économique et la sécurité intérieure de la Tchécoslovaquie, cruauté et brutalité étaient devenues la règle. Les Tchèques avaient reçu une dure leçon : ils collaboraient et on leur laissait la vie sauve, ou ils résistaient et se condamnaient à une mort certaine. La production était en hausse dans tous les secteurs de l'industrie. L'absence de scrupules l'avait emporté.

Toutefois, Hugo n'était pas sans soucis. L'Allemagne ne pouvait espérer vaincre le monde entier. Elle souffrait des impitoyables coups de boutoir de la puissante technologie américaine. Même les Russes commençaient à produire chars et canons en série dans les plaines désolées de Sibérie. On était en octobre 1942 et les nouvelles récentes laissaient entrevoir le début d'un renversement de situation. L'armée américaine avait mis les Japonais en déroute à la bataille aéronavale de Midway et l'avancée des troupes allemandes dans le désert nord-africain avait été stoppée à El-Alamein. Les navires de l'Axe coulaient les uns après les autres, l'Afrikakorps se retrouvait coupée de sa source d'approvisionnement ; en particulier, l'essence n'arrivait plus. Le cœur même du Vaterland était touché : la nuit précédente, Cologne avait essuyé une attaque aérienne qui l'avait dévastée sur trois cents hectares.

Hugo était réaliste. Il savait qu'il faudrait un plus pour gagner la guerre ; ce plus, c'était le V3.

Chassant momentanément de ses pensées ce projet très spécial, il reporta son attention sur des questions plus personnelles. Il avait reçu le matin même des nouvelles intéressantes : son beau-père rencontrait régulièrement, depuis un certain temps, des généraux que Hugo soupçonnait de conspirer contre le Führer. Père était un traître, aucun doute à ce sujet, mais si on le passait par les armes sous ce motif, l'État confisquerait ses biens. Or, c'était justement pour éviter cela que Hugo le protégeait depuis des années. Marietta était morte dans son camp. Louis, porté disparu, était présumé mort, lui aussi. De toute façon, il ne reviendrait pas vivant de Russie. Ingrid serait exécutée lorsqu'elle ne servirait plus à rien. Seule Andréa posait encore un problème. Hugo venait d'apprendre que la jeune femme portait le bâtard de Louis. Il ne faudrait pas que ces deux-là revendiquent l'héritage !

Hugo approchait de Sokol ; il rayonnait : tout cela était à lui ou presque, ces richesses, ces terres, ce château merveilleux... Tout ce qu'il s'était promis, des années auparavant, lorsqu'on l'avait jeté dehors. Au moment de franchir le pont sur la Vltava pour pénétrer dans la cour de Sokol, il chantait à gorge déployée.

Dès qu'il eut franchi le seuil, il se rappela que c'était l'anniversaire de Freda. Les domestiques couraient en tous sens, portant des vases emplis de fleurs, des cartons de provisions, des plantes vertes, des lampes, des bouteilles et des verres. En pantalon et blouse dénudant ses épaules, Freda dirigeait les opérations.

Hugo la contempla et apprécia sa nouvelle image. Elle avait perdu sept ou huit kilos, changé de coiffure et de style de maquillage et s'habillait mieux. Elle accourut dès qu'elle l'aperçut, et il vit bien qu'elle cherchait — vainement — du regard le cadeau qu'il lui avait peut-être apporté. Alors les traits de la jeune femme s'affaissèrent et Hugo lui sourit. Puis il l'embrassa sur la joue et lui passa un bras autour de la taille.

— De quelle couleur sera ta robe ce soir ? s'enquit-il.

— Verte, pourquoi ? s'étonna-t-elle.

— Tu verras.

Et il frôla volontairement le sein de la jeune femme.

Il descendit en hâte dans les caves, où il ouvrit le volumineux coffre-fort à combinaison qu'il avait fait installer au fond d'un couloir. Il alluma la lumière. Les bijoux des Lobkowitz... Une collection sans prix ! Quelques pièces avaient été expédiées en Suisse, d'autres en Espagne. Avec le produit de leur vente, Hugo achetait des terres en Amérique du Sud. Si l'Allemagne perdait la guerre, il n'en pâtirait pas. Il choisit un bracelet d'émeraudes, qu'il fourra dans sa poche.

Le champagne coulait à flots, la salle de bal était inondée de lumière, l'orchestre jouait une valse. Ivre de bonheur, radieuse dans sa robe en mousseline de soie verte créée par Lartigue, Freda allait de petit groupe en petit groupe sans cesser de tripoter d'une main avide le bracelet qui ornait son poignet.

La soirée était une réussite totale. Bien après minuit, la fête battait son plein. À trois heures, les invités commencèrent à prendre congé ; quelques irréductibles s'apprêtaient manifestement à saluer l'aube le verre à la main.

— Je crois que nous ne leur manquerons pas beaucoup, souffla Hugo à l'oreille de Freda. Si tu montais ?

Le temps que Hugo entre dans la chambre à coucher, Freda s'était glissée, nue et parfumée, entre les draps. Il se déshabilla prestement et disposa ses vêtements sur le valet de nuit. Il était maniaque ; par ailleurs, il avait trop longtemps vécu en marge pour ne pas adopter les manières des riches.

Il lança un coup d'œil à son reflet dans le miroir. « Toujours aussi bel homme », se dit-il. Puis il se jeta sur le lit.

— Je n'en peux plus. Je n'avais plus dansé comme ça depuis des années, fit-il d'une voix pâteuse.

Elle se pencha sur lui en arrondissant la bouche de manière que le pénis de Hugo glisse entre ses lèvres. À force de garder la bouche ouverte, elle finit par ressentir une espèce de crampe à la mâchoire et desserra les lèvres.

— Aïe ! Dis donc, fais attention ! Je te l'ai déjà dit : tu devrais te faire enlever les incisives. On te ferait un dentier amovible. Si tu m'aimais vraiment, tu le ferais.

Elle fit de son mieux pour l'exciter de la bouche et de la main, mais il avait trop bu ; elle savait très bien que, ce soir, c'était inutile. Au bout d'un long moment, elle entendit Hugo respirer profondément, et elle s'écarta avec précaution.

Aussitôt il remua.

— Ne t'arrête pas, fit-il tout bas.

Freda soupira et entreprit de caresser lentement, sensuellement son ventre. Ses efforts furent récompensés par une série de ronflements sonores.

Chapitre 51

Marietta était rentrée depuis quinze jours. Physiquement, elle récupérait peu à peu ; elle restait maigre à faire peur, mais son teint s'améliorait, son regard était de moins en moins égaré. Mais mentalement, son état empirait. Agitée, dépressive, on aurait dit un oiseau blessé refusant de guérir en captivité. Le comte, qui n'avait pas pour habitude de se cacher la vérité, dut s'avouer que ni son amour, ni ce qu'il inventait pour la distraire, ni les livres et les objets divers qu'il avait transportés dans le grenier la nuit ne pouvaient améliorer sa condition. Il aurait fallu qu'elle se résolve à rester cachée ; seulement, ce n'était pas dans sa nature...

Il contempla la jeune femme d'un air sombre. Il émanait d'elle une tristesse profonde. Elle ne pourrait manifestement pas la vaincre tant qu'elle resterait dans ce grenier, qui était devenu pour elle une seconde prison. Marietta était torturée à la fois par sa lucidité et le vide de ses journées, et crucifiée par les images qui se bousculaient dans sa tête. Elle hurlait dans son sommeil et s'éveillait en sueur, transie de terreur. Tout le jour, elle arpentait l'espace exigu où elle était confinée. Elle mourait d'envie de s'en aller, mais elle n'osait pas.

— Que faire ? demanda-t-il un matin avec sa franchise coutumière. Moi qui vois sous mon toit, et malgré les soins que je lui prodigue, se languir ma propre fille, que tous les bouillons de poulet et tous les strudels aux pommes ne sauraient consoler !

Elle sourit et, tout de suite, il se sentit mieux. Ses sourires étaient si rares, par les temps qui couraient. Elle était debout sous la lucarne du grenier, les rayons du soleil jouaient dans ses cheveux et la paraient d'une auréole ; seulement, à la voir si pâle et si fluette, on avait l'impression de voir un spectre tourmenté plutôt qu'un ange.

— Marietta, reprit-il. Le pasteur Perwe peut te faire passer en Suisse. Là-bas, tu pourrais travailler pour la Croix-Rouge. Tu es bien placée pour parler des conditions de vie dans les camps ; tu pourrais alerter le monde, dire ce qui se passe dans ces enfers. C'est là ton devoir.

Elle détourna la tête et regarda fixement ses mains. Jusqu'à quel point comprenait-il sa détresse ? Se rendre en Suisse, c'était tourner le dos à son devoir, quitter l'Europe, retrouver Bill... « Oh, Bill ! Moi qui toutes les nuits te parle en silence, je me demande où tu es et si tu m'aimes encore.

— Depuis quelque temps, répondit-elle enfin, je pense trop à mon devoir, à mes responsabilités, aux promesses que j'ai faites... à grand-mère, à mes amis, et peut-être par-dessus tout à Greta... J'ai l'intention de combattre les nazis. Ma conviction est faite, mais mon corps met trop longtemps à récupérer.

Incapable de regarder sa fille dans les yeux, le comte se tourna vers la porte.

— J'informerai le pasteur de ta décision, fit-il d'une voix brisée.

Le 24 mars 1943 à midi, on appela Hugo au téléphone. La résistance tchèque avait tenté une descente sur un grenier à blé aux abords de Prague, mais avait été surprise par cinq SS. Ceux-ci avaient été tués à l'exception du lieutenant Kosimer qui, gravement blessé, se trouvait à l'hôpital militaire de Prague.

Une heure plus tard, l'hôpital l'informait qu'il venait de succomber à ses blessures.

Ce soir-là, il reçut de son commandement berlinois l'ordre de choisir un village et d'en éliminer toute la population mâle. Les femmes, elles, seraient déportées, en représailles, et pour montrer aux Tchèques qu'on ne s'opposait pas impunément au Troisième Reich.

Décidément, le sort jouait en sa faveur. Il eut tôt fait de jeter son dévolu sur un village bien précis.

Andréa était au salon avec trois amies, avec qui elle répétait *Pierre et le loup*. Chacun des petits villageois aurait un rôle à tenir. Ce genre d'activité l'aidait à surmonter son angoisse à l'idée de savoir Louis sur la route de Stalingrad. À cause de l'enfant qu'elle attendait, elle s'efforçait de réprimer sa peur et de rester optimiste : elle était enceinte de huit mois, et fière de l'être.

C'était une belle soirée d'été, et il faisait encore jour à neuf heures et demie, lorsque les jeunes femmes décidèrent de mettre fin à la répétition. Andréa marcha sans hâte jusqu'au portail du jardin pour saluer ses amies de la main, humant avec délice l'arôme du chèvrefeuille et l'odeur de l'herbe fraîchement coupée, jouissant du chant des oiseaux dans les branches des chênes et des ormes. Elle se sentit traversée par une onde de bien-être. Cet endroit serait parfait pour élever leur enfant en attendant le retour de Louis. Car il reviendrait. Jamais elle ne s'autorisait à douter qu'un jour ils seraient réunis.

Tout à coup, elle entendit un grondement du côté de la grand-route et vit un convoi militaire obliquer vers le chemin, dans sa direction. Un frisson d'appréhension lui glaça le cœur ; elle rentra en prononçant tout bas une prière :

« Mon Dieu, faites qu'ils dépassent Lidhaky. »

Mais les camions virèrent les uns après les autres pour entrer dans le village et se garer sur la place. Écartant les rideaux, elle vit descendre une foule de soldats qui se précipitèrent vers les maisons en brandissant un fusil. Elle resta paralysée d'effroi. Un peu plus tard, on cogna à coups de crosse sur sa porte ; elle n'eut pas le temps de faire un geste que déjà les soldats s'engouffraient dans l'entrée. L'un d'eux se planta en travers du seuil et visa la jeune femme qui, instinctivement, croisa les mains sur son ventre.

— Dehors ! En rang sur la place !

Trois autres soldats entreprirent de pulvériser le mobilier. Elle resta debout, hébétée, tandis qu'ils piétinaient la porcelaine et les tableaux avant de renverser le piano, qui s'écrasa lourdement sur le parquet. Andréa sortit d'un pas chancelant et entendit le même vacarme chez ses voisins. La vaisselle volait, draps et couvertures passaient par les fenêtres, des volutes de fumée commençaient à s'échapper des maisons.

Tel un troupeau, on escorta toutes les femmes du village vers la place, où on les fit mettre en rang ; un grand nombre était encore en chemise de nuit. Chacune tremblait de tous ses membres en voyant son foyer détruit. Tout le monde avait entendu annoncer des représailles massives, mais comment aurait-on pu se douter que cela se passerait ici ? Les femmes sanglotaient sans retenue en voyant leurs maris et leurs fils converger vers la place sous bonne garde.

Un jeune garçon repartit comme une flèche rejoindre sa mère. Un soldat leva aussitôt sa mitraillette ; les balles rasèrent les pavés, le petit s'abattit au sol dans une mare de sang. La mère hurla, s'élança, puis hésita en voyant l'arme tournée vers elle.

— Ils vont nous tuer tous ! cria quelqu'un.

Une femme fonça subitement vers le couvert des arbres et, là encore, le crépitement des mitraillettes la faucha dans sa ruée vers la liberté.

« Pourquoi ? » hurlait intérieurement Andréa. Cette question lui martelait le crâne comme son cœur cognait dans sa poitrine. Elle avait les mains moites et le souffle court. « Je dois sauver mon enfant, songea-t-elle. Il faut qu'il vive. »

Les soldats se mirent à questionner les adolescents. Ceux qui avaient dépassé leur quinzième anniversaire furent expédiés près des hommes, les autres poussés vers les femmes, de l'autre côté de la place.

Andréa avait mal au dos ; son ventre lui pesait, sa gorge était sèche. « Je vais mourir, pensa-t-elle avec une ironie amère, et voilà que je me plains du dos ! »

On rassembla les femmes dans l'école. Andréa avança avec l'impression de vivre un cauchemar. Dès qu'on les eut enfermées, elles entendirent le ta-ta-ta-ta des mitraillettes, et des cris montèrent de la place ; elles surent qu'on était en train de massacrer leurs hommes.

Toujours dans le bâtiment de l'école, on les força à se dépouiller de leurs montres, alliances, bijoux, portefeuilles et objets de valeur. Elles quittèrent le village tandis que les soldats en achevaient la destruction.

Au lever du jour, on escorta femmes et enfants jusqu'à la gare. Aucune ne montra la moindre résistance. Elles avaient perdu mari et foyer ; elles n'avaient plus de raison de vivre. Mais Andréa, elle, avait son enfant en elle.

On les fit monter dans des wagons à bestiaux. Andréa et trois autres femmes enceintes durent se diriger vers un camion spécial.

— Vous n'allez pas au même endroit que les autres, annonça un sergent en lorgnant leurs ventres gonflés.

— Marietta commence à se remettre des horreurs qu'elle a vécues, mon père, déclara le comte.

Il était minuit. Les deux hommes avançaient péniblement dans les rues de Vienne en se dirigeant vers le palais Plechy. C'était une froide nuit de novembre et tous deux portaient une pelisse et des bottes fourrées. Le pasteur était dans son élément naturel, mais le comte, lui, paraissait bien pâle et bien vieux.

— Pardonnez-moi de vous traîner dehors à une heure pareille, par une nuit peu clémente, reprit-il, mais le personnel du palais travaille jusqu'à onze heures, et c'est le seul moment sûr.

— Mon cher, sachez que je n'ai pas d'heure, répondit le pasteur. Par ailleurs, je me réjouis de revoir la comtesse. Quand vous m'avez appris qu'elle était vivante... Ah, tenez ! Les mots me manquent ! Je ne puis vous dire mon émotion !

— Je vous en prie, persuadez-la de rejoindre la Croix-Rouge à Genève. Dites-lui ce qu'elle peut faire en rendant publique sa terrible expérience au camp. Comment survivrait-elle au sein de la Résistance dans l'état où elle est ?

Dix minutes plus tard, ils retrouvaient Marietta dans un des greniers du palais. Le pasteur s'efforça de cacher le choc qu'il éprouva en découvrant la jeune fille. Elle était méconnaissable. La Marietta dont il se souvenait n'existait plus. Elle était devenue une femme au visage dur, pleine de détermination et vieillie prématurément. Il l'observa avec attention. Cette femme-là, il serait inutile de tenter de la faire changer d'avis.

Forgée sur une enclume de souffrance et de malheur, elle semblait indestructible.

Comme si elle lisait dans ses pensées, Marietta déclara :

— Il ne sert à rien d'écouter père. Je connais mon destin. Rien ne m'arrêtera. J'ai trop d'amis à venger. Pouvez-vous m'aider à entrer dans la Résistance ?

— Il va falloir être patiente, répondit le pasteur en fronçant les sourcils. Vous devez être en bonne condition physique. Si vous êtes toujours décidée dans un mois, je crois que vous devriez retourner au côté de Jan, en Tchécoslovaquie. D'ici là, je vous en prie, ne bougez pas ; reprenez des forces. Vous en aurez besoin. (Il se retourna vers le comte.) Nous vivons des temps dangereux. Certaines choses comptent plus que la vie des individus. Marietta le sait. Elle a souffert. Elle sera la première à comprendre ce qui arrive aux gens ordinaires lorsque morale et bonté sont bafouées. Je crois que Dieu l'a sauvée afin qu'elle remplisse une mission spéciale.

Le comte regarda Marietta sans rien trouver à dire ; puis, sur un geste las, il quitta la pièce.

Chapitre 52

Debout derrière l'infirmière, Jan sentait très bien sa panique secrète, son dégoût d'elle-même. Lorsqu'elle s'adressa enfin à sa patiente, ce fut d'une voix mal assurée.

— Nous devons prendre contact avec votre famille, Lara, souffla-t-elle à l'oreille de la femme qui agonisait sur son lit d'hôpital.

Pas de réponse.

— Lara, insista-t-elle. Où est votre mère ?

— Morte, finit par articuler péniblement la malheureuse.

Jan poussa un soupir de soulagement.

— Et votre père ?

— Sur le front de l'Est.

— Je suis désolée. Avez-vous une sœur, un frère ?

— Non, personne... Personne.

La malade se mit à gémir doucement.

— Je suis désolée, Lara. Je pensais que cela vous ferait plaisir de revoir les vôtres.

L'infirmière aida la mourante à avaler quelques gorgées d'eau. Pauvre Lara Zimmerman. Elle n'avait aucune chance de s'en sortir, Jan ne l'ignorait pas. C'était d'ailleurs la raison de sa présence. Prise dans un tir croisé entre vigiles nazis et évadés d'un camp de travail, elle avait été atteinte au thorax et au ventre.

L'infirmière regarda Jan par-dessus son épaule :

— Il n'y en a plus pour très longtemps. Je ne crois pas qu'elle soit du genre à lutter.

— Y a-t-il pourtant une chance pour qu'elle en réchappe ?

L'infirmière secoua négativement la tête.

— Alors, reprit Jan, il faut qu'elle s'en aille pendant la nuit, sinon elle sera morte pour rien.

L'infirmière soupira et regarda sans la voir la jeune blessée.

— Attendez dehors, fit-elle enfin.

Quelques instants plus tard, elle appela un infirmier et lui ordonna de pousser jusqu'à la morgue le chariot portant le cadavre de Lara Zimmerman.

— Elle doit être incinérée cette nuit, commanda-t-elle. Faites porter ses cendres à l'accueil. Je m'occuperai de les expédier à la famille.

Abandonnant l'infirmier à sa tâche, elle se hâta de se rendre au registre.

— Donnez-moi le dossier de Lara Zimmerman. Le docteur veut examiner ses papiers. Elle sort demain.

Feignant la lassitude résignée pour dissimuler son extrême nervosité, elle attendit que l'employée extraie les papiers demandés des archives, puis regagna d'un pas mesuré le bureau des infirmières, où elle nota scrupuleusement tous les détails concernant l'admission de Lara Zimmerman, sa libération pour raisons de santé, son dossier médical, son certificat de naissance, les circonstances de l'accident et de sa décharge. Elle remit le tout à Jan avec les papiers de cinq jeunes hommes décédés au cours des dernières vingt-quatre heures.

Il était presque temps de rentrer chez elle, mais elle se sentit fatiguée, vidée de toute son énergie. « Après la guerre, je regretterai moins ce que je suis en train de faire, songea-t-elle. Je me dirai : j'ai permis à des résistants de vivre, oubliant que, pour cela, j'ai aidé d'autres gens à mourir. »

Lundi matin. Comme à son habitude, Max Amman, major-dome au château de Sokol depuis dix-neuf ans, était occupé à marchander le prix de ses achats chez le grossiste. Muni des autorisations nécessaires, cartes de rationnement et bons d'achat de la SS, les poches bourrées de certificats et permis de ceci ou de cela, il pouvait acheter en grandes quantités, et donc marchander jusqu'à réduire à néant la marge bénéficiaire du grossiste. Les commerçants le soupçonnaient d'empocher une partie de la remise, car il s'acquittait de ses achats en argent liquide, mais Amman était un homme puissant, et ils n'osaient pas le remettre en question ouvertement.

C'était une belle journée de mai ; sur le chemin du retour, Max décida de garer son camion et d'aller se promener sur les quais de la Vltava, près du pont Charles. Comme tous les Tchèques, il aimait son fleuve. Il n'était jamais plus heureux qu'en flânant sur sa rive, d'où il contemplait le trafic fluvial et admirait le palais juché sur la colline. Ce jour-là, cependant, il avait une raison supplémentaire de faire cette petite promenade. Toute la matinée, il avait eu l'impression qu'on le surveillait. Il était presque certain d'avoir été suivi par une vieille camionnette. Il voulait se montrer à découvert et voir si on cherchait à entrer en contact avec lui. Qui pouvait être ce « on » ? Au bout de quelques minutes, il entendit derrière lui un individu à la démarche claudicante. Il s'assit sur un banc et attendit. Comme il l'avait prévu, l'homme vint prendre place à ses côtés.

— Salut, Max ! Quel heureux hasard !

— Tu parles d'un hasard, Jan ! Tu me suis depuis des heures. Qu'est-ce que tu veux ?

— Tu es un drôle de bonhomme, Max, déclara carrément Jan. Je n'arrive pas à savoir vraiment de quel bord tu es.

— Je suis de mon bord à moi. Le seul dont je puisse être sûr. Autrefois, j'étais du côté de la princesse Lobkowitz et de sa famille, mais, depuis qu'ils sont tous partis et qu'il y a un coucou dans leur nid, je ne m'occupe plus que de Max Amman.

— Tu sais ce qui t'arriverait si von Hesse découvrait que tu le voles ?

— C'est lui qui m'a tout appris ! répondit Max avec un rire méprisant.

— Oui mais, lui, il a des protections. Pas toi.

— Si tu t'es mis en tête de me faire chanter, je te suggère d'aller droit au but.

Max regarda Jan en fronçant les sourcils. Il ne l'avait jamais beaucoup aimé, même au début, quand Jan était le chauffeur des von Burgheim. Par la suite, ses intuitions s'étaient vérifiées. Son humilité feinte n'était qu'une couverture : il s'était *infiltré* dans la maison du ministre sous l'habit d'un fidèle domestique. En vérité, il appartenait au parti communiste.

Comme toujours, de son côté, Jan était frappé par le contraste entre les yeux expressifs de Max et son visage ravagé, son teint blafard tirant sur le jaune à cause d'une maladie de foie contractée dans sa jeunesse. Avec ses paupières tombantes et ses joues flasques, il ressemblait à un chien de chasse épuisé ; pourtant, son regard restait rusé, impitoyable et toujours en alerte.

— Je voudrais que tu donnes un coup de main à une jeune Tchèque d'origine allemande, Volksdeutsche, du nom de Lara Zimmerman. Elle a reçu plusieurs balles perdues au cours d'une rafle nazie dans un village de pauvres paysans. Elle vient d'une famille de fermiers, c'est une travailleuse, du genre timide ; elle ne veut plus rester en ville. Il se trouve que je sais que tu cherches quelqu'un pour la laiterie de Sokol.

— Une femme à la tête de la laiterie ! Tu plaisantes !

— Les hommes ne courent plus les rues, je te signale. Et cette femme mérite qu'on l'aide. Son père combat sur le front de l'Est. Il a la Croix de fer ; cela ne doit pas laisser von Hesse indifférent.

— Hmm. Je ne vois pas en quoi ça pourra lui être utile pour s'occuper des vaches. Et puis, si tu dis qu'elle a été blessée, elle n'aura sûrement pas la robustesse requise.

— Elle a grandi dans une ferme à bétail. Deux paysannes suffiront à la seconder. Je ne t'ai encore jamais demandé le moindre service, Max. Obtiens-lui cet emploi, et les permis de travail et de déplacement dont elle aura besoin. Von Hesse t'écoutera si tu la recommandes. Si tu acceptes, je fermerai les yeux sur certains paiements en liquide enregistrés à ton nom par des grossistes.

Les deux hommes restèrent un moment silencieux. Puis Amman déclara doucement :

— Je ne te conseille pas de me refaire ce coup-là trop souvent, Jan. Je suis moins facile à manipuler que tu ne le crois. Mais, pour cette fois, j'accède à ta requête. Seulement, si cette femme tente de m'impliquer dans une forme ou une autre d'activité clandestine, je te préviens, c'est *toi* qui trinqueras. Compris ?

— Je savais que je pouvais compter sur toi, Max. (Jan se leva et posa la main sur l'épaule du majordome.) Toi et moi avons un point commun : nous haïssons tous les deux von Hesse.

Père semblait harassé, perturbé aussi. Marietta partait, et il avait peur pour elle. Il sortit une enveloppe de sa mallette et la plaça sur la table.

— Pour toi.

Marietta l'ouvrit et trouva un passeport portant la photographie de sa mère et libellé au nom de Ruzenka Bilä. Il y avait également, glissé dans le passeport, un certificat de naissance, un permis de déplacement et un permis de travail autrichien.

— Le tout parfaitement authentique, déclara-t-il.

— Mais... ce sont de vieilles photos de ma mère !

— En effet, celle-ci vient de son passeport. J'en détiens un grand nombre, issues de divers documents officiels, répondit-il simplement. Ne l'oublie pas.

— Mais je ne ressemble pas à ma mère !

— Oh que si ! Parfois, tu lui ressembles même étrangement.

Sa voix se brisa et il faillit suffoquer. En un clin d'œil, la jeune fille était dans ses bras. Ils s'étreignirent longuement. Puis elle s'écarta enfin et examina soigneusement les papiers.

— Bon sang, père, vous êtes un magicien ! s'exclama-t-elle en lui souriant à travers ses larmes.

— Ruzenka Bilä a épousé un Suédois et est partie vivre en Suède avant que la guerre n'éclate, narra le comte. Tu vois donc que cette personne a réellement existé. Ceci est son *véritable* certificat de naissance. Elle avait cinq ans de plus que toi. C'est l'ambassade de Suède qui nous a fourni ses papiers. Cela pouvait servir, acheva-t-il en se frottant les yeux d'un air las.

— Ne t'en fais donc pas. Il faut que je parte, mais je reviendrai. À la fin de la guerre, nous serons réunis.

Le comte voulut sourire, mais n'y réussit pas. Il avait le pressentiment que jamais il ne reverrait sa fille.

Andréa se réveilla à la maternité. Une infirmière était penchée sur elle.

— Fermez les yeux, lui intima-t-elle à voix basse. Faites semblant d'être inconsciente. Ne dites surtout pas un mot. Je reviendrai plus tard, quand on pourra parler sans risque.

— À boire, souffla Andréa, qui ne saisissait pas vraiment ce qu'on venait de lui dire.

— Dépêchez-vous, lui dit l'infirmière en la soulevant pour qu'elle puisse boire un peu d'eau. Pas trop, sinon vous serez encore malade.

Andréa craignait de remuer. Elle se sentait le ventre en plomb. Elle se maudit de ne pas avoir demandé comment se portait le bébé, mais l'infirmière était déjà partie. Elle entendit une voix d'homme prononcer quelques mots d'un ton rêche et devina qu'il s'agissait d'un garde.

Elle se recoucha et s'efforça de faire le tri entre les sensations confuses qu'elle éprouvait et le souvenir terrible de ce qu'elle avait vécu un peu plus tôt. Quelques heures... ou quelques jours ? On était venu les chercher sur le quai, elle et les autres femmes enceintes, pour les conduire à Prague. Quel soulagement de pénétrer dans cette salle d'hôpital blanche, toute propre ! Quelle surprise, aussi. Était-ce à cause de Louis ? Non, le bon sens voulait qu'il n'eût rien à voir là-dedans. Le médecin était venu, pâle et compassé, lui dire que le travail était commencé. Puis avait surgi le cauchemar des douleurs de l'enfantement jusqu'à ce que, heureusement, on lui fasse respirer un gaz anesthésique.

Alors, que faisait-elle ici ? Pourquoi l'infirmière lui avait-elle ordonné de se taire ? Où était son bébé ? Pourquoi avait-on provoqué l'accouchement avec quinze jours d'avance ?

Elle entendit soudain un enfant geindre, puis un autre. La pouponnière était sûrement non loin de la salle principale. Il lui tardait de faire connaissance avec le petit Louis ; mais, lorsqu'elle essaya de se lever, elle s'aperçut qu'elle pouvait à peine bouger et fut prise de vertige. Elle sombra dans un sommeil épais, encore sous l'effet de l'anesthésie. Lorsqu'elle s'éveilla à nouveau, la salle était plongée dans l'obscurité. L'infirmière de nuit se penchait sur son lit.

— Buvez ça, lui dit-elle. (Andréa absorba un peu d'eau, et elle poursuivit :) Écoutez-moi bien. Il y a des gardes nazis devant la porte. Ils ont ordre de vous emmener en prison dès que vous pourrez marcher. Donc, il faut faire semblant de ne pas avoir repris conscience. Je vous en prie, faites-le. Nous préférerions que vous ayez un peu récupéré avant de vous laisser partir.

— S'il vous plaît, est-ce que je peux voir mon bébé ? fit Andréa en lui agrippant la main. Je vous en prie ! Vous êtes une femme. Vous devez comprendre à quel point je meurs d'envie de le tenir dans mes bras, ne serait-ce qu'une minute. En plus, dit-elle en posant une main sur sa poitrine, j'ai mal aux seins et ils sont tout enflés. Est-ce la montée de lait ? (Elle effleura les taches humides sur sa chemise de nuit.) Il faut que je lui donne le sein. Non ? C'est le premier, vous comprenez. Je ne sais pas bien comment ça se passe.

— Pour les seins, je peux faire quelque chose, répondit l'infirmière d'un air grave. Après, on les bandera. Ça vous soulagera un peu. On vous a donné un médicament pour arrêter la lactation, mais il n'agira pas tout de suite.

— Arrêter la lactation ? Mais pourquoi ? Où est mon bébé ? Donnez-le-moi ! (Elle voulut s'asseoir dans son lit. Dans sa panique elle oubliait sa faiblesse.) Qu'est-il arrivé ? Pourquoi ne me le dites-vous pas ?

Elle saisit le bras de l'infirmière et le secoua ; sa voix devenait hystérique. Le bruit alerta un des gardes, qui apparut sur le seuil, sortit un carnet de sa poche, l'ouvrit et demanda :

— Vous êtes Fräulein Andréa Soltys ?

— Oui.

— Vous partez demain pour le camp de Ravensbrück rejoindre les femmes de Lidhaky. Là-bas, on vous mettra au travail.

— Mon bébé peut être confié à des parents, murmura-t-elle.

— Sur ordre du Führer, exposa l'autre avec raideur, tous les individus de sexe masculin originaires de Lidhaky ont été supprimés par mesure de représailles après le meurtre du lieutenant Hans Kosimer. Votre enfant entrait dans cette catégorie. Il a été exécuté à sa naissance.

Les paroles du soldat s'abattirent comme autant de flèches dans le cœur d'Andréa. Lorsque le médecin accourut lui faire une piqûre, elle hurlait encore et se sentait tomber toujours plus bas dans les entrailles de la terre.

— Exécuté... ? articula-t-elle enfin tout bas. (Elle se raccrocha à l'infirmière, suppliante.) Dites-moi qu'il a menti ! (Sur le visage de la femme se lisaient tristesse et colère.) Des voyous, des criminels, des déments, voilà ce que vous êtes ! sanglota-t-elle. Vous n'êtes pas des êtres humains ! Assassiner un nouveau-né ! Seuls des malades mentaux... (Elle se sentit partir et serra la main de l'infirmière.) Comment avez-vous pu les laisser faire ? A-t-il souffert ?

— Il s'est endormi, simplement. Ils lui ont fait une piqûre, c'est tout. Il n'a rien senti.

Voyant Andréa remuer les lèvres, l'infirmière se pencha plus près.

— Louis, au secours, murmurait-elle.

Puis elle sombra dans l'inconscience. L'infirmière se tourna vers le médecin et articula en silence :

— Ne lui dites pas la vérité.

Aussi longtemps que cette femme vivrait, elle ne pourrait oublier ce matin-là : le SS avait saisi le bébé d'Andréa pour lui fracasser le crâne contre un mur.

Chapitre 53

Depuis trois semaines, Louis progressait à travers une série de paysages macabres et désolés : bourgs, villes, arbres et fermes..., tout était détruit et puait le cadavre. Mais le malheur des Russes n'atteignait plus Louis. Il n'y avait plus de place pour la compassion dans son cœur. Son seul et unique but était de rester en vie, d'avoir chaud et de manger à sa faim. Ils approchaient de Stalingrad, et déjà parvenait le grondement de tonnerre des canons du front. Les avions en formation de combat se succédaient au-dessus de sa tête, à quelques minutes d'intervalle, pour lâcher leurs bombes quinze kilomètres plus loin et rebrousser immédiatement chemin. Louis fut bientôt capable de distinguer entre les sons qu'il percevait. Il y en avait un en particulier qui lui glaça le sang. Un sifflement plaintif pareil au hurlement d'une bête hideuse soumise à la torture, quelque part sur le champ de bataille.

— L'arme secrète des Russes, l'informa Schneider. On appelle ça les « orgues de Staline ». C'est un gros lance-roquettes installé sur un véhicule à chenilles. Efficace et mobile... Attention !

Les deux hommes rentrèrent instinctivement la tête dans les épaules : un avion venait de lâcher sa bombe un peu trop tôt.

Lorsque la nuit tomba, à l'est, le ciel était rougi par les incendies qui ravageaient la ville. Louis savait que, le lendemain, ils seraient au front. Comme toujours, son estomac se contracta de peur et il ne toucha pas à sa ration de cheval bouilli.

Ce soir-là, sous sa tente, il s'efforça d'interpréter les rumeurs qui couraient. Il avait appris à l'École militaire que Stalingrad était un important centre industriel sur la Volga, dans les montagnes du Caucase. Ses usines produisaient à la chaîne un quart des chars et blindés russes, et les précieuses réserves de pétrole du pays gisaient dans le sous-sol de la ville. Or, Stalingrad n'était plus défendue que par des civils armés, et habitée par nombre de femmes et d'enfants qui n'avaient pas été évacués. Deux jours plus tôt, les troupes allemandes avaient enfoncé les défenses au sud pour se diriger vers le fleuve. En proie aux flammes, le reste de la ville n'avait pas tardé à devenir un enfer.

Tôt le lendemain matin, Louis reçut l'ordre d'emmener son escadron évacuer une usine de tracteurs. Comme il ne s'attendait pas à rencontrer beaucoup de résistance, il commença par faire mitrailler les bâtiments. Au bout de deux heures de ce feu nourri, lorsque la fabrique ne fut qu'une masse de flammes, de fumée, de poutrelles métalliques tordues et de murs noircis, Konrad, qui parlait quelques mots de Russe, s'adressa aux ouvriers avec un porte-voix.

— Rendez-vous. Vous aurez la vie sauve. Sortez, les mains en l'air.

Pour toute réponse, ils eurent droit à une rafale de tirs de mitraillette. Louis se jeta à terre en maudissant les Russes. Ils ne voyaient donc pas qu'ils ne faisaient pas le poids en matière d'armement ? D'après les tirs, il estima que les assiégés devaient être une trentaine. Il donna le signal de l'attaque et regarda ses hommes prendre position. Quelques secondes plus tard, ils montaient à l'assaut de l'usine.

Il eut l'impression de pénétrer en enfer. Asphyxié par la chaleur et la fumée, la gorge en feu, il entendit des pas près de lui. Quels pas ? Il ne pouvait pas prendre le risque de tirer. La panique s'empara de lui.

Un individu décharné, au regard fixe, à la chevelure de jais, bondit sur lui en brandissant une baïonnette. L'espace d'une seconde, l'incrédulité le figea sur place. Puis il décocha un coup de pied à la baïonnette et tous deux roulèrent au sol. Le corps à corps s'acheva d'un coup au moment où Konrad vint enfoncer sa propre baïonnette dans le dos du Russe.

— Merci, dit Louis.

Il adressa un signe à Konrad et ils expédièrent une grenade dans le bureau voisin ; ils le trouvèrent dévasté, mais désert. Pourtant, un sixième sens avertit Louis, qui hurla :

— À terre !

Juste à ce moment-là, une rafale retentit dans la pièce. Ils étaient cernés. Louis, atterré, se rendit compte qu'il faudrait disputer chaque pouce de terrain à une bande de civils enragés, décidés à mourir plutôt que de battre en retraite. Il s'abandonna à une colère sauvage à l'égard de ces Russes et de leur héroïsme inutile.

À l'aube du deuxième jour, Louis se sentit à bout de force. À peine voyait-il encore. Affaibli par le manque de sommeil, il avait les mains couvertes de brûlures.

Il restait quatre Russes barricadés dans une cage d'escalier entre le rez-de-chaussée et le premier étage. De cette position imprenable et indiscutablement avantageuse, ils pouvaient tirer sur les Allemands tant que dureraient leurs munitions.

— Allez chercher un lance-flammes, ordonna Louis. Installez-le à cet endroit, là. Allez ! Prêts ? Feu !

Au moment où la langue de flamme s'étira, les échos d'un hurlement retentirent dans l'escalier.

— Grillez-moi ces ordures ! s'époumona Louis.

Malgré les cris, il laissa l'arme cracher le feu le long des marches. Tout fut bientôt fini et les cadavres roulèrent jusqu'en bas, méconnaissables. « Salauds ! » songea-t-il en examinant ces corps carbonisés sans le moindre sentiment de pitié. Deux jours et quatre hommes de perdus. Et tout cela pour quoi ? Pour une usine en ruine.

Tandis que l'hiver s'installait, eut lieu une dernière tentative pour éliminer les habitants de la ville ; elle échoua et les pertes furent très lourdes du côté allemand. Louis et ses hommes se battaient toujours sur les rives de la Tsaritsa pour essayer de se rapprocher de la Volga. Jour après jour, ils se retrouvaient pataugeant jusqu'aux cuisses dans une boue épaisse et froide qui ne tarderait pas à se glacer. Le matériel s'embourbait, les hommes et lui s'y attelèrent au moyen de cordes afin d'extraire les canons antichars à la force de leurs épaules. Jurant et glissant à chaque pas, ils finirent par tomber au sol, épuisés.

Il plut à verse pendant des semaines ; des trombes d'eau transformaient les routes en marécages, réduisaient la visibilité à quelques mètres seulement et provoquaient l'enlisement des véhicules motorisés. Seules les charrettes à cheval réussissaient encore à avancer. Début novembre, les pluies cessèrent, le froid s'installa. On put de nouveau se battre en terrain ferme. Seulement, la température chuta brusquement. La neige fit son apparition. Le 1er décembre, à la tombée du soir, le blizzard s'abattit, impitoyable.

Les soldats n'avaient pas de tenue adéquate. Louis rembourra ses vêtements de journaux et de morceaux de sa couverture, puis noua de la ficelle autour de ses poignets pour empêcher le vent de s'engouffrer dans ses manches. Ce n'était qu'un début, il le savait. Les généraux allemands n'avaient pas tiré de leçon de l'échec essuyé par Napoléon. Tous les jours des ambulances repartaient vers l'ouest en convoi, pleines de soldats blessés ou victimes d'engelures. Les rues étaient jonchées d'Allemands plus ou moins gravement touchés attendant, transis, sur une civière. Les blessés ne cessaient d'affluer. Ils restaient couchés là, silencieux ou gémissant selon le cas, jusqu'à ce que les ambulances reviennent les emporter à leur tour vers l'ouest. Louis était malade de rage et de désespoir.

Lui-même avait eu les doigts et les orteils gelés, et, si son état empirait, il faudrait l'amputer. Après avoir longuement tergiversé, il décida d'emmener ses hommes faire une descente sur les convois de prisonniers de guerre qu'on renvoyait en Allemagne à travers les plaines enneigées. Il vola le manteau, le pantalon doublé, le chandail, les bottes fourrées, les gants et le casque d'un lieutenant mongol qui avait la même taille que lui. Il refusa de voir la grimace de désespoir sur le visage aux yeux bridés du prisonnier abandonné en sous-vêtements pour son interminable voyage en direction des camps de travail allemands par une température au-dessous de zéro.

Cette nuit-là, Louis et son escadron trouvèrent refuge dans une tranchée-abri sous un wagon de chemin de fer incendié. Il ordonna aux hommes d'allumer des feux et de ne pas laisser leurs fusils se refroidir aux cas où ils devraient tirer. Il s'endormit le sourire aux lèvres. Il n'était plus transi. de froid.

Il rêva qu'il se repliait au bout d'une colonne de soldats. Tout à coup, un faible gémissement s'élevait derrière lui. Sans savoir pourquoi, il en eut la chair de poule. Il regarda par-dessus son épaule et, dans la pénombre du crépuscule, distingua le fantôme du lieutenant mongol qui glissait sur la neige, pieds nus et en sous-vêtements, silencieux comme une ombre. « Tu seras bientôt avec moi dans cet enfer glacé ! » chuchotait-il.

Louis s'éveilla en sueur.

À Noël, tous mouraient de froid et de faim. Ils se battaient jusqu'à l'épuisement, par des températures inférieures à moins cinquante degrés, au milieu des hurlements d'un vent glacial. Quand le blizzard cessa, le soleil réapparut dans le ciel gris acier. Mais il faisait encore plus froid qu'avant. On aurait dit que la terre entière s'était figée en une gigantesque boule de cristal de glace.

Il avait beau ne rester d'elle qu'un tas de gravats et de murs à demi effondrés, Stalingrad refusait de tomber. Sous les décombres se trouvaient les caves et les tunnels souterrains qui reliaient les positions défensives russes, et dont certains se prolongeaient jusqu'aux ravins entourant les faubourgs, voire jusqu'au fleuve lui-même, et fournissaient ainsi aux résistants une couverture idéale. Soldats et civils armés surgissaient de manière inattendue de ces orifices invisibles et infligeaient de terribles pertes aux Allemands.

Vers la fin de l'année, Louis reçut des nouvelles de chez lui pour la première fois depuis des mois. Il alla s'accroupir entre un mur en ruine et un char calciné, et ouvrit l'enveloppe d'une main tremblante. La fumée l'empêchait presque de lire, il était sourd depuis un moment à cause des détonations, et il dut appliquer le feuillet contre le mur et y coller son nez pour déchiffrer les phrases.

Très cher Louis. Je t'envoie tout mon amour et je prie sans cesse pour ton retour. Fais tout ce que tu peux pour me revenir en bonne santé, mon chéri, car j'ai tout spécialement besoin de toi. Nos amours ont eu de merveilleuses conséquences : j'attends un enfant... un petit guerrier, nul doute, même si je fais de mon mieux pour l'en dissuader. Car je suis sûre que c'est un garçon. Je l'imagine très bien. Je n'ai jamais été aussi sereine. Je passe mes journées à décorer l'ex-chambre d'ami, qui va devenir la chambre d'enfant. Oh, comme je t'aime ! Et maintenant, je porte en moi un autre toi qui grandit un petit peu chaque jour et commence déjà à me donner des coups de pied...

Les larmes de Louis éclaboussèrent le papier, diluant l'encre de ces précieux mots. Il s'essuya les yeux du revers de la main.

La lettre était loin d'être terminée, mais l'horrible gémissement d'une roquette l'obligea à plonger sous la carcasse du char. Puis retentit une explosion qui lui fit momentanément perdre conscience. En reprenant ses esprits, il s'aperçut qu'il gisait sur un empilement de cadavres nauséabonds. C'était affreux, mais on était forcé d'entasser les morts puisqu'on n'avait ni le temps ni l'énergie de les enterrer et que, de toute façon, le sol était gelé. L'obus avait détruit le frêle mur derrière lequel on avait dissimulé le funeste entassement.

Le lendemain, la contre-offensive russe commença. Les Russes fondirent sur les renforts roumains de l'armée allemande qu'ils pilonnèrent depuis le nord et depuis le sud au moyen de trois mille cinq cents canons. Ce fut la débandade parmi les Roumains, qui s'enfuirent en laissant deux cent cinquante mille soldats allemands cernés, pris au piège et coupés de leur source d'approvisionnement. Parmi eux se trouvait Louis. Il fut bientôt convoqué en réunion d'état-major sous un pont de chemin de fer en ruine.

— Messieurs, les nouvelles sont mauvaises, leur dit Schneider qui, l'air hagard et les yeux profondément enfoncés dans des replis de chair grisâtre, paraissait avoir vieilli de vingt ans. Nous sommes coincés. Il nous faut cinq cents tonnes de nourriture par jour. La Luftwaffe va faire ce qu'elle peut pour les parachuter. Les munitions sont au plus bas, et Dieu seul sait s'ils pourront nous en fournir par le même moyen.

Les Russes avaient abattu plus de cinq cents avions de ravitaillement, et sous peu leurs stocks seraient réduits à néant. Louis regardait souffrir ses camarades en s'efforçant de ressentir de la pitié à leur égard. Ils avaient fini par s'apercevoir que le rêve de Hitler, le rêve de Lebensraum, s'était mué en cauchemar pour chacun d'entre eux. Dieu n'était finalement pas avec eux... Et pourtant, ils continuaient à se battre avec un héroïsme sans précédent, même si la bataille était d'ores et déjà perdue, même s'il n'y avait plus d'espoir.

Lorsque vint janvier, ils avaient dévoré ce qui restait des chevaux des Roumains déserteurs. Les rations individuelles se réduisaient à quelques grammes de pain. Le général von Paulus dut prendre la terrible décision de ne plus nourrir que les hommes en état de se battre. Les autres attendaient sur place la mort.

Puis vint le moment que Louis redoutait par-dessus tout : la Volga gela. La terre et le ciel se rejoignirent en une immense toile de fond vierge qui semblait s'étirer à l'infini. Louis vit se matérialiser dans toute cette brumeuse blancheur un véritable cauchemar : des soldats sibériens vêtus de blanc déferlèrent sur la glace en direction de Stalingrad, avec leurs skis, leurs chiens, leurs chevaux petits mais robustes, et des canons qui fonctionnaient malgré le gel.

Le ravitaillement des Allemands assiégés avait cessé. Louis était affaibli par la faim et l'épuisement, ses hommes ne valaient pas mieux. Ils n'avaient ni munitions ni carburant. Smiedt leur ordonna de détruire leurs armes, tandis que les conducteurs de camions s'entendaient commander de mettre le feu à leurs véhicules. Tout autour de Louis gisaient les blessés que personne ne pouvait soigner ; le visage cireux, le corps couvert de bandages improvisés souillés de pus et de sang, ils succombaient lentement, à moins d'être emportés avant par la faim ou le froid.

Les Russes commencèrent à se déplacer sans crainte dans les environs, sachant les munitions allemandes épuisées. De nombreux Allemands voulurent se rendre, mais l'ennemi ne tenait pas à s'embarrasser de prisonniers de guerre. Ils mourraient donc tous, Louis le savait.

Le 22 janvier, il reçut un appel radio de Smiedt et entendit von Paulus expliquer que, faute de munitions, il était contraint de capituler avec les quatre-vingt-quatorze mille hommes qui lui restaient. Sur quoi la communication fut coupée. Louis vit bien que Smiedt n'arrivait pas à assimiler la reddition allemande, pas plus que la position désespérée dans laquelle ils se trouvaient.

— Prends tes hommes et va rejoindre la VIe armée, mon vieux, lui conseilla Louis.

L'autre hocha la tête d'un air las et gagna lentement le fond de la tente. Quelques secondes plus tard, Louis entendit un coup de feu. Le cœur gros, il ordonna à deux de ses hommes de faire le nécessaire pour le corps de son ami.

Louis décida qu'il était inutile de se déplacer. Il alla s'asseoir sur un essieu brisé devant la tente de Smiedt et regarda autour de lui. Bombes et obus ébranlaient le sol. Il appela de ses vœux la balle qui mettrait fin à sa détresse, à ses pathétiques efforts pour survivre. À dix heures du soir, les combats cessèrent. Un silence irréel descendit sur la ville ravagée. Seul restait le hurlement du vent. Glacé d'horreur, Louis scruta les alentours. Des morts raidis par le gel semblaient fixer sur lui un regard accusateur. Partout s'étalaient des décombres enneigés. Il se leva et s'avança d'un pas mal assuré.

Qu'était-il ? Homme ou bête ? Une bête, il le savait à présent. Alors il leva la tête et poussa un hurlement fait de violence et de haine, un cri de deuil pour ses camarades tombés au combat et pour les ennemis qu'il avait abattus. Un désespoir noir lui serra le cœur. Pour les forfaits qu'il avait commis, pour son âme de catholique à jamais damnée, pour la souffrance infligée à des frères humains, et par-dessus tout pour Andréa.

Une abominable apparition se profila sur fond de paysage enneigé. Son lieutenant mongol, rhabillé et armé. Était-il venu l'emporter vers son épouvantable enfer de glace ? Le Mongol lui fit signe de le rejoindre et Louis se figea, incapable de détacher son regard de cette apparition. Puis l'autre réitéra son signe et, comme hypnotisé, Louis lui emboîta le pas.

Chapitre 54

L'aube allait poindre. Marietta et Jan descendaient le long du flanc boisé en restant constamment près du torrent qui étouffait le bruit de leurs pas. La jeune fille entendait des chiens aboyer au loin et cela lui rappelait avec force le camp, l'odeur nauséabonde des prisonnières, leurs maladies et leurs peurs, les bruits de bottes, les cris... toujours ces cris. Le hurlement de douleur d'une femme frappée.

— Non, fit-elle tout bas. Il faut oublier...

Alors elle se rendit compte que Jan la regardait fixement et se maudit de s'être laissé distraire. Elle portait un uniforme d'infirmière humide et froissé dont la cape bleu marine ne la protégeait guère contre l'air des montagnes, et elle sentait déjà qu'elle avait attrapé froid.

Ses cheveux avaient été teints en noir et ses sourcils épilés jusqu'à ce qu'ils ne dessinent plus qu'une fine ligne sur son front. Une paire de lunettes complétait ce déguisement. Elle avait l'impression que tout cela était absurde, que n'importe qui pouvait la reconnaître. Mais si l'on découvrait sa véritable identité, elle était perdue. Hugo la rechercherait et la renverrait au camp ; et, cette fois, ce ne serait pas pour subir une peine de prison.

Ils avaient pris le train à Vienne pour la petite ville-frontière de Gmünd au prix d'un voyage périlleux, effrayant ; des gardes en uniforme avaient vérifié leurs papiers à chaque gare. Une fois arrivés, ils étaient tout simplement partis à pied vers les faubourgs avant de s'enfoncer dans la forêt. Ce qui les attendait ensuite, c'était l'escalade exténuante de versants successifs menant à la frontière tchécoslovaque. Jan avait choisi une région de marécages gelés, difficile d'accès, où il savait ne trouver ni gardes ni barbelés. La descente du versant opposé, vers la vallée de la Vltava, serait plus aisée. Jan connaissait le chemin par cœur, et la jeune femme s'efforçait de le mémoriser au cas où elle serait un jour obligée de s'enfuir en le reprenant dans l'autre sens.

Au fond d'elle-même, là où régnaient le désespoir et la terreur, une résolution, faible encore, commençait à poindre. « Je suis venue jusqu'ici de mon plein gré pour contribuer à abattre Hugo et ses semblables. Quels que soient les risques, cela reste mon but. Qu'importe ce qui m'attend, je dois mettre mes craintes de côté. »

Pourtant, elle ne réussit pas tout à fait à réprimer les dernières traces de sa panique, qui restèrent nichées en elle avec au creux de l'estomac, tandis qu'ils poursuivaient leur marche, une imperceptible nausée.

— Je me suis débrouillé pour vous obtenir la gestion d'une laiterie, l'informa Jan. Le travail ne sera pas nouveau pour vous et vous aurez la certitude d'être convenablement nourrie, sans compter que vous serez libre de vous déplacer çà et là ; vous disposerez même d'un véhicule. Vous devrez livrer le lait aux troupes et collecter le beurre dans les fermes. Vous aurez l'occasion de discuter avec les soldats, de vous faire des amis parmi eux. Cela vous permettra de récolter des informations utiles. N'oubliez pas : vous êtes Volksdeutsche, c'est-à-dire l'une des leurs. C'est pour les gens comme vous que Hitler est entré en guerre. Vous n'avez donc aucune raison d'avoir peur.

C'est ce qu'elle avait aussi pensé. Elle s'efforça encore davantage de reprendre ses esprits.

— Si les Britanniques ne se trompent pas en affirmant que le V3 se trouve en Tchécoslovaquie, alors, à mon avis, von Hesse va inspecter régulièrement l'avancement des travaux. Vous pourriez peut-être lier amitié avec son chauffeur ?

« Et si Hugo m'aperçoit ? » s'interrogea-t-elle en silence.

— Il se peut que je vous charge, dans l'exercice de votre activité, de transmettre des messages ou d'accompagner des individus. Vous vous occuperez également de la radio. Les communications sont vitales pour nous. Nos groupes sont disséminés et ne se rencontrent que rarement. Seule une bonne liaison radio peut les fondre en un tout. En outre, nous tenons régulièrement informés les Tchèques libres de Londres. Il faut des heures pour établir le contact. Cela occupera une grande partie de vos nuits.

Elle se demanda si c'était pour l'aider à oublier sa peur que Jan parlait sans cesse tandis qu'ils descendaient dans la vallée de la Vltava. Elle se rendit compte en l'écoutant qu'il avait bien changé. Il lui parlait d'égal à égal.

— Vous savez sans doute que Hugo a été nommé général de brigade, et qu'il a réquisitionné le château de Sokol au nom du parti nazi. Ce qui signifie, en fait, pour son propre usage.

— Père me l'a dit, répondit-elle tout bas.

— Je vais essayer de vous décrire nos méthodes à plus grande échelle..., reprit Jan.

À mesure qu'ils se rapprochaient du fond de la vallée, la température s'élevait. En l'écoutant, Marietta se rendit compte que Jan avait la charge des divers groupes résistants de Bohême tandis que Georg Kolar, jadis régisseur de ses terres de Sokol, contrôlait le réseau des environs de Prague. Elle essayait de mémoriser tout ce qu'elle entendait, mais des souvenirs ne cessaient de s'interposer. Ils approchaient des lacs nappés de brume et commençaient à entrevoir la forêt sous la faible lueur de l'aube. *Ses* lacs ! *Son* domaine ! Elle retint son souffle et chassa ses souvenirs importuns. La comtesse heureuse et insouciante appartenait à une autre vie, avant l'Edelweiss, avant la guerre, avant le camp.

Elle frémit en se rappelant que Hugo lui-même avait organisé la destruction de Lidhaky et expédié Andréa dans un camp. Lorsqu'elle l'avait appris, elle en avait été malade.

— Attendez ! fit tout à coup Jan en la retenant par les épaules et en la faisant pivoter sur place pour la tourner vers lui.

— Qu'est-ce qui ne va pas ? s'inquiéta-t-elle, surprise.

— Vos yeux ! Ils brûlent d'un feu trop ardent. Vous n'êtes ni intimidée ni vaincue, et vous avez appris à haïr. Ne fixez jamais les Boches avec ce regard-là. Si vous ne pouvez pas vous contrôler, détournez les yeux, faites semblant d'être timide. C'est le regard, plus que tout le reste, qui vous dénoncerait.

Une charrette à cheval chargée de choux attendait à la lisière de la forêt. Herr Zweig fumait sa pipe pendant que l'animal broutait une herbe rare.

— Vous n'avez pas traîné, constata-t-il en guise de salut.

Jan lui présenta Marietta.

— Voici Lara Zimmerman, une infirmière qui se joint à mon groupe dans la forêt. Elle est revenue nous aider dans notre lutte.

Les yeux du vieux se mouillèrent et une grosse larme resta suspendue au bout de son nez. Tirant de sa poche un chiffon douteux, il l'essuya.

— Vous êtes une femme courageuse. Soyez la bienvenue.

Marietta poussa un profond soupir. Il ne l'avait pas reconnue.

— En route, pressa anxieusement Jan. (Ils grimpèrent sous la bâche et s'installèrent au milieu des choux.) Voici mon plan, reprit-il à mi-voix comme ils se mettaient à cahoter sur les ornières du chemin. Nous allons bientôt nous séparer. Vous avez assez d'argent pour acheter de quoi manger à la gare. Prenez un billet pour Sokol, puis marchez jusqu'au château...

— Sokol ? s'étrangla-t-elle.

— Demandez Max Amman. Au fait, il vous attend. Soyez prudente. Faites-vous discrète.

— Mais Max me connaît bien ! Et puis il est allemand. C'est de la folie !

Jan lui lança un regard noir.

— Si je vous envoie là-bas, c'est que j'ai mes raisons. Amman vous donnera le travail dont vous avez besoin, et vous habiterez la ferme en amont, au bord de la rivière. Celle qui est construite sur les anciennes caves, vous vous souvenez ? Je reprendrai contact avec vous par la suite. Ne vous en faites pas, tout est arrangé ; seulement, vous devez vous rendre seule à l'entrevue d'embauche. Il vous faudra un laissez-passer, un permis de conduire et une autorisation pour prendre de l'essence et circuler dans les environs. Tout cela nous sera précieux. Pour les empreintes digitales, le photographe, ce genre de chose... Amman se débrouillera. Ce sont des gens organisés, à la garnison, ajouta-t-il avec un petit rire.

Couchée au milieu des choux, Marietta ne savait plus très bien où elle en était. Et si jamais elle se retrouvait face à face avec Hugo ? Comment réussirait-elle à se tirer de ce guêpier ?

Une demi-heure plus tard le vieil homme émit un ordre bref à l'intention de son cheval, et la charrette s'arrêta. Jan aida Marietta à descendre par le côté. En un clin d'œil l'attelage s'était remis en branle, et la jeune fille se retrouva seule.

Marie n'eut aucun mal à rallier Sokol en train, mais, à présent, elle avait l'impression d'entreprendre un voyage dans son propre passé. Comme en un rêve, elle sortit de la gare et s'engagea sur la route de campagne qui menait au château. Ce dernier lui paraissait douloureusement familier ! Tant de souvenirs s'y rattachaient ! Elle avait envie de rire et de pleurer. En levant les yeux, elle vit le svastika flotter au sommet de la plus haute flèche et la colère s'enfla en elle, chassant momentanément la peur. Cet emblème maudit qui la poursuivait depuis six ans, voilà qu'elle le retrouvait souillant son propre foyer comme un malveillant oiseau de proie.

Puis elle se reprit et franchit les derniers mètres qui la séparaient de la cour du château ; le martèlement sec et sonore des sabots d'un cheval arrivant de la rivière la fit sursauter. La cavalière, hautaine et raide comme une statue, descendit de monture, jeta son fouet à terre et gagna en toute hâte une limousine garée dans la cour.

— Appelez le palefrenier, lança-t-elle par-dessus son épaule à un caporal qui venait de quitter sa guérite en s'efforçant maladroitement de remettre de l'ordre dans sa tenue. Je suis en retard. Faites passer le message en cuisine, jeta-t-elle encore... (Puis elle regarda le ciel, et Marietta l'imita. Pas un nuage en vue. Un très bel après-midi de juin.) Qu'on serve les cocktails sur la terrasse et le dîner dans la salle à manger persane. La soupe à l'oignon du chef, poisson bouilli, gibier au vin de Bourgogne, chou rouge et pommes cuites, pommes de terre nouvelles, sauce au vin rouge.

Marietta s'étrangla de faim et d'envie.

— Qui êtes-vous donc ? demanda la cavalière, les sourcils froncés, en apercevant la jeune fille.

— Mon nom est Zimmerman, madame, répondit-elle en faisant la révérence. Je suis là pour m'occuper de la laiterie. J'ai rendez-vous avec Herr Amman.

— Eh bien, allez-y, alors. Ne restez pas plantée là.

Sur ces mots, elle démarra, passa la marche arrière et fit demi-tour en faisant hurler les pneus. Marietta devina qu'elle venait d'avoir un premier aperçu de sa belle-sœur par alliance.

En gravissant les marches anciennes de l'escalier de pierre, elle se surprit à trembler. Tout à coup, elle entendit un cri et fit la grimace.

Un caporal venait vers elle en courant. Arrivé à sa hauteur, il la saisit par l'épaule et la repoussa vers le bas des marches. Elle roula, tomba et faillit se tordre la cheville. « Ça y est, se dit-elle. On m'a reconnue. »

— Qu'est-ce qui vous prend de passer par la grande porte ? fulmina l'homme. Prenez l'entrée de service.

Quelle gaffe ! Elle se dépêcha de gagner l'entrée latérale. Elle vit, en jetant un coup d'œil à l'intérieur, que Otto, le cuisinier, n'était plus là. À sa place officiait une grosse femme aux biceps proéminents et aux mains rouges. Elle était en train de découper un filet de bœuf avec détermination. Pas de problème de ravitaillement à Sokol, manifestement. La cuisine avait été rénovée et ressemblait à un laboratoire. Partout luisait l'éclat de l'acier.

Le bureau de Max s'était toujours trouvé derrière la troisième porte à droite, dans le couloir, mais, encore éblouie par son arrivée dans la cour, Marietta ne distinguait pas très bien le passage plongé dans la pénombre. Elle entra d'un pas hésitant dans la pièce lumineuse qui s'ouvrait devant elle... pour se retrouver face à un portrait de sa mère, accroché près de la fenêtre. Alors les larmes lui montèrent aux yeux ; les murs étaient tapissés de photos de famille : Louis et elle enfants, Ingrid avec le chien de grand-mère, elle-même en compagnie de Trudi, son cheval, durant un gymkhana. Des dizaines et des dizaines de portraits de famille sauvés et mis à l'abri dans le bureau de Max, et qui rappelaient constamment, à tout un chacun, le visage qui avait jadis été le sien. Une voix s'éleva derrière elle ; elle fit volte-face.

— Touchant, non ?

Marietta sursauta et fit le salut nazi.

— Oh, ici ce n'est pas la peine, infirmière Zimmerman. (Max alla fermer la porte à clef.) J'ignore qui vous êtes vraiment, et je ne veux pas le savoir. On m'a... disons, « convaincu » de vous embaucher. Je ne suis ni nazi, ni résistant. Rien qu'un domestique... (Max passa derrière son bureau et s'assit sans la quitter des yeux.) Hmm ! Bien... tout est prévu. Comme le général tient à aider les parents des soldats combattant sur le front de l'Est, je n'ai pas eu trop de mal à le persuader de vous prendre à son service. Vous n'aurez même pas à le rencontrer. Jan a bien insisté sur ce point.

— Je vous remercie.

— N'oubliez pas : moins je vous verrai, mieux je me porterai. Je ne veux rien avoir à faire avec vos activités de résistants, quelles qu'elles soient. C'est compris ?

Elle acquiesça en silence.

— Bien. (Il se mit à pianoter sur son bureau.) Il y a quelque chose qui me dérange chez vous. (Il l'observa attentivement l'espace de quelques secondes. Puis il se leva subitement.) Nous avons des dizaines de choses à voir. Vous vous retrouverez bientôt à ce point noyée dans la paperasse que vous aurez l'impression de ne plus pouvoir en sortir.

— Oui, fit-elle avec un sentiment d'irréalité.

— Il faudra désormais répondre : « Oui, monsieur. » Je vois que vous n'avez pas l'habitude.

— En effet, monsieur.

— Je me demande pourquoi les vôtres veulent placer quelqu'un à ce poste. Vous m'avez l'air d'une femme bien. J'ai pitié de vous. Vous autres, prétendus combattants de la liberté, vous êtes une bande de politiciens amateurs assoiffés de pouvoir, qui agissent parfois les uns contre les autres, pour être celui qui sera le mieux placé à la fin de la guerre. Jan est chef du parti communiste tchèque... (Il guetta sa réaction.) Je vois que cela ne vous surprend pas. Je sais deux ou trois petites choses sur lui. Vous pouvez lui dire de ma part que, s'il exerce encore des pressions sur moi, je lui rendrai la monnaie de sa pièce. Et ne croyez pas résoudre le problème en me poignardant dans le dos. J'ai en ma possession des documents cachés qui arriveront au grand jour si je meurs.

— Et si vous êtes victime d'un accident, monsieur ?

— Infirmière Zimmerman, mon rôle de protecteur à votre égard durera ce que je durerai. Et maintenant, en route !

Une heure plus tard, Marietta se dirigeait au volant d'une camionnette vers la laiterie située à quelques centaines de mètres du château, en remontant la rivière. Elle se gara dans la cour et regarda mélancoliquement autour d'elle. La demeure figurait parmi les plus anciennes du domaine : elle datait du XVe siècle. Jadis, on y avait fait le vin destiné au château. Sous elle s'ouvraient des caves reliées à la rivière par un souterrain en pente où l'on faisait autrefois rouler les barriques jusqu'aux bateaux qui les attendaient. Enfant, elle avait souvent joué là avec Louis et Ingrid ; le bâtiment était alors occupé par un membre de la famille Kolar. Mais maintenant la porte d'entrée, retenue par un seul gond, pendait de travers et plusieurs fenêtres étaient brisées.

Marietta déchargea les provisions et produits d'entretien que lui avait remis Max Amman. En pénétrant dans les lieux malgré leur délabrement, elle exulta de se retrouver dans un foyer bien à elle. Elle aurait dû se mettre tout de suite à nettoyer, mais elle était trop épuisée. Le lit était branlant, des rats détalaient dans le grenier, les pièces étaient crasseuses, mais cela ne l'empêcha pas de se jeter sur le matelas, de tirer les couvertures et de s'endormir sur-le-champ après une pensée pour Bill.

Chapitre 55

Un long mois d'appréhension s'écoula avant que Marietta ne recueille un premier élément d'information sur la mine. Un traiteur Volksdeutsche qui travaillait exclusivement pour les réunions entre nazis lui demanda un jour plus d'œufs, de poulets et de crème qu'elle n'en avait à vendre. Il prétendait détenir l'autorisation d'acheter quarante poulets supplémentaires, mais n'arrivait pas à se les procurer.

— Je vais voir ce que je peux faire, répondit-elle. Les fermes ne produisent guère par les temps qui courent. Je ne sais pas comment on va s'en sortir. Il vous en faut vraiment quarante ? Et quel est votre délai maximal ?

— Je vous l'ai dit : demain midi. Von Hesse me retirera ma licence si je ne peux pas fournir à temps. Trente chefs de Berlin qui débarquent demain soir par avion. Il faut que je livre un repas à midi à l'intérieur de la mine Richard, puis un grand dîner plus tard au château.

— Vous voulez dire, à l'intérieur du camp ?

— Mais non, dans la *mine*. Et ce n'est pas la première fois, en plus. Ils font venir les mets les plus délicats par avion, via la piste d'atterrissage au sommet du volcan. C'est comme ça depuis le jour où la crème glacée est arrivée fondue, il n'y a pas très longtemps. Parce que, en train, c'est trop long, vous comprenez. Cette fois, ce sont vraiment les huiles qui viennent faire un tour dans le coin. Je le sais parce qu'il a commandé du caviar russe. Pour le tout-venant, c'est du danois qu'il fait servir.

— Je ne trouve pas très commode de déjeuner dans cette vieille mine d'étain, remarqua Marietta.

— Il doit y avoir un endroit quelque part à l'intérieur. Ils y conservent bien les serviettes de table, les verres de cristal taillé, l'argenterie... Ces invités-là ont droit à tout ce qu'il y a de mieux. Les meilleurs cigares, aussi.

Elle se mit à poser des questions autour d'elle.

Elle apprit ainsi de Max Amman que Hugo se rendait au camp de Theresienstadt au moins deux fois par semaine. Il y était même parti en toute hâte un soir récent à minuit, à la suite d'un coup de téléphone urgent.

Pensive, Marietta partit en quête de ses quarante poulets.

Juste avant la tombée de la nuit, elle gagna la ferme d'Helen Kranz au volant de son vieux véhicule poussif ; c'était là qu'on avait toujours élevé les meilleures volailles. La route menant au corps de ferme serpentait au milieu d'ormes majestueux entre des buissons d'épineux et des haies d'églantiers avec à leur pied des boutons-d'or et des marguerites.

Il était plus de sept heures mais, brisés et affamés, les prisonniers condamnés aux travaux forcés étaient encore aux champs sous l'œil vigilant de deux gardes qui fumaient, adossés contre un arbre.

La ferme était dans un triste état, avec ses volets qui pendaient sur leurs charnières, sa peinture écaillée, son toit défoncé. Çà et là gisaient dans la cour des pièces de machines agricoles cassées. Deux petits enfants regardèrent Marietta d'un air méfiant tout en se rongeant les ongles tandis que la jeune femme s'adressait à leur mère.

— Vous êtes des vautours ! gronda cette dernière avant même que Marietta ait passé la porte. Vous survivez sur le dos des pauvres gens. Mes enfants meurent de faim, regardez-les ! Leur père est en camp de concentration et on nous prend tout ce que nous avons... (Elle s'effondra dans un fauteuil et fondit en larmes.) Je n'arrive pas à produire mon quota, sanglota-t-elle. Et maintenant ils veulent me prendre le bétail. Est-ce ma faute si le lait des vaches se tarit prématurément ? Je n'ai pas assez de fourrage à leur donner. C'est pareil pour la volaille. Et vous voudriez que je sacrifie des poulets pour leur marmite à eux ! (Marietta assistait, impuissante, à la détresse de la fermière.) Tout, on nous a *tout* volé, hoquetait-elle. La volaille et les porcs, expédiés en Allemagne. Il me reste une truie, mais les porcelets qu'elle met bas sont immédiatement enregistrés et, quatre mois après, on vient me les prendre, et Dieu nous garde si l'un d'entre eux n'a pas survécu. Il me reste dix poules et ces ordures me demandent quarante œufs par semaine !

— Chut, ne pleurez plus. (Marietta s'accroupit auprès de Hella et lui prit la main.) Tout le monde en bave. Je vais contacter la Résistance et voir s'ils peuvent faire quelque chose pour vous. Soyez courageuse... Il faut trouver le moyen de cacher quelques-unes de vos bêtes, ajouta-t-elle. Je vous en prie, écoutez-moi. Les Allemands vont perdre la guerre. Les Alliés sont en train de gagner en Afrique du Nord, les bombardiers anglais pilonnent les villes allemandes, deux mille usines ont déjà été détruites. Au bout du compte, les nazis seront battus. Il faut tenir le coup, pour vos enfants et pour le jour où votre mari rentrera. Essayez d'être forte. Ne baissez pas les bras. Reprenez courage pour l'amour des vôtres.

« Toujours la même chose », songea-t-elle avec amertume. Les gens avaient faim, ils n'y croyaient plus. Ils n'avaient plus envie de se battre. Elle résolut séance tenante de se donner une mission : convaincre les fermières affligées de soutenir la Résistance et de s'entraider.

Elle ne parvint pas à respecter le délai fixé — elle arriva avec deux heures de retard — et proposa en compensation de mettre la main à la pâte. Mais, en quatre heures de travail acharné dans les cuisines du traiteur, elle ne put glaner aucune information supplémentaire. Ce fut finalement à Jan qu'on dut un progrès décisif. Après avoir obtenu les faveurs d'un conducteur de trains en l'approvisionnant en schnaps — denrée fort rare — ainsi qu'en prêtant une oreille compatissante à ses problèmes conjugaux, il avait appris qu'on expédiait régulièrement vers les camps de la mort polonais les prisonniers ayant travaillé dans la mine. L'homme, lui-même, devait bientôt prendre livraison d'une nouvelle fournée. Il était tellement ivre que, sans s'en rendre compte, il alla jusqu'à donner la date à Jan.

Armée d'une mitraillette de fabrication britannique et munie de trente chargeurs, debout seule dans le noir, Marietta frissonnait de peur en montant la garde auprès de son camion. Elle avait honte de se sentir ainsi le ventre noué et de voir ses mains moites glisser sur le canon de l'arme.

Au bout d'une minute, le train fut en vue et freina dans un grand bruit métallique. Les lourds wagons semblaient passer au ralenti. Un instant plus tard, la lumière orangée d'une déflagration aveugla Marietta, bientôt suivie par le fracas de l'explosion. Sur fond de flammes, les premières voitures se dressèrent avant de retomber lentement sur le côté.

Le crépitement des mitrailleuses des gardes retentit au moment où, de leur côté, Jan et ses hommes ouvraient le feu. Le vacarme des wagons s'écrasant les uns contre les autres couvrait presque les hurlements de douleur.

Une silhouette masculine trapue sortit de l'obscurité et vint vers elle. Qui était-ce ? Elle braqua son arme, hésita. L'homme l'avait à peine rejointe qu'elle cherchait encore à l'identifier. Il était presque trop tard lorsqu'elle vit une croix gammée briller à son revers. Au moment où il tournait son arme vers elle, elle appuya sur la détente de la sienne. Le coup partit et Marietta essuya un formidable recul. En rouvrant les yeux, elle vit le soldat étendu, immobile sur le sol, et découvrit sa poitrine défoncée et le sang qui ruisselait dans la terre.

Un silence terrifiant s'était fait autour d'elle. Que fallait-il en déduire ? Les résistants étaient-ils tous morts ?

Après ce qui lui sembla être une éternité, une colonne apparut, venant d'un pas mal assuré dans sa direction. Des hommes, vraiment ? C'étaient des silhouettes à l'allure brisée qui n'avaient presque plus la force de mettre un pied devant l'autre. Le spectacle de ces êtres squelettiques aux yeux profondément enfoncés dans leurs orbites, l'odeur de la peur et des corps mal tenus ramenèrent Marietta à son propre passé. Incapable de faire un geste, elle resta pétrifiée, entendant à nouveau les aboiements des chiens, revoyant les gardes et leur schlague en même temps que les yeux effrayés des nouveaux arrivants.

Jan la secoua par l'épaule.

— Faites-les monter dans le camion, hurlait-il. Mais remuez-vous, nom de nom ! Qu'est-ce qui vous prend ?

Malade de honte, elle partit vers le camion. En l'espace de

quelques minutes, les prisonniers y avaient pris place et Marietta les emmena vers la rivière en s'efforçant de tenir le volant de ses mains tremblantes et de retrouver son rythme respiratoire. Elle se demandait si elle réussirait à rejoindre sa destination. Elle était agitée de tels frissons qu'elle avait du mal à conduire. Mais elle finit par atteindre le point de rendez-vous avec Kolar et ses hommes.

— Qu'est-ce qui ne va pas ? s'enquit ce dernier.

— Rien. Tout a explosé comme prévu. Jan arrive.

— Vous n'avez pas l'air dans votre assiette. Détendez-vous.

Cinq minutes plus tard, les détenus étaient à bord de barques qui les attendaient. Des paysans les cacheraient. Marietta resta seule à regarder le jour se lever en faisant de son mieux pour maîtriser sa peur. Devant ces malheureux, elle avait revécu son séjour au camp. Elle se jura que, la prochaine fois, elle serait mieux préparée.

À minuit, Jan arriva par la rivière.

— On a de la chance, l'informa-t-il en souriant. Le bon Dieu est avec nous. Écoutez un peu : deux rescapés de la nuit dernière ont travaillé dans la mine Richard. Figurez-vous qu'elle a été convertie en un vaste complexe de recherche. Elle est protégée par un dispositif de surveillance, et on n'y accède que par la station de chemin de fer à l'intérieur du camp de Theresienstadt. Le train circule en sous-sol sur la plus grande partie du trajet. Les prisonniers pensent que les nazis construisent là-bas une espèce de fusée. Le projet est tellement top secret que, tous les six mois, les travailleurs sont remplacés pour raison de sécurité. La rumeur prétend qu'ils sont exécutés. Les deux hommes dont je vous parle étaient en route pour la chambre à gaz. Je les ai laissés en bas, précisa-t-il en indiquant les caves. Ne leur donnez pas trop à manger, cela pourrait les tuer. Il vaut mieux les alimenter par petites doses fréquentes.

Marietta trouva les deux hommes dans un état d'épuisement total, mais tellement bouleversés par leur libération qu'ils voulaient fiévreusement raconter leur histoire. Willi Maeier avait été orfèvre, Han Schwerin banquier. Le premier, aux cheveux sombres et au visage empreint de tristesse, avec de grands yeux bruns aux paupières lourdes, de longs doigts délicats et le teint olivâtre, était si faible qu'il ne cessait de s'endormir au cours de son récit. Schwerin était plus robuste. Elle devina en lui un ancien athlète. Les cheveux roux frisés, les yeux bleus, les joues criblées de taches de rousseur, il avait néanmoins un regard hanté et toussait sans discontinuer. Il était très agité.

— Ils vont nous chercher, disait-il. Nous en savons trop. Nous ne pouvons pas rester. Ce n'est pas juste pour vous. (Une nouvelle quinte de toux l'interrompit.) Il faut que je vous dise, pour la mine...

— Ne vous fatiguez pas, je vous en prie, coupa doucement Marietta. Attendez que nous fassions venir l'expert qui vous interrogera dans les règles.

Un coup de feu retentit au loin. Elle se tut. Le bruit que faisaient l'équipe de recherche et ses chiens se rapprochait. Voyant le regard terrorisé de Maeier, Marietta se sentit envahie par l'angoisse. Les Allemands avaient déclenché une gigantesque chasse à l'homme pour retrouver leurs prisonniers évanouis dans la nature et les terroristes responsables de l'attaque du train. Toute la journée la forêt avait retenti de cris, de détonations et d'aboiements. Tous trois passèrent une nuit blanche, blottis dans les caves. À l'aube, la brigade de recherche s'éloigna vers le sud.

Hugo était dans une rage folle. Le commandant du camp, le conducteur du train et les gardes furent traduits en cour martiale et dûment châtiés. On apprit, au cours de l'interrogatoire, qu'un des gardes avait aperçu une jeune femme avec les terroristes, mais le fait ne retint pas particulièrement l'attention de Hugo.

Ce qui lui causait plus de souci, c'était la disparition des deux ex-travailleurs de la mine, ou plutôt du centre de recherche. C'était pour éviter cela qu'il avait demandé que les travailleurs forcés soient exécutés sur place. Le commandant du camp avait désobéi aux ordres en les expédiant à Auschwitz.

Pendant quinze jours, les SS passèrent au peigne fin les bois et les collines environnants, et fouillèrent de fond en comble les maisons sur des kilomètres à la ronde. Hugo réussit à taire la présence de deux anciens de la mine parmi les fugitifs. Sa carrière était en jeu. Les Tchèques seraient-ils assez malins pour interroger ces deux-là et les faire parler du V3 ? Et, si oui, l'information parviendrait-elle aux oreilles des Alliés ? Il n'y avait qu'un moyen de le savoir. Il songea à Ingrid. Puis il finit par décrocher le téléphone et appeler son correspondant de la SS à Berlin, celui qui chaperonnait Paddy l'Irlandais.

Chapitre 56

Les cinq mois qui suivirent le départ de Marietta furent les pires moments de la vie du comte. Il n'avait même pas le moyen de savoir si elle était encore en vie. Pour ne rien arranger, il était sans nouvelles de Louis depuis la chute de Stalingrad, et il craignait que son fils n'ait péri. Par l'intermédiaire de puissants appuis, il avait pu savoir qu'Andréa et les survivantes de Lidhaky étaient détenues au camp de Ravensbrück. Il avait également appris qu'on y pratiquait des expérimentations médicales, qu'on y faisait tant travailler les Polonaises et les Russes qu'elles tombaient comme des mouches, et que douze mille détenues étaient entassées dans des bâtiments conçus pour la moitié de ce nombre. Le comte alla s'installer dans son appartement berlinois et passa plusieurs semaines à tenter d'obtenir la libération d'Andréa. Il exerça des pressions sur plusieurs amis influents, supplia, alla jusqu'à soudoyer certaines personnes, mais en vain.

Outre ses souffrances personnelles, il avait une peine immense pour ses concitoyens. Au cours des six mois écoulés, la guerre avait radicalement changé de visage. Les troupes allemandes battaient en retraite en Italie et en Russie, jour après jour l'ennemi se rapprochait du Vaterland. Les représailles alliées étaient terribles. Les bombardiers de la RAF et les avions américains pilonnaient sans relâche les grandes villes d'Allemagne, ainsi que ses sites industriels, faisant chaque fois des milliers de morts et de sans-abri. La seule ville de Hambourg avait reçu dix mille tonnes de bombes durant les huit derniers jours, et se trouvait réduite à l'état de décombres sur dix kilomètres carrés. Les usines, les chantiers navals avaient été rasés, les sous-marins détruits dans leurs abris, le tunnel sous l'Elbe démoli. On redoutait plus que tout l'arme nouvelle des Alliés, une bombe incendiaire au phosphore générant une telle chaleur que l'asphalte des rues se muait en rivière de feu. On ne comptait plus les victimes civiles et ce n'était qu'un affreux avant-goût de ce qui les attendait encore.

Pourtant, raisonnait le comte, il n'était pas trop tard pour sauver l'Allemagne et l'Autriche des folles menées de Hitler et des impitoyables représailles alliées. Si l'on assassinait le Führer, un nouveau gouvernement pourrait demander un cessez-le-feu et engager des négociations de paix.

Lui qui n'avait jamais été superstitieux, n'avait même jamais cru au diable, commençait à penser que les forces du mal étaient à l'œuvre. Le pur hasard faisait constamment échouer les plans des conjurés contre Hitler. Le comte finit par s'avouer qu'il devait prendre sur lui la responsabilité d'assassiner le Führer, au sacrifice de sa vie. Avait-il une chance, alors que tant de tentatives avaient déjà échoué ? Le diable veillait-il sur ses protégés ? Repoussant ses craintes, le comte conçut un plan.

On devait présenter, le mercredi 11 août 1943 à onze heures du matin, les nouvelles capotes de l'armée allemande lors d'une exposition à l'École d'infanterie, aux environs de Berlin. Le chauffeur du comte arrêta la voiture devant l'entrée réservée aux visiteurs de marque à dix heures trente et lui ouvrit la portière. En descendant, le comte s'efforça en vain d'afficher un sourire paisible. Au-dessus de sa tête déferlaient, vague après vague, les bombardiers alliés en formation serrée.

Le chauffeur les regarda en fronçant les sourcils.

— Les salauds, fit-il entre ses dents. En aurez-vous pour longtemps, monsieur le comte ?

— Pour une éternité, répondit ce dernier en frissonnant. Disons une heure. Qui sait ?

Dès onze heures moins dix, le hall fut bondé, ce qui ne l'arrangeait pas du tout. Il aurait voulu éviter la mort de jeunes gens innocents. Une fois de plus, il révisa son plan dans sa tête. Quand l'entourage de Hitler ferait son apparition, il amorcerait la bombe. Elle était prévue pour exploser dix minutes plus tard, ce qui lui laissait le temps de se rapprocher habilement du Führer.

À onze heures deux, toujours aucun signe de Hitler. Puis on communiqua un message par l'intermédiaire des haut-par-leurs. Le Führer avait été retardé par les perturbations résultant du dernier bombardement. Les voitures officielles avaient été contraintes de faire un détour. En jetant un coup d'œil à sa montre, le comte fut horrifié de constater à quel point sa main tremblait au vu et au su de tous.

À onze heures vingt, il avait recouvré son sang-froid. À onze heures vingt-cinq, un cri retentit à la porte.

— Voilà le Führer !

Les sous-officiers poussèrent des vivats.

Le comte vit par la fenêtre cinq limousines noires entrer dans le parking, suivies d'une escorte de motos. Il posa son verre et manipula le dispositif à retardement. Il suffisait d'appuyer sur un interrupteur mais, dans l'état de nervosité où il se trouvait, ce fut à peine s'il y réussit. Il consulta de nouveau sa montre. La bombe exploserait à midi moins vingt.

Les haut-parleurs tonnèrent :

— Le Führer et sa suite descendent de voiture. Musique ! Formez la haie d'honneur.

L'orchestre entonna un hymne qui ne parvint pourtant pas à couvrir le vrombissement d'un bombardier survolant la zone à basse altitude, poursuivi par trois chasseurs allemands. L'avion lâcha sa cargaison de bombes afin de reprendre de la hauteur. Le comte les entendit tomber. Une fraction de seconde plus tard, une première explosion ébranlait le bâti-ment. Le plancher se souleva, les murs tremblèrent. La deuxième déflagration suivit de peu la première. Le plâtre se mit à pleuvoir tout autour. On plongea à l'abri sous les tables et les sièges.

Quelques secondes plus tard, une troisième explosion pro-jeta le comte la tête la première contre un mur. Une bombe était tombée dans la cour derrière l'école. La fumée sortait à flots par les fenêtres. Quelque chose brûlait dans la salle.

Le comte se remit sur pied, tremblant. Cherchant son chemin à tâtons dans la fumée et la poussière soulevée par la déflagration, sentant le verre brisé craquer sous ses pas, il se dirigea en chancelant vers la fenêtre, à temps pour voir le convoi s'éloigner à toute vitesse. Le Führer avait pris la fuite.

Saisi d'angoisse, il lança un coup d'œil à sa montre. Onze heures et demie ! Il n'avait pas vu passer les cinq dernières minutes. Était-il resté inconscient ? Il frémit. Il restait encore cinq minutes avant que tous ces gens — qui n'y étaient pour rien — se fassent pulvériser. Impossible de désamorcer la bombe. Mais où s'en débarrasser ? Il réfléchit à toute allure. Le hall fourmillait de SS.

Il sortit. Trois minutes.

— Mon Dieu, gémit-il.

Il se précipita tête baissée vers le tas de ruines fumantes ; ses semelles fondaient, il sentait la chaleur et l'odeur de caoutchouc brûlé qui se dégageaient des décombres. Il accéléra. Il jeta sa bombe, fit demi-tour et s'enfuit à toutes jambes. Presque aussitôt, une formidable explosion le projeta contre la façade de l'école et il s'effondra au sol. Sa dernière pensée fut pour espérer qu'on ne l'avait pas remarqué.

« Mon Dieu, protégez mes enfants », pria-t-il.

Le surlendemain, Hugo accueillit la nouvelle de la mort de son beau-père avec un mélange de satisfaction et de regret.

« Pauvre vieux, marmonna-t-il dans sa barbe. Si tu savais combien de fois je t'ai protégé de tes folles velléités de trahison ! Et tu sais pourquoi ? Parce que j'ai tout fait pour m'assurer que je resterais ton seul héritier vivant, père. Et mon héritage, je n'allais pas me le laisser souffler sous le nez par l'État pour cause de haute trahison, figure-toi ! »

Hugo se rendit promptement sur les lieux de l'explosion et prit soin d'afficher publiquement son chagrin. Un jeune officier avide de promotion fut trop heureux de déclarer qu'il avait vu le comte dénicher une bombe sous une table, la prendre et se précipiter à l'extérieur. On organisa des funérailles dignes d'un héros.

Debout au bord de la tombe, Hugo contempla le cercueil contenant les restes du comte et laissa tomber quelques fleurs. Puis il s'adressa une dernière fois à son beau-père par la pensée.

« Marietta morte au camp. Louis porté disparu, présumé tué

au front, avec, de toute façon, peu de chances de revenir vivant de Russie. Andréa hors d'état de nuire, son bébé éliminé... Ne reste donc que moi, père. Bien que vous ne m'ayez jamais apprécié à ma juste valeur, que vous m'ayez toujours injustement négligé, je vous promets que je saurai faire meilleur usage de vos terres que les autres si elles étaient tombées entre leurs mains. »

Hugo élut domicile au palais Plechy dès la fin de la semaine et fit venir un décorateur afin de réaménager selon ses goûts le bureau et la chambre à coucher. Sur ce, il découvrit qu'il ne pouvait entrer en possession de son héritage aussi facilement qu'il l'aurait cru. Les hommes de loi exigeaient la preuve de la mort de Louis, faute de quoi il faudrait attendre des années pour qu'on puisse le déclarer légalement décédé. Hugo, qui n'avait jamais été du genre patient, rentra à Prague décidé à trouver une solution au problème.

« Volonté et dureté viennent à bout de tout », se dit-il à voix basse.

Ce mot d'ordre de la SS lui redonna confiance ; le destin veillerait à ce qu'arrivent les documents dont il avait besoin.

Marietta était dans le grenier de la laiterie, cachée derrière des balles de foin, occupée à émettre un message codé, lorsque Jan vint lui apprendre la mort de son père.

— D'abord Louis, puis le bébé d'Andréa, Andréa déportée, les étudiants de l'Edelweiss morts ou disparus, tous ces camarades, et maintenant père... Et dire que je ne peux même pas le pleurer. Je me sens comme anesthésiée. Trop de victimes... Trop de deuils. Peut-être plus tard serai-je capable de ressentir enfin quelque chose. Mon Dieu, quand tout cela finira-t-il ? dit-elle tout bas, plus pour elle que pour Jan.

Ce dernier éprouva un brusque sentiment de pitié quand les yeux de la jeune femme s'emplirent de larmes et que son visage à l'expression tragique devint pâle comme un linge. C'était une fille courageuse, il était bien forcé de l'admirer, malgré son titre et ses richesses.

— Je suis navré, Marietta, dit-il avec douceur.

Il surprit le regard étonné de la jeune femme.

— C'est la première fois que vous m'appelez par mon prénom, constata-t-elle.

— J'avais beaucoup d'admiration pour votre père, poursuivit-il avec raideur. Malgré ma position, j'ai toujours eu du respect pour lui.

Les yeux de Marietta avaient déjà retrouvé un regard dur, fermé. Elle se détourna pour cacher son chagrin. Cette fille portait décidément un trop lourd fardeau sur ses épaules.

— Oh, Jan, l'entendit-il articuler dans un souffle. Si seulement il n'était pas mort ! J'avais besoin de le revoir.

— Le moment viendra de prendre le deuil.

« Il a raison », songea-t-elle en soupirant. Oui, elle devait mettre ses sentiments personnels de côté. Elle revint à sa radio. Lorsqu'elle eut fini d'émettre, elle retourna en hâte à la cuisine préparer le repas des résistants qui devaient se réunir le soir même dans son grenier.

« Tous beaux parleurs tant que le vin coule », songea Marietta. Il venait tellement d'hommes différents à ces réunions. La plupart d'entre eux lui étaient inconnus, mais elle en avait rencontré quelques-uns avant-guerre. Klaus, le troisième fils de Georg Kolar, par exemple, était des leurs. C'était un homme à la vaste carrure, aux cheveux d'un roux vif et au visage constellé de taches de rousseur, qui, comme son père, travaillait au domaine de Sokol en préparant un diplôme de garde-forestier à l'université Charles. Avant la guerre, il avait nourri des projets ambitieux quant à l'avenir du gibier et des bois de Sokol. Autre membre de la Résistance, Wolf Erhardt, leader du groupe N basé au nord de Prague, était un bel homme de type tzigane, avec des lèvres sensuelles, des yeux langoureux et des traits réguliers. Son teint hâlé contrastait avec ses dents blanches. Dans la Tchécoslovaquie d'avant-guerre, il avait possédé une usine textile, désormais aux mains des nazis. Marietta le regardait de travers, car il tournait toujours autour d'elle. « Mais après tout, quelle importance ? » songea-t-elle. Ils ne se voyaient pas souvent.

Celui qu'elle connaissait le mieux, c'était Jan Jablonec, le skieur qui avait jadis représenté la Tchécoslovaquie aux jeux Olympiques. Il lui était arrivé de skier avec lui, et ils étaient devenus amis ; elle s'étonnait qu'il ne l'ait pas reconnue.

Milan Holub, lui, était un ancien banquier d'affaires ; grand, les yeux gris, l'allure distinguée, il arborait une calvitie naissante. Marietta ne comprenait pas comment il avait pu supporter de vivre à la dure, car il n'était plus tout jeune et son aisance passée avait dû l'habituer au confort. Elle se souvenait de sa magnifique demeure et de sa passion de collectionneur pour les porcelaines de Dresde.

Ludvik Kalish, pour sa part, avait tenu le magasin de fournitures générales du coin, son travail consistant à acheter et revendre porcs, poulets, machines agricoles, œufs, pompes, voire à l'occasion une scierie entière. Riche, jusqu'à l'arrivée des Allemands. Ensuite, comme les autres, sa tête avait été mise à prix. Son équipe et lui étaient constamment sur la brèche et infligeaient de lourdes pertes aux Boches.

Miki, le palefrenier tzigane qui s'était occupé des chevaux de Marietta au manoir de Boubin, était resté avec Jan. Timide, méfiant, il se tenait à l'écart mais possédait une connaissance inappréciable de la forêt et de ses animaux. Ce fut lui qui leur apprit à y survivre et à se nourrir de ses produits.

Avec des centaines d'autres éparpillés un peu partout, ils formaient un réseau souple à configuration variable : la Résistance tchèque. Leur unique lien était une haine commune des nazis. La plupart du temps, ils étaient disposés à œuvrer sous l'égide de Jan ou de Kolar, mais il leur arrivait aussi d'agir pour leur propre compte, attaquant des garnisons ou des trains nazis pour les piller. C'était un peu la version moderne des bandits de grand chemin et, sauf pour les communistes, Jan haïssait leur manque de discipline et leur insouciance, mais il avait besoin d'eux, il essayait donc de leur donner une unité.

« Drôlement débraillés, se dit Marietta en les contemplant rêveusement. Mais étonnamment efficaces. » À demi affamés, en haillons, mal rasés, peu soignés, ils vivaient au jour le jour en se déplaçant continuellement dans les bois, comptant pour se nourrir sur leurs seuls talents et sur la bienveillance des paysans du coin.

Ce soir-là, elle s'était débrouillée pour récupérer du pain et du fromage, qui accompagnaient le vin ; les hommes engloutirent tout en un clin d'œil. La conversation tournait en rond. Tous attendaient Jan, nul ne savait pourquoi il était en retard, et un sombre pressentiment planait dans la pièce.

Il était plus de minuit lorsque Marietta entendit des pas au-dessus de sa tête. Jan descendit, suivi de Schwerin et de Maeier, puis d'un troisième homme qu'elle ne connaissait pas et que Jan leur présenta comme étant le professeur Marius Dietrich, physicien, un grand échalas filiforme mais d'aspect vigoureux, malgré ses mains délicates et ses traits fins. Son histoire était typique du sort subi par grand nombre d'intellectuels tchèques. Il avait jadis enseigné la physique à l'université Charles. Dès les premiers jours de l'occupation, il avait été congédié et déporté. Il avait fini par s'évader de son camp et par rejoindre le groupe de Kolar.

En interrogeant les évadés de la mine, Dietrich était parvenu à la conclusion que les Allemands étaient en train de produire un nouveau genre de missile à longue portée. D'autres recherches top secret se poursuivaient ailleurs dans la mine, mais aucun des ex-travailleurs n'avait pu lui donner de détails.

— Ce doit être un projet de la première importance, vu le dispositif de sécurité. Il faut que je pénètre dans la mine pour me rendre compte, les informa Dietrich.

— Le problème, c'est que justement, on ne peut *pas* y entrer, répliqua Erhardt, sauf par le chemin de fer qui la relie au camp de Theresienstadt.

Une heure durant, ils évoquèrent les possibilités d'effraction. Finalement, Marietta décida d'intervenir.

— Il faut que Maeier et Schwerin entrent dans la mine. Involontairement, certes, mais il le faut. S'il n'existe vraiment pas d'autre moyen, nous serons peut-être contraints de nous laisser interpeller.

Il y eut un long silence, le temps qu'on jauge des conséquences. Ils entreraient, ça oui, mais pour ce qui était de ressortir...

— Ce serait du suicide, remarqua Jan. Mais vous avez raison. S'il n'y a pas d'autre solution...

On s'échauffa encore plus. En fin de compte, il fut décidé que trois hommes se feraient arrêter pour des infractions mineures aux lois d'occupation dans l'espoir qu'on les enverrait travailler dans la mine Richard, et non tout droit dans un camp de la mort. Ils n'auraient que peu de chances d'en réchapper, aussi devraient-ils inventer un moyen pour expédier des messages à l'extérieur. Jan trouverait quelqu'un qui ait accès à la mine et soit disposé à servir de messager.

Le professeur Dietrich insista pour faire partie de la mission, et on tira au sort les deux autres. Milan Holub et Jan Jablonec furent désignés.

Le lendemain après-midi, Marietta gara sans ménagement son camion contre le trottoir en freinant brusquement. Milan Holub et elle furent projetés vers l'avant.

— Aïe ! Pardon, fit-elle. Je crois que je suis un peu nerveuse.

« Un peu nerveuse, tu parles ! » songea-t-elle avec une ironie amère en s'efforçant d'oublier ses mains tremblantes et ses lèvres sèches. En fait, elle était terrifiée. Elle envoyait en prison, et sans doute à la mort, un homme qu'elle aimait bien, qu'elle admirait. Elle tira sur le frein à main maladroitement et coupa le contact. Milan posa une main sur la sienne.

— Ne te mets pas dans un état pareil, Lara. Je savais ce qui m'attendait quand j'ai demandé à rentrer de France. Ne l'oublie jamais.

— J'ignorais...

— En 1937, j'ai quitté la banque pour monter une entreprise d'import-export basée à Paris qui s'occupait essentiellement d'instruments de fabrication tchèque. J'ai pris l'avion pour rentrer juste avant la chute de Prague et j'ai rejoint la Résistance à ce moment-là. Plus tard, j'ai été fait prisonnier, mais je me suis évadé. Je savais ce que je faisais. Comme toi quand tu as rejoint la Résistance... (Il enfonça sa casquette en l'inclinant sur un œil et ouvrit la portière. Puis il se retourna à demi et lança un clin d'œil à Marietta. Son visage se plissa

tandis qu'il lui faisait un sourire de pure tendresse.) Allez...
souris ! l'enjoignit-il.

Sourire ! Elle qui tremblait de tous ses membres ! Elle qui
trouvait plus difficile d'endurer les souffrances des autres que
les siennes propres ! Elle le regarda dresser le pouce en signe de
victoire et s'éloigner à grands pas sur le trottoir.

— Merci pour le bout de chemin ! lança-t-il à voix haute.

Marietta avait pour mission de relater dans les moindres
détails ce qui s'était passé, mais elle avait plusieurs heures à
attendre. Mieux valait s'en aller et revenir plus tard. Portant
sur lui les papiers d'un ouvrier agricole membre des Tchèques
libres, Milan se rendait au café Spova, au coin de la rue. Là, il
se plaindrait à qui voulait l'entendre de sa fiancée infidèle, qui
l'avait laissé tomber pour un caporal allemand. Il en profiterait
pour maudire les Allemands en bloc et décrocher le portrait du
Führer que le propriétaire avait suspendu derrière le bar dans
l'espoir de s'attirer les faveurs de l'occupant. L'homme appellerait la police militaire, qui arriverait juste à temps pour arrêter
ce pauvre Milan sortant du café ivre mort après le couvre-feu.
C'était le plan, mais fonctionnerait-il ?

— Milan a été formidable, rapporta-t-elle ce soir-là à Jan.
(Assis à la table de sa cuisine, ils mangeaient du fromage et du
pain rassis.) Il aurait dû être acteur. Il a roulé sur le trottoir
exactement dix minutes après le couvre-feu. Comme les Boches
se sont pointés en retard, il s'est obligeamment évanoui sous un
réverbère. Évidemment, ils l'ont roué de coups de pied jusqu'à
ce qu'il reprenne conscience, ils l'ont jeté dans leur camion et ils
sont repartis à toute allure, poursuivit-elle. On l'a emmené au
siège de l'ancienne banque Petsechek.

Elle frissonna. Elle avait bien connu les propriétaires de la
banque, des amis qui avaient tous péri dans des camps. La
Gestapo avait fait de ces locaux son quartier général en raison
des immenses salles de coffres, idéales pour les interrogatoires.
Elle frémit à nouveau, soudain abattue.

— Oh, mon Dieu !... (Elle fondit en larmes.) Et dire que je
l'ai laissé là-bas...

Jan lui passa un bras autour des épaules et la serra contre lui.

— Chut ! Cessez de vous accuser. Milan savait très bien ce qu'il risquait. Il s'est porté volontaire.

Marietta se moucha bruyamment et se dégagea. Il y eut un long silence gêné.

— Il faut que je m'endurcisse, fit-elle. C'est juste que...

Elle n'alla pas plus loin. Comment aurait-elle pu expliquer la profonde affection qu'elle ressentait pour tous ces hommes, leur courage, leur faculté de supporter des conditions de vie effrayantes sans cesser de sourire, leur sens de l'humour face au danger, leur compassion envers leurs compagnons mais aussi envers les Tchèques en général, les Tchèques piétinés, humiliés. Chacun d'entre eux était un être de qualité.

Cette nuit-là, elle entra en contact radio avec les divers groupes de résistants. À l'aube, elle avait appris de Georg Kolar, chef de la division de Prague, que le professeur Dietrich avait été dirigé pour interrogatoire sur le quartier général de la Gestapo, et Milan Holub expédié à Theresienstadt ; Jan Jablonec, lui, s'était fait arrêter pour non-respect du couvre-feu, mais on ignorait où il était détenu. Restait à prier pour que tous trois aboutissent à la mine.

Chapitre 57

La cantine de l'East End où travaillait Ingrid était sombre et décorée d'affiches représentant de jolies filles au sourire joyeux, vêtues d'éléments d'uniformes masculins. L'air chargé de fumée sentait le bacon et la bière. Une ampoule électrique se balançait au gré des vapeurs brûlantes montant des fourneaux et éclairait au passage le visage des soldats qui chantaient. Ingrid chantait avec eux. Penchée par-dessus le comptoir, elle emplissait des tasses de thé en puisant directement dans un récipient cabossé. Même dans un bleu de travail informe, avec un foulard bleu emprisonnant ses cheveux, elle réussissait à être ravissante. Ses yeux brillaient et la lumière se reflétait doucement sur la peau laiteuse de sa gorge.

> *Les oiseaux bleus du bonheur*
> *Demain on verra de bonne heure*
> *Au-dessus des falaises de Douvres...*

À la faveur d'une accalmie soudaine, la voix d'Ingrid se fit clairement entendre.

— Dites donc, vous chantez aussi bien que Vera Lynn ! Continuez, miss ! lança quelqu'un.

— Oui, oui, chantez encore !

Ingrid reprit et les hommes chantonnèrent en chœur, bouche fermée. Puis le chant parvint à sa poignante conclusion et un tonnerre d'applaudissements éclata.

— Flûte, fit Ingrid d'une voix tremblante. J'ai renversé le thé.

— Qu'est-ce que ça peut faire ? Vous leur avez donné bien plus que ça.

Ingrid plongea son regard dans les yeux de Stephen et pâlit.

— Vous m'avez manqué, ronchonna-t-il, comme si ces mots lui faisaient mal.

Comment pouvait-elle manquer à quelqu'un ? Non, il mentait. C'était peut-être un piège.

— Je suis tout le temps ici. Enfin, presque tous les soirs.

Elle s'interrompit car on venait d'allumer la radio pour le bulletin d'informations.

Plusieurs usines avaient été rasées par la RAF lors d'un raid sur la Ruhr ; Düsseldorf était détruite sur deux cents hectares tandis qu'à Berlin on lâchait neuf cents tonnes de bombes sur le centre-ville toutes les demi-heures. En proie au désespoir, Ingrid tenta de ne plus entendre la voix du speaker. Au bout d'un moment, elle regarda autour d'elle : Stephen avait disparu.

Fernando l'attendait à la sortie de la cantine dans la ruelle obscure de l'entrée de service. Elle tressaillit, ce qui le fit sourire.

— Vous ne nous avez rien rapporté, cette semaine.

— Je vous ai déjà dit qu'il n'était pas prudent de vous montrer ici. Je n'ai rien pu apprendre. Les gens se méfient. La chasse aux espions est devenue un sport national... (Elle noua son foulard autour de sa tête et le regarda en fronçant les sourcils.) Vous savez qui est là ? Stephen Schofield ! C'est vous qui m'avez dit à quel point il était malin, rusé. Vous imaginez, s'il vous avait repéré ?

— Il y a urgence, répliqua tout bas Fernando. Écoutez-moi bien. Vous devez contacter un officier travaillant pour les services secrets britanniques. (Comme d'ordinaire, sa voix sinistre la glaça.) Nous ne savons pas très bien en quoi consiste sa mission, mais nous sommes certains qu'il s'agit de quelque chose d'important. Vous êtes chargée de le découvrir et de photographier tout document qu'il rapportera chez lui, où vous vous installerez. C'est un ordre. Mais continuez tout de même de travailler à l'usine et à la cantine.

— Et lui, s'il ne veut pas vivre avec moi ?

— Eh bien, ce serait dommage, car ces ordres émanent directement de von Hesse.

Ingrid fronça à nouveau les sourcils et observa un long silence. Puis :

— À quoi bon multiplier les efforts ? s'enquit-elle sur un ton rebelle. De toute façon, nous sommes en train de perdre la guerre, alors...

Elle se rendait coupable de l'ultime trahison. Le visage de Fernando grimaça ; il lui tordit le bras.

— Pour vous, Ingrid, il n'y a pas d'issue, hormis le cimetière. (Il accentua la pression sur son bras.) Voici le dossier de ce que vous aurez besoin de savoir sur cet officier, les endroits qu'il fréquente. Débrouillez-vous pour organiser une rencontre fortuite. Le dossier étudié, détruisez-le. C'est bien clair ?

Avec un dernier sourire méchant, il s'enfonça précipitamment dans l'obscurité. Ingrid fourra les papiers dans son sac à main.

Bill Roth n'entrevoyait que la nuque et le buste de la jeune femme assise au bar, mais il n'arrivait pas à en détacher ses yeux. Ce long cou lisse, cette façon de s'asseoir gracieusement, bien droite, ces beaux cheveux blond cendré lui rappelaient quelqu'un.

Peu sûr de lui, mais convaincu qu'en la regardant de près il la reconnaîtrait, il alla se tenir derrière elle et lui donna une petite tape sur l'épaule. Lorsqu'elle tourna la tête, Bill se retrouva face aux yeux bleu-vert légèrement en amande d'Ingrid.

— Ingrid ! (Il était trop abasourdi pour trouver autre chose à dire.) Chère Ingrid !

L'air stupéfait, elle se jeta à son cou et pressa sa joue contre celle du jeune homme.

— Bill... Oh, Bill... C'est toi ! Ne dis rien, je t'en prie, ne dis rien... Je t'en prie, serre-moi dans tes bras...

Bill referma ses bras autour du corps frémissant d'Ingrid et sentit combien elle était fluette sous sa robe coûteuse.

Manifestations de bonne humeur, exclamations et sifflets s'élevèrent autour du bar. Tous deux s'écartèrent avec un rire gêné pour s'attabler dans un coin. Pour Bill, retrouver Ingrid, c'était recevoir un coup de poing en pleine poitrine tant elle lui rappelait le passé. Tout à coup, il crut voir Marie assise à côté de sa cousine, aussi clairement que si c'était vrai. Son chagrin était presque insoutenable. Il s'efforça de ne pas montrer son émotion.

— Ça se fête! déclara-t-il.

Il attira l'attention du barman. Comme il n'y avait pas de champagne, ils célébrèrent leurs retrouvailles au whisky.

Ingrid avait changé. Sa minceur faisait encore ressortir ses yeux. Avec son visage pâle et son menton pointu, elle ressemblait à un elfe. Il s'apitoya sur elle.

— Oh, Bill, que je suis contente de cette rencontre! Tu ne sais pas ce que c'est que d'être seule dans un pays étranger... Vienne me manque, mais ce temps-là est révolu. Je ne dois pas vivre dans le passé. Tu es là aujourd'hui, et je suis heureuse.

Tout en l'écoutant jacasser, Bill ne pouvait s'empêcher de ressentir une vague sensation de malaise. Il prit sa main tendue et la serra.

— La vie n'est pas si dure, oh non! Ne te méprends pas sur mes paroles, reprit-elle. Les filles de l'usine sont gentilles; seulement, je ne suis pas d'ici, moi... Et j'ai le mal du pays.

Elle avait donc du travail; c'était déjà quelque chose. Il se promit de l'aider, en souvenir de Marie.

De son côté, Ingrid s'efforçait de reprendre son sang-froid en s'écoutant raconter n'importe quoi, histoire de dire quelque chose. Elle avait éprouvé un tel choc en voyant Bill qu'elle avait failli craquer. Elle avait eu envie de lui révéler le pétrin dans lequel elle s'était fourrée, et de le supplier de la sauver de ce cauchemar. Elle se sentait à nouveau attirée, comme jadis, avec le même besoin de se serrer contre lui et le même désir.

« Je ne peux pas me permettre d'être une femme », songea-t-elle. Horrifiée, elle sentit les larmes ruisseler sur ses joues.

— Tu me rappelles tant Vienne, et Marietta, et le temps où nous étions heureux! dit-elle sur une inspiration subite. Je suis désolée de nous donner ainsi en spectacle.

Bill passa un bras autour du corps frêle et tremblant de la jeune femme.

— Ne pleure pas... À moi aussi, elle me manque, tu sais. Elle me manque même terriblement... (Il faillit s'étrangler en prononçant ce dernier mot et repoussa ses souvenirs au prix d'un effort visible.) Nous sommes en train de nous faire du mal inutilement. Viens, tu me raconteras ce qui t'arrive.

Ils déjeunèrent dans un pub et Ingrid décrivit sa vie à Londres. Bill s'émerveilla de la coïncidence qui l'avait conduite en ce lieu parmi tant d'autres. Il lui reprit la main et la serra. Cette rencontre lui faisait tout à coup très plaisir.

— Je dois être au bureau à deux heures et demie, fit-il, mais si on se revoyait dimanche ? Es-tu libre ?

Elle hocha la tête et sourit, les lèvres tremblantes. Secrètement, elle exulta. Elle avait réussi ! Quelle actrice ! Bill était ferré. Pourtant, une petite voix lui soufflait : « Tu ne jouais pas la comédie, Ingrid. Tu es amoureuse de lui. Et tu le seras toujours. Et tu vas devoir tromper et trahir l'homme que tu aimes. »

— Je viendrai te chercher à onze heures, dit Bill. Enfin, si ça te convient. Tiens, écris ton adresse là-dessus, ajouta-t-il en lui tendant stylo et bloc-notes.

— Mais Bill... (Elle parut soudain remarquer sa tenue et réussit à paraître étonnée, voire légèrement déçue en le voyant vêtu en civil.) Tu disais toujours que tu t'engagerais ?...

C'était le genre de remarque que Bill détestait.

— Je suis un planqué, répliqua-t-il ; je reste à l'arrière.

Bill rentra tard ce soir-là ; au lieu de se précipiter dans un bain chaud et de se mettre au lit selon son habitude, il se versa un bon verre de scotch, s'assit dans l'unique fauteuil de sa chambre minable et se plongea dans ses souvenirs. Il ne pouvait chasser Marie de sa mémoire. Il la revoyait, l'air à la fois perdu et plein de détermination, dans ce train au départ de Vienne, entourée des enfants qu'elle protégeait. Il l'avait aimée dès le premier jour, mais cette fameuse nuit l'avait étroitement, irrémédiablement lié à elle ; maintenant elle n'était plus, et le sort lui jetait Ingrid dans les bras.

Il vida son verre et se leva. Une dure journée l'attendait le lendemain, et il lui fallait son content de sommeil. Pourtant, le souvenir de Marie l'empêcha de dormir une bonne partie de la nuit.

Le lieutenant Anton Klima, du Mouvement de libération des Tchèques indépendants, s'agitait nerveusement dans son bureau exigu de Baker Street. Situé à l'entresol, il donnait sur les trottoirs de Londres, qu'éclaboussaient les caoutchoucs et les bottes des passants. La pluie s'écoulait en ruisselets sales derrière le carreau, ajoutant en bruit de fond un horrible chant funèbre à un tableau déjà fort déprimant. L'homme soupira et repensa avec nostalgie au lac et aux collines de sa Bohême natale.

Il relut en fronçant les sourcils le message codé qu'il venait de décrypter : un projet de recherche concernant un nouveau genre de missile... Ou un nouveau type de carburant pour missile... Il en appela à son collègue, qui se trouvait être son cousin.

— Dis donc, Miro, viens voir un peu ça.

Miro détonnait dans la famille, où tous étaient blonds aux yeux bleus. Lui avait l'air d'un Turc, et ses manières étaient différentes : il était du genre introverti, nerveux, et extrêmement brillant.

— Avons-nous déjà reçu des messages de cet agent? s'enquit-il.

— Il est nouveau, mais il y a quelques semaines, Jan nous a avertis qu'un nouvel opérateur radio allait intervenir, nom de code Edelweiss.

Miro alluma une cigarette et se percha au bord du bureau d'Anton.

— Mieux vaut s'assurer qu'on a affaire à une source fiable. Contacte le Loup. Et le groupe de Kolar, aussi.

— C'est comme si c'était fait.

Le lendemain, Anton demanda à Bill de passer au bureau. Il lui fit les honneurs de leur étroit local, puis lui tendit le message décodé.

— On a reçu ça hier. Edelweiss a été authentifié depuis : une espèce d'assistant de Jan.

Bill se représenta aussitôt le visage énigmatique du chauffeur du comte et secoua la tête pour chasser encore une fois ses souvenirs. Puis il parcourut le message : ... « sans doute des recherches portant sur les missiles longue portée, ou sur un nouveau carburant performant pour missiles... centre de recherche situé dans une ancienne mine transformée... »

Avec un frisson d'excitation, Bill se dit qu'ils avaient peut-être enfin touché le gros lot.

— Bien. On n'a pas grand-chose sur quoi se fonder mais, apparemment, on tient le bon bout. Recontactez Edelweiss. Dites-lui de se renseigner davantage... Qu'il se débrouille. Demandez-lui s'ils ne peuvent pas nous fournir le nom des savants allemands qui travaillent dans cette mine. On doit avoir amené leur famille dans la région. Ça nous rendrait un fier service. On connaît généralement la spécialité de chacun avant la guerre, et le niveau qu'il avait atteint dans son domaine. Pendant ce temps, moi, je transmets l'information à mes supérieurs.

Chapitre 58

Pour la première fois depuis que Bill travaillait pour Schofield, il détourna une partie de sa ration d'essence et, le dimanche suivant, conduisit Ingrid déjeuner dans l'Oxfordshire. Ensuite, ils se promenèrent le long de la rivière et s'accoudèrent au parapet d'un pont pour bavarder de tout et de rien, excepté de la Vienne d'avant-guerre. Au bout d'un moment, Ingrid lui prit la main. Bill sentit les doigts de la jeune fille caresser sa paume et son poignet. Tout à coup, elle noua ses bras autour de son cou et effleura ses lèvres.

Bill l'embrassa gentiment, en frère. Mais, sentant le corps d'Ingrid se presser fermement contre le sien et sa langue chercher la sienne, il la repoussa avec douceur.

— Ingrid, tu ne penses tout de même pas qu'il pourrait y avoir quelque chose entre nous, si ?... (Il se pencha sur elle et lui caressa le visage du bout du doigt, traçant le contour de ses lèvres, de son nez, le dessin parfait de ses joues.) Je n'ai pas besoin de te dire que tu es désirable. Les choses terribles que tu as vécues n'ont en rien entamé ta beauté. Peut-être es-tu même plus belle qu'avant. Mais, même si elle nous a quittés, c'est toujours Marie que j'aime.

— Je ne faisais que flirter, répliqua Ingrid. Je n'allais pas te demander en mariage, tu sais. J'avais besoin d'un peu de chaleur, d'un peu d'amour, de quelque chose qui nous aide à tenir le coup jusqu'à la fin de la guerre, peut-être.

Bill l'entoura de son bras en un geste qu'il espérait anodin.

— Une fois déjà, je me suis montré inconsidéré envers toi, commença-t-il gauchement, ressentant le besoin de clarifier les choses entre eux et de détendre l'atmosphère. Résultat : je t'ai blessée et pendant des mois je me suis traité de salaud. D'ailleurs, pour être franc, aujourd'hui encore je continue de m'en vouloir. Alors je ne veux pas te faire souffrir à nouveau, Ingrid.

— Ne sois donc pas si solennel.

— D'accord. Excuse-moi.

Il l'embrassa sur la joue, puis la serra bien fort contre lui. Peut-être était-ce ce dont ils avaient tous deux besoin : quelqu'un à qui se raccrocher le temps d'une liaison passagère. Un interlude de chaleur et de joie. Était-ce répréhensible ? Dans toute l'Angleterre, hommes et femmes saisissaient la moindre occasion de ce genre sans savoir combien de temps il leur restait à vivre.

La pluie se mit à tomber.

— Ah, voilà bien l'Angleterre ! déclara Bill, soulagé de ce répit imprévu. En une minute, on passe du soleil à l'averse. Maudit pays !

Ils regagnèrent la voiture en courant et, sur le chemin du retour, parlèrent avec naturel de toutes sortes de choses sans réelle importance.

Bill laissa Ingrid dans la voiture devant chez lui le temps d'aller chercher un imperméable.

— Je ne te fais pas entrer, c'est l'appartement le plus miteux que tu puisses imaginer. Des oubliettes, je te dis !

Le temps qu'il revienne, la pluie était devenue torrentielle ; ils décidèrent d'aller au cinéma voir *Dumbo* de Walt Disney.

Tout en raccompagnant Ingrid, Bill tenta de lui faire comprendre pourquoi il était si inextricablement lié au passé.

— La plupart du temps, je me consacre à mon travail. Depuis deux ans et demi, je tenais mes émotions à distance, mais en te revoyant... Disons que ta rencontre les a ravivées. (Il chercha sa main.) J'aime toujours Marie... (Il s'éclaircit la voix.) Elle est morte. Il faut que je prenne ce deuil une fois pour toutes. Quant elle a été arrêtée, j'ai failli devenir fou...

Il ne put rien ajouter.

— Bill, il ne faut pas te sentir seul sur ce plan. Moi aussi je l'aimais. Cela crée un lien entre nous, non ? Soyons amis, nous en avons tous deux besoin.

Il se gara devant la maisonnette d'Ingrid et lui ouvrit la

portière. Elle déposa un petit baiser sur sa joue et courut se mettre à l'abri. Une fois adossée à la porte refermée, avec dans l'oreille le bruit du moteur qui s'éloignait, elle laissa tomber son masque. Son visage exprima la tristesse, mais, depuis quelque temps, elle avait appris une nouvelle expression : une certaine circonspection furtive, comme celle d'un chat en chasse qui traverse la route par une nuit sans lune.

Elle inspira profondément.

« Oh ! mon Dieu. Je n'ai pourtant pas le droit à l'échec. Pas dans ma situation, fit-elle tout bas dans l'entrée déserte de sa maison. (Elle eut la nausée à la pensée de ce que Paddy pouvait faire si elle échouait avec Bill, mais par-dessus tout elle se sentait rejetée.) Maudit soit-il, amoureux d'un cadavre ! Pourquoi ne peut-il pas me prendre, moi, qui suis bien vivante... »

Elle alla se changer dans sa chambre en choisissant ses vêtements avec un soin bien féminin. Un quart d'heure plus tard elle ressortait et avait la chance de trouver un taxi.

Ce dernier la déposa devant chez Bill et elle se dirigea en tremblant de la tête aux pieds à travers les couloirs mal éclairés menant à l'entresol. Elle entendit l'eau couler de l'autre côté de la porte et frappa résolument. Il y eut un bruit de pas et Bill ouvrit le battant d'un seul coup, uniquement vêtu d'une serviette de bain ceignant ses reins.

— Ingrid !... (Il l'attira à l'intérieur et referma la porte. Puis il tira le rideau noir de défense passive et alluma la lumière.) Qu'est-ce qui se passe ?

— Bill, écoute-moi, supplia-t-elle d'un ton pressant. Je suis amoureuse de toi. Il est inutile de chercher à m'épargner. Je t'ai toujours aimé. Laisse-moi t'avoir un peu, je t'en prie, Bill...

Les mots se bousculaient sur ses lèvres. Elle jouait son rôle avec tant de conviction qu'elle commençait à y croire. Peut-être exprimait-elle ses véritables sentiments, au lieu de faire un numéro d'actrice accomplie ? Quand Bill la prit dans ses bras, sa gratitude et les larmes qu'elle versa lui parurent authentiques. Et lorsqu'elle entoura de ses bras le torse nu du jeune homme, son désir ne lui sembla pas moins réel.

Levant les yeux, elle lut la pitié dans le regard de Bill. Salaud ! Essayant de son mieux de dissimuler son désespoir, elle ôta son imperméable et le déposa sur le fauteuil. Elle s'aperçut qu'elle tremblait encore. Après tout, depuis deux ans, combien d'homme avait-elle attirés dans son lit dans le but de leur soustraire des renseignements ? Un de plus, un de moins...

Sa bouche était brusquement sèche, ses yeux la brûlaient, elle haletait légèrement. Elle enleva ensuite son chemisier et sa jupe, qu'elle jeta sur le lit. Puis elle dégrafa son soutien-gorge, sous le regard de Bill, qui arborait une expression indéchiffrable. Comment osait-il avoir pitié d'elle ! Elle se débarrassa prestement de son soutien-gorge. Tout à coup ses yeux débordèrent de larmes brûlantes qui lui brouillaient complètement la vue.

Stupéfait devant le chagrin si manifeste d'Ingrid, Bill se demandait ce qu'il avait fait pour susciter une telle adoration chez elle. En ce temps-là, à Vienne, il avait cru qu'elle n'en voulait qu'à la fortune des Roth. Il s'était peut-être trompé, après tout. D'ailleurs, il s'était si souvent trompé sur le compte d'Ingrid. Son dévouement à la cause antinazie l'avait ébahi, à l'époque.

Sombre, il la regardait. C'était à autre chose qu'il aspirait, lui, à la fois physiquement et moralement ; et cette chose-là, elle ne pouvait pas la lui donner. Les rares fois où il avait couché avec de jeunes Britanniques, il avait recherché un teint laiteux, des seins ronds et fermes, des hanches pleines. Il aimait le contact de la chair sous ses doigts. De la substance, voilà ce qu'il lui fallait ! Et il se retrouvait confronté à cette fille spectrale qui, nue devant lui, implorait son amour. Peut-être pouvait-il, en effet, oublier Marie, se contenter de ce second choix... Mais non, Ingrid méritait mieux.

— Ma chère, très chère Ingrid, je t'en prie, ne pleure pas, dit-il en prenant son corps frémissant dans ses bras. Je ne vais pas m'enfuir. Pour commencer, je ne suis même pas habillé. Allons, détends-toi.

De quel droit se permettait-il ce ton paternel ? Au diable Bill, au diable Paddy, Fernando et Hugo, tiens ! Oui, qu'ils aillent tous au diable ! Elle éclata en sanglots rageurs.

— Je te déteste, dit-elle tout bas.

— Ah bon ? Je ne comprends plus, là.

Il fit mine de s'écarter. Elle laissa courir ses mains sur la poitrine de l'Américain, luttant pour reprendre ses esprits. Elle ne devait pas laisser libre cours à la tempête d'émotions qui faisait rage en elle. Elle avait une mission. Il fallait qu'elle se montre calme, maîtresse d'elle-même. Lorsqu'elle sentit sur les siennes les lèvres de Bill, elle ressentit quelque chose d'entièrement nouveau. Elle eut l'impression de se perdre en lui. L'espace d'un instant, il n'y eut rien en dehors de sa bouche humide, sa langue cherchant la sienne. Puis la main de Bill descendit sur ses seins et entreprit de les caresser. Elle sentit battre le désir en elle, tandis que le sexe de Bill durcissait contre son ventre.

Il la souleva de terre et l'emporta avec douceur sur le lit, il s'allongea auprès d'elle avant de caresser les contours de son visage.

— Tu es une fille merveilleuse, Ingrid. J'ai tant d'admiration pour toi !

« De l'admiration ? Pourquoi pas de l'amour ? » cria-t-elle intérieurement. Elle vit dans ses yeux la lente et réticente progression du désir et attendit, retenant son souffle et sentant croître son propre désir, qu'il prenne l'ultime initiative qui les unirait. Elle s'abandonna. Elle était toute à lui, en partenaire prête à le recevoir. Lorsqu'il la pénétra, elle vécut le moment le plus intense de son existence, et son désir longtemps refoulé fit surface.

— C'est si beau, gémit-elle.

Ses mains couraient sur le dos de Bill, sentaient les petits cheveux si doux sur la peau ferme de sa nuque ; les muscles souples roulaient sous sa peau lisse... Des sensations brûlantes lui déchirèrent le ventre et les cuisses. En un crescendo de plaisir, elle cria, haleta, puis s'abandonna...

Il jouit peu après, puis retomba, ses bras noués autour d'elle. Elle le sentait encore en elle.

Il finit par rouler sur le flanc et l'attira sur son épaule. Il lui jeta un regard en biais où se lisait une certaine gêne.

— Je sais, maintenant, ce que c'est *vraiment,* fit-elle avec un sourire énigmatique. Je sais, maintenant, pourquoi je t'ai toujours aimé.

Elle se sentit brièvement submergée de bonheur.

— Tu n'es pas mal non plus, dans ton genre.

« Aucune allusion à l'amour », remarqua-t-elle en réprimant

un soupir. Mais enfin, avec le temps, peut-être apprendrait-il à l'aimer.

— Scotch ? proposa-t-il. Ou autre chose ?

— Scotch, ou n'importe quoi d'autre. Mmm.

Elle s'étendit sur le dos et s'étira comme un chat en l'écoutant aller et venir dans la cuisine. Puis elle se leva promptement, l'air décidé. Elle inspecta la pièce du regard : celle-ci était toute en longueur et pleine d'ombres. Accroché à un mur se trouvait un miroir à cadre doré. En plongeant son regard dans ses profondeurs, elle eut l'impression d'avoir longtemps séjourné sous la mer. Un vieux lustre pendait au plafond, le canapé et le fauteuil étaient rembourrés et criblés de trous.

— Ah ! C'est trop, c'est trop ! Je n'ai jamais rien vu de pareil ! Un bijou, vraiment ! L'appartement le plus minable au monde, dit-elle comme Bill revenait avec deux verres de whisky tiède.

— Oui, mais c'est chez moi, répliqua-t-il en souriant.

Ils restèrent allongés sur le lit, en un silence complice tout en buvant de temps en temps une gorgée de whisky. Ingrid ne pouvait s'ôter de la tête la crainte d'avoir outrepassé les limites du contrôle qu'elle exerçait sur elle-même. Comment résister aux sentiments véritables dans ce monde macabre peuplé de faux-semblants où elle évoluait ? Elle n'avait jamais eu aussi peur. Histoire de dissiper ses idées noires, elle se tourna vers Bill et demanda :

— Bill ? Comment se fait-il que tu ne portes pas l'uniforme ?

— Un problème cardiaque.

Sur quoi il la rallongea sur le dos d'un geste prompt et décidé avant de se faufiler entre ses cuisses.

— Un problème cardiaque... ? murmura-t-elle, incrédule.

Un peu plus tard, elle se rappela la véritable raison de sa présence et se remit à questionner un Bill ensommeillé.

— Où travailles-tu, Bill ? À Londres même ?

— Mmm, mmm, acquiesça-t-il.

— Et qu'est-ce que tu fais de tes journées de « planqué » ?

— Ingrid, ne sois pas trop curieuse. Tu connais le règlement. Je ne suis peut-être pas dans le service actif, mais je fais tout de même partie de l'armée.

—Alors, tu es gradé?

— Mais oui, je suis capitaine. Mais il ne faut pas me poser de questions sur mon travail.

Sur ce, la main de Bill revint lui caresser les seins et Ingrid s'abandonna à son propre désir.

Il se leva de bonne heure et la réveilla en lui apportant une tasse de café.

— Tu peux prendre la salle de bains en premier, comme ça tu auras de l'eau chaude. Ici, elle n'appartient qu'à ceux qui se lèvent tôt.

Elle rit et s'assit un moment au bord du lit avant de se mettre debout et de s'étirer.

— Non, je prendrai un bain en rentrant. Ne t'en fais pas, je trouverai un taxi. Si on dînait ensemble ce soir?

— Désolé, je ne suis pas libre.

— Alors quand?

— Samedi, peut-être? Je t'appellerai.

Elle se rhabilla avec l'impression qu'il s'était joué d'elle.

— Chérie, il faut que je me dépêche, fit-il avec un baiser rapide. Au revoir, petite. À bientôt.

Il disparut dans la salle de bains et Ingrid l'entendit siffler sous la douche.

La mallette de Bill était posée près de la porte. Elle n'était pas fermée à clef, mais les mains d'Ingrid tremblaient tellement qu'elle eut du mal à l'ouvrir. « C'est la première fois que je suis aussi nerveuse », se maudit-elle. Ce n'était pourtant pas le moment de se laisser aller. C'était sa propre survie qui était en jeu. Elle sortit son appareil photo miniature de son sac.

Plusieurs mois s'écoulèrent depuis que Bill avait entendu parler pour la première fois du projet en cours dans la mine Richard, et il n'avait toujours pas de preuve incontestable quant à ce qui se passait là-bas. Il avait bien été envisagé d'y envoyer un agent sous couverture, et l'idée avait même séduit Bill, mais Schofield craignait que les risques ne dépassent largement les chances de succès de l'opération. Seulement, pendant qu'on débattait de la question, on perdait un temps précieux, et Bill décida de tenter encore une fois de rallier ses supérieurs à son point de vue.

— Nous avons laissé passer trop de temps, monsieur. Le problème, c'est la rareté des informations. Seulement des ouï-dire rapportés par deux ex-prisonniers. Voyons les choses en face : le seul fait qu'on ait renforcé les mesures de sécurité autour de la mine signifie qu'elle recèle des agissements importants.

— J'ai appris à respecter vos intuitions, soupira Schofield. À votre avis, qu'est-ce qui se trame là-bas ?

— Eh bien voilà, monsieur. En 1938, Albert Einstein a averti le président Roosevelt que les nazis étaient en mesure de fabriquer les premiers la bombe atomique. Nous ne pouvons pas nous permettre de négliger cette possibilité. Même si la guerre était pratiquement gagnée... Si les Allemands réussissaient à produire cette arme, alliée à une série de missiles longue portée, ils pourraient reprendre presque du jour au lendemain le terrain perdu. Ces missiles pourraient être lancés depuis la Tchécoslovaquie, la Pologne ou les Pays-Bas. Ce n'est pas impossible. Au train où vont les choses, il nous faudra encore un an, voire davantage, pour gagner la guerre. Cela leur laisse tout le temps de fabriquer ces bombes.

— Hmm... J'aurais tendance à vous approuver. Nous partons donc du principe que la bombe qu'ils mettent au point en Tchécoslovaquie en s'entourant du plus grand secret est peut-être ce fameux V3 avec lequel Hitler compte gagner la partie.

— C'est cela, monsieur. Il est temps d'agir.

— La question a été portée devant les plus hautes instances. Personnellement, je n'ai pas le pouvoir de monter une telle opération ; en revanche, je suis chargé de réunir un complément d'information. Dites à vos amis tchèques de nous donner plus de détails.

— Entendu, répondit Bill en se levant. Je vais insister.

Une fois Roth parti, Schofield resta à fixer obstinément son bureau, obsédé par ses angoisses personnelles, et à méditer sur les petits jeux cruels qu'aimait à jouer le destin. Depuis deux ans, Bill Roth s'était révélé le meilleur officier de son groupe. Malgré la différence d'âge, tous deux étaient devenus amis. Ce qu'il ne lui avait pas dit, c'était qu'on l'avait chargé de réunir et de former une équipe de premier plan susceptible d'être parachutée à Prague, avec pour mission de se joindre aux clandestins... une mission peut-être impossible : retarder la fabrication des V3 de façon que les fusées ne soient jamais lancées, sans détruire les locaux ni les résultats des recherches afin que les Alliés récupèrent le tout à la fin de la guerre, sauf si les Russes s'emparaient les premiers de la Tchécoslovaquie, auquel cas ils devaient se tenir prêts à faire sauter la mine, et eux avec, plutôt que de laisser les Soviétiques mettre la main sur les scientifiques et leurs travaux.

Sur le papier, c'était sans aucun doute une mission-suicide ; comment pouvait-il y envoyer Bill Roth ? Il devait admettre que son assistant était tout désigné pour diriger l'équipe de saboteurs, et que la mission était suffisamment cruciale pour justifier le sacrifice de cet excellent élément, mais il n'avait pas envie de prendre cette décision.

Chapitre 59

La bibliothèque de Chalk Farm exerçait invariablement un effet déprimant sur Ingrid, sans qu'elle sache très bien pourquoi. Les gens la regardaient toujours avec insistance, malgré ses efforts pour leur ressembler ; ce matin-là, elle portait d'ailleurs une vieille gabardine, et avait emprisonné ses cheveux dans une résille à grosses mailles. Cela ne les empêcha pas de lever la tête avec un bel ensemble dès qu'elle entra.

Elle essaya de ne pas voir les affiches aux murs, mais elle n'arrivait jamais tout à fait à en faire abstraction. « Motus et bouche cousue », rappelait-on aux gens du quartier, allusion aux éventuels espions qui pouvaient évoluer dans leur entourage. Il y avait aussi : « Un mot de trop, une vie en moins. » Ces messages lui rappelaient son monde de faux-semblants et la projetaient dans le présent, avec ses dangers et ses pièges. « Si jamais elle se faisait prendre... »

Si seulement Fernando et l'univers pourri dont elle était prisonnière pouvaient disparaître ! Si seulement elle pouvait se libérer... Il n'y avait qu'une solution : que Bill l'épouse et la ramène avec lui aux États-Unis ; elle serait débarrassée de tous ces gens.

Elle s'arracha à la contemplation des affiches et passa devant le bureau de prêt. La bibliothécaire, une petite bonne femme aux cheveux gris portant des lunettes non cerclées et arborant une expression revêche tamponnait des ouvrages. Elle s'appelait Annie Atkinson, et Ingrid ne l'aimait guère. Elle n'avait jamais d'autre occupation que de fourrer son nez dans les affaires des gens.

— Tiens, tiens, commenta-t-elle. Mais c'est notre seule et

unique célébrité, la princesse Courage en personne. Qu'est-ce qui vous amène de si bon matin ? Il me semble qu'il y a longtemps que je n'ai pas vu votre photo dans le journal. D'ailleurs, maintenant que j'y pense, on ne vous a pas beaucoup vue ici non plus.

— J'étais en voyage, mentit Ingrid.

— Quelle chance ! fit l'autre, les yeux brillants d'envie. On a reçu un nouveau roman historico-sentimental. Ça parle des Habsbourg. Vous ne serez pas dépaysée. Tenez..., acheva-t-elle en poussant un livre vers Ingrid.

— Non, merci... Je vais juste jeter un coup d'œil. (Ingrid avait reçu l'ordre de dissimuler ses microfilms au rayon littérature irlandaise, et elle devait y emprunter un ouvrage pour justifier sa présence.) Je vous en prie, ne vous dérangez pas, Miss Atkinson. Je préfère me débrouiller seule.

Elle s'éloigna en toute hâte en direction des rayons, sentant dans son dos le regard plein de malveillance de la bibliothécaire.

Les épaules voûtées, Fernando lisait le journal du matin à une des tables. Elle passa à côté de lui sans le regarder, fit semblant de choisir un livre, puis poussa ses films au fond de l'étagère en laissant deux ouvrages dépasser légèrement de la rangée.

— Ma chère ! s'étonna Annie lorsque Ingrid regagna l'accueil. Les *Œuvres complètes* de Yeats en édition commentée ! Mais c'est que nous sommes une intellectuelle, dites donc ! Je suis impatiente de connaître votre sentiment sur ce poète, conclut-elle en tamponnant le livre d'un geste particulièrement venimeux ponctué d'un ultime reniflement de mépris.

Refusant de réagir au sarcasme, Ingrid fit un bref sourire et se dirigea promptement vers la sortie.

Elle se traîna jusque chez elle. Elle était épuisée, surmenée, comme tout le monde. Les rares fois où elle avait une soirée de libre, Bill tâchait d'être à ses côtés, mais souvent un appel de dernière minute annulait le dîner prévu. Pourtant, ce soir-là, elle avait quelque chose de bien spécial en tête. Elle s'était débrouillée pour dénicher au marché noir une bouteille de beaujolais qui accompagnerait divinement les deux steaks qu'elle avait pu extorquer au boucher à force de cajoleries.

Bill arriva à dix heures avec une mallette pleine de travail pour le lendemain matin. Depuis quelque temps, lui aussi avait l'air très fatigué. Il alla tout droit étaler ses papiers sur la table de la salle à manger. Au bout d'un moment, il ferma la porte, la laissant réchauffer toute seule dans la cuisine le souper qui n'avait pas attendu.

Elle ne pouvait s'empêcher de se sentir déprimée. Elle n'arrivait à rien avec Bill. Elle avait cru qu'elle l'amènerait à l'aimer, sans y réussir. Il passait deux ou trois nuits par semaine avec elle, mais conservait son indépendance, c'est-à-dire son appartement. Il ne voulait manifestement pas s'engager. Et sans doute en serait-il toujours ainsi...

Le repas fut un désastre. L'arrivée tardive de Bill avait perturbé des plans soigneusement préparés, la viande était trop cuite, le vin avait un goût de vinaigre, les pommes de terre, peu savoureuses, étaient toutes défaites. Néanmoins, Bill avala tout d'un air absent.

— À quoi penses-tu ?

— Au travail. Excuse-moi, Ingrid. Je t'en prie, il faut me pardonner. Il s'est passé quelque chose, aujourd'hui... Naturellement, je n'ai pas le droit d'en parler, mais je crois que nous avons enfin touché le gros lot. Je suis navré d'être une si piètre compagnie pour toi.

Elle passa le bras par-dessus la table pour mettre sa main dans celle de Bill.

— Mon chéri, je voulais te demander... Après la guerre... Enfin, je veux dire... Tu rentreras aux États-Unis, n'est-ce pas ?

— Mmm, mmm.

— Est-ce que tu crois que toi et moi...

Tout à coup, il jeta un coup d'œil à sa montre et bondit en poussant une exclamation.

— Bon sang, on a failli manquer le bulletin d'informations !

Détournait-il délibérément la conversation ?

La radio mit un temps infini à chauffer, comme d'habitude, mais, finalement, la voix du speaker s'éleva dans la pièce.

« Bonsoir. Vous êtes à l'écoute du réseau national de la BBC et nous sommes le jeudi 16 septembre 1943. Voici les grands titres de l'actualité, présentés par Alvar Lidell. Tandis que les troupes alliées poursuivent leur constante progression à travers l'Italie du Sud, les Allemands abandonnent Salerne. En Union soviétique, les troupes avancent toujours et se trouvent maintenant dans les faubourgs de Smolensk. Le rapport de forces s'inverse dans la bataille de l'Atlantique, et les sous-marins sont en route... »

— Pas de grands changements depuis hier, commenta Bill à la fin du bulletin. Ce n'est plus qu'une question de temps, maintenant...

— Comment peux-tu en être aussi sûr ? lâcha-t-elle, regrettant aussitôt ses paroles.

Les nazis pouvaient-ils perdre la guerre ? Était-ce vraiment possible ? Ingrid en eut brusquement mal au ventre. Elle n'osait pas regarder Bill tant elle redoutait qu'il n'interprète correctement son expression apeurée. Une fois de plus, la conclusion s'imposait : il n'existait pour elle qu'une seule porte de sortie. Contemplant les reliefs du repas, elle se répéta mentalement ce qu'elle devait dire à Bill.

— Ingrid, tu es ailleurs, l'entendit-elle remarquer.

Relevant la tête, elle se rendit compte qu'il parlait depuis un moment. Il lui montrait une carte esquissée sur un bloc-mémo. Elle s'efforça de se concentrer. Il lui démontrait en détail pourquoi les Allemands ne pouvaient plus gagner la guerre. Oh, mon Dieu ! Comment pouvait-il en être si sûr ? Elle posa sa main sur celle du jeune homme.

— Fais-moi l'amour. Je veux que tu m'aimes cette nuit. Je veux avoir la sensation de t'appartenir. Je t'aime, Bill.

Bill soupira. En cet instant précis, il aurait voulu être n'importe où ailleurs. Était-il condamné à réitérer le même fiasco qu'à Vienne ? Comment avait-il pu se laisser entraîner dans le même piège ? « Il y a quelque chose qui ne va pas chez moi, songea-t-il. Je suis vraiment indécrottable. »

Il mit provisoirement ses scrupules de côté et la prit dans ses bras pour l'embrasser tendrement. Chère Ingrid... Il avait tellement pitié d'elle ! Et envie, aussi. La compassion plus le désir, cela donnait-il de l'amour ? Cette équation non résolue le perturbait chaque fois qu'il y pensait. Serait-il un jour capable d'enterrer les fantômes ? Il en doutait.

— À quoi penses-tu encore ? Tu es si loin de moi !

— Mais non, mentit-il. Ce n'est pas vrai.

Il reporta son attention sur elle ; ce soir-là elle était insatiable. Elle jouit à maintes reprises, en se mettant chaque fois à sangloter avant de se serrer contre lui. Puis le désir s'évanouit et Bill abandonna. Il l'attira au creux de son épaule.

— Je suis claqué, fit-il.

— La guerre finira un jour. Rentreras-tu en Amérique ?

— Peut-être !

— Et si on y allait ensemble ?

Bill fit semblant de s'être endormi, mais Ingrid ne tarda pas à sauter du lit en projetant les couvertures au sol.

— Laisse tomber, fit-elle entre ses dents serrées. J'ai sans doute trop bu. Je vais faire du chocolat chaud.

Il ne fit rien pour l'en empêcher et préféra se recoucher, exaspéré, en l'écoutant manipuler les ustensiles de cuisine. Il avait une bien piètre opinion de lui-même, mais de là à envisager d'épouser Ingrid !

— Idiot ! grommela Ingrid en récupérant les somnifères dans leur cachette.

C'était Fernando qui les lui avait donnés, et ils marchaient à merveille, mais elle détestait droguer Bill. Depuis quelque temps, il se plaignait de ne pas avoir les idées claires le matin, et d'avoir mal à la tête au réveil.

Vingt minutes plus tard, elle avait déverrouillé sa mallette et étalé ses papiers sur le bureau. Elle entreprit d'en photographier chaque feuillet. Au bout d'un moment, elle fit une pause pour aller sur la pointe des pieds tendre l'oreille à la porte de la chambre, mais Bill respirait toujours aussi fort. Elle reprit son travail.

Le mot *Edelweiss* arrêta son regard sur la page qu'elle prenait en photo. Elle s'interrompit le temps de lire. « ... sans doute le V3... recherches d'importance capitale... prisonniers en route pour les camps d'extermination... instructions demandées... » Puis, à sa grande surprise, sous les papiers elle tomba sur un manuel de conversation tchèque. De nombreux mots étaient soulignés ou signalés par une marque, et certaines pages cornées. Pourquoi diable Bill apprenait-il le tchèque ?

Elle était si absorbée dans sa lecture qu'elle n'entendit pas l'alerte aérienne et les canons de la DCA. Tout à coup, il y eut une formidable explosion et la lumière s'éteignit. Le plancher s'inclina, elle se sentit brutalement soulevée de terre et projetée sur la table avant de perdre conscience sous une pluie de verre brisé.

Combien de temps était-elle restée sans connaissance ? Quelques minutes, quelques heures ? Mon Dieu, son appareil photo gisait sur le sol. Elle l'attrapa et le fourra dans la poche de sa robe de chambre avant de regarder autour d'elle. La fenêtre ouverte pendait sur ses gonds, il y avait des papiers partout. Elle entendit le pas traînant de Bill. Bientôt il apparut, les cheveux en bataille, à moitié endormi.

— Tu n'as rien ? demanda-t-il en braquant sa torche sur elle.

Elle s'abrita les yeux derrière sa main et fondit en larmes. Il la prit dans ses bras.

— Bon sang, qu'est-ce qui s'est passé ?

— J'ai entendu la sirène, bredouilla-t-elle. Je suis venue ici et... Ensuite, je ne me rappelle plus rien. Regarde, l'explosion a soufflé la fenêtre.

Bill posa un regard horrifié sur sa mallette.

— J'avais dû oublier de la fermer à clef. Nom de nom !... jura-t-il. (Il entreprit de fourrager dans les papiers en oscillant sur place. Elle voyait à quel point il était drogué.) Je devais être un peu ivre, confessa-t-il d'un air contrit. Je ne m'étais pas rendu compte que j'avais tant bu. Bon sang, à l'avenir il faut que je fasse plus attention !

Chapitre 60

— Bon, fit Jan en redescendant par l'échelle du grenier où ils dissimulaient leur émetteur. J'ai décrypté un message en provenance de Londres. Tout est réglé. Les Anglais veulent qu'on leur envoie le professeur Ludwig Alesh ; on n'a plus qu'à le faire passer en Suisse.

— Et pourquoi pas sur la Lune, tant qu'ils y sont ? ironisa Marietta sans cesser de charger des barattes vides dans son camion.

La nuit précédente, elle avait rêvé de Bill. Un rêve poignant, très réaliste, et qui comblait tous ses vœux, à tel point qu'elle s'était réveillée désespérée.

— Il faut avoir la foi, ma petite. Si je vous dis comment on va s'y prendre, vous ferez ce que je vous demande ? Bon, alors écoutez-moi bien...

Frau Mira Alesh était en train de tailler les rosiers dans son jardin. Grande, les sourcils épais, le visage rond et affable, les traits réguliers, elle avait des yeux rieurs aux coins légèrement tombants. Avec son pull bleu et sa jupe en tweed, elle était l'image de l'épouse idéale secondant un mari parvenu au sommet de sa carrière. Sa belle-mère, Erica, était assise sur un banc de jardin ; recroquevillée dans son manteau de fourrure, elle lui tournait le dos. Marietta distinguait ses cheveux blancs aux reflets bleutés et la laine, bleue elle aussi, de ses bas.

— J'apporte des fleurs, madame, lança Marietta d'un ton enjoué tout en se dirigeant vers la porte d'entrée. Elles pèsent leur poids, ajouta-t-elle en voyant Frau Alesh tendre les mains pour les prendre tandis que la belle-mère les suivait, curieuse. Mira ouvrit la porte et guida Marietta à l'intérieur.

— Je ne m'attendais pas..., commença-t-elle en cherchant des yeux la carte accompagnant les fleurs.

— Vous êtes Frau Erica Goldstein, n'est-ce pas ? demanda brusquement Marietta en se retournant vers la vieille dame. Je fais partie de la Résistance tchèque et je suis venue vous prévenir. Je vous en prie, écoutez-moi, vous êtes en danger.

Mira se redressa, à la fois stupéfaite et irritée.

— Tout ceci est ridicule. Nous ne nous appelons pas Goldstein, mais Alesh. Sortez ou j'appelle la police.

— Attends, intervint la belle-mère de Mira.

Elle était livide, mais à son regard, à ses gestes mesurés, Marietta vit bien qu'elle n'était pas femme à se laisser abattre.

— Dites simplement ce qui vous amène, et vite. Mira, s'il te plaît, écoute-la.

Marietta commença à respirer plus librement. Elle se retourna vers Mira.

— Un de nos amis infiltrés à la Gestapo nous informe que votre belle-mère, Frau Erica Alesh, et toute sa famille — y compris vos enfants — vont faire partie d'un prochain contingent de « personnes déplacées ». Vous ignoriez peut-être que la famille de votre mari était juive. Ils ont changé de nom lorsque Ludwig était enfant.

— Ludwig, juif ? Je n'en crois rien.

Mais manifestement c'était tout le contraire, car elle s'effondra sur une chaise. Erica, elle, était toujours pâle comme un linge.

— Comment l'ont-ils découvert ? interrogea-t-elle.

— En comparant avec les archives roumaines, madame. Vous avez pu acheter une inscription fictive au registre des naissances paroissial de Prague, mais vos immatriculations réelles figurent toujours à la synagogue de votre lieu de naissance, en Roumanie, dans l'ex-Transylvanie. Les Allemands sont allés y jeter un coup d'œil récemment. Votre fils est aussi sur la liste.

— Mira, déclara Erica avec un profond soupir, je suis vraiment navrée.

Marietta mit dix jours à parachever son plan. Ce fut une période de vive tension, car Mira était de toute évidence au bord de la crise de nerfs. Klaus Kolar s'était vu confier la tâche de la tenir à l'œil tout en lui donnant l'impression que la Gestapo la suivait à la trace. Il rapporta que, le deuxième jour, elle avait fondu en larmes dans un restaurant. Le lendemain, elle était partie en catastrophe chercher ses enfants à l'école pour les ramener à la maison. Mais Erica, elle, était plus coriace. Elle accomplissait sa routine habituelle comme si de rien n'était. Marietta ne cessait de harceler Jan.

— Alors, qu'est-ce qu'on va faire d'eux ?

— Tout ce que je peux dire, c'est qu'un jour, sur son lieu de travail, le professeur va craquer. Se plaindre du surmenage, de la tension constante. Le personnel médical de la mine fera ce qu'il a toujours fait : il prescrira un séjour d'une semaine dans un camp de repos nazi. Alesh choisira Franzenbad, près de Cheb, la ville d'eaux préférée des nazis. Vous, vous vous occuperez de la famille. On a contacté le pasteur Perwe. Un membre de son réseau prendra le relais dès que vous l'aurez amenée en Autriche par la montagne. Prenez le chemin que vous avez vous-même suivi. Aurez-vous besoin de mon aide ?

— Oui, répondit-elle sans hésitation.

« Si seulement je voyais la vie, la guerre, comme Jan les voit », devait-elle songer plus tard. Il était minuit. Jan était parti par la rivière, elle pouvait très bien ne plus le revoir de plusieurs jours. « On ne fait pas d'omelette sans casser des œufs », telle était sa devise. Pour Marietta, l'échec n'était pas concevable. On lui avait confié la mission sacrée de mettre ces gens en sécurité. Elle passa une nuit blanche.

Hugo avait été rappelé à Berlin pour assister à une réunion au quartier général de la Gestapo, mais son avion eut du retard, et il était presque minuit lorsqu'on l'introduisit dans une vaste salle lambrissée de chêne où trônait une grande table de conférence bien cirée avec, au fond, un bar bien garni. Plusieurs SS de haut rang étaient regroupés autour de la table, au bout de laquelle siégeait Heinrich Himmler.

Hugo redoutait Himmler plus que quiconque, y compris le Führer. Pendant des années, Himmler avait grimpé tous les échelons, jusqu'à se retrouver à la tête de la Gestapo et de la SS. C'était lui qui dirigeait personnellement les « escadrons Tête de mort » fournissant le personnel de surveillance des camps de concentration. Par ailleurs, il venait d'être nommé commandant en chef de l'armée de réserve. Il avait atteint le faîte de la hiérarchie nazie, et — Hugo ne l'ignorait pas — il était prêt à écraser sans scrupules quiconque s'opposerait à lui. Hugo s'attachait à ne jamais le sous-estimer.

— *Heil Hitler !* fit-il en joignant le geste à la parole.

— Soyez le bienvenu, von Hesse, soyez le bienvenu, susurra Himmler de sa voix doucereuse. Content que vous ayez fini par arriver. Les déplacements deviennent hasardeux par les temps qui courent... (Sa voix s'éteignit. On tendit un cognac à Hugo et on entreprit de le présenter aux officiers présents.) Les questions qui vont être abordées ici ne le seront plus jamais par la suite, reprit Himmler. Nous pouvons donc nous sentir à l'aise... (Il tripota distraitement son verre, les yeux obstinément baissés sur ses petites mains blanches.) Si nous vous avons convoqué, von Hesse, c'est parce que nous avons reçu des nouvelles alarmantes. Le général Wolf von Doerr, de l'Abwehr, précisa-t-il avec un mouvement du menton pour désigner un individu au visage austère qui se tenait sur sa droite, a attiré notre attention sur certaines indiscrétions graves.

Hugo regarda avec curiosité le général en question. Il savait très bien que Himmler craignait et méprisait à la fois l'Abwehr, un organisme qui s'était toujours chargé du renseignement militaire et qui entrait souvent en conflit avec la Gestapo. Les deux corps officiaient parfois en parallèle, et disposaient l'un comme l'autre d'espions à l'étranger. En tant que structure militaire — ce qui ne la faisait pas directement tomber sous la coupe du parti nazi —, l'Abwehr attirait des non-nazis et divers opposants au régime. Hugo espéra que son visage ne trahissait pas ses craintes.

— Avant d'aborder cet extraordinaire manquement aux règles de sécurité, j'aimerais avoir votre opinion sur la guerre, général von Hesse. L'Allemagne peut-elle gagner sans le V3 ? Qu'en pensez-vous ?

Hugo sentit un nouveau frisson d'appréhension courir le long de sa colonne vertébrale. Quiconque osait évoquer la défaite se rendait coupable de haute trahison, ce qui pouvait être sévèrement puni.

— Ne craignez pas de vous exprimer avec discrétion, mais en toute franchise, l'enjoignit Himmler.

Hugo était du genre à réfléchir vite. Il décida de prendre la parole en termes prudents, et de s'en tenir aux généralités. Il se redressa sans hâte.

— Nous avons tous conscience, j'en suis sûr, du curieux phénomène, particulier à la guerre, qui donne toujours l'avantage à l'agresseur, commença-t-il. Cela est dû au fait que ce dernier peut produire en masse — et d'avance — l'armement de pointe dont il va avoir besoin. Par exemple, un char d'assaut nécessite environ sept mille opérations de montage, et ce sur plus de quarante mille pièces détachées. Pour fabriquer un prototype avec des ouvriers hautement qualifiés, il faut un à deux ans. Plus une autre année pour que la chaîne de montage soit opérationnelle. Une fois la production lancée, on arrive facilement à plusieurs milliers de chars par mois. Seulement, il faut ces trois années pour y arriver. La victoire tient donc essentiellement à la capacité de fabriquer des armes de qualité supérieure. Voilà pourquoi l'agresseur détient un avantage écrasant. Il est le seul à savoir où et quand le premier coup sera frappé. Il lui reste à gagner vite, en moins de trois ans, avant que l'avantage ne lui échappe... (Il embrassa du regard les officiers rassemblés autour de la table et lut la stupéfaction sur leurs visages. Il résolut de les caresser dans le sens du poil.) Il faut nous décider. Voir si la supériorité naturelle des soldats allemands sur le plan de l'intelligence et du courage pourra résister à l'impressionnant avantage technologique dont bénéficient à présent les Alliés.

Il se rassit d'un coup. En avait-il trop dit ? Il sentait croître l'antipathie générale. La bouche sèche, il saisit son verre de cognac.

— Et l'affaire du V3 ? demanda Himmler, une lueur inquiétante dans le regard.

— Ah oui ! (Il se remit sur pied. Cette fois-ci, il était sur son terrain.) Le V3 est sans aucun doute la clef de la victoire.

Toutes les armes connues sont demodées face à l'énergie nucléaire. Celle-ci dépasse de si loin ce que nous avons déjà vu qu'on a du mal à en saisir toute la portée. Il ne nous faudrait que deux ou trois bombes pour mettre fin à la guerre.

— Et combien de temps nous faudra-t-il encore attendre avant d'utiliser cette nouvelle arme ?

— Deux ans ou plus pour obtenir un prototype... Les missiles sont en avance sur les bombes. Nous y travaillons jour et nuit. Deux ans, c'est peut-être une prévision optimiste, mais c'est ce que je me suis donné pour but.

Hugo inspira profondément. Il s'en était bien sorti. À partir du tableau qu'il leur avait brossé, les autres pourraient tirer leurs propres conclusions, qui d'ailleurs s'imposaient.

— Excellente réponse, von Hesse.

Rayonnant, Hugo se concentra sur ce qui allait suivre.

— Venons-en maintenant aux questions de sécurité concernant la mine Richard. Faites-nous donc votre rapport, von Doerr, poursuivit Himmler en se tournant vers le général de l'Abwehr.

— Il ne comporte guère d'ambiguïtés, répondit ce dernier. Voici ce que j'ai reçu de mon correspondant à Londres.

Hugo faillit s'étrangler en entendant von Doerr lire, sur la photographie d'un document, le récit du déraillement du train et de la libération par la Résistance des deux ex-ouvriers prisonniers. Lui qui avait cru qu'en dehors de son entourage immédiat l'événement était passé inaperçu !

Le général rapporta donc qu'un agent tchèque, connu sous le nom d'Edelweiss, opérait à Prague et dans ses environs depuis six mois, et avait réussi à faire dérailler un train emportant vers divers camps d'extermination polonais des prisonniers ayant travaillé à la mine. Ces derniers avaient été interrogés par la Résistance ; les Alliés savaient donc maintenant avec précision où l'arme atomique secrète de Hitler était en cours de construction.

Le teint couleur de cendre, Hugo dévisagea à nouveau le tour de table. « Pourvu que Himmler ne voie pas comme mes mains tremblent... »

— Étiez-vous au courant de cette évasion, von Hesse ?

— Oui. J'avais donné l'ordre qu'on les exécute sur place. Je n'ai pas été obéi.

— Je vous confie le soin de prendre les mesures qui s'imposent. Identifiez et arrêtez sans délai cet Edelweiss. Je ne vous relève pas de vos fonctions pour l'instant, parce que vous en savez plus long que quiconque sur les questions de sécurité à la mine. Des agents alliés vont tenter d'y pénétrer, n'en doutez pas ; ce n'est donc pas le moment de placer à sa tête un successeur moins informé. (Himmler enveloppa Hugo d'un regard glacial.) De tous les revers que l'Allemagne a subis cette année, je considère celui-ci comme le plus grave.

— Je suis bien d'accord avec vous, répliqua Hugo d'une voix rauque. D'un autre côté, vous devez savoir que la mine Richard est une forteresse inexpugnable... (Il se racla la gorge et s'efforça de reprendre contenance.) Il est impossible d'introduire une bombe dans les laboratoires de recherche. D'autre part, les flancs escarpés de la montagne interdisent toute prise d'assaut. Il n'y a que deux entrées : une par la petite piste d'atterrissage située au sommet — et bien gardée —, l'autre par le chemin de fer souterrain qui la relie au camp de Theresienstadt. Naturellement, il est hors de question qu'on puisse accéder à la mine par là. Nul ne peut entrer ou sortir du camp sans être contrôlé. Il y a en permanence des centaines de gardes en faction. (Hugo se tourna vers von Doerr.) Peut-on savoir par quel canal cette information vous est parvenue ?

— Je ne suis pas libre de révéler mes sources, fit l'autre d'un ton rogue.

— Voilà où nous en sommes, coupa Himmler. À savoir, dans une situation à haut risque. Vous devez vous assurer que cette mine est aussi imprenable que vous le dites. Votre carrière mais aussi le sort de la patrie en dépendent. Dans l'immédiat, vous pouvez disposer.

Hugo se remit précipitamment debout, salua et prit congé. Il décida d'arrêter Alesh dès son retour à Prague. Quels pouvaient être, parmi ses SS, les autres agents à la solde de l'Abwehr ?

Hugo rentra à Prague, où il gagna son bureau au château Hradcany, mais il n'avait pas eu le temps de convoquer une

402

réunion du personnel de sécurité qu'on venait lui apprendre qu'Alesh et deux des SS affectés à sa surveillance avaient disparu avant d'arriver à la ville thermale où le professeur était parti se reposer. Il y avait de la brume sur la montagne, et ils avaient dû emprunter l'itinéraire habituel, mais l'armée passait la forêt au peigne fin.

Une demi-heure plus tard, les corps des deux gardiens étaient retrouvés. Nulle trace du professeur Alesh.

Réprimant à grand-peine sa rage, Hugo arpenta son bureau en souhaitant de toutes ses forces mettre la main sur les terroristes responsables de cet affront personnel. Mais à moins d'appeler une division de SS pour monter la garde le long de la frontière et quadriller les bois, ce qu'il avait déjà fait, il n'y avait pas grand-chose d'autre à entreprendre qu'attendre... Et l'attente le tuait à petit feu.

Sur une inspiration soudaine, Hugo appela le chef de la sécurité à la mine Richard. La famille Alesh, composée de la mère, de l'épouse et des deux enfants du professeur, était partie le matin même rejoindre Ludwig à Franzenbad, mais eux non plus n'avaient pas atteint leur destination. Paniqué, Hugo communiqua la description de la famille à tous les soldats et employés des chemins de fer de Bohême.

Il se versa à boire d'une main mal assurée et avala d'un coup le contenu du verre. Il devinait là l'œuvre d'Edelweiss. Il fallait trouver le moyen de lui mettre la main au collet. Hugo se rendit brusquement compte qu'il était embarqué dans une lutte sans merci contre un homme qu'il n'avait jamais vu, et qu'il ne saurait même pas reconnaître. Au troisième verre, un semblant de sérénité le gagna. Après tout, il avait avec lui la puissance du Troisième Reich, tandis que l'autre ne pouvait se fier qu'à son astuce et à quelques paysans à moitié affamés.

Le train devait partir une demi-heure plus tard, et les Alesh n'étaient toujours pas là. Marietta marchait de long en large sur le quai en s'efforçant de rester calme. Elle portait une tenue de paysanne de couleur noire, un foulard sur la tête et des bottes crottées. Elle consulta à nouveau sa montre.

Un mouvement soudain l'amena à se retourner vers la barrière. Les Alesh se hâtaient vers le quai, encadrés par quatre SS. Marietta sentit son sang se glacer dans ses veines. Les deux femmes avaient l'air de se rendre à un enterrement et, dans les jupes de leur mère, les garçons — onze et treize ans — arboraient fièrement leur uniforme des Jeunesses hitlériennes en toisant avec mépris tous ceux qui passaient.

Les gardes les firent entrer dans le buffet de la gare et leur achetèrent du chocolat, denrée réservée aux troupes d'occupation. Marietta se posta de manière à surveiller à la fois le quai et l'entrée du buffet. Le train arriva, tous sortirent sur le quai et les nazis aidèrent les femmes à caser leurs bagages dans les filets. Marietta priait en silence. Si les SS avaient reçu l'ordre d'accompagner les Alesh jusqu'à Franzenbad, tout était fichu. Elle resta à l'écart à regarder les jeunes garçons se disputer un siège près de la fenêtre ; puis, après avoir ostensiblement claqué des talons et fait le salut nazi, les soldats sautèrent sur le quai et s'éloignèrent d'un pas vif.

Marietta remercia le Ciel, agrippa son sac de voyage et monta dans le train. Au moment où celui-ci s'ébranlait, elle alla rejoindre les Alesh dans leur compartiment. Puis elle dit à l'oreille de Frau Alesh :

— Madame, il est temps de mettre vos enfants dans la confidence. S'il vous plaît, dites-leur ce qui se passe.

On voyait bien que Mira aurait préféré mourir plutôt que de révéler la vérité.

— Le faut-il vraiment ? s'enquit Erica.

— Ils doivent se tenir prêts à obéir aux ordres sans poser de questions, acquiesça Marietta. Nous rencontrerons peut-être des problèmes. Dans ce cas, il faudra agir vite. (Elle se tourna vers l'aîné.) Karl, à treize ans, on est assez grand pour agir en homme. Tu dois veiller sur ta mère et ta grand-mère.

— Qui êtes-vous ? Je n'ai pas à vous écouter.

L'adolescent, avec une moue boudeuse et l'air buté, leur tourna le dos en donnant des coups de talon dans le bas de la banquette. Mira ferma les yeux et se laissa aller contre le dossier tapissé de son siège.

— Nous sommes obligés de quitter la Tchécoslovaquie, dit-elle d'une voix lasse. Ton père et ta grand-mère... (Elle s'interrompit, puis parut prendre une décision.) Ton père et moi sommes juifs et les nazis l'ont découvert. S'ils nous prennent, ils nous tuent. Au minimum, ils peuvent nous déporter. On nous prendrait notre maison. Les juifs n'ont pas le droit de posséder une maison. Je suis sûre que tu sais que...

Marietta résolut de les laisser en famille tandis que Mira tentait d'expliquer à ses enfants leur nouvelle situation. Lorsque la jeune femme revint une demi-heure plus tard, les garçons étaient domptés et leurs yeux exprimaient à la fois le choc et la peur.

À Pilsen, ils descendirent pour attendre un autre train sur un quai voisin, où ils s'assirent en rang, tendus et tristes.

Ils attendirent des heures. Finalement, un garde qui passait par là leur apprit que le train avait été affecté à une autre destination. Marietta était pleine d'appréhension. Un contrôle de routine et tout leur plan serait fichu. Et cela pouvait se produire à n'importe quel moment.

Lorsque le train suivant entra en gare, des heures plus tard, ils étaient épuisés par l'attente et l'angoisse. Ils trouvèrent un compartiment et se recroquevillèrent sur leurs sièges. Marietta fouilla dans son sac et en sortit du pain et des saucisses, qu'elle coupa avant de les tendre aux garçons, qui déclinèrent d'un air hautain.

— Vous n'aurez plus à manger avant plusieurs heures, les informa-t-elle.

Kurt céda, mais Karl se tourna vers la fenêtre comme si une odeur nauséabonde venait soudain de se manifester juste sous son nez. Mira était trop bouleversée pour remarquer l'attitude de son fils. Elle se leva brusquement.

— Je reviens, fit-elle, l'air effrayé.

Lorsqu'elle réapparut, on voyait perler la transpiration sur sa lèvre supérieure et ses cheveux étaient humides à la hauteur des tempes.

À dix heures du soir, le contrôleur ouvrit à la volée la porte de leur compartiment. Son attitude amicale s'envola d'un coup lorsqu'il eut observé le petit groupe. Son regard se fit méfiant, il marqua une hésitation, puis s'en alla en toute hâte. Marietta sentit le cœur lui manquer. Heureusement, l'homme semblait être une espèce de simple d'esprit. La Gestapo les attendrait à

Strakonice. En espérant qu'elle n'arrêterait pas carrément le train.

L'heure s'écoula avec une lenteur exaspérante ; à l'orée de la forêt de Boubin, le train s'arrêta à un aiguillage. Marietta regarda anxieusement par la fenêtre. Ils n'étaient plus qu'à quelques mètres des bois et du refuge qu'ils y trouveraient. On ne voyait pas de gardes en faction. Pareille chance ne se représenterait plus.

— Vite... Sautez ! Courez vous mettre à l'abri sous les arbres ! Et pas un bruit. (Elle poussa les garçons pour les faire descendre.) Sautez, Mira ! (Elle prit Erica par le poignet et l'entraîna.) Plus vite, plus vite ! fit-elle tout bas. Essayez de courir.

Ils atteignirent le couvert au moment où le train se remettait en marche. Une chance ! Mais combien de temps avaient-ils devant eux ? Une demi-heure au plus, et avec une vieille dame à traîner... Bientôt les soldats seraient là, avec leurs armes et leurs chiens. Marietta chassa ses peurs, fit avancer la famille en file indienne et s'enfonça avec elle au cœur de la forêt.

Chapitre 61

L'express de nuit à destination de Vienne était sur le point de quitter Prague. Le conducteur de la locomotive, un homme courtaud et trapu, à l'abondante chevelure blanche, et qui claudiquait, hurlait ses ordres au chauffeur. Lequel faisait de son mieux. Ses cheveux teints en noir étaient roussis, ses mains couvertes d'ampoules, et sans ses lunettes il n'y voyait pas grand-chose.

— Je vous donnerai un coup de main quand on sera partis, lui dit Jan. Mais, en attendant, enfournez plus vite, sinon on n'y arrivera pas.

— Je fais ce que je peux, rétorqua l'autre. J'espère que vous avez prévu autre chose pour Mira, parce que les travaux de force, ce n'est pas son genre, vous savez.

À quelque cent cinquante kilomètres de là, Mira était justement en train de pleurer d'épuisement et d'effroi. Depuis cinq heures extrêmement éprouvantes pour les nerfs, ils marchaient dans la forêt. Enfin ils arrivèrent en vue de la scierie. Herr Zweig, qui surveillait leur progression depuis un bon moment, se hâta de venir à leur rencontre.

— J'ai prié pour vous. Entrez vite. Quand j'ai vu les renforts qu'on a fait venir à Strakonice, j'ai deviné que vous aviez des ennuis. Comme ils commençaient à ratisser les bois autour de la voie ferrée, je me suis dépêché de rentrer. Je me doutais bien que vous viendriez ici. Heureusement, le train s'est arrêté plusieurs fois, ils ne savent pas où vous êtes descendus. Pour l'instant, ils vous cherchent plus à l'ouest, cela nous laisse un peu de temps.

Quelques minutes plus tard, ils prenaient place sur un banc

de bois devant une tasse de thé brûlant, du pain et du fromage.

Marietta observait attentivement la petite famille. Erica se montrait calme, mais à bout de force ; quant à Mira, elle était sur le point de s'effondrer. Les enfants se plaignaient de leurs ampoules aux pieds, ils étaient fatigués et apeurés.

— Nous continuerons à cheval, leur dit gentiment Zweig. Peu importe que vous ne sachiez pas monter ; il suffira de bien vous cramponner. Les bêtes connaissent le chemin. Nous avancerons vite, en franchissant d'abord la rivière, puis les marécages. Il ne faudra pas tomber. Les Boches ne connaissent pas cet itinéraire par les marais et, de toute façon, ils ne s'y risqueraient pas.

Mira voulut protester, mais Zweig coupa court.

— Sauf votre respect, m'dame, nous n'avons pas le choix. Il n'y a pas d'autre chemin.

Dix minutes plus tard, le groupe se mettait en route. En voyant Zweig prêter l'oreille aux sons de la forêt, assis bien droit sur le cheval de tête, et s'orienter avec soin en apaisant les bêtes par de curieux roucoulements, elle acquit la conviction qu'ils étaient entre de bonnes mains.

L'aube venait de poindre lorsqu'ils franchirent la frontière, à plus de douze cents mètres d'altitude. Un brouillard épais réduisait la visibilité à quelques mètres. Il ne tarderait pas à geler. Ils approchèrent bientôt d'une cabane de bûcheron nichée au cœur d'un bois touffu, aux abords des monts Bohmer Wald, du côté est. Émergeant de la brume, le pasteur Éric Perwe se matérialisa tout à coup devant eux, et Marietta se laissa glisser au bas de son cheval pour se jeter à son cou.

Il lui prit les mains et les serra.

— Bien joué, petite, fit-il simplement.

— Les soldats nous suivent d'assez près. Je suis désolée...

— Nous sommes bien organisés. Ne craignez rien ! Les deux femmes resteront dans mon couvent quelques jours, mais les garçons vont partir tout de suite. Il est plus sûr de les faire voyager séparément jusqu'en Suisse.

Suivit une scène brève mais pénible entre les garçons et leur mère, mais Erica garda son sang-froid.

— Qui l'eût cru ?... Une bonne sœur juive, marmonna-t-elle tandis qu'une expression ironique passait fugitivement sur ses traits empreints de lassitude.

« Maudit brouillard », songea Bill. C'était une froide soirée de novembre. Dans la base secrète de la RAF, aux environs de Douvres, le jeune homme, engoncé dans son duffle-coat, se mit à battre la semelle.

L'aérodrome s'anima dès que le brouillard se fut suffisamment levé pour permettre aux avions d'atterrir. Bill sortit regarder un appareil descendre progressivement vers la piste. Ce Dakota, qui venait de la Manche, fit un atterrissage correct. On mit la passerelle en place, la porte s'ouvrit et une silhouette élancée apparut, l'air exténué et un peu hébété. En voyant débarquer Alesh, Bill fut submergé de soulagement. Il remercia au fond de son cœur la Résistance tchèque et Edelweiss, quelle que soit l'identité de celui qui se cachait sous ce pseudonyme, pour l'exploit accompli.

Hugo était à son bureau du château Hradcany lorsque son adjudant-major lui apporta le message décrypté. Le professeur Ludwig Alesh était arrivé à Londres où, en tant que juif, on lui avait accordé le droit d'asile et le statut de réfugié politique.

Les mains de Hugo se mirent à trembler si fort qu'il en laissa tomber le papier. La douleur qu'il venait de ressentir au ventre lui faisait l'effet d'un coup de poignard. Il plongea son regard dans les yeux matois de son assistant.

— Dois-je interrompre les recherches, mon général ? s'enquit ce dernier.

— Non. Il faut retrouver la terroriste qui a accompagné la famille Alesh. Combien d'hommes avez-vous déployés ?

— Une centaine, mon général.

— Triplez leur nombre. Fouillez toutes les maisons. Passez les bois et les fermes au peigne fin. Vous avez vingt-quatre heures pour mettre la main dessus. Veillez-y personnellement.

— Bien, mon général !

L'adjudant salua vivement et sortit.

Toujours agité du même tremblement, Hugo se versa un cognac. Il ne donnait pas cher de sa peau, à partir du moment où le Führer apprendrait qu'Alesh était passé à l'ennemi.

Le lendemain à l'aube, il fut réveillé par le téléphone. Il décrocha, l'estomac noué ; ce n'était pas Berlin, contrairement à ce qu'il avait craint, mais le chef de la sécurité de la mine. Il y avait eu une explosion. La ventilation et les circuits électriques de la base de lancement étaient endommagés. Il fallait interrompre les travaux une quinzaine de jours au moins.

Cinq minutes après avoir raccroché, Hugo fonçait vers Theresienstadt. Son ulcère à l'estomac s'était réveillé et le faisait cruellement souffrir. Cet ultime désastre ne manquerait pas de lui faire imputer l'échec du projet, et il n'ignorait pas le sort qui l'attendait.

Dès son arrivée, Hugo fut rapidement introduit dans la salle de conférences au fond de la cour d'honneur pavée. Plusieurs techniciens, l'air préoccupé, étaient rassemblés autour de la longue table. Quelqu'un avait tracé un diagramme au tableau noir.

Malgré le déluge d'explications qu'on lui fournit, la situation se résumait en deux mots : erreur humaine. Hugo était du genre attentif. Lorsqu'il écoutait, ses paupières mi-closes pouvaient faire croire qu'il dormait, mais en fait il cherchait à détecter le plus petit signe de nervosité trahissant un éventuel mensonge. Ce jour-là, il ne capta rien de tel.

Il prit le commandant à part et lui donna ses instructions. Même si on n'avait aucune raison de soupçonner un sabotage, tous les prisonniers travaillant comme ouvriers non qualifiés à la mine devaient être interrogés, puis abattus. Il ne fallait plus jamais en déporter ; trop dangereux. Toutes les exécutions devaient se faire sur place.

Hugo se demandait également avec angoisse si Edelweiss ne faisait pas délibérément arrêter ses combattants de la liberté dans l'espoir que l'un d'entre eux aboutirait à la mine. Eh bien, il allait se montrer plus malin et le prendre au piège. En fin de compte, c'était entre ses mains que tomberait le terroriste.

Marietta se gara devant les abattoirs de Kladno et resta quelques instants le regard fixé sur la porte. Elle n'avait guère envie d'entrer. Un sixième sens lui disait que Miroslav Kova, leur messager récemment recruté, n'était pas fiable. On le payait à prix d'or pour faire pénétrer clandestinement dans la mine des messages cachés à l'intérieur des carcasses et en faire ressortir d'autres dans des caisses vides. Elle ne l'avait rencontré qu'une fois ; outre son regard fuyant, il ne s'était pas lavé et, après son sanglant travail, il répandait une puanteur insupportable. De plus, il avait les cheveux sales et portait des vêtements crasseux. Réprimant un frisson de dégoût, elle se décida enfin à entrer.

Kova était dans la cour. Il vint vers elle d'un pas vif. C'était un homme à la carrure impressionnante, aux mains et aux bras couverts de poils roux hérissés, et aux petits yeux porcins qui la couvaient d'un regard concupiscent.

— Vous avez quelque chose pour moi ? interrogea-t-elle d'un ton plus brusque qu'elle n'aurait voulu.

Il y avait quelque chose d'effrayant dans la violence contenue de cet homme. Tuer était son métier, et il n'était sensible à aucune forme de souffrance. Elle n'avait pas intérêt à compter parmi ses ennemis.

— Oui, fit-il en lui tendant un papier roulé taché de sang.

Marietta le lissa d'une main tremblante et lut : « C'est moi qui ai été choisi. J va être affecté à une ferme. D a été exécuté. H. »

Marietta se força à remercier poliment avant de quitter les abattoirs, le cœur au bord des lèvres. En apprenant la mort de Dietrich, les autres seraient catastrophés. Il était l'un des trois premiers volontaires à avoir pénétré dans la mine, où il avait tenu huit semaines. À présent, il fallait envoyer quelqu'un d'autre. Et pour obtenir quoi ? Le montage avait été suspendu quinze jours. Cela valait-il la perte d'une vie humaine ?

Cette nuit-là, elle contacta Londres par radio en demandant qu'on leur parachute des saboteurs compétents pour prendre le relais.

— Alors, Roth, comment ça se passe ?

Bill trouva Schofield fatigué. C'était la fin du mois de janvier 1944 et la Grande-Bretagne se muait en un gigantesque quai de déchargement. L'Amérique déversait quotidiennement des navires entiers d'hommes et de matériel. Il y avait énormément à faire, et le major devait diriger seul la quasi-totalité des sections du SOE chargées de l'Europe de l'Est. Il y avait naturellement posté des hommes clés, mais tout reposait sur ses épaules, et cela se voyait.

On était en train de gagner la guerre. Ce n'était plus qu'une question de temps. La veille, les soldats britanniques et américains avaient débarqué en masse à Anzio, à quarante-cinq kilomètres au sud de Rome, et avançaient rapidement vers l'est pour couper les voies de ravitaillement des cent mille soldats allemands stationnés au front. La RAF pilonnait Berlin toutes les nuits. Dix-sept mille tonnes de bombes avaient été lâchées sur la capitale allemande au cours des deux mois écoulés.

Les Allemands devaient s'activer désespérément pour mettre au point leur V3.

— J'ai dû laisser partir Alesh, monsieur, dit Bill. Il prend l'avion ce soir pour les États-Unis. Ils voulaient le voir débarquer dans l'heure, et plus tôt si possible.

— J'ai ici votre rapport, fit Schofield. Il va me falloir au moins une semaine pour le lire. (Il le replia et lissa le papier en y appliquant ses jointures.) Résumez-moi tout ça. Qu'est-ce qui se passe là-bas, bon Dieu ?

— Nous ne savons toujours pas s'ils sont en avance sur nous en matière nucléaire, parce que ce n'est pas la spécialité d'Alesh. Mais la mauvaise nouvelle, c'est qu'ils sont indubitablement en avance sur nous en matière de missiles. À en croire les cerveaux qui ont interrogé Alesh, cette avance pourrait même s'avérer désastreuse. La tête du missile V3 allemand possède une puissance et des effets secondaires inconnus, poursuivit Bill. Et ce maudit engin est planqué dans un des endroits les plus sûrs du monde. Parfaitement invulnérable en cas de bombardement conventionnel. Le professeur Alesh confirme les soupçons de la Résistance : il s'agit bien de la fameuse arme secrète de Hitler, ce V3 dont on a tant parlé.

« Néanmoins, selon le dernier rapport d'Edelweiss, deux résistants tchèques ont réussi à pénétrer dans les lieux en se laissant arrêter, puis incorporer dans l'équipe de prisonniers forcés à travailler dans la mine. Le premier a pu s'allier quelques-uns de ses codétenus, et, ensemble, ils se sont débrouillés pour déclencher une explosion qui a retardé les recherches de quinze jours. Malheureusement, il a été abattu. Un autre a pris sa place. Edelweiss voudrait qu'on parachute des saboteurs et du matériel, et que nous poursuivions la mission à leur place.

— On a personnellement connaissance de cette mission au cabinet du Premier ministre, Roth, et je suis en attente d'une décision. On est aussi en liaison avec la Maison-Blanche, ajouta Schofield en fronçant les sourcils et en feuilletant d'un air faussement négligent l'un des dossiers posés sur son bureau. J'ai ici une dizaine de demandes de versement au service actif émises par vous, Roth. Vous êtes toujours décidé ?

— Oui, monsieur.

— Il se peut que votre candidature soit acceptée. D'ici là, vous partez suivre un entraînement spécial en Écosse. Dans un de ces endroits ultra-secrets destinés aux gens qu'on va parachuter en territoire ennemi. Dans votre cas, cela se passera du vendredi après-midi au lundi matin, car je ne peux pas me passer de vous pendant la semaine. Inventez une excuse quelconque pour Ingrid.

« Ingrid ? » s'étonna Bill. Comment diable Schofield était-il au courant ? Faisait-il surveiller tout son personnel ?

Il prit congé. Il ne s'était pas senti le cœur aussi léger depuis des mois. Enfin les choses bougeaient. Rentrant chez lui au volant de sa voiture, il s'efforça de concocter une fable convaincante à l'intention d'Ingrid ; pourtant, il ne cessait de revenir à ce mystère qui le préoccupait : comment Schofield était-il au courant de leur liaison ?

Chapitre 62

Ingrid attendait dans la file pendant qu'Annie bavardait avec une abonnée âgée. Elle pianotait nerveusement sur le bureau de prêt pour bien montrer son impatience, mais l'employée ne faisait pas mine de s'en apercevoir. Une fois la retraitée servie, elle se mit à interroger sur ses enfants la femme qui venait juste derrière. Ils avaient été évacués au pays de Galles, mais maman était allée les récupérer en apprenant qu'on s'en occupait mal. Ils étaient d'ailleurs là, toussant et reniflant dans les jupes de leur mère. Il faisait froid, l'air était chargé d'humidité, et une brume jaunâtre roulait ses volutes contre la fenêtre avant de pénétrer dans la salle par un carreau brisé. Ingrid se sentait accablée. Enfin vint son tour. Elle tendit son livre, les sourcils froncés d'irritation.

— Ah ! fit Annie. Un de mes auteurs préférés. Alors comme ça, vous êtes aussi une admiratrice de Woodehouse ?

— Non... Enfin, oui, rectifia Ingrid en fusillant l'autre du regard.

Mais on ne se débarrassait pas facilement d'Annie. Elle lui fit une espèce de grimace, découvrant des dents aussi fausses que son sourire, et la flèche ne tarda pas à suivre.

— Comprendre l'humour britannique, ce n'est pas à la portée de n'importe quel étranger.

— Qui le trouve peut-être trop bouffon, répliqua Ingrid.

— Bouffon, hein ? Voyez-vous ça..., jeta Annie. Vous êtes passée complètement à côté, voilà tout. (Elle feuilleta le livre.) Et quelle est la scène que vous préférez ?

Ingrid la regarda bouche bée.

— Eh bien... C'est que je n'ai pas tout lu.

414

— Sans blague ! Peut-être préférez-vous Yeats ? Voyons, quel est votre poème préféré ?

— Yeats ?

Mais qu'est-ce qu'elle racontait, cette bonne femme ?

— Vous ne les lisez jamais, les livres que vous empruntez ? lança Annie, l'air malveillant.

Inquiète de la tournure que prenait la conversation, Ingrid prit ses tickets sans un mot et se hâta vers le fond de la bibliothèque. Là, elle attrapa un livre, poussa son enveloppe au fond de l'étagère et regagna le bureau. La stupeur qui se lisait dans les yeux d'Annie lorsque celle-ci porta son coup de tampon sur le *Rome* d'Émile Zola ne lui échappa pas.

Annie mit une semaine à rassembler tout son courage pour aller rapporter au commissariat de police du quartier ses soupçons concernant la « princesse », comme elle disait. Comme ce n'était pas la première fois qu'elle dénonçait de prétendus agents ennemis, en la voyant arriver le sergent Hodgekiss poussa un gros soupir et donna un petit coup de coude à son assistant, l'adjudant Penny.

— Tu me remplaces. Je vais me faire une tasse de thé.

— On a parlé d'elle dans les journaux, expliqua Annie, tout excitée. On dit que c'est une princesse, de la famille des Habsbourg ! Moi, je flaire quelque chose.

L'agent de police l'écouta en silence. Lui n'avait jamais entendu parler des Habsbourg, mais Annie était quelqu'un de cultivé.

— Je vous assure qu'elle ne lit pas un seul des livres qu'elle prend, poursuivait la bibliothécaire. En plus, elle se comporte bizarrement. Les autres flânent dans les rayons, elle, elle va tout droit vers une étagère bien précise, y rafle n'importe quel bouquin et repart aussi vite qu'elle est venue. Et puis il y a ce type... Il est déjà là quand elle se présente, ou il arrive peu après. Un Espagnol ! Le regard éteint, des grosses mains...

— Continuez, dit patiemment l'adjudant Penny.

— Eh bien, vendredi dernier... (Les yeux d'Annie se mirent à briller. Elle abordait le point fort de son histoire.) Je l'ai vue retirer une enveloppe du rayon où elle s'était rendue, et la mettre dans sa poche. Et puis, de toute façon, pourquoi une princesse de Habsbourg, et bêcheuse avec ça, irait-elle s'intéresser à Woodehouse, je vous le demande ?

— Moi, j'aime bien les histoires avec Jeeves[1], pouffa le policier en notant patiemment les détails. Bon, reprit-il enfin, inutile d'attendre plus longtemps. (Il lui tapota l'épaule.) On tient quelque chose, Annie. La cinquième colonne est partout. Je vais transmettre à qui de droit, ne vous en faites pas.

— Entrez, Roth. Asseyez-vous. Voici le rapport que nous avons reçu de la police. Il est daté du 4 février. Je voudrais que vous le lisiez. (Le major fit glisser sur le dessus de son bureau le rapport officiel rédigé d'après la déclaration d'Annie.) Malheureusement, il a mis trois semaines pour arriver jusqu'à nous.

Bill s'exécuta. En lisant, il eut envie d'éclater de rire. Ingrid, une espionne ! C'était grotesque. Mais son sourire s'évanouit bientôt. Ingrid n'avait jamais lu un livre de sa vie. Il releva les yeux.

— Il doit y avoir une explication. Peut-être les emprunte-t-elle pour une amie.

— Possible. C'est ce que je vous charge de découvrir. Si vous me parliez un peu de votre rencontre à tous les deux ?

— Mais comment avez-vous pu savoir, pour elle et moi ? interrogea Bill.

— Je vous le dirai peut-être un jour. Entre-temps, j'ai besoin d'en savoir autant sur elle que vous. Ces allégations m'inquiètent beaucoup. Si elles se révélaient exactes, cette fille pourrait nous causer un tort considérable.

Bill décrivit Ingrid telle qu'il la voyait : sans le sou, courageuse, luttant de toutes ses forces et avec succès contre les nazis. Mais il ne réussit pas très bien à faire passer son portrait, et Schofield ne fut pas convaincu.

---

1. P.G. Wodehouse (1881-1975) est l'auteur d'une trentaine de célèbres romans humoristiques mettant en scène un jeune célibataire de la haute société londonienne, Bertie Wooster, avec son valet Jeeves, et tournant en dérision la vie mondaine des aristocrates britanniques dans la première moitié du XXe siècle. *(N.d.T.)*

— Vous dites que sa prise de conscience politique est intervenue à peu près à l'époque où elle a appris l'existence de son héritage. Par ailleurs, de tous les étudiants de l'Edelweiss interpellés, elle seule a été relâchée, puis expulsée.

— Elle était parente de Hugo von Hesse. Je crois qu'à une époque ils étaient assez proches... (Bill ferma les yeux. Décidément, il paraissait condamner Ingrid chaque fois qu'il ouvrait la bouche.) Voyons, laissez-moi réfléchir..., dit-il d'un ton irrité.

En pensée, il revint en arrière, jusqu'à l'époque de Berlin et Munich... Ingrid était alors vive et charmante, mais indifférente à ce qui se passait dans le monde. Puis, brusquement, elle avait changé. Mais quand ? Oui, quand, bon sang ? Et le chiffre tatoué sur son poignet ? Ça ne prouvait rien, ça ? *Marque du martyre... ou couverture idéale ?*

Tout à coup, il ne put s'empêcher de penser au jour où elle lui avait apporté ces statistiques sur le réarmement allemand. Elle avait demandé à ce que le chèque fût libellé au nom de Marie, en prétendant lui devoir de l'argent... Or, en admettant qu'elle ait été à la solde de Hugo... « Réfléchis encore ! » Mais tout ce qui lui revenait en mémoire, c'étaient les terribles sentences encourues par les étudiants de l'Edelweiss. Ingrid avait-elle vraiment pu trahir Marietta ? Si seulement il arrivait à se concentrer... Cette affreuse idée paralysait ses pensées. Des images du passé tourbillonnaient dans sa tête, toutes accusaient Ingrid.

— Roth ! (La voix de Schofield vint mettre un terme à son tourment.) Vous assumez deux ou trois fonctions à la fois, je le sais. Alors comment faites-vous pour arriver à bout de tout ce travail ? Vous en emportez chez vous le soir ?

— Mais oui. Je passe la nuit chez elle deux ou trois fois par semaine, mais j'ai conservé mon appartement. Je n'ai jamais voulu brûler mes vaisseaux, ajouta-t-il un ton plus bas.

Pourquoi Ingrid se relevait-elle si tard pour lui préparer du cacao ? Non, non, ce n'était pas possible ! C'était de la folie ! Brusquement, il se rappela la nuit où la bombe avait soufflé la fenêtre. Il avait trouvé bizarre que sa mallette ait été ouverte par l'explosion et ses papiers éparpillés. Sans compter que le coffre aussi était entrebâillé... Combien de morts avait-elle causées, cette fille ravissante avec qui il couchait presque tous les soirs ? Un goût de bile lui remonta à la gorge. Il l'avait aidée ; involontairement, certes, mais il l'avait bel et bien aidée. Sentant venir la nausée, il dut s'excuser et aller vomir dans les toilettes de Schofield.

— Du calme, Bill. Là, là... Tenez, buvez un peu de cognac. Si, si, j'insiste. Autant vous dire que vous n'êtes pas le seul à avoir succombé aux charmes d'Ingrid.

Bill contempla son supérieur avec stupeur.

— Vous... ?

— Eh oui. Je l'ai demandée en mariage juste avant que vous et elle, vous ne... Ne vous frappez pas comme ça. Elle est très belle...

Bill enfouit son visage dans ses mains et ferma les yeux. Il se remémorait le jour où elle était venue lui demander de lui apprendre le métier de journaliste. Elle voulait la liste de ses contacts. Mon Dieu... Déjà à ce moment-là, c'était une espionne ! Il y avait six ans. Le puzzle commençait à s'assembler. Mais oui : Hugo l'avait recrutée, formée, puis placée dans un camp pour lui fournir un alibi, un passé adéquat.

Il se dégoûtait. Il se leva et se mit à arpenter le bureau en s'efforçant de trouver une quelconque cohérence dans le kaléidoscope de souvenirs qui tournoyait dans sa tête. Il vivait donc avec une meurtrière ! Une femme qui, en Allemagne, avait vendu ses propres amis de sang-froid. Des centaines d'innocents. « On ne saura jamais tout ce dont elle aura été responsable », se dit-il. C'était surtout pour Marietta qu'il souffrait. Soudain, il voua à Ingrid une haine dont il ne se serait jamais cru capable.

Et il était autant à blâmer qu'elle. Comment avait-il pu se montrer à ce point négligent ? Comment avait-il pu se faire avoir par cette comédienne jouant les martyres, les victimes des camps d'extermination hitlériens ? Pauvre petite Ingrid, hein ? Ingrid, la patriote ! Bon sang, le soir même en rentrant, il allait l'étrangler de ses mains.

Sombre, il se demanda pourquoi elle avait fait une chose pareille. Appât du gain ? Conviction pronazie ?

— Maintenant, écoutez-moi, Roth, reprit Schofield. Je sais que vous êtes sous le choc, mais nous devons faire l'impossible

418

pour reprendre la situation en main et la retourner à notre avantage. Jouer le jeu. Voici ce que vous allez faire...

Neuf heures du soir. Bill était en retard. Il avait dû boire deux verres au pub du coin avant de trouver le courage de se présenter chez Ingrid. Il sonna et entendit bientôt des pas légers dans le couloir. La porte d'entrée s'ouvrit d'un coup et elle l'attira à l'intérieur.

— Bill, mon chéri... (Elle se jeta dans ses bras et l'étouffa de baisers. Puis elle recula d'un pas.) Tu es drôlement en retard... Je n'y croyais plus. D'habitude, tu téléphones. Bill, quelque chose ne va pas ? Dis-moi !

Bill sourit d'un air las. « Ça commence mal, si elle a déjà remarqué quelque chose », songea-t-il.

— Je suis très fatigué, Ingrid, et tu m'as énormément manqué.

Premier mensonge. Ça ne passait pas trop mal, finalement.

— Comment se fait-il que tu sois tellement en retard ? s'enquit-elle.

— Tu sais très bien que je n'ai pas le droit de le dire, Ingrid. J'ai froid et j'ai faim.

Deuxième mensonge. Il avait l'impression qu'il ne pourrait plus jamais avaler une bouchée.

Elle sourit.

— Je vais te nourrir et te réchauffer au lit. Je t'ai gardé quelque chose de spécial. Une bouteille de champagne ! Tu ne devineras jamais où je l'ai dégottée !

Elle continua à jacasser. Il était question de ses amis de la haute société, et du riche cousin d'un tel qui avait reçu une caisse de champagne, mais Bill n'écoutait pas. Il allait vivre l'enfer auprès d'elle, maintenant qu'il la haïssait. « Mais elle aussi, elle a été contrainte de vivre avec moi. Me hait-elle aussi ? » Elle s'était prostituée sur ordre de son superviseur. Il repensa à leurs « retrouvailles » à Londres et eut à nouveau la nausée. Quel crétin ! Comme elle avait dû se moquer de lui ! Et puis il y avait eu le jour où elle était venue lui avouer son amour en suppliant de lui laisser sa chance. Cela l'avait surpris, sur le moment. Supplier... pas le genre d'Ingrid. Mais son orgueil de mâle l'avait poussé à la croire. Tout à coup, il se rendit compte qu'elle le regardait avec curiosité et releva la tête.

— J'ai hâte que l'entraînement soit fini, dit-il. C'est vraiment épuisant. (Il jura.) Je n'aurais pas dû te parler de ça. Je t'en prie, oublie ce que je viens de dire.

— Bill... ne crois pas que je n'aie rien deviné. Je suis malade d'inquiétude. Dis-moi seulement que tu ne vas pas être obligé de te battre.

— Tu sais que je ne peux pas parler de mon travail, Ingrid.

— Naturellement. Je me faisais du souci pour toi, c'est tout.

— Écoute. Il va falloir que je m'en aille six mois, peut-être sept. Si j'avais affaire à une autre que toi, je ne dirais pas un mot, mais tu mérites ma confiance. Tu as combattu les nazis, toi aussi. Depuis le début... (« Bon sang, songea-t-il en la regardant, elle est encore capable de rougir. ») Je vais pénétrer en territoire ennemi, reprit-il, et tu devines pourquoi. Le débarquement se déroulera dans quelques mois. Il faut préparer la Résistance. Mener à bien toutes sortes de missions. Je ne risquerai pas grand-chose, et puis de toute façon je ne serai pas loin. À vrai dire, en regardant bien, je devrais même distinguer les falaises de Douvres. Si les choses se gâtent, je pourrai presque rentrer à la nage. Ça s'est déjà fait. Je ne devrais pas te le dire, mais, si tu as besoin d'aide, tu dois t'adresser à mon bureau. Voilà le numéro de téléphone de quelqu'un qui t'aiderait en cas de problème, fit-il en lui donnant le numéro de Schofield, ainsi qu'ils en étaient convenus.

Quand Bill alla se coucher, un peu plus tard dans la soirée, il marmonna qu'il était fatigué, mais déjà le corps gracile et enveloppant d'Ingrid s'enroulait autour du sien. C'était exactement aussi dur qu'il l'avait imaginé.

Une prostituée ! Bon sang, une prostituée nazie ! Il serra les dents et répéta :

— Je suis fatigué. J'ai mal à la tête.

Il fut horrifié de découvrir qu'il était devenu impuissant. Plus il s'en inquiétait, plus la situation s'aggravait. Mais, s'il n'arrivait pas à avoir d'érection, elle aurait des doutes. Elle verrait bien que quelque chose n'allait pas. Ingrid n'était pas idiote. Il ne fallait pas lui donner de raison de se méfier de lui.

420

Au bout du compte, la haine nouvelle qu'il éprouvait à l'égard de sa fourberie finit par lui donner la force de s'exécuter.

Enfin il put se retourner et feindre le sommeil. Ingrid attendit un moment avant de se couler hors du lit et de gagner le bureau pour fouiller dans sa mallette.

« Vas-y, photographie tout, espèce de sale pute nazie, souffla-t-il dans son oreiller. N'oublie pas une page. Chacun de ces documents a été spécialement confectionné pour toi, Ingrid. Tu dois penser que tu as bien de la chance, ce soir... »

Chapitre 63

La première « école » de Bill se révéla bien différente de ce qu'il aurait pu imaginer : c'était en fait un ramassis d'aventuriers loufoques, payés, logés et nourris pour aller toujours plus loin dans l'extravagance. Un après-midi de la fin mars, Bill vit son instructeur s'engloutir et manquer se noyer dans le lac d'agrément du parc à bord d'un sous-marin miniature, au milieu des roseaux et des carpes dorées. On le remonta sur-le-champ. Des herbes aquatiques jusque sur les épaules, les lèvres bleuies et vomissant des litres d'eau vaseuse, il finit par articuler :

— Question étanchéité, ce n'est pas encore au point.

Quant à l'instructeur de combat à mains nues, qui ne mangeait que du riz complet assis en tailleur dans un coin, on le voyait régulièrement à minuit, quand le temps le permettait, faire d'étranges mouvements sur la pelouse.

— Je puise l'énergie de l'univers, disait-il, énigmatique.

Ces deux hommes n'étaient pas les seuls excentriques, loin de là. Mais à tous, les instructeurs apprirent à tirer, à se battre « à la déloyale » et à survivre en se débrouillant seuls dans la nature ; ils leur enseignèrent l'art de transformer les objets ordinaires (couverts, stylos à bille, pelles de jardin et autres) en armes dangereuses.

Bill suivait l'entraînement en compagnie de quatre Tchèques animés par la folle ambition de retourner au pays assassiner tous les Allemands qui leur tomberaient sous la main. Anton et Miro Klima venaient de son antenne tchèque. Il y avait encore Karol Hemzo, ex-historien, véritable colosse à la barbiche noire et pointue et aux yeux bleu glace qui collectionnait les donzelles énamourées partout où il passait, et aussi Franz Kussi qui, après un doctorat de physique à Oxford juste avant la guerre, n'en avait pas moins renoncé à sa carrière de chercheur pour s'engager dans les forces armées. Il était si frêle qu'on aurait pu le croire maladif, mais bien au contraire il faisait preuve d'une étonnante robustesse. Ses cheveux sombres, frisottés, brillantinés, ses yeux d'épagneul et son teint olivâtre lui donnaient un air romantique, selon les filles qui travaillaient à l'école. Et peut-être l'était-il en temps de paix, se disait Bill, bien que le jeune Américain voie plutôt en lui un lutteur acharné. Ils avaient tous été triés sur le volet. Plus tard, Bill le savait, il en viendrait bien d'autres, mais c'était avec ces hommes-là qu'il serait parachuté en territoire ennemi. Ils s'étaient tous portés volontaires pour s'infiltrer dans le camp de Theresienstadt.

À l'école, Bill se trouva en butte à l'hostilité de nombre d'instructeurs ; on était manifestement persuadé que tous les Américains avaient besoin qu'on leur rabatte un peu le caquet ; son accent causerait sa perte quelques heures à peine après le parachutage, lui affirma-t-on d'un ton méprisant. Il pouvait même faire tuer ses camarades.

Bill s'efforça de garder le sens de l'humour. Il n'ignorait pas que la Grande-Bretagne fourmillait de soldats yankees qui irradiaient le charme et l'optimisme du Nouveau Monde, toujours à baratiner les gens et à distribuer autour d'eux alcool et café, les poches pleines de plaques de chocolat et de bas nylon — des gaillards qui avaient quartier libre tous les soirs, même lorsqu'ils s'étaient épuisés toute la journée à s'entraîner au combat en vue du débarquement. Résultat, les jeunes Britanniques perdaient du terrain vis-à-vis des filles, et en concevaient de l'amertume.

Après huit week-ends d'entraînement au combat, ce fut le tour des explosifs, dont on lui enseigna le maniement dans une grande maison aux environs d'Inverness. Là, sur de splendides pelouses où finissaient de percer les premières fleurs printanières, Bill apprit à faire sauter des maquettes de voies de chemin de fer, des ponts, des machines en lieu clos et des murs de trente centimètres d'épaisseur.

Puis vint le moment d'apprendre à sauter en parachute, ce qui s'avéra plus compliqué que prévu, principalement à cause de la quantité anormale de matériel qu'il serait obligé de transporter.

Bill était plus robuste, plus en forme que jamais ; cet entraînement lui plaisait. Seule l'attente l'usait. Ce qu'on appelait la *Vergeltungswaffe*, la première « arme de représailles » de Hitler, également connue sous le nom de V1, menaçait constamment le sud de l'Angleterre. Cet engin à réaction sans pilote, que les Londoniens appelaient la « bombe volante », pouvait atteindre six cents kilomètres à l'heure et contenait presque une tonne d'explosif puissant. Propulsé par un moteur à essence et un dispositif à air comprimé, il volait à basse altitude et, jusqu'ici, la défense antiaérienne était inefficace contre lui. La fabrication du V2 avait été interrompue par un bombardement plein de précision de la RAF, mais après quelques mois cette fusée améliorée viendrait terroriser à son tour la région de Londres.

Toutefois, c'était le V3 qui empêchait Bill de dormir. Heureusement, personne ou presque n'était au courant. Il se demandait s'ils arriveraient à temps. L'entraînement n'en finissait plus et le SOE ne semblait guère pressé de donner le feu vert.

— Mon cher, répliqua Schofield quand Bill vint se plaindre, je vous signale que vous resterez là-bas jusqu'à la fin de la guerre, alors je ne vois vraiment pas où est l'urgence. Plus vous partirez tard, plus vous aurez des chances de revenir. Quand le moment sera arrivé, on vous le fera savoir.

Il n'y avait plus qu'à attendre ; or, la tension commençait à le miner. Le sud de l'Angleterre n'était plus qu'un vaste chaos. La Grande-Bretagne était devenue un gigantesque camp renforcé. Les zones côtières étaient interdites ; il y avait des militaires américains stationnés sur tous les trottoirs et tous les terrains disponibles, des soldats à l'exercice dans un village sur deux. On faisait semblant de concentrer des troupes ici ou là, on disposait des bateaux-leurres le long du littoral pour laisser l'ennemi dans l'incertitude quant à l'heure et au lieu de l'attaque. On bouleversait les horaires des chemins de fer pour, le moment venu, transporter rapidement et efficacement des centaines de milliers de soldats britanniques, américains ou originaires des pays du Commonwealth vers les points de rassemblement. Les villageois s'accoutumaient à voir des parachutistes pleuvoir par centaines autour d'eux et des planeurs lourdement chargés descendre en piqué pour les survoler en rase-mottes. On s'entraînait sans relâche en prévision du Grand Jour.

Bill s'armait de patience en regrettant amèrement de ne pas jouer de rôle actif dans ces préparatifs.

Le matin du 10 mai 1944, il se vit enfin convoquer dans le bureau de Schofield.

— Bonne nouvelle, Roth, déclara ce dernier en guise de salut. D'abord, vous bénéficiez d'une promotion. Je veux être le premier à vous féliciter. Deuxièmement, j'ai reçu le feu vert pour votre mission en Tchécoslovaquie. Désolé de vous avoir fait tant attendre. La décision a été prise au sommet. Et c'est là que nous nous rendons à l'instant même, Bill : chez le Premier ministre.

Une demi-heure plus tard, on les faisait entrer au 10, Downing Street et on leur demandait de patienter dans un salon confortable et accueillant. À neuf heures tapant, on les escorta jusqu'au bureau de Churchill. Derrière l'épais nuage de fumée planant dans la pièce, sombre et lambrissée de chêne, aux larges fenêtres masquées de lourds rideaux, Bill contempla l'homme assis au bureau. Il paraissait plus vieux que sur les photos des journaux. Il avait des poches sous les yeux, ses bajoues et son double menton tremblotaient quand il parlait. Mais ses yeux bleus étaient alertes et pénétrants. Après l'avoir écouté quelques minutes, Bill acquit la conviction de se trouver en présence d'un cerveau remarquable, doté d'une puissance hors du commun.

— J'ai suivi votre parcours, Roth, déclara-t-il. J'ai même lu la plupart des articles que vous avez signés avant-guerre. En tant qu'ex-journaliste, je peux vous dire que vous avez fait du bon boulot, en 38. À l'époque, l'atmosphère était à la conciliation. C'est d'autant plus dommage. Vous et moi, nous étions deux voix criant dans le désert, Roth.

Bill voulut murmurer quelques mots, mais comprit bien vite qu'on l'avait fait venir pour écouter, non pour parler.

— C'était un exploit considérable que de faire sortir Alesh. Bien joué, mon garçon.

— Si je puis me permettre, monsieur, je n'ai fait que me mettre en rapport avec...

— La mission pour laquelle vous vous êtes porté volontaire exigera peut-être de vous le plus grand des sacrifices, coupa Churchill en faisant la sourde oreille. Je vous souhaite bonne chance et je vous promets que nous serons toujours avec vous, par le cœur et par l'esprit.

Emporté par la puissance de cette rhétorique, Bill en était encore à se demander ce qu'il faisait là.

— Il existe une association de scientifiques, le Groupe de Berkeley, qui travaille à l'université de Californie, l'informa Churchill. Ils ont transmis en mai 1941 un rapport top secret que j'ai ici, poursuivit le Premier ministre en tapotant un dossier du bout de l'index. Il affirmait qu'on ne pourrait pas mettre la bombe atomique au point avant le milieu de l'année 1945, que, pour la réaction en chaîne à partir de l'uranium naturel, on devrait attendre encore dix-huit mois, et qu'une année serait nécessaire avant qu'on ait produit assez de plutonium pour fabriquer une bombe.

« Fin juin 1941, le président Roosevelt a personnellement créé l'Office de recherche et développement scientifique, placé sous la direction d'un physicien éminent. Il y a quelques jours à peine, la décision a été prise de commencer la fabrication d'une bombe A.

« Bref. Vous allez entrer en territoire ennemi, Roth, et pour des raisons évidentes je ne peux pas vous raconter la fin de l'histoire. Qu'il me suffise de vous dire ceci : il se peut que l'Amérique et l'Allemagne se talonnent dans la course au développement de cette arme terrible. Il n'est même pas exclu que l'ennemi soit en avance sur nous.

« C'est là que vous intervenez. Nous ne voulons pas que leur site soit détruit. Nous avons besoin de leurs travaux, surtout en ce qui concerne les missiles guidés. D'autre part, lorsque se présentera l'occasion de nous emparer du site, il sera essentiel de l'occuper avant les Russes. Il ne faudrait pas que nous nous rendions maîtres d'un tas de ruines, Roth. N'oubliez jamais ça. Nous voulons leurs résultats, leur savoir-faire et récupérer leurs chercheurs bien vivants. Vous voyez ce que je veux dire ?

« Par ailleurs, il importe que leurs travaux soient retardés par une série d'« incidents ». Les Tchèques doivent comprendre que leurs opérations de sabotage sont censées rester limitées, tout en étant efficaces. Il ne faut pas que les Boches puissent un jour produire cette bombe ni lancer leur fameux missile... (Churchill se tut un instant, puis farfouilla dans ses papiers. On aurait dit qu'il se concentrait à présent sur autre chose. Mais il ajouta :) Ceci est un point crucial. Vous saisissez certainement dans toute sa finesse la série d'initiatives qui devront être prises. Telle est votre mission, Roth. Une mission délicate. Sensible.

« Nous ne ménagerons pas nos efforts dans la partie du projet qui nous incombe, à savoir : faire en sorte que nos armées arrivent là-bas les premières, avant les Soviétiques. Vous êtes particulièrement bien placé pour comprendre que, tombée dans le camp russe, cette arme se révélerait aussi dangereuse qu'entre des mains allemandes. (Il saisit un nouveau dossier et se mit à le feuilleter.) Allez-y, mon garçon. Nous vous rejoindrons aussi tôt que possible.

Bill et Schofield se levèrent et serrèrent la main que Churchill leur tendait ; le Premier ministre leur sourit mais, tandis que son secrétaire les reconduisait à la porte, il était évident qu'il se concentrait déjà sur le problème suivant.

Bill rentra dans la voiture de Schofield. Il était un peu dans le vague. Naturellement, il ferait ce qu'on attendait de lui, mais la tâche semblait plus compliquée que prévu. Il alla annoncer la nouvelle au bureau de Miro.

— Émettez le message codé suivant à l'intention d'Edelweiss, fit-il. « Votre demande est acceptée. Suspendez toute activité pendant environ trente jours et faites des stocks. À partir de maintenant, l'opération passe sous contrôle du SOE. » (Il leva les yeux sur ses deux collègues, qui n'en étaient pas moins des amis.) Je suppose que vous vous portez tous les deux volontaires ?

Bill, Anton et Miro échangèrent une poignée de main solennelle, puis les deux hommes le serrèrent tour à tour dans leurs bras, à la tchèque. Miro sortit une bonne bouteille de cognac d'un tiroir, et ils portèrent des toasts jusqu'à ce que la bouteille fût vide.

Chapitre 64

Bill n'avait plus rien à faire. Il avait délégué ses responsabilités à ses collègues, clos ses dossiers, mis ses affaires en ordre et vidé son bureau. Le lendemain, 4 juin 1944, il prenait l'avion pour la Tchécoslovaquie.

Il aurait bien voulu regagner ses quartiers et se coucher tôt, mais il fallait dire au revoir à Ingrid, et il redoutait d'avance la scène qui allait suivre. Histoire de gagner du temps, il décida de finir quelques lectures en cours. Puis, vers dix heures, alors qu'il ne se trouvait plus aucune excuse, la secrétaire de Schofield vint le chercher. Son patron voulait le voir.

Schofield se frottait les mains.

— Ah, ah ! Voici l'homme qui va bientôt tutoyer Hitler ! Qu'est-ce que vous voulez boire ? Cognac ? Whisky ?

— Whisky, répondit Bill en se laissant tomber dans un fauteuil.

— Vous m'avez l'air en piteux état, mon garçon. Ma foi, on dit que le changement vaut un bon repos. Et puis vous ne resterez pas si longtemps que ça en Tchécoslovaquie. Un an tout au plus. Je tiens à vous dire que, de son côté, notre princesse nazie a brillamment rempli sa mission. Les sous-marins ennemis partent dans le mauvais sens et de fausses pistes d'atterrissage se font bombarder toutes les nuits. Naturellement, ils ne tarderont pas à remonter jusqu'à elle et à en conclure qu'elle leur transmet des informations erronées. Ce jour-là, je crains que ce ne soit sa fin, à moins que nous ne lui sauvions la mise. Ils croiront qu'elle était un agent double. Toujours est-il qu'elle aura rendu un fier service à l'effort de guerre allié.

Bill se laissa aller contre le dossier de son siège en songeant à Ingrid et au sort funeste qui l'attendait. C'était la première fois qu'il se préoccupait d'elle depuis qu'il avait découvert son rôle d'espionne.

— Dans l'immédiat, nous comptons sur vous pour entretenir le mythe selon lequel le débarquement allié tant attendu sur le continent européen aura lieu à Calais.

— C'est déjà fait. Et de toute façon, je pars demain.

— Exact. Alors soyez nostalgique. Allez dire au revoir. Montrez-vous quelque peu indiscret, aussi. Vous vous en sentez capable ?

Abattu, Bill hocha la tête.

Schofield continua à exposer leurs plans et à lui prodiguer ses conseils sur la tactique à adopter avec les Tchèques, mais Bill n'écoutait plus que d'une oreille. Il pensait à Ingrid.

Ces derniers temps, elle était affectueuse jusqu'à l'hystérie. De temps en temps, il entrevoyait fugitivement la torture qu'elle subissait. Lui aussi était mal à l'aise, obligé qu'il était de la fréquenter ; mais ce soir, pour la première fois, il essaya de se mettre à sa place. Cela le fit frissonner. Peu à peu, il avait cessé d'éprouver de la colère à son égard. Ingrid était une victime. Un pion entre les mains de Hugo. « Un jour, songea-t-il, je parviendrai assez près de Hugo pour égaliser le score. »

Bill arriva chez Ingrid juste après minuit et entra sans bruit avec sa clef, afin de ne pas la réveiller si elle dormait.

En la voyant, il fronça les sourcils, fit la moue et, pour la première fois depuis des semaines, éprouva de la pitié. Affalée sur la table, la tête dans les mains, elle dormait profondément. À côté d'elle, une bouteille de vin à moitié vide et un verre sale. La table était joliment mise, dans un style romantique ; mais des bougies entièrement consumées, il ne restait qu'une petite flaque de cire.

Il se dirigea silencieusement vers la cuisine et découvrit sur le fourneau la sauce au vin figée, le poisson transformé en purée, les minuscules pommes de terre beurrées et persillées, les petits pois décorés d'un brin de menthe, brunis et desséchés.

Il alluma d'autres bougies et sortit un bordeaux blanc du

placard. À voir son visage bouffi, il était manifeste qu'Ingrid avait pleuré jusqu'à ce que le sommeil la gagne. Pourvu qu'elle n'ait pas avalé un somnifère... Il lui avait rapporté tout un lot de documents à photographier.

La jeune fille remua, puis se redressa, frottant sa joue rougie par le contact de la table. L'air soupçonneux, elle regarda Bill apporter les plats de la cuisine et les poser sur la table. Puis elle battit des paupières et jeta autour d'elle un regard accablé.

Bill aurait voulu mobiliser toute sa haine, mais il n'en trouva plus trace en lui. Il se pencha pour l'embrasser sur la joue et ne ressentit que de la tristesse.

— Je t'avais bien dit qu'il ne fallait pas tomber amoureuse de moi, Ingrid. Je ne suis pas libre. Il y a trop de morts à venger. Nous devons gagner la guerre. Quand elle sera finie, je redeviendrai peut-être un être humain. Allons, reprends-toi. Buvons à la paix. Je pars demain. Je ne serai pas de retour avant la fin de la guerre.

Un cri échappa à la jeune femme. Des larmes authentiques brillèrent dans ses yeux. Était-elle donc deux êtres à la fois ? On en avait l'impression. Ingrid la belle jeune fille, et Ingrid l'espionne. Savait-elle au moins laquelle était la vraie ?

— Qu'est-ce qui s'est passé ? Pourquoi ce retard ?

« Ça, c'est l'espionne qui parle », songea-t-il.

— Je ne peux rien dire, je n'en ai pas le droit ; mais sache que c'est capital. Sans doute la chose la plus importante depuis le début de la guerre, et j'ai un rôle à y jouer. Je m'en vais demain. Je ne te reverrai plus avant longtemps, et je ne veux pas que tu penses à moi.

— Ça ne se commande pas.

« Là, c'est la femme qui vient de s'exprimer », pensa Bill. Mais était-ce bien sûr ?

— Tu t'en sortiras, pour la bonne raison que tu n'as pas le choix. Je vais te dire. Quand ce sera fini, je t'emmènerai pour la journée à l'endroit où j'aurai passé les derniers temps de la guerre, pour te montrer, t'expliquer ce que je faisais. On prendra le ferry de nuit. D'accord ?

Son front était à présent barré d'un pli soucieux, et dans ses yeux brillait une lueur soupçonneuse. Il lisait presque dans ses pensées. Pourquoi se montrait-il si bavard ce soir-là, alors qu'il ne lui avait jamais rien révélé. Elle n'était pas idiote.

Il disposa deux assiettes sur la table et nappa le poisson de sauce figée.

— Le poisson est fichu, dit Ingrid avec un hoquet.

— Mais non, mais non. Et puis, de toute façon, j'ai bu avec les gars du bureau pour fêter mon départ, alors... (Il versa le vin et entreprit de mâcher le poisson.) Mmm, fit-il enfin. Je meurs de faim, ajouta-t-il avec courage.

Ingrid chipota, puis repoussa son assiette.

Bill saisit son verre.

— Ingrid, je voudrais porter un toast au « débarquement ».

— Au débarquement, répéta-t-elle sans enthousiasme.

Dans ses yeux se lisaient le doute... et la peur. Elle s'efforçait de se reprendre, mais elle avait trop bu. Il sentit qu'elle était sur le point de craquer. Il aurait voulu faire quelque chose pour elle. Si seulement il pouvait la guérir de son amour ! Il savait que jamais il ne l'épouserait, c'était hors de question. Il lui posa une main sur l'épaule.

— Ingrid, je t'en prie, pardonne-moi. Un jour, tu m'as demandé de *nous* donner une chance. Tu t'en souviens ? Eh bien, c'est ce que j'ai fait, et ça n'a pas marché. En tout cas pas pour moi. Nous devons nous dire adieu. De toute façon, je ne donne pas cher de ma peau. Mais, même si je m'en sors, je ne t'épouserai pas. Jamais. Et tu seras toujours mon amie, si tu le veux bien.

Une lueur terrible s'alluma dans le regard de la jeune fille. Bill avait déjà vu la même, jadis, dans les yeux d'un renard pris au piège.

— Tu ne m'aimes donc pas d'amour ? Pas du tout ? souffla-t-elle, la bouche sèche.

— Non.

— Ne me quitte pas ce soir, Bill, je t'en prie. C'est notre dernière nuit. Reste. Je veux que tu me tiennes dans tes bras.

Il la souleva de terre et la porta sur le lit. Elle était ridiculement légère. Il la déposa sur les couvertures, déboutonna sa robe en soie et fit courir ses doigts sur ses seins.

— Tu es trop mince, Ingrid. Il faut te nourrir correctement. Tu auras besoin de toutes tes forces.

Elle détourna la tête. Bill l'attira doucement contre lui ; elle enfouit son visage au creux de son épaule.

À minuit, il se réveilla. Elle était en train de s'efforcer maladroitement de photographier ses documents. Il feignit de dormir et attendit qu'elle revienne se coucher.

À l'aube, elle dormait profondément ; il se leva sans bruit. Il voulait passer ces dernières heures chez lui et mettre ses affaires personnelles en ordre.

Un ami du bureau emménageait dans son appartement ; Bill lui laissait des cartons à expédier aux États-Unis, et quelques lettres à poster.

À une heure de l'après-midi, Bill entra au volant de sa voiture dans l'enceinte de la base aérienne et montra son laissez-passer. Peu après il s'attablait devant un déjeuner copieux offert par l'armée de l'air. Les Tchèques arrivèrent · Anton Klima, grand, blond, sociable, et son cousin Miro, petit, brun et taciturne.

— Eh bien, dites donc ! Vous vous régalez comme ça tous les jours, vous autres Yankees ? Regardez-moi ça : il y a à manger pour cinq ! Major, vous allez mourir de faim, là-bas.

Peu après, l'ex-physicien Franz Kova pénétra dans la cantine en les cherchant du regard. Il portait une tasse de café sur un plateau.

— Dieu sait quand nous prendrons notre prochain repas, dit Bill. Essayez donc de grignoter quelque chose.

— Je ne mange jamais beaucoup pendant la journée, répondit Franz en faisant la grimace. Seulement le soir et, encore, cela me demande un effort. De toute façon, pour l'instant, j'ai l'estomac noué. Je ne pourrais rien avaler.

Franz était très maigre, presque squelettique, mais ses mains fortes et ses traits décidés lui donnaient un aspect impressionnant. Bill savait, pour l'avoir vu à l'entraînement, que Franz était robuste et alerte comme un félin. Il était également gai, toujours souriant, et doué d'un vif sens de l'humour.

— Où est Karol ? En retard...

Bill consulta sa montre avec inquiétude.

— Probablement en train de se débattre pour sortir du lit, fit Franz.

Anton éclata de rire.

— Je croyais qu'il se vantait, alors j'ai vérifié. Il partage bien un appartement avec deux Australiennes blondes, et non seulement l'appartement, mais aussi le lit ! Et il les baise toutes les deux chaque nuit !

Les pilotes, attablés non loin de là, écoutaient.

— Y en a que pour vous, commentèrent-ils.

Quelques minutes plus tard arriva un Karol rayonnant. Il ne s'était pas taillé la barbe depuis des semaines. Elle venait se mêler à la toison qui recouvrait sa poitrine, et de longues mèches bouclaient sur sa nuque. Ses yeux bleus pétillaient de malice. Les pilotes le pressèrent de leur donner le numéro de téléphone de ses deux blondes, ce dont il s'acquitta sans se faire prier.

— Mais vaut mieux être costaud ! tonna-t-il. Parce que c'est toutes les deux ou rien, je vous avertis !

Bill écoutait en silence. Il espérait que leur camaraderie resterait intacte une fois en territoire ennemi.

Bill prit place dans la cabine de l'appareil ; le vrombissement des moteurs était assourdissant.

Au décollage, il eut peur, mais finit par reprendre son sang-froid. On avait entassé au milieu de l'habitacle les paquetages bourrés d'explosifs et de matériel divers qu'ils allaient emporter avec eux. Bill baissa les yeux sur l'écoutille par laquelle il avait embarqué ; il voyait défiler tout en bas les toits des maisons.

Une jeune recrue imberbe se pencha sur le trou pour y ajuster une sorte de trappe.

— La trouille ? demanda-t-il à Bill.

— Non.

— Parfois ça paye d'avoir peur.

— Ça dépend des circonstances, rétorqua brièvement Bill.

Comment aurait-il pu lui expliquer qu'enfin, enfin, on lui donnait sa chance de monter au front ? Qu'il lui tardait de participer. Il voulait se montrer digne de Marietta, morte pour avoir osé combattre les nazis. Il tenait enfin sa chance. Alors, pourquoi aurait-il peur ? Et pourtant, c'était triste à dire mais, oui, il était à moitié mort de peur. Il se laissa aller contre le dossier de son siège et repassa mentalement en revue tous les détails. Qu'avait-il bien pu oublier ? Voyons...

Chapitre 65

La nuit tombait. Anton et Miro étaient absorbés dans une étrange rêverie tandis que Karol, qui, les paupières closes, semblait endormi, oscillait au gré des mouvements de l'appareil en remuant les lèvres sans bruit. Bill mit un bon moment à comprendre qu'il priait. Lorsqu'ils entrèrent dans le ciel allemand, les tirs de DCA commencèrent ; l'avion se mit à gîter et à vibrer. Les heures passèrent. Bill finit par sombrer dans un sommeil intermittent.

— Hé ! Réveillez-vous ! Il vous reste cinq minutes ! cria le jeune soldat en rabattant les trappes.

Bill se réveilla en sursaut avec l'impression que son estomac lui remontait dans la gorge. Il s'obligea à contempler la nuit noire où il n'allait pas tarder à s'engloutir. Tout en bas, une lumière s'alluma et s'éteignit à intervalles réguliers. Deux membres d'équipage transbahutèrent de lourds conteneurs remplis de matériel qu'ils lâchèrent par l'ouverture. Bill frémit en les suivant des yeux dans leur chute.

Le jeune gars lui tapota l'épaule.

— C'est à vous, mon vieux. Bonne chance.

Bill s'approcha du trou, se retourna pour un dernier regard au visage du soldat constellé de taches de rousseur et vit ses lèvres former le mot : « *Go !* » Dans une ultime bouffée nauséeuse, il se força à enjamber le rebord et à se laisser tomber dans le noir néant.

Blottie contre le tronc tordu d'un vieux chêne, Marietta se recroquevillait pour se protéger de la bourrasque. Il faisait froid, pour un mois de juin. Le vent du nord soufflait fort. Les pieds trempés à force de piétiner l'herbe imbibée de rosée, elle était régulièrement prise de violents frissons. Le croissant de lune envoyait une lumière irréelle, des chouettes tournoyaient en hululant dans le ciel et des oiseaux nocturnes, affolés par la présence d'êtres humains, s'agitaient dans les branchages au-dessus de sa tête. Klaus était posté de l'autre côté du bosquet, mais elle ne le distinguait pas. Jan et sa bande attendaient dans le champ voisin.

Enfin elle entendit au loin un bourdonnement grave. Un avion approchait, trop haut et trop au nord. Peut-être étaient-ce les agents britanniques, mais dans ce cas ils avaient perdu le cap. Elle chercha sa torche à tâtons et expédia trois brefs signaux lumineux vers le ciel.

L'appareil poursuivit sa route en vrombissant, puis fit demi-tour et revint les survoler, plus bas et plus près cette fois-ci. Était-ce enfin celui qu'ils attendaient? Ou bien un avion de reconnaissance allemand cherchant à repérer des traces d'activité subversive? Le cœur battant à tout rompre, elle répéta son signal. Alors elle vit des parachutes blancs ballottés par le vent descendre lentement vers le sol et elle s'élança. Elle eut tôt fait de rouler le premier en boule tandis que Klaus s'occupait du deuxième et que le troisième atterrissait à son tour.

— Vite... vite..., fit-elle dans un souffle.

Elle avançait au jugé dans les ronces, trébuchant sur les taupinières. Avec l'aide de Klaus, elle achemina les conteneurs vers la rivière, tantôt les traînant, tantôt les faisant rouler. La barque était sous un saule. Il leur fallut unir leurs forces pour la charger.

Puis Marietta retourna en courant rejoindre Jan.

— On a trouvé tous les bidons. On revient.

— Le vent a tout foutu en l'air, fulmina Jan. Dieu sait où ils se sont posés. À des kilomètres du point d'impact prévu. Il va falloir se séparer et entreprendre des recherches. Envoie-moi Klaus. Toi, tu dois maintenir le contact radio, alors dépêche-toi de rentrer. Amarre la barque sous les buissons de la rive.

Marietta repartit, toujours au pas de course, en direction de la rivière, prêtant l'oreille aux bruits de moteurs, aux aboiements de chiens et aux cris qui résonnaient dans le lointain. À quelle distance, au juste ? Trois kilomètres ? Un kilomètre et demi ? Ils débarquaient toujours si vite, et avec tellement de chiens. « Oh, mon Dieu... Faites que ces agents s'en tirent... Protégez-les, mon Dieu... »

Marietta avait un point de côté, elle n'arrivait plus à respirer et ses jambes lui faisaient mal. Enfin elle atteignit la rivière, fit la commission à Jan entre deux halètements, puis grimpa dans la barque et se mit à ramer avec frénésie. Elle retrouva bientôt le courant et n'eut plus qu'à gouverner. Les cris et les aboiements s'évanouirent peu à peu, et elle n'entendit plus que le clapotis de l'eau et sa propre voix étouffée marmonnant des prières.

Pour Bill, chahuté par le vent puissant, les quarante-cinq secondes qui suivirent parurent durer une heure. Il atterrit dans une zone dégagée et, se sentant traîné au sol par son parachute, répéta les instructions : « Se mettre à couvert... Rester le plus près possible du sol... Rouler le parachute et l'enterrer sans attendre. »

Aucune lumière. Pas de parachutes au-dessus de lui, nul comité d'accueil, ni des Boches ni de la Résistance tchèque. Il était seul, ce qui valait peut-être mieux, après tout. Il se débarrassa maladroitement de son attirail encombrant, le roula en boule, ôta sa salopette, transféra couteau et pistolet dans sa poche... Qu'avait-il pu oublier ? Il s'efforça de se remémorer chaque mot des leçons apprises. Il empoigna sa pelle pliante et enterra son matériel avant de recouvrir de feuilles mortes la terre remuée.

Malgré l'obscurité, il vit qu'il se trouvait dans une clairière. Le vent soufflait si fort que les arbres étaient presque pliés en deux, et il devina qu'il avait été déporté loin du point d'atterrissage prévu. Où pouvait-il être ? Et les autres ? Il tendit l'oreille, assis sur un monticule, mais n'entendit rien. Finalement, il décida de marcher en affrontant le vent, dans l'espoir qu'il rencontrerait quelqu'un.

Une heure plus tard, il marchait toujours. Peut-être valait-il mieux se cacher quelque part, attendre l'aube et examiner la situation à ce moment-là. Quel ratage ! Il ragea contre le mauvais sort, le pilote, l'antenne locale de la Résistance et tous ceux qui se présentèrent à son esprit. Il était passé d'une atmosphère d'étuve à un environnement humide et glacé, il frissonnait de la tête aux pieds, et son cœur battait si fort qu'on devait l'entendre à un mille à la ronde.

L'aube finit par venir, accompagnée de bruine ; affamé, abattu, Bill sortit ses cartes, essayant de savoir où il se trouvait et où il devait se diriger. En cas d'urgence — et sa situation lui paraissait bien correspondre à cette définition — il était censé gagner une cabane forestière à une vingtaine de kilomètres au sud-est de Prague et à quelques centaines de mètres de la Vltava, au pied d'une colline élevée. D'après la configuration des lieux, il estima qu'il se trouvait à sept ou huit kilomètres du rendez-vous initial. Ce n'était pas le bout du monde. Bon, dans quel sens coulait la rivière ? Il se mit en route et marcha plus d'une heure. Il entendit alors des chiens et en déduisit que les parachutes avaient été repérés.

En débouchant d'un taillis d'épineux touffus, il perçut un appel au-dessus de sa tête et découvrit avec horreur Franz qui se balançait au bout de son parachute, accroché aux branches d'un grand châtaignier. Pédalant dans le vide, tentant vainement de trouver une prise, il était affreusement exposé aux regards.

— Franz ! Tiens bon !

Bill se précipita, mais quelque chose vint le frapper violemment aux jambes et il s'étala de tout son long. Sa main se porta à son arme, puis s'immobilisa. Il était entouré d'hommes, une bande de brutes déguenillées qui le tenaient en joue.

L'un d'entre eux débita en tchèque une phrase qu'il ne comprit pas. Il répondit en Allemand. Puis il entendit Franz lancer quelques mots en tchèque.

— Mais enfin, qu'est-ce que vous attendez ? Décrochez-le ! tempêta Bill.

Des lumières clignotaient non loin de là. Un petit homme au teint et aux cheveux sombres accourut. Il apportait une corde, qu'il expédia par-dessus la plus basse branche de l'arbre. Un instant plus tard, il grimpait le long du tronc.

— Je m'appelle Klaus, déclara l'homme qui l'avait fauché.

Nous venons de trouver votre ami. Il sera à terre dans une minute.

Mais une patrouille de soldats se trouvait dans les environs. On entendit des cris, un coup de sifflet déchira les tympans de Bill. Il l'estima distant d'une cinquantaine de mètres. Plus loin, encore des aboiements, les accents gutturaux d'une voix lançant des ordres.

Bon sang ! Ils n'avaient plus le temps de fuir.

— Je vais les attirer à mes trousses, fit-il. Allez-vous-en, vite ! Filez dans la direction opposée.

Il s'élança, prenant bien soin de haleter et de faire le plus de bruit possible en s'enfonçant dans le sous-bois. Quelques secondes plus tard, un doberman jaillissait des broussailles pour lui sauter à la gorge. Bill tira et poursuivit sa course. Les soldats le talonnaient en tirant aussi. Voilà qu'il dévalait à présent une pente glissante, dérapait, perdait l'équilibre...

Un élancement lui traversa la cheville. Il tomba la tête la première du haut d'un talus moussu. Les balles fouettaient la boue en ricochant autour de lui. Il se jeta dans la rivière, et le courant ne tarda pas à l'entraîner. Le poids de son manteau, aussitôt trempé, l'attirait vers le fond. Le torrent était profond ; ses eaux tumultueuses roulaient des pierres et charriaient des branches et des débris de toutes sortes. Il régnait un froid glacial, et l'obscurité était quasi complète. Bill lutta pour garder la tête hors de l'eau, en vain.

Il fallait qu'il ôte son manteau, sinon il allait se noyer. Il roulait sur lui-même en raclant le fond du lit. Les Allemands devaient être sur la rive à attendre qu'il émerge. Y verraient-ils assez pour le repérer ? Quelle était la profondeur réelle de ce cours d'eau ? À chaque instant Bill s'attendait à être criblé de balles. S'il ne remontait pas à la surface pour respirer, ses poumons allaient éclater, et dans sa tête résonnait un martèlement douloureux.

Il heurta un rocher. Malgré la douleur, il s'y accrocha. Il avait l'impression que la rivière l'enserrait dans des doigts de glace, l'entraînait, essayait de le noyer... Mais il ne se laisserait pas faire. Cherchant à tâtons d'éventuels obstacles, il remonta et, parvenu à la surface, aspira de grandes goulées d'air, oubliant momentanément le danger. L'apport d'oxygène lui rendit sa raison. Il prit à regret une ultime inspiration et replongea. En tournant son visage vers le haut, il vit les étoiles, floues et agrandies par la réfraction, dans un morceau de ciel cerné de ténèbres. Alors il se rendit compte qu'il s'était enfoncé dans une grotte. Il refit surface. On ne voyait plus les rives ; seulement la roche, le ciel et les eaux déchaînées.

Qu'il se soit trouvé sur sa route grâce au destin ou au plus grand des hasards, ce refuge provisoire le dissimulait aux regards. À moins qu'un bateau ne vînt à passer au milieu du courant. Mais, même dans ce cas, sa tête serait difficile à distinguer des branchages et racines qui l'entouraient de toutes parts.

Néanmoins, son soulagement fut de courte durée ; combien de temps tiendrait-il avant de geler sur place ? Ses vêtements détrempés le protégeaient encore dans une certaine mesure, heureusement. Les Tchèques avaient-ils eu le temps de mettre Franz en sécurité ? Et les autres ? L'eau qui s'était infiltrée entre sa peau et ses habits se réchauffait un peu. Il eut la certitude de pouvoir survivre ainsi une journée entière. Il suffisait de garder la tête hors de l'eau. Il entendit les chiens et les hommes ratisser la rive. Ce serait suicidaire que de bouger de là avant la tombée de la nuit.

Bill resta donc ainsi toute la journée, à écouter aller et venir les soldats. Puis l'obscurité revint, les bruits cessèrent. Une heure plus tard, il enlevait son manteau dégouttant d'eau et nageait vers l'aval, en direction de la rive déserte. S'il demeurait plus longtemps dans l'eau, il mourrait de froid ; il se hissa à terre, se traîna sous un arbuste à branches basses. Il avait perdu tout sens de l'orientation, mais partit dans la direction où, d'après lui, devait se trouver le chalet.

Sa cheville foulée et son état d'épuisement freinaient sa progression. Il avait la sensation qu'on lui plantait un couteau entre les omoplates. Il ressentait tour à tour des vagues brûlantes et des frissons glacés, et avait du mal à garder son équilibre : le sol tournoyait sous ses pieds. Pourtant, il continuait d'avancer, essayant de garder les idées assez claires pour se diriger d'après la carte qu'il avait mémorisée. Enfin il aperçut une forme sombre. Peut-être était-ce la cabane ! Il entra en vacillant. Des points noirs flottaient devant ses yeux.

Finalement, il décida de se tapir derrière la porte dans l'espoir que la Résistance le retrouverait. Au lever du soleil, il avait sombré dans l'inconscience.

7 juin. Les rapports atterrissant sur le bureau de Hugo étaient inquiétants. Les Alliés avaient établi des têtes de pont sur le continent, on ne pourrait plus les déloger de Normandie. À Berlin, von Rundstedt, commandant en chef des armées allemandes sur le front de l'Ouest, avait été ignominieusement révoqué par Hitler, exemple saisissant de ce qui pouvait arriver quand le Führer jugeait que vous n'étiez plus à la hauteur. Plus près encore, on signalait des parachutages à grande échelle, sans qu'on puisse affirmer s'il s'agissait d'hommes ou de matériel. Malgré la fouille minutieuse avec des chiens, on n'avait pu mettre la main sur personne, encore qu'un individu disparu fût présumé noyé.

Chapitre 66

Où pouvait bien être Bill maintenant ? Vivait-il encore, au moins ? Peut-être était-il tombé dans un piège... Ces pensées obsédaient Ingrid. Courbée au-dessus de son établi, c'est à peine si elle s'entendit appeler par son nom. Il fallut que Gwen lui pose la main sur le bras pour qu'elle lève les yeux et voie le directeur sortir de la cantine, trois magnums de champagne dans les bras.

— Il me semble, annonça-t-il solennellement en allumant la radio, que nous sommes sur le point de vivre un moment historique.

Pendant quelques secondes, on n'entendit que des parasites. Le directeur jura et se mit à tripoter un bouton à la recherche de stations.

Gwen souffla à l'oreille d'Ingrid :

— Ça y est ! C'est le débarquement qui a commencé !

Derrière elles, une fille plaça à voix basse :

— L'armée a quitté ma région avant-hier.

— La mienne aussi, renchérit une autre.

« Les idiotes ! » Ingrid savait bien, elle, que le débarquement n'aurait pas lieu avant une dizaine de jours !

Enfin la voix du présentateur s'éleva :

« ... ce matin à dix heures, l'état-major du général Eisenhower a informé le monde que le débarquement tant attendu sur les côtes d'Europe avait commencé. Les forces alliées, secondées par d'importants effectifs aériens, ont entrepris de débarquer nos armées sur la côte nord de la France. Aucune précision géographique n'a été donnée, mais une communication radio d'origine allemande captée par la BBC affirme que les troupes ont posé le pied sur les côtes de Normandie en quelque douze endroits différents, échelonnés sur plus de cent cinquante kilomètres de littoral, de l'ouest de Cherbourg jusqu'au Havre... »

Ingrid écoutait, abasourdie. Les hypothèses tournoyaient follement dans sa tête. Qu'est-ce que c'était que cette histoire ? Comment l'expliquer ? Le débarquement était prévu à Calais !

« Ce débarquement multiple semble avoir pris les Allemands au dépourvu. Le gros des défenses de l'ennemi est concentré à Calais, et la puissante division blindée stationnée dans cette région n'a pas encore été transférée sur les lieux du... »

À la fin du bulletin d'information, le directeur éteignit la radio. Il y eut un bref silence, puis quelques filles poussèrent des acclamations. Une ouvrière entonna *Rule Britannia*, d'autres se mirent à rire, comme gênées par la puissance de leur émotion. Ses camarades serrèrent dans leurs bras une Ingrid pétrifiée.

— Ce pour quoi nous avons tant travaillé est enfin arrivé ! déclara le directeur dont un sourire, fort rare chez lui, vint découvrir des dents jaunâtres. Je bois à chacune d'entre vous, ainsi qu'à nos braves gars qui sont en train de se battre là-bas !

Les bouchons sautèrent, les verres se remplirent, le champagne se mit à pétiller et les jeunes filles à piailler d'excitation.

Toujours figée, muette, Ingrid porta une coupe à ses lèvres, sans les y tremper. Pourquoi toutes les lettres et tous les documents de Bill indiquaient-ils Calais comme lieu du débarquement ? Même sur la carte géographique... Oui, elle en était sûre, il y avait eu une carte, et elle l'avait photographiée. « Réfléchis ! » Qu'avait-elle pris en photo, au juste ? Des lettres, des notes de service, des instructions écrites, autant de preuves infaillibles que le débarquement aurait bien lieu à Calais le 13 juin. Qu'avait dit le speaker ? Oui, les Allemands maintenaient leurs défenses à Calais. Pourquoi ? Pourquoi ? Ses pensées se bousculaient. On s'était servi d'elle. Elle avait été abusée. Et par Bill, en plus. C'était bien le plus cruel.

Combien de temps Bill lui avait-il joué la comédie ? Si les Anglais avaient découvert ses agissements, pourquoi ne l'avaient-ils pas arrêtée ? Parce qu'ils voulaient l'utiliser, bien sûr... Et, quand ils n'auraient plus besoin d'elle, viendraient-ils la chercher pour la faire fusiller ?

Une terreur se fit jour dans son esprit. Elle en resta pantelante. Hugo et Paddy allaient-ils la prendre pour un agent double ? Si oui, ils économiseraient une balle aux Anglais, car Paddy n'hésiterait pas à l'exécuter de ses propres mains.

Elle allait se trouver mal. Elle avait la nausée, les jambes en coton... Elle bascula vers l'avant, mais se retint au dossier d'une chaise. Elle se sentait la tête vide, ses oreilles bourdonnaient, ses doigts étaient envahis de picotements.

Puis la résignation s'abattit lourdement sur elle. Elle n'était pas maîtresse de son destin. Elle n'était qu'un pion déplacé par des mains invisibles sur un échiquier où se jouait un jeu mortel.

— Mon Dieu, aidez-moi, murmura-t-elle.

Louis maniait inlassablement la hache, visant le pied svelte d'un conifère. À chaque coup qu'il portait, les branchages frémissaient, laissant tomber tout autour de lui une pluie d'aiguilles de pin. Il y mettait une ardeur farouche. Les Russes le croyaient fou parce qu'il se dépensait plus que les autres et dépassait la durée de travail imposée, il le savait ; pourtant, les quotas journaliers étaient déjà assez inhumains. Mais cette énergie était l'énergie du désespoir et, s'il s'acharnait ainsi, c'était pour éloigner la souffrance que lui causait l'absence d'Andréa.

Il marqua une brève pause dans son combat contre l'arbre. Fusil à la main, un Russe au visage lunaire passa à côté de lui en faisant claquer ses bottes. Il laissait derrière lui un sillage d'alcoolique et il fredonnait une chanson.

Quels chanteurs, ces Russes ! Qu'ils chantent l'amour romantique, l'amour de la terre, le patriotisme ou la faim, les paroles leur faisaient aussitôt venir les larmes aux yeux. Ces gens extrêmement simples, Louis avait appris à les apprécier. Il les aimait comme il convenait : avec prudence et respect. Mais, ce jour-là, ils se comportaient de manière tout à fait inhabituelle. Pourquoi ?

Louis fit un pas en arrière et contempla la profonde entaille en V qu'il venait de pratiquer dans le tronc. Encore deux bons coups et l'arbre s'abattrait. Regardant autour de lui, il aperçut un petit groupe de Russes sur sa gauche. Il alla les rejoindre et leur fit comprendre par gestes qu'ils devaient faire attention, puis il les fit reculer en les chassant devant lui comme des volailles. Ils étaient à moitié saouls. L'un d'eux portait sur la hanche un flacon plat qu'il présenta à Louis.

— Tes chers Allemands sont fichus. Tu as choisi le mauvais côté, mon vieux. Tu sais ce qu'on fête aujourd'hui ? Le jour J ! Les Alliés ont débarqué en Europe. On va les écraser, tes Allemands ! Ce n'est plus qu'une question de temps maintenant ! fit-il en éclatant de rire.

Louis s'attarda dans les parages, prêtant l'oreille. Il entendit dire que plusieurs régiments sibériens quittaient Ukhta, une ville située à quelque soixante-quinze kilomètres de là, pour gagner le front en Pologne. Les gardes regrettaient de ne pouvoir se joindre à eux. Eh bien, s'ils voulaient savoir, lui aussi aurait bien voulu y aller ! Louis retourna à son arbre et lui fit un sort.

Depuis combien de temps était-il là ? Plus d'une année, qui lui avait paru en durer dix. Après la reddition à Stalingrad, les Russes avaient rassemblé les Allemands dans un camp immense avant de les abandonner sans nourriture, sans moyen de se chauffer, sans abri. Il ne leur restait que de la neige fondue à boire. Ils avaient péri par centaines de milliers. Finalement, les Russes avaient repris les rares survivants tchèques et hongrois pour les envoyer en Sibérie. Louis s'était présenté comme un Tchèque « Volksdeutsche », enrôlé de force dans un bataillon disciplinaire allemand, ce qui, finalement, n'était pas entièrement faux. Ils s'étaient alors embarqués pour une infernale traversée de la Sibérie en train qui avait duré trois semaines. Sur les mille hommes montés dans les wagons à Stalingrad, à peine deux cents étaient arrivés à bon port. La plupart étaient morts de froid en route. Sur le moment, Louis s'était réjoui d'avoir survécu, mais plus tard, quand il se retrouva transi, avec les autres, devant le commandant qui lui assénait sa sentence — la Sibérie à perpétuité, séparé pour toujours de la femme qu'il aimait —, il regretta de ne pas avoir rendu l'âme. Depuis, il avait appris un peu de Russe et s'était donc vu confier la direction d'une équipe de bûcherons.

Les gardes se portaient mutuellement des toasts, s'étreignaient et chantaient d'une voix de plus en plus éraillée à mesure que leurs larmoiements s'accentuaient. Ils furent enfin remplacés par d'autres qui, encore plus ivres, arrivèrent du camp en titubant. Louis songea qu'il ne serait guère difficile de s'évader, mais à quoi bon? Où aller? Il fallait être fou pour tenter une pareille aventure. Il se savait séparé de la frontière polonaise par trois mille kilomètres de marécages et de toundra gelée.

D'un autre côté, pourquoi pas? Il s'écoulerait sûrement un moment avant que les Russes ne s'enivrent de nouveau à ce point. De plus, un train de transport de troupes quittait le camp ce jour-là, une occasion qui ne se représenterait plus jamais. En d'autres termes, il fallait saisir sa chance. Et s'il se faisait prendre? S'ils le passaient par les armes? Eh bien, ce serait toujours mieux que de finir dans ce trou infernal.

Quand, sous le perpétuel crépuscule qui tenait lieu de jour dans ces contrées, on entreprit d'escorter les prisonniers jusqu'au camp, Louis resta simplement à sa place, sans bouger. Et ce ne fut pas plus compliqué. Il demeura dans l'ombre d'un gros épicéa aux branches balayant le sol, et regarda les gardes donner congé à ses camarades sans faire l'appel comme d'habitude. Inutile d'attendre. La nuit ne s'obscurcirait pas davantage. Louis avait une ébauche de plan. Il allait s'introduire dans le camp d'entraînement — où les Russes seraient, du moins il l'espérait, aussi saouls que ses gardes. Là, avec un peu de chance, il volerait un uniforme et, si possible, des papiers d'identité. Ensuite, il essaierait de monter dans le train à destination de la frontière.

Paddy était dans l'arrière-boutique, à se confectionner une des immondes tasses de thé dont il était spécialiste. À l'odeur, il y avait des semaines qu'il n'avait pas nettoyé ses clapiers. L'Irlandais fit volte-face et regarda Ingrid. L'espace d'un instant, elle se sentit paralysée par la menace qu'exprimaient ses yeux.

447

— Vous êtes bien courageuse de venir ici. Juste à temps pour le thé.

Elle prit en frissonnant de dégoût la tasse crasseuse qu'il tendait et but.

— Je ne comprends pas ce qui a pu se passer, commença-t-elle doucement. Je vous en prie, aidez-moi. Je ne suis pas un agent double. Est-il possible qu'ils me soupçonnent ? Ou bien doutaient-ils plutôt de Bill ? Il se comportait bizarrement depuis quelque temps. Il buvait plus que d'ordinaire. On l'aurait cru sous pression. Il disait qu'il y avait un traître dans la place. Que faut-il que je fasse, à votre avis ? Vous pouvez me faire sortir du pays ? Me renvoyer en Allemagne ? J'ai tellement peur...

Elle continua longtemps, suppliant, argumentant, remettant sa vie entre les mains de Paddy. Lorsqu'elle eut fini, ce dernier lui posa une main sur l'épaule et, enfonçant ses doigts dans sa chair, lui dit :

— Je vous crois. Je ne sais pas ce qu'en dira Fernando, mais moi, je vous crois. Il va falloir s'assurer qu'on ne vous soupçonne pas. Vous n'êtes pas le seul agent à avoir rapporté cette histoire sur Calais lieu de débarquement. Ils ont intoxiqué tout le monde, peut-être même le département de Bill. Quant à vous personnellement, vous devrez prouver votre bonne foi. Par exemple, en cherchant à savoir où est parti Bill.

— J'ai un pressentiment...

— Ce ne sont pas des pressentiments que nous voulons, mais des faits. Fournissez-moi une preuve. Notre ami commun désire savoir. Quand ce sera fait, j'essaierai de vous aider.

— Merci, murmura-t-elle. Je vais faire tout mon possible.

Hébétée, la gorge serrée, elle quitta Paddy. Elle avait l'impression d'être une feuille morte chahutée au hasard par le vent. Elle pouvait peut-être retrouver les notes de Bill et son manuel de conversation tchèque ? Elle était sûre qu'on l'avait parachuté à Prague. Cette information assurerait-elle sa survie ? Oui, mais les Anglais ? Ils pouvaient la cueillir quand ils voulaient.

« Réfléchis, Ingrid, fit-elle tout bas. Réfléchis ! Tu as toujours été douée pour survivre... »

Il était une heure du matin lorsqu'elle ouvrit sans bruit la porte de l'immeuble et monta sur la pointe des pieds jusqu'à l'entresol où avait vécu Bill. L'appartement avait beau être silencieux et désert, il était encore imprégné de sa présence. Derrière la porte étaient empilés plusieurs cartons et des sacs de papier pleins. Sur la table de l'entrée, un billet de cinq livres épinglé à un bout de papier portant le message suivant :

Chère Madame Thornton. Merci de jeter le contenu des sacs. Quelqu'un du bureau viendra chercher les cartons et poster les lettres. Mon collègue emménagera avant la fin de la semaine. Merci pour tout. Bien à vous, B. Roth.

Ingrid sentit une boule dans sa gorge en voyant l'écriture si familière de Bill. Il lui manquait. Elle entreprit de fouiller méthodiquement les sacs. Ils ne contenaient rien d'intéressant, hormis un plan fatigué de Prague et ses environs. Elle l'étala sur la table, où la lumière était plus vive, et distingua par endroits des marques au crayon. Puis elle ouvrit les lettres. Elles étaient toutes adressées à des amis américains sauf une, pour l'oncle de Bill. « Tu parles d'une lettre », songea-t-elle. Elle ne contenait en effet que des instructions concernant sa succession au cas où il ne reviendrait pas. Elle tressaillit en remarquant la date : 4 juin. Bill l'avait donc rédigée après lui avoir dit au revoir. Elle lut :

J'ai beaucoup fréquenté Ingrid Mignon von Graetz. Au fait, c'est une princesse, une cousine de Marie, dont tu as entendu parler ; elles ont même été élevées ensemble, comme deux sœurs. Ingrid est une malheureuse à qui la vie n'a pas fait de cadeau et qui s'est attiré de gros ennuis. Peut-être survivra-t-elle à la guerre. En tout cas, je l'espère. Quand tout sera fini, je te prie de contacter le major Stephen Schofield, mon patron, et de chercher à savoir où se trouve Ingrid. Elle aura besoin d'aide. Prends-la chez toi, ménage-lui une place dans ton cœur et débrouille-toi pour qu'elle puisse prendre un nouveau départ. Fais-le pour moi. J'ai eu de l'affection pour elle, à une époque...

Ingrid se jeta sur le lit de Bill et fondit en larmes. Puis elle finit par s'endormir, la lettre toujours froissée dans sa main.

Chapitre 67

Plusieurs heures s'étaient écoulées lorsque Ingrid fut réveillée en sursaut par le bruit d'une porte qui s'ouvrait. La peur au ventre, elle enfouit la lettre de Bill dans sa poche, puis réprima un cri en plaquant une main sur sa bouche, tout en sachant qu'elle n'avait plus le temps de se cacher.

Muette d'horreur, elle vit Fernando refermer la porte et traverser la pièce pour se rapprocher du lit. Elle faillit s'évanouir lorsqu'il se pencha sur elle, mais réussit à s'asseoir et à l'envelopper d'un regard furibond.

— Alors, on est allée pleurer dans le giron de Paddy ? On ne se sent pas très rassurée ?

En entendant cette voix aux intonations doucereuses, Ingrid sentit sa terreur s'envoler et céder la place à la colère, ce qui lui donna la force de se remettre sur pieds.

— Petite idiote, reprit-il. Paddy affirme que vous êtes innocente, mais moi, je n'en suis pas si sûr.

Elle inspira profondément. Dieu, comme elle haïssait, comme elle méprisait cet homme ! Il se détourna et entreprit de fouiller dans les tiroirs du bureau. Ingrid ne le quittait pas des yeux. Il ne tarda pas à se rendre compte que tout était dans les sacs et les cartons. Elle le regarda, irritée, renverser le contenu du premier sac par terre et fourrager dans les papiers et les objets mis au rebut. Un rasoir, de la lotion après-rasage, quelques vêtements... Oh, ces doigts répugnants osant tripoter les affaires de Bill !...

— Tiens, tiens... Qu'est-ce que c'est que ça ? (Fernando feuilletait un livre.) Intéressant ! Notre ami se penchait sur les derniers progrès accomplis en matière de missiles et de carburant pour fusées. Et regardez-moi un peu ça... Roth apprenait le tchèque. Bizarre, non, pour un type qui va se faire parachuter à Calais ?

Comment Bill avait-il pu commettre l'imprudence de laisser traîner ce genre d'indices ? Pourquoi ne les avait-elle pas trouvés la première ?

— J'étais venue chercher ces choses pour les montrer à Paddy, déclara-t-elle d'un ton las. Je les avais déjà vues... Je le lui avais dit, d'ailleurs. Puis j'ai eu un coup de fatigue.

Mais Fernando n'écoutait pas. Il observait attentivement une photographie. Ingrid vint y jeter un coup d'œil par-dessus son épaule. Un instantané d'elle et de Bill, tout sourire, bras dessus bras dessous, devant un restaurant de Hampstead.

Avec la rapidité du serpent, Fernando fit volte-face et la gifla. Elle retomba sur le lit et sentit une main plonger dans sa poche. Une seconde plus tard, il lissait la lettre froissée en boule.

— Ce n'est rien d'important, fit-elle en se frottant la joue. J'allais la montrer à Paddy.

— Vous vous trompez. Cette lettre est au contraire d'une importance vitale. Nous supposions déjà que Bill avait été envoyé en mission-suicide, mais ceci le prouve. Il s'agit d'une lettre d'adieu. Son testament et ses dernières volontés, en quelque sorte. Et regardez-moi ça... « Prends soin d'Ingrid... » Comme c'est touchant !

Il fourra la lettre dans sa poche. Ingrid avait les paumes moites, les lèvres entrouvertes. Que voulait-il dire par « mission-suicide » ? Que savait-il au juste ? Il fallait qu'elle le découvre sans éveiller ses soupçons.

— Si vous me disiez ce que vous cherchez, je pourrais vous être plus utile, déclara-t-elle d'une voix ragaillardie en se redressant sur le lit et en remettant de l'ordre dans ses cheveux.

— Nous avons des raisons de penser que Roth a été parachuté à Prague avec mission de s'introduire dans le camp de Theresienstadt, où il va tenter de saboter certaines installations secrètes. Comme ce n'est pas un imbécile, il sait qu'il n'a aucune chance de s'en tirer. J'étais à la recherche d'une preuve de ce que j'avançais. Je crains que vous n'ayez laissé passer votre chance d'atteindre à la gloire, Ingrid. Enfin, peu importe. Cette photo permettra aux autorités du camp d'identifier Bill.

452

Ils le veulent vivant. Un major des services secrets britanniques, c'est une belle prise, vous ne trouvez pas ?

Une vision saisissante du corps bien-aimé de Bill gisant, désarticulé, ensanglanté, traversa brièvement l'esprit d'Ingrid « Il faut que je cesse de trembler comme ça. »

— Vous me paraissez bien pâle... La pauvre petite Ingrid espérait s'en tirer en épousant un beau millionnaire ? Eh bien, pas de chance !

La pauvre petite Ingrid... Cette expression haïe la toucha à vif. Une pulsation sourde naquit dans sa poitrine. Elle serra les poings, planta ses ongles dans ses paumes.

— Que vous faut-il d'autre ? s'enquit-elle.

— Une photographie plus exploitable de Roth... D'autres lettres indiquant qu'il mettait ses affaires en ordre... Des indices prouvant qu'il était bien en partance pour la Tchécoslovaquie Ceci suffira peut-être, reprit-il en tapotant sa poche, on va tout de même fouiller l'appartement de fond en comble.

Plus puissante que son sentiment de rejet, sa colère et sa peur, une voix suraiguë hurla dans sa tête : « Il ne faut pas que Hugo mette la main sur Bill ! » Il fallait qu'elle le protège de toutes ses forces et de toute sa ruse.

Pendant que Fernando s'occupait des sacs, elle se dirigea vers la cuisine et s'empara du couteau à découper, tranchant comme un rasoir, qu'elle glissa dans sa manche.

— Une carte de Prague ! lança-t-elle. Avec un point de chute clairement indiqué. Ça vaut une petite récompense, non ?

— T'en as jamais assez, hein, chienne ?

— Venez voir.

Fernando s'encadra sur le seuil, un sourcil relevé, toute son attitude exprimant la menace. Frémissante, Ingrid sentit ses genoux se dérober sous elle. L'homme lui tourna le dos pour se pencher sur la table de la cuisine. Elle se rapprocha.

— Cette croix marque un emplacement tout proche du château de Sokol, déclara-t-elle en posant un doigt sur la carte.

Il se pencha encore plus. Ingrid reprit son souffle, leva le bras vers l'arrière, puis plongea de toutes ses forces le couteau dans le dos musclé, où la lame s'enfonça jusqu'à la garde.

Fernando poussa un cri rauque et tomba en avant sur la table. Il poussa un gémissement, puis se redressa sur ses bras et se retourna. Livide, les yeux écarquillés par le choc et la douleur, le bras tendu, il fit deux pas vers Ingrid, qui recula aussitôt.

Il éructa quelques mots inintelligibles, puis bascula vers l'avant ; le couteau dessina comme un point d'exclamation sur son cadavre affalé.

Que de sang ! Qui eût cru qu'un corps humain puisse en contenir autant ! Ingrid se précipita aux toilettes, où elle s'agenouilla pour vomir, secouée de spasmes. Au bout d'un moment, elle en ressortit à quatre pattes en s'épongeant le front avec sa manche. Puis elle se força à se relever et à retourner à la cuisine, où elle s'immobilisa sur le seuil avant de jeter un coup d'œil à l'intérieur. Fernando était toujours au même endroit, face contre terre, jambes repliées sous lui, dans une mare de sang figé autour de son visage, engluant ses cheveux.

Elle sentit sa nausée la reprendre. Prenant soin de ne pas regarder, elle enjamba le cadavre et alla passer sous le robinet un torchon qu'elle essora puis s'appliqua sur le visage.

Bill était-il sauvé maintenant ? Et si Paddy découvrait ces fameux indices en partant à la recherche de Fernando ? Ingrid contempla le cadavre avant de trouver le courage de reprendre dans sa poche papiers et photos. Elle les brûla dans l'âtre avec la lettre adressée à l'oncle de Bill. Puis, en proie au vertige, elle dut retourner s'allonger sur le lit.

Paddy allait la rechercher. Que faire ? Elle n'avait tout de même pas survécu jusqu'ici pour attendre passivement qu'on la retrouve et qu'on l'élimine. Elle eut un petit sourire en songeant à la seule personne qui pouvait l'aider, et au moyen de l'y inciter. Puis, les paupières hermétiquement closes, elle alla retirer le couteau du cadavre de Fernando. L'objet se dégagea sans offrir de résistance, et la jeune fille alla le nettoyer soigneusement. Pas question de contaminer son corps avec le sang souillé de Fernando. Elle regagna la chambre à coucher et s'assit près du téléphone. Là, elle fit glisser la lame acérée contre la peau tendre de son poignet et vit son sang jaillir avant de dessiner une fleur cramoisie sur l'oreiller.

Frémissant de la tête aux pieds, elle se contraignit à répéter l'opération sur l'autre poignet. Puis elle souleva le combiné, composa le numéro de Stephen Schofield et l'entendit se présenter après deux sonneries seulement.

— Stephen, mon cher Stephen, il faut aider Bill, murmura-t-elle. Il y a si longtemps que je veux tout vous dire... (Un soupir.) Il ne me reste pas beaucoup de temps, mais je veux que vous le sachiez : je n'étais pas libre de vous aimer. Dans d'autres circonstances, j'aurais accepté votre proposition. Je vous en prie, il faut me croire. Je vous appelle pour vous dire adieu. J'ai décidé de mettre fin à mes tourments.

— Où êtes-vous, Ingrid ? (Il s'affolait.) Donnez-moi votre adresse.

— Je suis chez Bill, mais il est trop tard, Stephen, croyez-moi. Je ne pourrai jamais me pardonner ce que Marietta a subi à cause de moi.

— Ingrid, qu'avez-vous fait ?

— Stephen, écoutez-moi. On m'a obligée à devenir une espionne. Vous comprenez ? Pendant six années épouvantables, les nazis m'ont fait chanter. Ils m'ont laissée sortir du camp afin que je travaille pour eux, en gardant Marietta en otage, pour s'assurer de ma bonne conduite. Et maintenant, je l'ai trahie.

— Attendez ! Tenez bon ! C'est bien chez Bill que vous êtes ? Ne bougez pas !

— Stephen, écoutez-moi. Ils se doutent que Bill va s'introduire dans un camp proche de Prague. Une base de lancement qu'il serait question de détruire. Je viens de tuer Fernando... Il le fallait... Et j'ai détruit les indices... J'ai la tête qui tourne... J'ai l'impression de flotter. Stephen, je vous aimais, mais il fallait que je leur obéisse... pour la sauver, *elle*.

Sur quoi elle laissa tomber l'écouteur, un demi-sourire aux lèvres. Il ne lui restait plus qu'à attendre.

Contemplant la frêle silhouette de la jeune femme qui gisait devant lui, inconsciente, son beau visage presque aussi blanc que les draps de son lit d'hôpital, Stephen Schofield se demanda, l'air soucieux, s'il réussirait jamais à clarifier en lui ses sentiments à l'égard d'Ingrid. Quelle était la part de vérité dans l'histoire qu'elle lui avait racontée ? Sans doute ne le saurait-il jamais, bien qu'il eût éperdument envie d'y croire.

La première fois qu'il l'avait vue, il en était tombé follement amoureux. Il la revoyait à la cantine, chantant pour les soldats avant de s'aventurer parmi les incendies qui dévastaient Londres sans une pensée pour sa propre sécurité, et de partir travailler toute la nuit sous le *blitz*. Et pour cela, il fallait du cran. Beaucoup de cran.

Les nazis l'avaient-ils réellement prise au piège en retenant sa cousine en otage ? Bill ne lui avait donc jamais révélé que Marietta était morte ?... À moins que, justement, la jeune femme ne soit encore en vie ?

Il repensa à la souffrance et à la jalousie qu'il avait réprimées au prix d'un effort surhumain lorsqu'elle l'avait éconduit au profit de Roth. Il comprenait, à présent, comment on avait contraint cette pauvre fille à la prostitution. Roth s'était soucié d'elle comme d'une guigne. Il s'était contenté de prendre ce qu'elle avait à offrir sans rien donner en retour... ou presque. Car, pour Bill, seule comptait Marietta.

Schofield releva les yeux. Son assistant entrait dans la chambre.

— Monsieur, le cadavre de Fernando a été retiré des ruines d'une maison bombardée à trois heures du matin cette nuit. Mutilé et défiguré, il a aussitôt été transféré à la morgue la plus proche. Heureusement, ses papiers d'identité étaient intacts, et on a envoyé quelqu'un prévenir sa logeuse, ainsi que le propriétaire du magasin de journaux où il travaillait. Y a-t-il autre chose pour votre service ?

— Non. C'est parfait. Assurez-vous simplement qu'il ne reste aucune trace d'intrusion chez le major Roth. Naturellement, vous avez pensé à ôter les cendres dans la cheminée ?

— Oui, monsieur. Je m'en suis personnellement occupé.

— Bien.

Schofield consulta sa montre. Il n'était que quatre heures du matin. Une chance pour eux que les nazis aient justement bombardé le quartier. Percevant un faible soupir, il jeta un coup d'œil vers le lit.

Ingrid remuait légèrement et battait des paupières. Lui ferait-il un jour confiance ? Probablement pas. Mais tant pis. Il sourit. Il avait devant lui une femme douée d'une résistance inouïe et d'une détermination hors du commun, et, qui plus est, une femme d'une beauté éblouissante, aux origines princières. Elle serait pour lui une compagne idéale après la victoire. Il approchait de la cinquantaine. Il était temps pour lui d'avoir des héritiers. Par ailleurs, sur la fin, Ingrid leur avait rendu sans le savoir d'inestimables services. Pourquoi ne pas continuer d'employer ses talents ? Il avait encore de nombreuses informations à faire parvenir au général von Hesse, et elle était bien assez futée pour mener Paddy en bateau.

Oui, il allait la sauver, mais il faudrait qu'elle accepte ses conditions. « Elle sera en quelque sorte condamnée à perpétuité, songea-t-il avec un sourire sans joie, mais la sentence ne sera peut-être pas du tout celle qu'elle attendait. »

Chapitre 68

Par la fenêtre de la grange, Marietta regardait avec anxiété le ciel virer au gris pâle, à l'ouest, au-dessus de la forêt. On était le 7 juin et l'agent britannique manquait encore à l'appel. Elle soupira, s'étira, puis retourna à son émetteur radio. Elle avait passé une nuit d'angoisse à maintenir le contact entre Jan et les hommes qui ratissaient les bois pour la seconde nuit d'affilée.

Ils avaient appris par les trois résistants tchèques parachutés que leur introuvable compagnon était également leur chef. Si les Boches lui mettaient la main dessus, ce serait un désastre. Tout ce qu'on savait, c'était qu'il se trouvait quelque part dans les environs, probablement perdu et sans doute blessé. L'opération s'était soldée par un fiasco en raison des puissantes rafales de vent qui sévissaient cette nuit-là et de la piètre visibilité.

Une demi-heure plus tard, elle reçut un message du groupe de Jan. Elle le décrypta sans attendre et poussa un soupir de soulagement. On l'avait retrouvé ! Elle remercia le Seigneur.

Elle ôta rapidement ses écouteurs, camoufla son matériel sous la paille et dévala l'escalier. « Fais venir un médecin dans la cave de la laiterie », disait le message. Elle se demanda si l'inconnu était gravement touché. S'il survivrait à ses blessures. Peut-être allait-elle hériter d'un malade à soigner des semaines, voire des mois, et qui les mettrait tous en danger de mort.

Klara Mikolash, un médecin qui faisait office de sage-femme dans la région, était, aux yeux de Marietta, digne de confiance. Logée dans une maisonnette à moitié en ruine située de l'autre côté des champs, elle disposait d'une autorisation de circuler la nuit. Marietta se mit en route en prenant soin de raser les haies.

Klara avait l'habitude des urgences. Elle fut prête en

quelques minutes et apparut bientôt, d'une main tenant sa sacoche et de l'autre enfonçant les pans de son chemisier dans un pantalon en velours côtelé, ses cheveux châtains en bataille. Ses yeux bleus brillaient de détermination.

En arrivant près de la laiterie, elles entendirent des pas venir de la rivière. Deux des hommes de Jan transportaient un homme sans connaissance dont, dans le noir, Marietta ne put distinguer qu'un visage blême aux traits indistincts et des cheveux sombres collés par l'humidité. Ils traversèrent promptement la laiterie puis descendirent par la trappe; Klara leur emboîta le pas.

— Il va me falloir de l'eau chaude, des serviettes, un bol de soupe ou une tasse de thé brûlant, un peu de cognac..., lança-t-elle par-dessus son épaule.

Marietta décida de rester faire le guet en haut. Elle s'affaira à réchauffer la soupe et à satisfaire aux exigences de Klara.

— A-t-il repris connaissance? s'enquit-elle en voyant réapparaître Klara par la trappe.

— Il revient à lui. Dans une demi-heure environ, commence à lui donner de la soupe. Par petites quantités, mais à intervalles réguliers. Je crois qu'il a passé ces dernières trente-six heures caché dans la rivière. Dieu lui est venu en aide, ça ne fait pas de doute, mais il est quand même mal en point. Pneumonie, hypothermie, état de choc, contusions multiples. Il va devoir garder le lit une quinzaine de jours.

Jan remonta derrière Klara.

— Bon sang, j'ai l'impression d'avoir traversé tous les buissons de ronces de la forêt! bougonna-t-il. (Sa chevelure blanche était maculée de boue, ses joues arboraient d'innombrables égratignures.) On l'a trouvé à la cabane qui sert de rendez-vous en cas d'urgence. Il avait eu le temps de se traîner derrière la porte avant de tomber dans les pommes.

Marietta lui jeta un coup d'œil inquisiteur. Il s'exprimait sur un ton bizarre, à la fois maussade et plein d'appréhension. Elle le regarda en fronçant les sourcils.

— Ce n'est pas sa faute si le vent l'a fait dévier de sa trajectoire, déclara-t-elle. Il a sauvé la vie d'un de ses hommes. Ce doit être un bon chef, un type courageux.

— Si vous le dites, soupira Jan. Mais courageux ou non, il va falloir qu'il se cache ici. Il n'y a pas d'autre endroit où le planquer. Il a besoin de bien manger pour reprendre des forces. Tâchez de ne pas passer *tout* votre temps en bas, conclut-il avant de pincer les lèvres d'un air contrarié.

— Pourquoi me demandez-vous ça ? fit-elle.

Soucieux, il regarda la jeune femme. Puis, à son grand étonnement, il lui prit les mains.

— Je vais vous parler en ami. Vous êtes mon meilleur agent. Point. Le reste, tout ce que vous avez pu être, appartient au passé, ou à l'avenir, mais en aucun cas au présent. Vous ne devez pas vous laisser atteindre par ce qui pourrait vous rendre vulnérable. Avoir envie de survivre, c'est ouvrir la porte à la peur et, en fin de compte, à la mort. Je vous en prie, ne devenez pas vulnérable.

Surprise de l'entendre exprimer ce qu'elle avait toujours ressenti sans jamais le formuler, elle acquiesça.

— J'ai fait une bêtise ? C'est pour cela que vous me parlez en ces termes ?

— Non, répondit-il. Pas encore.

Bill se rendait bien compte qu'il avait perdu conscience, mais combien de temps ? Il gisait en état de choc, tendu et transi. Il ressentait une lassitude extrême et tous ses muscles, tous ses os lui faisaient mal. Une douleur insupportable naissait dans sa poitrine pour irradier jusqu'au niveau des omoplates. À chaque mouvement, il avait l'impression de recevoir un coup de couteau.

Où pouvait-il être ? Il remua les bras avec prudence. Pas de menottes. Il ouvrit lentement les yeux. Pas de gardes non plus... Il ne se trouvait pas en cellule. Non, c'était une vaste salle souterraine ; d'un côté des casiers à bouteilles, sur toute la longueur de la pièce. Sans doute l'ancienne cave à vin d'une ferme opulente, voire de quelque château. Les châteaux, ce n'était pas ce qui manquait en Bohême.

On avait posé un verre de lait à son chevet, mais, quand il voulut l'attraper, une douleur fulgurante dans sa poitrine provoqua une quinte de toux. L'espace de quelques secondes, il fut incapable de retrouver son souffle. Il crut qu'il allait s'asphyxier, puis réussit enfin à inspirer un peu d'air.

Une femme accourut et vint l'aider à se redresser. Alors il leva les yeux et vit Marie debout à son côté. Le choc que lui causa cette apparition entraîna une nouvelle quinte de toux.

— Bill! entendit-il ensuite. Oh, mon Dieu... Bill, mon chéri... Mon chéri! C'est toi! Oh, Bill... Tu m'es enfin revenu!

Des mains lui prirent les épaules. Des lèvres se pressèrent contre les siennes. Des larmes éclaboussèrent son visage. Il rouvrit les yeux et plongea son regard dans les yeux profonds et azurés dont il gardait un souvenir si vivace.

Quel imbécile il était! Marie était morte, bien sûr. Il se recoucha et, les yeux clos, but à petites gorgées le verre de lait que la jeune femme portait à ses lèvres. La ressemblance était frappante, en dépit des cheveux courts et noirs et des vêtements grossiers. Oui, mais la voix?

— J'ai des hallucinations, je le sais, marmonna-t-il. Mais si seulement elles pouvaient durer toujours...

— Oh, Bill, mon Bill... (Elle se mit à rire, de ce rire grave et excitant qu'il connaissait si bien. Tout à coup, elle fondit en larmes, chercha son souffle et trembla de tous ses membres.) Je suis tellement heureuse, sanglota-t-elle. Tellement heureuse... Oh, mon Dieu! Jamais je n'aurais cru...

Elle se jeta sur le lit et enfouit sa tête au creux de l'épaule du jeune homme.

Elle avait pourtant l'air bien réelle! Et puis il y avait cette douleur dans sa poitrine. Il ne pouvait pas être mort. Avait-il des hallucinations? Il eut peur de détourner les yeux, au cas où elle disparaîtrait brusquement.

— Bill, mon chéri, j'ai réussi à m'évader du camp, tu comprends, expliquait-elle. Ma pauvre, pauvre amie Greta avait la tuberculose, elle était mourante, et... (Le récit de ses aventures se bousculait sur ses lèvres, mais Bill ne pouvait se défaire d'une certaine sensation d'irréalité.) Je suis bien vivante et bien réelle, conclut-elle enfin.

Bill leva un bras et caressa ses cheveux en la regardant d'un air rêveur. Puis il voulut lui prendre la main, et aperçut alors les cicatrices sur son bras.

— Oh, mon Dieu! souffla-t-il, attirant la jeune fille à lui. Ce sont eux qui t'ont fait cela ?... (Il passa le bout de ses doigts sur les bourrelets de chair. Puis il approcha le bras de ses yeux et scruta le tatouage, des points noirs brouillaient son champ visuel et l'image instable de la jeune femme devenait floue par instants.) Oh, Marie... Oh, ma pauvre petite Marie, fit-il tout bas. Je t'aime, tu sais. Je n'ai jamais cessé de t'aimer.

Il l'attira à nouveau contre son épaule. Tout en prêtant l'oreille à son récit, il entra dans un état de semi-conscience étrange, due à la béatitude de savoir Marie près de lui, Marie qui lui était miraculeusement rendue. Enfin il sombra dans un sommeil profond.

Lorsqu'il refit surface, Marie n'était plus là.

Au bout d'un moment, l'angoisse le prit. Non, décidément, cette histoire lui paraissait impossible, voire carrément surnaturelle. C'étaient la fièvre et sa nostalgie de Marie qui lui avaient fait voir la jeune fille. Une vague de chagrin faillit le submerger, il lutta pour reprendre ses esprits. Marie était morte. Et ce n'était pas le moment de craquer. Il avait une mission à remplir. Il fallait qu'il se remette vite sur pied.

Il se redressa au prix d'un immense effort et voulut sortir du lit, mais ses membres lui semblaient en plomb. Il poussa un gémissement. Quelqu'un bougea près de lui, un homme de petite taille au teint sombre et aux cheveux blancs bouclés, qui écrivait à une table. Bill ne l'avait pas remarqué encore.

— Qui êtes-vous ? s'enquit-il.

— Je m'appelle Jan... Résistant tchèque. Vous êtes en sécurité, mais en mauvais état. Reposez-vous, et vous vous remettrez bientôt, major. Nous avons terriblement besoin de vous.

Bill acquiesça en silence. Une bouffée d'espoir le reprit tandis qu'il fouillait dans ses souvenirs et retrouvait le nom et le visage du boiteux.

— Vous étiez le chauffeur de Marie, autrefois. Je me souviens de vous... (Jan tendit un verre d'eau. Bill lui attrapa le bras. Il osait à peine poser la question qui lui tenait tant à cœur.) Est-ce que c'était la comtesse, tout à l'heure... ?

— La comtesse est morte au camp de concentration de Lichtenberg, répondit Jan, plongeant du même coup le jeune homme dans le désespoir le plus noir. Il y a beaucoup de choses qu'il serait plus sage d'oublier. La femme que vous avez vue, c'est Lara, la paysanne qui s'occupe de la laiterie, là-haut. Son nom de code est Edelweiss. Tout autre souvenir la concernant ne ferait que la mettre en danger de mort.

Ainsi c'était bien Marie, et Marie était aussi Edelweiss ! Bill était trop abasourdi pour répondre. Il se laissa aller en arrière, paupières closes, le temps d'assimiler l'énormité de ces révélations. Depuis neuf mois, il communiquait avec Marie à son insu ! Il songea à tout ce temps perdu et aux risques inouïs qu'il l'avait obligée à courir. Si seulement il avait su...

— Oubliez toute cette conversation, reprit Jan. Dès que je vous ai vu dans la forêt, j'ai su que les ennuis allaient commencer. Quels que soient vos sentiments intimes, il faut les mettre de côté jusqu'à la fin de la guerre.

— Jan... Je vous remercie, fit Bill dans un souffle.

Les larmes coulaient librement sur ses joues. Sa gorge serrée l'empêchait presque de respirer et, en même temps, il était l'homme le plus heureux de la terre. Marie était vivante ! Il trouverait bien un moyen de la faire sortir de Tchécoslovaquie. Il se le promit solennellement.

Chapitre 69

Bill... *son* Bill était là en bas ; il l'attendait, et elle ne désirait rien d'autre qu'être en sa compagnie. Seulement, il y avait le travail : faire marcher la laiterie, traire les vaches, collecter le beurre dans les fermes, livrer les vivres aux résistants, préparer les repas de Bill, ce dont elle s'acquittait avec une tendresse et un soin tout particuliers. À la tombée de la nuit, elle se découvrait encore d'autres tâches à accomplir, ce qui n'avait rien d'inhabituel.

Miki, qui avait veillé sur Bill toute la journée, remonta de la cave et inspira une grande goulée d'air frais.

— Ça sent drôlement le renfermé, là-dessous. Je me demande comment tu peux supporter de passer ton temps dans cet endroit sinistre. J'ai besoin de faire une pause, moi. Prends ma place, tu veux ?

— Oh non ! Non, je ne peux pas...

— Il le faut.

Sur quoi Miki sortit, la laissant seule avec ses doutes et ses craintes. Comment, en effet, oserait-elle descendre ? Elle se contempla dans le miroir avec angoisse.

— Tu es laide, constata-t-elle à voix haute. Oui, il n'y a pas d'autre mot. (Elle s'approcha de la glace.) Tu as le visage creusé et ridé, la peau épaisse ; quant à tes cheveux, on dirait une brosse. Tu as les épaules carrées à force de soulever des barattes. Regarde-moi ces muscles ! Bill garde le souvenir d'une mignonne adolescente aux longs cheveux blonds. Comment la retrouverait-il dans cette vieille sorcière ? Pour ne rien dire de tes mains...

Elle contempla, désespérée, ses doigts : la peau rêche, les

ongles ras, les articulations noueuses... Des mains de travailleuse manuelle.

Elle se recroquevilla sur son lit et se laissa submerger par un grand dégoût d'elle-même. Puis elle finit par reprendre ses esprits et retourna devant le miroir, où elle vit qu'au désastre général s'ajoutaient à présent des yeux rougis et gonflés.

Il allait falloir affronter Bill. Elle s'empara de l'assiette de ragoût préparée à son attention et descendit les marches de la cave. Bill gisait, pâle et maladif, au fond de son lit, mais c'était bien lui. Il avait mûri, ses épaules s'étaient musclées ; sa chevelure était plus fournie et plus longue, et il avait aussi quelques rides. Mais cela ne le rendait que plus séduisant aux yeux de Marietta. En la regardant, il eut aux lèvres ce drôle de petit sourire mi-tendre, mi-moqueur qu'elle connaissait si bien.

— Je commençais à désespérer, fit-il. Il me tardait que tu reviennes. Viens près de moi, Marie. Je veux te toucher... Te serrer dans mes bras... Me prouver que tu es là, devant moi. Je t'entendais aller et venir là-haut. Je me rongeais les sangs, tu sais.

— Il faut manger maintenant, et surtout ne plus m'appeler Marie ; mon nom est Lara. Les installations sont plutôt rudimentaires ici, mais j'ai fait des progrès en cuisine. Tu te souviendras peut-être de... (Elle s'interrompit. Les mots lui restaient dans la gorge. Ces souvenirs étaient décidément trop pénibles.) Il faut essayer de manger pour reprendre des forces, acheva-t-elle en posant le plateau sur ses genoux.

— Comment veux-tu que je mange dans cette position ? dit-il, une lueur de malice dans les yeux.

Elle reprit donc le plateau pour le placer sur la table. Lorsqu'elle se pencha sur le jeune homme pour le prendre par les épaules, il l'attira à lui. D'un seul coup, elle bascula et s'allongea sur lui. Elle sentit ses bras se nouer autour de sa taille.

— Lâche-moi !

— Pas question, tant que tu ne m'auras pas donné un baiser.

Mais, à ce moment-là, Bill fut saisi d'une violente quinte de toux et, l'espace de quelques minutes pénibles, il fut incapable de respirer normalement. Il étouffait. Elle le redressa en position assise et lui courba la tête sur les genoux. Il finit par pouvoir prendre quelques inspirations rauques et sifflantes, mais son visage était cramoisi.

— Qu'est-ce que j'ai ? Une pneumonie, c'est ça ?

— C'est ça, sans parler des contusions, des côtes fêlées et de la cheville foulée.

Il lui prit la main.

— Marie, ma chérie, fit-il d'une voix brisée. Pas une minute je n'ai cessé de t'aimer. Ne me dis pas que tu as changé !

— Ça ne se voit donc pas ? jeta-t-elle durement. C'est quelqu'un d'autre que moi que tu aimes.

— Ne dis pas de bêtises. C'est toi et toi seule que j'aime... (Il soupira et le passage laborieux de l'air dans ses poumons provoqua une nouvelle quinte de toux.) Alors ?

— Ne me mets pas à la torture, Bill. La jeune fille que tu portes dans ton cœur n'est plus. C'est cette affreuse Lara qui a pris sa place.

Il la regarda d'un air interrogateur. Puis il eut un curieux sourire de côté.

— Viens là, Marie. Assieds-toi sur le lit. Tant pis si tu me tournes le dos, du moment que je te sens près de moi. (Il l'attira de nouveau à lui.) Ne m'interromps pas, d'accord ?

— D'accord, souffla-t-elle.

— Ce jour de 1937, commença-t-il, dans ce jardin à Hallein où je t'ai vue pour la première fois, je me suis senti follement attiré par toi. Jamais je n'avais autant eu envie de quiconque. Tu étais pour moi la plus jolie fille, la plus attirante, la plus désirable que j'aie rencontrée. (Il s'éclaircit la voix.) Je n'oublierai jamais cette image de toi, tes yeux bleus comme deux lacs, ton profil, les vêtements bleus que tu portais, tes cheveux blondis par le soleil sur tes épaules. On aurait dit une vision. Je ne pouvais penser qu'à toi.

« Mais c'est plus tard que je suis vraiment tombé amoureux de la femme qui se cachait derrière toute cette beauté. Cette fois-ci, c'était vraiment d'amour qu'il s'agissait, Marie. Je n'oublierai jamais ni le jour ni l'allure que tu avais. Tu étais sale, mal attifée, maigre, morte de peur ; tu avais les yeux rougis par le manque de sommeil et un petit air pincé. Tes cheveux étaient coiffés à la diable, tes vêtements froissés ; un des enfants avait vomi sur toi, mais je crois que tu ne t'en étais même pas rendu compte ; tu avais trop peur pour remarquer ce genre de chose. Tu étais dans un wagon de chemin de fer et tu essayais de calmer ta bande de petits fugitifs.

« Le pasteur m'a appris par la suite que tu en avais déniché la moitié toi-même, et que tu les avais cachés dans le grenier du palais Plechy jusqu'à ce qu'il puisse venir à ton aide. Tu étais en train de leur raconter un conte de fées, tu te souviens ? La beauté qui se dégageait de toi n'avait rien à voir avec tes yeux, tes cheveux ou ton profil parfait. Elle venait de ta bonté, de ta compassion. Elle dessinait comme une aura autour de ta personne, une aura d'amour qui transcendait ton apparence. C'est de cette beauté-là que je suis tombé amoureux, et en cette minute tu aurais aussi bien pu être la femme la plus laide du monde.

« Je t'aime, Marie, et mon amour ne dépend pas de ton apparence. C'est peut-être pour cela, d'ailleurs, que je t'ai reconnue tout de suite : j'aime la Marie qui se cache au fond de toi. On peut tout de même reconnaître la femme aimée, non ? ajouta-t-il avec gaucherie.

— Est-ce que je peux me retourner maintenant ? demanda-t-elle d'une petite voix étranglée.

— Non, pas encore. Je t'ai crue morte, mais je n'ai jamais pu me délivrer du passé. Pourtant, j'ai essayé. Maintenant, je suis ici en mission, et toi, tu es perpétuellement en danger. Une route longue et difficile nous attend, mais nous arriverons au bout et tous nos rêves alors se réaliseront. Je te le promets. Je ne te perdrai jamais plus.

Elle se retourna d'un bloc et vit les yeux rouges de Bill et son visage baigné de larmes. Elle lui caressa la joue d'un air rêveur.

— Mon amour, mon amour..., murmura-t-elle. Mon cher amour.

Frémissant intérieurement, Ingrid marqua une hésitation sur le seuil de la boutique de Paddy. Il fallait que la confrontation ait lieu, mais elle avait peur. La veille, Stephen — ou plutôt, pour l'occasion, « le major Schofield » — lui avait clairement exposé les faits.

« Je n'ai qu'une solution pour vous sauver : faire de vous un agent britannique, avait-il déclaré. Je peux mentir — et je n'hésiterai pas, vous pouvez me croire. Je prétendrai que vous travailliez pour moi en tant qu'agent double, et cela depuis le début de la guerre ; seulement, il faut vous réconcilier avec Paddy. Cela, je ne peux pas le faire à votre place, et vous ne pouvez m'être utile que s'il vous fait à nouveau confiance. »

— Dieu me vienne en aide, marmonnait Ingrid en franchissant le seuil.

Elle entendait Paddy dans l'arrière-boutique, mais elle avait trop peur pour sonner. Il finit par sortir en s'essuyant les mains avec un torchon sale. Il plissa les yeux ; Ingrid retint son souffle. Juste à ce moment-là un client entra, et la jeune fille laissa échapper un léger soupir de soulagement.

— Les journaux tchèques sont là derrière, Ingrid, fit Paddy avec un geste du pouce par-dessus son épaule. Je vous rejoins dans une seconde.

Elle alla s'asseoir sur un carton retourné et découvrit avec horreur le gros géant des Flandres suspendu au plafond par les pattes arrière, éventré. Elle frissonna et sentit venir la nausée. « L'abattoir », songea-t-elle en regardant vers les clapiers. Puis elle entendit Paddy derrière elle.

— Où est Fernando ? lança-t-elle. Il a manqué deux fois de suite le rendez-vous ! Je ne sais plus quoi faire, moi.

— Du calme, Ingrid. Il y a eu pas mal de boulot. Je l'ai envoyé ailleurs. À partir de maintenant, il vaut mieux venir ici rapporter les nouvelles. Vous avez quelque chose pour moi ?

— Seulement ça.

Elle lui tendit une grammaire serbo-croate aux pages cornées et couvertes d'annotations au crayon que lui avait donnée Schofield, et une vue aérienne de Sarajevo. Stephen avait fait aussi confectionner une fausse lettre de Bill à son oncle, aussi fidèle que possible à l'original que Ingrid avait eu sous les yeux. Tout à coup, elle s'effondra et éclata en pleurs. Elle n'avait guère besoin de jouer la comédie : elle se sentait complètement désorientée.

— Pauvre Bill, sanglota-t-elle. Dire que je l'ai trahi alors qu'il essayait de m'aider...

Elle sentit la main de Paddy sur son épaule.

— Il ne vous a pas épousée, que je sache. Il aurait pu vous

envoyer aux États-Unis, non ? Si vous aviez vraiment compté pour lui, il l'aurait fait.

— Justement, sanglota-t-elle. Je ne comptais pas pour lui. Il a voulu me refiler à quelqu'un d'autre... comme un manteau ou un chien.

— Ne vous énervez pas. Racontez-moi ce qui s'est passé.

La jeune fille tira un mouchoir de sa poche et se tamponna les yeux.

— Comme vous le savez, il est sous les ordres du major Schofield. Il y a trois jours, ce major est venu me demander si je n'avais besoin de rien. Il disait que Bill ne serait pas de retour avant longtemps et qu'il lui avait demandé de veiller sur moi. Que... qu'il avait promis à Bill de veiller à ce qu'il ne m'arrive rien.

— Vous devriez avoir l'habitude de ce genre de chose maintenant. Je vous croyais plus forte que ça.

— Moi aussi, répliqua-t-elle.

— Je veux bien croire que vous dites la vérité, fit-il sans la regarder. Nous allons donc faire le jeu de Schofield et voir ce qu'on peut en tirer.

— Bon, répondit-elle. Mais il y a autre chose. J'ai recopié ces plans à l'usine. Je ne sais pas à quoi ils correspondent, le directeur les avait enfermés dans le coffre-fort, ce qui n'est pas dans ses manières.

— Laissez-les sur la table. J'y jetterai un coup d'œil plus tard. Je me suis fait une délicieuse tourte au lapin pour le déjeuner. Vous voulez la partager avec moi ?

— Non, fit-elle en frissonnant. Enfin, je veux dire, j'aurais bien aimé, mais je ne suis pas libre. Schofield m'a déjà invitée Vous croyez que je dois y aller ?

— Oui, il vaut mieux. Le devoir avant tout. La tourte attendra.

Au moins elle échappait à cet épouvantable endroit !

C'était un dimanche et la matinée était belle. Elle décida de rentrer à pied pour se calmer. Tout en avançant d'un bon pas, elle fit le point. La vie se compliquait. Elle ne savait plus très bien qui manipulait qui. Elle avait cru tirer les ficelles, mais finalement c'était peut-être bien Stephen. Paddy la croyait à moitié. Stephen avait promis de lui fournir en temps voulu des documents qui suffiraient à convaincre l'Irlandais. Stephen aussi la croyait à demi. Et Bill ? La lettre à son oncle prouvait qu'il la considérait comme une victime. Cher Bill. Jamais il ne croirait que, tout en l'espionnant, elle lui vouait un amour sincère. Et elle avait à jamais perdu Bill.

À la fin de la première semaine, la pneumonie était pratiquement guérie. Klara informa Marietta que Bill était tiré d'affaire.

Marie soignait tendrement le jeune homme ; elle le lavait, le nourrissait, le rasait, l'asseyait quand il avait du mal à respirer et lui massait le dos quand il souffrait. Tous les jours, elle confectionnait de bonnes soupes, échangeait un peu de lait chapardé contre un morceau de mouton ou de bœuf ou un peu de beurre contre du lard. Elle élevait quelques poulets dont elle donnait les œufs à Bill. Le soir, son travail fini, ils dînaient dans la cave en écoutant les informations de la BBC. Lorsque les Alliés envahirent la Normandie et la Bretagne, ils se réjouirent ensemble.

Le bulletin terminé, Marietta se glissait dans le lit de Bill et s'endormait instantanément ; elle se réveillait de temps en temps pour une prière d'action de grâces et replongeait dans le sommeil avec un soupir de contentement.

Chapitre 70

Quinze jours plus tard, Jan débarqua à l'improviste et déclara :

— Le major Roth a l'air remis. Du beau travail ! Je viens le chercher. Le temps presse.

Inutile de protester en affirmant que Bill n'avait pas encore repris toutes ses forces. Marietta le regarda empaqueter ses affaires et sortir en traînant la patte pour monter dans la camionnette de Kolar. Elle s'attarda près du portail longtemps après leur départ, en s'efforçant de croire qu'elle entendait encore le bruit du moteur.

Le surlendemain, elle rapporta de chez Kova une triste nouvelle : un des prisonniers « volontaires » s'était fait prendre la main dans le sac en essayant d'introduire des explosifs dans la mine Richard. L'homme avait été interrogé, torturé et exécuté, mais il n'avait pas parlé. Tard, le soir même, elle se rendit dans la forêt, là où les hommes s'entraînaient sous la direction de Bill, et rapporta le tout à Jan.

Bill venait à peine de commencer l'entraînement ; il ne connaissait pas encore très bien ses hommes. Pourtant, il sentit le poids de leurs craintes et de leur chagrin. Il résolut de leur parler.

— Je veux que tout le monde comprenne bien la raison pour laquelle ce camarade a eu une fin aussi horrible, commença-t-il.

Il leur révéla l'existence d'une nouvelle forme d'énergie, susceptible de rayer de la carte une ville entière d'un coup, et leur parla des engins qu'on mettait au point dans la mine — des missiles qui transporteraient cette bombe.

« Si nous survivons jusqu'à la fin de la guerre, songea

Marietta, que ferai-je ? Irai-je vivre aux États-Unis, mettre au monde une série de petits Bill ? En oubliant le serment prêté devant ma grand-mère puis mon père ? » Cette perspective était réjouissante, et elle resta plongée dans une contemplation béate. Puis un sentiment de culpabilité s'insinua dans son cœur. D'un côté l'amour, de l'autre le devoir... Toute sa vie, elle avait été prise entre ces deux feux.

Toute à ses problèmes, elle ne prêta qu'une oreille distraite au discours de Bill. Néanmoins, à un moment elle tendit l'oreille :

— Un mois environ avant l'arrivée des Alliés, je viendrai rejoindre dans la mine ceux d'entre vous qui y seront encore.

Les beaux rêves de Marietta s'effondrèrent. Il n'y aurait pas d'avenir. En tout cas pour eux. Bill se ferait prendre aussitôt entré dans la mine. Comment aurait-il pu passer pour un paysan tchèque à demi mort de faim avec ces épaules-là, ces manières pleines d'assurance, ces yeux bleus froids et calculateurs ? Il avait l'air de ce qu'il était : un officier des forces alliées bien entraîné et en bonne forme physique. Ce qui l'attendait, c'étaient l'interrogatoire, d'affreuses séances de torture et, pour finir, la mort.

— Des questions ? fit Bill.

Pâle et tremblante, Marietta se leva.

— Tu vas flanquer en l'air notre travail ! Tu n'espères pas passer à travers l'inspection à l'entrée ? Je ne vois vraiment pas comment on pourrait te prendre pour un Tchèque, toi l'Américain bien nourri ! Aucun d'entre nous n'a un gramme de graisse sur le corps. Et tu ne parles pas le tchèque, seulement l'allemand. Là encore, il y a le problème de ton accent. Ton plan ne tient pas debout. C'est la faillite assurée de notre opération.

Aux remarques que firent les autres, elle comprit qu'ils l'approuvaient.

— Je n'ai pas proposé de lancer un débat, rétorqua Bill d'un ton glacial, mais de répondre à d'éventuelles questions. Si tu n'en as pas, je te prie de ne pas m'interrompre. Pour l'heure, c'est Franz qui entre dans la mine. Franz est physicien de son état, et ingénieur aéronautique de surcroît. Et maintenant, passons à l'entraînement.

472

Marietta ne put en entendre davantage. Elle s'enfonça en aveugle dans la forêt et tomba en butant sur un tronc d'arbre. Malgré la fraîcheur de la brise, elle sentait perler sur son front une transpiration due à la peur et des tressaillements douloureux au creux de son estomac. « Si Bill pénètre dans la mine, il n'en ressortira jamais », songea-t-elle.

— Tu as bien failli casser ma baraque, tout à l'heure. Merci beaucoup.

Il était minuit. Bill était arrivé à l'improviste par la rivière. Jamais encore elle ne l'avait vu dans une telle colère. Elle sentit les larmes lui monter aux yeux. Elle serra les poings et réprima son envie de le supplier, de l'amener à comprendre son propre point de vue.

— Tu vas nous mettre tous en danger de mort, voilà ce que je crois, mentit-elle.

Elle posa sur la table du pain, du fromage et un verre de lait, mais Bill ne voulut pas manger. Debout, jambes écartées, au centre de la pièce, les yeux lançant des éclairs, il reprit, d'un ton sans chaleur :

— Marie, cette mission a été préparée à Londres par mes supérieurs. Je n'ai aucune liberté d'action ou de pensée. Si je suis censé entrer dans la mine, c'est qu'on a besoin de moi là-bas, ce sont mes ordres. Écoute-moi, bon Dieu ! cria-t-il en la voyant tourner les talons. Si nous n'étions chargés que de détruire la mine, la tâche serait aisée. Mais mes instructions sont claires : cela doit être évité. Les choses sont plus compliquées que tu ne le crois. Je ne peux t'en dire davantage. Je dois diriger l'opération finale. Tu dois me croire.

— Karol pourrait s'en charger... Ou Franz.

— Eux aussi ont des femmes qui les aiment, Marie.

Ce changement de ton, cette douceur, cette compréhension nouvelles eurent raison de la résistance de Marietta. Elle se jeta à son cou et laissa couler ses larmes. L'espace d'un instant, elle s'abandonna. Puis elle le repoussa.

— Moi qui étais si dure ! éclata-t-elle rageusement en s'écartant de lui. Invulnérable ! Rien ne pouvait m'atteindre. Et maintenant, voilà que je ne pense qu'à une seule chose : ta survie et la mienne. Tu m'as réappris à me soucier du sort d'autrui, et j'ai la certitude que, si tu entres dans ce camp, tu ne reviendras pas.

— J'irai quand même, et je te prie instamment de ne plus remettre en question mon autorité. Et moi, qu'est-ce que je ressens, à ton avis, quand je te sais en route pour Kladno à bord d'une camionnette bourrée d'explosifs ? À tout moment tu peux tomber dans une embuscade. Tôt ou tard, les Boches prendront Kova sur le fait.

La jeune fille détourna les yeux.

— Viens là, Marie. Viens près de moi. Je veux te serrer dans mes bras.

— Non. Fini, tout ça. Je ne me laisserai plus affaiblir par mes sentiments. Mon amour pour toi me rend vulnérable. Or, je ne peux pas me le permettre. Pas maintenant... Il faut que je sois forte.

— Si ta survie est à ce prix, alors je m'incline, admit-il d'une voix douce. Mais notre tour viendra, Marie, je te le promets. Quelqu'un là-haut veillera à ce que nous soyons un jour réunis.

« Cette fille est en acier trempé, ma parole ! » songeait Bill quinze jours après l'incident.

Une fois sa décision prise, elle n'avait plus dévié de la voie qu'elle s'était tracée. Elle avait résolu d'être une combattante, et pas un regard, pas un murmure, pas un frôlement ne venait trahir ses sentiments personnels. Elle faisait tourner la laiterie, assurait la liaison avec Kova et livrait les explosifs. Elle ne manquait jamais d'apporter leur nourriture aux hommes, même si, parfois, c'était à minuit. Elle ne faiblissait pas lorsqu'elle passait une nuit blanche, n'était jamais trop lasse pour relayer les autres à l'émetteur — que Jan avait transporté dans la forêt — et, quand les Britanniques parachutaient du matériel, elle était là pour aider à le récupérer.

Bill, lui, restait dans la forêt à entraîner ses hommes. Toutes les semaines, on choisissait quelqu'un pour se faire interner volontairement au camp. Certains y mouraient, mais d'autres semblaient placés sous une bonne étoile, tel Franz, qui donnait toute satisfaction.

Presque tous les jours, Marietta rapportait des informations via Kova : les générateurs avaient grillé, la ventilation était tombée en panne, les plombs du tableau d'éclairage avaient sauté, on avait trouvé des impuretés dans le carburant, une intoxication alimentaire s'était répandue parmi le personnel, et ainsi de suite. Bill commençait à croire que Franz était une espèce de génie.

Tous les soirs, Bill, Jan et Marietta se retrouvaient devant l'émetteur pour écouter les informations de la BBC internationale. Ils poussèrent des hourras lorsqu'on annonça le 25 août que la 2ᵉ DB de l'armée française était entrée dans Paris. Les troupes alliées avaient progressé rapidement après le débarquement en Normandie. Le général Patton et sa IIIᵉ armée avaient repris Orléans, Chartres et Dreux afin d'établir la liaison avec les Britanniques qui avançaient sur Rouen. Le 31 août, les Russes — qui se battaient aux côtés des Roumains, devenus leurs alliés — libéraient les champs pétrolifères de Ploiesti, qui satisfaisaient un tiers des besoins de l'armée allemande. Début septembre, les Alliés envahissaient la Belgique et arrivaient à trente kilomètres de la frontière germanique.

À la mi-septembre, les Allemands étaient en déroute dans toute l'Europe. Cherchant désespérément à prévenir l'invasion imminente du territoire allemand proprement dit, Hitler ordonna la mobilisation de tous les hommes valides de seize à soixante ans, censés former la garde populaire.

Puis, en octobre, un sérieux revers plongea les résistants tchèques dans le plus profond abattement. Pendant que les Alliés se préoccupaient surtout de libérer les Pays-Bas, dans un ultime effort les troupes allemandes avancèrent de quarante-cinq kilomètres en territoire belge dans l'espoir de reprendre Anvers et de couper les Alliés de leurs sources vitales d'approvisionnement. Ce fut la bataille des Ardennes : les Allemands effectuèrent une percée de quelque quatre-vingt-dix kilomètres derrière les lignes alliées ! Début décembre, cette avancée bloquait les divisions alliées et freinait leur avancée.

Bill en avait des sueurs froides. Chaque contretemps donnait aux chercheurs de la mine Richard un délai supplémentaire pour mener à bien leurs essais et achever les missiles.

Franz savait ce qu'il en était. On devait faire sauter la mine plutôt que de laisser les Allemands lancer leurs engins. Il avait caché assez d'explosifs pour remplir cette mission, mais Bill priait pour que cela ne s'avère pas nécessaire.

Ce dimanche 10 décembre 1944 au soir, Hugo était blotti dans son grand lit contre le dos de Freda, profondément endormie. Lui-même ne sommeillait pas plus de quatre ou cinq heures par nuit, mais il aimait rester au lit pour former des plans dans sa tête. C'était dans ces moments-là que lui venaient ses meilleures idées.

Un peu plus tôt dans la soirée, la Suède avait annoncé que le chimiste allemand Otto Hahn se verrait décerner le prix Nobel pour ses travaux dans le domaine de la fission nucléaire. Hahn était un chercheur brillant, mais impossible à manipuler. Après avoir exercé sur lui une pression constante pendant des mois, les nazis s'étaient résignés à l'exclure de l'équipe travaillant à la mine Richard et à le laisser travailler dans son coin. C'étaient néanmoins les théories de Hahn qu'on appliquait à des fins militaires au deuxième étage de la mine. Malgré les menaces de Hugo, ni la bombe ni les nouveaux missiles longue portée n'étaient au point. Hugo vivait sous tension en harcelant les chercheurs. Le professeur Karl Ludwig avait fixé une date pour le lancement du premier prototype : mars de l'année suivante. Il devrait s'en contenter.

Depuis quelque temps, Hugo avait d'incessants problèmes de santé. Les nouvelles du front datant de la veille étaient très alarmantes : des milliers de gens se retrouvaient à la rue après les bombardements alliés. Des émeutes éclataient devant les magasins d'alimentation vides, plusieurs femmes avaient été tuées après avoir renversé une charrette de pommes de terre. La patrie avait perdu l'espoir et les civils frénétiques creusaient des tranchées pour se protéger dans leurs villes.

Le V3 était le seul rempart, la dernière raison de croire en l'avenir. Nul ne devait lui causer le moindre dommage ; les enjeux étaient trop énormes. Hugo n'était pas un imbécile. En dépit des interrogatoires continuels et des exécutions régulières, la mine était le théâtre de sabotages incessants. Comment attribuer à des causes naturelles la récente série de désastres subis ? Pourtant, les enquêtes les plus poussées étaient restées sans effet. Il jouait contre Edelweiss, il le savait ; un Edelweiss rusé, astucieux, qui avait toujours une longueur d'avance sur lui.

Chapitre 71

Andréa surveillait les enfants dans le baraquement qui faisait office de garderie en s'efforçant de ne pas leur communiquer sa nervosité. Le cœur battant d'impatience, elle se demandait si elle n'avait pas supplié et comploté des heures en vain.

C'était Noël, on avait promis aux enfants double ration alimentaire, et une merveilleuse surprise... tellement merveilleuse qu'elle-même avait du mal à y croire. Elle contempla avec amour les tout-petits affamés qui levaient sur elle un regard plein d'espoir et d'une confiance absolue. Elle ne leur avait parlé que du morceau de pain supplémentaire. On ne pouvait jamais se fier aux promesses publiques du commandant du camp faites lors d'une inspection de la Croix-Rouge.

Andréa entendit approcher le chariot-repas ; une minute plus tard, traînant les pieds, la paysanne russe à moitié folle qui le poussait entra. Tout excités, les enfants se mirent en rang en tendant tasse et assiette. Deux morceaux de pain pour chacun, deux cuillerées à café de confiture de betteraves, une tasse de « café » confectionné à partir de glands, sans sucre. Les bambins s'assirent en tailleur, comme elle le leur avait appris, et entreprirent de mastiquer consciencieusement leur nourriture de manière à tirer le meilleur parti de chaque bouchée. Ce maigre repas fut vite achevé, et leurs yeux restaient fixés sur Andréa. Ils n'avaient qu'elle pour remplacer les parents et le foyer perdus ; elle faisait de son mieux pour leur rendre la vie meilleure, mais il y avait toujours quelque chose pour lui fendre le cœur.

Andréa alla se poster à la porte du camp et scruta anxieusement les environs ; personne ne venait encore.

— Il avait pourtant promis, marmonna-t-elle. (Puis, se retournant :) Allons, les enfant ! Enfilez vos manteaux et préparez-vous à sortir.

Elle leur avait appris des chants de Noël, et s'était vu accorder la permission de les emmener chanter, ce matin-là, pour les familles des gardes. Elle espérait que les épouses distribueraient des friandises et quelques menus cadeaux. De plus, quel plaisir, pour les enfants, que de sortir de leur enclos entouré de barbelés, de voir de l'herbe, des arbres, peut-être même un oiseau !

À la fois enthousiastes et apeurés, les petits formèrent une longue file indienne et se mirent en route. Andréa contempla ces petits corps engoncés dans des manteaux trop grands pour eux, avec leurs pyjamas à rayures qui battaient leurs chevilles filiformes.

Impressionnée à l'extrême, bouche bée, la petite troupe atteignit le portail étroitement surveillé menant aux quartiers d'habitation des gardes. Il avait neigé quelques jours plus tôt et la gadoue s'amoncelait dans les caniveaux. Le ciel était bas, mais heureusement, il ne pleuvait pas.

Passant en pataugeant devant les maisons, les enfants poussèrent des « oh ! » et des « ah ! » à la vue des arbustes et des pelouses. La petite Clarissa fondit en larmes et Andréa la prit dans ses bras pour la consoler. Clarissa avait sept ans et venait de Lidhaky ; Andréa la chérissait de tout son cœur et prévoyait de l'adopter si toutes deux survivaient à la guerre. Elle savait que ses parents avaient péri. Clarissa avait de courtes boucles châtaines, de grands yeux noisette et des taches de rousseur. Elle était pâle et amaigrie, mais Andréa se souvenait de la fillette rieuse et potelée qu'elle avait été.

Le petit groupe arriva chez le commandant ; Andréa sonna à la porte.

— Vous allez devoir attendre, les informa la Polonaise qui travaillait là comme femme de ménage.

Une demi-heure plus tard, le commandant arriva et on leur donna la permission de se rassembler sur la pelouse derrière la maison. Plusieurs épouses du voisinage se tenaient sous la véranda vitrée, l'air à la fois irrité et gêné. Les enfants chantèrent *Douce nuit* puis d'autres chants de Noël de leurs petites voix flûtées. Le commandant leur lança des bonbons comme on lance du grain aux poules. Ils se jetèrent à plat ventre sur la terre gelée pour les ramasser, deux d'entre eux allèrent jusqu'à se battre. Clarissa se remit à pleurer car elle n'avait pas eu sa part.

— Des animaux, entendit Andréa dans la bouche d'une des épouses de gardes.

— C'est qu'ils sont affamés ! répliqua-t-elle avec colère, une colère qui lui donnait soudain de l'audace. (Où étaient les faveurs qu'elle avait escomptées ?) Herr commandant, je vous en prie, reprit-elle, pourrions-nous avoir davantage de friandises ? Après tout, c'est Noël, et ce sont des enfants. « Laissez venir à moi les petits enfants... », commença-t-elle en tremblant, mais sans faiblir.

Le commandant lui lança un coup d'œil involontairement empreint de respect. Ils s'étaient heurtés plus d'une fois depuis qu'Andréa avait pris en main la garderie, un an plus tôt. Elle avait appris à ne formuler ses requêtes qu'en présence de témoins. Car, le commandant aimait qu'on le considère comme un homme magnanime. Il jeta donc un deuxième sac de bonbons.

— Et les balançoires ? ajouta-t-elle à mi-voix tout en se rendant compte qu'elle allait trop loin.

— Mais oui, mais oui. J'ai donné des ordres hier. Je suis un homme de parole, clama-t-il haut et clair.

Elle rebroussa chemin pleine d'espoir, mais pas tout à fait convaincue. Le vent fraîchissait, les enfants manqueraient bientôt d'énergie. Ils étaient devenus si fragiles... Leurs lèvres, leurs joues bleuissaient. Elle décida de porter Clarissa. Elle la serra contre elle et sourit en voyant l'expression béate de la petite, qui suçait son second bonbon en s'efforçant de le faire durer.

— C'est la fête ! murmura-t-elle en apercevant, tandis qu'ils approchaient du camp, des prisonniers finissant d'installer trois balançoires.

Tout à coup, ce fut Noël. Le visage des enfants exprima la plus pure des joies. Ce soir-là ils chantèrent encore, et le son grêle de la flûte qu'un prisonnier avait confectionnée pour eux se mêla à leurs voix. Andréa racontait ce qui s'était passé le jour de Noël et ils interprétèrent tour à tour les scènes de la Nativité. Dans leurs yeux s'allumèrent des lueurs émerveillées quand les trois Rois mages apportèrent leurs présents, en fait des petits cailloux, qui n'en revêtaient pas moins une valeur inestimable à leurs yeux. Enfin elle les borda les uns après les autres en leur souhaitant bonne nuit.

Depuis un an et demi, Andréa enseignait à ses protégés tout ce dont elle se souvenait. Gênée par l'absence de matériel, de livres, de papier, elle faisait de son mieux pour les instruire en allemand, bien qu'ils viennent de partout : Russie, Pologne, Tchécoslovaquie, France...

L'année 1944 s'achevait.

« Mon Dieu, faites que ces enfants voient la fin de la guerre, et protégez Louis. Faites qu'il soit encore en vie et rendez-le-moi. Faites que nous soyons bientôt libres », priait-elle sans relâche, une nuit après l'autre.

Le 15 janvier, Andréa fut convoquée au bureau du commandant.

— Vous êtes transférée à l'infirmerie, lui annonça-t-il, provoquant d'un coup l'écroulement de son petit monde. Veuillez vous présenter sur-le-champ à l'ordonnance Schmidt, service des soins médicaux.

— Mais... mais les enfants ont besoin de moi, bafouilla-t-elle. (Sa propre terreur disparaissait devant les craintes que cette nouvelle lui inspirait pour les petits.) Vous-même avez reconnu que je m'occupais bien d'eux. Vous disiez qu'ils ne vous causaient plus d'ennuis, à présent, qu'ils étaient bien moins souvent malades. Vous ne vous souvenez pas ? (Les mots se bousculaient sur ses lèvres, les larmes ruisselaient sur ses joues.) Je vous en prie, s'autorisa-t-elle à supplier. Je vous en supplie, ne m'éloignez pas d'eux. Ils ont besoin de moi.

Le commandant semblait avoir du mal à la regarder dans les yeux.

— Vous pouvez disposer, fit-il sèchement N'oubliez pas que moi aussi, je ne fais qu'obéir aux ordres.

Pourquoi se justifiait-il ainsi devant elle ? Cette dernière réplique l'emplit d'effroi tandis qu'elle regagnait la garderie d'un pas accablé. Elle avait résolu de désobéir et d'aller dire adieu aux enfants.

— Ce n'est pas pour toujours, les réconforta-t-elle.

Elle s'efforça de ravaler ses larmes et de se montrer brave devant les visages maigrichons collés aux barbelés, devant ces petites mains qui se tendaient vers elle, bref, devant ces enfants sans défense qui la regardaient partir loin d'eux.

— Soyez sages, et surtout courageux ! leur lança-t-elle.

Andréa s'acquitta de sa tâche dans un état second ; elle voyait flotter dans sa mémoire cette rangée de petites figures graves la regardant partir. À mesure que la journée passait, elle se sentit de plus en plus angoissée. Pourquoi le commandant avait-il ressenti le besoin de s'excuser ? Pourquoi cette honte sur ses traits ? Qui s'occuperait des enfants maintenant ? Dès cinq heures, la nuit tomba. Alors qu'elle refaisait les pansements des malades, Andréa vit une file de camions se diriger vers la garderie.

— Oh, mon Dieu ! Non, non ! hurla-t-elle.

Elle se mit à courir. Les soldats avaient allumé leurs torches et la garderie était éclairée comme en plein jour. Elle entendit vociférer les gardes, gronder les chiens, crier les enfants. Elle accéléra l'allure, manquant tomber tant elle était épuisée. Elle arriva comme on traînait les derniers petits hors du bâtiment pour les faire monter dans les camions. Leurs cris de détresse lui brisèrent le cœur.

Elle joua des coudes entre les soldats pour atteindre Clarissa. Un coup de crosse l'assomma et elle s'effondra au sol.

Un matin, au début du mois de mars, Andréa eut la surprise de se réveiller dans le service psychiatrique. Étrange... Elle venait pourtant de se promener avec Louis dans les champs, au bord de la Vltava, elle en était sûre... À contrecœur, elle revint dans le présent. Elle ne savait pas comment elle était arrivée à l'hôpital. Elle essaya de se mettre debout, ce qui lui demanda beaucoup d'efforts. Le docteur Schmidt la trouva titubant çà et là dans sa chambre, et lui envoya une infirmière. Elle apprit qu'elle était là depuis deux mois. Et pourtant, son dernier souvenir était une vision de la petite Clarissa debout, à l'arrière d'un camion, et lui lançant des appels affolés. Tout était fini. Il n'y avait plus que le souvenir maintenant. Tous ces adorables petits...

Elle se débrouilla pour obtenir une entrevue avec le commandant.

— Je constate que la garderie est de nouveau pleine d'enfants, lui dit-elle d'un ton accusateur.

— Naturellement, répondit l'autre qui, les yeux obstinément fixés sur ses mains, évitait le regard de la jeune femme.

— Partiront-ils eux aussi, un jour, pour les camps de la mort?

— Possible. Qui sait? Je vous l'ai déjà dit : je ne fais qu'obéir aux ordres.

— Et dans l'intervalle, peut-on savoir qui veille sur eux?

— Bertha, la Russe.

— Mais elle est sadique et à moitié demeurée! éclata Andréa.

Le commandant fit signe au garde de les laisser.

— Connaissez-vous la raison de ma présence ici? lui demanda-t-il lorsqu'ils furent seuls.

— Non, et je ne tiens pas à la connaître.

— J'ai été blessé sur le front de l'Est. Traumatisé par les bombardements, gravement brûlé, blessé, bref : inapte au service actif, mais en assez bon état pour diriger un camp. Eh bien, pour moi, il n'y a rien de pire que ce que je fais maintenant. J'ai toujours voulu être un militaire, pas un assassin.

— Je n'ai que faire de vos excuses, répliqua-t-elle d'un ton sec. D'autres ont le courage de désobéir à des ordres qu'ils jugent monstrueux.

Le commandant ouvrit le dossier d'Andréa.

— Votre père dirigeait l'orchestre de Prague, et vous-même avez étudié la musique à l'université de Munich. Vous jouez du hautbois et du piano, vous avez donné des concerts. Tout est là, dans votre dossier. Je peux vous confier la tâche de former un orchestre ici, si vous voulez, reprit-il un ton plus bas.

— Je veux m'occuper des enfants. Au moins pour la durée de leur séjour.

— Très bien, répondit-il, impassible. Êtes-vous sûre d'être assez forte ?

— Certaine.

— Alors vous pouvez réintégrer la garderie. Mais, si vous craquez au départ du prochain convoi vers l'est, il ne faudra plus compter sur moi.

— *Le prochain convoi vers l'est ?* s'exclama-t-elle d'un ton incrédule. C'est ainsi que vous soulagez votre conscience, en employant des euphémismes ? Vous voulez dire : « Quand on assassinera la prochaine fournée d'enfants » ?

Le regard du commandant redevint glacial et il rappela le garde.

— Escortez cette femme jusqu'à la garderie.

Chapitre 72

Maussade, Hugo regardait par la fenêtre de son bureau. Il faisait froid pour un mois de mars ; le ciel était d'un gris hivernal, le vent faisait rage. Une rafale gonfla les rideaux et l'odeur âcre de la rivière pénétra dans la pièce.

Son aide de camp frappa avant d'entrer, puis salua promptement et se mit au garde-à-vous. Hugo lui jeta un coup d'œil impatient, vit à quel point il avait peur et comprit le calvaire qu'il devait endurer. En bon fanatique nazi, il n'évoquait jamais les nouvelles inquiétantes qui leur parvenaient du front. Le défaitisme relevait de la haute trahison, mais les faits parlaient d'eux-mêmes.

Les Alliés encercleraient bientôt Berlin. La veille, Cologne était tombée. Le Vaterland serait entièrement occupé. L'ennemi ne récupérerait d'ailleurs pas grand-chose, car les bombardements lourds réduisaient à l'état de décombres les habitations et les industries du pays. Il ne faudrait plus que quelques jours pour que les Russes franchissent la frontière autrichienne. Le haut commandement venait d'annoncer qu'on évacuait entièrement la base de lancement de Peenemünde car les Russes s'en rapprochaient.

Ce qui signifiait que la mine Richard restait l'unique base de missiles longue portée. Les problèmes, c'étaient le temps qui pressait et ces maudits résistants. Il s'était produit tellement d'accidents depuis une dizaine de jours ! Les travaux s'en étaient trouvés considérablement ralentis. Disposeraient-ils du délai nécessaire pour tester les missiles et acquérir la certitude que leur plan de vol était correct ? La plus petite erreur pouvait faire exploser une bombe atomique en territoire allemand. Les chercheurs voulaient d'abord mettre à feu trois fusées non équipées d'armes nucléaires, mais Hugo était bien décidé à exiger le lancement d'un missile armé dès que possible.

Le V3 leur garantirait-il vraiment la victoire ? Le bon sens lui soufflait que non, mais qu'il était néanmoins susceptible d'infliger d'énormes dommages à l'ennemi, peut-être même de rayer de la carte plusieurs villes de première importance. Après l'explosion initiale, les populations civiles des zones urbaines alliées seraient en péril, et l'Allemagne serait à même de demander l'armistice dans des conditions favorables pour elle, voire un cessez-le-feu immédiat. Oui, l'arrêt des hostilités. Alors ils prendraient le monde en otage.

— Le temps presse, grommela Hugo, à moitié pour lui-même, à moitié pour son aide de camp. Il faut interpeller l'agent qui se cache sous le surnom d'Edelweiss. Mettre la Résistance hors d'état de nuire une bonne fois pour toutes. (Il retourna à la fenêtre.) Faites venir un contingent de prisonniers russes. Quand ils seront là, nous passerons par les armes tous les ouvriers non qualifiés de la mine. Tous ! Désormais, nous n'emploierons plus que des Russes. Ainsi nous serons à l'abri de ces Tchèques qui infiltrent nos camps en se faisant passer pour des détenus. Contactez le commandant de Theresienstadt. Obtenez-moi le détail de tous les fournisseurs qui ont accès au camp.

— Nous avons déjà enquêté sur eux, mon général, répondit l'aide de camp. Et plus d'une fois...

— Eh bien, recommençons ; je superviserai moi-même les interrogatoires.

En vingt-quatre heures, Hugo écarta vingt hommes de la liste, qui en comptait vingt-cinq. L'un des suspects s'appelait Miroslav Kova, Volksdeutsche précédemment lavé de tout soupçon parce qu'il était le représentant local du parti nazi, et de surcroît allié du commandant du camp ; en outre, il possédait les abattoirs de Kladno, qui dépendaient de la clientèle nazie. Comment un homme dans sa situation deviendrait-il un traître ? Pourtant, ce Kova dépensait trop d'argent au bistrot du coin depuis quelque temps...

Après deux jours d'interrogatoires incessants, Hugo fut convaincu de la culpabilité de Kova, bien que ce dernier ne démorde pas de sa version des faits : d'une part, il prenait souvent l'apéritif avec le commandant du camp et, d'autre part, il n'était pas bête au point de compromettre son commerce. Sur une impulsion, Hugo partit pour Prague et se gara au pied des marches de marbre noir qui menaient à l'imposant bâtiment abritant le haut commandement nazi, la banque Petsechek. Les gardes bondirent au garde-à-vous et firent le salut nazi ; Hugo descendit en ascenseur aux anciennes salles des coffres. Kova se trouvait là, sanglé dans un fauteuil et entouré de projecteurs. Son ventre mou débordait de sa ceinture, son veston était maculé de sueur et ses pieds nus noirs de crasse. « Outre son problème de transpiration, songea Hugo avec un sourire sans joie, ce type a vraiment quelque chose de puant. » Il le regarda faire des efforts pathétiques pour s'attirer les bonnes grâces de ses interrogateurs, puis s'installa dans un coin pour consulter le dossier. Ce qu'il lut lui donna une idée.

— Écoutez, les gars ! éructa Kova. Puisque je vous dis que je suis des vôtres ! Ces brutalités, là... À quoi bon ? Vous vous trompez ! Je fais de bonnes affaires en commerçant avec le camp. Ils m'achètent ma production ! Pourquoi irais-je trahir mes propres clients ? Si quelqu'un me demandait de faire le messager, je vous assure que je l'enverrais promener.

— Bien, fit Hugo d'un ton sévère en gagnant à grands pas la zone éclairée par les projecteurs. Voyons un peu ce que nous avons là, sergent. (Un coup d'œil au dossier.) Personnellement, Herr Kova m'a l'air d'un honnête Volksdeutsche. Détachez-le. Tenez, prenez une cigarette, Kova, reprit-il au bout d'un instant. (Son visage se plissa en une mimique amicale.) Je vois bien qu'il y a erreur. Je vous présente mes excuses. Allez nous chercher du café, lança Hugo par-dessus son épaule.

On fit asseoir Kova devant le bureau.

— Je vais vous faire escorter jusqu'aux douches, poursuivit Hugo. On vous remboursera votre costume. Ces brutes de SS n'ont pas la manière avec les gens. Ils foncent comme des requins attirés par l'odeur du sang. Voyez-vous... (Il se frotta les mains d'un air inquiet, puis haussa les épaules comme pour s'excuser.) Nous avons un problème. Des opposants au Reich harcelaient depuis quelque temps tous les fournisseurs ayant accès au camp tant ils cherchaient désespérément à faire passer des messages. Or, un de ces commerçants a répondu favorablement à leurs avances. (Hugo indiqua du geste les interrogateurs.) Et ils ont pour mission de découvrir l'identité de cette personne.

— Eh bien, ce n'était pas moi, répondit Kova en frissonnant. Moi, j'ai dit non.

Le soulagement lui chauffait les joues, et il ne cessait de s'éponger le front. Lorsque le café arriva, il s'empara de sa tasse et se mit à boire bruyamment.

— Ah bon ! Vous avez donc répondu non... Et avec emphase.

— Naturellement, répondit Kova.

— Et peut-on savoir à qui vous avez répondu non ? En d'autres termes, qui vous avait pressenti ?

— Comme vous l'avez dit vous-même, tout le monde a été pressenti.

— Est-ce la question que je vous ai posée ? Non, je ne crois pas. Nous imaginions simplement que la situation s'était produite, vous venez de confirmer nos soupçons, Herr Kova. Alors, pourquoi n'avez-vous pas immédiatement fait votre rapport au *Blockwart* le plus proche ? Nous aurions pu prendre tout de suite au piège cette saleté d'espion.

— Ma foi... (Kova transpirait de plus en plus.) Je ne voulais rien avoir à faire avec ça. Je préférais ne pas m'en mêler.

— Manifestement, vous avez de la sympathie pour ces gens, ces... individus subversifs ; sinon vous les auriez dénoncés. (Toute l'affabilité de Hugo avait cédé la place à une redoutable efficacité, et il mitraillait littéralement de questions.) Quand... ? Où... ? Par qui... ? Description détaillée, s'il vous plaît. Quel jour... ? Combien de fois les avez-vous rencontrés... ?

Kova était implicitement compromis maintenant. Devenu un des leurs.

— Une fois, bégaya-t-il. Une seule. Il faisait nuit, dans une ruelle sombre. Je n'ai pas bien vu... (Il s'éclaircit bruyamment la voix.) Je ne sais plus quand ça s'est passé au juste.

— Vous êtes dans une situation peu enviable, Kova. Vous seul avez rencontré ce traître. Il peut s'agir de l'homme qui a assassiné plusieurs de nos officiers. Oui, vous êtes dans le pétrin, Kova. La Résistance ne vous aurait pas contacté si elle ne vous avait pas cru sympathisant de leur cause. Vous les avez aidés, hein, sale porc !

Il se leva brusquement et jeta le fond de sa tasse de café dans les yeux de Kova, puis le frappa à plusieurs reprises.

Une demi-heure plus tard, on traîna en cellule un Kova terrifié qui ne tenait plus sur ses jambes. Hugo regarda sans la moindre pitié son corps s'effondrer au sol.

Hugo mit quinze jours à retrouver la fille de Kova, une adolescente de quinze ans qu'on avait envoyée se cacher chez des parents à la campagne. « Un miracle, songea Hugo en l'admirant, qu'un Kova puisse engendrer une aussi jolie petite. » Elle avait de grands yeux bleus noyés de larmes, et ses longues tresses blondes couleur de miel devenaient une épaisse chevelure quand on les dénouait pour les laisser couler librement sur ses épaules. On la conduisit dans la salle d'interrogatoire, où Hugo la viola. Ses cris se mêlèrent à ceux de son père, contraint d'assister à la scène. Pourtant, il persista dans sa version des faits. Alors elle fut violée et sodomisée par dix agents, jusqu'à ce qu'elle perde connaissance. On la ranima à coups de seau d'eau glacée, puis on entreprit de fixer des électrodes un peu partout sur son corps.

Kova hurla si fort qu'on eut du mal à transcrire les renseignements qu'il donna.

— Laissez ma fille tranquille, bande de salauds, monstres ! Je vais tout vous dire, sanglota-t-il. Je suis en contact avec le boucher du camp. Je transporte des messages pour le compte d'une femme. Elle s'appelle Edelweiss. Grande et mince, avec des cheveux noirs très courts... Je ne sais pas où elle habite, je ne connais pas son vrai nom. Elle est haut placée dans la Résistance, c'est tout ce que je peux dire. J'ai été recruté par un boiteux. Il ne m'a jamais dit son nom. Laissez ma fille, je vous en supplie. Elle est innocente. Elle n'est au courant de rien. Je jure que je vous dis tout ce que je sais.

Hugo s'efforça de ne pas montrer sa surprise. Une femme ! Comment était-ce possible ? Puis l'excitation l'emporta. Enfin, ils allaient mettre la main sur Edelweiss !

— Emmenez la fille. Bon, vous savez ce qui l'attend si vous nous causez encore des ennuis, Kova. Nous ne manquons pas d'idées pour nous occuper des filles de traîtres.

— Non, je vous en supplie, non !

— Cela dépend de vous. Vous allez me décrire cet agent, cette Edelweiss. Une femme, vous dites ? C'est curieux. Réfléchissez bien. La vie de votre enfant est entre vos mains.

Un peu plus tard ce jour-là, on remit Kova sur pied avant de le reconduire aux abattoirs tandis qu'on gardait sa fille en otage. Hugo regagna Sokol plein d'optimisme. Le marché conclu avec Kova était simple : la traîtresse en échange de la vie et de la liberté de sa fille. Le piège était tendu. Edelweiss serait capturée. Ce n'était plus qu'une question de jours.

Jan contactait les divers groupes grâce à l'émetteur du grenier quand parvint le message d'Erhardt. Kova avait été interrogé, puis relâché pour servir d'agent double et tendre un piège à la Résistance. Sa fille avait été retenue en otage, mais elle s'était pendue dans sa cellule et Kova ne le savait pas.

Jan composa son message en morse d'un index tremblant.

— Mais Edelweiss est en ce moment même partie livrer des explosifs à Kova ! Il faut tenter de l'intercepter.

— Impossible. Nous sommes à des kilomètres l'un de l'autre.

Telle fut la réponse d'Erhardt avant que la communication ne soit brusquement interrompue.

Que faire ? Jan s'acharna à composer le code de tous les groupes agissant aux alentours de Prague. Il finit par obtenir Georg Kolar.

— Dites à Kova que sa fille s'est pendue. Les nazis voulaient le lui cacher. Il ne faut pas qu'il trahisse une innocente patriote. Il doit continuer à travailler à nos côtés, pour se venger. Dites-lui aussi que nous sommes désolés.

Marietta trouva Miroslav Kova dans la cour, occupé à écorcher un bœuf. Elle frémit.

— Kova ! lança-t-elle.

— Venez, vite !

Il se retourna et le spectacle qu'il offrait la fit sursauter de terreur. Son teint était jaune citrouille, ses yeux étaient injectés de sang, ses paupières à moitié closes dans un visage enflé, œdémateux. « Il s'est fait tabasser. La Gestapo ! » Trop tard pour s'enfuir. Le cœur lui manqua ; son estomac se noua douloureusement. La bouche brusquement sèche, elle songea : « Ça y est... Je suis fichue. Comment Bill réagira-t-il en me perdant pour la seconde fois ? » Ces pensées se succédèrent à la vitesse de l'éclair.

— Je suis tombée dans un piège ? demanda-t-elle d'une voix étranglée.

— Oui. Dieu nous sauve, vous et moi. Je vous attendais.

Il la poussa sous un appentis et donna un coup de pied dans une botte de paille, découvrant une grille munie d'un anneau métallique.

— Sautez, vite. Les abattoirs sont cernés. Ma fille est morte, alors je ne vois pas pourquoi je vous trahirais. Pas question de vous laisser souffrir ce qu'elle a souffert.

Marietta entendit des pas précipités de l'autre côté de la rue. Il y eut un coup de sifflet, des cris.

Kova l'attrapa par le bras avec une force surprenante et la précipita dans les ténèbres. La grille retomba au-dessus de leur tête.

— L'entrée est cachée sous la paille, mais il ne tarderont pas à la découvrir, souffla Kova.

L'espace d'un instant, elle eut du mal à rester debout et le son de sa respiration rauque lui emplit les oreilles. Il faisait un noir d'encre. Elle l'entendit murmurer :

— Reprenez-vous, bon sang ! Courez, votre vie en dépend !

Alors elle tendit les bras, paumes tournées vers l'inconnu, et fit quelques pas à l'aveuglette. Une odeur de pourriture et d'humidité flottait dans l'air. Des chairs en putréfaction vinrent heurter au passage ses épaules et son visage en se balançant d'avant en arrière.

Kova alluma sa torche, ouvrit à la volée la porte de la cave et poussa Marietta à l'intérieur. La jeune fille dérapa, perdit l'équilibre... Le sol était en pente, elle tomba, tomba... Tout à coup elle se retrouva sur le dos, glissant vers le bourbier. Elle était dans les égouts ! Des rats lui passaient sur le corps en détalant et en piaillant de panique. On entendait de l'eau cascader non loin. Marietta se remit tant bien que mal sur ses pieds, mais Kova l'agrippa et la poussa à nouveau en avant.

— Vite... Vite ! souffla-t-il. Ils vont bientôt trouver la trappe. Ils auront des torches, des armes... Dépêchez-vous !

Ils se trouvaient dans le canal principal d'évacuation des eaux usées, faiblement éclairé par les bouches d'égout percées dans la rue, là-haut. Le terrain était toujours en pente. Ils continuèrent à courir, jusqu'à ce que Marietta croie ses poumons sur le point d'éclater. De temps en temps, elle discernait au-dessus d'elle des trappes auxquelles conduisaient des volées de marches en pierre.

Au bout d'une heure de course effrénée, Kova l'autorisa à prendre un peu de repos, assise sur un bloc de pierre, à l'embranchement de deux tunnels. Ils prêtèrent l'oreille, tendus et muets dans l'obscurité. Des coups de sifflet retentirent au loin.

— J'ai voulu vous faire tomber dans une embuscade, expliqua inopinément Kova, des sanglots dans la voix. J'allais vous dénoncer. Ils m'avaient fait conclure un marché. Ma fille en échange de vous. Que Dieu me pardonne, mais je le referais si elle était encore en vie. Seulement, elle est morte... Ma pauvre petite est morte, et von Hesse l'a violée... Ils l'ont tous violée... entre autres choses horribles. C'est affreux ! Elle s'est pendue. Elle si bien élevée, si sage ! Elle n'aurait pas fait de mal à une mouche. Pourrez-vous jamais me pardonner ?

— Je suis désolée, Herr Kova. Merci de m'avoir sauvé la vie. Bien sûr que non, je ne vous en veux pas. Je plains votre fille.

— Partez par là, fit-il. Restez toujours dans l'eau courante. Ça vous évitera de vous faire repérer par leurs chiens. Moi, je file par ici pour les attirer à mes trousses. Je connais cet endroit comme ma poche. Je livre de la viande au marché noir, vous comprenez... Et maintenant, écoutez-moi. Comptez dix volées de marches et prenez la onzième. Vous émergerez dans les faubourgs de Slanyl, près des bois, où vous serez en sécurité.

— Herr Kova, fit Marietta, si vous survivez jusqu'à la fin de la guerre, je vous en prie, venez me trouver. Je m'appelle Marietta. Je suis la petite-fille de feu la princesse Lobkowitz. Je tiens à...

— Après la guerre, peut-être... En attendant, courez de toutes vos forces !

Chapitre 73

Bill faisait la démonstration du nouveau type de détonateur que les Anglais avaient parachuté la veille. Ses hommes étaient avides d'apprendre, et il s'efforçait de se concentrer sur sa tâche, de ne pas se laisser distraire par ses craintes. Marie n'était pas encore venue apporter leur dîner. Elle était allée voir Kova, il le savait, et cela le plongeait dans un abîme de tourment. À quoi était dû ce retard ? Que s'était-il passé ?

Il restait dix hommes à eux à l'intérieur de la mine, sans compter Franz, et assez d'explosifs pour pulvériser le complexe de recherche. En espérant qu'il ne soit pas obligé d'en venir là.

Puis minuit sonna et les résistants allèrent s'installer pour la nuit dans la cabane de bûcheron ; Marie n'était toujours pas rentrée de Kladno, et Bill en était malade.

Les hommes échangeaient rires et plaisanteries. Çà et là, le bout incandescent d'une cigarette luisait dans le noir.

— Un de ces jours, entendit Bill, je vais me dégotter une veuve bien grasse et passer une semaine au lit. On ne me verra plus d'une semaine, je vous le dis ! Je dormirai du sommeil du juste.

— Et la veuve ? lança quelqu'un. Tu crois que ça va lui plaire ?

— Elle dormira aussi. Elle sera trop épuisée pour faire quoi que ce soit d'autre.

Il y eut des gloussements dans l'obscurité et Bill devina qu'ils se remémoraient des jours meilleurs.

— Moi, lança un autre, je mangerai un porc entier à moi tout seul ! Je commencerai par les pieds et je continuerai en remontant : les côtelettes, le foie bien revenu à la poêle avec des oignons ; puis il y aura du rôti de porc pour dîner, avec des pommes de terre et de la purée de potiron, des tonnes de légumes, des œufs au jambon pour le petit déjeuner, et...

C'étaient des hommes simples, honnêtes et courageux. Ils écoutaient cette litanie comme des enfants à qui on raconte une histoire tandis que Bill, couché sur le dos, priait pour que Marie arrive enfin.

« Et moi ? Qu'est-ce que je ferai, plus tard ? Eh bien, je ferai construire une maison sur les hauteurs, avec une belle vue pour que Marie ne soit pas trop dépaysée. Elle élèvera peut-être des chevaux, ou bien elle s'occupera du ranch. Tout ce qu'elle voudra, elle l'aura. »

Mais que pourrait-elle vouloir ? Une foule de domestiques ? Ou bien au contraire un mode de vie fort simple ? Il avait beau l'aimer de tout son cœur, il devait bien l'admettre : il ignorait quel genre d'existence elle choisirait. Voudrait-elle un seul enfant, ou plusieurs ? Une maison dans le style ranch, ou quelque chose de plus classique ? Se montrerait-elle capable de s'installer dans un rôle d'épouse et de mère, après ce qu'elle aurait vécu pendant la guerre ?

Bill s'endormit en rêvant de Marie, une Marie dont les cheveux avaient repoussé, dont le visage n'exprimait plus que de la gaieté et qui, rayonnante de chaleur et d'amour, vivait à ses côtés. La vie redeviendrait-elle un jour ce qu'elle avait été ? Auraient-ils le droit d'être heureux ensemble ?

Il se réveilla en sursaut et jeta un coup d'œil à sa montre. Il ne fallait pas qu'il sombre dans un sommeil trop profond : à cinq heures du matin, il devait aller attendre un parachutage dans les champs. « Espérons que, cette fois, ils n'auront pas oublié les bottes. » Ses hommes n'avaient que des souliers percés et rapiécés, et il faisait froid.

Bill chérissait un autre rêve, auquel il se laissait aller de temps en temps. Il rentrait à Londres après la guerre et tordait le cou à l'individu responsable des parachutages de matériel. Il n'y en avait jamais assez, on leur expédiait rarement ce qu'ils avaient demandé, et encore le contenu des paquets arrivait-il souvent en miettes. Enfin...

Une heure plus tard, Jan le réveilla ainsi que le reste de l'unité pour leur annoncer la mauvaise nouvelle : Marie s'était fait prendre. Ils devaient déplacer leur QG au cas où elle parlerait sous la torture. La laiterie ne pouvant plus servir, il fallait renoncer aux caves et à l'émetteur qu'elles recelaient, encore qu'ils en possèdent d'autres. Nul ne savait où le camion avait été remorqué, et Kova avait disparu.

Tremblant d'effroi et de rage, Bill poussa Jan dans un coin, referma sa grande main autour du cou de l'infirme et le secoua. Il aurait donné des coups de poing s'il avait eu en face de lui un adversaire à sa mesure.

— Espèce d'ordure ! C'est tout ce qui vous vient à l'esprit, hein : sauver notre peau ! Salaud, va ! (Il le projeta violemment contre le mur.) C'est de Marie qu'il s'agit ! gronda-t-il. Il faut la tirer de là. Où a-t-elle été arrêtée ? Dites-le-moi ! Dites-moi où ils lui ont mis la main dessus !

Il fallut quatre hommes pour lui faire lâcher Jan. Ce dernier frotta son cou endolori.

— Pour autant qu'on sache, elle est toujours dans les abattoirs. Ils sont probablement en train de l'interroger sur place, histoire de gagner du temps. Ça grouille de soldats et d'agents de la Gestapo, là-bas. Von Hesse s'est rendu sur les lieux avec la moitié de son état-major. Nous devons déménager d'urgence. Elle peut très bien craquer. Soyez raisonnable, mon vieux. On n'a aucun moyen de la sauver. Toute la zone est interdite d'accès. Ils ne prennent pas de risques. On m'a rapporté deux explosions de moyenne puissance dans la mine Richard, signées Kolar et son groupe. Franz fait des merveilles. Car c'est bien de ça qu'il s'agit, hein, Roth ? cria Jan sans se préoccuper des autres, qui le regardaient les yeux ronds. On est bien censé empêcher les Boches de lancer leur V3, que je sache ? Vous croyiez peut-être que vous étiez là pour veiller sur votre petite amie ? Et maintenant, bougez-vous et allez vous occuper du parachutage.

Malade de peur et de chagrin, Bill s'obligea à se remettre debout. Quelle impression bizarre... Il avait les jambes en coton, ses mains tremblaient, ses yeux piquaient et ne tarderaient pas à s'emplir de larmes.

— Oh, mon Dieu, protégez-la..., pria-t-il.

Toute la nuit, des visions de Marie aux mains des SS vinrent le torturer. Il ne se faisait guère d'illusions. Il connaissait bien leurs méthodes. Et, cette nuit-là, il atteignit le fond du désespoir.

Le lendemain soir, Marietta le surprit dans la cabane en train de superviser l'emballage des explosifs parachutés par la RAF. Il semblait épuisé et mal en point. Il portait un vieux polo bleu et son visage était contracté et bleu par le froid. Il avait le teint brouillé, les yeux hagards. Son souffle se condensait pour former une légère brume blanche au-dessus de lui tandis qu'il se penchait sur la table en plissant les yeux pour mieux voir. Le soir tombait. Les dernières lueurs du soleil rougeoyaient à l'ouest, et les arbres se détachaient en noir sur ce fond de ciel pourpre. La température était tombée en dessous de zéro et continuerait à descendre.

— Bill, mon chéri, fit-elle en s'arrêtant sur le seuil.

Il resta figé sur place, mi stupéfait, mi fou de joie.

— Oh, mon Dieu ! Ma chérie... Ils disaient que tu avais été faite prisonnière, qu'il n'y avait rien à tenter pour te tirer de là. C'était bien le pire, d'ailleurs, de me sentir impuissant, de ne pas savoir ce que tu vivais... Oh, merci, mon Dieu, merci ! Marie, ma petite Marie... Je n'ai jamais eu de vision aussi merveilleuse : toi, indemne, debout dans l'encadrement de la porte..., fit-il d'une voix rauque. (En chancelant, il chercha un appui contre le chambranle et attrapa Marie par l'épaule : elle sentit ses doigts s'enfoncer dans sa chair.) Assieds-toi et raconte.

Ils prirent place sur un petit banc. Bill passa son bras autour de la taille de Marietta, qui posa sa tête sur son épaule. Alors, sans tenir compte des regards gênés des autres, la jeune femme lâcha d'un trait toute son histoire.

— Je ne tiens plus debout, Bill, acheva-t-elle enfin. Et je sens encore cette odeur sur moi. Heureusement, j'ai refait surface près de chez Kolar. Sa famille m'a fait chauffer deux bains d'affilée, et je continue à puer comme une porcherie. C'est Georg qui m'a déposée ici avec son camion de livraison.

Bill frémit.

— Tu l'as échappé belle, murmura-t-il enfin. Cette fois-ci, c'était juste. J'ai failli te perdre une seconde fois, Marie. Et je ne veux pas qu'il y en ait une troisième. Tu ne disposes pas de neuf vies comme les chats. Je t'en prie, pense à nous. Fais attention. Tiens-toi tranquille quelque temps. Reste avec moi dans la forêt.

— J'y suis obligée, de toute façon. Je n'ai pas d'autre endroit où aller. La laiterie ne peut plus servir, Lara Zimmerman non plus.

— Tu ne peux pas savoir par quoi je suis passé...

— Oh, mon amour... J'ai pensé à toi tout le temps. Je me suis rendu compte que j'avais eu tort. J'aurais dû te donner tout l'amour dont j'étais capable, sans regarder le prix à payer. Nous ne verrons peut-être pas la fin de la guerre. Je veux vivre pour quelque chose. Mes souvenirs sont usés, je les ai ressassés trop souvent. Je resterai avec toi ce soir et tous les autres soirs qui nous restent. Je veux te donner assez d'amour pour une vie entière.

— Ne dis pas ça, Marie. Ne parle pas comme si nous n'avions pas d'avenir. Je te le dis, Marie : on s'en sortira, tu verras.

Cette nuit-là parut ne jamais devoir s'achever. Le clair de lune s'infiltrant par les fissures du toit vint strier le coin d'intimité exigu qu'ils s'étaient ménagé. La jeune femme se pressait contre lui, tremblante de désir.

Il déboutonna son chemisier en laissant courir ses lèvres dans son cou et sur ses seins.

Marietta s'abandonna. Elle avait tant besoin de lui qu'elle en perdait la raison. Elle oublia tout : la guerre, l'avenir, leurs craintes à tous les deux. Elle avait frôlé la mort. Une rémission lui avait été accordée. Qui pouvait dire combien elle durerait ? Elle devait emplir ces jours, ces précieuses nuits, d'une vie entière d'amour. Rien ne comptait que Bill et l'envie dévorante qu'elle ressentait.

En la regardant, lui aussi éprouvait la nécessité impérieuse de l'emmener loin et de la mettre en sécurité pour toujours. Elle paraissait si vulnérable, ainsi allongée, nue, sur le matelas de paille.

Les grands yeux bleus de Marie le fixaient.

— Qu'y a-t-il ? interrogea-t-elle tout bas.

— Tu es si frêle... Si fragile .. Et en même temps si courageuse !

La passion se lisait dans le regard de Marietta ; elle ne pouvait plus la contenir. Sa pâleur, ses lèvres gonflées, cette moiteur entre ses cuisses le lui disaient.

— Marie, je t'aime. Tu ne peux pas savoir comme j'ai attendu ce moment.

Elle gémit doucement et planta ses ongles dans les épaules de Bill. Il la pénétra et se mit à aller et venir en elle au rythme que lui imprimait le désir de Marietta, dont les muscles se contractaient à intervalles réguliers. Elle gémit encore. Une double sensation de désespoir et de beauté émanait de leur union.

— Oh, Bill ! Je t'aime. Au moins nous aurons eu cette nuit...

— Chut ! Il ne faut pas parler ainsi. Nous devons croire qu'un jour nous aurons notre chance.

Ils restèrent serrés l'un contre l'autre, leurs corps moites s'agrippant fiévreusement, jusqu'à ce que le sommeil les surprenne.

Au matin, Marietta s'éveilla au son d'un chant d'oiseau et prit conscience qu'ils étaient encore dans les bras l'un de l'autre. Un flot de tendresse la submergea. Elle posa un doigt sur ses lèvres et effleura la peau du jeune homme. Il remua et l'attira à lui sans ouvrir les yeux. « Comme c'est étrange d'aimer à ce point », songea-t-elle. Elle ne désirait rien d'autre dans la vie que de rester couchée près de Bill et de le serrer contre elle. Si elle pouvait arrêter le temps !

Elle finit par se lever et s'habiller en frissonnant. « Comment vais-je me laver ? » se demanda-t-elle en regardant autour d'elle. Elle ne put s'empêcher de sourire. Bill avait fait de son mieux pour rendre habitable le grenier de la cabane. Il y avait une chaise, un réchaud de camping, une radio, quelques livres, une vieille bouilloire noircie, une casserole sans queue, un couteau, une fourchette et une cuillère sur une étagère, ainsi qu'une miche de pain rassis entamée, posée sur un plat rouillé.

— Dis donc, Bill, gloussa-t-elle, c'est comme ça que vivent les millionnaires américains ?

— Un endroit bien à soi en plein cœur d'une forêt inhabitée, c'est difficile à trouver, crois-moi. Viens voir.

Par le vasistas, elle aperçut des bourgeons tout neufs sur les arbres, des touffes de primevères, des bouquets de violettes sous les taillis épineux... Un lièvre bondit dans l'herbe tendre, des oiseaux rassemblaient les brindilles nécessaires à leur. nid.

— Si seulement..., souffla-t-elle.

Dès ce moment, Marietta entreprit de nettoyer la cabane, de préparer les repas, de laver le linge et d'aider Bill à emballer les minuscules paquets d'explosifs qui entreraient clandestinement dans la mine. Jan avait trouvé un nouveau messager : un fermier qui élevait de la volaille dans les environs et qu'il avait soudoyé au moyen d'une grosse somme d'argent déposée hors de Tchécoslovaquie.

Un jour, au début du mois d'avril, Bill se confia à Marie :

— Quand je serai parti... pour le camp, je veux dire... les choses te paraîtront mal engagées, mais ce ne sera pas aussi grave que tu le croiras. Ma principale mission n'est pas de faire sauter la mine, mais simplement de m'assurer que le V3 ne sera pas lancé. En fait, au cas où les Boches tenteraient de le faire sauter, nous sommes censés les en empêcher. Les Américains vont venir, par la frontière bavaroise, démonter les installations de la mine, puis ils ramèneront avec eux les savants et le résultat de leurs travaux. Nous n'escomptons guère de résistance. Le gros des troupes allemandes sera en train de se défendre sur son flanc est contre les Russes.

« En bon communiste, Jan a l'intention de veiller à ce que ce soient les Russes qui récupèrent les travaux. Pour être franc avec toi, c'est là la deuxième raison de ma présence. Je dois m'assurer que les Rouges ne mettront pas la main sur ces documents. J'irai jusqu'à tout faire sauter, s'il le faut, si les Américains n'arrivent pas à temps. J'espère que ce ne sera pas nécessaire. Jan doit tout ignorer jusqu'à ce qu'il soit trop tard pour qu'il intervienne. Comme tu le sais, les accords de Yalta stipulent que la Tchécoslovaquie passera sous domination soviétique. On pense que les Allemands tenteront de retenir les

500

Russes aussi longtemps que possible sur les frontières Est, assez pour que les Américains puissent avancer sous prétexte de prêter main-forte à leurs alliés. Quand ils auront libéré Theresienstadt et démonté le complexe de recherche, ils se replieront si on le leur demande. Il ne faut donc pas compter sur les troupes américaines pour aller plus loin que la mine vers l'est. Tu saisis ?

« Marie, poursuivit-il, il y a une autre mission à remplir, et pour cela, je ne peux pas me fier à Jan. Je vais t'en charger. J'ai ici une liste des principaux savants que nous voudrions faire passer de notre côté. Comme tu le sais, ils ont une permission de sortie le week-end, à tour de rôle. Si l'un ou l'autre de ces onze chercheurs, ainsi que leurs familles, se trouvent en dehors de la mine, il faut les empêcher de prendre la fuite devant les Américains. Les retenir par la force, si nécessaire, et ce jusqu'à l'arrivée des Alliés. Ceux-ci s'adjoindront des agents susceptibles de « retourner » les chercheurs, de les rallier à notre cause. En dernier lieu, on leur laissera le choix mais, pour eux, l'autre terme de l'alternative peut être la déportation. Tiens, voilà la liste. Tu peux t'en occuper ?

— Oui, répondit-elle simplement. Les communistes font les meilleurs combattants, mais il va falloir que je choisisse dans mon camp. Heureusement, je sais les distinguer les uns des autres... (Elle s'interrompit et observa Bill d'un air intrigué.) Tu es ailleurs... Où ?

Bill pensait à Ingrid. Elle aussi avait un rôle à jouer dans l'histoire.

— Il y a trop de choses auxquelles je dois penser, répondit-il avant de s'enfermer dans son mutisme.

Ce n'était pas le moment de parler d'Ingrid à Marie. Un jour, il le ferait. Pour l'instant, c'était à Schofield et elle de convaincre les Allemands qu'ils devaient maintenir le gros de leurs troupes sur les frontières de l'Est. Ils *devaient* croire que les Américains n'avaient pas l'intention de pénétrer en Tchécoslovaquie par la Bavière. L'armée américaine devait se tenir prête à agir. Tant de choses dépendaient de sa promptitude ! Il ne pourrait pas défendre indéfiniment la mine en cas d'attaque concertée.

Ce soir-là, Marietta resta longtemps à demi redressée dans le lit, en prenant appui sur un coude, à contempler le visage de Bill au clair de lune. Elle tenait à en mémoriser le moindre détail afin de ne jamais l'oublier. Il ouvrit les yeux et sourit.

— Tout ira bien, tu verras.

Mais sa pâleur contredisait ses propos. Ils s'étreignirent. Marie s'efforça de ne pas pleurer. Il ne leur restait plus beaucoup de temps.

Chapitre 74

L'aube se levait sur la forêt. Les herbes humides de rosée scintillaient au soleil, sous les arbres se dressaient çà et là des touffes de jacinthes sauvages. Dans la cabane, dont elle avait laissé la porte ouverte, Marietta était en train de déballer les explosifs parachutés la veille lorsque deux ombres sur le seuil vinrent masquer la lumière. Une seconde plus tard Jan faisait son entrée, mais la jeune femme entrevit brièvement, derrière lui, un uniforme gris.

Un soldat! Son estomac se noua, puis elle comprit à l'attitude de Jan qu'elle n'avait rien à craindre. Jan écarta le soldat de la porte.

— Attendez là. (Il s'exprimait d'une voix douce.) Ça vaudra mieux. (Son ton laissa Marietta perplexe. Amical, presque gentil...) Je suis venu avec quelqu'un qui... (Jan la prit par les épaules et la fit pivoter vers lui.) Marietta, préparez-vous à recevoir un choc. Il n'est plus tel que dans votre souvenir. Ça n'a rien d'étonnant, d'ailleurs, après ce qu'il a vécu. Il s'est évadé d'un camp de prisonniers de guerre, en Sibérie. Évidemment, il a souffert du...

— Mon Dieu, Jan, qu'est-ce que vous me chantez là? Vous voulez dire que...?

Elle le repoussa sans ménagement, s'élança au-dehors puis se figea sur place, pétrifiée. Le soldat qui attendait sous le chêne, sur le banc de pierre usée, avait les cheveux blancs. Robuste, vieux avant l'âge, il était courbé en avant, la tête dans les mains, celles-ci touchant presque ses genoux, comme s'il souffrait le martyre. Elle le scruta, cherchant un détail connu, embrassant du regard la structure osseuse robuste, les mains aux articulations noueuses, aux tendons apparents, pleines de cals et de cicatrices. Se pouvait-il que ce fût Louis ? Elle n'osait l'espérer. Elle s'avança comme à regret.

— Qui est là ? fit-elle tout bas.

L'homme se tourna et leva les yeux pour la regarder à travers sa frange en broussaille, et cette attitude familière lui fit faire un bond de plusieurs années en arrière. Un flot de souvenirs pénibles la submergea. Elle éclata en sanglots, se précipita les bras tendus, voulut se jeter à son cou, puis se retint.

— Louis, mon Louis... (Elle prit doucement son visage dans ses mains pour l'obliger à lui faire face. Les larmes lui brouillaient la vue, elle n'arrivait pas à fixer l'image de son frère.) Oh, Louis, mes prières ont été exaucées. Tu es vivant, tu es revenu... Merci, Louis. Merci, mon Dieu ! (Elle lui prit la main et la pressa contre ses lèvres.) Mais tu pleures. Pourquoi ?

— Jan ne m'avait pas prévenu... Il m'a amené ici sans rien me dire. Moi aussi, je te croyais morte. On m'avait dit que tu avais été emportée par la tuberculose au camp de Lichtenberg. Et maintenant te voilà... Oh, Marietta... Mon Dieu, mais que t'ont-ils fait... ?

Il s'empara de son bras, passa un doigt sur les marques de ses brûlures, puis scruta son visage, dessina le contour de ses pommettes et de ses yeux. Il la serra dans ses bras, si fort qu'elle en eut le souffle coupé. Elle l'étreignit à son tour, découvrant le dos musclé et ferme de son frère, ses biceps maigres mais durs, la force impressionnante qui se dégageait de sa personne.

— C'était affreux de ne pas savoir... Oui, c'était bien ça le pire : espérer, puis perdre à nouveau l'espoir, et me forcer encore à avoir foi en l'avenir...

Il la regarda en souriant.

— Oui, j'ai survécu. J'ai vécu un enfer, mais je suis de retour... (Il resserra son étreinte, comme s'il avait peur de perdre à nouveau sa sœur, qui essayait en vain de refouler ses larmes, reniflant et s'essuyant le nez du revers de la main.) Calme-toi, reprit-il en la berçant doucement. (Il lui caressa la nuque, passa tendrement la main dans ses cheveux.) Moi, je ne me laisserais pas abuser par ça, ajouta-t-il en effleura ses courtes mèches noires. Je me demande même si ça valait la peine de les teindre.

— C'est à cause de Hugo. J'ai tellement de choses à t'apprendre ! Mais ça attendra.

— Est-ce qu'il ne reste que nous deux ? Je n'arrive même pas à prononcer son nom tellement j'ai mal quand je pense à elle. En sortant de l'hôpital, je suis allé droit à Lidhaky. C'est là que j'ai découvert que... (Il poussa un gros soupir.) Si je me suis battu de toutes mes forces pour rentrer, c'était pour Andréa. La dernière lettre que j'ai reçue d'elle débordait de joie parce qu'elle attendait un bébé. Oh, mon Dieu, Marietta...

— Andréa n'a pas été tuée, Louis, fit-elle tout doucement. Le bébé est mort, mais Andréa a été déportée. La dernière fois que nous avons eu indirectement de ses nouvelles, elle était encore en vie.

Elle sentit Louis frémir. Il se détourna et enfouit son visage dans ses mains. Elle ne voyait que ses épaules secouées de sanglots. Au bout d'un moment, il se retourna et lui adressa un sourire las.

— Deux dans la même journée ! Les deux femmes que j'aime le plus au monde... vivantes toutes les deux ! Ainsi, cela valait la peine... Je n'ai pas fait tout ça pour rien. Et père ? On m'a dit qu'il avait péri, lui aussi.

— Oui, confirma-t-elle avec douceur. Il a été tué par une bombe. J'ai tant à te raconter, Louis ! Mais le moment n'est pas venu. Quand la guerre sera finie, peut-être. Pour l'instant, il y a à faire. Nous avons besoin de toi. Je voudrais te faire rencontrer quelqu'un. Tu vas avoir une autre surprise !

Andréa rassembla toutes ses forces pour se lever de sa couchette, en vain. Elle était trop faible. Depuis des mois, elle était malade. Une bronchite chronique, une gastro-entérite et un impétigo avaient tellement diminué les défenses de son organisme qu'elle avait peine à faire son travail à l'infirmerie, où elle se traînait à longueur de journée. Elle n'y trouvait plus aucune joie, depuis qu'on avait emmené le dernier enfant. Physiquement et moralement, elle était épuisée. Pourtant, elle se forçait à continuer envers et contre tout, sachant les Allemands en train de perdre, et que sa libération et celle de ses codétenus n'étaient qu'une question de semaines. Mais ceux qui s'affaiblissaient au point de ne plus pouvoir travailler étaient exterminés. Cette terrifiante perspective lui avait permis jusqu'alors de puiser en elle assez de ressources pour mener sa tâche à bien, mais à présent, elle n'en pouvait plus.

Les coups de schlague pleuvaient. Elle levait les mains pour se protéger la tête, et ce simple geste lui coûtait un effort démesuré. La surveillante allemande, vicieuse et à moitié demeurée, emprisonnée pour vagabondage, ne témoignait jamais la moindre compassion. Elle fit appeler un garde, porta une inscription dans le registre des prisonnières, puis on entraîna Andréa vers une voie de garage du chemin de fer avant de la faire monter dans un wagon à bestiaux en partance pour l'Est. Elle resta debout, appuyée à la paroi ; la nausée la gagnait par vagues. Elle se rendait à peine compte de ce qui lui arrivait ; elle savait que c'était la fin. Quinze autres prisonniers partageaient le wagon avec elle, tous gravement malades. Andréa se laissa glisser au sol en se félicitant malgré tout d'avoir la place de s'allonger. Elle voulait mourir avant d'atteindre les chambres à gaz, cette humiliation ultime dont elle avait toujours souhaité qu'elle lui fût épargnée.

Les journées passaient, de plus en plus pénibles, et Andréa gisait toujours dans le wagon, s'efforçant de remplir les dernières heures qui lui restaient à vivre avec les souvenirs du passé, avant son arrestation et celle de Louis. Parfois, elle contemplait les étoiles et entendait dans sa tête les plus beaux concertos, les plus sublimes symphonies. Elle éprouvait du regret à l'idée de ne plus jamais jouer du hautbois, de ne plus revoir Louis ni retourner à Vienne, Vienne qu'elle aimait tant.

Inexplicablement, après des jours et des jours de voyage, elle restait en vie ; toujours malade et affamée, mais vivante. Si seulement tout cela voulait finir... Depuis combien de temps était-elle couchée dans ce train ? Une éternité ponctuée d'arrêts fréquents dus aux raids aériens et de longues périodes d'attente sur des voies de garage, le temps de laisser passer des convois prioritaires.

Ils étaient en route vers l'est, vers un autre camp ; un sergent

SS le leur avait dit. Un homme non dénué de compassion qui les laissait vider leurs seaux d'aisance et ordonnait qu'on leur distribue de l'eau potable quand ils en exprimaient le besoin. Une fois par jour, il s'assurait aussi qu'ils recevaient une ration de pain.

Lors de leur cinquième nuit de train, à un moment une femme se mit péniblement sur pied et désigna l'horizon côté est ; dans le ciel balayé par les projecteurs de la DCA, des explosions lumineuses signalaient à intervalles réguliers les points d'impact des obus et des bombes.

Le front ! Incroyable... ! Andréa céda à l'excitation. Le sang lui monta aux joues. Ils étaient donc si près d'être libérés ! Il fallait tenir le coup... L'espoir lui rendit un peu de force, assez pour se lever sans aide.

Les terrifiants roulements de tonnerre qui éclataient au front ne cessaient de se rapprocher à mesure que le train avançait. À l'aube, on bifurqua une nouvelle fois vers une voie de garage ; alors commença une longue attente. Un prisonnier situé en tête de train interrogea un garde, puis fit passer l'extraordinaire nouvelle, qui se répercuta de wagon à wagon : *le camp d'extermination se trouvait à présent derrière les lignes russes !*

L'espoir, la meilleure des médecines, insuffla une vie nouvelle au corps épuisé d'Andréa. « Peut-être vais-je survivre », songeait-elle.

Après sept heures d'attente, le train revint sur la voie principale. Malheureusement, ce fut pour repartir en direction de l'Allemagne... Les prisonniers sombrèrent dans un profond désespoir. Au lever du jour, ils essuyèrent une attaque aérienne russe. Les avions volaient si bas qu'Andréa distinguait l'étoile rouge sur leurs ailes. La locomotive fut touchée et des nuages de fumée engloutirent les wagons, manquant asphyxier les passagers. Le sergent ordonna à ses hommes de déverrouiller les portes afin de les laisser sortir. Ceux en état de marcher soutenaient leurs camarades moins fortunés. Hébétés, ils se retrouvèrent sur l'herbe, parmi les arbres, surveillés par des SS qui se rendaient compte de l'inutilité de leurs armes : pas un prisonnier n'était capable de faire plus de deux pas sans tomber.

Ce soir-là, ils eurent l'impression de n'être qu'à quelques

kilomètres du front. La terre vibrait au rythme des explosions, dont le fracas martyrisait les tympans d'Andréa et secouait son corps amaigri, comme malmené par les ondes de choc. Elle s'efforçait de calmer les autres en leur prodiguant des paroles apaisantes. À minuit, leurs gardes les abandonnèrent. Deux caporaux, anciens mécaniciens, avaient trouvé dans une ferme déserte un camion qu'ils s'étaient débrouillés pour remettre en état. Les soldats s'entassèrent dans le véhicule ; le sergent dit aux prisonniers éparpillés dans le champ que les Russes allaient venir les chercher.

Sur ce, il se mit à pleuvoir, ils furent bientôt trempés. Quelques-uns retournèrent s'abriter dans les wagons, mais Andréa resta assise sur une souche, puisant des forces dans sa liberté retrouvée.

« Survis, murmura-t-elle. Tiens bon. Plus que quelques jours. Tu le peux. »

Le lendemain au petit jour, trois chars russes arrivèrent. Certains prisonniers brandirent des lambeaux de tissu blanc. Le conducteur du premier tank sauta à terre et les contempla d'un air grave.

Andréa examinait avec inquiétude les nouveaux venus. Elle, si habituée au piteux spectacle des morts vivants, prit soudain conscience de ce qu'ils étaient devenus : yeux profondément enfoncés dans les orbites, crânes rasés, silhouettes squelettiques flottant dans le pyjama rayé. Et surtout, regards sans espoir. Ces yeux morts ! Ces mains transformées en griffes, ces corps couverts d'ecchymoses, de croûtes, de boutons.

Les Russes appelèrent par radio des ambulances et un camion de ravitaillement. En attendant, ils donnèrent aux ex-prisonniers toute la nourriture qu'ils avaient sur eux et, les larmes aux yeux, leur serrèrent les mains sans cesser de leur dire d'incompréhensibles phrases en russe. Puis ils s'en allèrent.

Andréa hérita d'une barre de chocolat qu'elle lécha prudemment, hésitant à avaler une denrée aussi précieuse.

Ils étaient libres, mais dans le dénuement le plus complet ; elle se sentait en proie à un léger vertige.

Une heure plus tard, un camion de ravitaillement russe arrivant à toute allure à travers champs amenait un médecin de l'Armée rouge qui parlait allemand. Il leur enjoignit de ne pas manger trop, sous peine d'y laisser la vie. On leur distribua de la soupe et du pain. Le repas était léger, pourtant Andréa se sentit envahie par une sensation de bien-être. On aurait dit que toutes les cellules de son corps absorbaient la nourriture. Le médecin dispensa ensuite les premiers soins, dans la mesure de ses moyens. Ils devaient maintenant attendre, dit-il, que l'armée trouve un hôpital susceptible de les accueillir. Six heures plus tard, les ambulances arrivaient.

— Je tiendrai! marmonna Andréa, en tressautant sur sa civière au gré des ornières. Je survivrai à la guerre et je retrouverai Louis.

Sur quoi elle se mit à pleurer de soulagement. Cette absurde réaction l'emplit de gêne, mais ses larmes continuaient de ruisseler; elle ne pouvait plus les contenir. Elle essaya d'expliquer ce qu'elle ressentait au médecin russe qui, assis à côté d'elle, lui tenait la main.

— Je n'ai jamais versé une larme. Je me suis battue, parfois j'ai même hurlé, j'ai tenu bon autant que possible, mais je n'ai jamais pleuré. Et maintenant que je suis heureuse, je ne peux plus m'arrêter...

— Et moi, après ce que je viens de voir, je crois que je pleurerai jusqu'à la fin de mes jours, répliqua le médecin dans un allemand parfait.

L'hôpital se trouvait à Sepolno. Les Allemands l'ayant abandonné depuis plusieurs semaines, les Russes avaient dû le réapprovisionner et trouver du personnel compétent. Une fois installée, Andréa prit trois repas par jour et dormit dans des draps d'une blancheur immaculée. Elle faisait des progrès quotidiens. Malgré le vent froid, elle s'enveloppait dans une couverture et passait le plus clair de son temps sur la terrasse surplombant la ville; elle avait besoin de se sentir libre, et le personnel hospitalier se montrait compréhensif.

De son perchoir, elle assista aux déplacements massifs de l'armée russe en direction de l'ouest; cela n'en finissait pas: divisions blindées, colonnes interminables de canons mobiles et de véhicules en tout genre, motocyclistes, unités de soutien logistique... Une foule de soldats sales et épuisés défilaient par centaines de milliers dans des uniformes en lambeaux, à travers champs et sur les routes poussiéreuses de Pologne. Ils avançaient en rangs serrés, à grandes enjambées, venus d'Ukraine ou des monts Oural, du Caucase ou des pays Baltes, de Sibérie ou de Mongolie. Puis venaient les colonnes de femmes et de jeunes filles en uniforme vert-de-gris, chaussées de hautes bottes, avec blouses ajustées et longs cheveux lustrés à la graisse d'oie. De temps en temps, Andréa voyait passer des convois de bureaucrates à bord de voitures réquisitionnées en chemin. Derrière venaient encore d'autres chars, d'autres files de soldats au pas formant une procession sans début ni fin.

Quel accueil les Allemands allaient-ils réserver aux hordes de Russes dont ils avaient provoqué le déferlement ?

Chapitre 75

5 avril. Bill s'était épuisé toute la journée à entraîner ses hommes. Pourtant, il ne tenait pas en place. La date fixée par Schofield était dépassée depuis deux jours. Il espérait un coup de chance, une occasion propice de pénétrer dans la mine.

Il sortit regarder les étoiles. C'était dix heures du soir et la faim qui le tenaillait l'empêchait de se concentrer. Tout à coup, il s'adossa à un arbre et tendit l'oreille. Il avait cru entendre des pas.

Mais ce n'était que Louis, un sac plein de miches de pain sur l'épaule. Louis... Quelle chance de posséder une véritable identité ! Il pouvait aller et venir à sa guise, lui... Il se servait même de son statut de héros de guerre pour faire ami-ami avec les SS du coin et ramener à ses camarades un tas de renseignements utiles.

— Écoutez un peu ça, annonça-t-il tandis que tous se jetaient sur le pain. Voilà l'occasion que nous attendions ; et cette fois, Bill, il va falloir que tu m'emmènes. Cinq cents prisonniers de guerre russes doivent arriver demain à Theresienstadt, je ne sais pas à quel moment de la journée, cela sur ordre de Hugo. La main-d'œuvre de la mine va être renouvelée, ajouta-t-il, plus sombre. En n'y affectant que des Russes, ils espèrent mettre fin aux sabotages. C'est le branle-bas de combat parmi le personnel d'encadrement du camp : ils n'ont ni de quoi loger ni de quoi nourrir tous ces nouveaux arrivants. Ça va être la pagaïe : l'idéal pour faire notre entrée.

Bill sut alors qu'il avait eu raison d'attendre. Ainsi, il pourrait emmener davantage d'hommes. Louis avait vu juste : on aurait besoin de ses talents en russe. Cette opportunité inespérée lui permettrait également de faire entrer Schwerin et Maeier, qui parlaient eux aussi cette langue. Les gardes du camp n'iraient certainement pas chercher des juifs clandestins parmi ce tas de soldats soviétiques. Bill décida de saisir la chance. Il exerça une pression sur l'épaule de Louis.

— Merci. Allez, on y va.

À quinze kilomètres à l'est de Prague, le train de marchandises fit halte à un passage à niveau. Heureusement, c'était une nuit sans lune : dix-sept hommes, Jan en tête, sortirent sans bruit de la forêt et ouvrirent les portes latérales avec des pieds-de-biche. Ils eurent l'impression de faire un vacarme infernal, mais les gardes étaient à trois cents mètres de là, occupés à se quereller avec l'aiguilleur, qui soutenait que le train n'avait rien à faire là.

La puanteur et la chaleur étouffante qui régnaient à l'intérieur frappèrent Bill au visage dès qu'il mit un pied dans le wagon, et il eut instantanément la nausée. Les Russes étaient accroupis en rangs si serrés qu'on n'avait pas la place de se retourner. Il lut sur leurs traits la détresse et l'épuisement. Pourtant, à sa vue, ils relevèrent les yeux et reprirent brièvement espoir.

Jan leur adressa quelques mots en russe, et les prisonniers reprirent leur position initiale en le considérant avec respect.

Bill prit Louis à part.

— Qu'est-ce qu'il leur a dit ?

— Jan est commissaire au parti communiste, répondit Louis à voix basse. Il recrute des volontaires pour combattre à l'intérieur de la mine aux côtés de la Résistance tchèque, et demande que dix-sept d'entre eux changent de place avec nous. Naturellement, ils ne font aucune difficulté.

Les hommes se déshabillaient en toute hâte. Bill échangea ses vêtements avec ceux d'un prisonnier de sa taille et récupéra ses papiers en essayant d'ignorer l'épouvantable odeur imprégnant l'uniforme russe. Puis il vit les dix-sept Russes élus dévaler le talus pour gagner le couvert des arbres et, au-delà, la liberté, sans lâcher Jan d'une semelle.

Dès qu'il se fut accroupi avec les autres, Bill commença à

sentir des démangeaisons partout, la vermine courait sur sa peau. Puis le train repartit et le jeune homme s'efforça vainement de déchiffrer ses nouveaux papiers d'identité. Il dut attendre l'aube pour les inspecter et apprendre, avec l'aide de Louis, qu'il s'appelait désormais Yakov Lukitch, caporal et électricien de son métier. Avant la guerre, il était en poste dans un kolkhoze.

Oscillant d'avant en arrière au gré des secousses du train, Bill céda soudain à la panique. Il était pris au piège ; il n'y avait plus d'issue. Il avait lâché ses hommes dans un wagon à bestiaux verrouillé en compagnie de prisonniers affamés dont n'importe lequel pouvait les trahir pour un morceau de pain. Un seul faux pas et ils étaient perdus. Il essaya de ne pas trop penser à ce qui les attendait, mais la peur le tenaillait comme un hôte indésirable auquel il aurait été tenu de faire place. Nichée au creux de sa poitrine, elle se mit à irradier jusqu'à ce que tous ses organes soient atteints. Jetant un coup d'œil à ses hommes, il vit qu'ils avaient tous la même expression et que la plupart priaient.

— Ma chérie, écoutez-moi, disait Schofield à Ingrid. Je veux que vous enregistriez l'appel téléphonique que je m'apprête à passer. Notez bien mon ton désespéré, ma rage rentrée, ainsi qu'une certaine flagornerie.

— Je ne vous ai jamais vu servile. Je ne vous crois même pas capable de servilité.

— Je m'en sors pourtant bien. Écoutez, je vous dis !

Schofield décrocha d'une main et laissa l'autre sur le socle de l'écouteur.

— Ici, Schofield, monsieur le Premier ministre. Je regrette de devoir vous déranger à cette heure de la nuit, mais je viens d'apprendre par nos collègues américains que les forces armées US prévoient de stopper leur avance vers la frontière tchèque et de laisser carte blanche aux Soviétiques dans ce pays. Ce qui, naturellement, n'est pas dans notre intérêt... ni dans le leur, d'ailleurs...

« Entendu, monsieur le Premier ministre. La question de nos relations futures avec les Russes doit rester une priorité... Mais il faut tout de même fixer des limites... Les laisser mettre la main sur ce V3 serait de la folie... (Une longue pause.) Mais, monsieur, vous ne me paraissez pas saisir toute l'importance de la recherche en matière d'armements nucléaires...

« Vous pensez que les Américains sont plus avancés que les Allemands ?... Mais nous n'en avons aucune preuve, monsieur... Sauf votre respect, nous commettrions là une erreur fatale.

« Mais oui, j'ai entendu parler des accords de Yalta. Non, monsieur, je ne crie pas. Eisenhower ne veut pas perdre un seul Américain en Tchécoslovaquie sous prétexte qu'en fin de compte il faudra rendre le pays aux Russes, c'est bien ce que vous voulez dire, monsieur ? Ma foi, je comprends son point de vue mais, étant donné les travaux de recherche cruciaux qui se déroulent là-bas... (Nouvelle pause. Puis :) Monsieur le Premier ministre, je proteste. Il était impossible de faire sauter la mine. On ne peut y accéder que par Theresienstadt. Mes hommes ont été arrêtés en tentant de s'y introduire. Oui, ils ont péri tous les cinq... Très bien, monsieur. Je ne m'occupe donc plus de cette affaire. Tout de suite, monsieur. Bonne nuit, monsieur.

Schofield alla remplir deux verres au bar.

— Après cette conversation, ma chère Ingrid, je me suis abominablement enivré. Et là, à cause de l'alcool, je me suis laissé aller à vous dire que Churchill et les Américains étaient des imbéciles sans la moindre idée de ce que représente l'énergie nucléaire, et qu'ils s'en repentiraient. C'est tout. Mais il faut rapporter cela à Paddy, le plus tôt possible.

— Entendu. Demain matin à la première heure.

Ingrid était une bûcheuse. Elle avait beau trembler de peur, jamais elle ne rechignait à la tâche. Tous les jours, en allant à l'usine, elle livrait à Paddy les renseignements qu'elle était censée avoir subrepticement photographiés mais que, en fait, elle tenait directement de Schofield. Ce dernier lui révélait des informations exactes, ainsi que le résultat de quelques recherches dénuées d'importance vitale, afin de rendre la jeune femme crédible aux yeux des Allemands. Il l'avait préparée petit à petit en prévision du jour où ses efforts seraient récompensés. Ce jour était enfin arrivé. « Quelle extraordinaire endurance chez cette femme ! » songeait-il en l'observant. Il avait trouvé en elle une compagne pleine de passion et de vivacité. Elle avait rajeuni, ses cernes avaient disparu, ses seins redevenaient ronds, voluptueux. Elle avait toujours été belle, mais depuis quelque temps, elle était superbe. En la contemplant tendrement, il la vit pousser un profond soupir.

— Pas la peine de prendre cet air exténué. À la fin de la guerre tu seras libre. (Il entoura de ses bras la jeune femme et la sentit frémir contre lui.) Tout ira bien, tu verras, reprit-il. Tu t'en es tirée. Nous nous marierons dès qu'on se sera débarrassés de Paddy. Bientôt, je te le promets, mon amour.

— Ce ne sera jamais assez tôt, répliqua-t-elle avec véhémence. Non, jamais assez tôt. Si seulement ça pouvait se faire tout de suite, Stephen !

Chapitre 76

Dix secondes ! Il restait exactement dix secondes ! Bill attendit, tendu, anxieux, que le train pénètre dans le tunnel. Brusquement, il se retrouva plongé dans les ténèbres. Dix... neuf... huit..., compta-t-il en silence tout en cherchant à tâtons. Il ne tarda pas à trouver le petit paquet d'explosifs et l'enfouit dans sa poche. Lorsque le train ressortit du tunnel, Bill coula un regard de côté et vit que les Russes regardaient toujours devant eux, le visage inexpressif. Ils avaient reçu des instructions de Louis. C'étaient des types bien ; il avait appris à leur faire confiance.

On était le 15 avril, Bill venait de passer neufs jours au camp de Theresienstadt. Le matin même, Louis et lui avaient été choisis pour travailler à la mine, mais le temps commençait à manquer, il leur restait à accomplir tant de choses...

Bill revint d'un coup dans le présent en sentant le train ralentir. Il eut le temps de distinguer un trou béant au flanc de la montagne, puis on s'engagea dans un nouveau tunnel brillamment éclairé, aux parois blanchies à la chaux. Quelques instants plus tard, on s'arrêta. Des gardes se mirent à hurler des ordres au milieu des aboiements des chiens. Ahuris, méfiants, les prisonniers se firent bousculer et frapper jusqu'à ce qu'ils se mettent en rang. Sur quoi ils partirent au petit trot en faisant de leur mieux pour esquiver les coups de schlague.

Bill se posta au bout d'une file de prisonniers qui avançaient en traînant la patte vers une table formée d'une simple plaque de bois sur des tréteaux. Là, cinq officiers SS interrogeaient les hommes en russe. Bill paniqua.

— Fais le demeuré, lui souffla Louis. Reste bien près de moi.

Je leur dirai que tu es en état de choc à cause des bombardements.

Submergé par la peur, Bill fit un pas en avant. Il entendit le
capitaine dire que les vérifications prenaient trop de temps. Sur
un ordre bref, deux jeunes officiers allèrent dresser une seconde
table.

— Ceux qui parlent allemand, par ici, crièrent-ils.

Un sursis ! Bill cessa de retenir sa respiration et obliqua vers
eux en compagnie de Louis.

— Je travaillais dans une ferme collective, déclara-t-il en
s'efforçant de dissimuler son accent américain. Je suis ingénieur
électricien.

On lui donna un badge à épingler sur son bleu de travail.

— Moi, j'enseignais les mathématiques, annonça Louis.

On leur donna des tenues de travail jaunes frappées d'un
grand S noir sur le devant. Bill fut photographié, on prit ses
empreintes digitales, on accrocha un badge d'identification à
côté du premier. Il éprouva un certain optimisme. L'équipe S,
lui avait dit Schwerin, était constituée d'hommes jugés aptes au
travail à l'atelier de fabrication des missiles. Le sort jouait en sa
faveur. Il n'était pas neuf heures du matin que Bill était déjà
nommé assistant de Manfred Reiss, l'ingénieur responsable de
la climatisation. Reiss, un Bavarois massif aux cheveux noirs et
aux yeux bleus, méprisait les Russes. Bill découvrit bientôt que
c'était un perfectionniste, ce qui pouvait sans doute lui servir. À
la fin de la première et épuisante journée de labeur, l'ingénieur
et lui vérifièrent méticuleusement chaque bouche, chaque
conduit d'aération. Grâce à Reiss, Bill avait accès au labyrinthe
de salles et de tunnels qui encerclaient la station et abritaient
les colonnes sèches, les circuits électriques et la tuyauterie.

Le lendemain à trois heures de l'après-midi, en jetant un
coup d'œil dans le couloir de l'étage inférieur par le puits
d'aération principal, Bill aperçut Franz qui poussait un chariot
en direction de la rampe de lancement. Il laissa volontairement
tomber sa clé à molette, qui heurta le sol avec un grand bruit
métallique, manquant de peu le chariot. Reiss se contenta de le
maudire en jurant, mais quand Franz lui tendit l'outil, il en
profita pour lui dire tout bas :

— Dortoir G.

Lorsque Bill se leva sans bruit et quitta sa couchette, il était plus de minuit. La grille barrant les conduits d'aération était verrouillée, mais il en avait dérobé la clef à Reiss. D'épais murs de béton séparaient les dortoirs, mais les puits d'aération étaient reliés les uns aux autres et une série de conduits plus petits rayonnaient tels des ruisseaux à partir de la rivière principale pour aller desservir chaque cellule. Il lui fallut dix minutes pour rejoindre le dortoir voisin, où il retrouva bientôt Franz.

— Tu t'en es bien sorti, lui chuchota-t-il à travers la grille. Tu as tenu le coup ici plus longtemps que les autres. Continue comme ça, mon vieux. On est dix-sept avec toi maintenant, sans compter les Russes qui nous donnent un coup de main. Est-ce qu'on peut tout faire sauter si on n'a plus le choix ?

— S'il le faut vraiment, oui. Naturellement, on sauterait avec. Il y a toutes sortes de moyens de retarder la mise à feu. On peut trafiquer les circuits électroniques, ce qui retarderait l'opération de plusieurs jours, ou bien saboter les pistons hydrauliques pour empêcher la voûte de s'ouvrir, ce qui nous donnerait plusieurs heures de répit. On pourrait alors détruire les pompes à carburant et boucher les tuyaux. Tout ça, les Boches peuvent le réparer facilement, mais la mise à feu serait chaque fois décalée de quelques heures, voire de quelques jours Ou alors, on peut tout bêtement faire sauter la rampe de lancement, mais, là encore, il ne leur faudrait pas plus de quelques jours pour la remettre en état. Disons qu'en tout, on peut leur faire perdre un mois.

— Et les mesures de représailles ?

— Toujours très sévères, répondit Franz en s'assombrissant. Chaque incident entraîne des exécutions en série.

— Et si les Soviétiques arrivent les premiers ? Sommes-nous prêts à faire face à cette éventualité ?

— Nous avons assez d'explosifs planqués un peu partout pour faire sauter le puits central. Je t'ai tracé un plan localisant les détonateurs... au cas où il m'arriverait quelque chose. Je me fais un sang d'encre, d'ailleurs. Je ne comprends pas comment j'ai pu durer si longtemps.

— Oui, au fait, quelle est ton explication ?

— Ludwig a une très mauvaise vue. Les Boches l'ignorent. Je suis ses yeux. Il sait que j'ai une formation de physicien, mais il me croit issu d'une université de second plan. C'est lui qui se raccroche à moi. Et maintenant, écoute. Les SS ont disséminé des explosifs un peu partout pour nous réduire tous en poussière, et ils n'hésiteront pas à le faire s'ils sentent les Alliés approcher. Je sais où ils les ont cachés, et j'ai désactivé quelques charges, mais je ne peux pas tout faire seul.

— Je vais te trouver quelqu'un. Schwerin est un brave type. Sans doute faudra-t-il sérier les problèmes, commenta Bill en empochant le plan. À ton avis, combien de temps leur faut-il pour préparer la mise à feu ?

— Ce qui les retarde surtout, pour le moment, c'est le choix entre le poids de l'engin et son rayon d'action. Ils doivent mettre au point une version plus légère de la partie électronique du missile, et cela prend du temps. Les prisonniers se montrent de plus en plus maladroits.

— Eh bien, dis-leur de continuer dans cette voie, conclut Bill avant de prendre congé.

Il voulait parler à la plupart de ses hommes durant la nuit et savoir s'il y avait, parmi les Russes, un expert en explosifs.

30 avril. La veille, Bill avait desserré les joints des conduits menant au bureau de Ludwig afin que l'air s'échappe dans le tunnel. Ludwig s'en plaignit, ainsi qu'il l'avait escompté, et Reiss confia à Bill la mission de réparer.

On était au milieu de la matinée, Bill avait fait durer le travail autant qu'il avait pu en attendant l'occasion d'attirer l'attention du physicien. À travers les barreaux protégeant la bouche d'aération, il voyait le chercheur se concentrer sur ses schémas d'un air désespéré. Il avait été contraint d'assister à quatre réunions dans la matinée, et reçu plusieurs appels de Berlin. On exerçait une pression constante sur lui pour qu'il avance la date de mise à feu. Il transpirait d'effroi et ses lunettes ne cessaient de s'embuer. Il les enlevait à intervalles réguliers pour les essuyer frénétiquement avec son mouchoir en promenant autour de lui un regard de hibou inquiet.

D'un coup d'œil, Bill s assura que les surveillants ne regardaient pas dans sa direction, puis détacha la grille et se laissa glisser dans le bureau de Ludwig.

— Sortez de là, crétin de Russkoff, s'irrita le chercheur sans prêter réellement attention à cette irruption.

— Non, pas Russkoff. Yankee, rétorqua doucement Bill. Je suis un agent des forces alliées. Mon nom est Roth. Major Bill Roth. Il faut que je vous parle, professeur. S'il vous plaît, asseyez-vous tranquillement pendant que je répare la grille. On dira que la charnière s'est descellée, d'accord ?

Le professeur se dressa sur son siège, muet d'horreur, le regard fixe, main tendue vers le téléphone.

— Ne faites pas ça, *Herr Professor*. Cela vous coûterait une généreuse bourse de recherche ainsi qu'une chaire à vie dans une grande université américaine. Écoutez-moi.

— Vous êtes fou ! Vous allez nous faire tuer !

— La fin de la guerre est proche. Elle est perdue pour les nazis, mais il faut vous dire que votre cerveau, lui, appartient à l'espèce humaine tout entière.

Ludwig jetait des regards apeurés autour de lui, ses yeux lançaient des éclairs derrière les verres de ses lunettes.

— Soyez prudent, murmura-t-il.

— J'ai une offre à vous faire de la part du gouvernement des États-Unis. On vous garantit là-bas d'excellentes conditions de travail et de vie. Ça vous intéresse ?

— Trop tard, mon ami, répondit l'autre avec un rire bref. Une fois le V3 tiré, les savants allemands deviendront des lépreux aux yeux du monde. Nous serons tellement haïs qu'on ne voudra de nous nulle part, du moins en Occident. Ne croyez pas que je sois dupe, pour tous ces sabotages. J'ai joué le jeu parce que ça m'arrangeait, c'est tout. Je ne tiens guère à avoir cette bombe sur la conscience, figurez-vous... Ce missile est une inconnue au sens mathématique du terme. On ne peut que formuler des hypothèses quant à son potentiel véritable. Les fusées n'ont pas été testées non plus. Les nazis sont aux abois. Rien ne les arrêtera maintenant.

Le chercheur essuya avec un grand mouchoir son visage luisant de transpiration.

— Je vous promets que ces fusées ne seront pas tirées, dit

Bill. En tout cas, pas d'ici. Si les Soviétiques débarquent les premiers, j'ai ordre de faire sauter la mine, et nous avec.

Ludwig se recroquevilla. Puis il ôta à nouveau ses lunettes et entreprit de les essuyer d'un air absent.

— Donc, si je me range de votre côté, je subirai le même genre de pression. La seule différence, c'est que les victimes changeront. Je n'ai jamais voulu être un traître. Seulement, je ne peux pas garder sur la conscience la mort de millions de civils innocents. Donnez-moi une bonne raison de changer de camp et...

— Là-bas, vous ne seriez qu'un élément du projet, coupa Bill. Il existe dans mon pays un budget de recherche considérable, toute une série de chercheurs, et seul le président peut appuyer sur le bouton. Ce n'est pas vous qui porteriez le chapeau. L'énergie atomique a d'autres applications, à part faire sauter la planète, et vous le savez fort bien.

— Entendu, acquiesça le professeur. Vous pouvez compter sur ma collaboration. Je prie pour que les Américains arrivent avant que je ne sois contraint de tout faire sauter, nous y compris.

Le temps que Marietta pilote sa petite embarcation jusqu'à sa cachette, sous les saules pleureurs, au pied de l'antique tour est du château de Sokol, il faisait nuit noire. Pieds nus, elle entra dans l'eau boueuse qui lui arrivait aux genoux et amarra la barque à une branche basse.

C'était une magnifique soirée d'été. Rien ne pouvait aller de travers par une nuit pareille, paisible et parfumée. Et puis son plan était sans défaut.

Mais c'était compter sans la réaction de son corps. Son cœur battait si fort qu'on devait l'entendre depuis le pont. Elle avait revêtu la tenue de travail rayée vert et gris — volée sur une corde à linge la semaine précédente au cours d'une livraison de lait — qu'on portait à Sokol, et coiffé une vieille perruque blonde, dissimulée sous le réglementaire fichu des servantes.

Elle s'obligea à rester une minute immobile et inspira profondément à plusieurs reprises avant d'escalader le talus pour gagner l'entrée de la tour revêtue de lierre qui faisait face à la rivière. Une fois à l'intérieur, elle prêta l'oreille, ensevelie sous un manteau de ténèbres si dense qu'il semblait peser sur elle. Tout à coup. elle se crut à nouveau dans sa cellule d'isolement, au camp de concentration.

— Non...

Elle poussa tout bas une exclamation rauque et étranglée, et chercha à retrouver son sang-froid avant de reprendre son chemin.

Enfin elle atteignit la cour du château. Les pavés au clair de lune luisaient comme en plein jour, et des bouffées de musique parvenaient à ses oreilles. Lorsqu'elle se fut approchée un peu, elle entendit le cri nocturne d'un geai, puis l'appel d'un hibou, mais rien qui signalât la présence de gardes. Sans doute s'occupaient-ils de garer les voitures car, ce soir-là, Hugo donnait une soirée. Quelques jours plus tôt, Max l'avait avertie qu'elle devrait fournir des produits laitiers en quantité suffisante pour soixante-dix invités et dix extras embauchés pour la circonstance. Elle avait aussitôt décidé de se faire passer pour une des domestiques. Elle remit de l'ordre dans sa tenue et entreprit de traverser la cour.

Le hurlement strident d'une sirène d'alarme s'éleva, déchirant la nuit. Marietta se rendit compte trop tard que la porte de sortie de la tour était équipée d'un fil électrique destiné à signaler les intrus. La panique s'empara d'elle, et elle se précipita tout droit vers la cuisine. Voyant un gros tas de légumes à côté de l'évier, elle rassembla tout son courage et saisit un couteau à éplucher. Des gardes firent irruption dans la cuisine, l'arme pointée sur les servantes.

— En rang, vite ! Par ici, dépêchez-vous ! Allez, allez ! ordonnèrent-ils.

Marietta se retrouva avec les autres et remarqua tout de suite que les extras portaient un insigne spécial. Elle tremblait de tous ses membres ; sa tête tournait.

— Qu'avez-vous fait de votre insigne ? aboya un des gardes.

Marietta ouvrit la bouche, mais aucun son n'en sortit.

— Elle ne fait pas partie des extras, tonna une voix basse sur le seuil. Elle travaille au château. Je vous prie de ne pas vous mettre dans nos jambes. Nous avons un horaire très strict à respecter, ici. (Max feignit de ne pas voir la colère du sergent et fit signe à la jeune femme d'approcher.) Venez ici, vous. Portez ce plateau de boissons dans mon bureau.

Elle s'exécuta. Ses mains tremblaient tant que les verres s'entrechoquaient. Ils allaient sûrement s'en apercevoir. La porte claqua et Max lui reprit le plateau.

— C'est de la folie de vous introduire ici, comtesse...

Elle s'étrangla à demi et rougit.

— J'ai été bien bête de ne pas vous reconnaître au premier coup d'œil, mais il faut dire aussi que vous étiez si maigre... Maintenant, vous commencez à vous remettre des épreuves que vous avez subies. La rumeur prétend que la comtesse est revenue combattre les nazis et opère sous le nom de code d'Edelweiss, le saviez-vous ? Vous êtes en train de devenir une légende vivante. Faites bien attention !

Marietta s'appuya contre le chambranle et poussa un long soupir proche du sanglot.

— Merci, Max. Vous m'avez sauvé la vie, souffla-t-elle.

— Vous auriez dû me faire confiance. Et si je n'avais pas été là ? Que faites-vous ici, au juste ?

— La guerre est bientôt finie, Max. Ces bouchers seront châtiés comme ils le méritent. Il me faut des preuves irréfutables des crimes de Hugo. Je veux fouiller dans ses papiers personnels. A-t-il changé la combinaison du coffre dans le bureau de grand-mère ?

— Non. Pourquoi l'aurait-il fait ? Vous vous en souvenez ?

— Oui. Grand-mère m'avait obligée à la mémoriser il y a des années.

— Croyez-moi, comtesse. Déguisée en servante, vous ne réussirez pas à entrer dans le bureau du général ; tandis qu'en invitée, peut-être...

— En quel honneur, cette soirée ?

— Plusieurs huiles sont venues de Berlin rencontrer ce soir leurs collègues locaux. Je ne sais pas pourquoi ils persistent à sauver les apparences au point où on en est. Quand il donne des fêtes, Hugo ferme son bureau à clef, mais j'ai un double. Voici ce que vous allez faire...

Marietta traversa le grenier du château avec prudence, soulevant sur son passage un nuage de poussière. Arrivée à une fenêtre, elle frotta un carreau crasseux du bout des doigts et vit arriver les invités de Hugo. Freda, sa maîtresse, les accueillait en haut des marches, vêtue d'une magnifique robe longue en soie noire. L'image même de l'hôtesse accomplie.

Ravalant sa haine, Marietta s'écarta de la fenêtre et inspecta le contenu des malles métalliques en quête d'une tenue de soirée. Max avait amoureusement enveloppé de papier de soie toús leurs vieux vêtements, mais quelle épouvantable odeur de naphtaline ! Elle songea, inquiète, que cela pouvait la trahir. Elle finit par mettre la main sur ses propres vêtements, mis au rebut dans un coin. Elle laissa échapper un hoquet étranglé à la vue de toutes ces robes dont, chacune évoquait un souvenir bien précis. Puis, poussant un petit grognement de satisfaction, elle déballa la robe blanche à volants achetée à Paris pour le bal de son dix-huitième anniversaire et en lissa les plis avec tendresse. Le tissu délicat ne sentait pas trop. Elle la secoua, la suspendit à une poutre et la contempla avant de se résoudre à l'enfiler. Elle était un peu trop grande, bien sûr, mais il faudrait s'en contenter.

Elle jeta un regard à sa montre. Il était déjà plus de onze heures. Elle partit à la recherche d'une paire de chaussures et ne tarda pas trop à dénicher des sandales d'été blanches qui lui allaient encore.

Minuit.

Tendue, mais forte d'un regain de témérité, Marietta dévala en toute hâte l'escalier en colimaçon qui menait aux quartiers des domestiques et ouvrit la porte donnant dans les chambres. Quelques instants plus tard, elle descendait le grand escalier au vu et au su des invités qui bavardaient par petits groupes dans le grand hall. Elle avait l'impression de remonter le temps ; en effet, rien n'était très différent des soirées d'antan, hormis les uniformes nazis dans tous les coins. Comme en un rêve, elle se mêla aux convives, prit une flûte de champagne sur un plateau et s'avança lentement vers le bureau de Hugo.

— Interdit, tonna une voix à son oreille.

Une étreinte puissante lui enserrait l'épaule. Frémissante,

elle découvrit en jetant un œil par-dessus son épaule un officier SS qui la toisait de toute sa hauteur.

— Les jolies femmes n'ont pas à rester seules, déclara-t-il. Consigne de la maison. Alors... voulez-vous danser ?

Il se présenta et lui offrit son bras.

— Plus tard, peut-être, répondit-elle en souriant pour masquer sa terreur. Je cherche mon mari.

L'autre haussa un sourcil.

— Heureux homme, commenta-t-il.

Ces avances maladroites avaient dissipé le calme de Marietta, qui se sentait morte de peur et à peine capable de mettre un pied devant l'autre pour continuer en direction du bureau.

Elle finit par y arriver — miracle ! — mais que faire ? Il y avait bien trop de monde autour d'elle. Non, vraiment, le plan qu'elle avait conçu était absurde. Comment ouvrir cette porte et entrer devant tous les invités ? Et si Hugo revenait du jardin juste à ce moment-là ? Elle regarda anxieusement alentour. Un brusque coup de gong annonça le dîner, il la fit sursauter et renverser un peu de son champagne. Tout le monde se tournait vers Max, qui souriait nerveusement en haut de l'escalier.

— Mesdames, messieurs, annonça-t-il. Un dîner-buffet vous attend dans le jardin. Huîtres, caviar..., entendit-elle encore avant de se glisser furtivement dans le bureau et de refermer la porte à clef derrière elle.

— Merci, Max, fit-elle tout bas.

Efficace, parfaitement maîtresse d'elle-même, elle se mit à fouiller dans les dossiers. Il ne fallut pas longtemps pour trouver une lettre signée Hitler félicitant Hugo de la destruction nette et sans bavure du village de Lidhaky. Elle se mit à trembler de rage. Ainsi la mort du bébé d'Andréa était due aux basses œuvres de Hugo !

Elle s'efforça d'accélérer ses recherches, mais les preuves accablantes étaient nombreuses... Il y avait entre autres une lettre de Heydrich, complimentant Hugo pour avoir efficacement contribué à éliminer les juifs et les intellectuels de Prague, une lettre de Hugo annonçant la mort du maire de Prague après trois semaines de tortures, et bien d'autres pièces à conviction, assez pour envoyer Hugo à la potence. Bientôt tout cela serait aux mains des autorités compétentes, et Hugo serait jugé pour pillage, vol et meurtre. Elle ferait en sorte qu'il soit pendu.

Tout à coup, on actionna la poignée de la porte. Marietta sursauta et son cœur se mit à battre à tout rompre. Max ?

Hugo était-il toujours dans le jardin ? Tomber sur lui serait suicidaire. Elle se tourna vers la fenêtre et vit Freda fixer quelque chose en fronçant les sourcils. Marietta suivit son regard et aperçut Hugo en compagnie d'une femme. Il la maintenait contre son torse et lui faisait perdre l'équilibre en se moquant d'elle, les yeux baissés sur son visage. De l'autre main, il tenait un verre de champagne dont il lui faisait boire de petites gorgées. Il avait l'air gai, insouciant et ivre. Encore une fois, ce spectacle ramena Marietta en arrière jusqu'au jour funeste où on l'avait fait monter de force dans un camion, à destination du camp. Toutes ses peurs refoulées revinrent la paralyser dans une vague de panique aveugle. Elle entendait à nouveau les chiens, les cris, les coups de sifflet, les hurlements... Elle sentait de nouveau la puanteur des êtres humains, l'odeur aigre de la peur... Il fallait qu'elle s'éloigne de la baie vitrée, mais voilà : elle était comme statufiée.

« Mon Dieu, aidez-moi », murmura-t-elle, le regard rivé sur Hugo.

Comme s'il avait senti sa présence, son demi-frère leva la tête à ce moment-là et la regarda droit dans les yeux. Pendant quelques secondes — qui parurent une éternité —, ils restèrent dans cette position. Puis la jeune femme trouva la force de reculer. Elle actionna le loquet d'une main mal assurée et sortit en trombe sans même voir Max derrière la porte.

Chapitre 77

Hugo se figea. Pendant une fraction de seconde, son regard croisa celui de Marietta. Il lâcha son verre, qui se fracassa au sol.

« Bon Dieu ! »

Pas de doute, c'était elle. Mais enfin, elle était morte ! L'apparition fantomatique se déplaça, mais son regard n'avait pas lâché le sien. Un regard qui criait vengeance. Il l'avait envoyée à la mort, et voilà qu'elle quittait les profondeurs de l'enfer pour revenir le hanter, vêtue de la robe qu'elle portait pour le bal de ses dix-huit ans. Était-ce de mauvais augure ?

« Non..., murmura-t-il. C'est impossible ! C'est de la folie ! »

Il traversa en courant la pelouse, puis le grand hall, bousculant sur son passage invités et domestiques en poussant des grognements irrités. Parvenu devant son bureau, il actionna la poignée, mais la porte était verrouillée. Il introduisit la clef dans la serrure d'une main mal assurée, ouvrit le battant à la volée et entra. La pièce était déserte. Un frisson l'envahit qui lui donna la chair de poule.

— Qu'est-ce que c'est que cette histoire ? marmonna-t-il. (Les membres de son état-major accouraient et venaient faire cercle autour de lui.) J'ai entrevu quelqu'un là-dedans, gronda Hugo. Surveillez la porte.

Refoulant son appréhension, il se força à refermer le battant derrière lui. Il était maintenant seul avec la mystérieuse présence spectrale. Sa main moite glissa sur la crosse de son revolver. La démarche raide, il entreprit de fouiller la pièce. Une crainte superstitieuse faisait naître des fourmillements dans ses membres.

Si seulement il avait les idées claires ! Mais il avait trop bu. Fallait-il incriminer la vodka ? Il en abusait depuis quelque temps. Peut-être une de ses invitées ressemblait-elle à Marietta ? Mais il avait fermé la porte à clef. Trempé de sueur, il ressortit à grands pas et claqua la porte.

Hugo se réveilla le lendemain avec la gueule de bois ; qui plus est, le téléphone ne cessait de sonner ; dès qu'il le put, il s'enferma dans son bureau et inspecta minutieusement le contenu de la pièce, et surtout du coffre-fort.

Il ne lui fallut pas longtemps pour se rendre compte de ce qui manquait. Un goût de bile lui emplit la bouche et la panique l'envahit. Il avait l'impression qu'on lui serrait progressivement la poitrine dans un étau d'acier. La personne qui avait visité l'intérieur de son coffre détenait à présent assez de preuves pour causer sa perte ; à elles seules, les lettres de Heydrich et du Führer pouvaient le faire pendre comme criminel de guerre. Certes, en Amérique du Sud, il n'aurait plus rien à craindre ; il se rappela alors que les titres de propriété de ses « estancias » étaient aussi dans le coffre... et qu'ils avaient disparu. C'était pire que tout, car l'intrus (ou l'intruse ?) saurait où le retrouver.

Qui pouvait connaître la combinaison du coffre ? Qui pouvait vouloir sa perte ? Il n'y avait qu'une réponse... D'ailleurs, il l'avait vue, *elle*, il l'avait regardée droit dans les yeux... Pourtant, elle était morte ! Même à présent, en plein jour, il ne pouvait se défaire d'un sinistre pressentiment. Tout cela était de mauvais augure...

Hugo passa la journée au téléphone avec le commandant du camp de Lichtenberg. Et ce qu'il apprit lui donna la nausée. Six personnes seulement avaient été libérées en cinq ans, dont une logée dans le même bâtiment que Marietta... Une certaine Greta Brecht, selon les archives. Marietta aurait-elle réussi à changer de place avec elle ?

Retrouvait-il maintenant, pour un ultime face à face, la demi-sœur qu'il méprisait tant ? Si oui, comment la piéger ? Une idée lui vint : si Marietta n'était pas morte comme il l'avait toujours cru, se pouvait-il qu'elle œuvre ici au sein de la

Résistance ? Marietta et l'agent Edelweiss n'étaient-ils qu'une seule et même personne ? Luttait-il pied à pied depuis deux ans contre sa propre sœur ? C'était invariablement elle qui gagnait. Il en avait toujours été ainsi. Cette pensée déstabilisante le perturba profondément.

L'angoisse réveilla ses ulcères et, un peu plus tard dans la journée, une éruption répugnante apparut sur ses mains, qui se mirent à le démanger. Il commença à se croire maudit.

Walther et Emma Boch habitaient une petite ferme idéalement située à quelques kilomètres de la mine, près du petit village de Nové Dvory, au bord de l'Ohre. Bâtie non loin de la grand-route, à une quarantaine de kilomètres de Prague et six kilomètres du camp, elle appartenait à Boch : sa récompense pour avoir brillamment conçu et réalisé le circuit hydraulique complexe actionnant l'ouverture de la voûte, au-dessus de la rampe de lancement. Ce vendredi 4 mai, c'était son week-end de congé, il était chez lui.

Selon les sources de Marietta, les Américains étaient entrés quelques heures plus tôt en Tchécoslovaquie, mais se trouvaient encore à une soixantaine de kilomètres. Les Allemands avaient capitulé en Hollande, au Danemark et au nord de l'Allemagne. La fin était proche.

Marietta avait résolu d'entrer en contact avec les Boch juste avant l'aube. Tandis qu'elle approchait de la ferme, elle se sentit gagnée par l'appréhension. Plus elle avançait, plus elle avait peur. Les jambes en plomb, elle se faufila entre les plantations d'herbes aromatiques. La jolie maisonnette au toit de chaume se profilait devant elle. Les volets étaient ouverts, la cheminée fumait et, par la fenêtre, elle aperçut Emma Boch ; une cafetière en émail bleu à la main, elle versait du café. Marie poussa la porte de la cuisine et s'immobilisa sur le seuil. Elle braqua un revolver sur le gros ventre de Boch.

— Dieu du ciel ! s'exclama Emma, l'air plus offensée qu'effrayée.

Walther voulut se jeter sur Marietta, qui ne bougea pas d'un pouce et se contenta de crisper son doigt sur la détente. L'homme s'arrêta ; de mauvaise grâce, il leva les bras en l'air.

— Asseyez-vous et posez les mains sur la table, leur intima-t-elle. Tous les deux.

— Qui êtes-vous ? interrogea Emma d'un ton agressif.

— Je représente l'Armée de libération du peuple tchèque. Vous avez deux heures pour vider les lieux. Vous n'êtes pas chez vous, ici. Vous n'avez le droit de prendre que ce que vous pourrez porter vous-mêmes : ni véhicule, ni bétail, ni chevaux. Je ne peux pas vous garantir que vous arriverez sains et saufs en Bavière.

— Vous êtes folle ! s'écria Emma. La guerre n'est pas encore finie. Sortez.

— Non, je ne suis pas folle. Seulement en avance d'un ou deux jours, répondit doucement Marie.

— Attends, Emma. Tais-toi. Qu'est-ce que vous faites ici, au juste ? demanda Walther, dont les yeux bruns au regard dur brillaient de curiosité.

Son front se barra d'un pli soucieux, ses sourcils se rejoignirent. C'était un géant de près d'un mètre quatre-vingt-dix affligé d'une bedaine imposante. Emma, elle, était une femme robuste aux cheveux blonds grisonnants, au visage rougeaud et aux yeux gris ardoise perpétuellement larmoyants.

— Vous vous attendiez bien à être expulsés un de ces jours, non ? fit Marietta en la regardant droit dans les yeux.

— Mais nous avons travaillé dur pour faire tourner la ferme ! protesta Emma, au bord des larmes.

— Peut-être, mais elle a été volée à des Tchèques. Tous les Volksdeutsche vont être expulsés maintenant. Dans le meilleur des cas, vous serez dépouillés de vos biens... Au pire, vous pouvez être lynchés à mort par la foule. Ensuite viendront les Russes. Vous savez aussi bien que moi que les esprits seront passablement échauffés. Avez-vous des économies ? Pouvez-vous les faire passer à l'étranger ?

Tout en parlant, elle se maudissait. Pourquoi donc allait-elle aider des ordures pareilles ?

— Non, répondit simplement Walther. C'est impossible. Pour tout le monde. C'est fichu. Ma mission s'achève. Cinq ans de travail acharné pour rien.

— Je suis chargée de vous proposer un marché avec les Américains. Départ sans risque, pour vous deux, dans les jours qui viennent. Bon salaire, pension, logement et véhicule fournis ; vous travaillerez avec le professeur Alesh. Mais d'abord, vous devez faire quelque chose pour moi.

— Rengainez cette arme, intervint Walther. Je ne peux pas discuter avec un revolver sous le nez. Les femmes ne savent pas manier les armes à feu, c'est bien connu. Asseyez-vous et prenez une bonne tasse de café. Ce sera moins risqué pour vous et pour nous. (Un sourire facétieux.) Nous ne serions pas fâchés de sauver notre peau. Sans parler de ma carrière. C'est normal, non ? Allez, parlez.

Entouré de ses proches collaborateurs, ainsi que des chercheurs, techniciens et SS de la mine Richard, Hugo se tenait sur une plate-forme spécialement érigée pour la circonstance au pied de la rampe de lancement.

Il était neuf heures trente du matin, le samedi 5 mai. Cinq jours plus tôt, Hitler s'était suicidé et l'amiral Dönitz lui avait succédé. Le Troisième Reich agonisait. La majeure partie de l'Europe de l'Est était passée sous la coupe du Kremlin. Le plus clair de l'Allemagne suivrait bientôt. À moins que...

S'ils pouvaient lancer un seul missile à tête nucléaire sur Londres ou sur Paris... Ils montreraient à l'Occident qu'ils disposaient d'une force de frappe déterminante. Grâce au V3, ils pourraient contraindre les Soviétiques à se retrancher à l'est des frontières tchèques.

Au cours des deux mois écoulés, le comte Bernadotte, vice-président de la Croix-Rouge suédoise et neveu du roi de Suède, avait déjà été contacté trois fois par Himmler pour négocier un traité de paix séparée pas trop défavorable à l'Allemagne. À chaque rencontre, le comte avait répondu aux nazis que les Alliés ne négocieraient pas et exigeaient la capitulation sans condition. Mais, cette fois, Himmler avait informé Bernadotte qu'ils possédaient une arme au potentiel inimaginable dont ils allaient bientôt user. Face à ces menaces, les aides de camp du comte devaient rencontrer Himmler au milieu de la journée sur la frontière bavaroise. Le lancement étant prévu pour midi, il était essentiel de respecter l'horaire à la seconde près.

531

Les paumes moites, le cœur battant d'angoisse, Hugo tentait de faire bonne figure.

Devant eux se dressait le fameux missile. Blanc et brillant telle une colonne d'albâtre, son nez effilé pointait à la hauteur d'un immeuble de six étages. Hugo rayonnait d'orgueil devant ce superbe spectacle. Voilà un monument digne de Wotan, le dieu des tempêtes nocturnes qui jadis écumait les cieux ! Wotan qui rendait les hommes héroïques et leur accordait la victoire, Wotan qui présidait à la destinée de chacun. Symbole du déchaînement des forces sauvages du monde !

Avec une grimace due à la douleur aiguë qui lui perforait l'estomac, Hugo vit le professeur Ludwig se tourner vers le panneau de contrôle, presser quelques boutons et activer l'inextricable réseau hydraulique commandant l'ouverture de la voûte circulaire qui coiffait le puits central.

Il y eut un long temps mort. Les secondes s'égrenèrent. Le chercheur fit un nouvel essai. Les panneaux de la voûte restaient obstinément fermés. Hugo ruisselait de sueur. Enfin Ludwig s'approcha et fit le salut nazi.

— Un léger contretemps, Herr général. Si nous pouvions nous retrouver ici dans une petite heure... Simple accroc technique, je vous assure. D'ici là, un excellent déjeuner vous attend, vous et vos hôtes.

— Impossible de retarder le lancement, fit Hugo entre ses dents serrées. Je vous rappelle que Himmler attend. Le missile *doit* partir à l'heure dite.

— Malheureusement, général, nous n'avons pas le choix.

À trois heures de l'après-midi, après un déjeuner prolongé dont Hugo n'avait pu avaler une bouchée, invités et techniciens s'assemblèrent à nouveau au fond du cratère ; cette fois, la voûte s'ouvrit sans encombre. Quelques instants plus tard eut lieu, derrière d'invisibles écrans protecteurs, la mise à feu de l'étage contenant le carburant ; Hugo contempla la scène et retint son souffle, croyant déjà voir l'engin décoller lentement, puis accélérer et disparaître dans les cieux. Toutefois, à sa grande fureur, le missile resta cloué au sol. À cinq heures, Hugo avait les traits déformés par la colère et la peur. Malgré les protestations de Ludwig, il était clair que le lancement n'aurait pas lieu.

— Encore une heure, supplia le chercheur.

— Bien.

Hugo se leva, sombre, voûté, le regard rivé au missile comme pour l'inciter à décoller par la seule force de sa volonté. À sept heures du soir, il attendait encore. Sa propre phobie de l'échec ne faisait qu'accroître son courroux.

— Monsieur... Mon général..., fit Ludwig, approchant avec prudence. Je crois que nous devrions reporter cette démonstration. Il semble qu'on ait trafiqué le carburant. Nous avons effectué des tests, et...

Hugo le dévisagea. Pourquoi cette imperceptible lueur de triomphe dans les yeux du chercheur ? Une foule de soupçons jusque-là enfouis lui vinrent à l'esprit. Comment se faisait-il que Ludwig ait accepté de tirer un missile équipé d'une charge nucléaire ? Pourquoi n'avait-il pas évoqué de sa voix bêlante les précieuses vies humaines qu'on n'avait pas le droit de sacrifier ? « Parce qu'il avait l'intention de saboter le lancement, peut-être ? » songea-t-il.

Hugo se dirigea vers Ludwig et le missile avec une rage froide. En cet instant précis lui revint en vrac le souvenir des sabotages commis depuis le début ; un véritable kaléidoscope tournoyait dans sa tête. Soudain le professeur devint responsable de tout. C'était un traître. On l'avait acheté, comme Alesh, et sans doute en même temps ; la différence, c'était que Ludwig, lui, avait accepté de rester.

Il saisit son arme et visa entre les deux yeux terrorisés de Ludwig. Au moment où son doigt se contractait sur la détente, un coup violent s'abattit sur son bras. La balle alla se loger dans le plafond et son revolver lui sauta des mains.

Choqué, momentanément pétrifié d'incrédulité, Hugo reprit enfin ses esprits et se retourna vers le prisonnier russe qui venait de l'agresser. Il se trouva face à face avec Bill Roth. Il laissa échapper un hoquet de surprise. Puis il sourit.

— Roth, vous êtes un homme mort, murmura-t-il en saisissant son couteau.

Tandis que Bill se jetait sur lui, il dirigea la lame vers lui. Il vit ses gardes mettre l'Américain en joue. Au même instant, la mine entière plongea dans l'obscurité. Hugo sentit les mains de Roth se resserrer autour de son cou, et les deux hommes roulèrent au sol.

Bill décocha un coup de poing à l'aveuglette en bénissant Schwerin pour son minutage parfait : c'était lui qui venait de créer ce court-circuit gigantesque. Maintenant, les gardes ne pouvaient plus tirer, de peur de s'entre-tuer, mais chaque Russe avait pris soin de bien repérer celui dont il devait s'occuper, et tous savaient sans hésitation vers où se diriger.

Tandis que résonnait à ses oreilles le bruit écœurant d'os qui se brisaient, Bill se jeta de nouveau en avant. Son impatience et son agressivité longtemps refoulées explosèrent dans sa tête comme un barrage qui cède sous la pression des eaux. Il expédiait sans relâche coups de poing et coups de pied. Il cherchait à atteindre Hugo aux yeux et s'employait à régler son compte à cet être qu'il considérait comme une bête et qui se défendait comme un beau diable. Il était rusé, habile, infiniment dangereux. Bill sentait sur ses mains un sang poisseux qui rendait ses doigts glissants et l'empêchait de s'assurer une prise ferme sur son adversaire. À qui appartenait ce sang ?

Puis il sentit un couteau dans la main de Hugo et une douleur insupportable lui cisailla le cou. Un flot de sang chaud lui coula sur l'oreille. D'un bond, il écrasa Hugo sous son poids et lui cogna violemment la tête contre le sol. Bill entendit alors le couteau sonner sur les dalles et, d'une ruade, l'expédia au diable.

Très loin, lui sembla-t-il, il y eut un grand craquement, suivi d'une explosion de lumière. La détonation proprement dite se produisit une fraction de seconde plus tard, suivie d'un roulement de tonnerre. Le sol frémit. Que se passait-il ? La mine était-elle en train de sauter ? Avaient-ils échoué ? Bill n'eut pas le temps de réfléchir davantage. Il reçut un choc douloureux dans le dos.

Puis plus rien.

Chapitre 78

Le jour se levait. Tâchant de vaincre sa fatigue, Marietta se redressa. Il faisait encore noir mais, dès qu'elle se rappela où elle était, elle céda à la panique. Elle s'était endormie ! Elle chercha à tâtons sa bougie et ses allumettes. Dès la première lueur vacillante, son regard angoissé tomba sur les Boch qui ronflaient sur le canapé. Dieu merci, la chandelle s'était simplement consumée jusqu'au bout, voilà tout. Pourtant...

Le même bruit retentit dans le lointain. Sa montre indiquait quatre heures dix du matin. Pétrifiée de terreur, elle tendit l'oreille. En cet instant même, elle eut l'impression que deux mains géantes lui comprimaient la cage thoracique et l'empêchaient de respirer.

Tout à coup, elle entendit à nouveau le bruit, très nettement cette fois-ci. Un bruit de bottes. De soldats avançaient vers la maison. Ils franchissaient le portail. Or, les Américains étaient encore à cent cinquante kilomètres... Leur mission avait donc échoué ? Était-ce la Gestapo ? Elle alla jeter un coup d'œil à la fenêtre en priant pour que Bill soit sain et sauf. Des ombres se mettaient en place sans hésiter à l'avant et à l'arrière de la maisonnette, coupant toute possibilité de repli.

Des coups sonores frappés à la porte réveillèrent les Boch, qui s'assirent, terrifiés. Pas le temps de fuir. Sentant son cœur battre follement, Marietta alla tirer les lourds verrous.

Elle laissa échapper un hoquet de surprise. Il lui fallut un moment pour comprendre ce qu'elle avait sous les yeux. L'homme qui se tenait sur le seuil portait un uniforme de sergent de l'armée US. Derrière lui, un groupe de GI lançait des regards curieux.

— Oh, mon Dieu ! proféra-t-elle.

— Troupes d'occupation, m'dame. L'élevage de poulets est réquisitionné. Vous pouvez garder une pièce pour votre usage personnel. Vous avez une demi-heure pour libérer le reste.

Elle éclata de rire, fit un pas en avant, posa ses deux mains sur les épaules du sergent et lui planta un baiser solennel sur chaque joue.

— Prenez tout, déclara-t-elle. Jusqu'au dernier poulet, jusqu'au dernier œuf ! Je fais partie de la Résistance tchèque et je travaille pour le compte du major Schofield, à Londres. Conduisez-nous à votre officier, s'il vous plaît. Il nous attend certainement.

Bill prit progressivement conscience d'un cri répété dans les ténèbres. Il semblait venir de loin, à l'extrémité d'un interminable tunnel obscur.

— Déposez les armes. Vous êtes cernés. La guerre est finie. Je répète : le général Alfred Jodl a signé la capitulation sans condition ce matin à deux heures quarante et une. Nous sommes le 7 mai. Tout est fini. Sortez les mains sur la tête.

Des voix américaines !

Merci, mon Dieu !

— OK, les gars ! (Ça, ce devait être Franz.) Ici, c'est fini depuis deux jours. Le coin est aux mains des Alliés. On va sortir.

Bill se sentit soulagé. Il voulut s'asseoir, mais il ne pouvait pas bouger. « Qu'est-ce qui m'arrive ? Suis-je paralysé ? » se demanda-t-il, saisi de panique. Une douleur fulgurante le contraignait à l'immobilité. Il ne pouvait bouger ni les bras ni les jambes. Chaque inspiration le mettait à la torture. Ses poumons ne fonctionnaient pas normalement. Il essaya de crier, mais seul un son quasi inaudible s'échappa de ses lèvres.

— Qui est là ?

On l'avait entendu. Il gémit à nouveau.

— Bill ?

C'était la voix de Louis, non ?

— Louis, fit-il faiblement. Au secours !

— Nous sommes à la recherche du major Roth, des services

secrets britanniques, lança à nouveau la voix, qui lui parut appartenir à un Américain.

Mais les vagues successives de douleur et de nausée l'empêchaient de se concentrer. Il poussa un nouveau gémissement.

— Aidez-moi à le retirer de cet éboulement ! hurla Louis.

La première chose dont Bill prit conscience en se réveillant fut la clarté aveuglante du soleil et l'impression vertigineuse d'être trimballé en tous sens. Il essaya de bouger une main, elle lui obéit et, d'un geste brusque, il la plaça sur ses yeux.

— Celui-là revient à lui ! entendit-il. Voilà l'ambulance.

Il se sentit posé à terre sans ménagement et se rendit compte qu'il se trouvait sur une civière. Un infirmier militaire américain se pencha en lui tendant une petite bouteille d'eau. Bill but en crachotant. La bonne nouvelle commençait à se faire jour dans son esprit. Ils avaient réussi. Il releva les yeux et sourit.

— Bill... Bill, mon chéri...

— Marie, le soleil m'aveugle. Viens plus près.

L'ombre de la jeune femme s'étendit sur son visage ; elle couvrit de baisers son front, son nez, ses paupières.

— Faites place, s'il vous plaît. Je suis médecin, fit une voix.

Au moment où le nouveau venu rabattait d'un coup la couverture, Bill entendit Marie s'étrangler.

— Oh, mon Dieu...

— Contusions, égratignures et entailles diverses, traumatisme crânien. Mais, avec un peu de chance, je pense qu'il n'a rien de grave. Quelques côtes cassées. Il s'en sortira. Désolé d'interrompre vos retrouvailles, mais j'ai ordre de le rapatrier à l'hôpital dans les plus brefs délais. On se replie en Bavière. Les Russes ne veulent pas de nous en Tchécoslovaquie.

— Il a eu de la chance. Il a été enseveli sous un éboulement, on ne savait pas où il était.

La voix de Louis, cette fois.

— Salut, Louis, fit Bill d'une voix rauque. Merci de m'avoir tiré de là.

— Louis, mon cher Louis, je suis tellement heureuse que vous vous en soyez sortis vivants tous les deux ! Merci, merci, mon Dieu..., sanglotait Marie.

Bill regretta de ne pas avoir la force de se lever pour la serrer dans ses bras. Elle se pencha au-dessus de lui, les yeux pleins de larmes, dont quelques-unes vinrent s'écraser sur le visage du jeune homme.

— Ne pleure plus, ma chérie. On sera bientôt à Baltimore.

Tandis qu'on le hissait dans l'ambulance, il ne cessa de sourire béatement.

— Essaie de lui faire comprendre pourquoi je dois retourner là-bas, entendit-il Marie dire à voix basse par la portière arrière encore ouverte du véhicule. Parle-lui des serments que j'ai prêtés devant grand-mère sur son lit de mort, et de la promesse que j'ai faite à père. Je ne peux pas m'enfuir comme ça, maintenant qu'ils sont morts tous les deux. Ils m'ont fait confiance... (Sa voix se brisa.) Explique-lui ce que c'est que d'être une Habsbourg. Et n'oublie pas de lui dire que je l'aime, Louis.

La portière se referma en claquant. Bill se redressa avec prudence. Dès qu'il serait sorti de cette ambulance, il chercherait le moyen de rejoindre Marie.

On était sur le point de célébrer un mariage en l'église St. Margaret, dans le quartier de Westminster, à Londres. Lord Stephen Schofield, héros de guerre et proche parent de la famille royale d'Angleterre, épousait la petite « Princesse Courage » des Londoniens.

Depuis des jours, les quotidiens fouillaient le passé pour rédiger d'innombrables articles célébrant l'endurance et la bravoure de la princesse Ingrid qui travaillait si dur, huit heures par jour, dans son usine aéronautique, avant d'aller faire la cuisine pour les soldats. Elle était devenue une héroïne.

La guerre était sur le point de s'achever. On était le 7 mai 1945 ; la nuit précédente, à deux heures quarante et une précises, dans une petite école en brique rouge de Reims, l'armée allemande avait capitulé sans condition devant le général Eisenhower, commandant en chef des forces alliées.

La guerre n'était pas officiellement finie, mais, mornes et exténués après des années d'une discipline quasi spartiate et de constants sacrifices, les Londoniens avaient besoin de faire la fête. Quelle meilleure occasion pour cela qu'un conte de fées ?

Le 7 mai, juste après le lever du jour, la foule s'assembla sur la place du Parlement. À onze heures du matin, elle fut récompensée par l'arrivée d'Ingrid qui, en ravissante robe de dentelle, les doigts couverts de diamants resplendissants, descendit d'une Rolls-Royce, cadeau de son futur époux à en croire les journaux.

Ingrid avait peine à croire que tout cela était réel. Elle remonta la travée centrale de l'église au bras du frère de Gwen. Elle baissait les yeux sur la robe que portaient traditionnellement toutes les épousées de la famille Schofield et poussa un soupir de contentement. À son annulaire brillait un diamant blanc-bleu entouré d'émeraudes, et son voile était incrusté de perles. Elle sourit discrètement en se remémorant une fois de plus la fameuse nuit où, des années auparavant, elle avait consulté en compagnie de Hugo, au château de Sokol, la liste des prétendants dressée par la vieille princesse. Comme elle avait rêvé d'épouser l'un d'eux! Aujourd'hui, ce rêve se réalisait.

La distance qui la séparait de l'autel lui parut interminable.

En marchant vers son fiancé, elle repensa à Bill, le seul homme qu'elle eût vraiment aimé. Elle eut un instant la chair de poule lorsque son regard croisa celui de Stephen. Elle n'était pas absolument sûre qu'il avait cru son histoire. Mais cela n'avait plus d'importance, puisqu'il l'épousait.

Une heure plus tard, Ingrid ressortait de l'église en agitant la main pour saluer la foule qui poussait des hourras, et elle passait, au bras de Stephen, sous une haie de sabres. De nombreux employés du ministère des Affaires étrangères et du SOE étaient venus lancer du riz. La moitié de la population de Londres semblait s'être déplacée aussi. Toujours souriante, Ingrid envoya des baisers à la foule en lançant les fleurs de son bouquet.

— Ma bonne Ingrid! cria une de ses anciennes collègues de l'usine. Pense à nous!

— Bonne chance, Ingrid! Nous, on ne t'oubliera jamais!

Gwen, sa demoiselle d'honneur, l'aida à remonter en voiture. Puis, sans cesser de sourire et d'adresser des saluts, Ingrid serra bien fort la main de Stephen.

— Je vais te rendre très heureuse, ma chérie, promit-il.

Ingrid n'avait toujours pas ôté sa robe de mariée ; elle était occupée à découper une pièce montée dans les salons du Dorchester, avec Stephen qui l'entourait de ses bras. L'heureux couple souriait pour les photographes. Ingrid n'avait jamais été aussi belle et radieuse, et elle le savait. L'orchestre entonna *Le Beau Danube bleu* et elle ouvrit le bal sous les applaudissements frénétiques de mille invités. Elle se laissait porter comme dans un rêve, savourant son bonheur et la conviction que, décidément, hormis la perte de Bill, tout s'était arrangé pour elle.

— J'ai tellement hâte de lézarder au soleil ! lui souffla Stephen à l'oreille. Je commençais à moisir, après cinq années sous cet affreux climat.

« La perspective de quitter la Grande-Bretagne est la cerise sur le gâteau, songea-t-elle sans savoir combien de faveurs son mari avait dû solliciter pour obtenir l'autorisation de sortir du royaume. Oui, tout cela est vraiment inouï », conclut-elle en allant de groupe en groupe, recevant embrassades, formules admiratives, vœux de bonheur et compliments de toutes sortes.

Mais Stephen était à sa recherche.

— Il est temps de te changer, chérie. Nous avons un bateau à prendre, ne l'oublie pas !

Il l'attira à lui avec une fougue inhabituelle et, l'espace d'un bref instant, elle se remémora Bill. Mais vite elle ferma en même temps ses yeux et son cœur. Elle ne s'autoriserait plus à repenser à Bill. Plus jamais. Pourtant, elle savait qu'elle n'aimerait jamais vraiment un autre homme.

— Tu es la plus jolie mariée du monde, ma chérie. Vivement ce soir, chuchota-t-il.

Ces paroles arrachèrent à Ingrid un léger soupir. Elle se détourna pour regarder dans la glace ses yeux pleins de larmes. Quelle absurdité ! Elle s'empressa de les essuyer et s'empara d'une flûte de champagne, qu'elle leva vers son reflet.

« À ta santé, Ingrid, murmura-t-elle. Bien joué ! Tu as fini par gagner. »

Andréa était assise derrière un bureau en piteux état, dans une baraque en préfabriqué au milieu du camp de transit. Sa lassitude était visible, mais ses yeux noirs rayonnaient de tendresse. Elle portait une blouse marquée d'une croix rouge sur la poitrine par-dessus une jupe et un chemisier en lainage informe : des vêtements d'occasion, don de la Grande-Bretagne. Ses cheveux repoussaient vite, mais elle continuait d'emprisonner dans une résille ses boucles sombres renaissantes. Elle était d'une beauté saisissante, mais c'était bien le cadet de ses soucis, elle qui ne s'était pas regardée dans une glace depuis une éternité.

Au camp, on la respectait pour sa bonté, sa volonté, la sérénité avec laquelle elle affrontait les pires difficultés. Elle s'était enrôlée dans la Croix-Rouge quelques jours après son arrivée au camp de transit. Elle avait compris que le travail l'aiderait à conserver son équilibre.

À sept heures du matin, le 7 mai 1945, Andréa échangeait une poignée de main avec un paysan polonais âgé en lui promettant de déclencher une enquête administrative pour retrouver la trace de son fils disparu, grâce aux archives des camps de concentration.

Lorsqu'elle eut fini de dicter son courrier, elle rouvrit la porte et fit entrer le candidat suivant. Comme d'habitude, il y avait une centaine de personnes sur les bancs de la salle d'attente. Dieu seul savait à quelle heure ils commençaient à arriver : à sept heures tous les matins, elle en découvrait toujours une file interminable.

Vint le tour d'une femme au visage émacié et aux cheveux blancs. Une infirmière de la Croix-Rouge l'aidait à avancer. Andréa entama sa litanie de questions de routine.

Lorsque midi sonna, elle s'était occupée d'une vingtaine de cas, tous apparemment sans espoir ; pourtant, un miracle pouvait se produire, et elle gardait la foi. Des survivants au cœur brisé défilaient sans cesse dans son bureau pour lui demander de retrouver leurs parents disparus ou de les aider à recouvrer leur identité.

En reconduisant l'un d'eux, elle aperçut un homme au bout d'un banc et se figea sur place. Une insurmontable bouffée d'espoir l'envahit et elle faillit en perdre connaissance.

« Est-ce possible ? » fit-elle tout bas.

Elle humecta ses lèvres sèches du bout de la langue et s'efforça de se ressaisir. L'homme venait vers elle. C'était un inconnu, et pourtant il avait les yeux de Louis. Elle prononça son nom dans un souffle.

— Louis ? C'est vraiment toi ? Ou suis-je en train de devenir folle ?

— Je cherche ma femme, répondit Louis avec douceur. Ma femme bien-aimée, si courageuse, si belle et si bonne malgré les horreurs qu'elle a endurées. Je suis venu la chercher pour la ramener à la maison. À son tour de se laisser dorloter maintenant, ajouta-t-il en tendant la main pour lui caresser les cheveux.

— Louis... Oh, Louis...

Un seconde plus tard ils étaient dans les bras l'un de l'autre. Pour eux, la guerre était enfin finie.

Chapitre 79

Dans son bureau au château, Hugo contemplait un tas de cendres rougeoyantes : les dossiers et papiers qu'il venait de brûler. Il n'avait pas dormi. Il n'en pouvait plus. Mal rasé, la cravate dénouée, il avait pourtant décidé de revêtir son uniforme de cérémonie, froissé et poussiéreux, pour prendre congé de Sokol. Il se tourna vers la fenêtre. À une dizaine de kilomètres, il distinguait la fumée et les éclairs des obus éclatant dans la zone des combats. Les Russes seraient là dans quelques heures. Il était temps de partir. Mais, avant, il avait une chose importante à faire.

C'était le 13 mai, la guerre était officiellement terminée depuis cinq jours, mais, poussée dans ses derniers retranchements, l'armée allemande avait réussi, avec l'énergie du désespoir, à stopper l'avance des troupes russes le temps d'évacuer les familles allemandes et Volksdeutsche de la région.

Oui, la guerre était finie, balayant les rêves de grandeur et de puissance de Hugo, sa vision d'un vaste Empire européen. Mais lui n'était pas balayé, comme tant d'autres. Il possédait six magnifiques propriétés en Argentine, où Freda était déjà en train d'aménager leur nouveau domicile.

Mais serait-il en sécurité là-bas ? En fait, il connaissait déjà la réponse. Nulle part il ne serait assez loin de Marietta. Elle le retrouverait toujours, car elle criait vengeance. Sinon, pourquoi aurait-elle pris ces lettres compromettantes dans son coffre ? Elle savait où le retrouver, puisqu'elle s'était emparée de ses actes notariés. Hugo regardait obstinément par la fenêtre, incapable de se défaire de ses angoisses obsédantes.

« Seulement, moi aussi, j'ai préparé une revanche », songea-t-il avec un petit sourire. En cet instant, Sokol était aussi dangereux qu'une grenade dégoupillée. Une seule allumette suffirait. À l'idée que ces trésors inestimables, ces œuvres d'art sans prix allaient être détruits, il faillit éprouver du regret, mais mieux valait tout anéantir que de les laisser retomber entre les mains de sa demi-sœur. Non, décidément, cette dernière ne récupérerait pas en totalité son héritage. Ça, jamais.

Hugo perçut des bruits de pas et fut pris d'une peur irrationnelle. Était-ce elle, tout de blanc vêtue, telle qu'elle lui apparaissait dans ses pires cauchemars ? Il lança d'un ton rogue :

— Qui est là ?

Un coup timide fut frappé à la porte. La demeure avait été évacuée, seul un personnel réduit était censé rester en place jusqu'à nouvel ordre. Où diable était passé l'aide de camp ? Hugo saisit son revolver et se dirigea à grands pas vers la porte, qu'il ouvrit à la volée. Pour se retrouver face à un Miroslav Kova tremblant d'effroi. Dieu que cet homme sentait mauvais ! Hugo fronça le nez de dégoût et braqua son arme sur le nouveau venu, entre les deux yeux.

— J'ai quelque chose qui peut vous intéresser, général, pleurnicha Kova.

Hugo rit et crispa son doigt sur la détente.

— Il s'agit d'Edelweiss.

Hugo abaissa son arme et dévisagea attentivement le visage de son interlocuteur. Marietta ! Il frémit d'enthousiasme. Sa demi-sœur morte, il attendrait patiemment les sept ans nécessaires pour que les hommes de loi déclarent Louis officiellement décédé, puis il reviendrait tel le fils prodigue revendiquer les terres de Louis et Marietta.

Il revint à Kova. L'homme disait-il la vérité ? Pourquoi était-il venu le trouver au péril de sa vie ? Sans doute l'équarrisseur désirait-il obtenir de lui une chose à laquelle il tenait plus que tout au monde. Alors Hugo se rappela : Kova n'avait jamais été informé du suicide de sa fille.

— Que voulez-vous ? interrogea-t-il.

— Nous avions passé un marché... Ma fille contre Edelweiss. Or, je tiens justement cet agent sous clef dans ma cave.

— Qu'est-ce qui me prouve que je puis me fier à vous ?

— Vous n'y êtes pas obligé. C'est *moi* qui dois vous faire confiance. Si je vous remets Edelweiss, vous devrez me dire où est ma fille. La plupart des camps ont été libérés, et il faut que je la retrouve. (Il leva vers Hugo un regard suppliant.) Est-elle toujours vivante, au moins ?

— Bien sûr, mentit Hugo en posant sur Kova un regard inquisiteur.

Cet imbécile croyait-il vraiment qu'on avait pu laisser vivre sa fille après qu'il eut lui-même disparu en compagnie d'Edelweiss ? Mais il avait remarqué que les gens simples gardaient toujours l'espoir, même sans raison. Kova avait les mains agitées de tremblements et les joues couperosées. Il avait le cerveau confit dans l'alcool. Et, malgré cela, il aurait réussi à piéger Marietta ? Comment avait-il pu s'y prendre ? Hugo ne pouvait pas se permettre de décliner cette offre, il le savait pertinemment. Il ne lui fallut qu'une seconde pour s'assurer que Kova était venu sans arme.

— Allons-y, marmonna-t-il alors en lui enfonçant le canon de son arme dans les reins.

Son chauffeur montait toujours la garde auprès de la voiture, dans la cour déserte. Il serait obligé d'exécuter ce gamin : il ne devait rester aucun témoin de ce qu'il s'apprêtait à faire.

— Surveillez-le, grogna-t-il. Je reviens tout de suite.

Sa tâche ne prendrait pas longtemps. Il y avait des semaines qu'il préparait sa sortie. Il descendit en toute hâte dans les caves et alluma une mèche. Dans dix minutes, tout flamberait.

Le temps de regagner sa voiture, on voyait déjà s'échapper de la fumée.

— Prenez la grand-route en direction du nord, ordonna-t-il en regardant par-dessus son épaule.

— Mais, monsieur, les Américains sont à moins de vingt kilomètres de Prague !

— Non, ils sont partis. Ils ont levé le camp ce matin, marmonna Kova. C'est Edelweiss qui me l'a appris. Elle est arrivée aux abattoirs au volant de la camionnette des Boch. Elle disait qu'elle se rendait à Sokol, mais qu'elle manquait d'essence.

« Et de chance ! » songea Hugo en gloussant intérieurement.

Les abattoirs étaient silencieux. Pas d'animaux dans la cour, personne, rien que la puanteur de la mort. Hugo commençait à se méfier de Kova. L'appréhension lui donnait la chair de poule.

— Attachez-lui les mains, commanda-t-il à son chauffeur.

Kova était trempé de sueur.

— Mais, général, je vous l'ai dit : moi, tout ce que je veux, c'est ma petite fille, protesta-t-il mollement tandis qu'on lui ligotait les poignets.

— Attendez ici, ordonna Hugo à son chauffeur. Si vous entendez un coup de feu, venez tout de suite — et armé.

Ils traversèrent le vieux bâtiment, leurs pas résonnant sur les planches, jusqu'à la grange pavée envahie de purin et d'immondices.

Kova gloussa.

— Je l'ai fait entrer de force dans les caves où je stocke les carcasses, mais cette fois en verrouillant l'entrée des égouts. Et il n'y a pas d'autre issue.

Ouvrant la marche, il se dirigea vers l'abattoir proprement dit et montra du doigt, sur le sol, une grande grille pourvue en son centre d'un anneau métallique.

— Soulevez-la du bout du pied, commanda Hugo sans cesser de braquer son arme sur Kova qui, en nage, réussit à faire glisser la grille de côté, mais perdit l'équilibre et tomba.

Il releva les yeux en grimaçant de douleur.

— Si vous vouliez seulement me délier les mains, général...

— Dépêchez-vous, gronda l'autre.

Kova repoussa la grille.

— Mettez-vous là, reprit Hugo en désignant le mur.

Kova roula sur lui-même jusqu'à l'endroit indiqué.

— Elle est là, en bas, à droite, attachée sur une chaise, haleta-t-il.

Hugo se pencha sur l'ouverture. Du coin de l'œil, il crut saisir un mouvement furtif : Kova détendait brusquement ses jambes pour atteindre un interrupteur. Alors il eut l'impression que sa tête explosait.

— Quand on est un homme seul, général von Hesse, on apprend à se montrer inventif, disait Kova.

Hugo battit des paupières et secoua la tête, qui lui faisait abominablement mal. Où était-il ? Que s'était-il passé ? Puis il se souvint et chercha Marietta du regard autour de lui, en vain. Peut-être était-il tombé...

— Un dispositif de mon invention, fort ingénieux je dois dire, poursuivit Kova. J'ai d'ailleurs l'intention de le faire breveter quand tout sera redevenu normal. Le taureau le plus coriace reste étourdi pendant au moins trois minutes. Ce qui me laisse le temps de lui trancher la gorge ; mais, rassurez-vous, je n'en ferai pas autant avec vous.

« Qu'est-ce qu'il raconte, cet imbécile ? » Hugo voulut s'asseoir mais il n'y arrivait pas. La colère s'empara de lui dès qu'il se fut rendu compte que Marietta n'était pas là. Il avait été joué. La fureur prit le pas sur son mal de tête. Mais il perdit à nouveau conscience. Quelques minutes plus tard, il soupirait, gémissait et rouvrait déjà les yeux. C'était comme si on l'avait assommé à coups de marteau.

— Comment vous sentez-vous, dites-moi, général von Hesse ? s'enquit Kova en gloussant.

Hugo refit surface. La première chose qu'il aperçut fut le visage de Kova, à quelques centimètres du sien. Il voulut lever les mains pour le repousser, le geste lui arracha un hoquet de douleur. Baissant les yeux, il vit qu'il était nu, pieds et mains ligotés avec un fil de fer qui entaillait les chairs, une espèce de câble métallique que même un bœuf n'aurait pu rompre. Il sentit monter en lui la panique. Il vit qu'il se trouvait dans la cave des abattoirs de Kova, environné de carcasses puantes suspendues à des crochets à viande.

— Détachez-moi, Kova, ou vous ne saurez jamais où est votre fille, hasarda-t-il dans l'espoir que le boucher pouvait encore être dupé.

— Ma fille est morte, espèce d'ordure. Elle s'est pendue après que toi et tes hommes l'ont violée, souillée sous les yeux de son père. Et maintenant, tu vas payer, von Hesse. Tu vas regretter d'avoir rencontré ma fille.

— Je m'acquittais d'une mission. C'était la guerre. Vous ne comprenez pas ? Ces choses-là sont nécessaires, en temps de guerre. Vous étiez un traître. Mais c'est fini, Kova. Nous pouvons tourner la page maintenant. Je suis riche. Nous pouvons conclure un marché.

— Je tiens à ce que vous appréciiez à sa juste valeur ma trouvaille géniale, poursuivait Kova. Il a bien fallu que je fasse preuve d'imagination quand l'armée a pris tous mes ouvriers slaves pour les envoyer en camp de travail. Je me suis retrouvé seul, moi. Comment vouliez-vous que je m'en sorte, avec ces bestiaux énormes ?

— Kova, détachez-moi. Je vous promets que vous serez récompensé. Faites votre prix.

— Alors l'idée m'est venue d'employer une arbalète fixée au plafond qui décocherait un carreau juste au bon moment. Je n'avais qu'à placer l'animal à l'endroit idéal et, du bout du pied, basculer un interrupteur situé au pied du mur. La bête était assommée et je pouvais lui trancher la gorge sans effort et sans souffrance pour elle. La peur, l'angoisse gâchent le goût de la viande, vous le saviez ? Or la mienne est toujours tendre et savoureuse. En revanche, je ne réponds pas de la vôtre. Certainement impropre à la consommation.

— Écoutez-moi, Kova, supplia Hugo. Je suis très riche, je vous l'ai dit. Je possède des terres en Amérique du Sud. Je vous donnerai tout ce que vous voudrez. Pensez à toutes les jolies filles que vous pourrez vous payer.

— Vous allez pourrir ici, von Hesse. Il vous faudra des jours et des jours pour mourir. Après tout, la mort, ça me connaît. C'est mon métier.

Toujours ricanant, il se pencha sur Hugo. Il répandait une odeur épouvantable et postillonnait sur les lèvres du nazi.

Celui-ci avait du mal à respirer. Il lui semblait que sa cage thoracique enflait sous l'action d'un énorme soufflet qui allait faire éclater ses poumons. Sa gorge se serrait, ses mains étaient moites, et il avait l'impression qu'on lui avait défoncé le crâne. Un filet tiède coulait dans son cou : sans doute sa blessure saignait-elle. Il vit Kova se pencher à nouveau, l'air féroce, un crochet de boucher acéré à la main.

— Abattez-moi plutôt, s'étrangla le prisonnier.

— Tu ne vaux même pas une balle, chien ! Normalement, von Hesse, les carcasses sont écorchées et — naturellement —

mortes quand j'en arrive à ce stade. Mais dans ton cas, je vais faire une exception. Je t'ai seulement déshabillé. Ta peau ne vaut rien, de toute façon... (Un petit rire.) Bon, allons-y. Voilà comment je m'y prends.

Hugo sentit qu'il lui relevait brutalement la tête en l'empoignant par les cheveux. Il se raidit et se raccrocha comme il put pour ne pas que Kova l'oblige à se courber en avant. Mais, d'un geste bref et impatient, ce dernier lui expédia un coup de côté et il tomba à plat ventre. Alors il sentit l'équarrisseur tâter son dos, du bout de son crochet, à la hauteur de l'omoplate, et hurla.

— Non... non... non ! Pas ça !

Une douleur fulgurante. L'acier effilé s'enfonçait dans sa chair, de plus en plus profond. Hugo hurla à nouveau, sans pouvoir s'arrêter. Il n'arrivait pas à croire que cela pût lui arriver à *lui*. Il sentit confusément Kova tirer sur une chaîne et continua à crier tandis que le feu qui lui torturait l'épaule gagnait sa poitrine, et qu'il se retrouvait progressivement tiré en position assise.

Il s'évanouit, et Kova le laissa retomber à terre. Un seau d'eau glacée le ranima.

— Je tiens à ce que vous saisissiez bien ce qui vous arrive, déclara doucement Kova. Après ça, je hisse la bête au-dessus du billot au moyen d'un appareil de levage.

Hugo s'entendit à nouveau hurler, mais ses cris lui semblaient venir de très loin. Il perçut vaguement un bruit de pas... des éclats de voix, des coups de feu. Le cadavre de son chauffeur tomba par l'ouverture à demi fermée par la grille et atterrit à côté de lui. Désormais, rien ne lui paraissait avoir la moindre réalité, excepté cette douleur qui le consumait. Il n'avait même plus la force de crier. Il se voyait sur la rive d'un lac aux proportions immenses... Des vagues de souffrance déferlaient les unes après les autres.

— Voilà qui est mieux, commenta Kova. Il est parfaitement inutile de crier, von Hesse. C'est le no man's land, ici. Les Tchèques ont fui, l'armée américaine s'est repliée, les Allemands sont partis vers le sud et les Russes ne sont pas encore arrivés. Ta belle-sœur Edelweiss est retournée à Sokol. Car vois-tu, je la lui ai donnée, l'essence dont elle avait besoin. C'est quelqu'un de bien, cette femme. Toi, tu es une belle ordure. Allez, ho! hisse! Tu peux bien rester pendu là-haut jusqu'à ce que la pourriture s'y mette!

Kova actionna l'appareil de levage. Hugo sentit ses muscles, ses tendons, sa chair s'arracher, en des souffrances intolérables, mais le crochet tint bon et il poursuivit son ascension, suspendu par une épaule disloquée, jusqu'à ce que ses pieds décollent du sol et qu'il tourne lentement sur lui-même. Le sang et l'urine coulaient sur le sol pour former bientôt sous lui une grande flaque.

Jamais il n'aurait cru qu'on puisse endurer pareille souffrance. Il se retrouvait propulsé hors de l'espace et du temps, dans un monde dont il ignorait tout et où une seconde durait l'éternité. Il n'avait que vaguement conscience de se balancer d'avant en arrière, comme les carcasses qui l'entouraient.

— Fais de beaux rêves, général, entendit-il. Pense à ma fille. Ça a dû te plaire, de la violer, hein? Elle était vierge, et jolie avec ça. Je parie que tu y as drôlement pris plaisir. Pour un peu ie te couperais les couilles, mais j'aurais bien trop peur que tu te vides de ton sang et que tu meures trop vite.

Hugo poussa un ultime gémissement avant de sombrer dans l'inconscience.

Lorsqu'il revint à lui, il était seul. Il avait atrocement mal, et il sut que cela ne s'arrêterait plus, cela ne ferait qu'empirer, jusqu'à ce qu'il meure. Il avait entendu parler d'hommes ainsi mis à mort, suspendus à des crochets de boucher dans les caves de Hitler.

On disait qu'ils agonisaient des jours et des jours.

Chapitre 80

Marietta sentait son cœur battre à tout rompre et sa gorge se serrer. Elle traversa le pont sur la Vltava en direction du château, son ancien foyer. Les remparts étaient toujours debout. Une croix gammée flottait dans les airs. Elle ne tarderait pas à la faire disparaître.

Elle savait à quoi s'attendre. Les épouses de résistants qui l'avaient hébergée quelques jours, le temps que les derniers soldats et réfugiés Volksdeutsche quittent la région, l'avaient avertie. Elle n'en éprouva pas moins un choc. Debout au milieu de la cour, elle vit les ruines de sa demeure, les joues ruisselantes de larmes.

L'aile est du château avait été ravagée par les flammes. Les murs, bâtis pour durer, tiendraient sans doute le coup, tout ébréchés et noircis qu'ils fussent. Les dégager des gravats prendrait un temps fou et coûterait une fortune. Marietta attendit un instant et rassembla son courage, puis se ressaisit et monta le grand escalier en se frayant un chemin parmi les décombres et les poutres charbonneuses, jusqu'au grand hall.

Il ne restait rien. Qu'un tas de ruines recelant mille périls. Le toit à demi effondré laissait voir le ciel par une brèche hérissée de poutres instables, couvertes de suie, qui oscillaient avec un son lugubre au gré du vent. Les parquets se cachaient sous une mer de bouts de bois et de lambeaux de tissu dont, çà et là, s'échappait encore un filet de fumée. Marietta devina que les dernières averses avaient éteint le brasier. Tout était détruit... la bibliothèque et ses manuscrits ou ses ouvrages rares, les tableaux, les objets d'art, le mobilier ancien, les biens si précieux accumulés des siècles durant par sa famille.

Elle erra de pièce en pièce, puis parvint dans la partie la plus ancienne de la demeure, là où s'étaient installés les soldats. Elle n'avait pas été touchée par l'incendie.

Le château de Sokol ressemblait encore à ce qu'il était, à savoir un casernement abandonné, aux vitres sales et fendillées, aux murs à la peinture écaillée et aux portes défoncées. Parviendrait-elle à tout remettre en état ? Le coût de l'entreprise serait dissuasif. Et quelle raison avancer pour justifier cette dépense ? Il allait falloir donner à chacun un logement, un emploi ; le pays devait réparer ses réseaux de communication et son industrie, toute l'infrastructure anéantie par les nazis. Quel besoin aurait-on de châteaux ? Qu'est-ce qui la retenait encore ici ? Pourquoi ne pas tout laisser et s'en aller, simplement ? L'idée ne manquait pas d'attrait. Oui, pourquoi pas ?

La paix aurait des conséquences multiples pour nombre de gens, mais pour Marietta, si elle décidait de rester, cela signifiait une existence entière à apprendre à se passer de Bill.

À moins que...

Elle emprunta les couloirs, notant les trésors disparus des murs, les sols en marbre fissurés, irrémédiablement endommagés, les plafonds aux moulures défoncées, et atteignit enfin la galerie des portraits, dont une bonne partie avait échappé aux rapines. Cela s'expliquait, d'ailleurs : ces tableaux n'avaient pour la plupart qu'une valeur sentimentale.

Elle arriva, au fond de la galerie, devant le portrait de sa grand-mère jeune. Elle était vêtue d'un habit de chasse noir, et chevauchait en amazone un étalon blanc. « Que ferait-elle à ma place ? » se demanda Marietta en contemplant le tableau.

Tout à coup, un grondement de véhicules lourds franchissant le pont-levis et entrant dans la cour la fit sursauter. Elle courut à la fenêtre et vit un convoi de camions allemands s'approcher rapidement de la grande porte. Une seconde, la crainte l'envahit puis elle aperçut des étoiles rouges peintes sur les croix gammées. Une bande de résistants tchèques en descendit pêle-mêle, Jan en tête. Ils avaient l'air à bout de forces.

Elle sortit juste au moment où Jan montait quatre à quatre les marches du grand escalier. Son expression était sévère, son regard dur.

— Comtesse, je salue votre patriotisme et votre bravoure.

Vous êtes une femme courageuse. Seulement, vous devez comprendre que je ne pourrai garantir votre sécurité une fois que les Russes seront là.

Marietta sentit le feu lui monter aux joues.

— Je suis une résistante comme vous. Je me suis battue avec le même acharnement.

Jan la prit par le bras et l'entraîna à l'écart. Il lui montra son insigne : *Général Jan Zykov, Armée de libération du peuple tchèque*.

— Pour le moment, c'est moi qui commande ici, fit-il avec calme. Mais qui sait si je survivrai aux bouleversements de l'après-guerre ? Ce ne sera pas facile. Il faut me faire confiance une dernière fois. Vous êtes la fille d'un nazi qui a eu des funérailles nationales...

— Mais vous, vous savez la vérité ! protesta-t-elle avec colère.

— Ne perdez pas de temps. Vous êtes aussi la demi-sœur d'un criminel de guerre bien connu qui dirigeait depuis votre château les forces de sécurité du Reich. En outre, aidée de certains agents alliés, vous avez manœuvré pour soustraire aux Soviétiques un chantier de fabrication de missiles à tête nucléaire situé dans la mine Richard. Si je suis venu vous mettre en garde, c'est au nom de notre combat commun au sein de la Résistance.

« Non, reprit-il. En fait, il y a une autre raison à ma présence. J'ai trop d'admiration pour vous laisser flanquer votre vie en l'air au nom d'un absurde sens du devoir. Si nous nous sommes battus côte à côte, c'était pour un idéal, et non pour des biens matériels. Il y a là une différence, ne le niez pas. Je vous en prie, Marietta, il faut me croire · le moment est venu de partir. La plupart de vos terres seront nationalisées dans les deux ou trois ans. Vous n'avez pas d'avenir ici. Croyez-moi.

— Oui, oui, naturellement..., fit-elle d'une voix lasse. C'est curieux, mais j'avais cru qu'on aurait besoin de moi. Je voudrais rester seule, s'il vous plaît.

Elle ne voulait pas laisser paraître son amertume. Elle tourna les talons et repartit en direction de la galerie.

« Voilà où nous en sommes, grand-mère, fit-elle en levant

sur le tableau un regard empreint de gravité. Je n'ai pas été un maillon très solide dans la chaîne, en fin de compte. Désormais, nous appartenons à l'histoire, toi et moi... »

Toute sa vie, ses faits et gestes avaient été entravés par le devoir, le protocole, le fardeau que représentaient son sang royal et ses responsabilités en tant qu'héritière des Habsbourg. Comme une idiote, elle n'avait vu que ce qu'elle perdait, non ce qu'elle gagnait. Toujours assise au pied du portrait, le front barré d'un pli soucieux, elle examina la situation.

« Que faire ? se demanda-t-elle, toute triste. Qu'est-ce qui m'attend maintenant ? »

Les traits immobiles du portrait de sa grand-mère ne fournirent aucune réponse.

Elle n'avait plus rien à faire là.

« Je suis libre ! » souffla-t-elle, hésitante.

Les antiques murs dénudés renvoyèrent l'écho de ses paroles.

« Libre... libre... libre. Libre d'épouser Bill ! (Elle se releva, en proie à une étrange sensation d'ivresse.) Libre ! »

Ses lèvres s'essayèrent de nouveau à former ce mot, comme pour s'assurer qu'il était réel. Ses ancêtres semblaient poser sur elle un regard désapprobateur.

« Oh, inutile de me faire des reproches, reprit-elle à haute voix. En l'occurrence, voyez-vous, je n'ai guère le choix. Vous pouvez bien continuer à prendre la poussière dans cette galerie ; ce n'est que justice : vous n'êtes qu'un tas d'ossements là-bas, dans le caveau de famille. Mais moi, je suis vivante ! J'ai envie de vivre. De vivre et d'être heureuse, ajouta-t-elle solennellement. Depuis longtemps, j'attendais ça. »

Elle entendit Jan remonter le couloir au pas de course en l'appelant. Arrivé auprès d'elle, il la saisit par le bras et l'entraîna vers le grand hall.

— Je vous en prie, dépêchez-vous. L'armée soviétique n'est plus loin. Roth est là, il vient vous chercher. Je n'ai pas pu le laisser entrer. Je ne voulais pas que mes hommes le voient. Il vous attend de l'autre côté du pont. Voici un sauf-conduit pour vous deux. Allez vers le sud, ce sera plus sûr. Mais ne traînez pas. Je vais vous faire escorter.

Elle lui sauta au cou en riant de son air stupéfait. Puis elle fit volte-face et reprit en sens inverse les couloirs empoussiérés du

554

château pour surgir en pleine lumière. Tout là-haut, sur les remparts, les Tchèques amenaient le drapeau nazi ; elle ne leur accorda qu'un bref regard.

Le ciel était éblouissant, les oiseaux chantaient, et son cœur bondissait au même rythme. Une sensation étrange lui donnait en même temps envie de rire et de pleurer.

— Bill ! lança-t-elle. Bill !

Et il était là... Dans une jeep, sur l'autre rive. Couvert de pansements, le teint grisâtre. Mais ses yeux s'animèrent lorsqu'il l'aperçut. Elle traversa le pont en courant, sans un regard en arrière. Désormais, le passé n'avait plus de sens. Ils allaient édifier leur foyer, leur avenir, sur les solides fondations de leur amour.

Achevé d'imprimer en décembre 1994
sur presse CAMERON
dans les ateliers de B.C.A.
à Saint-Amand-Montrond (Cher)
pour le compte de France Loisirs, Paris

Nº d'édition : 26451. Nº d'Impression : 94/927.
Dépôt légal : février 1995.

Imprimé en France